ULLSTEIN

W0032429

Das Buch

Deutschland 1955: Das Wirtschaftswunder greift um sich, die letzten Kriegsgefangenen kehren aus der Sowjetunion nach Hause zurück, leidenschaftlich wird die Frage der Wiederbewaffnung diskutiert. Die junge Generation beginnt die Enge der Gesellschaft zu spüren, sehnt sich nach Ländern, in denen »die Freiheit noch zu haben ist«. Herbert Broschat ist 21, als er gegen den Willen seiner Eltern Deutschland verläßt. Auf dem Schiff freundet er sich mit dem gleichaltrigen Erich Domski an, der drüben nur Dollars verdienen und sich damit die Grundlage für eine spätere Existenz in der Heimat schaffen will. Toronto, Vancouver, ein Holzfällercamp sind einige der Schauplätze, auf denen sich die beiden grundverschiedenen Leute bewegen. Aber die Städte und Wälder Kanadas sind nur das Bühnenbild für eine durch und durch deutsche Geschichte, denn immer wieder holt die Vergangenheit die beiden Freunde ein …

Der Autor

Arno Surminski, geboren am 20. August 1934 in Jäglack als Sohn eines Schneidermeisters, blieb nach der Deportation seiner Eltern 1945 allein in Ostpreußen zurück. Nach Lageraufenthalten in Brandenburg und Thüringen wurde er 1947 von einer Familie mit sechs Kindern in Schleswig-Holstein aufgenommen. Im Anschluß an eine Lehre in einem Rechtsanwaltsbüro und zweijährige Arbeit in kanadischen Holzfällercamps war er seit 1962 in Hamburg in der Rechtsabteilung eines Versicherungsunternehmens tätig. Seit 1972 arbeitet er freiberuflich als Wirtschaftsjournalist und Schriftsteller.

In unserem Hause sind von Arno Surminski bereits erschienen:

Aus dem Nest gefallen · Besuch aus Stralsund · Damals in Poggenwalde Fremdes Land oder Als die Freiheit noch zu haben war · Grunowen oder Das vergangene Leben · Gruschelke und Engelmannke · Jokehnen oder Wie lange fährt man von Ostpreußen nach Deutschland? · Kein schöner Land · Die Kinder von Moorhusen · Kudenow oder An fremden Wassern weinen · Malojawind · Die masurischen Könige · Polninken oder Eine deutsche Liebe · Sommer vierundvierzig oder Wie lange fährt man von Deutschland nach Ostpreußen? · Versicherung unterm Hakenkreuz Der Winter der Tiere

Arno Surminski

Fremdes Land
oder
Als die Freiheit noch zu haben war

Roman

Ullstein

Besuchen Sie uns im Internet:
www.ullstein-taschenbuch.de

Umwelthinweis:
Dieses Buch wurde auf chlor- und säurefreiem Papier gedruckt.

Ullstein ist ein Verlag der Ullstein Buchverlage GmbH, Berlin.
4. Auflage 2010
Lizenzausgabe mit freundlicher Genehmigung des
Hoffmann und Campe Verlags, Hamburg
© 1980 by Hoffmann und Campe Verlag, Hamburg
Umschlaggestaltung: Thomas Jarzina, Köln
Titelabbildung: Mauritius Images, Mittenwald
Druck und Bindearbeiten: CPI – Ebner & Spiegel, Ulm
Printed in Germany
ISBN 978-3-548-24567-6

Vor fünf Uhr hielt der Frühzug von Heide nach Hamburg-Altona nie in Sandermarsch. Meistens hielt er ein paar Minuten später, oft sehr viel später, wenn Nebel war. Dann hörte man ihn aus der Ferne, wenn er über die Hochbrücke rasselte, und brauchte keinen Wecker, weil die feuchte Luft den Lärm in die Schlafkammer trug. Im September gab es häufiger Nebel.

Herbert Broschat wachte schon um halb vier auf, viel zu früh. Hatte ihn das Schlagwerk der Standuhr in der Stube der Eltern geweckt? Oder hatte er gar nicht geschlafen? Vielleicht lag es an den Holzwürmern, die in dem fünfzehn Jahre alten Barackenholz hörbar bohrten. Oder die Rinder draußen auf den Wiesen vor Sandermarsch hatten ihn wach gebrüllt. Jedenfalls war er um halb vier wach, hellwach, denn auf diesen Morgen hatte Herbert Broschat lange gewartet. Eine Stimmung wie an großen Festtagen. Ein Morgen, um die Tür zu schließen hinter einem traurigen Kapitel. Endlich raus aus den Brettern des Behelfsheims! Es muß mehr geben als dieses Sandermarsch. Eine geheime Botschaft im Rauschen der Ozeane, ein Tal der Offenbarung hinter den schneebedeckten Rocky Mountains. Während das Wasser die Niagarafälle hinabstürzt, die Eisberge die Küste Labradors anecken, während sich die Spitze des Empire State Building in den Dunst der großen Stadt bohrt, sitzt du in Sandermarsch herum und siehst den Grashüpfern zu. Mit dir leben über tausend einfache Menschen und an die fünftausend schwarzweiße Rinder. Vor dir liegen behäbig ausgebreitet die flachen Wiesen der Marsch, durchzogen von immer nassen Gräben. Auf der einen Seite begrenzt der Eisenbahndamm deinen Horizont, weiter im Westen der Deich, auf dem die Schafe weiden. In der Ferne der Schlick des Watts, von Sandermarsch aus nicht sichtbar, aber riechbar, und noch weiter, viel weiter, das Meer mit seinem salzigen Atem. Sandermarsch, das wäre ein schönes Dorf, um im Alter auf den Tod zu warten. Aber wenn du gerade volljährig geworden bist wie Herbert Broschat, willst du mehr. Dann blickst du über den Deich hinaus, siehst den Eisenbahndamm nicht als Begrenzung, sondern als einen Weg, der aus der Eintönigkeit herausführt.

Jetzt erst schlug die Standuhr halb vier. Die Uhr war weit von ihm entfernt in der Stube der Eltern, aber die vom Krieg übriggebliebenen Behelfsheime sind ja so hellhörig. Du hörst nicht nur Uhren schlagen, sondern auch Vater schnarchen und das Bett knarren, wenn die Mutter sich hin und her wälzt. Wie oft hatte er seinen Vater drüben auf und ab gehen gehört. Immer wenn sein linkes Bein schmerzte, wenn ein Tief von Island heranzog, sich über die Doggerbank hinweg auf das Wattenmeer zubewegte, mußte Vater Broschat nachts in seiner Stube wandern. Das lenkte ab, förderte die Durchblutung des kaputten Beines.

In dieser Nacht wanderte niemand. Angekleidet lag Herbert auf dem Bett und wartete. Er dachte an die beiden, die jenseits der Holzwand schliefen oder so taten, als schliefen sie. Natürlich wußten sie es. Er hatte es ihnen nicht gesagt, aber in einem Dorf wie Sandermarsch bleibt nichts verborgen. Da wirft der Postbote nur einen Blick auf den Absender eines Briefes, um ungefähr zu wissen, was drinsteht. Oder die Nachricht breitet sich vom Gemeindeamt aus, erreicht Kaufmann Carstens oder den Haarschneider Timm, oder sie kommt aus dem Kirchenbüro von Pastor Griem. Wenn sie die Theke im Dithmarscher Krug erreicht hat, ist sie durch. Es ist zum Lachen, aber manchmal hast du den Eindruck, in einem Dorf wie Sandermarsch weiß sogar das Rindvieh Bescheid. Da bleibt nicht verborgen, wer mit wem geht, wann du das letztemal betrunken warst und wo der Rheumatismus zugepackt hat.

Die Eltern wußten es, aber sie sprachen nicht mit ihm. Vater Broschat wird es der Mutter verboten haben. »Was gibt es da viel zu reden«, wird er gesagt haben. »Wenn der Junge was will, soll er kommen. Ich rede mit jedem, aber ich laufe keinem nach. Er ist einundzwanzig Jahre alt und muß wissen, was sich gehört.«

»Aber er ist unser Kind«, wird die Mutter geantwortet haben. »Wir können ihn nicht so ziehen lassen.«

Hoffentlich wacht sie nicht auf, dachte Herbert. Mutter hatte einen leichten Schlaf. Sie konnte wach werden, wenn der Wasserhahn leckte oder eine Fliege brummte. Zu Hause war sie manchmal nachts aufgestanden, nur weil eine Kuh im Stall brüllte. Hoffentlich wacht sie nicht auf, dachte er, denn wenn sie wach ist, fängt es wieder von vorne an. Vielleicht weint sie sogar. Dabei war Herbert davon überzeugt, daß sie am schnellsten darüber hinwegkäme, eher als Vater Broschat. Der wird es nie begreifen. Mit so einem Vater kannst du fünfzig Jahre alt werden und hast immer noch zu gehorchen.

Früher als nötig stand Herbert auf, um das Fenster zu öffnen. Die Kühle der Nacht flutete in den Raum und machte ihn unwohnlich. Septembernächte sind so, jedenfalls in Sandermarsch. Da hängt der Dunst über den Gärten, auf den Gräsern liegt Tau, du hörst keinen Vogellaut; dafür brüllen die Kühe den Bahndamm an. Herbert war entschlossen, durch das Fenster zu steigen, heimlich den Koffer durch das vertrocknete Kartoffelkraut zu tragen, allein die Pflasterstraße hinabzugehen Richtung Bahnhof. Er wollte nicht im letzten Augenblick wieder mit den Alten zusammentreffen; das gäbe nur Streit und Vorwürfe und Tränen. Er würde ihnen schreiben, von unterwegs oder von dort; ja, per Brief würde er alles noch einmal erklären.

Als Herbert den Trenchcoat überzog und den Koffer auf die Fensterbank setzte, traf ihn ein Windzug. Ein Flügel des Fensters stieß scheppernd gegen den Rahmen. Herbert drehte sich um.

Die Mutter stand in der Tür. Sie sah aus wie an jedem Morgen, wenn sie als erste aufstand, um die Glut im Herd anzupusten und die Hühner aus dem Stall zu lassen. Im langen Unterkleid und in selbstgestrickten Wollstrümpfen, die sie wegen der immer kalten Füße auch nachts trug, stand sie da, das Haar notdürftig zusammengebunden.

»Du mußt wenigstens essen«, sagte sie; sie sprach so, als sei es das Allerschlimmste, eine weite Reise ohne Frühstück anzutreten. »Du hast noch Zeit genug, um ordentlich Kaffee zu trinken.«

Vorsorglich hatte die Mutter einen Berg Brote geschmiert; einen Teil hatte sie in Pergamentpapier gewickelt für die Reise, den Rest zum Frühstück auf den Küchentisch gelegt. Als sie den Kaffee eingegossen hatte, blieb sie mit gefalteten Händen vor Herbert stehen.

»Kind, Kind, ich kann ja alles begreifen, aber daß du allein weg willst, ohne einen bekannten Menschen, das macht mir richtig angst.«

»Es gibt überall Menschen«, antwortete er.

»Aber das sind Fremde! Du verstehst sie nicht, und sie verstehen dich nicht.«

Er bat sie, auch zu essen, nicht so leidend herumzustehen. Aber früh am Morgen konnte sie keinen Bissen herunterbringen.

»Ich frühstücke nachher mit Papa«, sagte sie.

Sie setzte sich neben ihn und schaute zu, wie er aß.

»Hast du dich von Gisela verabschiedet?« fragte sie plötzlich.

Laß Gisela aus dem Spiel, dachte er, sagte aber nichts. Noch nie hatte die Mutter ein Wort über Gisela verloren; offiziell kam Gisela im Behelfsheim nicht vor. Sie waren nicht verheiratet, nicht einmal verlobt, nur ein bißchen befreundet. Aber jetzt, eine halbe Stunde vor der Abfahrt, fing Mutter mit Gisela an.

»Wenn Gisela auf dich wartet, kommst du dann wieder?« fragte sie.

Herbert zuckte die Schultern. Er wußte es nicht. Gisela war ein nettes Mädchen, eine niedliche Verkäuferin aus dem einzigen Schuhladen, den Sandermarsch besaß, aber eben nur nett, kein Mensch, dessen Berührung einen Stromschlag auszulösen vermag.

Als er gegessen hatte, wollte er ins Schlafzimmer gehen. Aber die Mutter stellte sich ihm in den Weg.

»Papa schläft noch«, flüsterte sie.

Von wegen der schläft noch. In einer solchen Nacht kann Vater Broschat auch nicht schlafen.

Herbert drängte sie sanft zur Seite.

»Streitet euch bloß nicht wieder«, sagte die Mutter, als sie die Tür freigab.

Natürlich schlief Vater Broschat nicht. Er lag in seinem Bett. Das heißt, eigentlich saß er mehr. Drei Kopfkissen unter dem Schädel, die oberen Knöpfe des Nachthemds aufgesprungen, so empfing Vater Broschat seinen Sohn.

»Mein Zug geht um fünf«, sagte Herbert und streckte ihm die Hand entgegen.

Die Mutter stand in der Tür und betete heimlich, Vater Broschat möge die Hand nicht verweigern. Ihr Beten half. Vater Broschat holte seine Hand unter dem warmen Zudeck hervor.

»Du willst also mit Deutschland nichts mehr zu tun haben, willst diesen Trümmerhaufen im Stich lassen«, sagte er leise. »Im Krieg nannten wir solche Leute Fahnenflüchtige.«

Es ist eben kein Krieg mehr, dachte Herbert, schwieg aber, weil es nur wieder von vorne angefangen hätte.

»Was soll aus den Krüppeln und Waisen, aus dem ganzen kaputten Land werden, wenn die Jungen abhauen, die einzigen, die noch Kraft haben, es wiederaufzubauen?«

Das sollen die aufbauen, die es kaputtgemacht haben, dachte Herbert, aber er sagte es nicht, weil es dann wieder angefangen hätte.

»Du kannst bis ans Ende der Welt reisen, aber du wirst nie aufhören, ein Deutscher zu sein. Daran mußt du immer denken, mein Junge.«

Herbert wollte wieder schweigen, aber es entstand eine merkwürdige Pause, in der er etwas sagen mußte.

»Was ist denn so Besonderes daran, Deutscher zu sein?« fuhr es ihm heraus.

»Mein Gott, Herbert, wie kannst du das sagen!« rief die Mutter von der Tür her.

Vater Broschat drehte sich auf die Seite und tat so, als

wolle er weiterschlafen oder die Standuhr anstarren oder den Holzwürmern zuhören.

Da hast du also wieder zuviel gesagt, Herbert Broschat. Diese alten Menschen, die seine Eltern waren, kamen aus einer Zeit, als Deutschsein etwas Heiliges war. Ihnen war es peinlich, daß ihr Sohn, ihr einziges Kind, dieses Deutschland im Stich lassen wollte. Du hättest nicht in die Schlafstube gehen sollen. Einfach frühstücken und wortlos davongehen, das wäre richtig gewesen.

Die Mutter begleitete ihn zur Gartenpforte.

»Wenn es dir drüben nicht gefällt, kommst du gleich wieder«, war das letzte, was sie sagte. Nein, sie rief noch etwas hinterher, als er schon auf der Straße stand: »Ich werde ab und zu mit Rechtsanwalt Struve sprechen. Wenn er eine Stelle frei hat, schreibe ich dir.«

Noch war Sandermarsch in wohltuende Dunkelheit gehüllt. Das Dorf nahm keine Notiz von seiner Abreise. Herbert stellte sich vor, wie die Sandermarscher hinter dicken Vorhängen schliefen und von ihren Kartoffeln träumten. Er liebte es, sie in Schlafmützen zu sehen, sich über ihre Beschaulichkeit lustig zu machen. Wenn du gerade einundzwanzig bist, neigst du dazu, nur Nachtwächter und Pudelmützenträger, wunderliche Tanten und fromme Großmütter um dich zu sehen. Für ein paar wunderbare Jahre hast du das großartige Gefühl, zu den wenigen zu gehören, die allein die Wahrheiten der Welt kennen. Als er an der Schule vorbeikam, fiel ihm ein Satz von Lehrer Burmester ein, dem einzigen Menschen in Sandermarsch, der ihm zu dieser Reise geraten hatte.

»Wenigstens für ein paar Jahre mußt du raus hier, sonst wirst du so wie sie«, hatte Burmester gesagt.

Auch bei Gisela war es dunkel. Sie hatte ihm versprechen müssen, aus der Abreise keine Staatsaktion zu machen. Um Himmels willen, nur keine rührenden Abschiedsszenen! Es tat ihm wohl, allein zu sein, von niemandem gesehen oder gefragt zu werden.

Ein Hund schlug seinetwegen an. Das war schon fast zuviel der Aufmerksamkeit.

Der Bahnhof war spärlich beleuchtet. Zwei Menschen in Uniform vertrieben sich die Zeit. Außer Herbert Broschat wartete niemand auf den Frühzug aus Heide. Hoffentlich hatte der Zug keine Verspätung! Es durfte nichts mehr dazwischenkommen, keine Gespräche, keine Gefühle. Er sehnte sich nach Fremden, die nichts zu fragen hatten, die ihn nicht beachteten. Endlich raus aus den Kartoffelgärten, den wohlgerichteten Gurkenbeeten, den Kälberwiesen mit dem blökenden Rindvieh. Im D-Zug-Tempo von zu Hause fort, dem penetranten Gestank der Kaninchenställe entfliehen, keinen Gedanken mehr an die feuchte Küche des Behelfsheims verschwenden, endlich über den Deich blikken, die Gedanken dem Schienenstrang vorauseilen lassen.

Vor Hamburg-Altona ging die Sonne auf. Es war, als habe jemand den Vorhang einer riesigen Bühne fortgezogen. Im ersten Akt des Dramas ging die Sonne auf, leuchtete auf eine große, weite Welt mit schneebedeckten Bergen, endlosen Wüsten, unerforschten Ozeanen und Urwäldern zum Fürchten. Die Erinnerung an Sandermarsch war wie fortgeblasen. Die Nabelschnur war durchschnitten. Das Behelfsheim mit der abbröckelnden weißen Farbe gab es nicht mehr. Die Kohlköpfe im Garten, Mutters ganzer Stolz, die abgeernteten Johannisbeersträucher, rote Bete und vertrocknetes Kartoffelkraut, das alles verbrannte im ersten Akt des Dramas, der weiter nichts zu bieten hatte als diesen Sonnenaufgang vor Altona. Berauschend! Das war der richtige Ausdruck. Die Fahrgäste neben ihm schliefen oder lasen Zeitung, aber Herbert sah nur, wie sich die Welt vor ihm öffnete. Eine großartige Welt voller Optimismus. Kein Tag verging, an dem nicht über die wundervollsten Leistungen der Menschheit geschrieben wurde. Wasserkraftwerke bauen, Stauseen errichten, die Atomkerne für den Küchenherd zähmen. Sie werden es fertigbringen, die Sahara zu bewässern und Eisberge abzuschmelzen. In Sibirien und Alaska werden Orangen reifen. Dem Menschen mit seiner Wissenschaft ist alles möglich. Eines Tages werden wir sogar aufhören zu sterben. Und in diese Welt voller Erwartung, Größe und Hoffnung fuhr Herbert Broschat an einem Septembermorgen des Jahres 1955.

Bremen war schon damals eine schöne Stadt. Die Morgensonne verbreitete Wärme, verlieh den roten Ziegeln des Hauptbahnhofs einen Hauch von Gemütlichkeit. Auf dem Bahnhofsplatz hing eine Werbeschrift: *Das strahlendste Weiß meines Lebens!* Solche Sprüche können nur in Deutschland vorkommen, dachte Herbert, in einem Land, in dem die Wortkette *weiß – weißer – am weißesten* mehr ist als die Steigerung eines Eigenschaftswortes.

Aus gutem Grund – Juno bitte. Wahlplakate für die Bürgerschaftswahlen am 9. Oktober. Na, darauf kam es nun auch nicht mehr an, dachte Herbert Broschat. Eine Morgenzeitung trug die Schlagzeile: *Moskau gibt deutsche Gefangene frei!*

An solchen Schlagzeilen wird Vater Broschat seine Freude haben. Der wartete Tag für Tag auf gute Nachrichten aus Moskau. Aber du kannst es vergessen, Herbert Broschat. Nur keine Zeitung kaufen. Das knüpft abgerissene Verbindungen neu. Du könntest erfahren, daß Werder Bremen in Nordhorn 2 : 5 verloren hat und am kommenden Sonntag in Oldenburg spielen muß. Du könntest das Trümmerbild eines Autounfalls auf der Autobahn Hamburg–Bremen zu Gesicht bekommen und dir Gedanken über die Toten und die Verletzten machen. Vergiß es, Herbert Broschat!

Ein neuer Film war in Bremen angelaufen: *Das Schweigen im Walde,* nach Ludwig Ganghofer, *ein Erlebnis für jung und alt.* Ach, in Kanada gibt es Wald genug, und schweigen kannst du da, bis die Bäume zu reden anfangen.

Und wieder sind viertausend Flüchtlinge aus der Ostzone nach West-Berlin gekommen.

Herbert bummelte durch den Wartesaal dritter Klasse. Eine Musikbox dudelte den Schlager *Anneliese.* Ja, die gutherzige Anneliese könnte er mitnehmen. Wer weiß, wann es drüben etwas zu singen gibt. *Warum bist du böse mit mir?* fragte das Liedchen. O nein, Herbert Broschat war mit niemandem böse, weder mit Sandermarsch im flachen Land am Meer noch mit der schönen Stadt Bremen oder gar mit diesem Deutschland, das nun fast hinter ihm lag. Nur herzlich gleichgültig war es ihm.

In den Tagen, bevor ein Auswandererschiff Bremerhaven verläßt, sammeln sich in Bremen die Menschen. Aus allen Himmelsrichtungen treffen sie ein, sogar aus Bayern und Österreich. Sie bevölkern den Bremer Marktplatz und den Wartesaal dritter Klasse, in dem sie gelangweilt herumsitzen und letzte Ansichtskarten schreiben. Meistens sind es junge Männer, vereinzelt auch Frauen zwischen zwanzig und vierzig. Alte Menschen sieht man selten, denn Kranke und Schwache will keiner haben. Sie dürfen erst auswandern, wenn die Kinder es drüben zu etwas gebracht haben und bereit sind, für die Eltern aufzukommen. Denn du sollst dem Ausland nicht zur Last fallen! In Bremen treffen sich die, die dieses Landes überdrüssig sind, Jahr für Jahr an die fünfzigtausend. An den Bremerhavener Einschiffungszahlen war das deutsche Elend ablesbar. Im Jahr der großen Inflation, 1923, verabschiedeten sich die meisten. Danach wurden es weniger. In den zwölf Jahren von 1933 bis 1945 war es Ehrensache, treu zu Deutschland zu stehen, auch wenn du am liebsten auf den Mond ausgewandert wärest. Erst danach schwoll der Strom wieder an. Nach 1945 verließen über Bremen und Bremerhaven eine Million Menschen den schwankenden Boden. 1955 war ein besonders gutes Jahr mit sechzigtausend Überseeauswanderern; sechzehntausend von ihnen gingen nach Kanada.

An den Tischen im Wartesaal dritter Klasse spielten sie Karten. Einige steckten die letzten Groschen in die Musikbox, um *Anneliese* zu hören. Ab morgen wird nur noch in Dollar gerechnet. Herrliche Zeiten! Dollar, das war ein Wort aus dem Zauberland. Mit ihm öffneten sich alle Türen, vor ihm verneigten sich die Menschen. Es klang wertvoll wie Gold oder Edelsteine.

Polizisten streiften durch den Wartesaal, denn es sammelte sich allerlei Gesindel an, wenn ein Auswandererschiff ablegte. Auswanderer, na, das sind doch vaterlandslose Gesellen oder Abenteurer oder Kerle, die ihr Mädchen mit einem Kind haben sitzenlassen. Es gehörte sich nicht, der Heimat den Rücken zu kehren. Wer fortgeht, erhebt einen stillen Vorwurf gegen die Bleibenden. Ich mag euch nicht mehr, heißt das. Erledigt euren Dreck allein, heißt das. Nur die kühle Stadt Bremen schien frei zu sein von derartigen Empfindungen. Geduldig ließ sie die, die schon Fremde waren, durch ihre Gassen bummeln, einen Blick in den Bleikeller werfen, den Roland umkreisen. Sie war es gewohnt, der letzte Fußabtritt der Auswanderer zu sein.

Gegen Mittag fuhr Herbert mit der Straßenbahn ins Überseeheim. Das war eine Art Quarantänestation für die letzten Stunden. Die Auswanderer sollten nicht so auffällig in der Stadt herumlungern. Wer im Überseeheim lebte, war schon zur Hälfte ausgewandert. Am Eingang wurden die Papiere geprüft. Herbert Broschat wurde auf einer langen Liste abgehakt, sein Gepäck mit der Eisenbahn vorausgeschickt nach Bremerhaven.

Danach sitzt du am Fenster und blickst auf das Rollfeld des Bremer Flughafens. Da erhältst du den ersten Eindruck von Ferne, von Kommen und Gehen. Mit dir hinter den Scheiben die Gesichter vieler Menschen, die nichts sehnlicher wünschen, als zu gehen. Noch nie haben sich so viele mit Grausen von ihrem Land abgewandt wie Deutsche nach dem Zweiten Weltkrieg. Noch niemals sind einer Generation so plötzlich die Felle weggeschwommen, die Werte genommen worden. Das war mehr, als nicht mehr an den Weihnachtsmann glauben zu dürfen. Nicht nur daß die alten Werte über Nacht zerrannen – sie wurden nachträglich auch schmutzig und böse. Wirklich, es machte keinen Spaß mehr, Deutscher zu sein. Und es gab hundert Gründe, aus diesem Deutschland auszuwandern ... Aber lassen wir das. Das ist eine lange, lange Geschichte. Nicht hier im Überseeheim. Ein andermal vielleicht. Wenn wir weit weg sind von Deutschland, ja, dann können wir darüber sprechen.

Die »Arosa Sun« lag teilnahmslos an der Columbuskaje von Bremerhaven und wartete auf den Ansturm der Menschen. Sie sah häßlicher aus als auf den Prospekten, aber auf Schönheit kam es bei einem Auswandererschiff wirklich nicht an.

Vor der »Arosa Sun« in der Abfertigungshalle das große Gedränge. Der Beamte, der Herberts Paß prüfte, stockte einen Augenblick, blickte auf und verglich das Paßfoto mit dem Original. Dann sagte er, deutlich hörbar: »Na, türmst du auch vor den Soldaten?«

Er erwartete keine Antwort; er hatte seine vorgefaßte Meinung über diese Art junger Leute. Reisende soll man nicht aufhalten. Wem es nicht paßt, der kann ziehen!

Musik machte den Abschied erträglicher. Zwischen Halle und Schiff saßen vier Musikanten und spielten Deutschland von der besten Seite: *O du wunderschöner deutscher Rhein ... Wo Tannen und Fichten stehn am Waldessaum ... Mädel aus dem schwarzen Wald, die sind nicht leicht zu haben ...*

O ja, in gefühlvollen Melodien bist du gut, du Land der Gesangvereine. Du fesselst nicht mit Ketten, sondern mit Liedern. Wo immer es Menschen gibt, die sich freundlich daran erinnern, Deutsche zu sein, geschieht es deiner Lieder wegen.

Die Menge, die dem Sonderzug aus dem Bremer Überseeheim entstiegen war, schob sich der Musik entgegen. Mensch, hatten die es eilig, aus diesem Land herauszukommen. Herbert ließ sich mittreiben, erst auf die Zollbarriere zu, dann zu dem grauen Schiff. Plötzlich hörte er seinen Namen. Nicht aus dem Lautsprecher, sondern in seiner Nähe. Das war Giselas Stimme. Er kletterte auf eine Kiste und entdeckte Gisela hinter dem Absperrungsseil. Sie winkte verzweifelt mit beiden

Händen. Nun bist du also doch gekommen, Gisela Paschen, Salamanderschuhverkäuferin aus Sandermarsch. Das war gegen die Abmachung. Wir wollten doch kein sentimentales Theaterstück aufführen. Nur keine Tränen!

Herbert scherte aus und boxte sich zum Absperrungsseil durch. Wie hübsch sie sich zurechtgemacht hatte! Ein geblümtes Kleid, frische Dauerwellen, rote Schuhe – ja, du hast dich die Reise nach Bremerhaven etwas kosten lassen, Gisela Paschen, hast viel aufgeboten, um in guter Erinnerung zu bleiben.

Ihr war zum Heulen zumute, aber sie lachte, weil es so abgemacht war. Nur keine kitschigen Abschiedsszenen, nur nicht so herzergreifend wie im Kino, wenn die Hauptdarstellerin am Hafen steht und mit dem Taschentuch winkt.

»Wie siehst du denn aus?« sagte er. Gisela hatte die Lippen auffällig rot bemalt aus purer Angst, sie könne unter den vielen Menschen wie eine blasse Unschuld vom Lande aussehen. »Die hat Blut gesoffen«, würden die Alten in Sandermarsch zu solchen Lippen sagen.

Er gab es nicht zu, aber es tat ihm wohl, daß sie gekommen war. In dem heillosen Durcheinander der unbekannten Gesichter war sie der einzige feste Anhaltspunkt, Gisela Paschen, zwanzig Jahre alt, sehr weich und weiblich, sehr einfach und anschmiegsam, ein Mädchen, das auch nach Kanada passen würde.

»Ich habe einen Tag Urlaub genommen«, erzählte sie.

Herbert stellte sich das Erstaunen der Salamanderschuhe vor, als die jüngste Verkäuferin es gewagt hatte, um einen Tag Urlaub zu bitten. Und das nur, um in Bremerhaven mit dem Taschentuch zu winken.

Natürlich kam es zu keiner Küsserei, zu keinen unendlichen Umarmungen. Es waren zu viele Leute da. In

Sandermarsch küßte man sich nicht einmal auf den Feldwegen, wenn die Kühe zusahen. Was sollte denn erst in Bremerhaven sein, wo Zollbeamte, Polizisten, Musikanten und Auswanderer als Zuschauer herumstanden?

»Ich hab' mich immer so schrecklich geziert, wenn wir abends allein waren«, sagte Gisela auf einmal. »Gehst du weg, weil ich immer nein gesagt habe?«

Sie bekam einen roten Kopf, weil es ihr peinlich war, über solche Dinge auch nur andeutungsweise zu sprechen. Aber sie war mit dem festen Vorsatz nach Bremerhaven gekommen, ihm zu verstehen zu geben, daß sie sich künftig nicht mehr so zieren würde.

Er schüttelte den Kopf. »Ich mag einfach dieses Land nicht mehr«, sagte er.

Ach, wenn es nur das Land gewesen wäre! Aber es übertrug sich auch auf die Menschen. Sogar ein wenig auf Gisela. Vor zwei Jahren wäre er am liebsten mit ihr ausgerissen, um mit ihr im Heuschober zu nächtigen. Eine Woche zum Zelten an die Ostsee. Aber das ging nicht. Sie war damals achtzehn und er neunzehn. Ihre Eltern erlaubten es nicht und seine erst recht nicht. Danach war es allmählich erloschen, ohne daß er einen Grund angeben konnte. Sie waren weiter zum Tanz in den Dithmarscher Krug gegangen und mit dem Fahrrad ins Kino nach Burg gefahren. Aber irgendwann waren ihm die Heimwege mit ihr langweilig vorgekommen. Anderes drängte sich in den Vordergrund, das Fernweh, Gespräche über Deutschland und den sonderbaren Lauf der Weltgeschichte, denen Gisela nur mit interessiertem Schweigen folgen konnte. Sie war ein nettes Mädchen, aber keine Frau, bei deren Auftreten ein Vulkan ausbricht.

Giselas Hände waren weich und feucht, ihr Gesicht

lächelte verlegen. So, wie sie dastand in der Abfertigungshalle von Bremerhaven, tat sie ihm leid, die kleine Schuhverkäuferin aus Sandermarsch.

»Am liebsten möchte ich mitkommen«, sagte sie.

»Vielleicht hol' ich dich rüber, wenn ich genug Geld habe.«

»Aber ich kann kein Wort Englisch.«

»Glaubst du, daß die alle Englisch können?«

Er zeigte in die Menge.

»Die meisten kennen nur das Wort Dollar«, behauptete er, »aber sie schaffen es trotzdem.«

»Vielleicht kommst du auch wieder zurück«, wagte Gisela vorzuschlagen. »Wenn es dir nicht gefällt, kommst du wieder. Das ist keine Schande. Bei uns ist es auch schön.«

Na, lassen wir das. Er wollte mit ihr nicht streiten über die angebliche Schönheit des Marschlandes mit seinen Kohlfeldern, eines Landes ohne Baum und Strauch, in dem du mit der Nase im Dreck liegen und den wandernden Mistkäfern zusehen kannst.

Die Musikanten packten ihre Instrumente ein und gingen aufs Schiff. »Hast du eigentlich ein Bild von mir?« fragte Gisela. Sie wartete keine Antwort ab, sondern holte aus ihrer Handtasche ein Foto von der Größe einer Ansichtspostkarte. Um ein solches Bild zu bekommen, muß sie zum Fotografen nach Itzehoe gefahren sein, dachte Herbert.

»Sieh mal auf die Rückseite.«

Hinten stand Giselas vollständige Adresse.

»Damit du das Briefeschreiben nicht vergißt!« rief sie lachend.

Er legte das Foto in den Reisepaß, genau auf die Seite mit dem kanadischen Visum.

Nun wurde es Zeit. Die Zollbeamten räumten die

Tische ab. Die Menschenmenge wurde getrennt. An Deck der »Arosa Sun« versammelten sich die Auswanderer, am Kai standen die Zurückbleibenden. Die Musikanten spielten wieder. Gisela suchte die Waschräume der Abfertigungshalle auf. Dort weinte sie mehr, als daß sie sich wusch. Sie entfernte die knallige Lippenstiftfarbe, die wohl kußecht, aber nicht tränenecht war. Als sie nach einer Viertelstunde den Waschraum verließ, war sie wieder heiter, weil es so abgemacht war.

Zum erstenmal stand Herbert Broschat auf einem richtigen Schiff. Den Krabbenkutter, mit dem er einmal von Friedrichskoog ins Wattenmeer der Nordsee gefahren war, rechnete er nicht zu den richtigen Schiffen. Vor mehr als zehn Jahren war eine größere Schiffsreise geplant gewesen. Sie sollte im Februar 1945 von Pillau in Ostpreußen nach Kiel in Schleswig-Holstein führen. Aber russische U-Boote kamen der Reise zuvor. Sie ließen den Frachter, der für Herbert und seine Eltern bestimmt war, gar nicht erst in Pillau ankommen. Zehneinhalb Jahre nach der verhinderten Reise über die Ostsee jetzt diese gewaltige Fahrt über den zweitgrößten der Ozeane.

»Aber das Wasser hat doch keine Balken, Herbert!« Das war eine von Mutter Broschats Lieblingsängsten gewesen. »Warum muß es gleich so weit sein? Zehn Tage treibst du dich auf dem Meer herum. Was kann da alles passieren?« Sie dachte an Stürme, Eisberge und vor allem an Walfische. Seitdem sie gelesen hatte, was dem Propheten Jonas in einem Walfisch zugestoßen war, besaß sie allergrößte Angst vor diesen Tieren. Wie sollte sie auch Zutrauen zum Großen Wasser haben?

Sie kam aus einem Land, in dem das Wasser wirklich noch Balken hatte. Lieblich und flach waren die von Schilf umgebenen Seen und Teiche, und von Dezember bis März, solange sie zugefroren waren, konnte man sie über Eisbalken begehen. Die Bäche, die die Mutter kannte, ließen sich überspringen, und die Flüsse ließen sich durchwaten, wenn nicht gerade Schneeschmelze war. O ja, in Mutters Land gab es überall Balken, nicht nur auf dem Wasser, sondern auch über der Erde und über den Häusern. Sie hätten noch hundert Jahre gehalten, diese Balken, wäre nicht die Flut gekommen.

Die »Arosa Sun« war ein durchschnittliches Auswandererschiff mit Platz für tausend Menschen. Das Schiff lebte. Leise vibrierte das Holz des Treppengeländers. Es roch nach Öl. Auf den Gängen summten die Ventilatoren. Aufgeregte Menschen kamen Herbert entgegen oder überholten ihn. Der Bordlautsprecher rief pausenlos Namen und Hinweise in den Schiffsbauch.

Kabine 359 war ein Zweibettraum; jede Koje kostete hundertfünfundachtzig Dollar bis Montreal. Die Kabine lag genau über der Wasseroberfläche; durch das Bullauge konnte Herbert die Weser und die Weserwiesen überblicken. Ein Etagenbett. Gegenüber ein Waschbecken ein Spiegel, ein eingebauter Schrank. Auf dem oberen der beiden Betten lag ein Koffer. Ein Anhänger baumelte an dem Gepäckstück. *Erich Domski, Wattenscheid-Leithe* stand darauf. Bestimmungsort des Koffers war Toronto.

Das untere Bett gehörte ihm. Er nahm es in Besitz, warf sich auf die ausgebreiteten Decken und schloß die Augen. Als er still lag, spürte er die Bewegung des Schiffsleibs. Er stemmte beide Arme gegen das obere Bett. Er fühlte eine unbändige Kraft in sich, fühlte sich zum erstenmal in seinem Leben wirklich frei, abgenabelt von der Welt der Rücksichtnahmen. Das Abenteuer konnte beginnen!

Zum Ablegemanöver eilte er an Deck. Ein Terrier lief kläffend zwischen Klappstühlen und Gepäckstücken umher, jagte Treppen hinauf und hinunter, suchte ein verlorengegangenes Herrchen oder Frauchen, das ohne ihn auswandern wollte. Vor der Schiffszahlmeisterei erwischte ein Steward den Terrier und reichte ihn zurück nach Deutschland. Da stand er am Kai und jaulte das Schiff an.

Die Musikanten saßen hinter einer Plane, damit ihnen der Wind nicht die Notenblätter davonwehte. Sie fingen an mit *Muß i denn.* Das war so üblich, gehörte zu Seereisen wie *Ich hatt' einen Kameraden* zu Soldatenbeerdigungen oder *So nimm denn meine Hände* zu kirchlichen Trauungen.

Unten ein bunter Fleck in der Menge. Das war Gisela.

Seit Generationen bestand eine heimliche Verabredung, wonach Tränen zu kullern hatten, wenn *Muß i denn* am Wasser gespielt wurde. Aber Herbert weinte nicht. Auch Gisela nahm sich zusammen; sie weinte erst, als die Musikanten *Auf Wiedersehn* spielten. Das war der Schlager, mit dem in Sandermarsch die Maskeraden und Schützenfeste zu Ende gingen:

Auf Wiedersehn, auf Wiedersehn,
bleib nicht so lange fort ...

Meistens füllte sich noch einmal die Tanzfläche, weil es die letzte Gelegenheit war, jemanden für den Heimweg zu suchen. An Zugabe war nicht zu denken, *Auf Wiedersehn* war das letzte. Der Trompeter schüttete das Wasser aus dem Instrument. Das Schifferklavier verschwand in einem schwarzen Kasten. Der Saal sah kahl und trostlos aus, wenn das Licht aufflammte. Nach Hause gehen nachts um halb vier, eigentlich war es das Schönste an den Tanzvergnügen in Sandermarsch gewesen. Aber in Bremerhaven war es später Nachmittag, und Gisela mußte allein nach Hause ... allein von Bremerhaven nach Sandermarsch.

Unten entstand jene Bewegung, die stets den Eindruck hervorruft, auslaufende Schiffe seien magnetisch. Die Menschen folgten dem Schiff bis zum letzten Fußbreit Kaimauer, allen voran der Terrier. Ob schon mal jemand in letzter Minute von Bord gesprungen ist? dachte Herbert, als die Abfertigungshalle von Bremerhaven immer kleiner wurde und Gisela längst nicht mehr zu erkennen war. Im September ist das Wattenmeer vor der deutschen Nordseeküste noch erträglich warm; das Ufer wäre ohne Unterkühlung zu erreichen gewesen. Aber warum zurückschwimmen? Es gab nichts, das Herbert an dieses Land fesselte. Er war durch mit Deutschland!

Hinter den Deichen der Wesermündung lag flache, trostlose Erde wie in Sandermarsch. Von Möwen bevölkerte Schlickinseln im Watt. Hinter dem Schiff eine aufgewühlte, schmutzige Brühe, die die Weser in die Nordsee spie. Ein schwarzer Strich am östlichen Horizont. Gute Nacht, Deutschland, du bist so klein geworden!

Er wollte endlich Erich Domski aus Wattenscheid-Leithe kennenlernen. Aber in der Kabine war Erich Domski nicht. Vielleicht vor dem Eßsalon. Noch war das Schiff nicht auf offenem Wasser, da entstand schon eine

Menschenschlange. Das Schlangestehen lag den Deutschen im Blut. Erst vor der Paßkontrolle, dann beim Zoll, schließlich vor der Gangway und jetzt wegen des Abendessens. Wer einmal in der Elendszeit mit knurrendem Magen nach sauren Heringen angestanden hat, verursacht immer wieder ein Gedränge, wenn es um das Essen geht. Um den Andrang in Grenzen zu halten, fand die Essensausgabe in zwei Abteilungen statt, die erste um achtzehn Uhr, die zweite um neunzehn Uhr. Auch waren vorsichtshalber Namenskarten ausgelegt, damit sich niemand wegen der guten Plätze mit Aussicht aufs Meer prügelte.

Bei der ersten Schicht im Eßsalon traf Herbert jenen Erich Domski, der in den nächsten zehn Tagen über ihm im Etagenbett schlafen sollte. Es war ein kleiner Kerl mit verschmitzten Augen, der Herberts Hand so überschwenglich schüttelte, daß die Gläser auf dem Tisch zu klirren begannen. Ohne zu fragen, redete Erich ihn mit du an, denn in Kanada ist es sowieso aus mit dem korrekten deutschen Sie. Da kann man schon auf dem Schiff mit du anfangen, um sich daran zu gewöhnen.

Gegenüber nahm eine dreiköpfige Familie Platz. Neben Erich Domski blieb ein Stuhl lange Zeit frei, bis der Ober eine – na ja, ein weibliches Wesen brachte. Wegen einer Panne in der Zahlmeisterei hatte sie keine Tischkarte bekommen, war also namenlos. Sie war so ein Typ Bohnenstange, flach auf der Brust, und sah trostlos öde aus wie die Lüneburger Heide im Winter. Aber freundlich war sie.

Erich Domskis verarbeitete Hände entfalteten umständlich die Serviette. Er geriet in Zweifel, ob er damit die Nase schnauben oder das Geschirr abtrocknen sollte. Also wartete er, was die anderen mit dem Tuch anstellten. Sein vom Zigarettenrauch gebräunter Finger wanderte bedächtig die Menükarte auf und ab. Er versuchte auszusprechen, was auf dem Papier stand: *Roast Vermont Turkey.* Nach Erichs Sprechweise hörte sich das an wie verrosteter Türke oder so etwas ähnliches.

Die Namenlose lächelte sanft, während Herbert behauptete, es müsse ein Stück Pute sein. Ja, Herbert hatte die Aufforderung *Lernt Englisch im Londoner Rundfunk* ernst genommen. »Du mußt wenigstens soviel von der Sprache verstehen, daß du nicht verhungerst«, hatte Lehrer Burmester bei der Verabschiedung in Sandermarsch gesagt.

»Potatoes Château-Boiled«, buchstabierte Erich Domski. »Na, hoffentlich wird ein Mensch davon satt. In Wattenscheid hatten wir einen Kumpel, der wurde ausgesucht, beim fünfzigsten Geburtstag von unserem Boß mit am Essenstisch zu sitzen, so als Edelprolet, verstehst du. Der hat nachher erzählt, wie es zuging. Auf der Karte standen die komischsten Namen. Da konntest du Angst vor kriegen. Aber in Wirklichkeit waren das ganz einfache Kartoffeln und gut durchgebratenes Rindfleisch mit Soße, wie Mutter es macht.«

Endlich stieß Erich auf ein Wort, das ihm vertraut vorkam. *Sweet Peas,* stand da. O ja, was *sweet* heißt, wußte er. Meistens kam das Wort in Verbindung mit Frauen vor.

»In Wattenscheid gab es mal ein Lokal Sweet Apple!«

Erich zeigte, was da für Äpfel vorkamen. Solche Dinger. Zwei Stück pro Mädchen. Er hielt beide Fäuste vor die Brust. Da hörte die Namenlose auf zu lachen. Erst als Erich ihr seinen Nachtisch anbot, wurde sie wieder freundlicher.

»Komm mit, wir gehen das Schiff unsicher machen«,

sagte Erich nach dem Essen zu Herbert. Er gab nicht eher Ruhe, bis er alle Ecken kannte, angefangen vom Rauchsalon bis zum letzten Abort. Sie kamen an der Bücherei vorbei, warfen einen Blick in die noch geschlossene Bar, irrten über den leeren Tanzsaal der »Arosa Sun«, schauten zwei Schachspielern zu, die sich gesucht und gefunden hatten, und stöberten im Windschatten des Achterdecks sogar eine Pingpongplatte auf.

Zur zweiten Schicht stellte Erich sich wieder vor den Eßsalon. Vorsichtshalber hatte er seine Tischkarte von der ersten Schicht eingesteckt. Er suchte, bis er einen freien Platz fand, legte seine Karte neben den Teller und aß noch einmal: Roast Vermont Turkey, Potatoes Château-Boiled, Buttered Sweet Peas ... Denn weiß der Himmel, wann es wieder etwas Ordentliches zu essen geben würde auf so einem Kahn!

»In unserer Siedlung in Wattenscheid war einer, der sagte immer: ›Ein gutes Essen ist eine wahre Gabe Gottes, aber zwei gute Essen sind noch viel, viel besser.‹«

Herbert Broschat lag schon in der Koje, als die Tür aufging. Erich Domski stand da. Ohne das Licht einzuschalten, kam er auf Herbert zu, tippte ihm auf die Schulter und sagte leise:

»Hör mal zu, Kumpel. Kannst mir nicht für eine halbe Stunde die Kabine geben?«

Herbert richtete sich auf und sah hinter Erich die Namenlose auf dem Flur stehen. So war das also. Herbert zog Schuhe und Jacke über und wollte verschwinden, aber Erich hielt ihn am Ärmel zurück. »Du hast doch nichts dagegen, wenn ich deine Koje nehme? Ich kann mit ihr unmöglich nach oben kriechen; da krachen wir glatt zusammen.«

Herbert lachte.

»Im Ernst, so etwas halten Etagenbetten nicht aus.«

»Du bist ganz schön anspruchsvoll«, meinte Herbert, als er sich an den beiden vorbeidrückte.

»Wenn du an Deck willst, zieh dich warm an!« rief Erich hinterher. »Oben ist ein lausiger Wind.«

Ja, Herbert Broschat ging an Deck. Dort oben erst dachte er an Erich Domski, der zweimal zu Abend gegessen hatte und nun Bewegung für die Verdauung brauchte. Na, mein Lieber, du gehst ja ganz schön ran, Erich Domski aus Wattenscheid!

Herbert spürte, wie ihm der Wind neue Gedanken zuwehte. Ein blasser Halbmond beleuchtete die Wellenberge. Backbord lag die Kette der Ostfriesischen Inseln, faszinierende Lichter, die am Horizont aufgehängt schienen wie die Lampionketten zum Vogelschießen in Sandermarsch. Es half nichts – während Erich Domski sich nach zwei kräftigen Abendmahlzeiten Bewegung verschaffte, mußte Herbert den gewaltigen Film an sich vorbeiziehen lassen, fünf Jahre im Zeitraffer.

Ja, es waren exakt fünf Jahre, denn schon 1950 hatte es begonnen, als er mit seinen Eltern in Sandermarsch angekommen war. Broschats, die ewigen Zuspätkommer. Seine Mutter hatte ihn spät geboren, als sie schon über dreißig war. Danach keine Kinder mehr. Im Januar 1945 zu spät geflüchtet. Das letzte Schiff verpaßt. Vom Krieg überrollt. Zurück auf Vaters leeren Bauernhof. Zu spät ausgewiesen, zu spät in Sandermarsch eingetroffen. Als sie 1950 nach einem Jahr Lagerleben in das Behelfsheim in Sandermarsch eingewiesen wurden, bauten andere Flüchtlinge schon neue Häuser. Überall und immer kamen sie zu spät. Nur im Krieg war Vater Broschat nicht zu spät gekommen. Schon 1943 verkürzten sie ihm das linke Bein und entließen ihn nach Hause; zum Pflügen mag ein kurzes Bein noch reichen, zum Siegen bestimmt nicht mehr. Aber es blieb ihm im Wege, das Bein, und ließ Vater Broschat auch nach dem Kriege überall zu spät kommen. Den Behelfsheimgarten umgraben, aus den Gräben Kaninchenfutter holen, in den Schlangen der Stempelgeldempfänger vor dem Arbeitsamt stehen, dafür reichte es gerade noch, aber für mehr nicht. Entwürdigend, dieses schreckliche Gerangel um die Prozente. Bis spät in die Nacht hinein hatte Vater Broschat über den Papieren gesessen und Eingaben an das Versorgungsamt geschrieben. Du mußt mindestens fünfzig Prozent kriegsbeschädigt sein, um eine vernünftige Ausgleichsrente zu erhalten. Bleibst du unter fünfzig Prozent, gibt es als Trostpflaster für die kaputten Knochen nur eine kleine Grundrente. Über zwei Jahre lang feilschte Vater Broschat mit den Behörden um die fünfzig Prozent, unterwarf sich einem halben Dutzend vertrauensärztlicher Untersuchungen, holte Gutachten ein, prozessierte, schickte Bittschriften an den Ministerpräsidenten von Schleswig-Holstein und den Bundespräsidenten Heuss.

Am Ende besaß er eine Akte, die dicker war als die Heilige Schrift. Ich weiß genau, daß ich mir die Magenkrankheit in Rußland geholt habe. Aber die erkennen sie nicht an. Nur was sie sehen können, ist Kriegsbeschädigung. »Hand ab, Fuß ab, Kopp ab, das allein zählt.«

Die Mutter beschwichtigte ihn stets, weil sie fürchtete, es werde nur noch schlimmer, wenn er sich so aufrege.

»Du darfst nicht ungerecht sein, Papa. Zu viele wollen etwas haben. Wo soll unser armes Land das hernehmen?«

Ja, wo hernehmen? Kriegerwitwen, Kriegswaisen, Kriegsversehrte, Lastenausgleich für fünfzehn Millionen Menschen aus dem Osten. Zertrümmerte Städte. Keine Wohnungen. Milliardenbeträge für die Wiedergutmachung. Alle kommen und halten die Hand auf. Woher nehmen, ohne zu stehlen?

»Wir haben nichts wiedergutzumachen«, behauptete Vater Broschat, wenn er an das Ende dieser schrecklichen Liste kam. »Für das, was die Deutschen angerichtet haben, haben sie genug gebüßt.«

Anfangs hatte Herbert seinem Vater recht gegeben. Auch er hatte als Kind nur erlebt, wie unschuldige Deutsche gequält, vergewaltigt und umgebracht wurden. Wenn du diese Erfahrung im Gedächtnis hast, kannst du schwer verstehen, warum der Rest der Welt nur über deutsche Greueltaten spricht. Du fängst an, mißtrauisch zu werden, glaubst an die Einäugigkeit der Menschen und an das Recht der Sieger, zu bestimmen, was grausam ist und was gut. Schließlich war ihm das aber alles zuwider geworden. Du stehst als junger Mensch vor einem Trümmerhaufen. Dir beginnt zu dämmern, daß du bis ans Ende deiner Tage für den elenden Krieg nachzahlen mußt, für Verkrüppelte und Kriegerwitwen, für die Trümmerräumer, für den Aufbau der zerstörten Fabriken, für das in Stücke gerissene Deutschland, für die Sandbank Berlin im roten Meer. Und was wird dir dafür geboten? Worauf kannst du hoffen, wenn du einundzwanzig bist und in Deutschland das Jahr 1955 geschrieben wird? Auf die *Fischerin vom Bodensee* mit ihrem weißen Schwan, auf ein Fahrrad mit Hilfsmotor, später vielleicht auf ein Motorrad.

Wenn du heiratest, wird dir eine Zweizimmerwohnung zugewiesen – sofern du die Punkte und die Scheine hast. Und an allem bist du unschuldig. Als in Auschwitz die Gasöfen rauchten, hast du auf Vaters Wiese die Kühe gehütet. Aber du gehörst dazu. Du bist Deutscher. Auch wenn du Broschat heißt und nicht Himmler – du gehörst dazu. Sie haben etwas erfunden, das es noch nie gegeben hat: Sie haben ein ganzes Volk vom Säugling bis zum Greis für schuldig erklärt. Es wird nicht mehr gefragt, was der einzelne getan hat; sie unterscheiden nur zwischen guten und schlechten Völkern. Und die Deutschen sind schlecht, alle! noch fünf Jahre deutsch, dann bist du gar nichts mehr außer Mensch. »Das lasse ich niemals zu!« hatte Vater Broschat gerufen, als das Wort »auswandern« zum erstenmal im Behelfsheim gefallen war. Dieser verbitterte Mann, dem sie ein Bein verkürzt hatten, den sie zwei Jahre prozessieren ließen wegen der lumpigen fünfzig Prozent Kriegsbeschädigung, der hielt es für eine selbstverständliche Pflicht, zu seinem Volk zu stehen, zu einem Volk, das erst unter die Räuber und dann unter die Räder geraten war. »Du kannst nicht aussteigen aus deinem Volk, weil es dir im Augenblick bequemer erscheint, in Australien oder Kanada ein schönes Leben zu führen! Irgendwann wird auch Deutschland wieder groß!« Solche Sätze sprach Vater Broschat nachts gegen zwölf, wenn er mit seinen Eingaben an das Versorgungsamt fertig war. Aber warum sollte Deutschland wieder groß werden? Herbert hatte keine Lust mehr, das ewige Auf und Ab zwischen groß und klein mitzumachen, dieses Spiel, in dem immer nur das große Hauptbuch der Geschichte aufgerechnet wird. Seit Jahrhunderten spielen sie es schon. Was heute Böses geschieht, wird damit gerechtfertigt, daß gestern Böses geschehen ist. Und das Böse von morgen ist schon erklärt mit dem Bösen von heute.

In der Küche des Behelfsheims hing eine kleine Holztafel mit folgendem Text:

Die Anklage, daß Deutschland schuld sei an diesem größten aller Kriege, weisen wir, weist das deutsche Volk in allen seinen Schichten einmütig zurück! Nicht Neid, Haß oder Eroberungslust gaben uns die Waffen in die Hand. Der Krieg war uns vielmehr das äußerste, mit den schwersten Opfern verbundene Mittel der Selbstbehauptung einer Welt von Feinden gegenüber. Reinen Herzens sind wir zur Verteidigung des Vaterlandes ausgezogen, und mit reinen Händen hat das deutsche Heer das Schwert geführt.
In den zahllosen Gräbern, welche Zeichen deutschen Heldentums sind, ruhen ohne Unterschied Männer aller Parteifärbungen. Sie waren damals einig in der Liebe und in der Treue zum gemeinsamen Vaterlande. Darum möge an diesem Erinnerungsmale stets innerer Hader zerschellen; es sei eine Stätte, an der sich alle die Hand reichen, welche die Liebe zum Vaterlande beseelt und denen die deutsche Ehre über alles geht ...

Herbert kannte das schon auswendig. Wenn dir der Text Tag für Tag vor der Nase hängt, du ihn bei jeder Mahlzeit sehen mußt, bleibt dir gar nichts anderes übrig, als ihn auswendig zu lernen.

»Weißt du, wer das gesagt hat?« fragte Vater Broschat manchmal, als er noch mit seinem Sohn redete. »Das war unser Generalfeldmarschall von Hindenburg bei der Einweihung des Tannenbergdenkmals am achtzehnten September neunzehnhundertsiebenundzwanzig.«

Vater, Vater, was bist du nur für ein Mensch! Andere haben Goldringe und Bernsteinketten mitgebracht, Familienfotos und alte Postkarten, ein Stückchen Speck oder ausgelassene Butter. Aber du hast ein Eichenbrett mit der Rede des alten Hindenburg aus Ostpreußen mitgebracht!

»Du bist noch zu jung, um Papa zu verstehen«, war Mutters ständige Redensart. »Denk mal, was Papa alles mitgemacht hat. Erst den Krieg mit der Verwundung, die Flucht und wieder zurück nach Hause. Den Hof verlassen, im Lager gelebt und jetzt in einem Behelfsheim ohne ordentliche Arbeit. So etwas zehrt am Menschen. Da bleibt nichts weiter übrig als ein bißchen Erinnerung und die Hoffnung, daß es so wird wie früher, daß sie die Deutschen auch mal ein bißchen leben lassen.«

So verliefen die Abendgespräche im Behelfsheim, bis Herbert endgültig erklärte, er wolle von dem Deutschland seiner Eltern nichts mehr wissen. Das geschah an dem Tage, als die erste Wasserstoffbombe auf dem Planeten explodierte. Die beiden Alten waren sprachlos. Nicht wegen der Bombe, sondern weil Herbert auswandern wollte. Vater Broschat wußte keinen besseren Rat, als die Auswanderung zu verbieten. Wenigstens bis zu Herberts einundzwanzigstem Geburtstag konnte er sie verhindern.

Seit jener Zeit stand eine Wand zwischen ihm und dem Vater. Herbert fühlte sich nicht mehr wohl in den zwei Stuben des Behelfsheims. Plötzlich ging ihm alles auf die Nerven, auch die beschauliche Zurückgezogenheit seiner Mutter, ihre Art, alles von der freundlichen Seite zu betrachten. »Wir haben wenigstens genug zu essen, Herbert, eigene Kartoffeln und jeden Sonntag Kaninchenbraten. Das ist doch auch schon etwas, mein

Junge!« Dieser Jubel der Mutter, als Vaters Grundrente um fünf Mark erhöht wurde. »Siehst du, sie denken an uns, sie lassen uns nicht im Stich!«

Einunddreißig Mark Grundrente im Monat. Als Vater Broschat seine fünfzig Prozent Kriegsbeschädigung durchprozessiert hatte, gab es weitere hundert Mark Ausgleichsrente. »Mehr kannst du wirklich nicht vom Staat erwarten, Herbert, nicht in diesen Zeiten!« erklärte die Mutter fast beschwörend.

Vielleicht wäre es trotzdem gutgegangen. Von Auswanderung sprach damals fast jeder, aber den meisten kam etwas dazwischen. Oft war es ein Mädchen, das nach einem halben Jahr schwanger wurde und geheiratet werden mußte. Ja, so endeten für gewöhnlich die großen Projekte der Jugend – vor dem Traualtar, und die Braut trug ein Kind unter dem Herzen.

Auch Herbert hätte auf diese Bahn geraten können, aber da kam die Lehre, die ihm die Augen öffnete. Monatelang war seine Mutter im Dorf herumgelaufen, um eine Lehrstelle zu finden. Egal, was, nur eine Lehrstelle. Sogar Schmied oder Sattler wäre ihr recht gewesen, obwohl schon zu sehen war, daß die Pferde auszusterben begannen. Sie fuhr mit Herbert nach Wilster und Itzehoe, eines Tages sogar nach Meldorf, und das alles nur wegen einer einzigen Lehrstelle. »Kein Wunder, daß die Kinder an Amerika denken«, klagte sie einmal. »Hier wird ihnen doch nichts geboten. Wenn unser Junge erst einen Beruf hat, wird er auf andere Gedanken kommen.«

Ja, auf andere Gedanken. Durch die Lehre kam er auf andere Gedanken. Eines Abends kam die Mutter in aufgeräumter Stimmung heim, heiter wie selten. Da gab es einen Rechtsanwalt und Notar Struve in Burg, der hielt einmal wöchentlich in Sandermarsch Sprechstunde ab. Dieser wunderbare Mensch brauchte einen Lehrling für sein Büro.

»Und weil du in Deutsch eine Zwei im Zeugnis hast, will er dich nehmen!« jubelte die Mutter.

Struve war ein Ungetüm von Mensch. Er wog ungefähr so viel wie ein gemästetes Schwein, bevor es zu Weihnachten geschlachtet wird. Alle halben Jahre verbrauchte er einen Schreibtischsessel, obwohl er nur Sonderanfertigungen – mit durch Stahlschienen verstärkten Sesselbeinen – kaufte. Von ihm wußte der Dorfklatsch zu erzählen, er habe den Wirt des Dithmarscher Krugs um eine Zeche betrogen. Er habe mit einem Marschbauern gewettet, in welche Richtung der Kirchturm von Sandermarsch, sollte er jemals kippen, fallen würde, nach Westen oder nach Osten; wer verliere, zahle die Zeche. Der Krugwirt als Zeuge habe die Wette durchgeschlagen und warte nun schon zwanzig Jahre auf den Sturz des Kirchturms. Erst dann würde bezahlt. Solche Späße leistete sich ein Rechtsanwalt, ein Wahrer des deutschen Rechts.

Struves Kanzlei sah anders aus, als Advokatenbüros gewöhnlich aussehen. Vor allem war sie älter. Zunächst fiel Herbert eine fünf Meter lange Wand mit Büchern auf. Struve hielt außer den Pflichtblättern, die die Anwaltskammer vorschrieb, zwei Tageszeitungen – eine für das Frühstück und eine für die Mittagspause –, dazu Wochen- und Monatsblätter sowie ein medizinisches Journal.

»Du darfst alles lesen«, war das erste, was er zu Herbert sagte, als der seinen Dienst antrat. »Lesen ist besser als in der Nase pulen.«

Anfangs hatte Herbert nur gelesen, wenn in der Dienstzeit nichts zu tun war. Später kam es vor, daß er abends länger blieb oder bei schlechtem Wetter den Sonnabendnachmittag opferte, um zu lesen. In Struves dicken Büchern, in den gehefteten Gesetz- und Verordnungsblättern, den Bergen von Zeitungen und bedrucktem Papier war ihm das ganze deutsche Elend begegnet. Schwerbeschädigtengesetz, Versorgungsgesetz, Heimkehrergesetz, Vertriebenengesetz ... die Namen sagten alles. Im Dutzend gab es Verordnungen zum Lastenausgleich und zur Kriegsopferversorgung, zur Wiedergutmachung des nationalsozialistischen Unrechts, Abzahlung der Schulden des Dritten Reiches, Eingliederung und Versorgung der 131er, der vielen überflüssigen Beamten und Berufssoldaten ... Ein Gesetz zur Erleichterung der Annahme an Kindes Statt, damit die Kriegswaisen schnell zu Vater und Mutter kamen. Überall Abwicklung, Aufräumen, Beseitigung der Schäden eines Krieges, für den die Ungeborenen noch würden zahlen müssen. Deutsche Abgesandte reisten in der Welt umher mit der einzigen Aufgabe, um gut Wetter zu bitten. Nehmt uns endlich wieder auf in die Gemeinschaft der ehrenwerten Völker, wir sind auch bereit, dafür zu zahlen! Was in Scherben gegangen war, mußte gekittet werden. Zu Hunderten wurden internationale Verträge in Kraft gesetzt, aus denen sich das Großdeutsche Reich mit einem Federstrich zurückgezogen hatte. Das alles stand in den Papieren des Advokaten Struve in Burg und wartete darauf, von Herbert Broschat gelesen zu werden.

Am 23. Oktober 1954 unterschrieben die Außenminister Frankreichs, Großbritanniens und der USA in Paris ein Protokoll über die Beendigung des Besatzungsregimes in der Bundesrepublik Deutschland. Darin hieß es:

Die Bundesrepublik wird die volle Macht eines souveränen Staates über ihre inneren und äußeren Angelegenheiten erhalten.

Deutschland fing wieder an, etwas zu werden. Vater Broschat konnte hoffen. Aber das stand nur auf dem Papier. Die Wirklichkeit sah so aus, daß Deutsche in französischen Restaurants nicht bedient wurden, daß in den Niederlanden Hakenkreuze auf deutsche Autos geschmiert und in Dänemark Wagen mit deutschen Kennzeichen die Reifen aufgeschnitten wurden. Nein, als Deutscher durftest du dich nirgends sehen lassen, höchstens im kanadischen Busch oder bei den Känguruhs. Eine Zeitung zitierte aus einem Bericht der amerikanischen Besatzungsbehörden an ihren Präsidenten:

> *Trotz der Strafe, unter der die Deutschen jetzt leiden, findet sich offenbar bei ihnen kein Bewußtsein kollektiver Schuld für die unaussprechlichen Verbrechen der deutschen Nation. Berichte der Nachrichtendienste zeigen eindeutig, daß unser ganzes Propagandabemühen, ein Gefühl kollektiver Schuld zu erwecken, zwecklos war.*

Ja, sie haben es schon richtig verstanden, die fremden Nachrichtendienste. Die Mehrheit der Deutschen plädierte auf: Nicht schuldig, Euer Ehren! Das werden die anderen nie verstehen, daß sich so viele Deutsche mit gutem, subjektivem Recht für unschuldig halten konnten. Millionen begannen nach dem Krieg zu rechnen, setzten ihr persönliches Tun ins Verhältnis zu ihrem persönlichen Leiden und behielten einen Rest zu ihren Gunsten. »Ich habe nicht einmal einem russischen Huhn die Gurgel umgedreht«, behauptete Vater Broschat. »Trotzdem kamen alle Soldaten unseres Regiments, die später in Gefangenschaft gerieten, in ein Straflager, weil unsere Einheit ein Vierteljahr in einem

Gebiet der Ukraine gelegen hat, in dem später ein Massengrab entdeckt wurde.«

Vater Broschat konnte dem nicht mehr folgen. Wenn sein kleiner Volksempfänger Berichte über Kriegsverbrecherprozesse brachte, schaltete er ab.

»Ist gut, ist gut«, murmelte er. »Langsam wissen es alle, was die Deutschen zwischen dreiunddreißig und fünfundvierzig angerichtet haben.«

Er ertrug es nicht, daß die Sieger unverdientermaßen als die strahlenden Guten in die Geschichte eingehen sollten, denn die schreiben die Geschichte und nehmen sich erst einmal das Beste; für den Besiegten lassen sie den schäbigen Rest.

»Diese Pharisäer!« Das war Vaters Lieblingsschimpfwort, wenn es um die Sieger des Zweiten Weltkriegs ging. Und dann zählte er auf, was er Scheußliches von ihnen wußte.

Ach, es war schon ein Glück, daß die meisten Deutschen keine Einsicht in die dicken Bücher des Advokaten Struve nehmen konnten, daß sie nicht zu spüren bekamen, wie verachtet sie waren. Sie lebten mit *Vogelhändler, Schwarzwaldmädel* und *Heideröslein* in den Tag hinein. Isolierung war das richtige Wort dafür. Isolierung traf ein Volk, das sowieso kein gesundes Selbstvertrauen besaß. Vielleicht stürzten sich deshalb die isolierten, verachteten Deutschen so eifrig auf die Wirtschaft, an die Autofließbänder, in die Ziegeleien und Zementfabriken.

»Es wird von Jahr zu Jahr besser«, war Mutters Standardspruch, wenn wieder einmal in der Silvesternacht die Kirchenglocken von Sandermarsch läuteten.

Freude am Sattessen kann für eine gewisse Zeit die Isolierung verdecken. Aber Sattessen allein genügt nicht, wenn du einundzwanzig Jahre alt bist und das

Leben vor dir hast, wie man so schön sagt. Das ist kein Alter, um auf der Gartenbank zu sitzen und dem Wachsen der Sandermarscher Rüben zuzusehen. Mit einundzwanzig Jahren willst du etwas Besonderes aus deinem Leben machen. Früher jagten sie die Menschen in diesem Alter zu den Soldaten und in die Kriege. Das war auch etwas furchtbar Besonderes. Heute mußt du auf Reisen gehen, jene Winkel der Erde aufsuchen, wo sich die Ströme ins Eismeer ergießen und die Wälder so groß sind, daß du Europa darin verstecken kannst. Reiseberichte schreiben über die Wunder da draußen. Gedichte an den Mond schreiben, nicht an den Mond von Sandermarsch, sondern an den Mond am Rio Negro.

Als es ernst wurde mit Herberts Auswanderungsplänen, holte die Mutter Verstärkung aus dem Dorf.

»Wir wissen nicht mehr, was mit dem Jungen los ist. Sprechen Sie doch mal mit ihm, Herr Pastor.«

»Wenn du keine Angehörigen in Sandermarsch hättest, könnte ich dich gut verstehen«, sagte Pastor Griem. »Aber du hast eine Mutter und einen kranken Vater zu Hause. Das verpflichtet.«

Da hatte Herbert ihm den ganzen Überdruß an den neunhundertsechsunddreißig Quadratmetern Gartenerde, an dem flachen Behelfsheim, fünfeinhalb Meter breit, achteinhalb Meter lang, ins Gesicht geschleudert. Auch die Angst, in dieser beschränkten Beschaulichkeit weiterleben zu müssen. Da sitzt du in Sandermarsch, und hinter dem Horizont zieht die große Welt vorbei, nehmen die Postkartenschönheiten Gestalt an. Einmal den Zuckerhut umkreisen, in den Niagara spucken und über die Golden Gate Bridge schauen.

»Von wem hat der Junge bloß diese Unruhe?« jammerte die Mutter. »Wir waren doch beide nicht so.«

Schließlich fand Herbert ein Argument, gegen das niemand etwas sagen konnte, auch Pastor Griem nicht; das war die Gefährdung Deutschlands. Er hatte das Hin und Her des Koreakrieges verfolgt und begriffen, daß Deutschland wie Korea an einer Nahtstelle zwischen Ost und West lag. Eines Tages wird ein Koreakrieg in Deutschland ausbrechen; dann bleibt kein Stein auf dem anderen. Wir sind der Speck in der Mausefalle – entweder wird er gefressen, oder er wird zermalmt, wenn die Falle zuklappt. Am 17. Juni 1953 hätte es schon klappen können. Oder bei der Blockade Berlins. O ja, es hatte schon seinen Grund, daß in Köln und Düsseldorf die linksrheinischen Bauplätze teurer waren als die auf dem östlichen Rheinufer. Wenn es losgeht, findet nämlich der Weltuntergang linksrheinisch ein paar Stunden später statt.

Fünfmal heißer als die Sonne. So beschrieben die Zeitungen die Hitzegrade, als am 1. November 1952 auf dem Eniwetok-Atoll die erste Wasserstoffbombe explodierte. Neun Monate später kam die Antwort aus Sibirien. Und so ging es weiter. Immer gewaltiger, immer höher wurden die Rauchpilze. Bei einer Atomluftschutzübung in Amerika gab es sechzehn Millionen Tote, natürlich auf dem Papier, nur so zum Üben. Ein findiger Kopf errechnete, die geballte Sprengkraft aller vorhandenen Atomwaffen reiche aus, um jeden Erdenbürger mit der Wucht von zehn Tonnen Dynamit aufzulösen.

Komitees gegen Atomrüstung veranstalteten gewaltlose Märsche in den deutschen Städten. *Wer zur Atomwaffe greift, wird durch die Atomwaffe umkommen!* stand auf ihren Transparenten. Die Angst vor der Atombombe war so groß, daß jedermann mit Freuden für die friedliche Nutzung der Atomkraft eintrat. O diese wunderbare, tröstliche Vorstellung: Wir zähmen die tödliche Kraft der Atombombe in unseren Elektrizitätswerken und liefern warmes, helles, friedliches Licht für die Lampen der Welt!

Pastor Griem meinte, Gott werde es nicht zulassen, daß sich unsere Erde in einem Atompilz auflöse, denn vorher sei noch einiges zu erledigen. Gottes Sohn müsse noch wiederkehren, um Schafe und Böcke zu trennen und mit seinen Heiligen zu Mittag zu speisen. Aber wie nun, wenn Gott nicht zum Mittagessen kommt, sondern in einem Atompilz wiederkehrt? Die Phantasie der Alten hat nicht ausgereicht, um sich alle Möglichkeiten des Jüngsten Gerichts vorzustellen; von der Auflösung des Planeten in einer Atomexplosion steht nichts in der Offenbarung des Johannes.

Am 8. August 1955, zehn Jahre nach dem Knall von Nagasaki, stand im Bundesgesetzblatt, das Herbert zum Abschluß seiner Tätigkeit in Struves Kanzlei sichtete, eine Verordnung, die dem Deutschen Wetterdienst die Aufgabe übertrug, *die Atmosphäre auf radioaktive Beimengungen und deren Verfrachtung zu überwachen.* Das hatte gute Gründe. Es zogen nämlich Atomschwaden von Sibirien und dem Pazifik über Sandermarsch hinweg nach Deutschland hinein. Wenn es viel regnete, lag es an den Strahlen; wenn der Winter kalt oder der Sommer heiß wurde – die Strahlen trugen die Schuld. Es wurden Kälber mit zwei Köpfen geboren, und die Säuglinge kamen schon mit dem radioaktiven Blick auf die Welt. In jenem Sommer entdeckte Herbert auch ein *Gesetz zum Schutz deutschen Kulturgutes gegen Abwanderung.* Es wird Zeit abzuhauen, dachte er, bevor es ein Gesetz zum Schutz des deutschen Volkes gegen Auswanderung gibt.

Vielleicht wäre er trotzdem geblieben, hätte Struve

nicht nach Beendigung seiner Lehrzeit erklärt: »Einen ausgebildeten Rechtsanwaltsgehilfen ernährt meine Kanzlei nicht. Ich werde einen neuen Lehrling suchen, und du gehst am besten nach Hamburg; da können sie Anwaltsgehilfen brauchen.«

Von Sandermarsch nach Hamburg! Das waren achtzig Kilometer Luftlinie, aber für Herbert fast so weit wie von Sandermarsch nach Kanada. Wenn schon neu anfangen, dann gründlich.

Der Tropfen, der das Faß zum Überlaufen brachte, stand auch in Struves Bundesgesetzblatt. Im Sommer 1955 wurde das Freiwilligengesetz verabschiedet, das so anfing:

> *Zur Vorbereitung des Aufbaus der Streitkräfte der Bundesrepublik Deutschland werden freiwillige Soldaten bis zu einer Höchstzahl von 6000 Mann aufgestellt.*

»Das sind doch nur sechstausend«, beschwichtigte die Mutter. »Du gehörst nicht dazu; sie nehmen nur Freiwillige.«

»So fängt es an, Mutter. Danach werden es mehr und mehr, und irgendwann mußt du die vielen Soldaten auch beschäftigen.«

Herberts Standpunkt war sonnenklar: Wir Deutsche können alles mögliche gebrauchen, Sportler, Spaziergänger oder Bergsteiger, nur keine Soldaten. Wir wollen das nicht mehr. Wir wollen nur noch Kaninchen sein. Sollen die großen Schlangen doch eifersüchtig darüber wachen, daß keine dem Kaninchen ein Haar krümmt. Seit der Stunde Null gehört uns nichts mehr, folglich gibt es auch nichts mehr zu verteidigen. Laß sie doch schalten und walten, die großen Sieger. Keine

Seite kann es zulassen, daß Deutschland der anderen zufällt. Wir sind das tote Auge im Zentrum des Taifuns, hier ist Stille. Deshalb brauchen wir keine Soldaten.

Aber nein, die Deutschen lassen sich nicht einmal drängen, sondern sind freudig bereit, wieder zu marschieren. Die Deutschen haben keine Ehre und keinen Stolz. Wie sind sie gedemütigt und in den Hintern getreten worden! Aber jetzt kommen sie freudig angewedelt, um Soldat zu spielen. Warum gab es keinen Aufschrei der Entrüstung? Lag es daran, daß die Millionen, die zum Schreien bestimmt waren, die gar nicht anders konnten als schreien, nicht mehr existierten, weil sie auf den Friedhöfen lagen? 1945 hatten wieder die angefangen, die 1933 aufgehört hatten, alte Leute mit alten Ideen. Es ist ein Jammer, daß immer nur die die Geschichte schreiben, die überlebt haben. Unsere Welt würde anders aussehen, wenn auch die anderen zu Worte kämen.

Vater Broschat, dem das Soldatspielen die Heimat, den Bauernhof und ein kleines Stück des linken Beines gekostet hatte, hielt die deutsche Wiederaufrüstung für einen normalen Vorgang.

»Deutschland braucht wieder Soldaten. Wenn wir etwas gelten wollen, kommen wir ohne Soldaten nicht aus.«

Auch war er überzeugt, daß Deutschland sich schützen müsse. Nur Soldaten könnten verhindern, daß es im Westen so würde wie im Osten, aus dem wöchentlich über viertausend Menschen nach Berlin flohen. Ein Leben im Osten erschien ihm nicht lebenswert. Dann lieber sterben. Vater Broschat hatte seine ganz bestimmten Vorstellungen vom Leben im Osten. Am schwersten wog, daß sie dir drüben keine persönliche Habe lassen. Der Staat schluckt alles; mehr als ein

Huhn darf niemand besitzen. In einer solchen Welt mag leben, wer will, aber nicht Vater Broschat.

»Du bist ein Feigling!« hatte Vater Broschat gerufen, als Herbert sich gegen deutsche Soldaten ereiferte. »Wenn Deutschland Soldaten braucht, gehörst du dazu! Überall in der Welt haben die jungen Männer die Pflicht, ihrem Vaterland zu dienen.«

Mein Gott, wie hörte sich das abgestanden und schal an. Pflichterfüllung, dem Vaterland dienen ... bis man sich gegenseitig die Bäuche aufschlitzt, alles mit den besten Absichten natürlich.

»Es ist eine Ehre, Soldat zu sein!«

Ach, was du nicht sagst! Da liegst du mit der Ehre im Dreck wie ein Tier und bist tot. Ehre, Treue, Pflichtgefühl, das waren doch Sprüche, um dumme Menschen vor irgendeinen Karren zu spannen. Du hast es selbst erlebt, Vater. Ihr habt eure Pflicht erfüllt und Befehle ausgeführt, aber die übrige Welt hat euch für diese Pflichterfüllung zu Verbrechern erklärt. Nun sollen wir wieder Befehle ausführen. Wer sagt denn, ob die Befehle gut sind oder verbrecherisch? So etwas stellt sich immer erst hinterher heraus, wenn es Sieger und Besiegte gibt.

Vater Broschat hätte es ihm noch verziehen, wenn er nur für kurze Zeit, gewissermaßen studienhalber, ins Ausland gegangen wäre, um dann, hoffentlich geläutert, heimzukehren. Aber die Leidenschaft, mit der Herbert sich der Ohne-mich-Bewegung anschloß, zerbrach den kranken Mann. War das noch sein Sohn, ein Mensch, der keine Gelegenheit ausließ zu behaupten, er wolle lieber rot als tot sein? Auch schwarz oder grau oder weiß wolle er sein, aber auf keinen Fall tot. Nur nicht sterben für irgendeine verrückte Idee, bevor du diese wunderbare Welt gesehen hast!

Seitdem sprach sein Vater nicht mehr mit ihm, übersah ihn einfach, sogar am gemeinsamen Mittagstisch. Es begann der Wettlauf mit der Zeit. Vater Broschat hoffte, die Wehrpflicht werde bald kommen. Ein Gesetz werde seinen Sohn daran hindern, ins Ausland zu gehen. Denn so lauten die Gesetze für alle Armeen der Welt: Wer in den Erfassungspapieren steht, darf nicht auswandern.

Herbert wartete indessen auf seinen einundzwanzigsten Geburtstag, um endlich das Formular unterschreiben zu können, das ihm die kanadische Einwanderungsmission zugeschickt hatte. An seinem Geburtstag fuhr er mit dem Papier nach Hamburg in die Admiralitätsstraße, ließ eine Röntgenaufnahme von seiner Lunge anfertigen und ging zur Pockenimpfung ins Hamburger Tropenkrankenhaus. Nach einer Woche kam ein Brief von der Einwanderungsmission. Man habe vergessen, ihm mitzuteilen, daß zwei Referenzen für die Auswanderung erforderlich seien, zum Beispiel von Lehrern, Pfarrern, Arbeitgebern oder sonstigen ehrenwerten Persönlichkeiten. Herbert Broschat möge die Schriftstücke bitte nachreichen.

Er rechnete es der Mutter hoch an, daß sie nicht loslief, um die Referenzen zu verhindern. Wäre niemand bereit gewesen, ihm eine Referenz für Kanada auszustellen, Herbert Broschat hätte zu Hause bleiben müssen.

Zuerst ging er zu Pastor Griem. Der nahm, ohne viel zu fragen, seinen Füllfederhalter und schrieb einen ganzen Bogen voll, schrieb gute, verständige Sätze über seinen Konfirmanden Herbert Broschat. Als er das Geschriebene durchlas und auf das Trocknen der Tinte wartete, bemerkte er: »Na, christlich ist das auch nicht. Die nehmen nur die Gesunden, die Jungen und die, die nichts verbrochen haben, die eine Referenz bekommen. Aber wo sollen wir mit dem Rest bleiben?«

Während er vorsichtig über die Tinte pustete, erzählte er von Australien. Dort habe man vor Jahrhunderten mit einer Sträflingskolonie angefangen, aber jetzt lebten dort anständige Menschen wie überall in der Welt. Doch Pastor Griem konnte die anderen Länder schon verstehen.

»Was wir uns in Europa in den letzten fünfzig Jahren geleistet haben, reicht aus, um den Nichteuropäern den Angstschweiß auf die Stirn zu treiben. Wir dürfen uns nicht wundern, wenn sie nur die Guten haben wollen und den Schrott in Europa lassen. Sie können die wilden Europäer nicht ungeprüft in ein so großes, freies Land wie Kanada einwandern lassen.«

Lehrer Burmester war die zweite ehrenwerte Persönlichkeit, an die Herbert sich wandte. Er wohnte mit Frau und drei Kindern in der hinteren Hälfte des Schulgebäudes, umgeben von Hühnern, Karnickeln und Schweinen, restlos ausgefüllt mit der Arbeit im Schulgarten, in dem er fremdländische Gewächse zog und Bienen schwärmen ließ. Er vergaß sofort den Grund für Herberts Besuch und erzählte von früher, den Kopf in die Hände gestützt.

»Als ich so alt war wie du, wollte ich auch auswandern. Das war so um neunzehnhundertdreiundzwanzig herum, als das Porto für eine Postkarte tausend Mark kostete und du für einen amerikanischen Dollar vier Billionen Mark zahlen mußtest. Aber in solchen Zeiten hat kein Mensch Geld, um eine Schiffspassage nach Amerika zu bezahlen.«

Anfang der dreißiger Jahre habe ihn das Auswanderungsfieber noch einmal gepackt. Eigentlich aus nichtigem Anlaß. Im Sommer 1934 gab es diesen Zwischenfall in Bayern, bei dem die neuen Herren in ihren eigenen Reihen ein Blutbad anrichteten. Da sei ihm angst geworden. Aber damals waren die Länder knapp, in die man auswandern konnte. Amerika steckte bis zum Hals im Elend der Weltwirtschaftskrise; das große Wunderland konnte gerade zu der Zeit, als es am nötigsten gewesen wäre, keine Menschen aufnehmen. So blieb Burmester zu Hause und verdrängte das bayerische Blutbad, überlagerte es mit angenehmen Dingen, zum Beispiel mit der eigenen Hochzeit und der anschließenden Mittelmeerreise auf einem Kraft-durch-Freude-Dampfer. Ein wenig komisch sei ihm schon zumute gewesen, als er, das mußte 1935 gewesen sein, zum erstenmal auf seinem Schulhof die Hakenkreuzfahne neben die schwarzweißrote Fahne gehängt habe. Später überließ er das Fahnehissen den großen Jungs aus der achten Klasse, die sich darum rissen und es für eine Ehre hielten, das Tuch an den Mast zu bringen.

»Aber du wolltest eine Referenz haben, mein Junge.«

Burmester holte Papier aus dem Nebenraum und begann zu schreiben, unterbrach sich aber, weil ihm einfiel, daß er auch im Sommer 1939 am liebsten ausgewandert wäre. Aber damals ging es nicht mehr, weil er schon auf der Reserveliste der deutschen Wehrmacht stand. »Und außerdem war unsere Anke unterwegs.«

Er schrieb die Referenz fertig. Als er den Bogen zusammenfaltete, hatte er in Gedanken gerade die Zeit seiner Kriegsgefangenschaft erreicht. Ja, als er 1947 heimkehrte, wäre er am liebsten auch ausgewandert. So trostlos sah es zu Hause aus.

»Aber mit drei kleinen Kindern wagt der Mensch keine Auswanderung mehr. Und heute bin ich dafür zu alt.«

Burmester beklopfte lachend die Stellen seines Körpers, die ihn daran hinderten auszuwandern. Das war das Kreuz, das gelegentlich schmerzte, sein fülliger Bauch, der gegen die Westenknöpfe stremmte, und der Schädel, der seit zwei Jahren kaum noch Haare trug.

»Wenn du es dir recht überlegst, mein lieber Herbert Broschat – in Deutschland gab es immer Gründe auszuwandern. Früher war es die Religion, die den Menschen das Leben schwermachte und keinen Widerspruch duldete. Später kamen die vielen Kinder, die die Medizin am Leben hielt, die aber auf den kleinen Landstellen nicht genug Nahrung fanden. Die zweiten und die dritten Söhne wanderten aus, gingen in die Städte, ins Ruhrgebiet oder nach Amerika. Dann kamen die Kriege, die immer wieder Anlaß gaben, sich weit fortzuwünschen ins Land, wo der Pfeffer wächst. Wir haben alle im Dreck gelegen und davon geträumt, weit weg vom Schuß zu sein, meinetwegen in Kanada. Über dir nur Sterne und Baumwipfel, aber keine Granaten und Leuchtspurmunition. Sogar die, die getroffen wurden, haben noch daran gedacht. Wenn sie zusammengekrümmt dalagen, haben sie sich vorgestellt, in ein Land auszuwandern, in dem so etwas nicht vorkommen kann.«

Burmester nahm ihn mit in den Schulgarten und zeigte ihm seinen ganzen Stolz, eine japanische Zierkirsche, die im Frühling 1955 zum erstenmal geblüht hatte.

»Wirst du zurückkommen?« fragte er beiläufig.

Herbert Broschat wußte darauf keine Antwort.

»Ich frage nur wegen der Sämlinge. Wenn du zurückkommst, kannst du mir Samen von kanadischen Bäumen mitbringen.«

Vor allem die kanadischen Nadelhölzer lagen Burmester am Herzen, die verschiedenen Fichten-, Tannen-, Kiefern- und Balsamarten. Burmester geriet ins Schwärmen, als er sich vorstellte, in seinem Schulgarten eine rote Zeder zu züchten, wie sie im Westen Kanadas vorkommt, einen gigantischen Baum, der alles überragte, was bisher in Sandermarsch und Umgebung gewachsen war. Es wäre schon eine interessante Frage, ob Zedern dem Nordseeklima standhalten können ...

Aus! Vorbei! Das war das Ende des Films. Kein Happy-End, einfach so gerissen.

»Drüben liegt Terschelling«, sagte eine Stimme hinter ihm. Jemand saß auf der Pingpongplatte und stippte Zigarettenasche auf die Schiffsplanken.

Nie wieder nach Deutschland, dachte Herbert, zu den Leuchttürmen der Ostfriesischen Inseln blickend. Lehrer Burmester wird keine Zedernsämlinge für den Schulgarten erhalten. Aus dem Dunkel im Vordergrund tauchten weiße Wellenköpfe auf und brachen lautlos zusammen.

»Da muß irgendwo England liegen«, sagte die Stimme vom Pingpongtisch.

Herbert klopfte vorsorglich an, aber so viel Vorsicht war nicht angebracht. Erich Domski saß allein in der Kabine und rauchte zufrieden eine Zigarette, denn in Wattenscheid kannte er einen Steiger Willi, der hatte früher schon immer gesagt: »Auch nachher sollst du rauchen. Mußt nur aufpassen, daß das Bett nicht Feuer fängt.« Er bot Herbert eine Zigarette an, gewissermaßen als Dank für die Kabine und das bequemere untere Bett.

Nein, danke, Herbert rauchte nicht.

»Mensch, wo die Zigaretten auf dem Schiff so billig sind!« Erich rechnete ihm vor, daß eine Schachtel mit zwanzig Zigaretten fünfzehn Cent kostete; das seien nach deutschem Geld an die fünfundsechzig Pfennig. Und das für gute amerikanische Zigaretten aus reinem Tabak, nicht mit Hundehaaren gestreckt wie bei uns in der schlechten Zeit.

Erich hatte es sich in den Kopf gesetzt, etwas Gutes für Herbert zu tun. Da der keine Zigaretten wollte, nahm er ihn mit nach oben. Mal sehen, Kumpel, was so eine Schiffsbar zu bieten hat.

Auf dem Weg nach oben fragte Herbert, ob er das Mädchen schon von früher kenne.

Erich schüttelte den Kopf. Am Abendbrottisch habe er sie zum erstenmal gesehen; er wisse nicht einmal ihren Namen. »Aber sie muß aus dem Siegerland kommen«, meinte er. »Bei uns im Bergwerk hatten wir einen aus dem Siegerland, der sprach so wie die.«

Erich Domski erzählte, worüber sie gesprochen hatten.

»Weißt du, warum die rüberfährt? Du wirst es nicht glauben, aber die will in Kanada heiraten. Ein Kerl aus Manitoba hat eine Heiratsanzeige aufgegeben. Darauf hat sie geschrieben. Nun holt er sie vom Flugplatz in Winnipeg ab mit einem Straßenkreuzer, so groß wie ein Heuwagen.

Und dann gleich ab zur Trauung. Für die sind das hier die letzten Tage in Freiheit, verstehst du das? Die nimmt mit, was sie kriegen kann. Wer weiß, wie es in Manitoba zugeht! Die sollen da furchtbar strenge Sitten haben. Wer fremdgeht, wird vom Sheriff erschossen oder noch schlimmer!«

Sie lachten beide.

Das ist auch ein Grund, um auszuwandern, dachte

Herbert. Dieser himmelschreiende Frauenüberschuß in Deutschland. Wenn du nicht wie Schneewittchen aussiehst, bekommst du keinen anständigen Kerl. Aber auch als Frau hast du nur ein Leben, und die Zeit der Fruchtbarkeit ist kurz. Da mußt du dich sputen, um auf anständige Weise zu Mann und Kind zu kommen – auf unanständige Weise ist das kein Kunststück. Am besten wanderst du aus in Gegenden, wo es Männer in Hülle und Fülle gibt und Frauen seltene Kostbarkeiten sind. Manitoba ist gerade das Richtige.

»Der Kerl soll eine Weizenfarm haben«, erzählte Erich. »Er ist schon vor dem Krieg ausgewandert und sucht unbedingt eine deutsche Frau, weil er gehört hat, deutsche Frauen sind so ehrlich und so treu, die mögen gern Kinder und können gut kochen. Der hat ihr sogar die Überfahrt und den Flugschein nach Winnipeg bezahlt und zusätzlich hundert Dollar Taschengeld geschickt.«

Erich schwelgte in der Vorstellung, auch einmal nach Manitoba eingeladen zu werden mit freier Überfahrt und hundert Dollar Taschengeld und gleich einzuheiraten auf eine Riesenfarm mit so viel Weizen, daß du ganz Wattenscheid ernähren kannst.

»Bei uns in Wattenscheid gab es eine Menge solcher Miezen. Bis dreißig gingen sie nach Bochum anschaffen, dann fuhren sie nach Amerika, fingen ein neues Leben an und wurden Klasse-Ehefrauen. Bloß Kinder kriegten die meistens keine mehr, weil unten alles kaputt war.«

Sie tranken den ersten Whisky ihres Lebens. Erich war begeistert. Das war doch der Stoff, der in Wildwestfilmen immer über den Tresen geschüttet wurde, bevor die Knallerei anfing. »Kino haben die übrigens auch auf dem Schiff«, erzählte er. Dem Kino verdankte er die nähere Bekanntschaft mit der Langen, deren Namen er nicht wußte. Als das Licht ausging, hatte er sich einfach neben sie gesetzt und gewartet, bis Clark Gable mit einer hübschen Mexikanerin poussierte. Da hatte er einfach zugelangt. Was Clark Gable kann, kann Erich Domski aus Wattenscheid schon lange.

»Warum gehst du rüber?« fragte Erich nach dem zweiten Glas Whisky.

Ach, das wäre eine schrecklich lange Geschichte. Um sie nicht erzählen zu müssen, sagte Herbert nur: »Ich habe etwas dagegen, daß Deutschland wieder Soldaten bekommt.«

Erich blickte ihn fassungslos an.

»Alle Länder haben Soldaten. Warum nicht wir? Ich denke, es wird höchste Zeit, daß wir wieder so werden wie die anderen.« Er besann sich und fügte nach einer Weile hinzu: »Na ja, ich habe gut reden mit meinen einhundertsiebenundsechzig Zentimetern. Ich gehöre zu denen, die eine Trittleiter brauchen, um aus dem Schützengraben zu kommen. Mit mir können sie beim Barras nichts anfangen.«

Aber es lag nicht an den Zentimetern. Auch wenn er größer gewesen wäre – deutsche Soldaten wären für Erich Domski kein Grund, um auszuwandern. Da wußte er etwas Besseres. Es fing schon damit an, daß die Zigaretten so billig waren. Aber was heißt hier Zigaretten? Das ganze Leben ist in Kanada halb so teuer wie in Deutschland! Ein Pfund Butter gibt es für neununddreißig Cent. Stell dir das mal vor! Wenn du tüchtig arbeitest, kannst du zwanzig Dollar am Tag verdienen! Rechne das mal um; da kommst du auf beinahe neunzig Mark. So viel hab' ich im Pütt in einer Woche verdient. Hinter der Siedlung in Wattenscheid-Leithe, nicht weit vom Ruhrschnellweg entfernt, gab es noch Bauland.

Das kostete fünf Mark pro Quadratmeter. In drei Jahren kannst du in Kanada so viel Geld zusammenkratzen, daß es für einen Bauplatz in Wattenscheid reicht und auch für das Haus, wenn Bruno Jonka und der Nachbar Gruschkis, die viel vom Mauern und Dachdecken verstehen, mithelfen. In drei Jahren wird Erich Domski heimkehren. Da werden die Kanaker in der Siedlung die Augen aufreißen, wenn er den Acker kauft und bar auf den Tisch des Hauses bezahlt und ein Haus draufsetzt, wie es in der ganzen Siedlung nicht zu finden ist. Und der Nachbar Flöter wird zu seinen Töchtern sagen: »Macht euch mal an Erich Domski ran, der hat es zu was gebracht!«

Eine Viertelstunde sprachen sie über Wattenscheid. Erich beschrieb die Püttsiedlung, in der die Domskis wohnten. Mittendrin. Mit drei Kindern, und die Mutter war ein bißchen krank. Na ja, es war schon etwas dreckig in Wattenscheid; so schön wie am Königssee sah es nicht aus. Mutter Domski pflegte zu sagen: »Bei uns geht die Sonne später auf als anderswo, weil sie erst durch den Dreck muß.« Manchmal kam es vor, daß die Tauben morgens weiß aus dem Verschlag flogen und abends grau reinkamen. Der alte Domski war nämlich Mitglied der Wattenscheider Reisevereinigung von 1919. Er besaß einen Stall, vollgepfropft mit gurrenden Brieftauben. Einmal reiste er mit seinen Tauben und dem kleinen Erich sogar nach Bremen. Da gewann der alte Domski den ersten Preis mit einem Vogel, der Ruhrbote hieß und wie der Teufel von Bremen nach Wattenscheid rasen konnte. Erichs Kindheitserinnerungen drehten sich vor allem um die Tauben, denen in der schlechten Zeit auch schon mal die Gurgel umgedreht wurde. Weiter gab es noch den Eckladen von Kaufmann Liepert, aus dem Erich schon als Daumenlutscher im Einkaufsnetz Bier geholt hatte. An Feiertagen hat Erich manchmal den Weihrauchkessel geschwenkt, nein, nicht in der großen Wattenscheider Kirche von Sankt Gertrudis, sondern in der Johanniskirche der Püttsiedlung Leithe. Später nahm Vater Domski Erich mit in die Zeche Holland, weil du nirgends in Deutschland so viel Geld verdienen konntest wie unter der Erde. »Was das Edelweiß unter den Blumen der Berge, das ist der Bergmann unter den deutschen Arbeitern!« Das hat mal einer von der Gewerkschaft vor dem Zechentor gesagt, als es fürchterlich zu regnen anfing und sie alle von der Versammlung nach Hause gehen wollten.

Der Pütt lag übrigens auch mittendrin in Wattenscheid-Leithe. Du konntest zu Fuß hingehen. Aber Erich fuhr meistens mit dem Motorrad. Dabei knallte er einmal gegen die Mauer, die die Zeche von der Siedlung abgrenzte. Der Beinbruch war ja noch zu verschmerzen, aber die NSU-Max war hin. Wenn Erich Domski nach drei Jahren heimkehrt, wird er so viel Geld haben, daß es für eine anständige Maschine reicht. Er dachte an eine BWM 600, mindestens aber eine Horex.

Als sie den dritten Whisky ausgetrunken hatten, sagte Erich: »Das mit deinen Soldaten glaub' ich dir nicht. Meistens steckt etwas anderes dahinter. Hast du vielleicht Pech mit den Frauen? Oder verstehst du dich mit den Eltern nicht? Ich kenne Leute aus Wattenscheid, die sind aus reiner Abenteuerlust abgehauen, wollten nur mal sehen, ob die Kugel wirklich rund ist.«

Herbert lachte. Was soll man dazu sagen? Vielleicht hast du recht, Erich Domski, vielleicht auch nicht. Irgend etwas wird es schon sein.

Im Tanzsalon begann die Kapelle zu spielen. Da

waren sie wieder, die vier Musikanten, die in Bremerhaven den Terrier zum Jaulen gebracht hatten.

»Wo kommst du eigentlich her?« fragte Erich.

Das war auch so eine dämliche Frage. Sollte er Sandermarsch oder jenen Ort im Osten nennen, in dem er geboren war und den die Eltern für ihr eigentliches Zuhause hielten?

»Ich bin Flüchtling«, sagte er.

»Von der Sorte hatten wir 'ne ganze Menge im Pütt. Für Flüchtlinge ist Auswandern ziemlich einfach. Die sind in Westdeutschland sowieso noch nicht richtig zu Hause.«

Genau das hatte Herbert seinen Eltern gesagt. »Kommt doch mit«, hatte er gesagt. »Ob ihr in Kanada oder in Sandermarsch Fremde seid, ist egal.« Aber nein, seine Eltern waren so schrecklich gründlich und ausdauernd deutsch, daß sie den Gedanken nicht einmal erwogen. Anfang 1955 hatte Herbert aus dem Advokatenbüro die *Verordnung zur Umsiedlung von Vertriebenen und Flüchtlingen aus überbelegten Ländern* mitgebracht und seinen Eltern auf den Abendbrottisch gelegt. Schleswig-Holstein, Niedersachsen und Bayern sollten hundertfünfundsechzigtausend Menschen abgeben. Nachdem die Verordnung eine Stunde lang unbeachtet auf dem Tisch herumgelegen hatte, rief Herbert: »Ob wir nach Nordrhein-Westfalen oder Kanada umsiedeln, das ist kein großer Unterschied!«

Aber nein, wo denkst du hin! Für seine Eltern lagen Welten dazwischen. Von Sandermarsch waren es nur ein paar hundert Kilometer bis nach Hause. Aber Kanada, das lag am Ende der Welt. Außerdem gab es in Kanada keine Rente für Vater Broschats Bein.

Plötzlich stand die Namenlose hinter Erich, zog ihn vom Hocker und schleppte ihn in den Tanzsalon. Es war nämlich Damenwahl. Siehst du, das hast du davon, Erich Domski. Wie immer spielten sie Walzer bei Damenwahl, den Walzer *Wer soll das bezahlen?* Und gleich hinterher für Vater Domski und alle Taubenzüchter im Ruhrgebiet und anderswo auf Wunsch einer sehr, sehr einsamen Dame *La Paloma*, und das halb im Dunkeln, fünfzehn Seemeilen hinter Terschelling. Sie klatschten unermüdlich, bis die Kapelle eine Zugabe bewilligte. Das war *Blue Tango*.

In Southampton meldete der Bordlautsprecher, wer noch Post aufgeben wolle, müsse es jetzt tun. Das sei die letzte Postabfertigung vor Quebec. Zwei Postkarten mit dem Bild der »Arosa Sun«, wie sie sich im Sonnenschein auf dem Meer aalte, schickte Herbert nach Sandermarsch, die eine zu den Eltern, die andere an Gisela. Als er sie einsteckte, stand Erich Domski hinter ihm, auch mit einer Postkarte.

»Kannst mir die mal ausfüllen?«

Herbert blickte ihn erstaunt an, musterte Erichs Hände, die groben Pütthände mit den braunen Raucherflecken. Mensch, was hast du für Hände! Nur hundertsiebenundsechzig Zentimeter groß, aber Hände wie Ruderblätter, richtige Paddel.

»Wenn es unbedingt sein muß, füll' ich so eine Karte auch aus«, meinte Erich entschuldigend und schaute nun ebenfalls auf seine Hände. »Aber es soll auch nach etwas aussehen. Weißt du, meine Mutter ist nämlich ein bißchen krank. Die sitzt in Wattenscheid hinter dem Fenster und freut sich, wenn der Briefträger kommt. Wenn schon Post, dann soll sie etwas Anständiges kriegen.«

Er sagte nicht, daß die Mutter die Postkarte zu Kaufmann Liepert und Bäcker Wieczorek mitnehmen würde, um sie vorzuzeigen mit den Worten: »Seht mal her, auf so einem Schiff fährt mein Erich nach Kanada!« Da wäre es schade, wenn die Karte voller Rechtschreibfehler wäre. Noch schlimmer wären Schmierflecken von Erichs ungeübten Fingern.

Herbert fragte, was er schreiben solle.

»Das gleiche, was du nach Hause geschrieben hast.«

Erich bückte sich, Herbert legte die Karte auf seinen Rücken und schrieb stehend freihändig im Hafen von Southampton. Während er in gebückter Haltung an der Reling stand, fiel Erich immer mehr ein, was eigentlich geschrieben werden mußte. Gutes Essen gibt es auf dem Schiff ... Die Zigaretten sind so billig ... Nein, das von der Langen, Namenlosen schreib lieber nicht. So etwas schreibt man nicht an die Mutter ...

Zum Schluß, als auf der Karte kaum noch Platz war, wollte Erich unbedingt folgenden Satz untergebracht haben: »In meiner Kabine ist ein prima Kumpel, ein Flüchtling aus Schleswig-Holstein. Der fährt auch nach Toronto.«

Herbert stockte. Flüchtling, das war der richtige Ausdruck. Flüchtling im weitesten Sinne. Herbert flüchtete vor dem deutschen Elend, vor den deutschen Soldaten, vor der deutschen Kollektivschuld, vor der deutschen Angst, vor dem langweiligen Sandermarsch und den viel zu alten Eltern. Aber so etwas hat auf Ansichtskarten nichts zu suchen.

Als sie mit der Karte fertig waren, nahm Erich Herbert mit zur Gangway. »Komm, kleine Engländerinnen ansehen!«

Natürlich kamen auch Engländer an Bord, aber die interessierten Erich weniger. Engländerinnen waren das Wichtigste an England, sie fielen angenehmer auf als die grünen Hänge hinter der Stadt Southampton. Erstaunlich, wie viele Engländerinnen an Bord kamen. Na ja, für die war das so, wie wenn ein Kumpel aus Wattenscheid nach Berchtesgaden fährt. Kanada gehörte ihnen fast, war beinahe noch englische Kolonie.

Nach den Engländerinnen gab es nur noch Meer. Erst grün, dann blau, dann grau. Anfangs mit Sonnenschein, abends Mondschein, dann nur das Licht der Leuchttürme, später die reine Finsternis.

»Ehrlich, in Wattenscheid gab es einen alten Mann, der ist in seiner Jugend an der Wesermündung Leuchtturmwärter gewesen. Weißt du, was der immer gesagt hat? ›In einem richtigen Leuchtturm dreht sich kein Scheinwerfer‹, hat er gesagt. ›Was ein richtiger Leuchtturmwärter ist, der steckt seine Laterne an und läuft die Nacht über im Kreis um den Turm.‹«

Gegen zehn Uhr meldete sich noch einmal der Bordlautsprecher. Wer einen letzten Blick auf Europa werfen wolle, müsse nach Steuerbord schauen. Das Schiff erhielt fast Schlagseite. Wer noch nicht in der Koje lag, rannte an Deck, um das letzte Blinkzeichen Europas zu sehen. O du überfüllte Wiege der abendländischen Kultur! Du Bruthöhle jener Ideen, die so vieles aufgebaut und zerstört haben. Europa verlassen, das ist wie aus einer dunstigen Waschküche auftauchen, wie endlich klaren Himmel sehen oder Freiheit riechen.

»Wie bist du ausgerechnet auf Kanada gekommen?« fragte Erich, als sie in den Kojen lagen.

»Wer etwas Englisch sprechen kann, für den gibt es nur drei Länder, um auszuwandern: Australien, USA und Kanada. Australien liegt zu weit weg, die Überfahrt kostet schrecklich viel Geld. USA wäre gut. Aber du kannst Pech haben, daß sie dich gleich zu den Soldaten holen. Dann kommst du als Besatzungssoldat nach Hanau oder Heidelberg und siehst dir Deutschland vom amerikanischen Armeelastwagen an. In Kanada darfst du erst Soldat werden, wenn du kanadischer Staatsbürger bist.«

»Du weißt ja brenzlig Bescheid«, meinte Erich Domski anerkennend; er mußte zugeben, daß er sich nichts Bestimmtes gedacht hatte, als er Kanada als Auswanderungsland aussuchte.

Das mit den Soldaten war natürlich nicht alles. Herbert konnte nicht erklären, warum er gerade auf Kanada gekommen war. Aber Kanada schien ihm ein Land zu sein, in dem die Freiheit noch zu haben war. Da kannst du ungestört deiner Wege gehen und triffst auf kein Schild: *Wegen Überfüllung geschlossen.* Da hat jeder Mensch seinen eigenen Wald und seinen eigenen See. Kanada ist noch nicht ausverkauft. Es ist ein Land ohne Trümmer, ohne Wohnungsnot, ohne Schulden und ohne Schuld.

Trocken, kalt, baumlos, so empfing Kanada die Flüchtlinge aus Europa. Vor der Küste Labradors dümpelten ein paar Eisberge; sie sahen so strahlend hell aus, als schwömmen sie Reklame für ein Waschmittel. Südlich der Belle Isle Strait weidete eine ganze Herde dieser weißen Lämmer auf dem Meer. Du denkst, eine Segelschiffarmada zieht vom Eismeer südwärts zur Belagerung der amerikanischen Küste. Braunrote Felsen, eine Küste zum Fürchtenlernen. Nur abgeschliffenes Gestein, kein spitzer Grat. Bei näherem Hinsehen entdeckte Herbert die Schichten der Jahrmillionen wie Jahresringe in den Felsen des Steilufers. Das war der

Kanadische Schild, das älteste Stück Erde, so um die zwei Milliarden Jahre alt, nur von Schmelzwasser umspült, von Winden abgetrocknet und abgeschliffen. Kein Haus – nein, doch, ein Leuchtturm. Keine Rauchzeichen am Horizont; nicht einmal ein Fischerboot erschien zur Begrüßung. Kein Wunder, daß die Wikinger dieses Land wieder aufgaben. Zu rauh, zu abweisend lagen die Felsen im Meer. Du kannst nicht ahnen, welch ein lieblicher Kern sich hinter dieser öden Schale verbirgt.

Endlich Möwen. Sie kamen mit dem Wind von der Küste, schwenkten ein und hängten sich hinter das Schiff, als wären sie mit unsichtbaren Fäden an Mast und Schornstein gebunden.

Und dann das Licht. Die Sonne, gleichsam gereinigt aus dem Meer aufgestiegen, lag auf der Pingpongplatte des Achterdecks, und ihre Strahlen tuschten Labrador rot an. Vereinzelte Wolken kamen vom Binnenland und lösten sich über dem Meer auf.

Herbert Broschat zitterte. Vor Kälte oder vor Aufregung? Das war schwer zu unterscheiden. Denn es packt dich, dieses Land mit dem klaren Himmel, von dem du dir nicht vorstellen kannst, daß er jemals schwül und drückend auf dir lastet. Du siehst sie vor dir wie eine Fata Morgana, die schöne Blume Freiheit. Sie zittert im Nordwind des Labradorstroms. Allein gegen Kanada! Oder besser: Allein mit Kanada! Eine Stimmung, um die Mahlzeiten zu vergessen. Erhaben und gewaltig. So muß es gewesen sein, als die Pilgerväter Amerika sichteten, als die westwärts ziehenden Siedler die Schneehänge der Rocky Mountains entdeckten. Hier gewinnst du den richtigen Eindruck von der Unwichtigkeit deiner kleinen Person. Ein Sandkorn, das an die karge Küste Labradors gespült wird – mehr nicht. Komm raus, Erich Domski, du mußt Kanada begrüßen! Das ist kein Land für Stubenhocker. Hier mußt du weitsichtig und hellhörig sein, den Wind mit dem nassen Finger prüfen und heute schon das Wetter von morgen fühlen können. Das ist kein Land, um Bücher zu lesen oder gar Bücher zu schreiben. Mit einer großen, gewaltigen Schrift kommst du gut aus von Labrador bis Vancouver Island.

Tatsächlich kam Erich Domski an Deck.

»Verdammt noch mal, hier ist ja schon Winter!« war das erste, was er zu Kanada sagte. Er fing an, die Schneeplacken zu zählen, die sich in den Felsnischen der Küste versteckt hielten. Als er die Eisberge hinter der Belle Isle Strait entdeckte, fiel ihm ein, daß in dieser Gegend die »Titanic« versunken sein mußte. Vor zwei Jahren hatte er in Wattenscheid, nein, er war deswegen sogar nach Wanne-Eickel gefahren, einen Film über den Untergang der »Titanic« gesehen. Er erinnerte sich vor allem an die mächtigen Schiffssirenen.

»Mit voller Lautstärke ist der Kahn untergegangen.« Erichs Bergarbeiterhände demonstrierten den Untergang der »Titanic«. »So ungefähr ging sie zu den Fischen.«

Lange hielt Erich Domski sich nicht auf mit der »Titanic«, sondern überlegte, was zu tun sei, nachdem Kanada in Sichtweite gekommen war. Nach dem Frühstück ein paar Stangen Zigaretten auf Vorrat kaufen. So billig wie auf dem Schiff gab es die nicht einmal in Kanada.

»Für die Zigaretten hast du noch zwei Tage Zeit«, sagte Herbert. So lange würde die »Arosa Sun« nämlich noch unterwegs sein. Sie war noch nicht einmal im weitgeöffneten Maul des Sankt-Lorenz-Stroms, welches das warme Wasser aus dein Bauch Amerikas in die eisige Labradorströmung speit, um Eisberge zum Schmelzen zu bringen.

Bald standen so viele Passagiere an Deck wie bei der Verabschiedung in Bremerhaven. Die meisten schienen betroffen zu sein; schweigend betrachteten sie das Schauspiel der Enthüllung Kanadas. Wenn du aus so einem bißchen Land wie Europa kommst, wo überall die Schornsteine rauchen, wo du keinen Schritt gehen kannst, ohne einen Menschen zu riechen, wo du immer wieder Stimmen hörst, sogar die letzten Winkel der Wälder nicht mehr unberührt sind – wenn du aus einer solchen Gegend kommst, mußt du beim Anblick Kanadas erschauern.

Erich Domski kam mit drei Stangen Philip Morris zurück.

»Das soll reichen bis Weihnachten«, sagte er.

Als er die Zigaretten verstaut hatte, holte er ein Stück Papier aus der Tasche und las laut: »Reissuppe, Fischfilet, gebackenes Hähnchen, ein Stück Torte, Schokoladeneis, Wermutwein, Kaffee, eine Apfelsine ... Weißt du, was das ist? Das ist die Dinnerkarte für den Abend des siebenundzwanzigsten September, diesmal sogar auf deutsch. Morgen ist nämlich Ringelpietz mit Anfassen, Abschiedsfest auf der ›Arosa Sun‹ mit Tanz durch das Schiff und so.«

Erich schwelgte in der Vorfreude auf das Abschiedsfest. Erst ein fürstliches Essen, dann Tanzen und so ... na, du weißt ja. Als sie am Frühstückstisch saßen – die Lange, Namenlose sah morgens immer so fade aus, aber das Ehepaar mit Kind war allzeit fröhlich –, erzählte Erich, wie der Name Kanada entstanden sei. Er hatte das in der Schlange vor dem Zigarettenstand gehört. Da kam also vor zweihundert Jahren der erste Bayer ins Land und wunderte sich, das kein Mensch ihn begrüßte »Is koana do?!« brüllte er. Aus dieser Frage entstand das Wort *Ka-na-da*.

Keiner da, wirklich, so kam Herbert dieses Land vor. Nur einsame Möwen über den roten Felsen und saubere Eisberge, deren Wasser du ungefiltert trinken kannst.

Erich Domski hatte in der Schlange vor Zigarettenstand auch einen Menschen getroffen, der über Labrador Bescheid wußte. Labrador steckte voller Eisenerz, habe der gesagt. Vor ein paar Jahren sei hier so reichlich Eisenerz entdeckt worden, das reiche für den dritten Weltkrieg.

»Was meinst du, ob wir uns da um Arbeit bewerben?« fragte Erich.

»In der Einöde?« erwiderte Herbert.

»Hauptsache, die zahlen gut«, meinte Erich. Er war bereit, überall hinzugehen, wo es gute Dollar gab. Erich Domski läßt sich nach Alaska schicken oder an die Hudsonbai oder ins felsige Labrador ... aber die Kasse muß stimmen. Und wenn sie ihm auftragen, den Nordpol auszugraben, Erich Domski schafft das. Für vier Dollar fünfzig in der Stunde gräbt der den Nordpol aus, garantiert. Aber im Augenblick hatte er gerade etwas anderes vor. Er opferte fünfzehn kanadische Cent für eine Briefmarke, um die Dinnerkarte vom Abschiedsfest der »Arosa Sun« nach Wattenscheid zu schicken.

Girlanden hingen von Steuerbord nach Backbord. Der Tanzsalon war geschmückt wie zur Maskerade in Sandermarsch. Die Kapelle trug Sepplhosen und Hüte mit Gamsbart.

Ja, im Salzkammergut, da kann man gut lustig sein, schmetterten die Musikanten. Erich stieß die Lange an, die neben ihm saß.

»Bei uns in Wattenscheid hatten wir nach dem Krieg einen Österreicher, der sang das Lied immer so: ›Ja, im Salz kam-mer's gut ...‹« Erich lachte, aber die Namenlose blieb stumm; sie verstand die Geschichte mit dem Salz nicht gleich, wollte lieber tanzen. Es ließ sich angenehm tanzen, weil das Schiff schon Küstengewässer erreicht hatte und nicht in Schlingerfahrt die Paare in die Ecke drückte und die Gläser von den Tischen fegte. Was dachten die schneebedeckten Hänge von Anticosti Island über so ein Abschiedsfest? Da kommt ein Schiff mit tausend Auswanderern, und im verräucherten Tanzsalon schunkeln sie unter durchhängenden Girlanden und singen *Einmal am Rhein,* während draußen die Nordlichter über den Himmel zucken.

Herbert hatte mit Erich und der Langen das Abendessen eingenommen. Danach war er warm angezogen an Deck gegangen, um die ersten Anzeichen menschlicher Besiedlung zu suchen. Außerdem kam er sich überzählig vor in dieser lärmenden, brodelnden Rosenmontagsseligkeit. Da fängt das Abenteuer Kanada an, und im Bauch des Schiffes spielen sie Liedchen aus dem Kölner Karneval! Als das Nordlicht von Labrador her seine lodernden Pfeile gegen das Sternbild des Löwen warf, ging er hinein, um sich zu wärmen und Erich zu sagen, wenn er mal ein richtiges Nordlicht sehen wolle, müsse er rauskommen.

Erich kam tatsächlich; er nahm die Lange in den Arm und brachte sie mit an Deck, obwohl es verdammt kühl war.

»In Deutschland gibt es keine Nordlichter«, behauptete Herbert.

»Hast du 'ne Ahnung!« widersprach Erich. »Die Flakscheinwerfer von Gelsenkirchen sahen genauso aus.«

»Die schönsten Nordlichter gibt es in Saskatchewan«, meinte eine ältere Frau, die neben ihnen an Deck stand. »Bei uns in der Prärie sind sogar im Sommer Nordlichter zu sehen.«

Erich spuckte schnell ins vorbeiziehende Wasser. Dann zog er mit der Langen ab und tauchte unter im verräucherten Tanzsalon. Es war einfach zu kalt für das Mädchen. Die holt sich eine Krankheit, noch bevor sie den Fuß auf kanadischen Boden setzt. Hör mal zu, die soll nächste Woche heiraten, die darf sich nicht erkälten!

»Fährst du in die Prärie?« fragte die ältere Frau, die mit Herbert bei den Nordlichtern geblieben war.

»Nein, nach Toronto.«

»Warum gehen die Einwanderer nur alle nach Toronto? In der Prärie ist es auch schön. In diesen Tagen wird bei uns der letzte Weizen geerntet, und in drei Wochen liegt vielleicht schon Schnee. Wer Kanada wirklich kennenlernen will, darf nicht in Toronto bleiben.«

In den Liegestühlen auf dem Achterdeck rumorten die Liebespärchen. Ein Mann kam an Deck und spuckte das Abschiedsdinner zur Freude der Möwen in das Wasser des Sankt-Lorenz-Stroms. Immer noch zogen verirrte Eisberge vorüber, klein und weiß. Steuerbord flimmerten die Lichter einer Siedlung auf den unwirtlichen Felsen.

Plötzlich kamen die Sepplhosen mit einer Polonäse heraus an die frische Luft. Unter dem flackernden Nordlicht führten sie den Zug trompetend um die Tischtennisplatte herum und anschließend – das war der schwerste Teil der Übung – über umgestürzte Liegestühle.

»Komm mit!« rief Erich Domski im Vorbeigehen, zog Herbert in die Reihe und schob ihn zwischen sich und die Namenlose. So, jetzt alle mal Händchen auf die Schultern legen und im Trab über das Oberdeck. Das Ganze mit Musikbegleitung. Und über dir die Flakscheinwerfer von Gelsenkirchen. Und vor dir das neue große Land.

Die Polonäse endete im Warmen. Erich bestellte drei Martini. »Damit du endlich lustig wirst«, sagte er zu Herbert. »Mensch, wir können nicht tagelang ein feierliches Gesicht machen, nur weil wir in ein Land kommen, das Kanada heißt. Ein bißchen Spaß muß schon sein.«

Er bestand darauf, daß Herbert mit der Langen tanzte. Danach mußten die beiden Brüderschaft trinken mit allem, was dazugehörte, auch Küssen. Dabei kam heraus, daß sie Rosi hieß, eigentlich Roswitha, aber Rosi gefiel ihr besser.

»Willst du sie auch mal haben?« fragte Erich, als die Lange in den Waschraum ging, um sich frisch zu machen. »Du brauchst keine Angst zu haben, sie gibt dir keinen Korb. Wenn ich es ihr sage, macht sie es mit dir, ehrlich.«

Herbert schüttelte den Kopf; er sei nicht in Stimmung für diese Art von Vergnügen, behauptete er.

»Einmal steht sie dir zu«, sagte Erich. »Weil du mir deine Koje gegeben hast und weil du immer an Deck gegangen bist, wenn ich mit ihr allein sein wollte. Heute ist die letzte Gelegenheit. Morgen geht jeder seiner Wege. Morgen ist so wie Aschermittwoch.«

Herbert stand auf, um wieder an Deck zu gehen. Hast du 'ne Ahnung, was morgen ist, Erich Domski! Morgen ist Anfang. Morgen beginnt eine neue Zeitrechnung. Du wirst staunen, wie großartig es morgen ist.

Wunderbar ist dieses Land. Hinter der rauhen Schale Labradors beginnen die lieblichen Hügel Quebecs. Und schon bist du mittendrin im Indianersommer mit seiner Wärme und seiner Windstille. Die Ufer lagen erstaunlich nahe, Menschen und Autos waren schon erkennbar, das warme Rot des Ahorns überzog die Hügel. Farben, überall Farben. Quebec sah aus wie eine mittelalterliche Festungsstadt mit Türmen, Erkern, Kanonen und Schießscharten. Über der Altstadt lag eine milde Morgensonne. Mensch, das ist ja wie in Europa!

Hinter der Stadt Quebec, auf halbem Wege nach Montreal, ist der Sankt-Lorenz-Strom endlich als Strom zu erkennen, ist er nicht mehr nur Meer. Im Norden, so weit du blicken kannst, bunte Wälder, im Südosten immer noch Schnee auf den Bergen, ein Anblick, den Erich Domski verschlief, weil Aschermittwoch war. Er verpaßte sogar das Frühstück. Herbert mußte ihn wecken, als die Beamten der Einwanderungsbehörde einen Schreibtisch im Zwischendeck aufbauten und die Papiere sehen wollten.

Im Namen des kanadischen Volkes und seiner Regierung begrüße ich Sie aufs herzlichste.

J. W. Pickersgill,
Minister für Staatsbürgerschaft und Einwanderung

So begann die Informationsschrift in deutscher Sprache, mit der Kanada die Einwanderer empfing. Die Deutschen könnten sich hier wie zu Hause fühlen, meinte der kanadische Minister, denn von den fünfzehn Millionen Kanadiern hätten eine Million den Geburtsort in Deutschland.

Immigrant – landed. Diesen Stempel drückten sie in Herberts Reisepaß und gewährten ihm damit Zugang zu dem farbenprächtigen Land. Auch gab es kostenlos ein *Handbuch für Neuankömmlinge* und eine Landkarte, damit man sich zurechtfinden konnte in den siebentausend Kilometern zwischen Saint John's/Neufundland und Victoria/British Columbia, zurechtfinden auch zwischen der Arktis und dem schmalen Streifen im Süden, auf dem die fünfzehn Millionen lebten. Diese Verschwendung an Erdoberfläche! Anderthalb Menschen auf einen Quadratkilometer – da kannst du laut schreien, bis dich einer hört. Und noch nachträglich läuft dir ein Schauder über den Rücken, wenn du an das Gedränge in Europa denkst.

Herbert saß auf dem Sonnendeck und studierte das *Handbuch für Neuankömmlinge*. Darin stand, wie in Kanada telefoniert wurde und was ein Drugstore zu verkaufen hatte, welche Versicherungen der Mensch brauchte und daß sich die Einwanderer in allen Notlagen an eine der vielen Kirchen wenden durften; denn dafür waren Kirchen vor allem da.

Erich Domski kam erst zu sich, als die »Arosa Sun« im Hafen von Montreal festmachte. Seine Armbanduhr zeigte halb sieben, aber die Sonne ging schon auf Mittag zu. Das kommt davon, wenn du die Zeitverschiebung verschläfst, Erich Domski!

»Mensch, der Kahn fährt ja nicht mehr!« schrie er.

Er sprang aus der Koje und fing an zu packen. Schlafanzug, schmutzige Socken und Zahnputzgerät feuerte er in eine Tüte, in der schon die zollfrei gekauften Zigaretten lagen.

»Warte auf mich!« rief er Herbert nach, der abmarschbereit mit dem Koffer auf dem Gang stand. »Du fährst doch auch nach Toronto. Da kannst du mich ja mitnehmen.«

»Du mußt dich beeilen«, rief Herbert zurück. »Der Zug nach Toronto geht um drei Uhr nachmittags.«

Er ging voraus und stellte sich hinten an die Schlange der Menschen, die aussteigen wollten. Vor ihm lag Montreal, das Königsberg der Neuen Welt. Natürlich sah es bombastischer aus als das alte Königsberg; mit seinen Wolkenkratzern erinnerte es mehr an New York als an die Stadt am Pregel, die Herbert Broschat als Zehnjähriger zertrümmert und dann zugeschneit gesehen hatte. Die Reiseprospekte nannten Montreal schwärmerisch *the little Paris of America.* Es gab eine Kirche mit Namen Notre-Dame und einen Hügel Mont Royal, von dem die Stadt ihren Namen hatte. Eigentlich müßte jetzt ein Schulchor am Kai stehen und *O Canada* singen. Aber nicht einmal die Hafenschlepper tuteten zur Begrüßung. Nur wenige Menschen warteten am Kai – kein Vergleich mit dem Tumult in Bremerhaven. So ist das, wenn du als Fremder in ein fremdes Land kommst. Zwei Dutzend Taxen in knalligen Farben hielten vor der Gangway. Das fiel Herbert als erstes auf: Die Autos waren bunt wie Kinderspielzeug, ließen jene strenge Feierlichkeit vermissen, die in Deutschland mit schwarzen, weißen oder grauen Autos spazierengefahren wurde.

Wie immer galt auch hier und in Kanada erst recht: Frauen und Kinder zuerst! Da ging sie hin, die Lange, die Rosi hieß, aber eigentlich namenlos war. Für sie begann nach Aschermittwoch der Ernst des Lebens. Sie verbarg den größten Teil ihres Gesichts hinter einer Sonnenbrille und lächelte überhaupt nicht mehr. So, wie sie das Schiff verließ, war sie von einer wirklichen Dame nicht zu unterscheiden. Sie winkte ein Taxi herbei. Die fährt jetzt zum Flughafen, dachte Herbert. Und dann ab in den Himmel zur Hochzeit nach Winnipeg.

Wo blieb Erich Domski? Der rasierte sich noch. Jawohl, Rasieren mußte sein. Du kannst nicht wie ein wilder Mann in Kanada ankommen. Auch in die Kohlengrube war Erich nie unrasiert eingefahren.

Herbert ging die Gangway abwärts; er wollte unten auf Erich Domski warten. Kaum hatte er den Fuß auf kanadischen Boden gesetzt, trat ein beleibter Neger auf ihn zu und bot ihm ein Taxi an.

»Paß auf, der fährt dich für zwanzig Dollar in der Stadt spazieren!« rief einer, der mit Herbert vom Schiff gekommen war. »Drüben steht ein Sonderbus für die Einwanderer.«

Der Sonderbus zum Zentralbahnhof kostete keinen Cent. Es war die erste und letzte Großzügigkeit, die Kanada den Einwanderern erwies. Danach war man allein für sich verantwortlich.

Wo blieb Erich Domski? Bevor Herbert den Bus bestieg, hielt er noch einmal Ausschau. Es war so, als fehle ihm etwas. Zehn Tage lang hatte er mit Erich Domski in einer Kabine gelebt, hatte sich an seine praktische Vitalität gewöhnt, an die komischen Sprüche über Wattenscheid. In Wattenscheid gab es einen Friseur, der hatte ein Schild im Fenster: *Hier ist Kaiser Wilhelm barbiert worden!* In Wattenscheid gab es eine Hebamme, die hatte Hände wie Scheißhausdeckel. In Wattenscheid gab es ... Ach, alles, was du dir denken kannst, kam in Wattenscheid vor.

Was sollte er tun? Der verdammte Kerl kam nicht. Mensch, Erich Domski, wie willst du in Kanada zurechtkommen, wenn du schon den ersten Landgang verpaßt?

Der Bus mußte abfahren, um den Zug nach Toronto zu erreichen. Aber Erich Domski fehlte. So schnell verliert man sich aus den Augen. Und es besteht wenig Aussicht, sich in einem so weiträumigen Land wiederzufinden. Da verkrümeln sich die Menschen. Du mußt schon großes Glück haben, wenn du dem kleinen Erich Domski wieder über den Weg laufen willst.

Erich Domski verließ tatsächlich als letzter Passagier die »Arosa Sun«. Die Zollbeamten räumten schon ihre Tische ab, als er in Kanada erschien, fröhlich pfeifend und von weitem winkend. He, ich bin auch noch da!

Herbert Broschat war weg. Der Sonderbus war weg. Erich sah kein bekanntes Gesicht mehr, nur die »Arosa Sun«, die müde am Kai lag. Na, du kennst ja den Witz über den Namen Kanada. »Is koana do?« sagte der Bayer, als er in Montreal an Land ging. So fühlte sich auch Erich Domski.

Das erste, was er in Kanada tat, war, daß er Platz nahm auf seinem Koffer und das übriggebliebene Geld zählte. Vierundzwanzig Dollar und ein paar Zerquetschte kamen heraus. Der Neger tauchte auf, wollte ihn für ein Viertel der Summe zum Zentralbahnhof fahren. Aber Erich Domski verstand kein Wort; er hatte vor allem Hunger. Deshalb steuerte er auf ein kleines Haus zu, das eine gewisse Ähnlichkeit mit der Baracke hatte, die in Wattenscheid vor dem Bunker stand, so eine Art Imbißbude. Zum erstenmal aß er heiße Hunde, aber nur, weil er kein Englisch verstand. Wenn er den Namen verstanden hätte, wären ihm die Dinger nicht über die Lippen gekommen, denn in der schlechten Zeit hatten sie in Wattenscheid alles mögliche gegessen, sogar Pferdefleisch von der Freibank; aber Hunde, nein, das ist in Wattenscheid nicht vorgekommen.

Als er die Imbißbude verließ, kam ein Auto im Schrittempo auf ihn zugefahren, so ein mächtiges, grünes Kriegsschiff, das in Wattenscheid in keine Straße gepaßt hätte. Ein älterer Mann saß am Steuer und musterte das Schiff; er verhielt sich wie einer, der noch auf Passagiere wartete. Als das Auto Erich Domski erreicht hatte, kurbelte der Mann das Fenster herunter.

»Bist du gerade aus Deutschland gekommen?« fragte er in einem akkuraten Deutsch, so sauber, wie du es zwischen Duisburg und Kamen kaum zu hören bekommst.

Erich nickte, zeigte auf das Schiff und erklärte dem Mann, daß er den Bus zum Bahnhof verpaßt habe.

Der Fremde stieg aus, ging zur »Arosa Sun« und tat so, als spräche er eine Weile mit dem Schiff. Als er wiederkehrte, sagte er: »Komm, ich nehm' dich mit zum Bahnhof.«

Erich verstaute sein Gepäck auf dem Rücksitz. Als er Platz genommen hatte, fragte er, ob er rauchen dürfe. Ja, das war erlaubt. Er bot dem fremden Mann eine zollfreie Zigarette an, aber der dankte. Der Zigarettenanzünder sprang wie ein Kinderspielzeug aus dem Armaturenbrett. Erich staunte über das wunderbare Patent, staunte auch über den Wagen, der nicht nur ein grünes Dach, sondern auch grüne Fensterscheiben besaß. Wenn du hinaussiehst, denkst du, die Welt ist aus Spinat.

»Aus welcher deutschen Stadt kommst du?« fragte der Mann, als sie vor dem ersten Rotlicht hielten.

»Aus Wattenscheid.«

Der Fremde schien den Namen noch nie gehört zu haben. Er erwähnte Ortsnamen wie Dachau, Buchenwald und Bergen-Belsen, mit denen wiederum Erich Domski nichts anzufangen wußte. Aber Wattenscheid ... Nein, die Stadt war ihm fremd.

Nachdem sie eine Weile über deutsche Städtenamen gesprochen hatten, fragte der Fremde beiläufig nach seinem Alter.

»Dreiundzwanzig«, sagte Erich Domski.

»Du warst also ein Kind, als der Krieg zu Ende ging.«

Von wegen Kind. Erich Domski erinnerte sich ziemlich genau an jene Zeit, weil sein großer Bruder als Flakhelfer in Wattenscheid umgekommen war. Und in der Püttsiedlung lag unter den Apfelbäumen beim Zacher ein Blindgänger – na, das war vielleicht ein Johnny!

Mit dem grünen Straßenkreuzer erreichten sie vor dem Sonderbus den Bahnhof. Als Erich ausstieg, drückte ihm der Mann eine Visitenkarte in die Hand. *Monyash Company, Ltd., Montreal/Toronto,* stand da.

»Wenn es dir mal schlechtgeht«, sagte der Mann, »kannst du die Telefonnummer wählen und nach Mister Steinberg fragen.«

Prima Kerl, dachte Erich, als er im Bahnhofsgebäude verschwand. Kanada fing ja gut an.

Vor dem Zug nach Toronto wartete er auf Herbert Broschat. Er setzte sich auf seinen Koffer und rauchte schnell noch eine zollfreie Zigarette, denn wer weiß, ob Rauchen in der kanadischen Eisenbahn erlaubt war.

»Mensch, Kanada ist klein!« rief er, als Herbert um die Ecke bog. »Eine halbe Stunde aus den Augen verloren, und schon trifft man sich wieder.«

Als sie im Zug Platz genommen hatten, packte Erich seine Tüten aus. Apfelsinen, Zwieback, Pampelmusen – Beutegut von den Mahlzeiten auf der »Arosa Sun«. Das gehortete Toastbrot war mittlerweile hart geworden und nicht mehr genießbar. Mit dem Käse ging es noch einigermaßen, nachdem Erich mit dem Taschenmesser den Schimmel abgekratzt und die harte Rinde entfernt hatte. In Ruhe machte er sich über seine eiserne Ration für die ersten Tage in Kanada her. Er bot auch Herbert von seinen Vorräten an und holte heißen Kaffee, den die Heilsarmee am Ende des Bahnsteigs ausschenkte. Eine

Kompanie des Herrn Jesu marschierte singend durch den Bahnhof. Erich kam die Melodie bekannt vor; eine Sekte in Wattenscheid hatte Ähnliches gesungen. Immer Marschmusik, immer flotte Weisen.

Herrlich, herrlich wird es einmal sein,
wenn wir zieh'n in Zions Mauern ein.

Endlich ruckte die Diesellok an, die Kompanie des Herrn Jesu wurde leiser. Ein Schaffner besichtigte die Fahrkarten; er staunte nicht schlecht über Erichs Kolonialwarenlager.

»Die Canadian National hat auch einen Speisewagen«, war das einzige, was er dazu bemerkte.

Sieben Stunden Fahrzeit bis Toronto. An solche Entfernungen mußt du dich erst gewöhnen. In diesem Land brauchst du Zeit und hast du Zeit.

Sie sprachen über den seltsamen Mister Steinberg.

»Vielleicht besucht der immer den Hafen, wenn ein Einwandererschiff aus Deutschland kommt«, meinte Herbert.

»Ja, genauso sieht er aus! Der wartet auf jemand, der hat noch eine Rechnung offen.«

»Vielleicht sind ihm die Angehörigen in Deutschland verlorengegangen«, rätselte Herbert. »Nun hofft er, sie eines Tages im Hafen wiederzufinden.«

Erich Domski fand die passendste Erklärung. »Dem Mister Steinberg wird die Frau durchgebrannt sein. Die ist nach Deutschland getürmt. Und immer wenn ein Schiff anlegt, fährt er sehen, ob sie zurückkommt.«

Sie beschlossen, die Visitenkarte des geheimnisvollen Mannes aufzubewahren. Weiß der Himmel, vielleicht könnte ihnen Mister Steinberg eines Tages wirklich helfen.

Das Schönste an dieser Eisenbahnfahrt war der dumpfe Heulton der Diesellok.

»Mensch, das klingt so wie in den Westernfilmen, wenn die Cowboys aus der Stadt Besuch bekamen«, bemerkte Erich.

Herbert stellte im Wörterbuch fest, daß der deutsche Name Diesel ins Englische übernommen worden war. Endlich mal ein Wort, das die Engländer sich von den Deutschen ausgeliehen hatten. Umgekehrt kam das ja häufiger vor.

Enttäuscht war er von der Höhe des kanadischen Waldes. Zwischen Montreal und Toronto gab es keine Baumriesen, sondern nur Buschwald. Zierliche Tannen, Balsamhölzer, Fichten, helle Birken, das rostbraune Laub der Ahornbäume. Verfallene Holzhütten, Papiermühlen, namenlose Seen, verlassene Dörfer, winkende Indianerkinder, kläffende Hunde am Bahndamm, ein Wasserflugzeug, das über die Baumwipfel strich und mit dem Zug um die Wette flog. Je tiefer sie in das Land kamen, desto farbenprächtiger wurde es. Sogar Erich Domski staunte über diese Verschwendung an Farben.

»Alles, was recht ist«, sagte er. »Verglichen mit dem kanadischen Indianersommer ist unser Altweibersommer wirklich ein altes Weib.«

Die Canadian National raste mit beängstigender Geschwindigkeit auf Toronto zu, den Zielpunkt, der in ihren Auswanderungspapieren stand. Sie hatten keine besondere Beziehung zu dieser Stadt; sie fuhren nur hin, weil es in den Papieren stand. Wie sie entschieden sich die meisten Auswanderer, weil in Toronto das wirtschaftliche Herz Kanadas schlug. Da krabbelten eins Komma zwei Millionen Menschen auf einer Riesenfläche herum, die sich immer weiter ins Buschland hineinfraß. Einen halben Tag lang mußt du marschieren, um die längste Straße der Stadt mit allen Hausnummern abzuwandern. Ein plattgewalzter Pfannkuchen, das ist Toronto. Außerdem ein brodelnder Topf der Nationalitäten. Man nehme dreihunderttausend Italiener, hunderttausend Deutsche, zweiundsiebzigtausend Ukrainer, zweiundsechzigtausend Jugoslawen, sechzigtausend Polen, zweiundfünfzigtausend Portugiesen, fünfzigtausend Ungarn, fünfzigtausend Griechen, zwanzigtausend Österreicher und zweitausend Schweizer, vermische sie mit den Nachkommen der englischen Siedler und Kaufleute, gebe eine Prise Negerblut hinzu, lasse es gären mit jüdischer Hefe, garniere mit den Restbeständen indianischen Blutes, streue Spuren französischer Lebensart und chinesischer Geschäftstüchtigkeit darüber – das ergibt den Brei, der den Namen Toronto trägt.

Sie kamen an dem Tag in Toronto an, als James Dean sich den Hals brach – natürlich nicht in Toronto, sondern weiter westlich. Die Zeitungen berichteten noch nicht von dem traurigen Ereignis, das die Welt erschütterte wie eine Wasserstoffbombenexplosion, das Teenager über Nacht zu gereiften Frauen machte, das Fehlgeburten und Selbstmorde auslöste.

Der Abend ihrer Ankunft war heiter und mild, aber die Stadt war grau. Banken, Versicherungskontore und rote Wasserhydranten fallen dir als erstes auf, wenn du vom Bahnhof her die Stadt betrittst. Der Bahnhof war voller Menschen. In Gruppen bevölkerten sie den Vorplatz und warteten auf den Einwandererzug aus Montreal. Gitarren- und Lautenschläger waren unter ihnen.

Ein junger Mann saß mit nacktem Oberkörper an einem Wasserhydranten und spielte Mundharmonika. *Mein Vater war ein Wandersmann,* spielte er. Du kommst in ein fremdes Land und wirst empfangen mit *Mein Vater war ein Wandersmann.*

Ein Lärm wie in Wanne-Eickel auf der Kirmes, dachte Erich, als er einfach dem Geruch nachmarschierte. Herbert folgte. Erichs Nase führte sie zu einem Kessel mit heißer, dampfender Erbsensuppe. Sie schmeckte gut, war scharf gewürzt, mit Speck angereichert und kostete nichts. Hinter den Suppenkübeln prangten lasch herabhängende Fahnen, über den Köpfen der Menge Transparente vom Herrn Jesu. Da standen die Katholischen neben den Unierten, auf der anderen Seite die Lutheraner mit Baptisten und Anglikanern, weiter im Hintergrund die Orthodoxen und die Griechisch-Katholischen. Natürlich war auch die Heilsarmee vertreten; von ihr kam die Erbsensuppe.

Kanada ist wirklich verschwenderisch mit seiner Freiheit, nimmt keine Notiz von dir, läßt dich allein, wenn du willst. Du kannst vom Schiff in den Busch laufen, ohne jemanden zu fragen. Nur eines kannst du nicht: dich an Jesus vorbeidrücken. Er steht in den Weizenfeldern der Prärie, auf den Felseninseln Ontarios, an den Berghängen der Rocky Mountains ... und natürlich auf dem Bahnhofsplatz von Toronto. Die christlichen Religionen, Sekten und Richtungen warteten auf den großen Fischzug des Herrn, sie hatten sich eingefunden, weil fünfhundert Menschen aus Europa kamen, die möglicherweise noch keine Adresse besaßen, die wie verlassene Schafe im abendlichen Toronto umhergeirrt wären, hätte es nicht diese fröhlichen Christen gegeben. Denn fröhlich waren sie, die Lautenschläger, Mundharmonikaspieler und Erbsensuppeausteiler. Vor allem stellten sie keine Fragen. Sie nahmen jeden, egal, aus welcher Religion er kam. Gott wird es schon richten.

Erich steuerte auf die Katholischen zu, weil er die von Wattenscheid her am besten kannte. Herbert schaute sich nach den Evangelischen um. Fast wären sie getrennt worden, und das nur der Religion wegen.

»Du kannst mitkommen zu meinen Leuten«, sagte Erich. »Denen ist es egal, ob du Protestant bist oder nicht.«

Aber es war Herbert nicht egal. Er stellte sich die Bestürzung der Mutter vor, wenn er ihr schriebe, er sei bei den Katholischen. Auch das noch! Erst Deutschland aufgeben, dann die Religion aufgeben. Das wäre zuviel für die beiden Alten in Sandermarsch. Aber er wollte nicht Erich Domski verlieren. Religion hin, Religion her, vor dem Bahnhof von Toronto wurde ihm klar, daß er den kleinen Kerl aus Wattenscheid brauchte, daß es jammerschade wäre, wenn sie auseinanderkämen.

»Was hältst du davon?« schlug Herbert vor. »Du gehst nicht zu deinen Katholischen und ich nicht zu den Evangelischen. Wir suchen uns ganz was Neues.«

Erich war begeistert von der Idee. Warum nicht die Religion nach praktischen Gesichtspunkten aussuchen? Sie wollten hingehen, wo Jesus am schönsten wäre und die Erbsensuppe am besten schmeckte. Wie wäre es beispielsweise mit dem langen blauen Lieferwagen, auf dessen Ladefläche ein Schild montiert war? Ein ausgestreckter Finger zeigte auf den Satz: *Jesus wants you.* Sie hatten keine Ahnung, was für eine Gruppe das war, aber schon deren Jugendlichkeit machte einen guten Eindruck auf sie. Die sahen aus wie die Pfadfinder kurz vor Entzündung des Lagerfeuers. Unter ihnen war kein Mensch mit einem christlichen Büßergesicht. Nur reinste Heiterkeit. Sogar Mädchen gehörten dazu.

»Die nehmen wir!« entschied Erich.

Die jungen Leute verstauten das Gepäck hinter dem Schild *Jesus wants you.* Dann brausten sie los mit Herbert Broschat und Erich Domski. Ein Gefühl, als wenn du im Triumphzug heimgeholt wirst. Zwei verlorene Söhne, die die Welt ausgespuckt hat. Für junge Christen fuhren die beängstigend schnell; sie schienen auch eine Sondererlaubnis von oben für spätgelbes Ampellicht und waghalsige Überholmanöver zu haben. *Jesus wants you* hatte überall Vorfahrt.

»So schnell war ich zuletzt mit der NSU-Max auf dem Ruhrschnellweg«, erinnerte sich Erich.

Vor einer Holzkirche am Hang hielt das Auto. Sie blickten über den High Park auf den südwestlichen Teil der Stadt, auf Lichterschlangen, die sich stadtauswärts bewegten. Der schwarze Fleck in der Ferne mußte der Ontariosee sein. Über dem Wasser zuckte Wetterleuchten. Das ist eine schwüle Ecke Kanadas, in der sich die Gewitter über dem Huronsee zusammenbrauen und nach Osten ziehen, um Maisfelder, Tabakplantagen und Zuckerrüben zu bewässern und Torontos Straßen sauber zu spülen.

Die jungen Leute ließen ihnen nicht viel Zeit, Toronto bei Nacht zu bewundern. Sie führten sie ins Innere der hellerleuchteten Kirche, in der der Gottesdienst gerade begonnen hatte. Die Gemeinde erhob sich, als habe sie auf diesen Augenblick gewartet. Alle blickten sich nach Herbert Broschat und Erich Domski um. Reverend Marlow unterbrach seine Meditation und sprach: »Dem Herrn hat es gefallen, zwei neue Brüder in unsere Reihen zu geben. Ich begrüße euch in unserem christlichen Land und im Schoße der heiligen Gemeinde.«

»So soll es sein«, sang die Gemeinde.

Herbert kam sich vor wie ein Hammel, der zur Schlachtbank geführt wird. Sie mußten vorn auf der reservierten Bank in der ersten Reihe Platz nehmen, während die jungen Leute das Gepäck hinter einen roten Vorhang schleppten, hinter dem auch Reverend Marlow verschwand, um sich auf die Gebete vorzubereiten, die er nicht nach feststehenden Texten sprach, sondern improvisierte, wie es der Geist ihm eingab.

Herbert war die übertriebene Aufmerksamkeit unangenehm, aber Erich grinste jeden freundlich an. Ihm tat es wohl, wie sie eifrig die Seiten seines Gesangbuchs aufschlugen, die gerade dran waren. Dennoch blieb er stumm, nicht weil er keine Singstimme besaß, sondern weil er den englischen Text nicht lesen konnte. Eine rundliche Frau bearbeitete ein Harmonium. Die Gemeinde sang *Jesus zieht nach Golgatha.* Aber wie er zog! Nicht düster und schmerzerfüllt die Via dolorosa hinauf, nicht vom Geschrei der Klageweiber begleitet, sondern eher lustig im Tanzschritt den Leidensweg entlang, von Kindern mit Papierfähnchen begrüßt und vom Hupkonzert unzähliger Automobile angefeuert. In der kleinen Holzkirche im Westen Torontos wurde ihnen gezeigt, daß die christliche Religion keine traurige Veranstaltung sein muß, sondern heiter sein kann wie der Indianersommer in dem großen, hellen, weiten Land.

Bist du über den Atlantik gefahren, um in die Kirche zu gehen? dachte Herbert. Das hättest du auch bei Pastor Griem haben können.

»In der Sprache der Huronen heißt Toronto Treffpunkt«, erklärte Reverend Marlow. »Deshalb haben wir uns hier versammelt, um Jesus zu treffen.«

Marlow predigte für die jungen Einwanderer. Er

sprach von den falschen Göttern, die es in diesem freundlichen Land auch gebe und die darauf warteten, ahnungslosen Seelen ein Bein zu stellen. Als erstes sei der Mammon zu erwähnen, der seine Götzenburgen in die Bay Street gestellt habe. Statt des Kreuzes beteten unzählige Menschen das Zeichen des Dollars an. In Kanada sei das besonders schlimm, weil der kanadische Dollar der beste Dollar der Welt sei. Deshalb seid auf der Hut, Brüder! Auch vor dem Whisky sollten sie sich in acht nehmen, der in Kanada so reichlich vorhanden sei, daß man ihn besser zum Heizen verwenden solle. Aber wartet nur, eines Tages wird Gott alle Flaschen zerspringen lassen, und es wird einen großen Scherbenhaufen geben.

Nach dem Gottesdienst ging es noch einmal zur Krippe, wie Erich es nannte. Hinter einem langen Tisch schmierten drei Frauen Sandwiches. Sie fragten Erich, was ihm lieber sei, Käse oder Schinken. Er nahm beides; nur die Rohkost, die zwischen den Brotscheiben lag und die ihm wie Kaninchenfutter vorkam, verweigerte er.

»Ob wir das bezahlen müssen?« fragte er Herbert.

Herbert hielt eine Bezahlung für unwahrscheinlich und schlug vor, nicht danach zu fragen. Reverend Marlow kam, ein Sandwich kauend, zu ihnen.

»Heute nacht schlaft ihr bei uns in der Sonntagsschule«, sagte er. »Und morgen werden wir sehen, wo wir euch unterbringen.«

Die jungen Leute schleppten Matratzen in die Sonntagsschule und richteten ein Lager auf dem Fußboden ein. Es gab tatsächlich Kissen mit den eingestickten Initialen INRI und flauschige Wolldecken. So viel wärmendes Zudeck war gar nicht nötig, denn noch immer lastete Schwüle über der Stadt, und auf dem See braute sich ein Gewitter zusammen.

»Hast du dir so den ersten Abend in Kanada vorgestellt?« fragte Herbert, als sie allein waren. In einer Sonntagsschule schlafen. An den Wänden Bilder, die die Kinder zur Biblischen Geschichte gemalt hatten. Da gab es einen pausbäckigen Jesus, der rückwärts auf dem Esel ritt. Einen lieben Gott, der mit seinem Runzelgesicht aussah wie der alte Mann, der auf dem Bahnhofsplatz Erbsensuppe ausgeteilt hatte. Einen Walfisch, den Jonas an der Leine spazierenführte. Jonas hatte gewisse Ähnlichkeit mit Reverend Marlow, und der Walfisch lachte so freundlich wie die rundliche Frau, die das Harmonium bediente.

Erich hatte sich von seiner ersten Nacht in Kanada keine bestimmten Vorstellungen gemacht. »Jedenfalls sind wir satt«, sagte er. »Morgen suchen wir uns eine anständige Bude und anständige Arbeit.«

Wetterleuchten über dem Ontariosee. Erich sah sich das eine Weile an; dann sagte er: »Ich denke, wir beide passen gut zusammen. Du verstehst Englisch, kennst dich aus im Lesen, Schreiben und in den Papieren, und ich ...«

Er sprach nicht weiter, weil er nicht die richtigen Worte finden konnte und eigentlich auch nur wenig zu bieten hatte. Zündkerzen reinigen, Nägel gerade in die Wand schlagen, Bierflaschen öffnen, wenn kein Flaschenöffner da ist, das waren die praktischen Künste des Erich Domski. Und nicht zu vergessen seine gute Laune. Erich Domski ist einer, der niemals die Ohren hängenläßt. Mit dem kannst du nach Labrador oder Alaska marschieren – und gut ankommen, ehrlich!

Am nächsten Morgen griff Reverend Marlow in den Kasten mit der Mitgliederkartei seiner Kirche. »Es ist gut, wenn ihr gemeinsam eine Stube nehmt«, sagte er. »Das ist billiger. Im Osten Torontos gibt es die preiswertesten Zimmer.«

Also gut, dann in den Osten.

Marlow breitete einen Stadtplan aus. Er ließ den Zeigefinger der eingezeichneten Straßenbahn folgen und fuhr die lange Gerrard Street abwärts, bis sie auf die Coxwell Avenue stieß. Dort hielt der Zeigefinger an, weil da ein Kirchenmitglied wohnte, das den Namen Wagner trug. Hiawatha Road hieß die Straße, in der die Wagners Zimmer vermieteten.

»Das ist der Name eines alten Indianerhäuptlings«, erklärte Marlow, fügte aber zur Beruhigung hinzu, daß die Indianer längst ausgestorben seien in jener Gegend.

Die Wagners kamen auch aus Deutschland. Während Marlow ihre Telefonnummer wählte, schilderte er die christlichen Eigenschaften der Eheleute Wagner. Noch nie habe er von den Mietern Klagen gehört.

Ja, ein Zimmer sei noch zu haben. Sie könnten kommen, am besten gleich. Mit der Straßenbahn College Street, Carlton Street, Gerrard Street, immer geradeaus bis zur Coxwell Avenue ... Herbert staunte über die Geschäftstüchtigkeit der Christen. Wenn du Mieter für deine Zimmer suchst, trittst du einer Kirche bei. Im Gottesdienst lernst du Menschen kennen, und nach dem Gottesdienst bleibt Zeit für weltliche Geschäfte. Reverend Marlow schickt dir die Kunden ins Haus. Wahrhaftig, der liebe Gott in Kanada ist ein Kaufmann.

»Wenn ihr keine Arbeit findet, kommt ihr wieder«, sagte Marlow, als er sie vor die Tür brachte. Er besaß eine zweite Kartei, in der jene Mitglieder vermerkt standen, die Geschäfte, Handwerksbetriebe, Autowerkstätten, Imbißbuden, Wäschereien und Restaurants betrieben und laufend Arbeitskräfte suchten. »Unsere Mitglieder zahlen keine hohen Löhne, aber es ist besser, so anzufangen, als gar nichts zu haben.«

Marlow reichte ihnen zum Abschied einen Zettel, auf dem die Gottesdienste seiner Kirche bis Weihnachten eingetragen waren. Mittwochs und sonntags war Hauptgottesdienst, davor eine Stunde für die Kleinen. Am Freitagabend trafen sich Frauen und Mädchen; da gab es Handarbeit, Singen und Vorlesen. Außerdem erwartete Marlows Kirche freudiges Mitmachen bei Sondereinsätzen zu bemerkenswerten Anlässen, beispielsweise wenn ein Einwandererzug eintraf und der Lieferwagen mit dem Schild *Jesus wants you* zum Bahnhof gebracht wurde.

Ja, ja, sie versprachen, irgendwann vorbeizukommen. Aber nun wollten sie erst einmal losziehen, hinein in die große Stadt Toronto. Sie fuhren für zehn Cent mit der Straßenbahn quer von Westen nach Osten. Vor dem Einstieg hatte Erich einen Korb roter Mackintoshäpfel gekauft; den aßen sie unterwegs leer. Es herrschte sonniges Wetter, aber Toronto sah immer noch grau aus wie eine Stadt für Güterzüge und Industrieausstellungen. Keine Spur von der Lieblichkeit des mittelalterlichen Quebec.

»Na ja, im Ruhrgebiet sind die Städte auch nicht besser«, bemerkte Erich. Er achtete sowieso weniger auf die Fassaden einer Stadt als auf ihren Inhalt. Auf die Mädchen zum Beispiel. Erich fand, daß die Mädchen hier anders aus sahen als die in Deutschland. Höckerig und knöcherig, Brille auf der Nase, vorne nichts und hinten nichts, sozusagen winddurchlässig – das war Erichs erster Befund über die Mädchen in Toronto.

»Du sollst sie ja nicht kaufen«, meinte Herbert.

Am besten gefielen Erich die Mädchen auf den Reklameplakaten. Da gab es einen Oldsmobile von General Motors mit einer Schwarzhaarigen, die sich auf der Motorhaube aalte. So, als sollte man sie mitkaufen. Schmutzige Hauswände wurden wieder ansehnlich mit Captain-Morgan's-Rum. Da hing quer über der Hauswand ein richtiges Piratenschiff, das gerade in See stechen wollte, um für die durstigen Kanadier Rum aus Westindien zu holen. Und am Ufer stand, sehnsüchtig winkend, wieder so eine Schwarzhaarige wie auf dem Autoblech.

Außerhalb der City wurde die Stadt flacher. Holzhaus reihte sich an Holzhaus wie die Zellen einer Honigwabe. Diese Berge von Gebrauchtwagen. Bevor die Gerrard Street in die Coxwell Avenue mündete, fuhren sie an Blechhaufen in allen Farben vorbei. Erich studierte im Vorbeifahren die Preisschilder und geriet fast aus dem Häuschen, als er ein Auto entdeckte, das für zweihundertfünfzig Dollar zu haben war. Und das war keine verrostete Schubkarre, sondern ein Wagen, mit dem er in Wattenscheid Menschenaufläufe verursachen könnte.

An der vierundzwanzigsten Haltestelle stiegen sie aus. Sie mußten zurückgehen zur Straße des alten Indianerhäuptlings Hiawatha. Zweistöckige Holzhäuser, ein Gebäude wie das andere, dunkelbraun gestrichen, weiße Fensterrahmen. Keine Blumengärten, nur hohes Gras und farbiges Herbstlaub, das sich hinter flachen Hecken aufgetürmt hatte. Nein, nach Stadt sah das hier nicht mehr aus. Das war ein geducktes Häusermeer aus Holz, unterteilt von Straßen, die sich im rechten Winkel schnitten und durch nichts aufzuhalten waren, so weit und gerade sahen sie aus. Fast überall hingen Schilder *Rooms for rent* in den Fenstern. Wenn du aus einem Land mit Wohnungsnot kommst, in dem die Quadratmeter von den Ämtern verwaltet und zugewiesen werden, stehst du fassungslos vor diesem Überfluß umbauten Raumes. Obwohl Jahr für Jahr an die fünfzigtausend neue Einwanderer in die Stadt strömten, wurden die Stuben nicht knapp. Die Menschen mieteten, bauten, vermieteten, bauten ... und so weiter und so weiter.

Frau Wagner war jünger, als Herbert und Erich sich Zimmervermieterinnen vorstellten. Im Flur ihres Hauses hing ein Bild *Der Rhein und das Siebengebirge,* in der Küche rief eine Schwarzwälder Kuckucksuhr die Zeit aus – aber die Frau sprach nur englisch.

Das war so ein Tick, der unter deutschen Brüdern und Schwestern häufiger vorkam. Die wollen den Neueinwanderern gleich zeigen, wo es langgeht. Gespräche in der Muttersprache helfen dir nicht, behaupten sie. Du mußt ins Wasser gestoßen werden, um schwimmen zu lernen, ins englische Wasser, versteht sich. Kein Wunder, daß die Frau ihren schönen deutschen Namen Wagner englisch aussprach, also Wägner.

Sie zeigte ihnen den Raum im Parterre gleich neben der Eingangstür. Darin stand eine Doppelliege. Wie für ein Ehepaar, dachte Erich und grinste. Ferner gab es in dem Zimmer zwei Stühle, einen Tisch und ein Bild *Der Wilde Kaiser von Kufstein aus.* Sieben Dollar und fünfzig Cent wollte sie für die Stube haben. Eigentlich etwas viel, dachte Herbert; aber er hatte keine Lust, den ersten Tag in Kanada mit Feilschen zu beginnen. Er einigte sich mit Frau Wagner auf englisch, während Erich die sieben Berge am Rhein auf deutsch zählte. Er kannte sie gut, weil er vor anderthalb Jahren die Rheinuferstraße entlanggefahren war, damals, als die NSU-Max noch nicht mit der Ziegelmauer in Wattenscheid-Leithe Bekanntschaft gemacht hatte. Als er die sieben Hügel gezählt hatte, fiel sein Blick auf die Beine der Frau. Seitdem ihm ein Kohlenfahrer in Wattenscheid erklärt hatte: »Das Gesicht können sie vertuschen und überpinseln, aber die Beine verraten alles«, seitdem schätzte Erich das Alter der Frauen nach dem Zustand ihrer Beine. Frau Wagner taxierte er auf gut dreißig Jahre, also ein Alter, das er eigentlich immer mochte. Aber die Wagner, die war ihm zuwider, weil sie nur englisch sprach.

»Haben Sie Kinder?« fragte er plötzlich auf deutsch, denn als Mieter muß man wissen, was in einem Hause vorgeht, mit welchem Lärm zu rechnen ist.

Da Frau Wagner nur englisch sprechen wollte, durfte sie auch nur Englisch verstehen. Sie überging Erichs Frage; eine leichte Verfärbung ihres Gesichts verriet aber, daß sie Erich verstanden hatte.

Kinder sind ihr schwacher Punkt, dachte er. Die ist dreißig Jahre alt und hat noch keine Kinder. Die besitzt ein Haus in Kanada, aber keine Kinder. Mit der stimmt was nicht.

Sie nahmen den Raum, zahlten sieben Dollar fünfzig für die erste Woche im voraus und bekamen zwei Schlüssel.

»Das Haus ist übrigens aus Holz und ziemlich hellhörig. Also Ruhe bitte!« sagte die Wagner.

Sie erzählte von ihrem Mann, der Tag und Nacht arbeite. Wenn er sich einmal hinlege, brauche er dringend Schlaf. Also wirklich, Ruhe bitte! Oben im ersten Stock wohne ein Neapolitaner, der singe manchmal laut, aber nur zu festgelegten Zeiten. Der Neapolitaner habe übrigens die einzige Dusche im Haus gemietet. Wer duschen wolle, müsse sich mit ihm arrangieren. Aber sonst sei alles frei, das Telefon und die Toilette, und im Winter werde auch tüchtig geheizt.

Als sie fort war, sprang Erich auf die Doppelliege und probierte wie ein Trampolinspringer die Federung aus, bevor er sich lang hinlegte und *den Wilden Kaiser von Kufstein aus* anschaute.

Kassensturz. Sie schütteten das Geld, das sie noch besaßen, auf einen Haufen und zählten. Zusammen besaßen sie neunundzwanzig Dollar und fünfunddreißig Cent. Es wurde Zeit, den Haufen zu vermehren, etwas gegen die Schwindsucht des Geldes zu unternehmen. Aber zunächst wurde es noch weniger, denn sie gingen nachmittags Lebensmittel einkaufen. Zum erstenmal erlebten sie einen Selbstbedienungsladen; das war Loblaws in der Coxwell Avenue. Da kannst du nur staunen. Diese Fülle von Waren. Und alles greifbar, riechbar, sichtbar, anfaßbar.

»So etwas wird es in Deutschland nie geben«, behauptete Erich. »Unsere Krämer haben zuviel Angst, ihnen könnte die Margarine geklaut werden.«

Er schleppte Fischkonserven heran und Ananasfrüchte, so groß wie Kinderköpfe, eine Gallone Tomatensaft und richtigen deutschen Streuselkuchen, schön weich und ordentlich verpackt, so, als hätte ihn Mutter gestern gebacken und nach Toronto geschickt.

Herbert schmiß das Zeug wieder aus dem Einkaufswagen, denn mit neunundzwanzig Dollar in der Tasche ist deutscher Streuselkuchen verboten. Milch, Brot und Salami, mehr ging nicht. Wenn du es recht überlegst, darf ein Mensch, der nur wenig Geld besitzt, überhaupt keinen Selbstbedienungsladen betreten. Der dreht doch durch, Mann! So war das auch mit dem Stück Schmelzkäse, das auf geheimnisvolle Weise in Erichs

Jackentasche gekommen war und das Herbert herausholen mußte, bevor sie zur Kasse gingen.

Draußen suchten sie einen Platz zum Essen. Im Freien natürlich, irgendwo im trockenen Gras des Indianersommers. Gesättigt bummelten sie danach durch die Straßen, um die Gegend kennenzulernen. Sie erreichten den Pferderennplatz Greenwood am Ufer des Ontariosees, wo Erich auf einen Weidenbaum kletterte und eine Viertelstunde lang den Pferdchen zusah. Bis er den See entdeckte.

»Mensch, wir müssen baden!« schrie er.

Sie arbeiteten sich durch das Weidengestrüpp zum Seeufer vor und fanden einen schmalen Sandstreifen, der mit Treibholz bedeckt war. Erich war entschlossen, nackt zu baden. Aber in einem Land wie Kanada geht das nicht. Wenn sie dich nackt erwischen, fährst du sofort zurück nach Deutschland wegen unmoralischer Lebensweise oder Erregung öffentlichen Ärgernisses oder Beleidigung des kanadischen Indianersommers. Aber Baden mußte sein. Also dann in Unterhosen, obwohl auch das nicht den kanadischen Gesetzen entsprach. Lausig kalt war er, der Ontariosee. Aber sie gerieten so in Begeisterung über ihr erstes kanadisches Bad, daß sie die Kühle kaum spürten. Am 1. Oktober 1955 im Ontariosee gebadet! Das wäre ein Satz, der nach Deutschland geschrieben werden müßte.

Am Abend kam Herr Wagner in ihre Stube. Das war ein umgänglicher Mensch, der deutsch mit ihnen sprach. Aber was heißt hier deutsch? Das klang nach Schwäbisch mit kanadischer Einfärbung. Jedenfalls kam es ihm nicht auf Wagner oder Wägner an. Er sagte, er heiße Konrad. In Kanada kannst du das Sie vergessen, auch unter Deutschen. Nachnamen sind Schall und Rauch, stehen nur in den Papieren. Vornamen bedeuten alles, aber auch die möglichst kurz, also Joe, Tom und Jim. Denn Zeit ist Geld, und lange Namen halten auf.

Ja, die Zeit, das war Konrad Wagners Problem. Er arbeitete vierzig Stunden in der Woche in einem Hotel in der Yonge Street als Fensterputzer. Nach den Fenstern ging er täglich drei Stunden Kisten schleppen und Regale auffüllen im Supermarkt von Loblaws. Sonnabends stand er bis drei Uhr nachmittags in Timmy's Car Wash und rieb Autos mit Seifenschaum ein, bevor sie durch die Bürsten fuhren. Seine Frau arbeitete in einer ukrainischen Bäckerei, gelegentlich als Verkäuferin, meistens aber in der heißen Backstube, Kringel ausstechen, Streusel streuen, Herzen glasieren und so. Zum Wochenende half sie abends in einer Wäscherei. Alles zusammengerechnet, brachten es die Wagners auf hundertachtzig Dollar in der Woche. Dazu kam noch die Miete von ihnen beiden und dem Neapolitaner.

Vor zwei Jahren hatten sie in Deutschland geheiratet. Während andere Leute nach einem solchen Ereignis Venedig aufsuchen, waren die Wagners ausgewandert. Drei Tage nach der Hochzeit ging das Schiff. In zehn Monaten Kanada hatten sie die Anzahlung für das Haus in der Hiawatha Road zusammen ... Für so ein Haus mußt du in Deutschland ein ganzes Leben lang arbeiten. Konrad war stolz auf seine Bretter in der Hiawatha Road. Die Wagners waren nach Kanada gekommen, weil ihnen der deutsche Wirtschaftswunderzug nicht schnell genug fuhr. Ja, das war auch ein Grund, um auszuwandern, die Ungeduld, zu Wohlstand zu kommen. Konrad Wagner rechnete so: Wenn du als Einwanderer nach Kanada kommst, sparst du erst auf ein kleines Haus mit zwei Räumen. In einem Raum wohnst du, den anderen vermietest du an andere

Einwanderer. Ist das kleine Haus bezahlt, kaufst du dir ein größeres mit vier Zimmern. In zwei Räumen wohnst du, die anderen beiden vermietest du an Einwanderer. So geht das weiter von Jahr zu Jahr. Am Schluß hast du einen Wolkenkratzer ... Mensch, halt ein. Du hast vergessen, daß am Ende eine Holzkiste genügt, die bedeutend kleiner ist als die im Laufe deines Lebens zusammengebauten und zusammengekauften Häuser.

Konrad Wagner war freigebig mit Ratschlägen. Holt euch Zeitungen und seht die Stellenanzeigen durch! Früh aufstehen und losmarschieren, bevor die besten Jobs weg sind. Herbst ist eine schlechte Jahreszeit, um in Kanada anzufangen. Da kommen viele von draußen in die Stadt und vermehren die Zahl der Arbeitslosen. Aber laßt euch nicht einschüchtern! Die Stellenanzeigen verlangen immer *experience,* aber in Kanada hast du für jeden Beruf Erfahrung. Wenn sie einen Schneider suchen, bist du eben Schneider. Wenn ein Maurer gefragt ist, bist du Maurer.

Nach einer Weile kam Frau Wagner und holte ihren redseligen Mann ab. Klar, wenn einer so viel auf Arbeit ist, mußt du die wenigen freien Stunden nutzen und darfst sie nicht verplappern. Niemand hatte dafür mehr Verständnis als Erich Domski. An diesem Abend hörten sie von den Wagners nur noch die Kuckucksuhr, die laut und ausdauernd die Zeit ausrief.

Anfangs liefen sie die Adressen zu Fuß ab, um die zehn Cent für die Straßenbahn zu sparen. Aber das hältst du in Toronto nicht lange durch. Um zur Yonge Street Nummer 3200 zu kommen, mußt du einen Fußmarsch wie von Wattenscheid nach Essen oder von Sandermarsch zum Meer zurücklegen.

Eine Autowäscherei in der Spadina suchte Hilfskräfte für einen Dollar pro Stunde. Nichts Regelmäßiges. Am Montag fünf Stunden Arbeit, mittwochs vielleicht drei, freitags dagegen zwölf oder noch mehr. Neue fangen in einer Autowäscherei immer hinten an, wo die Autos dreckig sind. Vorn, wo getrocknet und poliert wird, wo es die Trinkgelder gibt, warten die anderen. Du brauchst Jahre, um vom Ende des Fließbandes nach vorn befördert zu werden.

Die Fairbanks Company suchte Lagerarbeiter für den Hafen. Englisch müßten sie schon einigermaßen sprechen. Herbert wäre brauchbar gewesen, aber für Erich mit seinen fünfzehn Brocken Englisch, davon die Hälfte Schimpfwörter, gab es keinen Platz in der Fairbanks Company. Daraufhin verzichtete auch Herbert.

»Du bist in Ordnung«, sagte Erich, als sie draußen waren. Reiner Zufall führte sie auf ihrer Wanderung auch in die Nähe des Bordells. Das war in der Gegend von Queen Street und King Street. Da besuchten sie einen türkischen Teppichhändler, der Hilfspersonal einstellen wollte. Erich wunderte sich, daß die Freudenhäuser unter einer so vornehmen Adresse wie Königinstraße zu erreichen waren. Er hätte gern bei dem Türken angefangen, schon wegen der Nähe zur Königinstraße; aber der Mann verlangte Erfahrung im Umgang mit Teppichen. Damit konnten weder Erich Domski noch Herbert Broschat dienen. Wie soll ein Mensch, der Mitte der dreißiger Jahre in Deutschland geboren ist und dort zeitweise auf Kartoffelsäcken geschlafen hat, etwas von echten Orientteppichen verstehen? Als sie am Nachmittag im Industrieviertel des Ostens umherirrten, hielt ein Taxi neben ihnen.

»Wenn ich euch so ansehe«, sagte der Fahrer auf deutsch mit hessischem Tonfall, »kommt ihr mir vor wie verdammte Sauerkrautfresser.« Er nahm sie kostenlos mit in die City und fragte sie unterwegs nach Deutschland aus. Vor allem der Main interessierte ihn. Ob es den überhaupt noch gebe? Warum die Deutschen es nicht so gemacht hätten wie die Österreicher: neutral sein, aber dafür ungeteilt? Ob über der Rhön noch Segelflieger zu sehen seien? Warum Frankfurt nicht die Hauptstadt Westdeutschlands geworden sei? Er erzählte lange von seinen Wanderungen durch den Odenwald, bis Herbert ihn fragte, wo es in Kanada Arbeit gebe. Der Taxifahrer dachte nach. Für die Tabakernte in Südontario war es schon zu spät. Aber im Busch fing gerade die Holzfällersaison an. Die arbeiten im Winter, weil du es im Sommer vor Ungeziefer im Wald nicht aushältst. Außerdem brennt im Sommer ab und zu der Busch ... Aber da draußen seid ihr am Arsch der Welt, und das im kanadischen Winter! Bald werden die Zuckerrüben gezogen. Da gibt es Akkordarbeit für drei bis vier Wochen. Bis zu fünfzehn Dollar täglich kann ein Mann dabei verdienen. Wenn alle Stricke reißen, geht ihr zu den Farmern. Die suchen immer Arbeiter, aber sie zahlen schlecht. Mehr als hundert Dollar im Monat liegen da nicht drin.

So redete er, bis sie an der Holzkirche des Reverend Marlow vorbeifuhren. Da stiegen sie aus. Mal sehen, was die Kirche für Arbeit zu bieten hatte. Marlow holte bereitwillig seine Mitgliederkartei hervor, setzte sich ans Telefon und fragte nach Arbeit. Ein Stoffhändler in der Carlton Street suchte einen kräftigen jungen Burschen, der die Stoffballen vom Lager in den Verkaufsraum und wieder zurück zu schleppen hatte. Dreißig Dollar Wochenlohn. Das wäre vielleicht etwas für Herbert. Für Erich hatte Reverend Marlow eine Schneiderei am Telefon, deren Fabrikationsräume Abend für Abend gesäubert werden mußten. Das Bemerkenswerteste an dem Job waren die fünfundzwanzig Näherinnen aus Griechenland und der Ukraine, von denen Erich gelegentlich eine abends in der Flickenkiste zu finden hoffte. Beschämend waren dagegen die achtundzwanzig Dollar Wochenlohn, die die Schneiderei zahlen wollte. Mensch, Erich Domski war nach Kanada gekommen, um reich zu werden – aber Reverend Marlow hatte nur billige Jobs zu vergeben, bei denen die christliche Liebe die Hauptsache war und der Lohn eine unverhoffte Zugabe.

Verdrossen fuhren sie in die Hiawatha Road zurück, gingen aber nicht ins Haus, sondern legten sich an den Bahndamm, machten den Oberkörper frei und bräunten. Noch immer war Indianersommer. Im Fernsehantennenwald über den Dächern Torontos hingen seine weißen Fäden. Milchig war der Himmel über dem Ontariosee und stahlblau im Norden, wo die Schienen der Canadian National das Häusermeer durchschnitten und der Wildnis zustrebten.

Im warmen, trockenen Gras des Bahndamms fiel ihnen nichts Besseres ein, als wieder ihr Geld zu zählen. Sie besaßen vierundzwanzig Dollar und siebzig Cent. Verdammt noch mal, das war, wie wenn Sand aus der Eieruhr lief. Bald wird Ebbe sein.

Erich rauchte eine Zigarette nach der anderen und rechnete aus, wie ein erwachsener Mensch mit fünfzig Cent pro Tag in Kanada leben könne. Für diese Summe gab es ein pappiges Weißbrot, einen halben Liter Milch und ein ordentliches Stück Käse. Na ja, das ging doch. In der schlechten Zeit hättest du mit einer solchen Ration Kaiser von Deutschland sein können.

Über ihnen donnerten Güterzüge, brachten Weizen aus Manitoba, Holz vom Oberen See oder Erze aus Sudbury. In entgegengesetzte Richtung fuhren endlose Reihen bunter Autos aus der General-Motors-Fabrik in Oshawa. Der Bahndamm dröhnte, und den zitternden Gräsern riß der Fahrtwind fast die Köpfe ab. Wenn du so unter den Zügen liegst, auf den dumpfen Heulton wartest, der die Dieselloks ankündigt, packt dich das Fernweh.

»In der Schulbücherei in Sandermarsch gab es ein Buch über einen Jungen, der mit Güterzügen durch Amerika gefahren ist«, erzählte Herbert. »Der ist unterwegs aufgesprungen und hat sich kostenlos in die nächste Stadt befördern lassen.«

Erich taxierte die Geschwindigkeit der vorbeifahrenden Züge. Ja, das wäre zu schaffen. Auf die Güterzüge der Canadian National, die mit halber Kraft durch die Stadt fuhren, könnte auch Erich Domski aufspringen.

Ist es denn schon wieder soweit? dachte Herbert. Drei Tage in Kanada, und ihre Welt war auf die kleine Bude in der Hiawatha Road zusammengeschrumpft, beschränkte sich auf die Kartei des Reverend Marlow und die eintönigen Fußmärsche in den viel zu langen Straßen Torontos. An die Weite Amerikas erinnerten nur noch die vorbeifahrenden Züge.

Erich legte den Kopf auf die Schienen, um es knakken zu hören. Bei dieser Beschäftigung hatte er den Einfall, der alles entschied.

»Mensch, wir fahren in die Zuckerrüben!« rief er.

Drei Wochen Zuckerrüben im Akkord. Das bringt anständiges Geld. Danach zurück in die Stadt, um in Ruhe einen Job für den Winter zu suchen.

Die Zuckerrüben brachten sie regelrecht in Begeisterung. Ausgelassen wälzten sie sich im Gras des Bahndamms. Erich sang *Auf in den Kampf, Torero!*, das heißt, er sang es so, wie es der Zacher in Wattenscheid immer gesungen hatte: *Auf in den Kampf, die Schwiegermutter naht!* Kämpfen wollte er schon. Mit den Zuckerrüben auf den sonnigen Plantagen Ontarios. Und mit den vielen Dollars, die es dort gab! Und bei der Rückkehr nach Toronto würde er die Gegend von Queen Street und King Street unsicher machen. Na, du weißt ja ... Während ihres Herumtobens geriet der Bahndamm in Flammen. Das kommt von deinem unmäßigen Zigarettenrauchen, Erich Domski. Anfangs trampelte Erich in den Flammen herum, aber das Feuer breitete sich rascher aus, als Erichs Füße trampeln konnten. Es kletterte den Hang hinauf, lief zurück, übersprang einen Schotterhaufen, erfaßte trockene Blätter, die der Wind zusammengeweht hatte. Weißer Rauch kräuselte in den Himmel.

Herbert Broschat und Erich Domski taten das, was in solcher Lage zu tun ist. Sie rissen aus, liefen davon wie Jungs, die beim Äpfelklauen erwischt worden sind – den Bahndamm entlang, durch einen fremden Garten, über einen flachen Zaun. Als sie auf der Hiawatha Road standen, spazierten sie gemächlich, als ginge sie das Feuer nichts an. Weder Polizei noch Feuerwehr erschienen. Eine Kinderschar versammelte sich und sah zu, wie sich das Feuer im Osten an einer Geröllhalde totlief und im Westen ungehindert weiterfraß.

»So ähnlich sah es aus, wenn unsere Abraumhalden brannten«, sagte Erich Domski.

Er erzählte von dem mächtigen Dreckberg in Wattenscheid-Leithe, der zu jeder Jahreszeit ein wenig gequalmt hatte, ein Berg, an dem sie die ersten selbstgedrehten Zigaretten angesteckt und Rauchsignale bis nach Bochum gegeben hatten.

Nachdem Erich Domski sich gesäubert hatte, ging er aus dem Haus, um zwei Krakauer Würste zu kaufen. Das war so eine Art Vorschuß auf die Zuckerrüben und das viele Geld. Für den Rest des Tages schwelgten sie in Zuckerrüben.

Kein Mensch verlöre ein Wort über Chatham, über das verschlafene Provinzstädtchen mit den weißen Holzhäusern und den englisch grünen Gärten, gäbe es nicht die Canadian and Dominion Sugar Company. Sie hatte einen massigen Schornstein in die Mais- und Zuckerrübenfelder am Fluß Thames gesetzt, ein Förderband, Silos und Waschanlagen gebaut und einen Lagerplatz eingerichtet, auf dem sich in den letzten Monaten des Jahres die Rüben zu himmelhohen Pyramiden türmten.

In guter Stimmung stiegen Herbert Broschat und Erich Domski aus dem Greyhoundbus. Ihr Ziel war nicht zu verfehlen. Nach fünf Minuten Fußmarsch auf den Schornstein zu, der verhalten Rauch in den Himmel pustete, standen sie am Tor der Fabrik.

Die Zuckerrübenernte habe noch nicht begonnen, sagte ihnen der Pförtner. Das Wetter sei zu gut; die Farmer nähmen jeden Tag Sonnenschein mit, weil er die Rüben süßer mache. In drei Tagen sollten sie wieder anfragen.

Ratlos schauten sie den Mann an.

»Habt ihr kein Auto?« fragte der Pförtner.

»Wir sind erst eine Woche in Kanada«, erwiderte Herbert.

Der Mann wunderte sich darüber gar nicht. So etwas

kam häufiger vor, auf Menschen zu treffen, die erst eine Woche in Kanada waren. Er lachte und musterte sie, wie man ausgestopfte Vögel betrachtet. Schließlich löste er einen Schlüssel von seinem Schlüsselbund, reichte ihn Herbert und zeigte auf eine Hütte am Fluß.

»Da könnt ihr bleiben, bis es Arbeit gibt.«

Jeden Morgen sollten sie zum Pförtnerhaus kommen und fragen, ob ein Farmer Zuckerrübenarbeiter angefordert habe. Aber sie sollten Geduld haben. Solange die Sonne schiene, finge die Ernte nicht an. Er holte zwei Decken, drückte sie ihnen in die Hand und meinte, es könne nachts am Fluß schon recht kalt werden. Schließlich sei es Oktober.

Mißmutig nahmen sie die Hütte in Augenschein.

»Da haben früher die Hunde gehaust, die die Zuckerfabrik bewachen mußten«, entfuhr es Erich.

Der Ausdruck Hundehütte war nicht übertrieben; der Bau reichte für mindestens vier Bernhardiner. Zwei Feldbetten standen an der Wand, mehrere Apfelsinenkisten als Sitzgelegenheit daneben, die auch den fehlenden Tisch zu ersetzen hatten. Elektrisches Licht gab es nicht. Immerhin war ein Herd vorhanden, der gleich am Eingang stand; das Holz mußten sie vom Fluß holen.

Erich fand als erster zur gewohnten Heiterkeit zurück. Er besichtigte das Hinterland und kroch in dem Weidengestrüpp umher, das von der Rückwand der Hütte bis an den Fluß reichte. Der Thames führte helles, lehmiges Wasser, das über alte Autoreifen, Steine und einen rostenden Kühlschrank plätscherte. Herabhängende Weiden deckten den Flußlauf fast zu.

Auf vernünftige Gedanken kommst du erst, wenn du etwas Nützliches arbeitest. Deshalb fing Erich an, Holz zu sammeln. Im Frühjahr hatte das Hochwasser Äste, Bretter und Pappkartons angeschwemmt, die getrocknet in den Weidenbüschen hingen und von Erich nur gepflückt zu werden brauchten.

»Ich glaube, hier gibt es Ratten«, sagte Erich, als er mit dem Holz kam. Herbert saß auf einer Apfelsinenkiste und sah zu, wie Erich den Herd in Betrieb setzte.

»Wir sind ganz schön heruntergekommen«, meinte er. »Vor einer Woche noch im Salon der ›Arosa Sun‹ und jetzt in diesem Dreckloch!«

Er hätte das Schiff lieber nicht erwähnen sollen. Erich Domski fing an, von dem Abschiedsfest zu schwärmen; er kannte die Dinnerkarte noch auswendig: Reissuppe, Fischfilet, gebackenes Hähnchen, ein Stück Torte, Schokoladeneis, Wermutwein, Kaffee, eine Apfelsine ... Als Erich mit der Speisekarte durch war, fielen ihm die herrlichen Namen auf dem Schiff ein. Billard Room zum Beispiel, Dancing Bar, Library, Card Room, Ladies and Gentlemen ...

»Mensch, wo sind hier eigentlich die Toiletten?« unterbrach Herbert seine Aufzählung.

»Ich schätze, da«, meinte Erich und zeigte ins Weidengebüsch. »Da unten ist Platz genug. Und wenn der Dreck zu stinken anfängt, macht der Fluß eine kleine Überschwemmung und spült die Büsche sauber.«

Während Erich die trockenen Holzscheite im Herd knistern ließ, rechnete Herbert aus, daß sie höchstens vier Tage ohne Arbeit in der Bude bleiben dürften. Dann wäre ihr Geldvorrat erschöpft – bis auf sieben Dollar und zwanzig Cent für die Rückfahrt nach Toronto.

»Komm, wir kaufen Verpflegung ein und machen die Stadt unsicher«, schlug Erich vor. »Mit Verpflegung sieht die Welt manierlicher aus.«

In ausgelassener Stimmung zogen sie los. Erich sang *Am Rio Negro, da steht ein kleines, verträumtes Haus.* Damit konnte nur die kümmerliche Bude am Ufer des

Flusses Thames gemeint sein. Er sammelte Blechdosen im Straßengraben und spielte mit ihnen Fußball, bis sie die ersten Häuser Chathams erreichten. Mensch, das waren herrliche Landsitze mit großen, bunten Autos vor der Auffahrt. Erich lief von einem Wagen zum anderen, prüfte den Meilenstand und stellte an den im Auto herumliegenden Gegenständen fest, ob der Besitzer männlichen oder weiblichen Geschlechts war. Als sie an einem Gebrauchtwagenstand vorbeikamen, verstieg er sich zu der Behauptung: »Wenn wir drei Wochen in den Zuckerrüben arbeiten, haben wir Geld genug, um mit dem eigenen Auto nach Toronto zurückzufahren.«

Sie kauften das Übliche: Milch, Weißbrot, Käse. Auf dem Rückweg begegnete ihnen ein größeres Mädchen. Kaum hatte Erich sie erblickt, fing er an, von seiner Langen, Namenlosen auf dem Schiff zu schwärmen, die inzwischen schon in Manitoba verheiratet war. Er schilderte sie in aller Ausführlichkeit und Breite und redete bis zur Zuckerfabrik nur von der Langen. Was sie gesagt hatte und wie sie es gesagt hatte. Wo sie besonders empfindlich war, was ihr etwas ausgemacht hatte und was ihr gar nichts ausgemacht hatte. Verdammt noch mal, Erich Domski kam von der Langen nicht mehr los. Als sie die Hütte erreichten, ging er in die Weidenbüsche, um auf andere Gedanken zu kommen.

»Wie wäre es mit Angeln?« schlug Erich nach dem Essen vor. Am Vatertag 1954 hatte ihn Bruno Kazor von der Nachbarzeche Rheinelbe überredet, zum Angeln an die Wupper mitzukommen. Da wurden sie beide so blau, daß gegen Abend die Fische mit der Angel abhauten.

Am Rio Negro, sang Erich, während er Holz für ein abendliches Lagerfeuer aufschichtete. Auf dem Fluß fielen Wildenten ein. Entenbraten ist auch gut, dachte

Erich. Er sammelte großkalibrige Steine, schlich damit zum Fluß und gab den Enten Zunder. Ein großes Kunststück war es nicht, aus dem Pulk eine Ente mit dem Stein zu treffen. Schwieriger war es schon, das betäubte Tier an Land zu bekommen. Es trieb flußabwärts. Erich Domski jagte durch Schilf und Weidengestrüpp hinterher und mußte bis zu den Knien ins Wasser, um seine Ente zu retten. Die wäre sonst in den Lake Saint Clair abgedriftet, von dort in den Eriesee, die Niagarafälle hinunter zum Ontariosee und am Ende sogar mit dem Sankt-Lorenz-Strom abwärts zu den Eisbergen. Erich erwischte die Ente, bevor sie mit dem Fluß unter einer Brücke verschwand. Triumphierend trug er sie am immer länger werdenden Hals zur Hütte und verkündete dort das Menü des Tages: Entenbraten.

Das erste Lagerfeuer in Kanada. Am Fluß Thames unweit vom Schornstein der Zuckerfabrik. Die Fabrik glich einer ausgebrannten Ruine. Neben dem Schornstein hing ein blasser Halbmond, der dem Drahtzaun neben der Hundehütte matten Glanz verlieh. Dem toten Vogel brannten die Daunen ab. Das Feuer knisterte, und hinter der Hütte gluckerte das Wasser. Schon wieder fielen Enten ein.

»Hast du eine Ahnung, wie Enten ausgenommen werden?« fragte Erich.

Herbert schüttelte den Kopf.

Erich Domski wütete mit einem Taschenmesser in dem Entenbauch, ohne recht zu wissen, wo er anfangen sollte in dem Durcheinander der Innereien.

»Du kannst dir die Arbeit sparen«, sagte Herbert plötzlich. »Wir haben kein Salz in unserer Küche. Ohne Salz ist dein Braten ungenießbar.«

Die Zuckerrüben ließen sich Zeit. Jeden Morgen nach dem Rasieren am Flußufer – Zähneputzen ging nicht, weil das Wasser zu schmutzig war – besuchten Herbert und Erich den Pförtner am Fabriktor. Aber das Wetter war viel zu gut. Diese herbstliche Sonne mußten die Zuckerrüben noch mitnehmen. Sommerfrische am Thames River. Ausruhen am Rande des Weidengebüschs. Morgens geweckt werden vom Schnattern der Enten und von den Autos der Fabrikarbeiter. Vor die Hütte treten und Kniebeugen machen, damit die Knochen nicht rosten. Morgennebel bis zum Fabrikschornstein. Das Gras, naß wie nach einem Regenguß. Aber schon während des Frühstücks tauchte die Sonne auf. Herbert zog das Hemd aus, um zu bräunen. Und das im Oktober. Erich saß auf der Treppe und rauchte.

»Wenn wir einen dritten Mann hätten, könnten wir Skat spielen«, meinte Erich am dritten Tag.

Dann hatte er die Idee, den Pförtner nach einer Angel zu fragen. Besaß der natürlich nicht.

Wie wäre es denn mit einem Spaziergang am Thames entlang? Wir stellen uns vor, das sei die Ruhr bei Burgaltendorf, wo der Fluß hübsch wird.

Maisfelder, so weit das Auge reichte, ein regelrechter Maiswald. Erich pulte Körner aus und schickte die leeren Maiskolben flußabwärts. Vereinzelt Farmhäuser auf dem flachen Land. Sie sahen anders aus als deutsche Bauernhöfe. Es gab keine herumlaufenden Hühner, Gänse und Enten; auch fehlten die Kälber im Apfelgarten, die quiekenden Schweine hinter der Scheune. Die Farmen Südontarios wirkten leer und unbewohnt. Ein einsamer Traktor hinter dem Wirtschaftsgebäude. Vor der Haustür ein Truck von Ford oder General Motors, die Ladefläche ohne Verdeck, ein Gefährt für die Farmerfamilie, um auf die Felder, zum Kaufmann und in die Kirche zu kutschieren. Kaum Menschen unterwegs. Unter einem Birnbaum trafen sie Kinder, die auf den Schulbus warteten.

»Wo sind die Zuckerrübenfelder?« fragten sie.

Die Kinder zeigten über den Fluß in westliche Richtung. Man müsse ein Auto haben, um zu den Zuckerrübenfarmen zu kommen, sagten sie.

Herbert fiel das Dorf seiner Eltern im Osten ein, in dem es auch Zuckerrüben gegeben hatte. Einmal überraschte der Winter die russischen Kriegsgefangenen bei der Zuckerrübenernte. Da blickten nur noch die Blätterspitzen aus dem Schnee, und die Russen mußten die Rüben mühsam mit der Forke ausgraben.

Aber in Ontario war wenigstens gutes Wetter. Mittags war es so warm, daß sie sich in den Schatten einer Brücke flüchten mußten, um die Füße im fließenden Wasser zu kühlen. Erich sang – das hing mit dem fließenden Wasser zusammen – Seemannslieder aus der deutschen Plattenküche von 1954 und früher. *Mecki war ein Seemann* zum Beispiel. Mensch, wie dämlich sich so etwas anhört in den kanadischen Maisfeldern am Fluß Thames. Halt endlich den Mund, Erich Domski! Spürst du nicht, daß du die feierliche Stille störst mit deinem Gesinge?

Auf dem Rückweg brach Erich mutwillig einen Streit vom Zaun. Während er Maiskörner ins Wasser schnippte, trällerte er *Ach, ich hab' sie ja nur auf die Schulter geküßt* und behauptete, das Lied sei aus dem Film *Schwarzwaldmädel,* den er kurz vor dem Aufbruch nach Kanada in Wattenscheid gesehen habe.

»Das ist aus dem ›Vogelhändler‹«, meinte Herbert.

Aber Erich stritt dagegen an; er glaubte sich genau des Films zu erinnern. Da seien viele fröhliche Menschen romantische Wiesenwege entlanggelaufen. Mensch, im

Melodien-Behalten war Erich Domski schon immer ein As gewesen.

Sie nahmen eine halbe Stunde lang die deutschen Operetten durch, konnten sich aber nicht einigen, bis Herbert ärgerlich erklärte, ihm sei es egal; er habe mit der ganzen gefühlsduseligen deutschen Operettenvergangenheit nichts im Sinn. Mensch, wir sind nicht nach Kanada gekommen, um über *Schwarzwaldmädel* und *Vogelhändler* zu streiten!

»Warum bist du so empfindlich?« brummte Erich. »Bis die Zuckerrüben anfangen, müssen wir etwas gegen die Langeweile tun. Warum nicht Schwarzwaldmädel? Weißt du was Besseres?«

Schweigend gingen sie nebeneinanderher. Erich sammelte auf Vorrat Maiskolben und wilde Birnen. Er zog sein Hemd aus und machte daraus eine Art Rucksack. Du brauchst nur den Hals abzubinden und die Ärmel zu verknoten – schon wird aus dem Hemd ein Sack für Maiskolben und Birnen.

Am Nachmittag herrschte gedrückte Stimmung. Herbert zählte das letzte Geld; er kam auf dreizehn Dollar und siebzig Cent. Erich vertrieb sich die Zeit mit Steinewerfen. Im Fluß lag eine leere Öltonne, die befeuerte er und jubelte bei jedem Treffer. Als er müde war, kam er zu Herbert und sagte: »In Wattenscheid gab es einen Kriegsbeschädigten, der hatte den Fahrradstand vor der Zeche. Weißt du, was der immer gesagt hat? ›Jungs, wenn euch richtig elend zumute ist‹, hat er gesagt, ›dann müßt ihr euch die Königin von England auf dem Lokus vorstellen!‹«

Herbert lachte über den unmöglichen Anblick.

»Siehst du!« rief Erich. »Es hilft. Du hast schon gelacht. Es muß ja nicht unbedingt die Königin von England sein. Wenn du Lust hast, kannst du dir den

Präsidenten von Amerika vorstellen oder die Kaiserin Soraya oder den Papst oder diese hübsche Italienerin, diese Gina ... Gina ... Na, wie heißt die Kleine noch?«

»Lollobrigida«, half Herbert nach.

Erich erreichte mit seinem Gerede, daß sie eine Stunde lang über die Großen der Welt auf dem Lokus sprachen. Ehrlich, als kleiner Mann siehst du sie immer nur in Glanz und Gloria. Das überhöht sie mächtig. Bei alltäglichen menschlichen Verrichtungen kannst du sie dir überhaupt nicht vorstellen.

»Aber die sind auch nur von der Mutter geboren«, meinte Erich.

Und weil es so war, war es auch erlaubt, sich die Großen auf dem Lokus vorzustellen, um ihnen menschlich etwas näherzukommen. Wem das zu genierlich ist, der darf andere Bilder wählen. Wie wäre es beispielsweise mit dem alten Konrad Adenauer, wenn er erkältet in langem Nachthemd und mit Halswickel im Bett in Rhöndorf liegt? Erich hielt das für ein sehr rührendes menschliches Bild. Er ging noch einen Schritt weiter und stellte sich schöne Frauen vor. Die Gina hatte er schon. Nach ihr graste er den deutschen Film ab von Marianne Koch bis Nadja Tiller und verweilte dann ziemlich lange bei Silvana Mangano, der aus dem *Bitteren Reis,* die die Oberweite erfunden hatte. Es machte richtig Spaß.

Herbert fragte sich, wie die Weltgeschichte verlaufen wäre, wenn die Völker sich ihre Führer ab und zu bei menschlichen Verrichtungen vorgestellt hätten. Churchill auf dem Wasserklosett! Lieber Himmel, mit einem solchen Bild hätten die Engländer den Zweiten Weltkrieg verloren. Oder Adolf Hitler. Wenn nur die Hälfte der Deutschen sich einmal diesen Abgott auf dem Abort vorgestellt hätte – es wäre alles anders gekommen.

Mit seinen Lokusgeschichten erreichte Erich, daß es ein lustiger Nachmittag wurde. Sie aßen Maiskörner und überreife, matschige Birnen. Erich sang *Ach, ich hab' sie ja nur auf die Schulter geküßt,* und Herbert hatte nichts dagegen, daß dieses Lied aus *Schwarzwaldmädel* sein sollte. Die gute Stimmung hielt auch an, als am Abend heftiger Regen einsetzte. Nun war es aus mit den süßen Zuckerrüben; nach dem Regen kam die Zeit der Ernte.

Am Morgen regnete es kaum noch. Der Fluß war über die Ufer getreten; er hatte die Weidensträucher unter Wasser gesetzt, trieb Maiskolben und Fallobst an der Hütte vorbei und reinigte das Unterholz von Fäkalien.

In guter Stimmung trabten sie zum Fabriktor. Der Pförtner empfing sie mit bedenklichem Gesicht.

»Nach so schweren Regenfällen lassen die Farmer die Rüben erst einmal abtrocknen«, sagte er. »Sonst zieht ihnen die Fabrik Schmutzprozente ab. Zwei oder drei Tage wird es noch dauern bis zur Ernte.«

Da verlor Erich Domski die Fassung.

»Die wollen uns verarschen!« schrie er. »Erst ist es zu sonnig, dann ist es zu naß. Morgen erzählen sie uns, daß die Rüben noch Schnee brauchen.«

Der Pförtner bemühte sich, sie zu beschwichtigen. »Ihr dürft in der Hütte bleiben, solange ihr wollt. Es kann nicht mehr lange dauern. Ihr müßt nur Geduld haben.«

Mißmutig schlenderten sie zurück zur Hütte.

»Na, wie ist das nun, stellst du dir die Königin von England vor?« fragte Herbert.

Nein, Erich Domski dachte an Schlimmeres. An eine Überschwemmung, die alle Zuckerrübenfelder und Zuckerrübenfarmer und Zuckerrübenfabriken und

Pförtner an Zuckerrübenfabriken heimsuchen sollte. Er nahm in der Hütte Platz und beobachtete durch ein Astloch den noch immer anschwellenden Fluß.

Die eigentliche Katastrophe brach jedoch erst herein, als Erich Domski nach seiner Zigarettenschachtel griff. Sie war leer, und es war die letzte Schachtel. Die zollfrei auf dem Schiff gekauften Zigaretten, die eigentlich bis Weihnachten reichen sollten, waren ausgegangen. Das kommt davon, wenn du nutzlos in einer Hundehütte herumliegst und aus Langeweile vor dich hin rauchst. Erich durchwühlte die Taschen; er stieß auf alles mögliche, auf Bierdeckel von der »Arosa Sun« und Straßenbahntickets, nur nicht auf Zigaretten. Plötzlich hielt er die Visitenkarte von Mister Steinberg in der Hand.

»Mensch, wir lassen die Zuckerrüben Zuckerrüben sein!« sagte er. »Wir fahren zurück nach Toronto und fragen diesen Steinberg, ob er Arbeit für uns hat!«

Nur fünfzig Meilen Umweg. In Hamilton die Fahrt unterbrechen, in einen anderen Bus steigen und zu den Niagarafällen fahren.

»Wenn wir schon in der Gegend sind, dürfen wir die berühmtesten Wasserfälle der Welt nicht verpassen«, meinte Herbert.

Also gut, sie fuhren den Umweg, der zusätzlich einen Dollar kostete. Es mußte sein. Erich wird seiner kranken Mutter eine Ansichtskarte von den Niagarafällen schicken. Kaufmann Liepert in Wattenscheid wird die Brille aufsetzen, um die herabstürzenden Wasser in Augenschein zu nehmen. Er wird seine Tochter Erika rufen und sagen: »Sieh mal, wo Erich Domski sich in der Welt herumtreibt!«

Im Bus nach Niagara Falls fanden sie Prospekte über die Wasserfälle. Fünfhundert Millionen Liter rauschten da pro Minute hinunter. Herbert übersetzte den Text, den sie auf der kanadischen Seite in eine Art Triumphbogen eingemeißelt hatten:

Die Fluten erheben ihre Stimme!
Sie erheben dich, o Herr!

Die Prospekte zeigten ein Bild der Niagarafälle bei Nacht. Da strahlte ein Riesenscheinwerfer das herabstürzende Wasser an; eine Werbeagentur hatte dazu folgenden Spruch gedichtet: *A liquid rainbow of colors.*

Der Umweg zu den Niagarafällen lohnte sich. Sie kamen in ein Paradies, in dem sogar Weintrauben wuchsen. Pfirsichplantagen erstreckten sich zu beiden Seiten des Highways, Blumengärten wie im alten England. Von einer Hochbrücke aus sahen sie Ozeanriesen auf der Reise nach Buffalo oder Detroit. Als sie ausstiegen, schlug ihnen Wasserdampf entgegen, setzte sich ins Haar und auf die Kleidung. Sogar an Erichs wulstigen Augenbrauen hingen winzige Wassertröpfchen. Die Sonne blieb verhangen. Aus der Ferne hörten sie das monotone Rauschen der fünfhundert Millionen Liter Wasser in der Minute. Die Stadt Niagara Falls glich einem Rummelplatz. Spielhallen, Andenkenläden, Karussells. Hier spürst du wenig von dem einsamen, menschenleeren Kanada; hier läufst du eher Gefahr, daß sie dir die Hühneraugen platttreten.

Ergriffen stand Herbert über dem Wasser. Unten dröhnte die Erde von den Tonnengewichten, die im Kessel aufschlugen. Sogar ein Regenbogen hing über den Fällen, von der verhangenen Sonne gegen das amerikanische Ufer geworfen. Da war sie wieder, die

Größe und Erhabenheit, die ihm Schauer über den Rücken jagte. Wegen solcher Augenblicke war er ausgewandert. Wenn du so etwas siehst, hörst du auf, in dich hineinzuhorchen. Da packt dich eine fremde Kraft, trägt dich einfach fort.

»Ob da schon mal einer runtergesprungen ist?« rätselte Erich Domski.

Warum nicht? Das wird schon mal vorgekommen sein in den Tausenden von Jahren, in denen hier Wasser in die Tiefe gestürzt ist. Ein lebensmüder Krieger der Huronen wird mit dem Kanu in den Hufeisenfall geraten sein. Vor Jahren ließ sich ein Abenteurer, um eine Wette zu gewinnen, in ein Faß sperren und die Fälle hinabtreiben. Der Kerl ist zum Teufel gegangen, aber einige sollen es tatsächlich überlebt haben. Ziemlich sicher war Erich Domski, daß er der erste Mensch aus Wattenscheid-Leithe war, der über das Geländer des Hufeisenfalls hinweg in die Tiefe spuckte.

Als sie sich satt gesehen hatten, war zu entscheiden, was mit dem restlichen Geld geschehen sollte. Heiße Hunde essen, Ansichtskarten von den Niagarafällen kaufen oder in den Tunnel hinabfahren? Erich war für heiße Hunde, Herbert entschied sich in solchen Situationen immer für das Große, Einmalige. Heiße Hunde gab es überall, aber mit dem Fahrstuhl unter die Niagarafälle zu fahren, um das Wasser von unten zu betrachten, das wird dir nur hier geboten. Einen Heidenspaß machte die Ausstaffierung für die Tunnelfahrt: schwarze Regenmäntel, Gummistiefel, Papiermützen. Lauter Kapuzenmänner liefen unten herum wie die Scharfrichter morgens um halb vier. Das war ein Platz, um Filme über den Weltuntergang zu drehen. Trommelfeuer, weiße Gischt, Wasserfontänen, die über das Schutzgitter in den Tunnel spritzten. Erich behauptete nachher, er sei von den Niagarafällen geduscht worden. Und das war nicht einmal gelogen.

Als sie das Tageslicht erreichten, besaßen sie noch einen Dollar. Das hätte gereicht für zwei heiße Hunde und zwei Ansichtskarten nach Deutschland, aber nicht mehr für die Briefmarken.

»Wir schicken die Karten später ab«, schlug Herbert vor.

Auf dem Weg zu den Ansichtskarten trafen sie zwei verwegene Gestalten, die unter dem steinernen Triumphbogen auf freier Straße saßen und Herzbube spielten. Ihnen genügten drei Karten, nämlich Kreuz-, Pik- und Herzbube. Einer saß in der Hocke und warf die Karten mit erstaunlicher Geschwindigkeit verdeckt auf den Asphalt. Der andere mußte raten, wo der Herzbube steckte. Dabei lachten und palaverten sie so laut, daß die Passanten aufmerksam wurden. Der in der Hocke winkte Erich heran.

Sieh mal, so einfach geht das. Er warf die Karten hin und her, ließ sie geschwind von einer Hand in die andere gleiten und zeigte den Herzbuben. »Du mußt immer auf den Herzbuben achten, weiter nichts!« Dann ließ er ihn wieder verschwinden. Als er endlich fertig war, hatte er drei Karten verdeckt auf dem Asphalt liegen.

»Na, wo steckt er denn, der Herzbube?«

Erich hatte keine Schwierigkeiten, die richtige Karte zu finden. Nachdem er dreimal hintereinander den Herzbuben gefunden hatte, tippte ihm der andere Mann auf die Schulter.

»Du kannst einen Dollar verdienen, wenn du das Spiel mit mir spielst«, sagte er.

Wie gesagt, es war eine Kleinigkeit. Erich zweifelte nicht daran, daß er nach dem Spiel um einen Dollar reicher sein würde. Das hieße doppelte Portion heiße Hunde und Briefmarken für die Ansichtspostkarten. Sie spielten also um einen Dollar, um den letzten Dollar, den sie aus Europa mitgebracht hatten. Die Karten flogen hin und her, lagen endlich ruhig auf der Straße, der Herzbube in der Mitte. Ganz klar, der Herzbube mußte in der Mitte sein. Aber als Erich die Karte aufhob, hatte er den Kreuzbuben.

Mensch, du hast nicht aufgepaßt, Erich Domski!

»Versuch es noch einmal«, schlug der Mann in der Hocke vor. »Wir spielen um fünf Dollar, und du paßt besser auf.«

Erich hätte noch zehnmal gespielt, um endlich den Herzbuben zu erwischen, aber er besaß kein Geld mehr. Ein Neger tauchte in den Parkanlagen auf, rief laut und winkte den anderen beiden zu. Die sprangen auf und folgten dem Neger zwischen den Blumenbeeten.

»Komm mit«, sagte Herbert und zog Erich fort. Er hatte Angst, Erich könnte in Wut geraten, die Niagarafälle demolieren oder einen Menschenauflauf verursachen. »Sei froh, daß es nur ein Dollar war«, sagte Herbert und schleppte ihn zum Bus. »Nun haben wir das Geld endgültig durch. Broke nennt man das in Kanada. Nur die Fahrkarte nach Toronto haben wir noch in der Tasche, weiter nichts.«

Damit stand fest, daß niemals eine Ansichtskarte mit den Wassern der Niagarafälle in Wattenscheid oder Sandermarsch eintreffen würde.

Den größten Teil der Busfahrt verschlief Erich. Als Toronto in der Abenddämmerung auftauchte, weckte Herbert ihn, denn Toronto sieht am schönsten aus, wenn du die Stadt von Südwesten erreichst. Da siehst du die Skyline am Seeufer und im Vordergrund die vorgelagerte Insel mit den riesigen Weidenbäumen.

Wirklich, dieses Toronto war eine merkwürdige Stadt. Kaum waren sie da, trafen sie wieder mit Jesus zusammen. Diesmal in Gestalt des Billy Graham, der in der großen Halle des National Exhibition Park mit dem Teufel rang. Sie folgten der Menschenmenge. *Glory, Glory, Hallelujah!* Ein Chor mit tausend Sängern stand auf der Bühne; er sang lauter, als die Niagarafälle rauschten. Als der Gesang die Seelen durchgeknetet hatte, kam Billy Graham und spülte jeglichen Unrat fort. Dieser Mann verkaufte das Evangelium wie gute Toilettenseife. Wer aus seinem Bad herauskommt, ist weiß – weißer geht es nicht. Das »Maschinengewehr Gottes« besiegte die letzten Zweifler. Im Hintergrund das Rauschen der Niagarafälle. Zuckerrüben, so weit das Auge reichte im Garten des Herrn, alles bereit zur Ernte. *Glory, glory, hallelujah!* Jesus auf dem Marsch am Thames entlang, der schmutzig und hellgelb hinter der Hundehütte der Chathamer Zuckerfabrik vorbeiplätscherte.

Zum Schluß kam das Wichtigste. Billy Graham redete nicht nur – er besaß auch eine Gulaschkanone für jene armen Teufel, die den ganzen Tag über schon heiße Hunde hatten essen wollen, aber nicht dazu gekommen waren.

Abends um halb zehn konnten sie unmöglich Mister Steinberg anrufen. Da fiel Erich ein, daß sie in der Hiawatha Road die Miete für eine Woche im voraus bezahlt hatten. An dieser Woche fehlte noch ein Tag. Also besaßen sie das Recht, die nächste Nacht unter dem *Wilden Kaiser* zu schlafen. Erich angelte mit dem Daumennagel zwei Zehncentstücke aus dem Innenfutter seiner Jacke.

»Wenn du broke bist, mußt du wenigstens noch Geld für eine Straßenbahnfahrt haben«, meinte er grinsend.

Bevor sie in die Straßenbahn stiegen, stahl er ein Exemplar des Toronto Star. Die Zeitung lag in einem roten Behälter am Straßenrand. Die Kanadier glaubten offenbar, jeder werde eine Münze und keinen Hosenknopf in den Schlitz stecken, bevor er sich bediente. Erich stahl die Zeitung, weil Herbert während der Straßenbahnfahrt die Stellenanzeigen durchsehen sollte. Der Diebstahl erwies sich als unnötig, denn in der Straßenbahn lagen mehrere herrenlose Exemplare des *Toronto Star* herum.

Auf der Fahrt die Gerrard Street hinab übersetzte Herbert Stellenanzeigen in eine auch für Erich verständliche Sprache. Die meisten verlangten, der Bewerber müsse *fairly* englisch sprechen. Siehst du, Erich Domski, die Wagner hat doch recht. Man muß dich zwingen, englisch zu sprechen.

Die Wagners waren zu Hause, was Erich sehr verwunderte. Einer von ihnen wird Geburtstag haben, dachte Erich. Oder es ist sonst ein denkwürdiger Tag, Hochzeitstag zum Beispiel. Jedenfalls saßen sie in ihrer Küche und hörten deutsche Schallplatten.

Konrad Wagner freute sich über die Heimkehrer. Die Freude verflüchtigte sich schnell, als er hörte, daß sie keinen Cent besaßen und ohne Arbeit waren. Die können also nicht einmal die Wochenmiete bezahlen. Die werden morgen ausziehen, und Konrad Wagner wird wieder eine leere Stube haben und ein Schild im Fenster: *Rooms for rent.* Um das zu vermeiden, stellte Konrad Wagner den Plattenspieler ab und setzte das Telefon auf den Küchentisch. Er telefonierte in der Stadt herum und fragte nach Arbeit für zwei junge Burschen, die vor zehn Tagen aus Deutschland gekommen und abgebrannt waren bis auf den letzten Cent. Erich tat die Frau leid, die sich zurückzog, vermutlich ins Bett ging; dabei war es ihr Geburtstag oder Hochzeitstag oder sonst etwas Wichtiges.

Ein deutscher Fotograf suchte einen Helfer mit perfekten Englischkenntnissen. Na, perfekt, das würde sich nicht einmal Herbert Broschat zutrauen. Pakete ausfahren in den Vororten Torontos? Da mußt du den Stadtplan im Kopf haben und einen kanadischen Führerschein in der Tasche. Also nichts für Neueinwanderer.

»Gibt es eigentlich Kohlengruben in der Nähe?« fragte Erich, als Konrad Wagner wieder ein Gespräch beendet hatte. Erich Domski war mit dem festen Vorsatz nach Kanada gekommen, nie mehr unter die Erde zu kriechen. Aber wenn es nichts anderes gab, war er bereit, für einen Monat eine Ausnahme zu machen.

Nein, Kohlengruben haben die hier nicht.

Nach einer Stunde Hinundhertelefonieren blieb eine Stelle für sie übrig, die sich so anhörte: Ein junger Niederländer hatte sich mit einem Schweizer zusammengetan. Die beiden hatten mehrere Schuppen gemietet, in denen sie Steine für die Neubauten in Scarborough brannten. Erich und Herbert brauchten nichts weiter zu tun, als die Steine mit einer Karre aus dem Brennschuppen über einen Hofplatz in den Trockenschuppen zu fahren. Jeder fuhr solange, wie er Lust hatte. Lohn gab es nach der Anzahl der Steine, die im Trockenschuppen ankamen. Die Sache besaß den Vorzug, daß Herbert und Erich zusammenbleiben konnten. Nur lagen die Schuppen verdammt weit entfernt am anderen Ende der Stadt, in Mimico.

»Wir können uns die Buden ja mal ansehen«, schlug Erich vor. »Wenn es Bruch ist, rufen wir morgen Mister Steinberg an.«

Um halb fünf Uhr hieß es aufstehen, denn die Straßenbahn fuhr eine Stunde bis Mimico. Erich setzte den unterbrochenen Schlaf in der Bahn fort und verschlief so den trostlosen, nassen Morgen, dessen wahre Häßlichkeit sie erst begriffen, als sie die Steinfabrik in Mimico zu Gesicht bekamen. Ein von Lastwagen aufgewühlter Hofplatz, Wasserlachen in ausgefahrenen Spuren. Schwarzer Rauch wollte aus dem Schornstein des Brennschuppens in den Morgenhimmel steigen, wurde aber vom Wind in den Schmutz des Hofes gedrückt. Eine Holzbude mit Telefon auf der Fensterbank und Kalender an der Wand war das Büro dieser Steinfabrik. Vor dem Büro standen fünf Handkarren mit Gummirädern.

»Also gut, dann fangt an!« sagte der Niederländer, der kaum älter war als sie.

Jeder Stein wog fünfzig Pfund, glücklicherweise englische Pfund, also ein bißchen weniger. Sechs Stück waren auf die Karre zu laden, sonst lohnte die Fahrt über den Hof nicht. Im Trockenschuppen wurden die Steine bis auf zwei Meter Höhe gestapelt.

»Paßt auf, daß euch die Brocken nicht auf die Füße fallen, sonst gibt es Matsch!« warnte sie der Niederländer.

Es begann heiter. Vor allem Erich hantierte mit den Fünfzig-Pfund-Steinen, als wären sie Schuhkartons. Er kannte einen Hut voller Sprüche, die die Arbeit erleichterten. Nur keine Müdigkeit vorschützen! Das war sein Lieblingsspruch. Oder: Arbeit ist das halbe Leben! Oder: Das faule Fleisch muß weg! Damit meinte er die Bequemlichkeit, die sich in ihren Muskeln während der üppigen Tage auf dem Schiff und des langweiligen Lebens in der Hundehütte von Chatham breitgemacht hatte. Nach einer Stunde hatte er drei Karren mehr als Herbert über den Hof geschoben.

»Mir scheint, du mußt die Knochenarbeit erst lernen«, bemerkte Erich, als er wieder einmal hinzusprang, um Herbert zu helfen, dessen Karre im Dreck steckenzubleiben drohte.

Auch als es zu regnen anfing, karrten sie weiter. Das verschaffte ihnen ein richtiges Wechselbad. Im Brennschuppen schlug ihnen der heiße Dampf entgegen, auf dem Hof klatschte ihnen der kalte Regen ins Gesicht, und im Trockenschuppen empfing sie die warme Ausdünstung der trocknenden Steine.

»Wer das überlebt, wird hundert Jahre alt«, fluchte Herbert.

»So stell' ich mir Sauna vor«, war Erichs Kommentar zu dem Wetter. »In Wattenscheid hatten sie einen bei der Grubenfeuerwehr, der ist im Krieg an der finnischen Grenze gewesen. Der hat immer von der Sauna erzählt. Splitternackt haben sie in der Bude gesessen wie die Hühner auf der Stange. Und dann raus in den Schnee zum Abkühlen.«

Gegen Mittag kam der Niederländer, um die Arbeit zu besichtigen. »Gibt es bei euch was zu essen?« fragte Erich.

Der Niederländer zeigte ihnen den Weg zu einem Lebensmittelladen in der Nebenstraße. Aber damit allein war es nicht getan.

»Du mußt schon einen Dollar Vorschuß rausrücken, damit wir Brot kaufen können«, sagte Erich.

Der Niederländer prüfte erst, ob die in den Trockenschuppen gekarrte Steinmenge einen Vorschuß rechtfertigte, bevor er für jeden einen Dollar herausrückte.

Sie trabten los wie Kinder, die einen Groschen für Eis bekommen haben. Erich richtete es so ein, daß außer den Lebensmitteln noch Geld für eine Schachtel Zigaretten übrigblieb. Damit war der Tag gerettet. Voller

Bauch und Zigarette im Mundwinkel – was willst du noch mehr? Gutgelaunt saß Erich nach jeder Fuhre auf den warmen Steinen und rauchte, nebenbei seinen Tagesverdienst überschlagend. Restlos zufrieden war er, als der Regen aufhörte und eine ungewöhnlich klare Sonne sich anschickte, die Pfützen auf dem Hofplatz aufzutrocknen.

Trotz der zahlreichen Zigarettenpausen fuhr Erich bedeutend mehr Steine in den Trockenschuppen als Herbert. Als der Niederländer kam, um die Steine zu zählen und den Lohn auszuzahlen, fragte er, wie sie es denn gern hätten. Jeden Haufen extra berechnet oder die Steine zusammengezählt und den Lohn durch zwei geteilt?

»Ich bin für Zusammenzählen«, entschied Erich, bevor Herbert noch etwas sagen konnte.

Sie kamen auf achtundzwanzig Dollar, geteilt durch zwei, machte vierzehn Dollar für jeden, abzüglich eines Dollars Vorschuß, blieben dreizehn Dollar.

»Ihr müßt euch jetzt entscheiden, ob ihr morgen wiederkommt oder nicht«, sagte der Niederländer. »Wenn ihr nicht kommt, suchen wir uns andere Leute.«

»Na, klar kommen wir«, meinte Erich.

Herbert besaß nicht die Kraft, etwas dagegen einzuwenden. Dabei fühlte er sich hundeelend. Die Vorstellung, morgen erneut zehn Stunden Steine zu karren, bereitete ihm fast Übelkeit. In der Straßenbahn betrachtete er seine wunden Hände. Zwei Fingernägel waren abgebrochen, der linke Daumen gequetscht.

»Du mußt dir Arbeitshandschuhe kaufen«, schlug Erich vor. »Deine Hände sind diese Art Arbeit nicht gewohnt.«

Auch das Kreuz schmerzte Herbert. Das war das Gewicht der Steine. Die Füße hatten Blasen bekommen.

»Nun stell dich bloß nicht so an«, sagte Erich. »Am ersten Tag ist jede Arbeit Scheiße. Wenn das ungesunde Fleisch weg ist, geht die Arbeit wie geschmiert!«

Wieder so ein Mutmacherspruch aus Wattenscheid.

»Siehst du, hier haben wir die Königin von England. Leibhaftig!« Erich hielt einen grünlichen Dollarschein hoch, den ersten Schein, den sie in Kanada verdient hatten. Liebevoll betrachtete er seine Königin auf dem Schein. In Erichs Augen war sie nicht nur eine Königin, sondern auch ein tolles Weib.

»Nach deutschem Geld haben wir zusammen hundertzwanzig Mark verdient«, rechnete er vor. »Eine Arbeit mit so viel Verdienst gibt es in Deutschland gar nicht.«

Wenn das so weiterginge, käme Erich bis Weihnachten schon auf tausend Mark. Und wenn er bis Ostern rechnete, reichte das Geld für eine BMW 600.

Herbert erinnerte sich nicht daran, jemals so erschöpft gewesen zu sein. Kein Durstgefühl, kein Verlangen nach Nahrung, nur Müdigkeit. Er warf sich auf das Bett und spürte, wie Arme und Beine zitterten. So blieb er liegen, auch als die Wagner kam, um die Miete zu kassieren. »Vielleicht sind die Steine nicht das Richtige für dich«, meinte Erich, als die Wagner gegangen war und Herbert immer noch apathisch auf dem Bett lag. Er kramte die Visitenkarte von Mister Steinberg aus der Tasche und warf sie aufs Bett.

»Ruf ihn an! Frag ihn, ob er Arbeit für dich hat!«

»Der kennt mich gar nicht.«

»Ach was, der hat mich nur einmal gesehen und hat keine Ahnung mehr, wie ich aussehe. Du tust einfach so, als hätte er dich damals zum Bahnhof gefahren.«

Es entstand eine Pause, in der Herbert die Visitenkarte anstarrte. »Und du bleibst bei den Steinen?« fragte Herbert.

»Ja, ich finde die Steine erträglich. Wenn sich nichts Besseres findet, bleibe ich bei den Steinen. Aber nun geh endlich zum Telefon, bevor der Mann Feierabend macht!«

Erich zog ihn vom Bett, drängte ihn zum Flur und trug ihm die Visitenkarte mit der Telefonnummer nach.

Es meldete sich eine Frau, die nur englisch sprach. Herbert erklärte ihr, er habe Mister Steinberg im Hafen von Montreal getroffen und seine Visitenkarte erhalten. Als sie begriffen hatte, worum es ging, stellte sie durch.

Ja, Mister Steinberg erinnerte sich sehr gut an die Begegnung in Montreal. Nur der Name der deutschen Stadt war ihm entfallen. Er kannte fast alle größeren Städte Deutschlands, aber von Wattenscheid hatte er noch nichts gehört.

Mister Steinberg bekleidete einen führenden Posten in einem Konzern, dem Hotels und Restaurants im Osten Kanadas gehörten, die meisten im französischsprachigen Quebec, einige auch in Toronto. Er werde prüfen, ob etwas frei sei. Danach werde er anrufen, spätestens in einer Woche.

»Na, siehst du!« sagte Erich triumphierend. »Du läßt dir von diesem Steinberg einen anständigen Job geben. Wenn die Stelle gut ist, komme ich später nach. So, und jetzt machen wir uns einen gemütlichen Abend und denken nur noch an die Königin von England.«

Erich holte seine Dollarscheine aus der Tasche, glättete sie und legte sie der Reihe nach auf den Tisch, das Bild der Königin nach oben. Zwölf Königinnen hatte er an diesem Abend. Na, ist das etwa nichts, Kumpel?

Als Erich zur Arbeit gegangen war, schlief Herbert wieder ein. Gegen neun Uhr weckten ihn die Kinder, die auf dem Schulhof schräg gegenüber lärmten. Er blieb liegen und hörte ihnen zu. Als sie den Schulhof geräumt hatten, war es beängstigend still in der Hiawatha Road. Ein leeres Haus. Konrad Wagner arbeitete in seiner Hauptschicht, die Frau war in die ukrainische Bäckerei gefahren, und der Neapolitaner befand sich auf dem Weg zu seinem italienischen Restaurant in der University Avenue. Ein Wasserhahn leckte. Das Geräusch kam entweder aus der Küche oder von der Dusche des Neapolitaners. Ein Auto fuhr langsam die Hiawatha Road herauf, wendete am Bahndamm und rollte wieder zurück. Ein Güterzug – Herbert konnte ihn hören, aber nicht sehen – fuhr in Richtung Osten.

Wie wäre es mit Haareschneiden? Wenn Mister Steinberg tatsächlich anrief, müßte er wenigstens ordentliches Haar haben.

Die meisten Haarschneider Torontos kamen aus Italien, aber in der Gerrard Street gab es einen Ukrainer mit einer lettischen Frau und einem griechischen Gehilfen. Als Herbert vor dem Spiegel saß, sendete Radio Toronto gerade seine deutsche Stunde. Sie spielten den *Zigeunerbaron* von vorn bis hinten. *Ja, das Schreiben und das Lesen ...* Herbert zuliebe stellte der Ukrainer das Radio lauter.

»Die Deutschen haben gute Musik«, behauptete er.

Töne aus einer versunkenen Welt, Erinnerungen an die Operettenstunden im Nordwestdeutschen Rundfunk am Sonntagnachmittag, wenn die Eltern schliefen, und an die Wunschkonzerte zur Kaffeezeit.

Herbert eilte rasch nach Hause, um dazusein, wenn das Telefon läutete. Aber der Apparat gab keinen Laut von sich. Herbert überbrückte die Langeweile mit Englischlernen, indem er an den Rand des Toronto Star unbekannte Vokabeln schrieb und englische Redensarten sammelte, die ihm wichtig erschienen.

Und wieder lärmten die Kinder auf dem Schulhof. Als sie fort waren, leckte nur noch der Wasserhahn.

Eigentlich müßte er nach Sandermarsch schreiben. Ein Lebenszeichen von sich geben, wie man so schön sagt. Die Adresse mitteilen, unter der er in Kanada zu erreichen war. An wen schreibst du zuerst, an die Mutter oder an Gisela? Er begann mit dem Brief an die Mutter, stockte aber schon bei der Anrede. Er müßte sie beide erwähnen, aber *Lieber Vater* brachte er nicht auf das Papier. Nicht einmal *Liebe Eltern* konnte er aus Überzeugung schreiben. Nur *Liebe Mutter,* das wäre gegangen ... Also schrieb er zuerst an Gisela. Als er sie sich vorstellte – er mußte sich stets den Menschen vorstellen, an den er schrieb –, spürte er, wie sehr sie sich verändert hatte. Nein, nein, es war nicht das, was man Sehnsucht nennt. Er wünschte nicht, sie bei sich zu haben in dem leeren Haus mit dem tropfenden Wasserhahn. Er empfand nur eine sachliche, nüchterne Anerkennung für die kleine Schuhverkäuferin aus Sandermarsch. Erst jetzt würdigte er so recht ihre Leistung, einen Tag freizunehmen, mit der Bahn nach Bremerhaven zu fahren, um ihn, Herbert Broschat, gebührend zu verabschieden. Die Wertschätzung seiner Person, die darin zum Ausdruck kam, tat ihm wohl. Während er schrieb, fiel ihm das letzte Schützenfest in Sandermarsch ein, als die Sonne aufging und er, müde vom Tanzen und schweißverklebt, mit Gisela Paschen im Arm an den Kornfeldern vorbei nach Hause gegangen war. Mein Gott, wie war sie damals selig gewesen! Der Kuckuck hatte gerufen. Sechsundzwanzigmal, hatte Gisela gezählt. Das hieß nach altem Kinderglauben, daß du noch sechsundzwanzig Jahre zu leben hast, Gisela Paschen. Also bis zum Jahr 1981. Mein Gott, wie wird dann die Welt aussehen?

So etwas fällt dir ein, wenn du allein in einem Haus bist, in dem nur der Wasserhahn leckt. Vielleicht denkst du zuviel, Herbert Broschat. Du kannst nicht Steine karren, weil du zuviel im Kopf hast.

Er schrieb an Gisela von dem Besuch an den Niagarafällen, von der Herrlichkeit des kanadischen Indianersommers, von dem Bad im Ontariosee am 1. Oktober; nur kurz erwähnte er die Pleite in den Zuckerrüben und mit keinem Wort die fünfzig Pfund schweren Steine in Mimico.

In einer halben Stunde war er mit dem Brief an Gisela fertig. Danach brütete er wieder über dem Papier an die Mutter. Wenn du einundzwanzig Jahre alt bist, hast du keine Lust, dich zu verstellen, schon in der Anrede Kompromisse zu schließen. War es nicht ehrlicher, so zu schreiben, wie er fühlte? *Liebe Mutter,* schrieb er und weiter nichts. Ihm fiel der schlimme Auftritt vor anderthalb Jahren ein.

Vater Broschat war ihm in die Kammer nachgelaufen, hatte ihn an der Schulter gepackt und ihn geschüttelt.

»Was hab' ich nur verbrochen, daß mir so ein Junge aufgewachsen ist!« hatte er geschrien. »Du wirst auch so ein vaterlandsloser Geselle werden, so einer mit krausen Gedanken im Kopf, der nirgends hingehört!«

Herbert hätte ihn damals von sich stoßen, ihn einfach gegen die Wand schmettern können, aber der Mutter zuliebe war er stehengeblieben und hatte sich von Vater Broschat schütteln lassen. Du darfst die Hand nicht gegen deinen Vater erheben, vor allem nicht, wenn er krank und vom Krieg her verwundet ist, wenn die Mutter händeringend danebensteht und ruft: »Papa, Papa, er ist doch unser eigen Fleisch und Blut!«

»Ja, unser Fleisch und Blut will nichts mehr mit uns zu tun haben, wirft uns alles vor die Füße!«

Erinnerst du dich noch, wie es auf Vaters zweiundfünfzigstem Geburtstag zuging, Herbert Broschat? Die Eltern hatten ein halbes Dutzend Bekannte ins Behelfsheim eingeladen, Flüchtlinge wie sie. Nach Herberts Erinnerung war es das letztemal, daß sein Vater Schnaps getrunken hatte. Mit dem Schnaps kam seine patriotische Stunde.

»Es kann dir noch so dreckig gehen, du mußt zu deinem Vaterland stehen. Egal, was kommt! Egal, was die Deutschen getan haben – du bist Deutscher, du gehörst dazu. Wir müssen zusammenhalten.«

Solche Sätze hatte Vater Broschat nachts um halb zwölf gerufen.

Heute sah Herbert es etwas anders. Sein Vater hatte damals viel getrunken. Warum auch nicht? Auch Kriegsbeschädigte mit krankem Magen und verkürztem Bein haben das Recht, sich gelegentlich zu betrinken. Aber damals hatte Herbert der Teufel geritten. Angewidert von den Phrasen der Alten war er zur Tür gegangen.

»Ach, ihr mit eurem Deutschsein!« hatte er verächtlich gerufen, bevor er in seiner Kammer verschwand.

Da waren Vaters Gäste verstummt, hatten ihn wie ein Gespenst angestarrt.

»Deutsch sein, italienisch sein, polnisch sein, französisch sein – die blökenden Kälber kommen doch alle aus dem gleichen Kuhstall!«

Er war damals überzeugt, das nationale Denken sei die Ursache aller Furchtbarkeiten des 20. Jahrhunderts. Wenn die Menschen endlich aufhörten, bestimmte

Dinge nur deshalb zu tun, weil sie Deutsche, Russen, Engländer oder Franzosen sind, wenn sie endlich dieses altmodische Etikett ablegten und nur noch menschlich handelten, dann wäre die Hälfte des Bösen aus der Welt.

Als Herbert an jenen Auftritt dachte, trat ihm der Schweiß auf die Stirn. Er ließ den Brief halb fertig liegen und rannte hinauf unter die Dusche des Neapolitaners. Das half. Erfrischt kehrte er zurück und schrieb den Brief zu Ende. Distanziert, gelassen, sachlich, so, wie man Briefe schreibt über siebentausend Kilometer Entfernung hinweg.

Als Erich gegen sechs Uhr abends nach Hause kam, hatte Mister Steinberg noch nicht angerufen. Erich war gut gelaunt, weil es nicht einen Tropfen geregnet hatte. Er war trocken von oben bis unten und hatte für zwanzig Dollar Steine gekarrt.

»Weißt du, was der Niederländer gesagt hat? Dein Freund scheint die Arbeit nicht erfunden zu haben, hat er gesagt.«

Daraufhin hatte ihm Erich Domski Bescheid gegeben. Es gebe ja auch andere Arbeiten als Steinekarren in Mimico. Sich in den Büchern auskennen zum Beispiel oder Englisch lernen oder ordentliche Briefe schreiben.

»Übrigens, Briefe ... Wo du gerade im Hause rumliegst und auf den Steinberg wartest, hast du sicher Zeit, für mich nach Wattenscheid zu schreiben.«

Also ging das Theater von vorne los: die Niagarafälle beschreiben und den Indianersommer, das Herbstbad im Ontariosee, die herrliche Schiffsreise, von der Erich glaubte, daß sie in Wattenscheid den größten Eindruck machen würde; vor allem das Essen auf dem Schiff.

Auch am nächsten Tag kam keine Nachricht von Mister Steinberg.

»Bloß keine Panik!« beruhigte Erich ihn. »Solange ich mit den Steinen Geld verdiene, reicht es für uns beide.«

Als das Telefon auch am dritten Tag stumm blieb, entschloß sich Herbert, wieder auf Arbeitssuche zu gehen, entweder zu Reverend Marlow oder zum Arbeitsamt oder zur Einwanderungsbehörde; offen war nur die Reihenfolge. Es war der Abend, an dem Erich eine Zeitung mitbrachte, die er in der Bahn gefunden hatte, die *Globe and Mail*. Er gab sie Herbert wegen der Stellenanzeigen. Als Herbert Seite drei aufschlug, traf es ihn wie ein Keulenschlag.

»Sieh dir das mal an!« rief er.

Da gab es einen zweispaltigen Bericht unter der Überschrift: *Letzte Gefangene aus Rußland*. Die *Globe and Mail* schilderte die Ankunft der Heimkehrertransporte im Lager Friedland am Sonntag, dem 9. Oktober 1955.

»Na, da hat unser Konny endlich was Gutes zustande gebracht!« jubelte Erich. »Der war doch vorigen Monat in Moskau, um die Gefangenen rauszuholen.«

Die Zeitung hatte zwei Bilder unter den Bericht gesetzt. Auf dem einen sah man eine Heimkehrergruppe in abgerissenen Militärmänteln, ein Bündel auf dem Rücken, im Hintergrund einen Eisenbahnzug mit offenen Türen. Das Bild daneben zeigte eine Militärparade in Berlin während Deutschlands großer Zeit: schneidige Uniformen, markige Gesichter, im Hintergrund ein Fahnenmeer. Unter den Bildern stand der Satz: *That's the difference.*

Ja, das war der Unterschied. So fing es an, und so endete es. Zwischen den beiden Bildern lag die Katastrophe.

»Kannst du nun verstehen, warum ich mit Soldaten nichts im Sinn habe, Erich Domski? Wegen solcher Bilder.«

Herbert redete den ganzen Abend über Soldaten. Daß es immer mit Glanz und Gloria anfange wie auf dem Paradebild und ende wie im Lager Friedland. Mensch, was der alles über Soldaten wußte! 1934 war er geboren. Aus den ersten fünf Jahren hatte er keine Erinnerung an Soldaten. Aber dann ging es los. 1939 die Manöver der deutschen Wehrmacht in den ostpreußischen Wäldern. Alles lustig und guter Dinge. Kinderverpflegung aus der Gulaschkanone, Platzpatronengeknalle wie zu Silvester. Dann kamen polnische Kriegsgefangene. Das sah schon nicht mehr lustig aus. Spaßig an ihnen waren nur die eckigen Mützen. Zum Totlachen, diese Mützen. Erinnerst du dich noch, wie die belgischen Kriegsgefangenen aussahen, Erich Domski? Aber die Franzosen kennst du bestimmt, die sahen alle so klein und pfiffig aus. Durch unser Dorf sind sogar Italiener gekommen, keine Gefangenen, sondern feldmarschmäßig ausgerüstete Soldaten, die den Deutschen in Rußland helfen wollten. Am traurigsten sahen die russischen Gefangenen aus. Das lag an den unförmigen Filzstiefeln, die sie trugen. Einige hatten die Füße nur mit Lappen umwickelt. In Scharen hatten russische Gefangene die verschneite Chaussee freigeschaufelt, damit der deutsche Nachschub nach Rußland rollen konnte. Später kamen richtige russische Soldaten in zwei Ausführungen, die Erdbraunen in normaler Uniform und die Weißen in Tarnanzügen. Du staunst, wie sich das Blatt wenden kann, wie die gleichen Menschen anders aussehen, je nachdem, ob sie als Gefangene oder als Sieger einziehen. Die deutschen Soldaten waren nicht mehr wiederzuerkennen, ein trostloser, humpelnder Haufen. Du faßt dir an den Kopf und fragst, wie Europa vor diesen Menschen zittern konnte. Die ersten deutschen Kriegsgefangenen hatte Herbert im Sommer 1945 gesehen. Kahlgeschorene Köpfe, abgerissene Achselklappen. Die wagten nicht aufzublicken, als sie durch das Dorf zogen, schämten sich vor den Kindern, vor den deutschen Kindern, die ihnen nachsahen und es nicht begreifen konnten. *That's the difference,* schrieb die kanadische Zeitung. Ein Unterschied, der erst zehn Jahre zurücklag.

Im Herbst 1945 gab es dann wieder polnische Soldaten, keine Gefangenen, sondern richtige Soldaten ohne die komischen Eckenmützen. Bei der Aussiedlung 1949 kamen die Broschats durch Berlin. Russische Soldaten im Ostteil der Stadt, amerikanische Soldaten, französische Soldaten, englische Soldaten im übrigen Berlin. In Schleswig-Holstein gab es dänische Soldaten zu besichtigen, und im Schwarzwald sollen sogar Marokkaner gewesen sein. Die Engländer übten in der Lüneburger Heide zusammen mit Niederländern und Belgiern; sogar kanadische Soldaten gab es in Deutschland. So muß es im Dreißigjährigen Krieg gewesen sein, als die Heerscharen Europas sich in Deutschland die Füße abtraten. In wenigen Jahren ist das an dir vorübergezogen, hat gelacht, geschossen, gewinkt, geschrien, gesungen, ist gehumpelt, hat sich gegenseitig massakriert, davongejagt und wieder zurückgejagt, hat Paraden abgehalten und den Schwanz eingekniffen, hat Feuer gelegt und Feuer gelöscht ... Wenn du das alles erlebt hast, kannst du nur fragen, ob die Menschheit den Verstand verloren hat.

Am Morgen des vierten Tages meldete sich Mister Steinberg. Das heißt, er ließ seine Sekretärin anrufen. Herbert solle gegen vier Uhr nachmittags ins »Savarin« kommen. Das sei Bay Street Nummer 336.

Die Bay Street verlief in Nord-Süd-Richtung, parallel zur einzigen U-Bahn der Stadt, die unter der Yonge Street fuhr. Das »Savarin« befand sich in einem auffallend niedrigen Gebäude, umgeben von Wolkenkratzern. Es lag unweit jener Stelle, an der die Bay Street einen Knick machte, und sah aus wie ein kleiner Tempel mit hohen Fenstern, buntem Glas und roten Vorhängen.

Täglich von 5 Uhr nachmittags bis Mitternacht geöffnet, stand auf einem Schild. Es war noch nicht vier Uhr. Herbert wartete, nicht direkt vor der Tür, sondern in einiger Entfernung, aber so, daß er die Tür im Blickfeld hatte.

Nach einer Viertelstunde erschien ein hochaufgeschossener Mann mittleren Alters, zog ein Schlüsselbund aus der Hosentasche und steuerte auf die Tür zu.

Herbert näherte sich vorsichtig.

Der Mann blickte auf. »Bist du der neue Barboy?« fragte er. Vorsichtshalber nickte Herbert.

Daraufhin winkte ihm der Mann freundlich zu und nahm ihn mit in die Eingangshalle des »Savarin«. Als er seinen Mantel ausgezogen hatte, sagte er: »Ich bin Joe. Aber weil es im ›Savarin‹ ein halbes Dutzend Joes gibt, sage ich dir gleich meinen richtigen Namen: Ich bin Polen-Joe.« Dann forderte er Herbert auf, Platz zu nehmen.

Es gab hundert Stühle zur Auswahl in einem Riesenraum mit niedriger Decke und einer einzigen tragenden Säule in der Mitte. Als Polen-Joe das Licht einschaltete, sah Herbert das »Savarin« in seiner ganzen Herrlichkeit. Eine Welt in gedämpftem Rot. Auf den Tischen unauffällige Lampen in der Form einer zur Hälfte niedergebrannten Kerze.

Meeresbilder an den Wänden. Über der Eingangstür die Königin von England, streng und feierlich wie auf den Dollarscheinen. Gediegen und würdevoll sah es im »Savarin« aus; es gab nicht die geringste Andeutung einer Unanständigkeit. Zur Linken eine Bar, mindestens so lang wie die Strecke zwischen Brennschuppen und Trockenschuppen in Mimico, davor zwei Dutzend Barhocker; zwei Fernsehapparate standen an den Enden der Bar zwischen den Flaschen auf den Regalen.

Polen-Joe setzte mit einem Sprung über den Tresen, hantierte mit Gläsern und Flaschen, sprang nach einer Weile zurück, kam auf Herbert zu und fragte: »Was bist du für einer?« »Deutscher«, antwortete Herbert.

»Na, die Polen und die Deutschen haben ja nicht viel Gutes gemeinsam«, rief er lachend. »Aber ordentlich trinken, das können sie.«

Er holte zwei Gläser und schenkte eine Flüssigkeit ein, die Herbert noch nie in seinem Leben gerochen, geschweige denn getrunken hatte. Sie tranken auf die Polen und die Deutschen und auf die neunundneunzig Flaschen, die in den Regalen standen und auf Polen-Joes Kommando hörten, denn er war der oberste Bartender des »Savarin«.

Nach und nach traf das übrige Personal ein. Der kleine Dicke war Palermo-Joe, ein Kellner aus Italien. Den großen Dicken, einen Kerl wie Goliath, nannten sie Juden-Joe. Ein alter Mann, der für Mülltonnen und Staubsauger im »Savarin« verantwortlich war, hieß Kanada-Joe, weil er als einziger in Kanada geboren war. Die anderen seien nur vom Wind nach Kanada verweht worden, behauptete Kanada-Joe. Um fünf Uhr kam einer, den Polen-Joe mit Mister Randolph anredete. Er nahm Herbert mit in sein Büro in den ersten Stock. Nun konnte alles scheitern, wenn da plötzlich Mister Steinberg in der Tür stünde und erkannte, daß er einen anderen in Montreal zum Bahnhof gefahren hatte. Aber Mister Steinberg, das erfuhr Herbert von Mister Randolph, war weit entfernt. Er kam höchstens zweimal im Jahr zur Inspektion ins »Savarin«. Herberts Einstellung hatten die beiden Männer telefonisch besprochen.

Im »Savarin« war also die Stelle eines Barboys frei. Das heißt, richtig frei eigentlich nicht. Einer der beiden Barboys hatte sich die Hand gebrochen.

»Bis er wiederkommt, brauchen wir dich als Ersatz«, sagte Mister Randolph und rief Polen-Joe, damit er Herbert abholte. »Ihm allein hast du zu gehorchen«, sagte Mister Randolph.

Polen-Joe, der Herr über Tom Collins, Whisky Sour, Pink Lady und Bloody Mary, nahm ihn mit hinter seine Bar und zeigte ihm, was für den Anfang wichtig erschien, zum Beispiel Aschbecher säubern.

»Weil dich hinter der Bar alle Gäste sehen, Kraut, mußt du dich manierlich anziehen. Du brauchst ein weißes Hemd und eine schwarze Fliege. Wenn du gleich in die Stadt läufst und das Zeug kaufst, kannst du heute noch anfangen!«

Herbert war nicht sicher, ob er für eine derartige Anschaffung genügend Geld bei sich hatte. Unschlüssig stand er herum, bis Polen-Joe fragte: »Brauchst du Geld, Kraut?«

Als Herbert nickte, holte er seine Geldbörse aus der Tasche und reichte ihm einen Fünfdollarschein.

»Du bist leichtsinnig«, meinte Palermo-Joe. »Was machst du, wenn der Bursche mit dem Geld durchbrennt?«

»Einem Spaghetti hätte ich das Geld natürlich nicht gegeben!« rief Polen-Joe lachend. »Aber der Kraut sieht so aus, als wenn er wiederkommt. Ja, ich bin sicher, der kommt wieder. Du kannst über die Krauts sagen, was du willst, aber ehrliche Häute sind sie!«

Herbert trabte los und ließ die beiden Männer allein, die über das Maß an Ehrlichkeit von Italienern, Deutschen und Polen stritten. Er bekam ein weißes Hemd für einen Dollar und neunundneunzig Cent, die schwarze Fliege für achtzig Cent. Nach zehn Minuten war er wieder in dem warmen Raum mit dem gedämpften Licht. Die ersten Gäste saßen schon an der Bar. Ein Tonband spielte *Rumba Tambah*. Polen-Joe wedelte freundlich mit einem weißen Handtuch.

»Na, siehst du«, sagte er zu Palermo-Joe, »ich hab' es gleich gesagt, der Kraut kommt wieder.«

Mensch, wie siehst du feierlich aus, Herbert Broschat! Weißes Hemd und schwarze Fliege. Scheitel auf der linken Seite. Nun mußt du noch für saubere Hände sorgen; auf keinen Fall darf Schmutz unter den Fingernägeln zu sehen sein – das verdirbt den Gästen den Appetit.

Als erstes verlor er seinen Vornamen. Herbert war zu lang für kanadische Verhältnisse; zwei Silben kosten zuviel Zeit. Also taufte Polen-Joe ihn Herb. Er sagte aber meistens Kraut zu ihm, weil das auch kurz war. Ein zweiter Barboy trug den wundervollen Namen Salvatore, den Polen-Joe aus Zeitgründen auf Tore verkürzt hatte. Tore war ein Neffe von Palermo-Joe. Der nahm sich der beiden Barboys an und machte sie miteinander bekannt. Palermo-Joe hielt alle Deutschen für gute Katholiken. Als allererstes zeichnete er also einen Lageplan auf einen Bierdeckel, damit Herbert am Sonntagmorgen den Weg zur katholischen Messe finden konnte.

Herbert war das Schlußlicht in der Hierarchie der weißen Hemden und der schwarzen Fliegen. So ist das in Kanada. Wer zuletzt kommt, fängt unten an. Tore nahm sich den Teil der Barboy-Arbeit, den er für höherwertig hielt: mit der Sackkarre Bierkästen aus dem Keller holen, die Flaschen im Eisschrank verstauen, das Leergut in den Keller zurückbringen. Beliebt war dieser Teil der Barboy-Arbeit, weil er es erlaubte, im Keller auf den Bierkisten auszuruhen und dort heimlich zu rauchen. Für Herbert blieb das Gläserspülen und das Aschbecherentleeren.

»Wie du siehst, sind wir ein anständiges Haus«, sagte Polen-Joe, bevor er Herbert in die Geheimnisse der Spülbecken einführte. »Es hängen keine halbnackten Frauen an den Wänden herum. Zu uns kommen die Geschäftsleute aus der City, die sich nach Feierabend ein bißchen entspannen wollen. Die sehen sich ein Eishockeyspiel im Fernsehen an und trinken Gin Tonic. Jede Stunde mußt du das Wasser wechseln, Kraut! Achte vor allem auf den Lippenstift! Lippenstift am Glasrand ist das Schlimmste, was in einer Bar passieren kann. Wenn das öfter vorkommt, wirst du gefeuert. Zum Glück kommen nur selten Frauen zu uns. Deshalb gibt es die Schweinerei mit dem Lippenstift nicht so oft. Aber gerade deshalb mußt du aufpassen, Kraut!«

Polen-Joe demonstrierte, wie Gläser gespült werden. Erst richtest du das Wasser an. In das eine Becken kommt warmes Wasser, in das andere kaltes zum Nachspülen. In das warme gibst du einen Schuß Seife aus dieser Flasche. So, nun geht es los. Denke nicht, du hast Zeit genug, jedes Glas einzeln zu waschen. Ein guter Barboy nimmt in jede Hand drei Gläser. So macht man das. Der Boden der Gläser liegt in deiner Handfläche, die Öffnung zeigt nach unten. Du tauchst sie in das

Becken mit warmem Wasser, spülst ein paarmal hin und her. Dann steckst du die Gläser – du hast immer noch alle drei in der Hand – auf die Bürste. Zweimal, dreimal umdrehen, dann wieder spülen. Anschließend ins kalte Wasser. So, nun sind sie fertig. Du hältst die Gläser gegen das Licht, um zu sehen, ob dieser verdammte Lippenstift dran ist. Wenn sie okay sind, stellst du sie auf das Handtuch zum Trocknen.

Das ist ja eine richtige Wissenschaft, dachte Herbert.

Und noch etwas mußt du wissen, Kraut. Trinken kannst du, was du willst, solange es Coca-Cola, Sevenup, Canada Dry, Tonic Water oder anderes Plätscherwasser ist. Aber keinen Alkohol, auch nicht Bier. Randolph feuert jeden, der während der Arbeit einen Tropfen Alkohol trinkt.

Von sechs bis zehn Uhr abends war im »Savarin« der Teufel los. Schmutzige Gläser und Aschbecher türmten sich neben Herberts Warmwasserbecken. Polen-Joe setzte beide Fernsehapparate in Betrieb. Links lief das Eishockeyspiel zwischen den Montreal Canadians und den Maple Leafs aus Toronto, rechts ein Western mit Richard Widmark. Herbert hörte deutlich Richard Widmarks Gunfeuer und den Torschrei im Eishockeystadion, sah aber nichts, weil er über dem Waschbecken hing und auf Lippenstift achtete. Gesprächsfetzen über ihm, die Schießerei in Wyoming, der Lärm im Eishokkeystadion; als Hintergrundmusik nun schon zum drittenmal *Rumba Tambah*.

»He, Joe, habt ihr einen neuen Barboy?«

»Ja, das ist ein Kraut.«

»Der will sich wohl mal satt essen in Kanada, was?«

Herbert fühlte sich angesprochen und versuchte zu lächeln, vertiefte sich aber schnell wieder in das Spülbecken. Er kam sich ein bißchen wie im Zoo vor, fühlte sich angestarrt wie ein exotisches Tier.

»He, Joe, du wirst es nicht glauben, aber die Krauts sind keine schlechten Kerle. Es gibt verdammt tüchtige Burschen unter ihnen. Sie haben nur etwas Pech gehabt mit diesem crazy Hitler.«

Eine kleine Weile herrschte Pause.

»He, Joe, du mußt zugeben, die Krauts haben verdammt gute Bierbrauer. Exakt gesagt, sie haben die besten Bierbrauer der Welt. Glaubst du das nicht auch, Joe?«

Das mit dem Bier ließ Polen-Joe gelten; dann aber zählte er auf, daß Chopin ein Pole gewesen sei und Kopernikus und jener tapfere König, der die Türken aus Wien geprügelt habe zu einer Zeit, als in Kanada nur die Wölfe heulten.

»He, Kraut, aus welcher Stadt in Germany kommst du?«

Herbert nannte Hamburg, obwohl das nicht stimmte. Aber man nimmt bei solchen Fragen immer den nächstgrößten Ort und hofft, daß der Fragesteller wenigstens den kennt.

»Ich kenne nur Berlin. Das ist eure Hauptstadt, nicht wahr?«

»Das war früher einmal«, erklärte Herbert. »Jetzt heißt die Hauptstadt Bonn.«

»Nein, Kraut, das kann nicht stimmen. Du hast keine Ahnung, kennst nicht mal eure Hauptstadt Berlin. Wie ist es mit der Hauptstadt von Kanada, kennst du wenigstens die?«

»Ottawa«, sagte Herbert.

»Na also, aus dir wird ein guter Kanadier. Berlin kannst du vergessen, Hamburg auch und dieses – wie sagtest du noch? –, dieses Bonn. Aber Ottawa mußt du dir merken. Das ist wichtig.« Der Mann ließ eine Zehncentmünze als Trinkgeld in Herberts Kaltwasserbecken fallen, eine Belohnung dafür, daß der Kraut die Hauptstadt Kanadas kannte.

Nach zehn Uhr wurde es ruhiger, und Polen-Joe schickte die beiden Barboys zum Essen in die Küche.

Das »Savarin« war nicht nur ein Abendlokal, es bot den Geschäftsleuten der City auch einen Mittagstisch von zwölf bis drei Uhr. Was davon übrigblieb, erhielt abends das Personal. An Herberts erstem Tag gab es Spaghetti mit Fleischsoße.

»Du kannst essen, soviel du willst«, sagte Tore, als sie vor der Essensausgabe standen.

Ein Mädchen mit auffallend rundem Gesicht teilte das Essen aus. Sie hatte dunkles Haar, das größtenteils unter einer weißen Haube verschwand. Das Gesicht lächelte immer.

»Das ist unsere Anja aus der Ukraine«, erklärte Tore, als sie die gefüllten Teller zum Personaltisch trugen. Herbert fiel ein, daß er die erste warme Mahlzeit seit der Speisung der Tausende durch Billy Graham zu sich nahm.

Während des Essens erzählte Tore, wieviel ein Barboy im »Savarin« verdienen konnte. Der Gewerkschaftstarif für Barboys lag bei fünfunddreißig Dollar in der Woche. Aber man kam leicht auf vierzig Dollar, weil die Trinkgelder in einen Topf geworfen und verteilt wurden. Dabei fiel auch etwas für die Barboys ab. Essen und Trinken war natürlich frei.

Gesättigt nahmen sie hinter der Bar Platz, versteckt auf Bierkisten, damit sie von den Gästen nicht gesehen werden konnten. Tore öffnete Coca-Cola-Flaschen.

»Sauf nicht so viel eiskalte Coca-Cola!« rief Polen-Joe im Vorbeigehen »Sonst bleibt für deine Verwandten in Kalabrien nichts übrig.«

Als Herbert wieder am Spülbecken stand und Polen-Joe ein wenig Zeit hatte, erklärte der ihm, wie man im »Savarin« zu Zigaretten kam. »In den Aschbechern liegen manchmal leere Zigarettenschachteln. Die mußt du dir genau ansehen. Unter zehn findest du bestimmt eine, in der noch Zigaretten drin sind. Paß auf, daß Tore dir nicht alle Zigaretten wegschnappt. Die Zigaretten, die in den Schachteln gefunden werden, gehören den Barboys. Ihr müßt sie euch ehrlich teilen.«

Als um Mitternacht die Tonbandmusik verstummte, machte das »Savarin« einen trostlosen Eindruck. Polen-Joe durfte nicht mehr ausschenken, nur noch kassieren. Herbert spülte die letzten Gläser. Tore karrte Leergut in den Keller, fünf Kisten O'Keefe-Bier, sieben Kisten Red Cap, drei Kisten Molson Blue und eine Kiste Old Crown; das war der Bierumsatz eines Abends.

Danach hieß es: Ab zum Duschen!

Als sie im Keller unter der heißen Dusche standen, tauchte Mister Randolph auf. Er lehnte einfach an der Tür und blickte in den heißen Dampf, aus dem ab und zu nackte Körper auftauchten.

»Mach dir nichts draus, Kraut«, sagte Polen-Joe. »Der sieht nur zu.«

Nach dem Duschen ging es noch einmal in die Küche. Auf einem Bord lagen Dutzende von Sandwiches, gewissermaßen Nachtverpflegung für das Personal. Polen-Joe raffte mehrere Pakete zusammen und drückte sie Herbert in die Hand.

»Ihr Krauts habt genug gehungert«, sagte er.

Anja kam und packte neue Brote auf das leer geräumte Bord.

»Wenn du eine Frau brauchst«, sagte Polen-Joe, »ich meine eine richtige Frau, nicht eine zum Spielen – da steht sie.« Er zeigte auf Anja, die nichts verstanden hatte, weil sie hinter der Glasscheibe arbeitete. »Im Krieg hat man ihr die Eltern totgeschossen, aber unsere Anja ist nicht nachtragend. Vor allem versteht sie etwas von Essen und Trinken. Sieh dir mal diese Sandwiches an! So etwas Nahrhaftes findest du in ganz Toronto nicht.«

Polen-Joe nahm ihn mit zur Straßenbahn. Er zahlte auch die zehn Cent für Herberts Ticket. »Weil du ein verdammter Kraut bist«, erklärte er, »und weil ich die Krauts mag.«

Unterwegs erzählte er von einer Reise nach Warschau, die er seit Jahren plane. Vielleicht könne er Herbert mitnehmen und in Berlin absetzen. »Warschau und Berlin liegen dicht beieinander, nicht wahr, Kraut?« Bevor Polen-Joe die Bahn verließ, reichte er Herbert ein Formular. »Morgen mußt du in die Gewerkschaft eintreten.«

Herbert wandte ein, daß er nur vorübergehend im »Savarin« arbeite, bis der andere Barboy gesund sei.

Polen-Joe winkte ab. »Das ist dummes Zeug«, sagte er. »Ich bin der Gewerkschaftsmann im Savarin. Wenn du gut bist, sage ich Randolph, er soll den Barboy feuern, der sich die Hand gebrochen hat. Der taugt sowieso nichts mehr. Weißt du, der kommt sich schon vor wie der König aller Bierflaschen. Der ist sich zu schade, einen schmutzigen Aschbecher anzufassen. Und dann noch etwas: Kauf dir morgen ein zweites Hemd! Du darfst die weißen Hemden nur in einer Schicht tragen, sonst fängt es hinter der Bar an zu stinken. Nach jeder Schicht muß das Zeug in die Wäsche und zum Bügeln.«

Den Weg von der Straßenbahnhaltestelle zur Hiawatha Road legte Herbert in mitternächtlicher Begeisterung zurück. Polen-Joe ist in Ordnung, dachte er.

Und das »Savarin« mit dem freien Essen, dem freien Trinken, der Musik, den Fernsehgeräten und den Gratiszigaretten aus dem Abfall, das ist auch in Ordnung. Er legte die Zigarettenausbeute des ersten Abends, drei lange, saubere, unberührte Filterzigaretten, für Erich Domski auf den Tisch. Na, der wird Augen machen, wenn er morgen früh aufwacht, und der Nikolaus war da. Als er das Paket mit den Sandwiches auswickelte, wachte Erich vom Rascheln des Papiers auf.

»Hast du bei einem Beerdigungsunternehmer angefangen?« fragte er verwundert, als er Herbert in weißem Hemd und schwarzer Fliege auf der Bettkante sitzen sah.

Herbert schob ihm die Brote hin und erzählte. Nachts um halb zwei fing Erich Domski an, Sandwiches zu verschlingen, zwei, drei, schließlich auch das letzte. Hinterher rauchte er eine der mitgebrachten Filterzigaretten. Er behauptete, sie sei von einer Lady; er rieche sogar noch das Parfum. Ach, es war ein richtiges Fest!

»Arbeiten in dem Laden auch Mädchen?« fragte Erich.

Nein, das war ein Mangel des »Savarin«. Es gab Joes in Hülle und Fülle, aber außer Anja in der Küche nichts Weibliches.

»Shut up!« schrie eine Stimme von der anderen Seite der Holzwand. Das war die Wagner, die ausschlafen mußte, um am nächsten Morgen frisch bei den ukrainischen Kuchen zu sein.

Erich rauchte gelassen die Zigarette zu Ende. Anschließend kroch er nahe an die Holzwand, hinter der die Wagner schlief, und sang verhalten, auf besonderen Wunsch einer schlafbedürftigen Dame: *Ach, ich hab' sie ja nur auf die Schulter geküßt ...*

Danach war er satt und ruhig.

Zwei Wochen später sagte Polen-Joe zu Herbert: »Du kannst bleiben. Wir haben den anderen Barboy gefeuert.«

Herbert freute sich. Er dachte keine Sekunde an den anderen Barboy, der sich nun etwas anderes suchen mußte, vielleicht Steinekarren in Mimico.

An dem Tag servierte Anja Sauerkraut.

Polen-Joe machte seine Späße darüber. »Die Anja liebt dich, Kraut! Für dich hat sie das saure Teufelszeug gekocht, und wir müssen darunter leiden.«

Sie neckten ihn den ganzen Abend, bis Polen-Joe Herbert beiseite nahm, um mit ihm über die Liebe in Kanada zu sprechen, wie er sie verstand; denn Polen-Joe war nicht nur Gewerkschaftsmann – er kümmerte sich auch darum, wie die Barboys des »Savarin« zu einer anständigen Frau kamen. Eigentlich gab es sie gar nicht, die Liebe in Kanada. Das war jedenfalls Polen-Joes Meinung. Wenn doch, dann kam sie nur im Kino vor. Die kanadischen Frauen sind jahrzehntelang verwöhnt worden, weil es so wenige gab. Sie sind überzüchtet und zerbrechlich. Die mußt du in einen Banksafe tun und jeweils nach Gebrauch wieder wegschließen, Kraut! Die wirklich ordentlichen Frauen Kanadas kommen mit den Einwanderern. Die verstehen noch zu arbeiten, wie es einem Menschen zukommt. Die trinken keinen Whisky, sondern gehen in die Kirche und bekommen gesunde Kinder. Frauen wie diese Anja aus Rußland.

In der Nacht, in der der erste Schneesturm des Herbstes 1955 über Toronto hinwegfegte, sagte Polen-Joe zu Herbert: »Das Mädchen kann bei diesem Unwetter unmöglich allein nach Hause fahren. Du machst zehn Minuten früher Schluß und bringst Anja nach Hause!«

Das hörte sich an wie ein Befehl. Herbert wollte

widersprechen, aber Polen-Joe half ihm sogar beim Gläserspülen, damit er rechtzeitig zu Anja an die Straßenbahnhaltestelle käme.

Sie trafen sich in der Bay Street. Es schneite immer noch. Anja war kaum wiederzuerkennen. Um den Kopf hatte sie ein Tuch geschlungen wie die Frauen des Ostens. Unter dem Tuch quoll das Haar hervor, weiß geworden vom treibenden Schnee. Sie war in einen Pelzmantel gehüllt, wie er in Rußland gebräuchlich ist, ein Kleidungsstück, das sie noch pummeliger machte. Den Pelzkragen hatte sie hochgeschlagen, um den Hals zu schützen. Ihre Hände steckten in dicken Fäustlingen, die Füße in gefütterten Stiefeln; sie trug eine Einkaufstasche. So stellte Herbert sich russische Marktfrauen vor, wenn sie bei der Heimkehr aus der Stadt vom Winter überrascht werden. Er sprach Anja an, fragte sie, ob kanadische Schneestürme immer so seien.

»In Rußland war es schlimmer«, flüsterte sie.

Zum erstenmal hatte er sie sprechen hören. Eine ungewöhnlich weiche Stimme sprach ein hartes Englisch, ein Englisch, das sich zierte, sich nur hervorwagte, wenn es unbedingt sein mußte.

Ob sie noch Erinnerungen an Rußland habe?

Anja lächelte unter ihrer Schneehaube. »Ich war damals zwölf Jahre alt«, erwiderte sie zaghaft.

Wegen der Schneeverwehungen kam die Straßenbahn mit Verspätung. Es waren kaum Fahrgäste in den Wagen. Nach zwei Stationen begann der Schnee in Anjas Haar zu tauen. Ihr Gesicht wurde naß; es sah aus, als habe sie geweint.

»Viel, viel Schnee in Kanada«, sagte sie leise und lächelte ihn an. Plötzlich öffnete sie ihre Einkaufstasche, raschelte mit Pergamentpapier und hatte endlich ein Käsesandwich gefunden, das sie Herbert anbot.

Herbert aß, nicht weil er Hunger hatte, sondern weil sie sich darüber freute. Außerdem kann Essen eine Entschuldigung für Schweigen sein.

»Du kannst noch mehr haben«, sagte sie, als sie die Hälfte der Strecke zurückgelegt hatten. Sie öffnete die Tasche und zeigte, wie viele Sandwiches noch drinlagen.

Nein, Herbert mochte nicht mehr.

Als sie ausstieg, folgte er ihr, als sei das eine Selbstverständlichkeit, und legte den Arm um sie. Eigentlich war der Mantel so dick, daß sie seinen Arm nicht fühlen konnte. Aber Anja spürte die Berührung und erschrak, entzog sich ihm und ging neben ihm her.

Nach einer langen Weile, als habe sie jedes Wort genau abgewogen, sagte sie: »Wenn es früh Schnee gibt, wird es meistens sehr, sehr kalt in Kanada.«

Vor einem zweistöckigen Haus blieb sie stehen. In den oberen Räumen brannte Licht.

»Meine Großmutter wartet auf mich.«

Ach, eine Großmutter hast du noch! Ja, eine richtige russische Großmutter, die nach sechs Jahren Kanada kaum fünfzig Worte Englisch verstand, die bis Mitternacht wachte, um ihr Enkelkind wohlbehalten in Empfang zu nehmen, die nicht schlafen konnte, bevor Anja im Hause war. Und außer der Großmutter gab es zwei Brüder. Der eine wohnte mit seiner Familie im Parterre des Holzhauses, der andere im ersten Stock, Anja mit der Großmutter ganz oben.

Wenigstens zum Abschied wollte er den Arm um sie legen, sie nur berühren, weiter nichts. Aber Anja wich aus mit einer Bewegung, die sanft und kokett zugleich war. Sie reichten sich die Hände, was das Ungewöhnlichste an diesem Abendspaziergang war. Dann verschwand sie.

Herbert stapfte in Richtung Hiawatha Road. Er spürte den Wind und die feinen Schneekrümel im Gesicht. Der Marsch gab ihm Zeit zum Denken. Du hast wohl den Verstand verloren, Herbert Broschat! Soll so das Abenteuer Kanada enden? Zwei Monate nach der Ankunft willst du dich in ein sanftes Pummelchen aus dem fernen Rußland verlieben! Die werden dich aufnehmen in die glückliche Familie. Du wirst mit Anja und der Großmutter im obersten Stock des Holzhauses wohnen. Zum orthodoxen Glauben werden sie dich bekehren und dich in der russischen Kirche vorzeigen. Danach folgen viele Jahre im »Savarin«. Gläser spülen, bis Tore weggeht und der angenehmere Job bei den Bierflaschen frei wird. Dollars auf den Haufen legen, um auch ein Holzhaus zu kaufen wie Konrad Wagner und Anjas russische Brüder. Die ganze Zeit mit dem gutherzigen Mädchen aus Rußland zusammensein, zusammen arbeiten, schlafen und Kinder bekommen. Den Ehrgeiz haben, daß es den eigenen Kindern einmal bessergehen soll, daß sie nicht mehr Gläser spülen müssen und von Kindesbeinen an ordentlich Englisch lernen. Sollte so das künftige Leben von Herbert Broschat aussehen? War er nach Kanada ausgewandert, um das zu erreichen?

Wirklich, du hast den Verstand verloren, Herbert Broschat! Da kommt der erste Schneesturm von der Hudsonbai herabgefegt, stößt hinunter bis New York und Saint Louis, begräbt endlich das Rot des Indianersommers – und du läßt dich von einem molligen Mädchen mit Käsebrot füttern! Jetzt solltest du draußen sein in einer Trapperhütte oder bei den Holzfällern. Dort ist Kanada. Hundert Meilen bis zur nächsten Siedlung, dazwischen mehr Wölfe als Menschen. Mühsam das Feuer schüren, während draußen der Sturm die Äste gegen die Hütte schlägt. Das wäre Größe!

Als er den Schnee abtrat, wachte Erich Domski auf. Er freute sich, daß er am Morgen nicht zur Arbeit brauchte, denn nach einem solchen Unwetter wäre der Weg vom Brennschuppen zum Trockenschuppen zugeweht. Als Herbert ihm von dem Spaziergang mit Anja erzählte, machte Erich große Augen.

»Wenn du das Russenmädchen nicht haben willst, mußt du es mir geben«, sagte er. Erich war bereit, seine Nachtruhe zu opfern und Herbert aus dem »Savarin« abzuholen, nur um Anja kennenzulernen.

Herbert machte sich nichts aus ihr, aber der Gedanke, Erich Domski könne sich über Anja hermachen, war ihm zuwider. Er erfand Ausreden, tat so, als empfinde er doch etwas für sie, drohte mit den zwei Brüdern, die jedem die Knochen brächen, der Anja zu nahe käme. Du weißt doch, wie das in Kanada mit den Einwanderermädchen ist, Erich Domski! Erstens gibt es nur wenige, weil meistens die Männer auswandern. Zweitens passen die Einwanderer aus Ost- und Südeuropa wie die Teufel auf die eigenen Mädchen auf. Eher bekommst du ein Messer zwischen die Rippen als eine Frau. Und schließlich dauert es mit diesen Mädchen enorm lange. Mindestens ein halbes Jahr lang mußt du Händchen halten. Das stehst du nicht durch, Erich Domski. Außerdem wäre da noch das Hindernis der Sprache. Wie willst du dich mit Anja verständigen? Kannst du etwa Russisch?

Erich grinste. »Du machst alles viel zu kompliziert«, war seine Meinung dazu. In Wahrheit war es die einfachste Sache von der Welt. Dafür brauchst du keinen Sprachkursus, das geht in jeder Sprache. Erich Domski gehörte zu den Menschen, die auf unbegreifliche, ja fast wunderbare Weise Anschluß an Frauen fanden. Bei ihm klappte es immer. Er hielt es für richtig, sich gerade wegen der Sprachschwierigkeiten an die Einwanderermädchen zu halten. Die können selbst nicht gut Englisch und haben Verständnis für deine holprige Sprache. Bei Mädchen, die in Kanada geboren sind, fällst du sofort unangenehm auf mit deinem Englisch. Die halten dich für beschränkt, nur weil du ihre Sprache nicht gut verstehst. Kaum bringst du einen Satz mit Akzent heraus, wirst du schon eingeordnet und abgelegt.

Als sie in völliger Dunkelheit unter dem *Wilden Kaiser* lagen und zu schlafen versuchten, sagte Erich Domski: »Ich wäre in Wattenscheid geblieben, wenn ich gewußt hätte, wie schwer man in Kanada zu einer Frau kommt. Eher fängst du mit bloßen Händen ein Stachelschwein als eine Frau.«

Wirklich, es war nicht einfach für Erich Domski. Wenn er abends von den Steinen in Mimico heimkehrte, arbeitete Herbert im »Savarin«. Wenn er morgens um fünf Uhr aufstand, schlief Herbert. Erich aß die mitgebrachten Sandwiches und rauchte die Zigaretten, die Herbert vor dem Müll bewahrt hatte. Dafür versorgte er Herbert mit den in der Straßenbahn liegengebliebenen Zeitungen. Nur an den Sonntagen waren sie zusammen. Sie schliefen dann meistens bis mittags und bummelten anschließend durch die Straßen, um Gebrauchtwagen zu besichtigen. Oft veranstalteten sie an den Sonntagnachmittagen eine bunte Stunde, in der Erich verballhornte Lieder vom Rhein sang:

Wenn du eine Schwiegermutter hast,
dann schick sie in den Wald,
denn im Wald, da sind die Räuber,
halli, hallo, die Räuber ...

Und so weiter und so weiter. Oder er marschierte in der Bude auf und ab und versuchte sich an Witze zu erinnern, die er unter Tage gehört hatte. Kennst du den? Ein Stotterer arbeitet im Bergwerk. Er hat schreckliche Angst, es könne ihm die Sprache verschlagen, wenn unten ein Unglück passiert und er zum Grubentelefon laufen muß, um oben Bescheid zu geben. Er fragt einen Arzt um Rat. »Ganz einfach«, sagt der. »Wenn du kein Wort herausbringst, fängst du an zu singen. Das geht immer.« Tatsächlich bricht eines Tages in der Grube Feuer aus. Der Stotterer läuft zum Telefon und singt: »Die Grube brennt, die Grube brennt!« Da lacht der am anderen Ende der Leitung und fängt auch an zu singen: »Fidiralala, fidiralala!« Erich lachte so laut, daß die Wagner wieder an die Wand klopfte und »Shut up!« schrie.

Ja, ja, schon gut. Irgendeiner in diesem Haus mußte immer dringend ausschlafen, um frisch für die Arbeit zu sein, entweder der Neapolitaner oder Konrad Wagner oder die Frau. Zu lachen gab es hier nie etwas.

Die Wagner machte ihm Sorgen. Erich dachte manchmal an sie, wenn er abends von den Steinen heimkehrte, allein in der Bude saß, sich den Bauch vollschlug, den *Wilden Kaiser* in Zigarettenrauch hüllte und die nebenan Strauß-Walzer auf den Plattenteller legte. Irgend etwas stimmte mit der nicht. Erich hielt es für ausgeschlossen, daß eine Frau um die Dreißig nur an die Arbeit und den Kauf von Holzhäusern denken konnte. Vielleicht war das Tarnung. Mensch, unter der Oberfläche kochte ein Vulkan. Du mußt nur dasein, Erich Domski, wenn der Vulkan ausbricht.

Einmal ging er zu ihr in die Küche und fragte nach der Uhrzeit. Sie deutete nur wortlos auf die Küchenuhr, weiter nichts. Wenn da wirklich ein Vulkan schlummerte, saß der aber sehr tief.

Ein andermal wollte er ihr zeigen, daß der Wasserhahn leckte. Aber sie kam nicht mit. Sie wird es ihrem Mann sagen, und der wird sich darum kümmern. Basta!

Am 10. November verliebte sich Erich Domski in ein Mädchen, das ihm Tag für Tag begegnete, wenn er mit der Straßenbahn die Gerrard Street entlangfuhr. Es trug langes schwarzes Haar und lächelte zwischen der zweiundzwanzigsten und der dreiundzwanzigsten Haltestelle. Erich bezog das Lächeln auf sich, weil er in der letzten Bank der Straßenbahn saß – und genau dort lächelte das Mädchen hin. Es trug trotz der fortgeschrittenen Jahreszeit einen Bikini, war an die sieben Meter lang und saß oder, besser, lag auf der Kühlerhaube eines gelben Autos, vor Hitze fast verschmachtend, obwohl ein Palmenbaum Schatten verbreitete. Manchmal ging Erich am Abend die dreihundert Meter von der Hiawatha Road zurück, um das Mädchen näher zu betrachten, das von zwei Scheinwerfern angestrahlt wurde und pausenlos lächeln mußte, die ganze Nacht über. Auf der anderen Seite der Straße gab es einen Gebrauchtwagenstand. Unter den vielen herumstehenden Autos fand Erich einen alten Dodge, dessen Tür nicht verschlossen war. Gelegentlich nahm er darin Platz, um in aller Ruhe, sanft in den Polstern liegend, sein Sieben-Meter-Mädchen zu bewundern. An bestimmten Tagen kam es zu ihm auf den Rücksitz. Oder Erich fuhr mit dem Mädchen den Ruhrschnellweg entlang, ganz ruhig und gemütlich, die linke Hand am Steuer, die rechte um die Schulter des Mädchens gelegt, und der Fahrtwind spielte mit ihrem schwarzen Haar …

Das Gesicht prägte sich ihm ein. Er fand es sogar im Anzeigenteil der *Globe and Mail,* dort allerdings weniger vorteilhaft, weil die Farbe fehlte und auch keine Scheinwerfer das Gesicht anstrahlten. Wegen des Mädchens sammelte er die in der Straßenbahn liegengebliebenen Zeitungen, schnitt ihr Bild aus und stapelte die Ausschnitte unter seinem Bett.

Wochenlang drehte es sich nur um Papier. Bis jener regnerische Novemberabend anbrach, an dem Erich Domski das Coxwell-Kino besuchte. Er ging oft ins Kino, weil das die langen Abende überbrückte. Für fünfzig Cent zeigten sie zwei Filme hintereinander. Erich suchte die Programme aus, in denen es am wenigsten sprachliche Probleme gab. Kanonendonner, Pferdegetrappel, Revolverschüsse – das klang in jeder Sprache gleich. Aus Langeweile besah er sich sogar die amerikanischen Propagandafilme aus der Kriegs- und Nachkriegszeit. Das waren Filme, in denen Deutsche und Japaner die scheußlichsten Schurkereien fertigbrachten; nur kleine Kinder fressen, das taten sie nicht.

An jenem verregneten Abend spielte das Coxwell-Kino im Hauptprogramm *Halls of Montezuma*, das Heldenstück von Okinawa mit Richard Widmark und Robert Wagner. Anschließend gab es den Streifen *Der letzte Mann vom Rio Grande*. Es saßen kaum Besucher im Kino, obwohl der Saal angenehm warm und trocken war. Zwischen den beiden Filmen ging ein paar Minuten Reklame über die Leinwand – eine Pizzeria lud ein, eine Wäscherei bot an ...

Plötzlich sah Erich seine Schwarzhaarige im Kino, wieder auf dem Auto liegend. Aber sie blieb nicht liegen. Sie erhob sich, kam lächelnd auf Erich Domski zu, streckte die Hand aus und sagte etwas, das so klang wie: »O darling, what a wonderful car!« Erich wußte nichts darauf zu antworten. Er stand auf und lief ein paar Schritte vorwärts. Da verschwamm das Bild. Er machte kehrt, eilte dem Ausgang zu und erreichte die Vorhalle, die hell erleuchtet war, die ganz normal, sauber, trocken und hell aussah, ein richtiger Platz, um wieder zur Besinnung zu kommen. Er wanderte an den Schaukästen entlang und betrachtete die Bilder vom Sturm auf die Insel Okinawa und den einsamen Reiter am Ufer des Rio Grande. Hängt ihn nicht auf, den letzten Mann vom Rio Grande! Der steht da verlassen in seiner Kakteenwüste, um sich eine Welt von Feinden. Hängt ihn nicht auf!

Hinter der flimmernden Kakteenwüste begann der Glaskasten, in dem die Eintrittskarten des Coxwell-Kinos verkauft wurden. Vor einer Stunde war ihm nichts Besonderes daran aufgefallen, aber jetzt sah er das lange schwarze Haar. Mein Gott, das war sie? Natürlich keine sieben Meter lang, sondern normale Größe, aber sie sah ihr verdammt ähnlich. Dabei konnte er ihr Gesicht kaum erkennen, weil es im Dunkeln lag. Nur die Hände sah er deutlich, die schönen, schlanken Hände, die teilnahmslos mit den übriggebliebenen Eintrittskarten spielten. Sie haben dich umstellt, letzter Mann vom Rio Grande. Es hat keinen Zweck mehr. Heb die Hände hoch! ... Zehn Finger ohne einen Ring! Weder Ehering noch Verlobungsring. Die Finger bewegten sich in Richtung auf die Kakteenwüste. Staubwolken am Horizont. Endlich kamen die Befreier ...

Plötzlich ihr Gesicht. »Wollen Sie ein Ticket?« Rasch war es wieder verschwunden. Erich Domski kamen Zweifel. Nur das Haar, das lange schwarze Haar kam ihm so bekannt vor. Er schlenderte zur anderen Seite, wo die Marineinfanterie aus den Landungsbooten stürmte, um eine Insel am Rand des Ostchinesischen Meers zu erobern. Von Okinawa aus erkannte er ihr

Gesicht deutlicher. Es war kein übliches Kinokartenverkäuferinnengesicht, nein, viel mehr. Er stellte sich neben die angreifenden Jagdbomber, um auf ein Lächeln zu warten. Als sie wirklich lächelte, kamen ihm Zweifel, ob das ihm gegolten habe. Vielleicht hatte sie auch Richard Widmark angelächelt, der hinter ihm mit den Ledernacken an Land stürmte.

Sie langweilte sich. Er sah, wie sie in ihrer Handtasche kramte, Nagellack und Lippenstift hervorholte. Um nahe bei ihr zu sein, ging er zurück zum Rio Grande. Wäre der Glaskasten nicht gewesen, er hätte ihren Atem verspürt. Er stellte sich vor, mit ihr im Schatten der Kakteen zu liegen unter dem flimmernden Himmel von Texas. Sie im Bikini wie auf dem Plakat ... oder ganz ohne etwas ...

Jetzt telefonierte sie. Vielleicht mit ihrem Mann, der sie abholen sollte wegen des schlechten Wetters. Aber das ist doch nicht nötig! Nur keine Umstände. Erich Domski kann das auch besorgen. Der bringt dich trockenen Fußes nach Hause, Mädchen. Der hat in Wattenscheid schon viele nach Hause gebracht. Warum nicht auch in Toronto? Je länger er sie anstarrte, desto sicherer war er, daß sie keinen Mann hatte. Nein, die saß in ihrem Glaskasten und wartete auf keinen anderen Menschen als auf Erich Domski aus Wattenscheid.

Um zehn Uhr schaltete sie das Licht aus und zog den Vorhang zu. Wenn du einen Regenschirm bei dir hättest, Erich Domski, könntest du dich anbieten, sie nach Hause zu bringen. Noch besser wäre natürlich, wenn du ein Auto für sie hättest. So ein gelbes von General Motors, das unter Palmen steht und das die Mädchen mögen, auf das sie sich gern mit ihren überlangen Beinen legen.

Er sah, wie sie hinter dem Vorhang den Mantel

überzog. Ein amerikanischer Kreuzer schoß Okinawa in Klump. Die Kanonenrohre bohrten sich in Erichs Rücken. Geh endlich ran! schrie Richard Widmark. Sie trat aus dem Glaskasten und schloß ab, blickte nicht in den Vorraum, lächelte weder ihm noch Richard Widmark zu.

Erich Domski setzte sich in Bewegung. Du bist verrückt, Mensch! Aber er konnte es nicht ändern. Seine Beine setzten ihn in Bewegung, ob er wollte oder nicht. Er verließ die Kakteenwüste und tauchte unter im trüben Regen Torontos. Anfangs lagen gut zwanzig Meter zwischen ihm und der Frau. Dabei hätte es bleiben können, hätte sie nicht zu laufen angefangen. Laufen war wie ein Signal! Erich sah sie plötzlich weiß vor sich. Ein Engel mit Heiligenschein – so etwas gibt es doch nicht, das muß eine Fata Morgana aus der Kakteenwüste sein! Keine fünf Schritte. Die Kanonen von Okinawa schossen Sperrfeuer, aber Erich Domski stürmte mit Richard Widmark auf das Mündungsfeuer zu. Nur noch zwei Schritte ...

Vielleicht gibt es eine Parkbank in der Nähe, dachte er. Die Reinigung des Mantels wird er ihr bezahlen. Erich Domski wird alles gutmachen, nur haben muß er sie, jetzt, in diesem Augenblick. Er berührte ihre Schulter. Da begann sie zu schreien. Sie schrie lauter, als die Schiffskanonen von Okinawa donnerten. Das Licht vor ihm wurde greller und gleißender. Es kam auf ihn zu, seine Augen schmerzten ... Mensch, das waren Autoscheinwerfer! Paß auf, die läuft vor Angst in ein Auto ... Erich Domski ließ los. Er hörte Bremsen kreischen, sah einen Riesenkerl auf der Straße stehen, sprang aus dem Lichtkegel und preßte den Körper an eine nasse Mauer. Während er Atem schöpfte, sah er deutlich den letzten Mann vom Rio Grande in die

Kakteenwüste reiten. Gelassen, als wäre nichts geschehen.

Von der Straße her hörte er Stimmen. Er schwang sich über die Mauer und begann zu laufen, erst in Richtung Eisenbahndamm. Auf halbem Wege fiel ihm der Gebrauchtwagenstand ein. Also kehrt. Ihm war, als flamme in allen Häusern das Licht auf. Ein Taxi überholte ihn und fuhr seelenruhig an ihm vorbei. Endlich erreichte er den Gebrauchtwagenstand und schlängelte sich durch die nassen Wagen, bis er seinen unverschlossenen Dodge gefunden hatte. Er legte sich auf den Rücksitz und lauschte den Regentropfen, die auf das Autodach trommelten. Die Sirene eines Polizeiwagens. Stimmen auf der Straße. Er hörte das Bremsen und Anfahren vieler Autos.

Als es ruhiger wurde, als auch er sich beruhigt hatte, sein Körper nicht mehr zitterte, richtete er sich auf und suchte das Plakat auf der anderen Straßenseite. Es war verschwunden. Die schwarzhaarige Schönheit auf dem gelben Auto unter mexikanischen Palmen war abgehängt, überklebt oder hatte sich einfach im Regen aufgelöst.

Als Herbert nach Mitternacht aus dem »Savarin« kam, saß Erich naß und schmutzig in der Stubenecke.

»Was ist los mit dir?« fragte Herbert.

»Ich habe die Kartenverkäuferin vom Coxwell-Kino angefallen. Du kennst sie doch, die Schwarzhaarige. Weil es so scheußlich regnete, wollte ich sie nach Hause bringen. Aber mitten auf der Straße fing sie an zu schreien.«

»Mensch, du machst Sachen, Erich Domski!«

»Du darfst mich nicht verraten«, bat Erich.

»Klar, das versteht sich von selbst. Aber eine solche Schweinerei darf nicht wieder vorkommen!«

Erich beteuerte, daß er so etwas noch nie gemacht habe. Es sei gar nicht seine Art. Er wußte auch nicht, wie es gekommen war. Vielleicht hatte es am Wetter gelegen oder an den Filmen oder den Steinen in Mimico. Oder an allem zusammen.

Zum Glück war der nächste Tag ein Sonntag. Erich stand früh auf und fuhr allein in die Stadt. Erst gegen Mittag kam er zurück und brachte zwei gebratene Hähnchen mit. Er war wieder ganz der alte Erich Domski. Er berauschte sich an den gewaltigen Geschäften, die ein tüchtiger Mensch mit gebratenen Hähnchen in Deutschland machen könne. »Du mußt nur rechtzeitig damit anfangen, bevor die anderen auf die Idee kommen.«

»Was hast du heute morgen gemacht?« fragte Herbert, als sie die lauwarmen Hähnchen in ihre Bestandteile zerlegten.

»Ich war zur Beichte.« Herbert legte die Knochen zur Seite, wischte die fettigen Finger am Zeitungspapier ab und blickte ihn staunend an.

»Das hätte ich nie erraten«, meinte er. »Verstand der Pfarrer Deutsch?«

Erich schüttelte grinsend den Kopf.

»Wenn der kein Deutsch versteht, kannst du ihm ja viel erzählen!« Da wurde Erich plötzlich ernst. »Ob der Pfarrer mich versteht, darauf kommt es nicht an«, sagte er. »Wenn es wirklich einen Gott gibt, kennt der mindestens alle Sprachen, auch Deutsch. Ich hab' dem Pfarrer jedenfalls auf deutsch gesagt, daß ich die Kinokartenverkäuferin anfallen wollte und daß es mir leid tut, der Kleinen einen solchen Schreck eingejagt zu haben.«

Morgenstunde hat Gold im Munde, hieß einer der Kalendersprüche, die die Mutter häufig aufgesagt hatte. Aber ohne den Lärm der Schulkinder hätte Herbert bis zum Mittag geschlafen. Wenn sie ihn wach hatten, blieb er, halb dösend, im Bett liegen. Das war die Stunde der wunderlichen Gedanken. Es kam vor, daß er Gisela sah, wie er sie noch nie gesehen hatte, nämlich nackt. Im Kornfeld oder hinter dem Knick oder auf dem Feldweg. Wenn ihm nicht Gisela einfiel, lebte er die aufregenden Szenen im Behelfsheim nach. Das muß 1953 gewesen sein, als er unverhofft die Küche betrat und sein Vater nackt auf dem Ziegelfußboden stand, während die Mutter Narben und Einschüsse an den Beinen mit einer Flüssigkeit einrieb, die wie eine Mischung aus Krankenhaus und Friseurladen roch. Herbert mußte sofort hinaus, weil es verboten war, einen nackten Vater zu sehen, dazu einen vom Krieg zugerichteten Vater wie den seinen. Er nahm also auf der Bank vor der Küche Platz und hörte durch das angelehnte Fenster Vaters Bericht von seinem Auftritt vor dem Vertrauensarzt.

»Wo waren Sie eigentlich im Krieg, junger Mann?« hatte er den Vertrauensarzt gefragt. Denkst du, der hat darauf eine Antwort gegeben? Das war bestimmt einer von den Etappenhengsten, die die meiste Zeit in Frankreich gelegen und sich gesonnt haben. Stabsarzt hatte Vater Broschat ihn genannt, ein Name aus der Zeit, als Männer, wenn sie überhaupt mit einem Doktor zu tun hatten, nur Militärärzte kannten. Der Name hat den natürlich geärgert, so daß die Untersuchung von Anfang an in falschen Bahnen lief. »Das ist normaler Verschleiß und hat nichts mit dem Krieg zu tun! Der Durchschuß im Wadenbein ist glatt verheilt und beschwerdefrei. Die Beschwerden in der linken Schulter sind Alterserscheinungen, keine Kriegsfolgen.« Solche Sprüche diktierte er der Assistentin ins Protokoll. Das mußt du dir gefallen lassen. Unsereiner hat die Schmerzen, aber der sagt dir, wo du beschwerdefrei bist und wo nicht. So ein Klugscheißer! Wenn du den reden hörst, fühlst du dich kriegsverwendungsfähig. Jawohl, wir werden weiter marschieren – mit den Vertrauensärzten des Versorgungsamtes an der Spitze. »Stellen Sie sich nicht so an, Mann. Sie sind doch Soldat gewesen!« – »Natürlich, Herr Stabsarzt, viel zu lange, Herr Stabsarzt. Deshalb bin ich ja hier.«

Eine Viertelstunde lang sprach Vater Broschat über seinen Besuch beim Vertrauensarzt, während die Mutter die beschädigten Stellen seines Körpers einrieb und massierte. Als er sich angezogen und beruhigt hatte, kam er zu Herbert vor die Tür.

»Es tut mir leid, Junge, daß ich dich rausgejagt habe«, sagte Vater Broschat. »Ich habe mich so geärgert über diesen Doktor. Zum drittenmal haben sie nun meine Kriegsverletzungen besichtigt, aber besser wird es davon nicht.«

Es war das einzige Mal, daß Vater Broschat sich bei ihm entschuldigt hatte, damals, als er ihn nackt in der Behelfsheimküche gesehen hatte. Herbert fiel ein, daß er sich überhaupt noch nicht entschuldigt hatte, weder bei seinem Vater noch bei seiner Mutter oder sonst bei irgendeinem Menschen. Es gab nichts zu entschuldigen.

Morgenstunde hat Gold im Munde. Sie war so still, daß Herbert von jenseits der Holzwand das Ticken des Weckers in der Wagnerschen Schlafstube hörte. Fliegen, die vor der Kälte Zuflucht gesucht hatten, brummten hinter der Gardine. Da glaubst du, die letzten Brücken abgebrochen zu haben, willst dich aus einer Begeisterung in die andere stürzen – und dann liegst du stundenlang auf dem Bauch, starrst zum Fenster, freust dich, wenn die Schulkinder lärmen, wenn vom Ontariosee die Möwen kommen und kreischend über die Reste der Schulbrote herfallen. Ist das normal? Sind die Augenblicke des Rausches nur dünn gesät, verläuft der Rest, wo immer du auch bist, ob in Sandermarsch, ob in Toronto, in langweiliger Gleichförmigkeit?

Aus purer Langeweile schrieb Herbert an Pastor Griem, dankte ihm für sein Empfehlungsschreiben und schilderte Billy Grahams Auftritt in Toronto. Am nächsten Tag folgte ein Brief an Lehrer Burmester. Nein, Zedernsämlinge für den Schulgarten habe er im Osten keine gefunden; aber Ahorn gebe es massenhaft.

Eines Morgens ertappte er sich dabei, daß er auf den Briefträger wartete. So weit ist es mit dir gekommen, Herbert Broschat. Wer wird zuerst schreiben, Gisela oder die Mutter? Er tippte auf Gisela. Mutter verstand sich nicht gut aufs Briefeschreiben; sie mußte sich jeden Satz schwer abringen. Vater Broschat konnte und wollte ihr dabei nicht helfen. Er war mit seinen Eingaben an die Ämter und die Gerichte beschäftigt; außerdem war er ihm noch immer böse.

Was sollten sie schreiben? Welche weltbewegenden Mitteilungen erwartest du? Daß in Sandermarsch der Herbst ausgebrochen ist und es regnet wie in jedem Herbst? Daß die Mutter die Kartoffeln gut eingebracht hat, sich aber schrecklich über den Maulwurf ärgert? Wegen solcher Nachrichten lauert kein Mensch dem Briefträger auf!

Als der Briefträger endlich Post aus Deutschland brachte, war sie nicht für Herbert bestimmt. Elvira Domski schrieb eine Ansichtskarte. Bildunterschrift: *Wattenscheid in der Morgensonne.* Auf der Rückseite: *Uns geht es gut und hoffen von Dir das gleiche. Mit Mutter geht es besser, sagt der Arzt. Es grüßt von Herzen Deine Elvira.*

Erich freute sich maßlos. Eine solche Karte hatte er seiner Schwester nicht zugetraut. Mensch, die muß Nachhilfeunterricht im Postkartenschreiben genommen haben!

Es war schon Dezember, als der Briefträger zum erstenmal Herberts wegen in die Hiawatha Road kam. Erbrachte keinen Brief, sondern eine dicke Rolle Papier. Es waren veraltete Exemplare des *Hamburger Anzeigers*, einer Zeitung, von der Herbert noch nie etwas gehört hatte. Kein Begleitbrief, der Aufschluß gab über die seltsame Postsendung. Herbert warf den Papierberg in die Ecke; er hatte wenig Lust, sechs Wochen alte Zeitungen durchzublättern. Das reißt nur Erinnerungen auf, bringt dich zurück zu den unheilbaren Krankheiten des kleinen Deutschlands. Nein, er wollte damit nichts zu tun haben. Er konnte Worte wie Kriegsopferversorgung, Lastenausgleich, Heimkehrer, Soldaten, Wohnungsnot, Arbeitslosigkeit und Wiederaufbau, die ohne Unterlaß in den Zeitungen wiederholt wurden, nicht mehr ertragen.

Am Vormittag kümmerte er sich überhaupt nicht um die Zeitungen. Am liebsten hätte er sie gleich vernichtet. Erich zuliebe ließ er sie liegen. Der besah gern Bilder aus Deutschland. »Mal sehen, was in Deutschland im Kino läuft«, würde Erich Domski sagen. Oder: »Na, wo steht Schalke 04 in der Oberliga West?« Witze würde Erich vorlesen und einen Blick auf die Mord-und-Totschlag-Seite werfen. Schon wieder eine Prostituierte auf der Reeperbahn erwürgt. Bus stürzte ins Hochwasser. Kind verschollen. Hund rettet Opa. Frau im Glaskasten ...

Er ließ also die drei Kilogramm Papier, bedruckt mit sechs Wochen Deutschland, in der Ecke liegen. Um sich abzulenken, ging er in die Gerrard Street, brachte das Hemd in die Wäscherei, kaufte Apfelsinen und sah

Güterzügen der Canadian National nach. Als er zurückkehrte, fiel sein Blick auf die Schlagzeile der Zeitung, die oben lag. Es war die Nummer vom 29. September 1955. *Der Oberste Sowjet hat beschlossen, die letzten 9626 deutschen Kriegsgefangenen aus Rußland zu entlassen.* Das stand da. Herbert kniete neben dem Papierbündel nieder, um die Meldung zu Ende zu lesen. Als er durch war, entdeckte er am unteren Rand des Blattes eine kurze Notiz:

> *Das Bundesverteidigungsministerium teilt mit, daß es den Entwurf des neuen Wehrpflichtgesetzes fertiggestellt habe und zur Beschlußfassung dem Kabinett vorlegen werde.*

Die Entlassung der letzten Kriegsgefangenen und die Fertigstellung des neuen Wehrpflichtgesetzes in derselben Zeitung. Beides auf Seite eins. Daß da nicht das Papier zerreißt oder die Druckerschwärze rot wird! Wirklich und wahrhaftig, die Deutschen haben den Verstand verloren!

27. September 1955: Admiral Raeder wird nach Verbüßung seiner Strafe aus dem Kriegsverbrechergefängnis entlassen.

Die Zahl der Arbeitslosen ist unter eine Million gesunken, der niedrigste Stand seit Kriegsende.

Noch immer lief mit großem Erfolg *Das Schweigen im Walde,* ein Film nach Ludwig Ganghofer.

10. Oktober 1955:

> *Wieder in Deutschland! Mit unbeschreiblichem Jubel wurden am Sonntag die ersten großen Heimkehrertransporte mit je 602 und 192 deutschen Kriegsgefangenen an der Zonengrenze empfangen und nach Friedland geleitet.*

Weinende Männergesichter auf Zeitungspapier. Da bricht dein Volk in Tränen aus, während du dich in Kanada herumtreibst, Herbert Broschat!

13. Oktober 1955:

Feuerwehrsirenen kündigten am Donnerstagmorgen gegen 6.30 Uhr die überraschende Ankunft des zweiten großen Heimkehrertransportes mit 598 Heimkehrern auf dem Zonengrenzbahnhof Herleshausen an. Die Übernahmebehörden aus Friedland und die für die Heimkehrer bereitgestellten Busse mußten überstürzt herangeholt werden, weil der Transport erst gegen Mittag erwartet worden war. Die lange Autokolonne bahnte sich unter dem Geläut der Kirchenglocken und dem Jubel der Bevölkerung den Weg nach Friedland.

15. Oktober 1955:

In Friedland warteten mehr als 500 Menschen auf die Ankunft der nächsten Heimkehrer. Sie lagerten sich auf den Wiesen und harrten geduldig aus. Viele von ihnen trugen Plakate und Bilder mit sich. Eine Frau hielt ein weißes Handtuch über dem Kopf mit der eingestickten Schrift: ›Kennen Sie meinen Sohn?‹

Solchen Sätzen kannst du nicht entfliehen, Herbert Broschat.

Von Swerdlowsk nach Friedland, ein Tatsachenbericht mit laufenden Fortsetzungen, ab 20. Oktober in der größten deutschen Illustrierten.

Hamburger! Heute neuer Transport aus Friedland. 10.43 Uhr, Bahnsteig 4, Hauptbahnhof.

Einer hat schon Selbstmord begangen, kam nach Hause, um sich die Pulsadern aufzuschneiden, weil seine Frau mit einem anderen zusammenlebte.

14. Oktober 1955: Heute traf Major Hartmann, der erfolgreichste Jagdflieger des Zweiten Weltkriegs, aus Rußland ein.

15. Oktober 1955: Die ersten Generäle der neuen Bundeswehr können ernannt werden.

Großer Gott, warum tritt der Rhein nicht über die Ufer? Da kommen die letzten zerlumpten Gestalten nach Friedland, aber in Bonn werden neue Generäle ernannt. Das muß doch ein Erdbeben geben, der Kölner Dom wird in den Rhein fallen, das Siebengebirge wird sich erheben oder sonst etwas Furchtbares geschehen.

Hundertfünfundsechzigtausend Freiwillige haben sich schon für die Bundeswehr gemeldet.

Jeder siebenundzwanzigste Deutsche besitzt ein eigenes Auto. Ein junger Mann namens Franz Josef Strauß wird Atomminister der Bundesrepublik Deutschland.

Im Oktober 1955 sind zweiunddreißigtausendachthundert Menschen aus der Ostzone in den Westen geflüchtet. *Ostdeutschland blutet aus,* schrieb die Zeitung dazu.

Auf dem Herbstmarkt in Sandermarsch kamen hundertachtundsechzig Rinder, zwölf Schafe, achtundsiebzig Ferkel und Sauen, aber nur drei Pferde zum Auftrieb.

24. Oktober 1955:

Das Saarland kommt wieder zu Deutschland. 96,7 Prozent der Saarländer gingen zu den Urnen. 67,7 Prozent entschieden sich für einen Anschluß an Deutschland. Auf den Bergen am Saarfluß brannten Mahnfeuer.

Wie sagte Vater Broschat immer: »Deutschland verlassen heißt fahnenflüchtig werden.« Du hast dabeizusein, wenn die Mahnfeuer angezündet werden!

In Genf begann eine Viermächtekonferenz über Deutschland – die vier Sieger unter sich und Deutschland am Katzentisch.

Bis Weihnachten kommen keine Heimkehrertransporte mehr, weil in Rußland die Züge knapp geworden sind.

23. November 1955: Größte Atombombenexplosion in Sibirien!

Die Bundespost rechnet damit, daß drei Millionen Pakete zu Weihnachten in die Sowjetzone geschickt werden. *Dein Päckchen nach drüben! Hilf den Brüdern und Schwestern im Osten!*

Adenauer ist schon sechs Wochen krank.

25. November 1955: Eine Meldung für Erich Domski: In Dortmund-Hörde ist ein Hochofen in die Luft geflogen. Sechs Tote und acht Schwerverletzte.

Und noch immer lief mit großem Erfolg *Das Schweigen im Walde* nach Ludwig Ganghofer.

Auf der Frankfurter Buchmesse gab es achtundvierzigtausend neue Bücher zu besichtigen. Hermann Hesse erhielt den Friedenspreis.

Leichten Herzens genießen!

Aus gutem Grund – Juno bitte.

Schuppen stoßen ab.

Probieren Sie den kußechten Lippenstift – Küssen macht wieder Spaß! Rudolf Schock singt zum erstenmal in einem deutschen Farbfilm. Zwei Tage später kam ein Brief, der die Zeitungsflut erklärte. Gisela hatte die Hamburger Zeitung für ihn abonniert. *Du sollst Deutschland nicht vergessen, Herbert,* schrieb sie. Die Exemplare der ersten sechs Wochen kämen in einem großen Paket, danach werde wöchentlich geliefert, allerdings nicht per Luftpost, das wäre zu teuer. Fünf Mark achtzig zahlte Gisela monatlich für das Abonnement, viel Geld für eine Schuhverkäuferin.

»Mensch, deine Gisela ist in Ordnung«, sagte Erich, als er nach Hause kam. »So ein Mädchen mußt du dir warmhalten.«

Was stellen wir zu Weihnachten an? Am Morgen des 24. Dezember gingen sie zu Loblaws einkaufen, Milch, Brot und Käse, so das Übliche, nur etwas mehr als sonst, weil Herbert an den Feiertagen nicht arbeitete und deshalb die Sandwiches aus dem »Savarin« ausblieben. Erich holte zwei gefrorene Enten aus der Kühltruhe.

»Das wird unser Weihnachtsbraten«, sagte er.

Zu Hause legten sie die Enten vor die Heizungsklappe, um sie aufzutauen.

Nach einer Weile fragte Erich: »Wie weit bist du eigentlich mit deinem Russenmädchen?« Er rechnete mit einem Treffen zwischen Herbert und Anja. Zu Weihnachten macht sich das immer gut. Da wird man in der Familie vorgezeigt und darf Tannenbäume bewundern. Als er hörte, daß es eine Verabredung mit Anja nicht gab, war Erich zufrieden.

»Dann feiern wir eben Weihnachten auf unsere Art«, meinte er. Es begann damit, daß sie Geld zählten. Erich holte Zehndollarscheine aus einem Umschlag und ließ sie auf den Tisch flattern wie Frau Holle die Schneeflocken. Anschließend ordnete er sie sorgfältig, die Königin immer nach oben. Es entstanden richtige Zehnerbündel, die aussahen wie die Geldpäckchen auf der Sparkasse in Wattenscheid. Dreihundertfünfzig Dollar, die Münzen nicht gerechnet, das war Erichs

Ausbeute nach acht Wochen Steineschleppen in Mimico. Er berauschte sich an den Scheinen, ließ sie wieder und wieder durch die Luft wirbeln, stapelte sie erneut und berichtete von einem verrückten Millionär, der sich mit Zehndollarscheinen die Zigarre angesteckt hatte – natürlich im Kino. In einem Anfall weihnachtlicher Großzügigkeit faltete Erich einen Zehndollarschein zusammen und steckte ihn in einen Luftpostumschlag. Das sollte sein verspätetes Weihnachtsgeschenk für Wattenscheid werden. Der kleine Peter bekommt dafür eine Indianerausrüstung, die Mutter Kölnisch Wasser, und wenn Geld übrigbleibt, kann Elvira sich Lippenstift kaufen, damit sie nach was aussieht.

»Kaufmann Liepert hat in seinem Leben bestimmt noch keinen kanadischen Zehndollarschein gesehen«, behauptete Erich. Der wird die Brille aufsetzen und den Schein gegen das Licht halten. »Mal sehen, ob er echt ist.« Dann wird er seine Tochter Erika rufen, um ihr den Schein zu zeigen. »Den hat Erich Domski aus Kanada geschickt«, wird er sagen. Und Erika Liepert, die dralle Schokoladeneispuppe, wird sich die Königin von England angucken und fragen: »Hat er eigentlich schon ein Auto, der Erich?« – »Na klar«, wird die Mutter sagen. »Ein Auto ist das erste, was die Auswanderer in Kanada bekommen!«

»Aber du hast kein Auto«, unterbrach Herbert den Ausflug nach Wattenscheid.

»Was macht das schon?«, sagte Erich grinsend und klebte den Brief zu. »Es hört sich jedenfalls gut an.«

Danach zählten sie Herberts Geld. Er besaß hundert Dollar weniger. Das ist eben der Unterschied zwischen Steinekarren und Gläserspülen. Wohin mit dem vielen Geld? In Kanada brennt jeden Tag irgendwo ein Holzhaus ab. Deshalb sind Dollarscheine in den Häusern nicht sicher.

»Wir müssen das Geld zur Bank bringen«, schlug Herbert vor. Die Royal Bank of Canada, also eine königliche Einrichtung, besaß eine Filiale in der Coxwell Avenue. Zu der würden sie gehen, gleich nach den Feiertagen.

»Siehst du, das ist auch ein Unterschied zwischen Deutschland und Kanada«, stellte Erich fest. »In Kanada brauchen wir nach drei Monaten ein Bankkonto, in Deutschland haben wir die Banken immer nur von draußen gesehen.«

Am Nachmittag des 24. Dezember fuhren sie in die Stadt. Ohne ein bestimmtes Ziel, nur so zum Bummeln. Herberts Idee war es, mit der Fähre zur Insel überzusetzen, denn von der Insel her soll Toronto am schönsten aussehen, sagen die Prospekte.

Sie waren allein auf dem Eiland, das in den Sommermonaten von Menschen erdrückt wird. Gänse, Möwenschwärme, weiter nichts. Sie warfen Eisstücke auf den Ontariosee. Erich entfachte unter einer Riesenweide ein Feuer zum Händewärmen und fütterte es mit trockenem Schilf und herabgefallenen Ästen. Beim Händewärmen erzählte er, wie der Weihnachtsmann früher unter den Domski-Kindern aufgeräumt hatte. Mensch, damals mußte man sich die Bescherung sauer verdienen! Nur der kleine Peter blieb ungeschoren, weil er so klein und Vater Domskis liebster Taubenfütterer war. In Wattenscheid kam der Weihnachtsmann übrigens nicht aus dem Wald, sondern aus der Grube. Das traf sich gut. Da unten war er das ganze Jahr über am Herumwirtschaften, und Vater Domski konnte immer gleich Bescheid sagen, wenn seine Blagen etwas angestellt hatten.

Beim Chinesen am Hafen aßen sie anschließend Reis und Schweinefleisch.

»Eigentlich müssen wir heute in die Kirche gehen«, sagte Erich während des Essens. Spätabends, vielleicht nach dem Entenbraten. Entweder zu den Katholischen oder zu den Evangelischen oder, um niemand weh zu tun, zu Reverend Marlow.

Als sie satt waren, wollte Erich nachsehen, ob deutsche Schiffe im Hafen lägen.

»Da wirst du kein Glück haben«, meinte Herbert. »Vor dem Frost hauen die Schiffe ab, weil sie sonst bis zum Frühling warten müssen, um durch den Sankt-Lorenz-Strom zu kommen.«

Der gemütliche Teil von Weihnachten begann, als sie in der Hiawatha Road eintrafen. Es fing an mit einem Paket Sahnekuchen, das Erich von dem ukrainischen Bäcker geholt hatte, bei dem die Wagner arbeitete. Herbert stiftete sechs Flaschen Molson-Bier aus dem »Savarin«, die er mit Mitarbeiterrabatt erworben hatte. Ein wenig hofften sie auf die Wagner. Die wird zum Fest in ihre Stube kommen, um endlich mit ihnen deutsch zu sprechen, ihnen auf deutsch frohe Weihnachten zu wünschen. Vielleicht lädt sie ihre beiden Mieter auch ein, unter dem künstlichen Tannenbaum zu sitzen. Zu Weihnachten gehört sich das so. Weihnachten war eine gute Gelegenheit, mit einem warmen Schauer alle kalten Duschen des Jahres hinwegzuspülen.

Die Frau kam tatsächlich, aber nur um zu sagen, daß sich Reverend Marlow nach ihnen erkundigt habe. Als sie die sechs Bierflaschen auf der Fensterbank sah, rief sie entsetzt: »Wißt ihr nicht, daß es verboten ist, Bier in der Öffentlichkeit zu trinken?«

»Wir trinken doch in der Stube«, erwiderte Herbert.

»Dann zieht wenigstens die Vorhänge zu, damit niemand von draußen sieht, wie ihr Bier trinkt. So sind die Gesetze in Kanada.«

Sie zog selbst die Vorhänge zu und ging, ohne ein Wort über Weihnachten zu verlieren.

Als sie draußen war, fing Erich an zu lachen. Wer ist nun verrückt, diese Wagner oder dieses Kanada? Du kannst beliebig Bäume entwurzeln, Häuser in den Busch bauen, ohne An- oder Abmeldung in der Wildnis verschwinden, du kannst Bären jagen oder Lachse fangen – aber bei geöffneten Vorhängen, von der Straße her einsehbar, in deiner Stube Bier trinken, das geht nicht!

»In Deutschland gibt es auch komische Bestimmungen«, bemerkte Herbert, um die Kanadier in Schutz zu nehmen. »Wenn du einem Kanadier erzählst, daß wir in Sandermarsch einen Schein vom Forstamt holen mußten, bevor wir Blaubeeren oder Holz sammeln durften, schüttelt der nur den Kopf. Oder dieser Papierkrieg um die Wohnungen. Schlange stehen vor dem Wohnungsamt, Genehmigungen beantragen, Formulare ausfüllen – das begreift in Kanada kein Mensch!«

Gegen acht Uhr begann der Krieg mit den Enten. Sie hofften, die Wagner würde sich des Bratens annehmen, denn Frauen können das viel besser. Aber sie hatte keine Zeit und zeigte nur vielsagend auf ihren Küchenherd. Erich Domski machte sich also über die Tiere her. Im Radio jubelten sie das *Halleluja* von Händel, während er die Enten in Stücke schnitt. Hinter ihm telefonierte die Wagner mit Deutschland, sprach fünf Minuten lang nur deutsch. Na, siehst du, dachte Erich, du kannst ja, wenn du willst. Ihm kam der Gedanke, in Wattenscheid anzurufen, und zwar bei Kaufmann Liepert. Die Domskis besaßen kein Telefon; sie waren, wenn Telefonieren schon mal sein mußte, auf das gelbe Häuschen gegenüber angewiesen. Erich stellte sich Erika Lieperts Staunen vor, wenn sie am Telefon seine Stimme hörte. Eine ziemliche Überraschung wäre es auch, den Direktor der Zeche Holland aus dem Bett zu telefonieren. Was könnte er dem sagen? Vielleicht frohe Weihnachten und wie geht es der Grube? Er könnte ihn fragen, ob vor dem Zechentor neben dem Bunker wieder ein Weihnachtsbaum stehe, hoch wie ein Zweifamilienhaus. Was macht der Zacher, säuft er immer noch? Wie geht es sonst? Alles gesund?

»Eine Stunde müssen die Enten braten.« Das war der einzige Rat, den die Wagner ihm gab. Dann zog sie mit ihrem Mann los, festlich geschmückt, in die Kirche zu Reverend Marlow.

Bis die Enten fertig wären, wollte Erich Karten spielen. Kutscherskat oder Siebzehnundvier oder Poker. »Weihnachten kommt so ein Teufelsspiel nicht ins Haus«, hatte Herberts Mutter immer gesagt.

»Ach, Mütter sagen allerlei, wenn der Tag lang ist«, meinte Erich. »Wenn du befolgst, was Mütter sagen, darfst du nicht rauchen, nicht trinken, keine Frauen anrühren ...«

Also keine Karten.

»Irgend etwas müssen wir doch anfangen!« rief Erich.

Herbert durchwühlte seine Manteltaschen und fand einen Kerzenstummel, den er im »Savarin« vor der Mülltonne gerettet hatte. Als die Kerze brannte, schaltete er das elektrische Licht aus. So, nun war Weihnachten.

Nach den Wagners verschwand auch der Neapolitaner. Erich tobte gleich die Treppe hinauf, um zu sehen, ob der Neapolitaner den Duschraum abgeschlossen hatte. Nein, er hatte es vergessen. Das war eine günstige Gelegenheit, am Heiligen Abend ausgiebig zu duschen und den Dreck von Mimico loszuwerden.

Unten brutzelten die Enten. Erich stand unter dem rieselnden Wasser und pfiff *Blue Tango*. Als er an den Braten dachte, war die Stunde längst überschritten. Nackt sprang er die Treppe hinunter, um die Enten zu retten, tappte mit nassen Füßen in die Küche, riß den Bratofen auf und trug die Tiere triumphierend in die Stube. Sie waren schwarz wie gute deutsche Anthrazitkohle.

»Das kommt von deinem dämlichen Blue-Tango-Pfeifen«, schimpfte Herbert.

»Wir ziehen ihnen das Fell ab«, tröstete Erich. »Unter der Haut sind sie bestimmt noch weiß.«

Brandgeruch zog durch das Haus. Oben plätscherte die Dusche des Neapolitaners. Erich kratzte mit dem Taschenmesser die Entenhaut ab. Nachdem die Tiere entschwärzt waren, lief er in die Küche, holte das Wagnersche Salzfaß und bat zu Tisch. Es gab gehäutete Ente à la Wattenscheid. Doch so gut sie auch würzten – Erich schaffte noch Curry, Tomatenketchup und sogar Mostrich aus der Küche herbei –, die Vögel schmeckten wie ausgestopfte Flamingos. Sogar Erich Domski räumte ein, daß das Beste am Weihnachtsessen das Molson-Bier sei.

Für Erich gab es zwei Möglichkeiten, den angebrochenen Weihnachtsabend zu beschließen.

»Entweder gehen wir in die Kirche oder in den Puff«, sagte er.

Herbert überraschte diese Aufzählung so sehr, daß er nicht einmal lachen konnte.

»Am Heiligen Abend haben die bestimmt geschlossen«, bemerkte er.

»Wo denkst du hin!« rief Erich. »Gerade Weihnachten werden die Mädchen gebraucht. Für die großen Feste sind sie genauso wichtig wie die Kirche.«

Erich hatte sich innerlich schon entschieden. Er holte einen Zehndollarschein aus der Tasche und warf ihn von sich, opferte ihn gewissermaßen.

»Zehn Dollar müssen reichen!«

Sie waren allerdings auch das äußerste, was er für die Befriedigung eines so natürlichen Bedürfnisses auszugeben bereit war. Dabei ging er schon von den erhöhten kanadischen Preisen aus. In Deutschland gab es zwei Millionen Frauen zuviel – und in Kanada zwei Millionen zuwenig. So etwas schlägt sich natürlich in den Preisen nieder.

Herbert sagte ihm, daß er unter keinen Umständen mitkäme. Er suchte nicht nach Ausreden, sagte nicht, daß ihm die zehn Dollar leid täten oder er am Heiligen Abend so etwas nicht tun wolle oder daß Gisela damit nicht einverstanden wäre. Nein, er sagte nur, das sei nichts für ihn. Die Wahrheit war, daß er die nüchterne Geschäftsmäßigkeit solcher Etablissements und ihre gefühllose Fließbandarbeit fürchtete. Herbert Broschat brauchte längere Wege, Gespräche zum Näherkommen, Berührungen, Umarmungen, Wärme. Das ging alles nicht so schnell.

Er wunderte sich, daß Erich ihn nicht auslachte. Auslachen ist das wenigste, was du zu erwarten hast, wenn du nicht bist wie die anderen, wenn du nicht mitmachst bei ihren menschenverachtenden Zoten, nicht prahlst mit den Mädchen, die du umgelegt hast. Nein, Erich Domski kratzte nur seine Entenknochen in die Abfalltüte und meinte: »Das macht nichts. Die Menschen sind eben verschieden. Der eine liebt die Mutter und der andere die Tochter. Du brauchst ja nicht reinzukommen. Mir genügt es schon, wenn du mit in die Stadt fährst.«

Sie staffierten sich aus wie zur Tanzstunde. Erich zog die Kleidung an, die er auf dem Schiff getragen hatte, Herbert entschied sich für weißes Hemd und Fliege aus dem »Savarin«. In der Straßenbahn redete sich Erich in Stimmung und sortierte die Angebote. Die guten ins Töpfchen, die schlechten ins Kröpfchen. Natürlich konnte er für zehn Dollar nur Durchschnitt erwarten – keine Negerin, keine Asiatin, keine Französin aus Quebec. »Für zehn Dollar bekommst du eine kranke Indianerin«, hatte ihm der Niederländer aus der Steinfabrik in Mimico gesagt. Du weißt doch, wie die Preise im Puff zustande kommen! Außergewöhnliches ist teuer wie überall im Leben. Billig sind die Zukurzgekommenen, die Schiefgewachsenen, die Humpelfüße und Einsamen, die anfangen, älter zu werden.

Um nicht bestohlen zu werden, gab er Herbert Uhr und Geldbörse und nahm nur den Zehndollarschein mit, von dem er sich innerlich bereits getrennt hatte. Da ging er hin, Erich Domski, verschwand in der naßkalten Heiligen Nacht, während Herbert frierend vor den Steinquadern der King Street auf und ab spazierte. Herbert kam sich ziemlich dämlich vor; er hatte das Gefühl, als solle er Schmiere stehen. Da stehst du am 24. Dezember nachts um halb zwölf vor dem Puff in Toronto und trittst dir die Füße warm. Über dir Sterne, unter dir schmutzige Schneereste. Plötzlich fängst du an, an Sandermarsch zu denken. Mag der Teufel wissen, wie das zugeht. Du kannst es jedenfalls nicht verhindern. Auf einmal siehst du Gisela auf dem Weihnachtsball im Dithmarscher Krug, oder dir fällt das Behelfsheim mit der abbröckelnden Farbe ein. In der Küche der Tannenbaum, weil sonst kein Platz war in der Herberge. Adventssingen der Sandermarscher Kinder in der Kirche und anschließend vor dem Bürgermeisteramt. So etwas fällt dir vor dem Puff in Toronto ein. Mein Gott, hatte sich alles umgekehrt? Liefen seine Sehnsüchte, die bisher weit vorausgeeilt waren, plötzlich rückwärts? Ging es anderen vielleicht auch so? Träumen die Menschen immer von Dingen, die gerade nicht da sind? Wer oben auf dem Berg steht, denkt ans Tal, wer unten sitzt, schaut sehnsüchtig zur Spitze. Ist das so, Herbert Broschat?

Er war froh, als Erich nach zwanzig Minuten zurückkehrte. Erich sah aus wie einer, der von der Schicht kommt. Müde, abgespannt, aber in guter Stimmung wegen des bevorstehenden gemütlichen Feierabends. Auf seinen Zehndollarschein hatte er fünfzig Cent herausbekommen. Das freute ihn diebisch. Während der Rückfahrt schilderte er, wie es gewesen war. Er zählte diese und jene Qualitäten auf, entdeckte gewisse Ähnlichkeiten mit der Langen vom Schiff, die inzwischen in Manitoba verheiratet war, und erzählte, wie er sie auf neun Dollar und fünfzig Cent heruntergehandelt hatte. Und das ohne ein Wort Englisch, allein mit den zehn Fingern seiner Hände!

Es war Mitternacht, als sie in der Hiawatha Road ankamen. Die Wagners waren wieder zu Hause; in ihrem Schlafzimmer brannte Licht.

Kaum waren sie in der Stube, kam die Wagner angelaufen. Sie habe Wasserlachen auf der Treppe gefunden. In ihrem Herd befänden sich Reste einer vertrockneten Ente. Ihr Salzfaß sei verschwunden. Jemand habe in der Küche mit Mostrich gekleckert. Die leeren Bierflaschen dürften nicht so herumstehen, sondern müßten sofort in den Abfalleimer. Und sie sollten um Himmels willen keine Zigarettenasche in den Abfall schütten, sonst brenne das Haus ab. Außerdem stinke es in der Stube nach Schweißfüßen, und oben in der Dusche laufe immer noch das Wasser.

»Fröhliche Weihnachten!« brüllte Erich Domski und knallte die Tür hinter ihr zu.

Mutter Broschats erster Brief kam im neuen Jahr. Kein Luftpostumschlag, nur ein blaues Geschäftskuvert von der Art, wie Vater sie an die Ämter zu schicken pflegte.

Herbert zögerte, den Brief zu öffnen. Er aß Sandwiches und wartete, bis die Kinder im Schulgebäude verschwunden waren und der Lärm aufgehört hatte. Er betrachtete die großen, klaren Buchstaben, die seine Mutter auf den Brief, na, man kann schon sagen, gemalt hatte. Es hatte einmal eine Zeit gegeben, da er mehr an seinem Vater als an der Mutter gehangen hatte. Das war damals, als sein Vater in Uniform auf Urlaub gekommen und mit ihm über die Felder spaziert war. Erst nach dem Krieg waren sie auseinandergedriftet wie Teile einer mürben Eisscholle, die in der Mitte einen Riß bekommen hat. Hatte es an der Hartnäckigkeit gelegen, mit der der Vater das verfolgte, was er für sein gutes Recht hielt, sein Recht auf Heimat, auf eine anständige Behausung, eine ordentliche Rente, vor allem aber sein Recht, an dem ganzen Schlamassel unschuldig zu sein? Was auch immer geschah, was Zeitungen und Rundfunk über die Schrecken des vergangenen Krieges meldeten – Vater Broschat stellte sich in die Küche und sagte: »Das stimmt nicht. Sie wollen uns nur in den Dreck treten. Für alle Zeiten wollen sie uns unter den Füßen haben. Ich habe solche Greueltaten nicht begangen und nicht gesehen. Wir haben nur unsere Pflicht erfüllt. Ist es denn Unrecht, sein Vaterland zu lieben und dafür zu kämpfen? Das tun doch alle!«

Seine starre Rechtschaffenheit war wie eine Betonmauer. Gegen sie konntest du anlaufen wie gegen den Westwall oder den Atlantikwall oder weiß der Teufel, was für Wälle Vater Broschat noch hatte! In seinem Vater hatte sich in den letzten zwanzig Jahren nichts verändert. Der hing mit der gleichen Festigkeit an seinen alten Überzeugungen, mit der er Weihnachten 1944 noch vom Endsieg gesprochen hatte. Der war zu alt, um sich zu ändern. Der hatte von Kindesbeinen an gelernt, treu und fest zu einer Sache zu stehen. Meinungen ändern, Fehler eingestehen, Reue zeigen, das machen nur die Wankelmütigen, die Hanswurste, die heute so sind und morgen so.

Die Mutter hatte den Brief allein geschrieben, in der Silvesternacht, als in Sandermarsch so viel geknallt wurde, daß an Schlaf nicht zu denken war. Sie wird unter der tiefhängenden Lampe in der Küche gesessen haben, während Vater Broschat nebenan sich schlafend stellte, damit er nicht dabeisein mußte, wenn sie mit ihrem Sohn sprach. Je mehr Herbert sich von seinem Vater entfernt hatte, desto näher war er der Mutter gekommen. Eine Zeitlang hatte er sie bewundert. Sie beanspruchte nichts für sich, lebte nur für andere, für den friedlichen Ausgleich. Ihre Lebensaufgabe schien es zu sein, Spannungen abzubauen, Steine aus dem Weg zu räumen, zu vermitteln. Außer ihrer unerschütterlichen Frömmigkeit gab es nichts, wozu sie eine feste Meinung besaß. Sie paßte ihre Meinungen immer so an, daß sie ausgleichend wirkten. Im Gespräch mit Einheimischen sprach sie über die Leiden der Flüchtlinge anders als unter ihresgleichen. Wären Russen oder Polen, die ihr die Heimat und den Bauernhof im Osten genommen hatten, zu Besuch ins Behelfsheim gekommen, Mutter hätte sie herzlich bewirtet, hätte kein böses Wort gesprochen. Mit ein paar allgemeinen Bemerkungen wie »Der Krieg ist eben schrecklich« oder »Wir können nichts dafür, was die Großen mit uns machen« hätte sie eine erträgliche Übereinstimmung hergestellt. Nur keinen Streit! Sie war kein eigener, selbständiger Mensch, weil sie nur für ihre beiden Männer lebte, wie sie Herbert und den Vater scherzhaft nannte. Sind sie auch satt? Ist ihre Wäsche sauber? Müssen die Strümpfe gestopft werden? Hoffentlich vertragen sie sich. Was muß ich dem Mann sagen, damit er sich nicht über den Sohn ärgert? Was muß ich dem Sohn sagen, damit er sich nicht über den Vater ärgert?

Es ist schrecklich kalt in Deutschland, fast so kalt wie im Winter 1947, schrieb die Mutter. *Ich hoffe, Du ziehst Dich immer schön warm an. Hol Dir in Kanada bloß keine Krankheiten!*

Typisch Mutter, dachte er. Die fing schon Ende August an, sich warm anzuziehen, weil die meisten Krankheiten vom kalten Zug kommen.

Warst Du Weihnachten in der Kirche?

Von wegen Kirche. Dein Sohn hat vor dem Puff gestanden und auf Erich Domski gewartet.

Gisela möchte am liebsten auch nach Kanada kommen.

Herbert stellte sich vor, mit Gisela in der fünfzehn Quadratmeter großen Stube zusammenzuleben. Wie die Wagners. Sie geht zur Arbeit, und er geht zur Arbeit, und nachts schlafen sie nebeneinander. Nach zwei Jahren haben sie Geld genug, um ein Holzhaus in einem Vorort zu kaufen, wie die Wagners. Ist das der Gipfel menschlicher Erwartung? Ist es möglich, für einen solchen Stumpfsinn zu leben? Nein, du mußt in Sandermarsch bleiben, Gisela!

Papa soll Arbeit in einer Konservenfabrik annehmen, sonst kürzen sie ihm die Rente.

Der in einer Fabrik? Nicht auszudenken. Das hält er kein halbes Jahr durch. Vater Broschat hat sein Leben lang in der Erde gewühlt. In der Fabrik werden sie ihn umbringen.

Wenn Papa in der Fabrik arbeitet, werden wir einen Hilfsmotor für sein Fahrrad kaufen, denn er hat über zehn Kilometer zur Arbeit zu fahren.

Wo gab es denn eine Konservenfabrik? Die mußte in Wilster, Marne, Burg oder Meldorf liegen, nahe bei den großen Kohlfeldern der Marschbauern. Herbert lachte, als er sich seinen Vater auf einem Fahrrad mit Hilfsmotor vorstellte. Wehender Regenmantel, dicke Fausthandschuhe, Gummistiefel wegen der Regenpfützen, eine Mütze mit Ohrenklappen, unter dem Kinn zusammengebunden. Man müßte sie fotografieren und für spätere Zeiten im Bild festhalten, diese eingemummelten Gestalten auf Fahrrädern mit Hilfsmotor, die die Straßen um Sandermarsch bevölkerten und so traurig aussahen, daß es schon wieder heiter wirkte.

Übrigens verkauft die Gemeinde billiges Bauland. Papa sagt, wir beiden Alten brauchen nicht mehr zu bauen. Nur wenn Du zurückkommst, kaufen wir Land.

Gib es ruhig zu, Mutter. Es wäre deine größte Seligkeit, wieder ein eigenes Haus zu besitzen, nicht ein für sieben Mark fünfzig gemietetes Behelfsheim aus Brettern, sondern ein richtiges Ziegelhaus auf eigenem Land.

Es soll ein Gesetz kommen, das den Flüchtlingen Zuschüsse gibt, wenn sie Nebenerwerbssiedlungen bau-

en. Zu einer Nebenerwerbssiedlung gehört ein Morgen Land. Da können sich die Flüchtlinge mit Hühnern, Enten, Schweinen und Kartoffeln selbst versorgen.

Ein Morgen deutsches Land! In Kanada liegen Millionen Morgen ungenutzt herum. Du brauchst sie nur zu nehmen.

Der Bürgermeister hat uns gefragt, ob wir nicht nach Westdeutschland umsiedeln wollen. In diesem Jahr müssen noch 22 000 aus Schleswig-Holstein umsiedeln. Aber Papa sagt, wir siedeln nur noch einmal in unserem Leben um, wenn es wieder nach Hause geht. Die Flüchtlinge haben jetzt wieder große Hoffnung, mußt Du wissen. Seitdem der Stalin tot ist, sind die Russen menschlicher geworden. Sie haben sogar unsere Gefangenen nach Hause gelassen. Stand das auch in den kanadischen Zeitungen?

Immer wieder dasselbe. Jedes Rumoren im russischen Bauch weckte Hoffnungen, gab Anlaß für neue Pläne und Gedanken. Sie kamen einfach nicht davon los, die Alten.

In diesem Jahr geben sie uns zweimal eine Sonderzulage zur Rente, zwanzig Mark im März und zwanzig Mark im Juli. Vielleicht können wir ein neues Radio kaufen, der alte Apparat schnarrt fürchterlich.

Ja, der schwarze, an den Kanten abgestoßene Volksempfänger, über den Goebbels schon seine Reden verbreiten ließ, hatte wahrlich seine Pflicht erfüllt. In der schlechten Zeit hatte Vater Broschat ihn auf dem schwarzen Markt gegen Kartoffeln eingetauscht, aus lauter Angst, er könnte gute Nachrichten zu spät empfangen, zum Beispiel die Radiomeldung, daß die Flüchtlinge wieder nach Hause dürften.

Ist der Dollar wirklich ein so gutes Stück Geld, wie die Leute immer sagen?

Ja, das hat schon seine Richtigkeit, Mutter. Der Dollar ist das Größte an Kanada.

Papa hat wieder Kreuzschmerzen. Die fangen immer im Winter an, wenn er nicht in den Garten kann. Die Kaninchen werden wir abschaffen. Wir brauchen nicht mehr so viel Fleisch, weil Du nicht da bist. Wer macht eigentlich Deine Wäsche, Herbert? Gisela hat im Februar Geburtstag. Vergiß nicht, an sie zu schreiben ...

So ging es fort über zweieinhalb Seiten. Wer auswandert, darf eigentlich keine Briefe schreiben und keine Briefe empfangen, dachte er. Erst nach zehn Jahren darfst du wieder an zu Hause denken.

Am Schluß stand: *Auch Papa läßt schön grüßen.*

Das war gelogen, Mutter! Das hast du nur so dahingeschrieben in deiner versöhnlichen, auf Ausgleich bedachten Art. Hast dir gedacht, es kann nicht schaden, wenn man so etwas nach Kanada schreibt. Papier ist geduldig, hast du gedacht. Na, lassen wir das, Mutter!

Ende Januar erlebten sie das wirkliche Kanada. Die Straßenbahn blieb im Schnee stecken. Ins »Savarin« kamen kaum Gäste, nicht einmal am Freitag, als ein Boxkampf im Fernsehen übertragen wurde. Ein Blizzard war von der Hudsonbai in den weichen Bauch Amerikas vorgestoßen und hatte die Großen Seen zugedeckt. Erst tief unten über den Baumwollfeldern Louisianas löste er sich in Regen auf. Erich war drei Tage arbeitslos, weil zwischen Brennschuppen und Trockenschuppen in Mimico eine Schneewehe lag, so gewaltig wie die Abraumhalde in Wattenscheid. Auch seine Lieblingsbeschäftigung, das Gebrauchtwagen-Ansehen, fiel aus, weil die Autos im Schnee ertrunken waren. Keine Spur mehr von Preisschildern, Farbe und Chrom.

Kalte Luft bedeckte die Stadt. Rauch und Dampf stiegen wie aus einem Geysir, wurden aufgesogen von der Leere des kalten Himmels. Aber die Canadian National fuhr noch, schickte ihre Diesellokomotiven mit dem Fernwehsound an der Hiawatha Road vorbei auf die Reise in den Westen. Die Kinos spielten pausenlos für Erich Domski und alle, die des Schnees wegen zu Hause bleiben mußten, wunderbare Liebesfilme.

Drei Tage lang lag Erich eingeschlossen wie ein Bär in seiner Winterhöhle unter dem Bild *Der Wilde Kaiser von Kufstein aus.* Er versuchte, Herberts Zeitungen zu lesen, fing mit den Kinoanzeigen an und endete beim Auto- und Motorradmarkt in der Hansestadt Hamburg. Witze kamen nur selten vor. Neuerdings gab es auch Comics, die er ohne Worte in allen Sprachen verstand. Vergeblich suchte er Nick Knatterton, den sympathischsten Menschen jener Jahre. Statt seiner traf er immer wieder nur auf Ruth Leuwerik und O. W. Fischer. Zeitunglesen strengte mächtig an, mehr als Steinekarren. Wenn er erschöpft war von den Zeitungen, dachte Erich Domski an den Süden. Er interessierte sich sogar für Reiseprospekte. Wie wäre Florida zum Beispiel mit einem weißen Motorboot und einer braunen Frau? Auch Mexiko käme in Frage. Statt eines Motorboots ein Auto, das übrige so wie in Florida. Er nagelte eine Ansicht von Acapulco mit einem knusperbraunen Mädchen, das bis zur Selbstaufgabe lächelte, neben den Wilden Kaiser. Aufgeschreckt von seinem Hämmern, kam Frau Wagner in die Stube und nahm Acapulco mit dem Mädchen von der Wand. Das Haus der Wagners ist keine GI-Kaserne, die du mit Pin-up-Girls bepflastern kannst, Erich Domski!

Nach diesem Vorfall erinnerte er sich daran, daß er das »Savarin« noch nicht von drinnen gesehen hatte. Er malte sich Herberts Erstaunen aus, wenn er plötzlich an der Bar erschiene und bei Polen-Joe einen Whisky Sour bestellte.

Wegen der ungünstigen Witterung war an jenem Tag nur wenig Besuch im »Savarin«. Polen-Joe hatte Zeit, seine Barboys in die Künste des Mixens einzuweihen.

»In zwei Jahren mache ich aus dir einen ordentlichen Bartender, Kraut.«

Wenn Polen-Joe den Shaker in Betrieb setzte, war das kein bloßes Hinundherschütteln. Da steckte Musik und Rhythmus drin. Er warf den vollen Shaker in die Luft und fing ihn auf, ohne einen Tropfen der kostbaren Flüssigkeit zu verlieren. Wäre er nicht Barmixer geworden, hätte er in einer Band Schlagzeug gespielt, behauptete Polen-Joe. Aber Barmixer war viel besser. Er schilderte Herbert das herrliche Leben eines Barmixers. In jeder Woche bekommst du an die hundert Dollar. Stets arbeitest du im Warmen, siehst Television auf zwei Apparaten, hörst schöne Musik und sprichst mit den interessantesten Menschen von Amerika. Nach einem Jahr kaufst du dir ein Auto, nach zwei Jahren ein Haus. Du nimmst dir die rundliche Anja, die so gut kochen kann, und in fünf Jahren gehst du hin und beantragst die kanadische Staatsbürgerschaft. Danach gehörst du für immer zu uns, kannst Deutschland vergessen, denn in Deutschland ist sowieso nichts mehr los. In ganz Europa ist nichts mehr los. Europas Zeit ist um. Knockout in der dritten Runde, so ungefähr. Amerika, das ist die Zukunft – und Kanada gehört zu Amerika, wie du weißt.

Abgesehen von Polen-Joes Gesprächigkeit war es ein ganz gewöhnlicher Abend im »Savarin«. Die Bänder-

Musik spielte in der bekannten Reihenfolge, die Herbert schon auswendig konnte. Palermo-Joe pfiff italienische Lieder, und Tore lümmelte sich auf den leeren Bierkisten herum.

»Achte auf Lippenstift, Kraut!« mahnte Juden-Joe und hielt Herbert ein Glas unter die Nase, das nicht einwandfrei war. Es war zwar kein Lippenstift, sondern Tabakbräune von einem starken Raucher, aber der Glasrand war verfärbt.

Herbert spielte gelangweilt mit den bunten Sticks, die er ins Spülbecken warf und wieder herausfischte. Sie brauchten die langen Stäbchen, die wie ein Nixenleib aussahen und rot, gelb, blau oder grün waren, zum Umrühren der Getränke. Auch Nixen mußten gewaschen werden. Nach der Wäsche kamen sie, von Herbert zu einem bunten Strauß geordnet, in ein Glas, um bei Bedarf Cocktails umzurühren oder in Whiskygläsern neben dem Eis *on the rocks* zu frieren. Herbert steckte ein paar Nixen für Erich Domski ein, der alles Weibliche mochte, sogar Fischweiber.

Noch immer war es ruhig im »Savarin«.

»Du fängst mit den einfachen Drinks an«, sagte Polen-Joe.

Tom Collins zum Beispiel; dazu gehört nur Gin, Zitronensaft, Zucker und Soda. Noch einfacher geht Orange Blossom; das ist Gin und Orangensaft, durcheinandergemixt.

»So mußt du schütteln, Kraut!«

Später wagst du dich an die komplizierteren Sachen, an Singapore Sling oder Zombie. So geht ein Panama Cocktail. Daraus wird ein Manhattan. Lern auswendig, was du für einen Gin-Fizz, einen Sloe-Gin Fizz, einen Silver Fizz und einen Royal Fizz brauchst. Was ist ein Slinger, Kraut?

Erst als der Boxkampf im Fernsehen begann, kam Leben ins »Savarin«. Meistens ließen sie Schwarze gegen Weiße boxen, weil Kontraste anspornen und das Geschäft beleben. Herbert kam es so vor, als gewännen die Schwarzen im amerikanischen Fernsehen häufiger.

Zwischen den Runden die übliche Werbeeinblendung. *Burgemeister Beer ist the best beer of America.*

Bis zur vierten Runde geschah nichts Ungewöhnliches. Nach der vierten Runde kam jener Mann an die Bar, der sich einen Spaß daraus machte, Herbert in Hauptstädten zu examinieren.

»Wie heißt die Hauptstadt von Norwegen, Kraut?« Herbert galt als Experte in Hauptstädten; vor allem in Europa kannte er sich aus wie kein zweiter. Von Hauptstädten verstand er mindestens soviel wie Polen-Joe von Cocktails.

»Paß auf, Kraut, jetzt kommt eine schwere Aufgabe. Nenne mir die Hauptstadt von Afghanistan. Du kannst dir Zeit lassen bis nach der fünften Runde.«

Herbert brauchte nicht bis zur fünften Runde zu warten. Er kannte an die hundert Hauptstädte. Schwache Stellen gab es für ihn nur in Südafrika und Australien, weil es dort mit den Hauptstädten ein wenig durcheinanderging.

»He, Joe, wie kommt es, daß ein Bursche, der so gut Bescheid weiß, Gläser spülen muß?«

»Es schadet keinem, klein anzufangen«, meinte Polen-Joe. »Wenn alle Großen in ihrem Leben wenigstens einmal Gläser gespült, Schuhe geputzt, Latrinen gereinigt und Ställe ausgemistet hätten, würde es menschlicher zugehen in der Welt. Premierminister von Kanada kann unser Kraut immer noch werden. Aber erst kommen die Gläser dran.«

Um Herbert in die Enge zu treiben, verfiel der Mann

auf seltsame Ideen. So fragte er nach der Hauptstadt von Luxemburg und, als auch das nichts half, nach der Hauptstadt von San Marino.

In der neunten Runde siegte der schwarze Boxer.

Der Mann mit den Hauptstädten warf einen halben Dollar in das Spülbecken.

»Du bist ein gescheiter Kraut, aus dir wird einmal ein ordentlicher Kanadier werden.«

Damit es nicht langweilig wurde, ließ Polen-Joe die Fernsehgeräte auch nach dem Boxkampf eingeschaltet. Es folgte das Vierundsechzigtausend-Dollar-Quiz. Das ist eine Sache, bei der du ein reicher Mann werden kannst, wenn du in der Schule und später gut aufgepaßt hast. Es fängt immer harmlos mit einer Hundertfünfundzwanzig-Dollar-Frage an. Wie hieß der erste Präsident der Vereinigten Staaten? Oder so etwas Ähnliches. Wenn der Kandidat die Antwort weiß, kann er kassieren oder verdoppeln. Die Fragen werden schwieriger. Bei tausend Dollar fragen sie schon nach dem ägyptischen Sonnengott. Am Ende stehen vierundsechzigtausend Dollar auf dem Spiel.

An jenem Abend war Richard Wagners *Ring des Nibelungen* an der Reihe. Vierundsechzigtausend Dollar, wenn du den Ring von vorn bis hinten kennst.

Während der Kandidat im Glaskasten schwitzte, zwischendurch Burgemeister Beer auf dem Bildschirm eingeschenkt wurde, kam Palermo-Joe hinter die Bar und tippte Herbert auf die Schulter.

»Die Deutschen und die Italiener haben die besten Komponisten. Meinst du nicht auch?«

Herbert lachte gequält; er kannte von diesem Wagner gerade den Steuermann-halt-die-Wacht-Ruf, weiter nichts. Es war ihm peinlich, wie die alten deutschen Komponisten in Amerika verehrt wurden. Auch deutsche Philosophen genossen ein beträchtliches Ansehen, wenn sie nur alt waren. Ja, früher, da waren die Deutschen noch angesehene Leute!

»Vor allem haben sie die besten Bierbrauer der Welt«, meinte der Mann mit dem Hauptstädtetick.

Der Kandidat gewann die vierundsechzigtausend Dollar, weil er sich in der *Götterdämmerung* auskannte. Er ließ sich vor Millionen Fernsehzuschauern umarmen und erhielt den Scheck aus den Händen des Quizmasters.

Plötzlich stand Tore hinter Herbert. »Du sollst mal ins Office kommen«, sagte er.

Herbert stellte sich auf Mister Randolph ein. Der würde ihm dieses oder jenes zu sagen haben. Vielleicht feuerte er ihn sogar.

Aber nicht Mister Randolph saß am Schreibtisch, sondern ein Mann, den Herbert noch nie im »Savarin« gesehen hatte. Der Mann musterte ihn neugierig und lachte.

»Ich habe Erkundigungen über Wattenscheid eingezogen«, sagte er. »Das ist eine kleine Stadt im Ruhrgebiet mit achtzigtausend Einwohnern. Sie gehörte zur Waffenschmiede des Deutschen Reiches.«

Verdammt noch mal, jetzt muß der Schwindel platzen! Der Mann, der vor Herbert Broschat saß, mußte jener rätselhafte Mister Steinberg sein, der ihn für Erich Domski hielt und die Verwechslung noch nicht bemerkt hatte. Mit einer Handbewegung lud er Herbert ein, am Schreibtisch Platz zu nehmen. Nein, nicht gegenüber, sondern neben ihm. Über ein Sprechgerät gab er Anweisung, niemand solle ihn stören. Danach schaltete er das Licht aus.

Es begann unheimlich zu werden in dem kleinen Raum, der nur ein Büro war, ein finsteres Büro mit einem einzigen Lichtpunkt, dem Schlüsselloch der Eingangstür. Mister Steinberg raschelte in Papieren, öffnete Schachteln und ließ sie wieder zuklappen. Plötzlich flammte ein Scheinwerfer auf. Ein Dia-Projektor, den Herbert vorher nicht bemerkt hatte, strahlte eine weiße Leinwand an. Im Scheinwerferlicht musterte Herbert den Mann, der aufgeregt an dem Gerät hantierte, Bilder aus einem Kästchen nahm und große Mühe hatte, sie in den Projektor zu schieben, weil seine Hände zitterten.

Das erste Bild zeigte eine Frau, schätzungsweise dreißig bis vierzig Jahre alt. Erich Domski würde sagen: »Na, die sieht doch noch brauchbar aus.« Aber Erich Domski war nicht da, und Herbert wagte nicht, etwas zu sagen. Er sah die Frau an und schwieg.

Mister Steinberg griff nach einem Lineal und ging zur Leinwand; er stand da wie ein Lehrer, der seinen Schülern den Kilimandscharo zeigen will. Er tippte nicht auf die Frau, sondern auf den Hintergrund des Bildes.

»Das ist der Wannsee«, sagte er. »Du weißt doch, wo der Wannsee liegt. Oder etwa nicht?«

Lange betrachteten sie das Bild. Herbert kam es vor, als verändere es sich, als ginge das anfängliche Lächeln der Frau in staunende Betroffenheit über. Auch der Wannsee verfärbte sich, wurde plötzlich dunkler, sah aus, als zöge hinter ihm ein Gewitter auf.

Das nächste Bild war freundlicher. Ein Auto auf einsamer Landstraße.

»So sahen die Opelwagen vor dem Krieg aus«, erklärte Mister Steinberg. »Das muß neunzehnhundertdreißig in der Nähe von Würzburg gewesen sein, genauer gesagt, auf der Strecke zwischen Frankfurt und Würzburg.«

In dem Auto saßen mehrere Personen. Die meisten waren nicht zu erkennen. Herbert sah nur den hellen Wagen und eine deutsche Landstraße, die durch Kiefernwald führte. Nur die Frau, die aus dem Seitenfenster blickte, kam ihm bekannt vor. Ja, das war sie wieder, die Frau vom Wannsee.

Kinderbilder. Ein Junge mit Ball in flachem Gewässer. Ob Meer oder Binnensee, war nicht festzustellen; Herbert mochte auch nicht fragen. Der Junge an der Hand der Frau, beide in einer gewaltigen Dünenlandschaft.

»Das war eines der größten Naturwunder Deutschlands«, sagte Mister Steinberg.

Herbert fragte, wo das gewesen sei.

»Kennst du etwa nicht die Kurische Nehrung? Wir waren einen Sommer lang in Nidden. Meine Frau malte gern. Sie schwärmte für die Maler, die in Nidden gelebt hatten, Pechstein und Eisenblätter. Thomas Mann war übrigens auch eine Zeitlang in Nidden. Du weißt doch, wer Thomas Mann ist?«

Nächstes Bild. Ein Mädchen, kleiner als der Junge, fütterte ein Pferd. Im Hintergrund Berge, vielleicht der Wilde Kaiser von Kufstein aus.

Ein Schäferhund in Großformat mit aufmerksam gespitzten Ohren.

»Der ist auch umgekommen«, sagte Mister Steinberg, legte das Lineal aus der Hand und setzte sich zu Herbert an den Tisch, um das letzte Bild in den Projektor zu schieben. Es zeigte einen schlanken, schneidigen Menschen in SS-Uniform, einfach so dastehend, entweder auf einem Bahnhof oder auf einem Kasernenhof.

»Kennst du den?« fragte Mister Steinberg. Als Herbert nicht gleich antwortete, wurde er eindringlicher. »Sieh dir das Bild genau an. Ich will wissen, ob du den Menschen kennst.«

Herbert schüttelte den Kopf.

»Vielleicht hast du sein Bild in der Zeitung gesehen«, sagte Mister Steinberg forschend. »Ich möchte wissen, was dir beim Anblick dieses Bildes einfällt.«

»Nichts fällt mir ein.«

Herbert Broschat hatte den Eindruck, in ein Verhör geraten zu sein. Er fürchtete, der Lichtstrahl des Projektors könne sich gegen ihn richten, ihn blenden und seinen Schädel durchdringen, um seine Gedanken zu erforschen. Aber er blieb im Dunkeln. Auch Mister Steinberg blieb im Dunkeln; nur der Mann auf dem Bild strahlte in seltsamer Helligkeit.

»Wann bist du geboren?« fragte Mister Steinberg.

»Neunzehnhundertvierunddreißig.«

»Ja, dann ist es gut. Das erklärt alles. Bitte entschuldige. Es tut mir leid, daß ich dich mit diesen Dingen belästigt habe.« Er knipste die Deckenbeleuchtung an, ließ aber den Projektor mit dem letzten Bild eingeschaltet. »Wer nach neunzehnhundertfünfundzwanzig geboren ist, ist unschuldig.«

»Und die Älteren sind alle schuldig?« fragte Herbert.

»Ja, alle schuldig!« versetzte Mister Steinberg streng. »Wenn sie selbst nichts Unrechtes getan haben, so haben sie es doch zugelassen. Sie waren ein Teil der Maschine, die das Böse ausspuckte.«

»Ich habe einen Vater, der ist neunzehnhundertzwei geboren. Er war sein Leben lang Bauer, bis er im Krieg Soldat werden mußte. Als Bauer hat er Steuern gezahlt, Schweine, Getreide und Kartoffeln pünktlich abgeliefert. Mehr nicht. Eines Tages bekam er einen Brief, der ihm befahl, den feldgrauen Rock anzuziehen. Was sollte er dagegen tun? Sich in seiner Scheune erhängen? Er hat mitgemacht, wie Soldaten so mitmachen. Er hat das Magazin seines Maschinengewehrs leer geschossen, weil andere auf ihn zukamen, die ihn erschießen wollten. Eine Panzerfaust hat er abgefeuert, weil der Koloß ihn sonst zermalmt hätte. Ist das schuldig?«

Herbert verstummte, als ihm klar wurde, daß er zum erstenmal in seinem Leben seinen Vater verteidigte. Und das nicht im Behelfsheim, sondern in einem verdunkelten Büro in Toronto.

»Es ist jedermanns gutes Recht, seinen Vater zu verteidigen«, erklärte Mister Steinberg. »Aber von höherer Warte gesehen, sind sie alle schuldig.«

Er ordnete seine Bilder ein; nur das letzte ließ er im Projektor, zeigte es noch immer, als sei es ein Bild zum Einprägen.

»Findest du das nicht eigenartig? Ich war der älteste unserer Familie, zehn Jahre älter als meine Frau, aber ich lebe am längsten.«

»Wie heißt der Mann?« fragte Herbert, auf das Bild zeigend.

»Es ist nicht nötig, daß du dir den Namen merkst. Am besten wäre es, wenn er bald in Vergessenheit geriete. Aber ich fürchte, er wird auf schreckliche Weise unsterblich werden.«

Nach diesen Worten schaltete Mister Steinberg den Projektor aus. Er pustete liebevoll über die kleinen Quadrate, entfernte mit einem Pinsel Staubkörnchen von den Bildern, baute das Gerät ab und rollte die Leinwand zusammen.

»Du meinst also, ich urteile zu streng über deinen Vater und die anderen Alten, ich verallgemeinere zu sehr. Aber ihr Deutschen könnt von anderen nicht mehr Einsicht erwarten, als ihr selbst hattet. Die Deutschen haben sich bis neunzehnhundertfünfundvierzig schrecklich geirrt. Nun müssen sie den anderen Völkern zubilligen, daß auch sie sich ein wenig irren. Wir dürfen auch übertreiben, schief sehen und nicht vergessen können.«

Herbert sah ihm schweigend bei der Arbeit zu; er wartete so lange, bis Mister Steinberg ihn zur Tür brachte.

»Vielleicht urteile ich wirklich zu hart«, meinte Mister Steinberg, als er schon den Türdrücker in der Hand hatte. »Vielleicht waren die meisten Deutschen in einem höheren Sinne unschuldig, wie eine Herde unschuldig ist, die von einem Leittier in Panik versetzt wird und alles niedertrampelt. Vielleicht haben wir auch Fehler gemacht. Als die Schrecken des Dritten Reiches bekannt wurden, fiel uns nichts Besseres ein, als mit dem Finger auf die Deutschen zu zeigen. Vielleicht wäre es besser gewesen, die psychologischen Zusammenhänge zu erforschen, die ein Volk dazu bringen können, so in die Grube zu stürzen. Vielleicht kann das anderen Völkern auch zustoßen ...«

Mister Steinberg sprach nur noch mit sich selbst. Herbert schlich aus dem Raum. Er war erleichtert, als er die Musik hörte, und freute sich über die Berge schmutziger Gläser, die sich vor seinem Spülbecken angesammelt hatten und gewaschen werden mußten.

Und dann diese Überraschung! Da saß Erich Domski auf dem Barhocker und grinste ihn an, trank einen von Polen-Joe gemixten Whisky Sour und spielte mit einem roten Fischweib, einem Umrührer aus Plastik.

»Wenn hier Feierabend ist, kannst du mir mal dein Russenmädchen zeigen«, sagte Erich.

»Die ist heute nicht da«, log Herbert.

»Na, dann eben ein andermal.«

Am 29. Februar dürfen die Mädchen ihre Freunde fragen, ob sie heiraten wollen.

»Paß auf, Kraut. Anja wird die Gelegenheit wahrnehmen, denn erst in vier Jahren gibt es wieder einen neunundzwanzigsten Februar«, sagte Polen-Joe.

Natürlich sagte Anja kein Wort. Wenn du aus Rußland kommst und ein Mädchen bist, hast du solche Aufdringlichkeiten zu meiden. Vielleicht spürte sie aber auch, daß Herbert nicht nach Kanada gekommen war, um eine Frau zu suchen. Wenn es der 29. Februar ist, die schmutzigen Reste des Schnees schmelzen, der Frühlingswind in den Bäumen rumort, dann kommen dir andere Gedanken, als Russenmädchen zu heiraten. Da fragst du eher, was jenseits der Stadtgrenzen liegt, ob die Prärie wirklich so weit ist und wie hoch die Rockies sind.

Auch Erich Domski fragte niemand. Er nahm es nicht so genau mit dem 29. Februar und wäre bereit gewesen, noch am 1. März derartige Fragen zu beantworten, wenn nur jemand gefragt hätte. Auf solche Fragen war Erich zu jeder Tages- und Nachtzeit und in jeder Jahreszeit vorbereitet. Bereit sein ist alles! Aber wie gesagt, ihn fragte niemand. Nur die Wagner stellte eine Frage, aber die betraf die überquellende Abfalltüte, die Geruch auszuströmen begann.

Also suchte er andere Zerstreuungen und fuhr deshalb am Abend des 29. Februar in die Stadt. Einen Dollar mußte er zahlen, um in das Catcherzelt eingelassen zu werden, und dann auch nur auf einen Stehplatz. Wrestling nannten sie den Sport, bei dem den beiden Gegnern fast alles erlaubt war. Sie durften einander den Zeigefinger bis zum zweiten Glied in die Nase bohren, die Augen drücken, bis sie wie weiße, auf den Schädel geklebte Glaskugeln aussahen, die Beine auswringen wie Frotteehandtücher, an den Geschlechtsteilen reißen, den Kopf in den Bauch rennen, die Arme auf dem Rücken verknoten, an den Haaren reißen, als ginge es um den Skalp. Dazu tierisches Schreien, herzergreifendes Weinen oder höhnisches Lachen, begleitet vom Krachen des Holzfußbodens, wenn die Körper aufschlugen.

Es kämpften in der ersten Abteilung Garibaldi gegen Stinking Bear, danach Gorilla gegen Butcher Jim. Auch die Nationalitäten spielten mit. Gorilla kam aus Weißrußland, Butcher Jim war ein Ire, Garibaldi Sizilianer und Stinking Bear ein Pole.

In der Pause zwischen den Kämpfen erschien ein Boxer im Ring, tänzelte wie ein Zirkuspferd, steppte, veranstaltete Schattenboxen und trommelte herausfordernd mit den Fäusten auf die Seile, benahm sich nach Erichs Eindruck also wie einer, der schon lange keine Prügel mehr bezogen hatte. Der Lautsprecher verkündete, es seien zwanzig Dollar zu verdienen für denjenigen, der es mit dem Schattenboxer aufnehme, im Falle eines Sieges sogar fünfzig Dollar.

Erich hatte nur einmal in seinem Leben geboxt. Das war auf dem Volksfest in Schwerte an der Ruhr gewesen, übrigens auch in einem Zelt. Er verließ sich auf seine Kraft, auf die Fäuste wie Preßlufthämmer, die seine geringe Körpergröße wettmachten. Fünfzig Dollar! Auf dem Volksfest in Schwerte gab es Leute, die sich nur für die Ehre das Gesicht verbeulen ließen. Aber hier waren fünfzig, mindestens zwanzig Dollar zu gewinnen.

»Erich der Große! Zweimaliger Boxchampion von Germany! Vor einem Jahr hat er in Calgary mit einem ausgewachsenen Stier gerungen und ihn aufs Kreuz gelegt!«

So kündigten sie Erich Domski über den Lautsprecher an. Ein leibhaftiger Ringrichter erschien und gab Ermahnungen, die Erich nicht verstand. Danach ging es sehr schnell. Erich sah den Tänzer vor sich, nicht erreichbar für seine Fäuste. Zweimal ließ sich der Bursche in die Seile drängen, weil der Veranstalter ausgemacht hatte, er müsse in der ersten Runde schlecht aussehen. Einmal fiel er sogar hin und ließ den Ringrichter mit der johlenden Menge bis sieben zählen. In der Pause goß ein Mensch, den Erich nicht kannte, Riechwasser über seine Stirn. Vielleicht lag es an dem betäubenden Duft – jedenfalls ging Erich in der zweiten Runde unter. Er betrachtete ausdauernd den Scheinwerfer, der unter dem Zeltdach baumelte; zeitweise kam er sich vor wie einer, der unter der großen Lampe auf einem Operationstisch liegt. Den Lärm hörte er nicht mehr, auch nicht das Zählen des Ringrichters. Es schien ihm, das Zelt stürze ein; aber es waren nur die Augen, die ihm zufielen.

Sie schleiften ihn nach hinten und packten ihn auf eine Matratze. Dort liegend, verpaßte er den Kampf Garibaldi gegen Stinking Bear. Selbst der rasende Schlußbeifall konnte ihn nicht wach rütteln. Riechwasser half nicht und richtiges Wasser auch nicht. Die Veranstaltung sollte um halb elf zu Ende sein, aber Erich wachte erst gegen Mitternacht auf. So lange hielten es drei Mann neben seiner Matratze aus, denn sie kannten Erichs Adresse nicht, wußten nicht, wo sie ihn abliefern sollten. Er erbrach sich. Danach war ihm wohler. Auf eigenen Füßen konnte er zu dem Auto gehen. Die drei rasten mit ihm in die Hiawatha Road, steckten ihm die zwanzig Dollar zu, die er ehrlich verdient hatte, und warteten im Auto, bis er die Klinke der Haustür in der Hand hatte.

Am nächsten Morgen rüttelte Herbert ihn wach, als es Zeit wurde, nach Mimico zu fahren. Als er Erichs blutunterlaufenes Auge sah, redete er auf ihn ein, er müsse zum Arzt gehen, weil er so verbeult aussehe.

Erich Domski weigerte sich. Krank sein paßte nicht zu Kanada. Krank sein kannst du überall in der Welt, vor allem in Europa mit seinen vielen Krankenhäusern und Altersheimen und Krankenscheinen. Aber zu Kanada paßt das nicht. Das ist kein Land für Bettlägerige. Kopfschmerzen sind hier nicht zugelassen. Sterben kannst du in Kanada, ja, das ist erlaubt, aber nicht krank sein. Erich Domski dachte nicht daran, die sauer verdienten zwanzig Dollar für einen Doktor auszugeben.

Nach diesem Vorfall suchte Erich angenehmere Zerstreuungen. In Mimico erzählten sie ihm, das Edelweißhaus des Österreichischen Klubs veranstalte zweimal in der Woche einen Tanzabend. Also dann los zu *Blue Tango,* Erich Domski! Er fuhr mit großen Erwartungen ins Edelweißhaus, aber es wurde die trostloseste Tanzveranstaltung, an die er sich erinnern konnte. Hundert Männer liefen da herum und vielleicht zwölfeinhalb Frauen. Jeder kann sich ausmalen, was dabei herauskommt. Ach, in Deutschland müßte man sein! Da bleiben Frauen immer übrig, da gedeihen die Mauerblümchen wie das Unkraut. Da richten sich, kaum daß die Musik mit *Blue Tango* anfängt, bestimmt zwanzig Mädchenaugen auf Erich Domski, verfolgen seine Schritte auf dem Parkett, einem Parkett, das frei ist von allen Hindernissen, das Raum gibt und sich weitet. Aber im Edelweißhaus saß er dumpf in einer

Ecke, fand nicht einmal Gelegenheit, einer Tänzerin ein Glas Wein, Originalabfüllung aus der Wachau, zu spendieren, denn die zwölfeinhalb waren in festen Händen. Nur die Musik tröstete ihn ein wenig. Sie spielte die *Fischerin vom Bodensee* und die *Rose vom Wörther See*. Ja, mit den Seen hatten sie es damals und mit den kleinen Mädchen, die am Wasser standen und Schwäne fütterten.

Obwohl er niemand freizuhalten hatte, gab Erich eine Menge Geld aus. Das lag am Whisky. Der war nicht nur teuer, sondern wirkte auch so gründlich, daß Erich auf der Heimfahrt in der Straßenbahn einschlief und bis zur Endstation in der Coxwell Avenue fuhr. Die Viertelstunde Fußmarsch tat ihm gut; sie machte ihn munter und brachte ihn in fröhliche Stimmung, für die es keinen Anlaß gab, die einfach da war. Als er das Haus betrat, sang er: *Wenn du einmal ein Herz verschenkst, dann schenk es mir*... Das war reichlich provozierend und richtete sich an die Wagner, die jenseits der Holzwand schlief und nichts zu verschenken hatte, Herzen schon gar nicht. Aber nicht sie, sondern der Neapolitaner wurde wach, erschien oben auf der Treppe und erbat sich Ruhe.

Als das geschah, hatte Erich schon das Telefon auf dem Flur erreicht. Er nahm den Hörer in die Hand und tat so, als spräche er mit einem Vorgesetzten, etwa mit dem Direktor der Zeche Holland oder mit einem General ... Jawohl ... Wird gemacht ... Alles Schweine! ... Hauen wir zusammen ... Jawohl ... Wird heute noch erledigt ...

So schwadronierte er, bis die Wagner tatsächlich erschien. Keineswegs im Nachthemd oder in anderer flüchtiger Verkleidung – nein, fertig angezogen, als sei sie auf dem Weg in die ukrainische Bäckerei zum Mehlrühren.

Du bist die Rose vom Wörther See, sang Erich sie an und machte Anstalten, im Flur zu tanzen, denn es war Herrenwahl.

Endlich einmal Herrenwahl; die Parität war wiederhergestellt. Sie standen sich eins zu eins gegenüber, ein Mann und eine Frau.

»Oder magst du lieber ›Blue Tango‹, Roswitha?«

Sie stand mit funkelnden Augen vor ihm, den Busen genau zwischen Rhein und Siebengebirge, während Erich zu erklären versuchte, daß er nach sechs Monaten Kanada zum erstenmal betrunken sei. »Einmal in sechs Monaten! Dagegen ist nichts einzuwenden, nicht wahr, Roswitha?« Er verbeugte sich, um sie zum Tanz aufzufordern.

Aber da gab es ein Erdbeben im Siebengebirge, und die Karawanken begannen zu wanken, und die Rose vom Wörther See zitterte schrecklich. Sie sagte, und zwar in reinem, sauberem Deutsch, daß sie morgen ausziehen müßten. Danach schlug die Wagner so heftig die Küchentür zu, daß das Siebengebirge von der Wand fiel.

Als Herbert aus dem »Savarin« heimkehrte, saß Erich traurig unter der grellen Stubenlampe.

»Ich hab' 'ne Neuigkeit für dich«, sagte er. »Morgen müssen wir ausziehen.«

»Hast du wieder was angestellt?« fragte Herbert.

»Nur die Wagner zum Tanz aufgefordert, weiter nichts.«

Herbert warf ihm ein Paket Sandwiches hin, weil Brot den Schnaps aufsaugt und wieder nüchtern macht.

»Ist es schlimm, daß wir umziehen müssen?«

Herbert schüttelte den Kopf. Buden wie diese gab es an jeder Straßenecke, denn es ging auf den Frühling zu. Viele Mieter packten schon ihre Koffer, um die Stadt zu verlassen. Toronto wurde leerer, die Zimmervermieter wurden freundlicher.

Wenn du einmal ein Herz verschenkst, säuselte Erich Domski gegen die Holzwand, hinter der die Dame des Hauses schlief. »Küss' die Hand, gnädige Frau! Ach, was haben Sie für ein wunderbares Edelweiß mitten auf der Brust! ... Sei mal ehrlich, Kleine, du bist doch auch nur die Roswitha aus Wanne-Eickel!«

»Halt endlich das Maul!« fuhr Herbert ihn an.

Als Konrad Adenauer achtzig Jahre alt wurde, bekamen die Kinder in Nordrhein-Westfalen schulfrei. Wie zu Kaisers Geburtstag. Das stand in Herberts Zeitung. Erich mußte an seinen Bruder, den kleinen Peter, denken, der an diesem achtzigsten Geburtstag bestimmt seine helle Freude gehabt hatte. Es geschah nicht oft, daß Erich an seine Familie dachte. Von Wattenscheid sprach er häufig, aber die kranke Mutter, der kleine Peter, Elvira und der Taubenzüchter und Bergmann Domski kamen nur selten vor. Doch als Konrad Adenauer seinen achtzigsten Geburtstag hatte, was Erich Monate später aus der Zeitung erfuhr, dachte er an den kleinen Peter. Er müßte ihm eine Nachricht zukommen lassen. Am meisten hätte der Junge sich wohl über ein Paket Savarin-Sandwiches gefreut, aber die würden ja sauer, bevor sie in Wattenscheid ankämen.

»Kannst du meinem Bruder etwas über die Indianer schreiben?« fragte Erich an dem Abend, als sie sich in der neuen Bude eingerichtet hatten.

»Was verstehen wir denn von Indianern?« fragte Herbert.

»Dann müssen wir was erfinden. Mein Bruder hält

viel von Indianern, mehr als von Soldaten, Rittern und alten Seeräubern.«

Erich schlug vor, die indianischen Straßennamen Torontos zu erklären. Nehmen wir mal die Hiawatha Road. Da liegt doch bestimmt der Indianerhäuptling Hiawatha begraben, direkt unter dem Kantstein. Vor hundert Jahren, das könnte man nach Wattenscheid schreiben, hat er sich hier zum Sterben hingelegt. Aber was heißt hingelegt? Er ist im Kampf gegen das Feuerroß gefallen, einfach überfahren worden von der Canadian-National-Eisenbahn, als sie an der Hiawatha Road vorbeikam ... Mensch, Herbert, aus Torontos Indianerstraßen lassen sich die herrlichsten Geschichten machen. Denk mal an die Tecumseh Street. Wenn du die erwähnst, kommen Millionen deutscher Bücherleser die Tränen. Stell dir das mal vor: Drei Häuserblocks von uns entfernt hat Tecumseh, der strahlende Stern, der fliegende Pfeil, seine eigene Straße! Oder gehen wir in die Umgebung. Da kommen die herrlichsten Indianernamen vor: Mississauga, Muskoka, Algonquin, Oshawa, Wasaga ... Wie das klingt! Der Huronsee soll seinen Namen von den Huronen haben. Wie wäre es, wenn du dem kleinen Peter etwas über die Schwarzfußindianer schriebst? Daß die ihrer Mutter nicht gehorcht haben und Abend für Abend mit ungewaschenen Füßen ins Bett gegangen sind. Das haben die über viele Jahre so gemacht, bis endlich die Kinder mit schwarzen Füßen auf die Welt kamen ...

So phantasierten sie einen Abend lang über Indianergeschichten. Das alles nur, weil Konrad Adenauer achtzig geworden war und Peter Domski schulfrei bekommen hatte.

Ach, die Zeitung aus Hamburg, die in unregelmäßigen Abständen in Toronto eintraf, war schon ein wunderbares Stück Papier.

»Daß deine Gisela auf den Gedanken gekommen ist, mußt du ihr hoch anrechnen«, sagte Erich mehr als einmal, wenn er die Zeitung durchblätterte, um Bilder zu suchen.

In einer Februarausgabe fand er ein Bild mit der Überschrift: *Der Rhein ist eine Eiswüste.*

»So hab' ich den Vater Rhein noch nie gesehen!« rief Erich.

Bis zum 20. Februar 1956 gab es schon sechshundert Kältetote in Europa. Ein Glück, daß wir in Kanada sind!

Peek & Cloppenburg bot zur bevorstehenden Konfirmation Konfirmationsanzüge an, und das in folgenden Preislagen: vierundsechzig, vierundsiebzig, vierundachtzig Mark.

»Wie geht es eigentlich zu auf einer evangelischen Konfirmation? In Wattenscheid hatten wir einen Evangelischen, der sagte immer: ›Wenn du konfirmiert bist, darfst du Schnaps trinken. Das ist der einzige Unterschied.‹«

SPD-Kongreß in Köln. *Die Sozialdemokraten zum erstenmal ohne rote Fahnen,* schrieb die Zeitung nicht ohne Genugtuung. Sieh mal einer an, die Roten werden bürgerlich! Ihr Rot wird blasser; fast ist es schon liebliches Rosa.

Ich suche dich, ein Film von und mit O. W. Fischer.

Zwei blaue Augen, eine zarte Liebesgeschichte unserer Tage mit Marianne Koch und Claus Holm.

Vater Rhein in neuer Verkleidung: diesmal Hochwasser. Der Rhein plätscherte in den Flur des deutschen Bundestags. Erst der strenge Winter, jetzt das viele Wasser, ein schlimmes Jahr für Deutschland.

Auf der Sportseite fand Erich einen strahlenden Jungen namens Toni Sailer. Der soll der Stern der Olympischen Winterspiele in Cortina d'Ampezzo gewesen sein. Aber so etwas erfährst du in Kanada erst zwei Monate später. Das ist alles Schnee von gestern.

Im politischen Teil der Zeitung gab es eine Meldung, die Herbert elektrisierte: *Die sowjetische Führung rechnet mit dem toten Stalin ab.* Von wegen über Tote sprich nur Gutes. Da kamen plötzlich Dinge von einer solchen Scheußlichkeit ans Tageslicht, daß ein Aufstand im Totenreich zu befürchten war. Das wird Wasser auf die Mühlen von Vater Broschat sein. Der wird triumphierend durch das Behelfsheim humpeln und mit der Krücke den Takt auf dem Fußboden schlagen. »Ich habe es immer gesagt«, wird Vater Broschat der Mutter sagen. »Alle deutschen Kriegsverbrechen, auf einen Haufen gelegt, sind nur ein Ameisenhügel, verglichen mit dem, was der Stalin seinem eigenen Volk angetan hat.«

Vater Broschat wird wieder seine uralte Rechnung aufmachen. »Hast du von den Morden im Wald von Katyn gehört, Herbert? Mindestens viertausend polnische Offiziere wurden von den Russen mit Genickschuß getötet. Weißt du, wer die ersten Konzentrationslager erfunden hat, mein Junge? Das waren die fairen und ritterlichen Engländer. Als sie im Burenkrieg nicht mehr aus noch ein wußten, trieben sie Frauen und Kinder der Buren in Lagern zusammen. Und sieh dir mal unsere Freunde, die Franzosen, an, wie die mit den Partisanen in Algerien umspringen. Ich sage dir, Herbert, die sind alle nicht besser als wir Deutschen. Ich will nichts von ihnen geschenkt haben, aber die verdammten Sieger sollen nicht so tun, als wären wir allein die Schurken in diesem Spiel gewesen!« Das war Vater Broschat, wie er leibte und lebte. Bis Toronto hörte Herbert seine Stimme. Er spürte, wie ihm die Hitze in den Kopf stieg. Verbrennen müßte man diese Zeitungen, weil sie immer wieder in das Behelfsheim zurückführten und aufwühlten, was endlich Ruhe brauchte.

Plötzlich hielt Erich ihm ein Bild unter die Nase, ein Bild von der Eiswüste. Es zeigte aber nicht den Vater Rhein im frostklirrenden Februar, sondern die Eiswüste im kanadischen Norden. Da kannst du nur staunen. Nicht im *Toronto Star* oder in der *Globe and Mail,* sondern im *Hamburger Anzeiger* fanden sie einen Bericht über die Arbeit auf Kanadas nördlichster Baustelle, in jener Ecke, in der das Festland aufhörte und die Inselwelt des Eismeers begann. Dort entstand eine viertausend Kilometer lange Kette von Radarstationen, die aufpassen sollten, daß nur Schneestürme und keine anderen Flugobjekte vom Eismeer her in die amerikanischen Eingeweide vorstießen. Distant Early Warning Line nannten sie das, DEW-Line. Vier Dollar verdienten einfache Arbeiter pro Stunde in der Eiswüste. Trotzdem war kaum jemand zu finden für diesen mörderischen Job. Der Bericht, der die Eiswüste mehr von der enthusiastischen als von der kalten Seite schilderte, enthielt sogar den Namen der Baufirma.

»Wenn wir ein Jahr dort oben arbeiten, sind wir reich!« jubelte Erich und drängte Herbert, einen Brief an die Baufirma zu schreiben. »Mensch, eine solche Gelegenheit dürfen wir uns nicht entgehen lassen. Wir wollen doch nicht jahrelang Gläser spülen und Steine karren.«

Wir sind zwei junge Deutsche, 21 und 23 Jahre alt, beide unverheiratet und vollständig gesund. Wir nehmen jede Arbeit an, auch im hohen Norden ...

So schrieb Herbert an die Baufirma in Edmonton. Danach durchforschten sie einen Abend lang die kanadische Eiswüste, sahen Eisbären auf driftenden Schollen, Schlittenhunde, Eskimos und Iglus in einer nicht untergehenden Sonne oder in andauernder Winternacht.

Ja, sie machte sich wieder bemerkbar, die Größe und Herrlichkeit der Welt. Mit einem beiläufigen Artikel aus Hamburg kam sie in die kleine Stube in der Hiawatha Road in Toronto.

Zudem begann auch noch der Frühling. Er schob die Warmluft aus dem Golf von Mexiko über die Prärie hinaus in den Norden und schmolz die Großen Seen eisfrei. Es war die Zeit, in der sich die Bären in ihren Höhlen rekelten und die Graugänse dem Eis nachzogen. Kein Mensch tritt dir dort oben auf die Füße. Niemand fordert die Wochenmiete ein oder beschwert sich, weil du nachts die Rose vom Wörther See ansingst. Ja, es war beschlossene Sache: Herbert Broschat und Erich Domski würden zum Nordpol fahren.

Die Antwort aus Edmonton ging schneller ein als erwartet. Bei der DEW-Line handelte es sich um ein militärisches Projekt gegen russische Überraschungsangriffe aus dem Norden. Da durften nur kanadische oder amerikanische Staatsbürger arbeiten, deutsche Einwanderer schon gar nicht.

Erich warf den Brief, nachdem er ihn in kleine Fetzen gerissen hatte, in die Abfalltüte.

»Dann wollen wir mal wieder an die Königin von England denken«, sagte er trocken. Er brauchte nicht lange zu denken. »Wenn es im Norden nicht klappt, fahren wir eben in den Westen!« bemerkte er. »Wir müssen raus hier, egal, wie.«

Ja, der Westen, das wäre auch ein Ausweg. In Toronto in den gläsernen Aussichtswagen der Canadian Pacific steigen, um ein unberührtes Land zu durchfahren: Buschwald, Prärie und Berge. Fast eine Woche lang unterwegs bis zum Endpunkt in Vancouver.

»Aber Frauen gibt es im Westen auch nicht mehr als hier«, stellte Erich fest. Dieses Kanada könnte ein Paradies sein, wenn es mehr Frauen hätte. Es ist ein wunderbares Land mit reichlich Nahrung und Kleidung, hat eine schöne Landschaft mit viel Platz zum Vermehren – aber nicht genug Frauen. Es bleibt dir keine andere Wahl, als Geld zu verdienen und mit dem Geld da hinzugehen, wo es genügend Frauen gibt, nach Wattenscheid zum Beispiel.

Im Westen seien die Löhne höher als im Osten, hatte ein Gast im »Savarin« erzählt. An der Westküste wachsen die Bäume dreimal so dick wie in Ontario, weil die Feuchtigkeit vom Ozean kommt und gegen die Berge schlägt. Überhaupt der Ozean! Einmal im Leben muß jeder Mensch im Stillen Ozean baden. Wenn du schon in Kanada bist, mußt du das größte Meer dieser Erde zu Gesicht bekommen.

»Weißt du, was wir brauchen?« rief Erich plötzlich. »Wir brauchen nichts anderes als ein Auto!«

Einmal per Auto durch Kanada fahren, den Trans Canada Highway entlang, die einzige Straßenverbindung zwischen Ost und West. Zweitausend Kilometer Wald- und Seenlandschaft, danach eintausendfünfhundert Kilometer Prärie. Der Rest sind Berge bis zum Ozean hin. Herbert zählte die Namen der Provinzen auf, durch die sie auf einer solchen Reise kommen mußten: Manitoba, Saskatchewan, Alberta, British-Columbia.

»Mensch, in Manitoba kann ich die Lange vom Schiff besuchen!« meinte Erich begeistert.

Sie fingen wieder an, Geld zu zählen. Für einen ordentlichen Gebrauchtwagen würde es schon reichen. Im »Savarin« hatte einer gesagt, die Autos seien im Osten billiger als im Westen, weil im Osten die Autofabriken liegen. Sie könnten den Wagen also im Osten billig kaufen und nach der Reise in Vancouver teuer verkaufen; auf diese Weise würden sie die Kosten der Reise herausbekommen. Einmal umsonst durch Kanada! Mensch, das machen wir.

Herbert breitete die Landkarte aus, die er von der kanadischen Einwanderungsmission erhalten hatte. Sie sahen sich den Trans Canada Highway an, den roten Strich durch die Wildnis, der Provinzen durchschnitt, die größer waren als Deutschland in den Grenzen von 1937.

Also abgemacht, wir kaufen ein Auto. Wir fahren nach Westen und verkaufen den Wagen für teures Geld in Vancouver. Wir wandern noch einmal aus, diesmal in das wahre Kanada, das Land jenseits des Trans Canada Highway, wo du nicht mehr weißt, wo der Wald aufhört und die Seen anfangen. Auch Herbert Broschat und Erich Domski ergriff jener Rausch, der die Menschen in Kanada im Frühling überfällt. Es ist nicht zu glauben, wie das Land im Frühling aufbricht, wie nicht nur das Eis schmilzt, sondern die Türen aufspringen, wie sich die Straßen öffnen, die in die Einsamkeit führen, wie die Eisenbahnzüge dich mit hinausziehen, als wäre die Wildnis ein Magnet. Hier spürst du deutlich, daß der Mensch noch zur Natur gehört. Wenn sie ruft, folgt er.

Palermo-Joe hatte einen Zettel an die Kantinentür des »Savarin« geheftet. Darauf stand: *Buick Eight Hardtop, Baujahr 1951, 52 000 Meilen, für 800 Dollar zu verkaufen.*

Als Herbert seine Sandwiches abholte, las er den Zettel. Er las wohl ein wenig zu lange, denn Palermo-Joe kam auf ihn zu.

»Hast du nach einem halben Jahr Kanada schon Geld genug, um ein Auto zu kaufen?« fragte Palermo-Joe.

Er merkte bald, daß Herbert interessiert war. Nun sprach er über sein Auto, wie Männer von schönen Frauen schwärmen. Er zeigte ein Foto, auf dem das Auto vor einer katholischen Kirche im Westen Torontos zu sehen war. »Wenn du es kaufst, bekommst du es für siebenhundertfünfzig Dollar«, erklärte Palermo-Joe, der immer noch glaubte, alle Deutschen seien katholisch und verdienten aus diesem Grunde einen kleinen Rabatt. Er beteuerte, Herbert nicht betrügen zu wollen. Das Auto sei wirklich gut. Wenn Herbert es wünsche, werde er mit ihm zu einem Notar gehen und einen Vertrag aufsetzen lassen. Auch brauche er sich keine Sorgen wegen des Führerscheins zu machen. Ein Jahr lang reiche der deutsche Führerschein, um in Kanada herumzufahren.

Als Polen-Joe hörte, daß Herbert den Buick kaufen wollte, wußte er, was los war.

»Sei ehrlich, Kraut, du willst abhauen«, sagte er zu Herbert. »Den Winter über hast du dich im Savarin durchgefressen. Jetzt brauchst du uns nicht mehr.«

Polen-Joe wurde richtig ein bißchen traurig, denn Herbert besaß nach seiner Meinung das Zeug zu einem ausgezeichneten Bartender. Der wäre eines Tages an Polen-Joes Stelle getreten, wenn er durchgehalten hätte, der verdammte Kraut.

Seine Traurigkeit hielt jedoch nicht lange an. Schon nach einer halben Stunde sagte Polen-Joe: »Es ist schon richtig, was du machst. In Kanada mußt du immer unterwegs sein, mußt du dich beeilen, um das große Land in einem Leben kennenzulernen. Wer gleich bei seinem ersten Job hängenbleibt, hätte auch zu Hause bleiben können.«

Herbert wunderte sich, wie gelassen man im »Savarin« seinen Weggang hinnahm. Das Wechseln des Arbeitsplatzes war so natürlich wie der Wechsel der Jahreszeiten. Da blieb kein unausgesprochener Vorwurf zurück. Da mahnte kein erhobener Zeigefinger: Bleibe bei uns und nähre dich redlich. Niemand rief beschwörend: »Was du hast, das hast du! Laß dich nicht auf Abenteuer ein, Junge!«

Nein, das Abenteuer gehört zu Kanada. Hier verlangt niemand, daß du in den besten Jahren des Lebens an deiner Karriere strickst, um danach ausgebrannt zu sterben. Hier gibt es noch Wanderjahre. Raus aus den Holzhäusern! Du bist nichts, wenn du nicht unterwegs bist.

Am letzten Tag sammelte Polen-Joe für ein Abschiedsgeschenk. Kein Buch, keine Brieftasche, keine bunte Vase, sondern blanke sieben Dollar brachte er zusammen.

Tore überließ Herbert alle Zigaretten, die er an diesem Abend fand.

»Und bleib immer schön katholisch«, sagte Palermo-Joe. Polen-Joe spendierte einen Whisky Sour.

In der Küche gab es nach langer Zeit wieder einmal Sauerkraut. Anja, die sonst kaum sprach, fragte zaghaft: »Bleibst du lange weg?«

Was sollte Herbert Broschat darauf antworten? Einen Sommer lang ... oder etwas länger ... oder sehr viel länger? Oder: Für immer? Oder: Das geht dich gar nichts an?

Er sagte vorsichtshalber kein Wort.

Anja war zufrieden und lächelte sanft.

Als Herbert das letzte Geld im Office abholte, nahm Mister Randolph die Brille ab.

»Wenn du wieder in Toronto bist«, sagte er zu Herbert, »kannst du jederzeit bei uns nach Arbeit fragen. Für tüchtige Leute wie dich haben wir immer etwas.« Das »Savarin« zahlte sogar Holiday-Pay; das war Geld für eine Woche nicht genommenen Urlaub, eine Leistung, für die Polen-Joes Gewerkschaft vor zwei Jahren fast gestreikt hätte.

»Soll ich Mister Steinberg etwas ausrichten?« fragte Randolph.

Einen Gruß vielleicht, mehr nicht. Du kannst ihm schlecht sagen, er möge aufhören, in Montreal zu den Schiffen zu fahren, die aus Deutschland kommen. Da ist doch niemand für dich. Du warst der älteste in der Familie und lebst trotzdem am längsten. Es kommt niemand mehr ... Aber so etwas kannst du Mister Steinberg nicht ausrichten. Nein, das ging nicht. Nur ein Gruß. Das wäre alles.

Als Herbert in der Straßenbahn saß, fand er in der Jackentasche einen Zettel mit Anjas Adresse. Am letzten Tag im »Savarin« hatte ihm jemand das Papier heimlich zugesteckt.

Es ist unglaublich, wie sich Toronto verändert, wenn du die Stadt vom eigenen Wagen aus betrachtest. Erich liebte es, das Fenster herunterzukurbeln, einen Arm lässig herauszuhängen, mit dudelndem Autoradio durch die Straßen zu bummeln, keine Eile zu zeigen, den Mädchen nachzuschauen. Er fühlte sich ... na, wie einer der Filmhelden Hollywoods. Oder wie ein Sheriff, der auf dem Highway patrouilliert. Jedenfalls groß. Die Verkehrsampeln leuchteten allein für ihn. Er überholte die Straßenbahn, die ihn monatelang durch Schnee und Dreck nach Mimico gefahren hatte. Sogar die Bordellstraße fuhr er entlang. Du glaubst es nicht, aber wenn du mit einem solchen Schlachtschiff vorbeifährst, sehen die Mädchen freundlicher aus! Er machte einen Abstecher zur Holzkirche des Reverend Marlow, nur so wegen des Blicks vom Hügel über die Stadt, umkurvte den High Park, hielt an den ersten Blumenrabatten des jungen Frühlings und kam schließlich auf Umwegen nach Wattenscheid. Ein weißer Buick, grünes Dach, weiße Reifen, heruntergekurbeltes Fenster, Radiomusik. So etwas kutschierte durch die Püttsiedlung von Wattenscheid-Leithe und verursachte einen Menschenauflauf.

Am Tag vor der Abreise fuhren sie zum Ontariosee, genau zu jener Stelle, an der sie am 1. Oktober 1955 gebadet hatten. Erich riß die Türen auf und ließ die Musik durch die Weidenbüsche dröhnen. Er holte Wasser aus dem Ontariosee und säuberte mit Hingabe das Auto, das sie durch Kanada fahren sollte. Als der Wagen gereinigt war, feierten sie Abschied am Seeufer. Sie aßen Gebäck. Erich paßte höllisch auf, daß keine Krümel auf die Polster fielen. Das Autoradio spielte den indianischen Liebesruf aus *Rosemary*. Eine milde Sonne hing über den Wolkenkratzern der City. Erich hatte sich eine Zigarette angesteckt und blies den Rauch weltmännisch durch die Nüstern; er sah aus wie einer, der gerade an der Börse viel Geld gewonnen hat. Herbert las den *Toronto Star*. Ein Bericht über ein Pferderennen in Greenwood. Ein Baseballspiel in Saint Louis. Dwight D. Eisenhower auf einem Golfplatz. Auf Seite zwei das Glamourgirl des Tages, eine Tänzerin oder Filmschauspielerin für Erich Domski. Das Mädchen war, weil Kanada ein christliches Land ist, recht ordentlich bekleidet. Erich störte das weiter nicht, weil er die Gabe besaß, sich das Zeug wegzudenken.

Außerdem brachte die Zeitung dreieinhalb Seiten Stellenanzeigen. Gesucht wurden vorwiegend Autowäscher, Barboys, junge Leute zum Saubermachen und Paketaustragen. Geschenkt! Solche Jobs könnt ihr behalten. Herbert Broschat und Erich Domski werden fünftausend Kilometer durch Kanada zu einem anderen Job fahren. Sie reisen ins Land der Goldsucher, Pelzjäger und Landvermesser, der verkrachten Existenzen, die draußen wieder mit sich und der Welt ins reine kommen wollen. Sie fahren dahin, wo du eine Hütte auf den Felsen oder an einen Bach im Unterholz bauen kannst, wo du Selbstgespräche führen mußt, während du Fallen abläufst und im Sommer rote Beeren sammelst. Wo du lernst, ein Blockhaus an den einzigen Schienenstrang zu bauen, der den Busch durchschneidet. Die Uhrzeit den Zügen abzulauschen, die aus der Wildnis auftauchen und in der Wildnis verschwinden. Die Reisenden in Schrecken zu versetzen, wenn du bärtig und verwildert auf den Schienen stehst, mit einer Laterne winkst, den Zug zum Halten bringst, weil ein Bündel Felle mitzugeben ist und Kartons mit Patronen, Öl und Salz auszuladen sind.

Auf einmal bekam Erich einen Rappel. Er streifte die Kleider ab und lief so, wie er in Wattenscheid auf die Welt gekommen war, in den Ontariosee. Und das Mitte Mai, als die Wassertemperatur noch mehr zum Gefrierpunkt als zum Siedepunkt neigte!

»Als wir in Toronto ankamen, haben wir gebadet. Nun hauen wir ab. Da gehört es sich, wieder zu baden!« rief er vom Wasser her.

Sieh mal an, Erich Domski hat ein Gefühl für wirkungsvolle Effekte. Vor der Abreise den Staub der großen Stadt vom Leibe spülen. Ganz sauber anfangen mit einem reinen Körper und einem gewaschenen Wagen. So gehen wir auf die Reise.

Am 23. Mai grünte in Toronto der Ahorn. Über dem Ontariosee stand die Morgensonne und fraß die Dunstglocke, in der die Stadt zu ersticken drohte.

Erich holte vier Flaschen Milch und verstaute sie im Kofferraum. Dazu brachte er Brot, Käse, Dauerwurst, eine Tüte mit Apfelsinen, zwei Schachteln Zigaretten Marke Sportsman sowie einen Kanister Reservebenzin.

Bevor sie abfuhren, brachte die Post ein Paket deutscher Zeitungen. Herbert feuerte es ungeöffnet auf den Rücksitz. Ihm war nicht nach deutschen Zeitungen zumute. Er hatte kaum geschlafen und war aufgeregter als damals in Bremerhaven. Ein Land wird dir geschenkt. Du folgst der Schneegrenze, die im Mai rasch nach Norden wandert. Der Busch schlägt aus, die Straßen beleben sich. Wunderbar ist dieses Land. Nur fünfzig Meilen nördlich der amerikanischen Grenze bist du allein, wenn du willst, ein bescheidener Wanderer in einem wilden Garten, weit entfernt von den Verführungen der Zivilisation. Würzig, derb, ein Land, das dich mit Nichtachtung straft, das dich gewähren läßt, wie es die Ameisen gewähren läßt und die Schwarzbären, die Biber und die Mückenschwärme. Das ist das Auffallende an der Wildnis: Sie läßt dich gewähren. Sie steht erhaben neben dir, über dir, unter dir – wenn du lange genug da bist, auch in dir.

Als der Wagen die Hiawatha Road hinabrollte, drückte Erich ausdauernd auf die Hupe. Good bye, ihr Langschläfer! Good bye, Savarin! Good bye, ihr Steine in Mimico, ihr elenden Zuckerrüben in Chatham, ihr Neun-Dollar-fünfzig-Mädchen in Downtown. Goodbye, ihr Gebrauchtwagenhalden, ihr Vorstadtkinos mit zwei Vorstellungen für einen halben Dollar, ihr Platzanweiserinnen mit den schlanken Beinen und dem Lichtkegel der Taschenlampe, der immer ins Schwarze trifft. Erich Domski und Herbert Broschat folgen dem Sound der Diesellokomotiven, sie fahren in den Westen mit der Morgensonne im Rücken.

Im Autoradio gab CBS den Wetterbericht für Ontario durch: *Im Süden sonnig und mild, im Norden gelegentlich Schauer. Waldbrandgefahr!*

Anfangs waren mehr Häuser als Bäume zu sehen. Aber schon in den Vorstädten kehrte sich das um. Nach dreißig Meilen erkennst du, wie die Stadt vom Wald belagert wird. Da wogt ein dauernder Kampf mit der Wildnis, die Insel Toronto befindet sich in permanentem Belagerungszustand. Von hier ab sind es noch vier Tage bis Winnipeg, vier Tage nur Wald, Seen und Felsen. Das überschreitet jede hergebrachte Vorstellung. Vereinzelt Siedlungen. Anglerhütten an schwarzen Seen. Bunte Tankstellen als letzte Erinnerung an die große Stadt. Dann nimmt die Natur überhand.

Was ist schon das bißchen Toronto im Vergleich zu dieser gewaltigen, schweigenden Wildnis? Ein Ameisenhaufen in einem unendlichen Wald. Je weiter sie sich von den krabbelnden Ameisen entfernten, desto leiser wurde das Autoradio. Nur drei Stunden waren sie gefahren, und schon begann der Apparat zu knistern, schwollen die Musikwellen an und ab, als sie im Siebzig-Meilen-Tempo auf die Grenze der Zivilisation zurollten. Hinter einer Felswand verstummte das Radio endgültig. Kaum noch Fahrzeuge auf dem Trans Canada Highway. Meilenweit siehst du voraus und zurück. Ein Wildentenpaar streicht über die Fahrbahn. In einem knallroten Ruderboot sitzt ein Angler. Zu beiden Seiten der Straße abgeschliffene Felsbrocken, rund poliert von Millionen Regenschauern und Schneestürmen. Dazwischen Birken, Fichten und Espen, große und kleine Wasserflächen. Hört auf, die Seen zu zählen! In diesem Land kann jeder Mensch seinen eigenen See haben. Inseln zum Verschenken, schiere Felsklötze oder bewaldet, wie es beliebt. Vor Jahren umgestürzte Bäume verdorren am Ufer. Auffallend die vielen Steine, die aus der Erde ragen, gleich neben ihnen der matschige Sumpf, der sich in einer Felswanne gesammelt hat. So entstehen Moore, so wachsen Torf, Kohle, Erdöl. In Millionen Jahren dürfen sie hier suchen ... wenn es dann noch Menschen gibt.

This is Indian Land, stand in weißer Farbe auf einem grauen Felsen, ein erster, vorsichtiger Protest gegen die Selbstverständlichkeit, mit der sich der weiße Mann der Wildnis bemächtigt hat. Ein Wasserflugzeug mit leuchtend gelben Flügeln und rotem Rumpf überflog in geringer Höhe die Straße und ging auf einem See nieder. Nicht nur die Vögel, auch die Flugzeuge konnten wieder landen auf den eisfreien Seen Ontarios. In die Camps des Nordens brachten sie Postsäcke, Whiskyflaschen und Patronen. Einen Winter im Busch halten nur wenige durch. Die meisten kommen mit der Sonne im Frühling und gehen mit den Schneestürmen des November. O dieser Frühling in Kanada! Wenn Ende April die letzten Eisschollen den Sankt-Lorenz-

Strom abwärts treiben, wenn von den Rocky Mountains der Chinook über die fruchtbaren Ebenen Albertas weht, wenn die ersten Schiffe durch die Belle Isle Strait ins Herz Amerikas fahren, dann beginnt das große Wecken. Die Schneemassen zerrinnen in wenigen Tagen. Die Prärieflüsse treten über die Ufer und wälzen eine braune Soße träge über das fruchtbare Weizenland. Das Wasser umzingelt Gehöfte, plätschert an Straßenrändern und Bahndämmen entlang. Die Timberwölfe heulen ferner. Dafür hörst du das Tuckern der Außenbordmotoren auf den Seen, das sich mit den klagenden Schreien der Fischreiher mischt.

Neben der Fahrbahn des Trans Canada Highway lagen wie tote Katzen die Reste abgefahrener Reifen.

Ein zwei Milliarden Jahre alter Felsblock, den Menschenhände mit einem Herz beschmiert hatten: *Chris and Dolly were here.*

Ist das nicht zum Lachen? Zwei Milliarden Jahre liegt der Fels da herum, und auf einmal kommen Chris und Dolly zu Besuch!

Am Abend hielten sie auf einer schmalen Landzunge zwischen der Straße und einem See. Kaum war der Motor abgestellt, überfiel sie die Stille. Kein Vogellaut, kein Ruf eines wilden Tieres – einfach nichts. Du kannst das Herz schlagen hören und das Knacken des Auspuffrohrs, das langsam abkühlt.

»Wenn ich in Wattenscheid vom kanadischen Busch erzähle, werden die gleich fragen, ob uns ein Bär angefallen hat, ob wir Elche überfahren haben und die Wölfe uns nachgelaufen sind. Aber in Wirklichkeit ist dieser Busch mausetot. Hast du dir so die Wildnis vorgestellt?«

Ja, der Busch war stumm. Keine Spur eines zoologischen Gartens, wie ihn sich die Menschen in der Stadt so gern vorstellen. Ab und zu eine Krähe, blauschwarz wie das Haar der Indianer. Ein Mückenschwarm tanzte über dem Rastplatz. Zwei Enten fielen auf dem See ein. Als sie landeten, zischte das Wasser auf; es hörte sich an, als koche ein heißer Kessel über.

Nach Sonnenuntergang gab das Radio wieder Töne von sich. Na, wenigstens etwas, obwohl es ganz und gar nicht zusammenpaßte, das Philadelphia Symphony Orchestra mit diesem schweigenden Land im Norden Ontarios. In dieser Weite ist die Natur so beherrschend, daß jeder Versuch, Kultur zu schaffen, lächerlich wirkt. Du kannst nur am See sitzen und den Kopf schütteln über das Philadelphia Symphony Orchestra.

»Das ist das Größte«, sagte Herbert Broschat ergriffen. »So etwas kommt nicht wieder. Schon in zwanzig Jahren wird alles vorbei sein. Und in hundert Jahren werden die alten Frauen den Kindern wundersame Geschichten erzählen über eine vergangene Zeit, in der Menschen frei in die Wildnis ziehen konnten, wie wir es gerade tun. Die Kinder werden mit offenem Munde zuhören, daß es mal eine Zeit gab, in der es erlaubt war, Bäume zu fällen, Hütten in den Wald zu bauen, sich an Seen zu setzen und Fische zu fangen, eine Zeit, in der dich niemand fragte, wohin du gehst und woher du kommst.«

»Das ist Spinnerei«, behauptete Erich. »Bäume fällen wird man immer dürfen.«

Herbert zählte auf, was in den letzten hundert Jahren alles geschehen war. Wenn in den nächsten hundert Jahren genausoviel passiert, kannst du ziemlich sicher sein, daß wir die Welt nicht wiedererkennen werden. In die Wildnis, wenn es sie überhaupt noch gibt, wirst du nur mit einem Erlaubnisschein reisen dürfen. Und bitte nicht die vorgeschriebenen Wege verlassen! Große Augen aus dem Weltraum werden jeden deiner Schritte verfolgen. Wenn du dich zum Schlafen hinlegst, mußt du dich über Funk abmelden, und morgens vor dem Zähneputzen hast du die Zentrale anzurufen, um ihr zu sagen, daß du noch unter den Lebenden bist. Du wirst nicht in die Blaubeersträucher scheißen dürfen, wie du es hier eben getan hast. Deinen Dreck mußt du in Tüten sammeln und abgeben, weil alle Rückstände zur Düngung gebraucht werden. Ohne deinen Mist würde die Menschheit verhungern. Ausflüge in die Wildnis gibt es nur auf Krankenschein für die, die unbedingt vier Wochen frische Luft brauchen. Wie am Fließband werden die Besucher durch die Wildnis gelotst, immer geführt und geleitet von der großen Zentrale, die alles sieht und hört. Wenn du auf die Idee kommst, dich mit einem Mädchen ins Gras zu legen, fangen die in der Zentrale schrecklich an zu lachen.

»Du spinnst wirklich«, sagte Erich. »So etwas werden die Menschen niemals zulassen. Vorher schlagen sie alles in Scherben.«

»Es kommt ja nicht auf einmal, sondern allmählich, damit du dich daran gewöhnen kannst. Du glaubst nicht, woran Menschen sich gewöhnen können.«

»Weißt du, was ich glaube? Du denkst zuviel, mein Lieber! Denken ist Luxus! Erst braucht der Mensch eine ordentliche Verdauung und ein anständiges Sexualleben, sonst ist ihm der Kopf im Weg.«

Erich wollte von solchen Zukunftsspinnereien nichts mehr wissen. Wichtiger war, Holz für ein Lagerfeuer aufzuschichten. Wer weiß, ob man in hundert Jahren noch Feuer machen durfte.

Herbert stiftete ein Paket deutscher Zeitungen für das Feuer. Ungelesen. Hier in der Wildnis war sie ihm noch fremder, die ferne Welt, in der sich Gedanken in Druckerschwärze niederschlugen.

Erbitterte Kämpfe in Algerien! Was gehen sie dich an, wenn du fünfhundert Kilometer nördlich von Toronto und siebentausend Kilometer westlich von Algier im kanadischen Busch kampierst?

Churchill will Deutschland besuchen, um den Karlspreis der Stadt Aachen in Empfang zu nehmen. Und wir sitzen an einem schwarzen See und kennen nicht einmal seinen Namen. Vielleicht hat er keinen Namen, ist nur mit einer Nummer gekennzeichnet, wartet darauf, aus seiner Namenlosigkeit erlöst zu werden.

Erich rettete einen Teil des Zeitungspapiers vor den Flammen.

»Wir sind zehn Tage unterwegs«, meinte er. »Vielleicht werden wir noch froh sein, ein Stück deutscher Zeitung zu haben.«

Eine zarte Rauchsäule über dem zwei Milliarden Jahre alten Kanadischen Schild. Du brauchst nur einen Steinwurf weit in den Busch zu gehen und triffst Bäume, Felsen und Lebewesen, die noch kein Mensch gesehen hat. Ist das nicht ergreifend?

Das Feuer prasselte. Die Flammen spiegelten sich im See. Sie saßen auf Holzstämmen, die vor Jahren im Sturm gefallen waren. Sie tranken Milch und kauten Brot mit Käse. Vor ihnen über dem See der rote Himmel des Nordwestens. Ein Abend wie am Ende der Welt. Erst im Busch spürst du, was es heißt, befreit zu sein von aller gesellschaftlichen Aufsicht und Fürsorge. Hier erkennst du die wahren Proportionen der Erde, empfindest die Nichtigkeit der Betonwaben in Downtown Toronto. Zwei Milliarden Jahre alter Erdboden, noch von keinem Menschenfuß betreten, die Wildnis verschwiegen wie ein Dom – und bei der Wagner in der Hiawatha Road leckt der Wasserhahn. Das war doch lächerlich!

Herbert brachte das Sinfonieorchester zum Schweigen. Vollkommene Ruhe. Sie hörten die Fische springen. Ein Reiher ging nieder, wie ein Scherenschnitt vom hellen Himmel des Nordens sich abhebend. Immer seltener fuhren Autos auf dem Trans Canada Highway. Das Scheinwerferlicht kündigte sie Meilen im voraus an, lange bevor sie zu hören waren, der Lärm anschwoll, in der Nähe ihres Lagerplatzes fast unerträglich wurde ... Dann nur noch das Rot der Rücklichter, bis das Fahrzeug hinter der nächsten Baumgruppe verschwunden war.

»Weißt du was?« sagte Erich Domski. »Wenn du dir die Wälder, Seen und Felsen so ansiehst, fühlst du dich doch ziemlich klein und häßlich. Was sind wir Menschen nur für kleine Scheißer!«

Das sagte Erich Domski, der so etwas eigentlich gar nicht sagen konnte, der immer nur an Frauen und gute Dollars dachte, manchmal auch an Kino. Aber er sagte es an diesem Abend, als das Feuer niederbrannte. Und nachdem er es gesagt hatte, stand er auf und ging in die Wildnis, um Wasser abzulassen.

Sie schliefen im Auto, Erich vorn und Herbert hinten. Das heißt, sie schliefen nicht – sie froren mit angezogenen Beinen und warteten auf die wärmende Sonne des Morgens. Ach ja, die Sonne. Sie kroch unter dem kanadischen Busch hindurch, unter dem zwei Milliarden Jahre alten Felsgestein, um im Osten über dem Trans Canada Highway groß und mächtig aufzugehen.

Von North Bay ging es in sanftem Bogen westwärts Richtung Fort William. Die Ansiedlungen wurden kleiner und schmutziger. Französische Inschriften tauchten auf, weil die Grenze zu Quebec nahe war. Kanada, ein

Land der verfallenden Hütten. Mein Gott, was lag da für ein Bruch neben der Straße! Abgedeckte Blockhütten, faulendes Holz, Häuser ohne Fenster und Türen, Überreste aus der Zeit der großen Wirtschaftskrise vor dem Zweiten Weltkrieg. Damals waren die Menschen in den Busch gezogen, um zu überleben. Als der Krieg kam und Arbeit in die Städte brachte, kehrten sie zurück und ließen ihre Hütten verfallen.

Haltet Kanada grün! hatte die Straßenverwaltung auf den Trans Canada Highway gepinselt. Und eine Meile weiter: *Benutze deinen Aschbecher! Verhüte Waldbrände!*

Mit den Sprüchen auf der Fahrbahn war es aus, als sich die Straße zu einem Schotterhaufen verformte.

»Siehst du die Staubwolken im Rückspiegel? Wie Rommels Panzer in Afrika.«

Zwischendurch Robinson spielen. Als Erich sich in die Büsche schlug, fand er an einem Seeufer einen halb gesunkenen Kahn, der durch alle Ritzen Wasser zog. Ruderblätter gab es keine. Aber das durfte kein Hindernis sein. Mit Knüppeln kannst du auch paddeln.

Erich Domski jodelte. Obwohl keine Berge da waren, nur der Wald sein Geschrei zurückwarf, jodelte er.

»In Wattenscheid konnte man auch das Jodeln lernen, und zwar auf den Abraumhalden, wo die Wattenscheider Kinder ihre Alm hatten.«

Sie nahmen Kurs auf einen nackten Felsen. Blaue Jungs auf großer Fahrt. Der morsche Kahn krachte gegen das Eiland. Wieder so eine Insel, die seit Erschaffung der Welt noch kein Mensch betreten hatte, jedenfalls kein Mensch aus Wattenscheid oder Sandermarsch. Auf allen vieren kraxelten sie den Felsen hoch.

Erich brüllte wie Tarzan und wartete auf das Echo des Waldes.

»Weißt du, was uns jetzt fehlt?« meinte er, als sie Rücken an Rücken auf dem höchsten Punkt des Felsens saßen. »Uns fehlt ein kühles Dortmunder Bier.«

Klarer Fall, in Deutschland hätten sie an einen See wie diesen sofort ein Ausflugslokal hingehauen und viel Geld damit verdient. Dort gäbe es auch Dortmunder Bier. Übrigens wäre Erich in Deutschland nicht mit Herbert Broschat über den See gerudert, sondern mit Erika, der Tochter von Kaufmann Liepert in Wattenscheid-Leithe. Eng umschlungen im Boot ... *Ein weißer Schwan ziehet den Kahn* ... So ungefähr.

Lange konnten sie sich nicht auf dem Felsen aufhalten, weil der Kahn schon wieder halb voll Wasser war. Auf der Rückfahrt sprudelte es noch heftiger durch die Fugen.

»Sieh mal die Fische!« schrie Erich und beugte sich über den Bootsrand.

In diesem Augenblick legte sich der Kahn auf die Seite, kehrte den morschen Kiel der Sonne zu und entlud seinen Inhalt im See.

Prustend tauchten sie auf.

»Kannst du überhaupt schwimmen?!« brüllte Erich Domski.

Es reichte gerade, um mit vollgesogenen Kleidern ans Ufer zu kommen. Zum Glück hatte die Sonne das Autoblech aufgeheizt. Sie zogen aus, was sie am Körper trugen, und legten es zum Trocknen auf den Wagen.

»Mensch, das waren Fische, solche Dinger!« schwärmte Erich.

Nackt saßen sie vor dem Armaturenbrett und malten sich das Erstaunen der Royal Canadian Mounted Police aus, wenn sie zufällig vorbeikäme, um die Papiere zu kontrollieren.

»Haben die auch weibliche Polizisten?« fragte Erich.

Als Herbert verneinte, schloß Erich die Augen, um zu schlafen und zu trocknen.

Im nächsten Ort wollte Erich eine Angel kaufen. Das Nest hieß Hearst. Auf der Karte war es als Stadt eingezeichnet, aber in Wahrheit war der Flecken nicht größer als die Püttsiedlung Wattenscheid-Leithe. Aber immerhin, Hearst war die letzte menschliche Behausung vor zweihundertfünfzig Kilometern Nichts. Das macht auch einen kleinen Ort wichtig.

Hearst hätte eine gute Kulisse für Wildwestfilme abgeben können. Rote und blaue Häuser, eine aufgewühlte Dreckstraße mit Schlaglöchern. Zu beiden Seiten Bretterstege. Unter den Brettern die Schneereste des vergangenen Winters.

»Sieh mal, das sind echte Indianer!« rief Erich.

Ja, das waren nicht die halbzivilisierten und vermischten Indianer Torontos, die sogar Auto fahren konnten. Braungebrannte Gestalten, schmutzig und verwahrlost, lehnten an Hauswänden, saßen auf Bretterstegen oder belagerten parkende Autos. Sie blickten kaum auf, als die beiden Fremden in Hearst einfuhren, um vollzutanken und Proviant aufzunehmen für das Niemandsland, das vor ihnen lag.

Die Stadt besaß einen Minisupermarkt, in dem es Flaschenmilch, Brot, Butter, Käse, Salz und schrecklich teure Kartoffeln aus Pennsylvania gab, alles um die Hälfte teurer als in Toronto. Hinter dem Supermarkt entdeckte Erich zwei dicke Frauen vor einem Etablissement, das entfernt an einen Friseurladen oder eine Imbißstube erinnerte; vielleicht war es auch ein Warteraum für Busreisende. Die eine sah wie eine Indianerin aus, bei der anderen war die Herkunft nicht so ohne weiteres auszumachen.

»So sieht ein Puff im hohen Norden aus«, stellte Erich fest. »Zwei Frauen bedienen ein Gebiet, das größer ist als Deutschland.«

Er vergaß die Angel, die er eigentlich hatte kaufen wollen, und schickte Herbert in die Lebensmittelabteilung des Minisupermarkts, um in Ruhe mit der Indianerin zu verhandeln.

Herbert ließ ihm eine Viertelstunde Zeit. Als er zum Auto zurückkehrte, saß Erich schon mürrisch auf der Kühlerhaube.

»Die ist bescheuert! Fünfundzwanzig Dollar will sie haben. Nach deutschem Geld sind das mehr als hundert Mark. Dafür kann ich in Bochum den ganzen Puff kaufen.«

Auf einen solchen Wucher ließ Erich Domski sich nicht ein. Er war entschlossen, bis Winnipeg zu warten, schlimmstenfalls sogar bis Vancouver.

»Sehen aus wie die Mülleimer, haben nicht einmal Zähne im Mund, aber fünfundzwanzig Dollar kassieren, das können sie.«

Erich spuckte aus. Nein, sie gefiel ihm ganz und gar nicht, die schmutzige Pionierstadt am Ende der Welt, wo die Kartoffeln aus Pennsylvania um die Hälfte teurer sind und Fleisch unbezahlbar ist.

Während Herbert den Tank füllen ließ, legte Erich sich verärgert auf den Rücksitz, um zu schlafen.

Nach Hearst kam nichts mehr. Longlac, wo es die nächste Tankstelle gab, war gerade mit einer Tankfüllung zu erreichen. Das Autoradio, das sich in Hearst noch einmal auf französisch gemeldet hatte, verstummte endgültig. Staubwolken. Schottersteine, die gegen die Karosserie polterten. Du freust dich, wenn alle halbe Stunde ein Auto entgegenkommt. Man grüßt sich freundlich im Vorbeifahren und taucht in dem aufgewirbelten Staub unter.

Abends fanden sie eine unbewohnte Trapperhütte für das Nachtlager, einen Steinwurf von der Straße entfernt. Die Tür war aus den Angeln gehoben und lag, vom Wald überwuchert, vor dem Eingang. Von Fensterscheiben keine Spur. Im Innern ein zusammengebrochener Tisch, verschimmelte Fußlappen, verharschter Schnee in der Ecke, in der vor Jahren der Trapper seine Füße gewärmt hatte.

»So sahen die Häuser in Ostpreußen aus«, sagte Herbert, als sie die Bude besichtigten. »Das war damals, als es keine Menschen gab, im Sommer neunzehnhundertfünfundvierzig.«

Sogar der Geruch kam ihm bekannt vor, der gleiche Gestank faulender Lumpen und schimmelnden Holzes.

»Hier schlafe ich auf keinen Fall!« entschied Herbert.

»Na ja, Hotel Waldfrieden ist das gerade nicht«, räumte Erich ein, fügte jedoch gleich hinzu: »Aber hier zu schlafen ist doch besser, als im Auto die Knochen zu verbiegen.«

Erich war nicht wählerisch, wenn es nur um eine Nacht ging. Zwar hatte die Hütte weder Tür noch Fenster, aber in ihr war er windgeschützt. Keine Vögel hausten unter dem feuchten Gebälk. In einem solchen Loch kannst du in Ruhe schlafen, bis sich die Sonne aus der Wildnis hangelt und das Autoblech anwärmt. Als Erich noch einen Kerzenstummel fand, mit dessen Hilfe er den Raum in ein gemütliches, warmes Licht tauchte, war er zufrieden und ärgerte sich nicht mehr über die Preise in Hearst. Zum erstenmal trennten sich ihre Wege. Herbert schlief im Auto und Erich in der Trapperhütte.

Am Morgen kam Erich früh zum Auto, um Zeitungspapier zu holen. Er wollte den Verschlag anstecken, in dem er geschlafen hatte. Zur Strafe für das Ungeziefer, das ihn nachts heimgesucht hatte. Nicht etwa Ratten oder Wanzen, sondern einfache Holzwürmer, die ihm von der Decke ins Gesicht gefallen waren. Außerdem wollte er Herbert einen Gefallen tun. Der ekelte sich doch vor solchen Schuppen, weil sie ihn an das kaputte Ostpreußen erinnerten. Ohnehin würde niemand an der Asche der Hütte Anteil nehmen; keine Feuerwehr käme herbeigeeilt, keine Feuerversicherung würde einen Dollar zahlen müssen.

Doch das verschimmelte Holz weigerte sich, die Flammen anzunehmen. Deshalb brauchte Erich am Morgen ein Stück deutscher Zeitung. Als er das Papier in handliche, brennbare Stücke zerriß, stockte er plötzlich, weil ihm ein Hochzeitsfoto auffiel. Das war Grace Kelly. Am 18. April 1956, zehn Minuten nach elf war sie mit Fürst Rainier in Monaco standesamtlich getraut worden. Europa hatte kopfgestanden. Die Hamburger Zeitung hatte sogar herausgefunden, daß Grace Kelly zur Hälfte eine Deutsche war. Sieh mal an! Das erfährst du nun zwischen Hearst und Longlac, wo die Wildnis am einsamsten ist. Erichs erster Gedanke war, die Seite mit dem Hochzeitsfoto aufzubewahren. Er kannte Grace Kelly nämlich vom Kino in Wattenscheid her. Aber weil die feuchte Bude so schlecht brennen wollte, gab er sie doch ins Feuer.

»Mensch, was machst du für Sachen!« schrie Herbert, als er verschlafen aus dem Auto kam und ihm Rauch entgegenschlug. »Hast du die Sprüche auf der

Straße vergessen? Haltet Kanada grün! Verhütet Waldbrände! In diesem Land darfst du eher das Parlamentsgebäude in Ottawa anzünden als mit Streichhölzern im Busch spielen.«

Na ja, so schlimm war es nun auch wieder nicht. Erich hatte sich davon überzeugt, daß die Hütte in einem Sumpfgelände stand; um den Brandherd war Feuchtigkeit genug. Es würde nur die eine schäbige Hütte mit den Holzwürmern abbrennen und weiter nichts. Grace Kelly allerdings, die war auch hinüber.

Bala, Waubaushene, Shawanaga, Kapuskasing, Manitoulin, Wawa, Wawanesa, Minnitaki, Kakabeka, Batchawana ... das sind Namen, die in allen Sprachen der Welt wie Musik klingen. Dieser Überfluß an Vokalen! Du kannst sie mitsingen, die Namen der Flüsse, Seen und Dörfer. Sie sind den Schreien der Wildgänse abgelauscht, dem Gestammel alter Indianerfrauen, dem Heulen der Timberwölfe am nördlichen Ufer des Oberen Sees.

»Der See ist größer als unsere Ostsee«, behauptete Herbert, als sie hinter Nipigon das kanadische Binnenmeer erreichten. Kein Land war am Horizont sichtbar. Vor ihnen nur die Rauchfahnen davonziehender Dampfer.

»So ein riesiges Planschbecken haben die mitten im Land«, meinte Erich Domski staunend, »und keine Zäune am See, kein Schild ›Vorsicht! Bissiger Hund!‹, keine Strandkorbvermieter und Kurtaxenkassierer.«

Ja, in Kanada waren Sand und Wasser noch frei.

»Weißt du, was mir an Kanada am besten gefällt?« sagte Erich eine Weile später, nachdem der Trans Canada Highway das Ufer des Oberen Sees verlassen hatte und wieder in die Wildnis eingetaucht war. »Das ist diese Straße. So eine herrliche breite Straße ist unbezahlbar. Da bist du wenigstens sicher, immer auf Menschen zu treffen und irgendwo anzukommen.«

Wirklich, du kannst dieses Betonband liebgewinnen. Leg dich neben den Trans Canada Highway ins Gras, und du fühlst dich geborgen, bist glücklich, wenn der Fahrdamm dröhnt, weil ein Lastwagen vorüberbraust. Immer hältst du dich in Sichtweite des hellen Streifens, den die Menschen in die Wildnis geschlagen haben, ein schnurgerades Band, eine Nabelschnur, an der das Leben hängt. Großartig, dieser Abgasgeruch vorbeifahrender Autos! Diese verirrten Hinweisschilder, die nicht von Natur aus gewachsen sind, sondern von Menschen an den Straßenrand gestellt wurden. Wegweiser zum Umarmen. *Kenora 90 Meilen.* Freude über jede Straßenbaustelle, weil da einer mit der roten Fahne winkt, ein Mensch, ein richtiger Mensch.

Zwischen Dryden und Kenora Kahlschlag. Eine Gespensterlandschaft, so weit das Auge reichte.

»Ganz schöne Wüste«, sagte Erich und schnüffelte an einem verkohlten Holzstück.

»So sahen die deutschen Städte nach dem Krieg aus«, meinte Herbert.

Nur gab es dort Mauerreste und Schornsteine statt der kahlen Baumstümpfe, die wie Masten gesunkener Segelschiffe aus dem Busch ragten.

Unten wuchs das erste Grün aus der Asche. Vor einem Jahr oder vor zwei Jahren hatte ein Waldbrand ein Gebiet von der Größe Schleswig-Holsteins eingeäschert. Aber in zwanzig Jahren ist alles wieder heil. Die Wildnis nimmt und gibt. *Haltet Kanada grün!* Mensch, Erich, drück die Zigarette aus!

Ein Skelett in der Asche. Vielleicht ein Reh oder ein Elchkalb, das von den Flammen umzingelt wurde.

»Das müßten wir mitnehmen und an die Wand hängen«, schlug Erich vor. »Skelette machen sich immer gut.«

»Wo hast du denn eine Wand?« fragte Herbert.

Erich schlug das Gerippe gegen einen Felsen, bis es in Stücke sprang. Er bekam davon Hände wie ein Schornsteinfeger, denn alles, was du in einer Aschenlandschaft berührst, wird schwarz. Bei Sonnenschein mag das noch ein erträglicher Anblick sein. Aber stell dir diese Trümmerlandschaft im Landregen vor! Oder während eines Schneesturms! Da bekommst du Heimweh nach Mutters warmer Küche, fängst an, dich in schmutzige Straßen zu verlieben, die zurückführen in die Zivilisation, klammerst dich an diesen einzigen dreckigen, staubigen, steinigen Bandwurm namens Trans Canada Highway.

Erich kletterte auf das Dach des Autos, um zu sehen, wie weit der verbrannte Wald reichte.

»Asche, alles Asche!« rief er.

Liebliches Kenora am Lake of the Woods. Ein Flecken in den Wäldern mit viel Wasser und bunten Wasserflugzeugen. Auf den letzten Kilometern vor der Stadt kommst du dir vor wie ein Hochseefischer, der nach sechs Wochen Eismeerfahrt den Heimathafen anläuft, oder wie ein Karawanenführer, der die Oase unten im Tal sieht. Du weißt nicht, was du mehr bewundern sollst, die liebliche Stadt oder den See der Wälder. Vierzehntausendsechshundert Inseln hat das Gewässer. Seine Ufer einschließlich der Inseln sind doppelt so lang wie der Erdumfang. Es ist schwer zu sagen, ob es ein See ist, in dem Bäume wachsen, oder ein Wald, der von Wasserstellen unterbrochen ist. Kanufahrer haben sich im Gewirr der Inseln verirrt und sind nie mehr nach Kenora zurückgekehrt.

In Kenora gab es Indianer, mindestens so viele wie Inseln. Mehrere Reservate in der Umgebung schickten werktags und feiertags einen Strom rothäutiger Menschen in die kleine Stadt. Dort konnten sie Feuerwasser kaufen, sich in die Anlagen legen und den Rausch ausschlafen. Indianerkinder spielten in den Dreckpfützen am Straßenrand. Eine Indianermutter saß auf der Bordsteinkante, die Füße auf der Fahrbahn, und schaukelte ihren schlafenden Säugling. Der Rest der Familie wanderte an den Schaufensterreihen entlang, verweilte vor teurem Angelgerät, vor Außenbordmotoren und den ausgehängten Bildern eines Reisebüros. Da leuchtete die Zitadelle von Quebec, da brausten die Niagarafälle, und die Königin von England, die Herrscherin über den Lake of the Woods und seine traurigen Indianer, hing unter Glas. Vor dem einzigen Kino der Stadt standen die Indianer Schlange, Frauen und Kinder barfuß, die Männer in Gummistiefeln. Es gab einen Indianerfilm über die Schlacht am Little Bighorn, im Zusatzprogramm eine Boxertragödie, Variationen zu dem ewigen Thema: *They'll never come back.* Irgendwie paßten die Filme zusammen, denn sie wird nie wiederkommen, die Zeit der Indianer. Wenn die Rothäute auf der Leinwand am Little Bighorn angreifen, wird der Säugling im Arm der Mutter aufwachen und mitbrüllen. Mehr nicht.

Herbert und Erich kauften Ansichtskarten: Kenora mit den bunten Wasserflugzeugen, Kenora mit den Inseln, Kenora mit den Indianern. Der kleine Peter in

Wattenscheid wird sich freuen, wenn er die Indianerkarte bekommt, denn da sehen sie noch malerisch aus, tanzen in Festkleidung auf dem großen Pau-Wau, das einmal im Jahr in Kenora gefeiert wird.

Erich diktierte, was Herbert nach Wattenscheid zu schreiben hatte. Daß die Indianer hoch zu Roß mit Pfeil und Bogen durch Kenora ritten. Daß sie jeden Fremden am Ortseingang mit erhobenem Arm begrüßten. Passieren durfte nur, wer die Friedenspfeife mit ihnen rauchte ... Und so weiter und so weiter.

»Du spinnst doch«, sagte Herbert. »In Wirklichkeit liegen deine roten Brüder betrunken auf dem Rasen.«

Aber so etwas kannst du dem kleinen Peter nicht schreiben. Das begreift der nicht. Ja, Erich Domski hatte recht. Es war ein Ding der Unmöglichkeit, die zahnlosen Frauen zu beschreiben, diese verwitterten Gesichter, denen du keine Gefühlsregung anmerkst. Kein Mensch vermag sich vorzustellen, daß die einmal stolz auf einem Pferd gesessen haben ... Peter Domski brauchte andere Indianer. Der mußte Helden haben, wie sie in Büchern und auf der Leinwand vorkommen. Traurige Verwahrlosung bekommt der noch früh genug zu sehen. So erfuhr denn Wattenscheid, daß Kenora eine Hauptstadt der Indianer sei mit herrlichen Totempfählen, natürlich auch mit Marterpfählen, mit Pferdeherden und Rauchzeichen und Kanus, die über den See glitten, vom fernen Gesang der Indianerfrauen begleitet.

An der Grenze zu Manitoba wurde Erich Domski unruhig. Es lag an dem Namen, der ihm bekannt vorkam, der so gut klang. Irgendwo in Manitoba saß die Lange vom Schiff und wartete auf Erich Domskis Besuch.

Friendly Manitoba. Mit den Sprüchen vom grünen Kanada hörte es auf, weil in Manitoba der Wald endete. *Steckt die Prärie nicht an!* hätte hier auf dem Asphalt stehen müssen. Nach zweitausend Kilometern Buschwald erhielt die Erde wieder einen Horizont. Du stehst dem weiten Land sprachlos gegenüber, weil es nicht aufhören will. Wären nicht die Telefonmasten, die die Eisenbahnstrecke parallel zum Trans Canada Highway begleiten und als blasse Zaunpfähle den Himmel von der Prärie abgrenzen – nichts würde dem Blick im Weg stehen. Vor dir der Rauch eines Güterzugs. Stundenlang fährt die Eisenbahn neben dem Trans Canada Highway her. Nur nicht anhalten. Wenn du den Motor abstellst, gibt es kein Geräusch mehr. Die Prärie kennt kein Echo, die Weite trägt jeden Laut davon, kaum daß du den Güterzug hörst.

Auf halbem Weg zwischen Kenora und Winnipeg hielt Erich doch an. Nur so, um die Notdurft zu verrichten, eine Apfelsine zu essen und eine Zigarette zu rauchen. Schweigend saßen sie am Straßenrand. Im Westen fünfzig Meilen flaches Land bis Winnipeg, im Norden fünfzig Meilen flaches Land bis zur Erdkrümmung, im Süden fünfzig Meilen Land bis zur amerikanischen Grenze, im Osten fünfzig Meilen flaches Land bis zum Lake of the Woods. Dieses gewaltige Areal wird nur durchschnitten vom Band des Trans Canada Highway, einer Eisenbahnstrecke und einer Telefonleitung. Die Telefonleitung sah aus wie eine Allee mit Hunderten von Masten, die im Westen und im Osten immer kleiner wurden. Groß war nur der Mast, an dem Erich Domski lehnte, um dem Summen der Ferngespräche zwischen Toronto und Winnipeg zuzuhören. Inmitten der ergreifenden Weite fiel Erich die Geschichte von der Müllkippe in Wattenscheid ein.

»Es war eine Kuhle, nur fünfzig mal fünfzig Meter«, erzählte er, »mit schwelenden Autoreifen, verrosteten Konservendosen und mächtigen Öltonnen. In diesem Mülloch spielten wir als Jungs mit Konservendosen Fußball. Ein kaputtes Radio, das da rumlag, jawohl, ein schwarzer Volksempfänger, bekam einen Fußtritt ab und jaulte los, fing an zu spielen. Die Loreley war gerade dran. Ich weiß nicht, was soll es bedeuten ... Na, stell dir mal den Schreck vor! Wir trugen den Kasten zum alten Adamzik in die Weststraße. Der hat ihn auf der Treppe seines Siedlungshauses vor unseren Augen in tausend Teile zerlegt. Er brachte die Teile auch wieder zusammen, aber der Volksempfänger wollte nicht mehr spielen.«

Mensch, halt endlich das Maul, Erich Domski! Du störst nur mit deinen Lügengeschichten von jaulenden Radios auf Müllkippen. Du hast kein Gefühl für die Größe des Augenblicks. An Telefonmasten lehnen, um die Gespräche zwischen Toronto und Winnipeg abzuhören, auf Müllkippen alte Volksempfänger die *Loreley* spielen lassen – das kannst du, Erich Domski. Aber einen Augenblick den Atem anhalten, das bringst du nicht fertig.

Das Wasser brachte Abwechslung. Manitoba war Ende Mai mitten in der Schneeschmelze. Braunes Wasser bedeckte das flache Land, feuchtete es an für die wenigen Monate der Fruchtbarkeit. Farmhäuser waren vom Wasser umzingelt wie die Halligen im Wattenmeer. Bäche hatten ihr Bett verlassen; die Gräben neben dem Trans Canada Highway konnten das viele Naß nicht mehr aufnehmen und gaben es an die Felder ab. Hier kannst du Zweifel bekommen, ob die Erde wirklich rund ist, weil das Wasser nicht ablaufen will. Erich ließ das Auto durch Pfützen jagen und freute sich, wenn das Wasser hoch aufspritzte und hinter ihnen auf die Straße klatschte.

Sie trafen Wegweiser mit deutschen Ortsnamen. Es gab Blumenfeld, Reinland, Altona, Schoenwiese, Blumenort, Rosengart und Sommerfeld – eine deutsche Provinz innerhalb der kanadischen Provinz Manitoba.

»Mensch, ich denk', wir sind im Münsterland!« rief Erich.

Das Radio meldete sich mit einer Predigt in deutscher Sprache. Aber was war das für ein Deutsch? Das kam von der Wolga, von Bessarabien, von Wolhynien, jedenfalls von weit her.

Die Haare auf unserem Haupte wachsen gleich den Wäldern auf den Bergen, sang der Prediger. *Unsere Stimme dringt durch das Jammertal des Leidens wie der Ruf eines sterbenden Kojoten.*

Das ist eine Gegend, die auch den Eltern gefallen hätte, dachte Herbert. Hier gab es Land genug für Vater Broschat, um noch einmal anzufangen. Wenn du das hier siehst, diesen Überfluß an fruchtbarer Erde, kannst du nicht begreifen, warum sie sich in Europa den Schädel einschlagen um ein paar Quadratkilometer Weideland, um das Hultschiner Ländchen, um Eupen und Malmedy, um die Memelniederung, um den Korridor durch Polen, um den Annaberg in Oberschlesien ... Lebensraum im Osten? Das war ein großer Irrtum. Im Westen, an der Grenze Manitobas, fängt Lebensraum im Überfluß an.

Sie hätten auswandern sollen, die Eltern. Ob du in Deutschland fremd bist oder in Kanada, ist einerlei. Vielleicht ist es sogar besser, in Kanada fremd zu sein.

Da sind so viele fremd, daß Fremdheit schon wieder Gemeinsamkeiten schafft. Aber mit kaputtem Bein und krankem Magen darfst du nicht ans Auswandern denken. Das war Mutters ständige Rede gewesen. Und Vater hatte die Krücke genommen und auf den Tisch geschlagen.

»Das hätten sie wohl gern, die Herren Sieger! Die Flüchtlinge sollen auswandern, damit sie aufhören, eine ständige Anklage vor aller Welt zu sein. Aber so leicht werden die uns nicht los. Wir bleiben und warten, bis der deutsche Osten wieder deutsch ist!«

Mein Gott, Vater, dir hätte Manitoba bestimmt gefallen! Diese fruchtbare Erde, aus der Jahr für Jahr neue Ernten wachsen. Es ist doch so ähnlich wie in Ostpreußen, auch so weit und flach. Mutter hätte sogar in eine deutsche Kirche gehen können.

Die deutschen Namen auf den Wegweisern brachten Herbert zurück nach Sandermarsch. Du willst alles vergessen, verbrennst sogar ungelesene deutsche Zeitungen. Aber auf einmal biegt ein Weg nach Steinbach ab – und Deutschland ist wieder da. Du wirst es einfach nicht los.

Während Erich durch die Wasserlachen raste, lag Herbert auf dem Rücksitz und griff nun doch zu den Zeitungen, die nach Erichs Großbrand übriggeblieben waren.

Sechsundzwanzigtausendsiebenhundert Sowjetzonenflüchtlinge sind im April 1956 nach West-Berlin gekommen, allein zu den Osterfeiertagen über viertausend Menschen.

In Seebüll, hundert Kilometer nördlich von Sandermarsch, war der Maler Emil Nolde gestorben.

Zirkus Althoff kommt nach Hamburg!

»Weißt du eigentlich, daß am dreizehnten Mai Muttertag war?« rief er nach vorn. »Wir haben beide eine Mutter, aber den Muttertag vergessen wir glatt. Schöne Söhne sind wir.«

Erich schlug vor, in Winnipeg eine Postkarte zu kaufen, sie rückzudatieren und den Müttern nach Deutschland zu schicken. Die Verspätung fällt nicht auf. Die Mütter werden der kanadischen Post die Schuld geben, die manchmal so schrecklich bummelig ist.

Seitdem sie in dem flachen Manitoba waren, spielte das Radio ohne Unterlaß. Aber was spielte es? Hier begann der Präriesound mit seinen traurigen Westernballaden, die so lang sind, wie dieses Land weit ist. Zwischen Winnipeg und Calgary brachten sie es fertig, auch Strauß-Walzer und Erichs *Blue Tango* mit unverwechselbarem Präriеklang zu spielen. Küchenlieder des Wilden Westens. Monoton wie ein Wasserfall, klagend wie das Geheul der Wölfe. Lange hältst du das nicht aus, wenn du nicht hier geboren bist.

Winnipeg mit der breitesten Hauptstraße der Welt. Winnipeg mit dem größten Güterbahnhof der Welt, auf dem der Weizen verladen wird, den die Felder Manitobas hergeben. Mehr Größe war nicht. Eine graue Stadt, ein auseinandergelaufener Fladen auf Mutters Kuchenblech. Aber immerhin eine Stadt. Wer fünf Tage lang durch den Busch gefahren ist, sieht Winnipeg vor sich wie das rettende Jerusalem.

Sie bummelten durch Grünanlagen, kletterten in eine Westernlok, die als Museumsstück in einem Park stand, die erste Lokomotive, die das Indianerland Manitoba vor siebzig Jahren durchquert hatte. Hinter der Lokomotive trafen sie auf einen Heldenstein für die

Toten von Manitoba, die im Kampf gegen Deutschland gefallen waren – seltsamerweise im Ersten Weltkrieg mehr als im Zweiten. Mein Gott, so weit hatten diese Kriege gereicht! Sogar am Ufer des Red River im fernen Manitoba waren die Namen Cambrai aus dem einen und Arnheim aus dem andern der Weltkriege in Stein gemeißelt verewigt.

Vor dem Stein sprach sie ein alter Mann an. Er erzählte ihnen von deutschen Kriegsgefangenen, die in der Nähe Winnipegs in einem Camp gelebt und Straßen gebaut hätten.

»Da draußen gibt es sogar einen deutschen Friedhof«, sagte er.

Der Mann hielt es für selbstverständlich, daß sie auf ihrer Reise durch Kanada einen Abstecher zu den Gräbern deutscher Kriegsgefangener machten. In den Sand des Parkwegs zeichnete er, wie sie fahren müßten, um den Friedhof zu erreichen.

»Wir sind doch nicht nach Kanada gekommen, um Gräber anzusehen«, sagte Erich, als sie allein waren.

Herbert gab ihm recht. Er war es leid, an jeder Straßenecke von der Vergangenheit eingeholt zu werden. Hatten die Toten nicht schon längst ihre Toten begraben?

»Weißt du, wann ich zuletzt auf dem Friedhof war?« fragte Erich. »Das muß im Krieg gewesen sein, als mein Bruder beerdigt wurde. Der hat als Flakhelfer drei Tage lang unter einer Mauer gelegen, bevor sie ihn gefunden haben.«

Als sie den Park verließen, hatte Erich eines jener Erlebnisse, von denen du nachher nicht weißt, ob die Phantasie mit dir durchgegangen ist, eine Fata Morgana dich genarrt oder einfach dein Verstand ausgesetzt hat. Vor ihnen ging eine Frau, ungefähr einen Meter achtzig groß. Sie drehte ihnen den Rücken zu.

Für Erich gab es keinen Zweifel: Das war die Lange vom Schiff! Er lief durch die Anlagen, trat der Frau in den Weg und sagte auf deutsch guten Tag.

Die Frau sah ihn an, wie man einen Hund ansieht, der einem zufällig über den Weg läuft.

»Wir kennen uns doch«, sagte Erich.

Verdammt noch mal, Erich hatte ihren Vornamen vergessen! Wie hieß sie nur, die Lange, die Dürre, die Schöne?

Die Frau schüttelte unwillig den Kopf.

Erich streckte die Hand aus, um sie zu berühren, um auf deutsche Art guten Tag zu sagen. Weiter wollte er nichts, nur sie einmal flüchtig berühren.

Die Frau wich aus, blickte sich hilfesuchend um.

Da fiel ihm der Name ein. »Du bist doch die Rosi vom Schiff!« Mensch, Erich, hör auf, die Frau zu belästigen, sonst gibt es Ärger mit der Polizei! Herbert zog ihn fort. Die Frau ging davon. Erich stand da wie einer, der gerade aus dem Wasser kommt.

»Ich hätte wetten können, daß sie es war«, sagte er.

»Na ja, die Länge stimmte, aber mehr auch nicht«, meinte Herbert. »Sie war es«, behauptete Erich, als sie die Frau nicht mehr sehen konnten. »Sie hat sich nur verstellt. Glaub mir, es gibt solche Frauen. Wenn die die Treppe hinauffallen, kennen sie dich nicht wieder.«

Erich redete den ganzen Tag über von Rosi, der Langen vom Schiff. Es klang nicht sehr gut, was er über sie zu sagen wußte, als er nun schon zum drittenmal ausführlich erzählte, wie es damals auf dem Schiff zugegangen war, als die Lange noch nicht die Treppe hinaufgefallen war.

Auf den Nummernschildern der Autos, die sie überholten, stand: *Saskatchewan, die Weizenprovinz Kanadas.* An einem strahlenden Morgen erreichten sie Regina, die Königin der Prärie. Die Stadt glich einem großen Dorf, einem stillen, frommen Dorf mit zahlreichen Parks und gediegenen Landhäusern, ein bißchen deutsch, ein bißchen polnisch, nicht anspruchsvoll, sondern schlicht auf die schwarze Prärieerde gesetzt, ohne Drang zu Höherem, auf den Knien liegend, den Nacken beugend vor dem großen, weiten Himmel. Hinter Regina fängst du an, die Radfahrer zu bedauern. Und die Fußgänger. Nur Vögel haben es gut in dieser Weite. Die Bäume hören auf, den Horizont zu begrenzen. Einsame Rauchfahnen steigen auf, Ozeanriesen, die durch die Prärie dampfen. Der warme Chinook bläst Staubwolken über den Trans Canada Highway, macht müde und melancholisch. Hier können Felder wegwehen. Ausgetrocknete Salzseen, leuchtend wie Schnee. Welchem Elend müssen die alten Siedler entflohen sein, daß sie in diesem weiten, trostlosen Land anhielten, um den Spaten in die Erde zu treten!

Die Mittagshitze trieb sie in ein Restaurant, eine bemalte Wellblechhütte, den einzigen schattenspendenden Ort in zwanzig Meilen Umkreis. An der Eingangstür des seltsamen Lokals hing ein Schild: *No shoes – No shirts – No service!*

Nein, nein, du brauchst nicht die Schuhe auszuziehen, Erich Domski. Wer ohne Schuhe kommt, wird nicht bedient, heißt das. Der Wirt brachte eiskaltes Canada Dry und nahm an ihrem Tisch Platz, um sie auszufragen. Woher kommt ihr? Wohin geht ihr? Wollt ihr euch nicht in dieser Gegend niederlassen? Wir brauchen Menschen. Er hielt Saskatchewan für ein großes, zuträgliches Land, das jedem gebe, was er brauche. Brot und Fische, weite Wege und lange, stille Abende im Winter. Dreißig Meilen voraus sei ein Präriemuseum zu besichtigen, direkt neben dem Trans Canada Highway. Das müßt ihr unbedingt sehen. Dort gibt es Pflüge und Ochsenkarren, die die ersten Siedler mitgebracht haben, Petroleumlampen von 1880 und Familienfotos aus der Zeit, als die Prärie nicht Weizen-, sondern Grasland war. Je öder die Erde, desto anhänglicher die Menschen! Ach, sie waren so stolz auf ihr trostloses Land, auf ihre fünfzig Jahre alten Eggen und Pflüge, versuchten mit Liebe, der geschichtslosen Gegend ein Stückchen Geschichte im Präriemuseum abzuringen. Hier begreifst du, daß Heimat nichts mit schöner Landschaft, gutem Klima oder hübschen Häusern zu tun hat. Heimat kommt von innen. In den unwirtlichsten Gebieten Saskatchewans hingen die Menschen mit Inbrunst an dem, was sie als Heimat verstanden.

Zwanzig Meilen südlich gibt es ein Wasserloch, die einzige Badestelle in weiter Runde.

Im Winter ist Saskatchewan übrigens auch reizvoll, weil die Trostlosigkeit eine andere Farbe bekommt.

Und den Herbst dürfen wir nicht vergessen, wenn der Weizen reift in Saskatchewan.

Eine Nacht in der Prärie schlafen. Neben dem Auto. Zugedeckt von einem farbigen Himmel mit einem Sonnenuntergang auf Breitleinwand. Das Auto als höchste Erhebung. Du liegst da wie aufgebahrt. Lange wartest du, bis die Sterne funkeln, weil die Prärienächte so hell sind. Du kannst nicht einschlafen, weil dir ein Zudeck fehlt. Es gab tatsächlich Lerchen. Trillernd strebten sie den Kranichen zu, die unter roten Lämmerwolken nach Norden flogen. Wildenten fielen in die wenigen Wassertümpel ein, um die weißbraune Rinder lagerten. Keine Cowboys, keine wilden Indianer, keine Büffelherden, nichts für Peter Domski in Wattenscheid. In der Ferne ein Farmer, der mit seinem Truck Staub aufwirbelte. Nein, so hatten sich Peter Domski und Erich Domski die Prärie nicht vorgestellt.

Wie sollst du schlafen in dem offenen Himmelbett? Alle halbe Stunde fährt die Canadian Pacific auf der anderen Seite des Highways vorbei. Das Heulen der Lokomotive, ist das nun ein Wiegenlied oder ein fröhlicher Wecker?

»Weißt du, wie sich das anhört?« sagte Erich im Halbschlaf. »Wie wenn sich der Küster mit dem Arsch auf die Orgel setzt.«

Vor dem Einschlafen fing Erich an, Orgelgeschichten zu erzählen. Wie sie als Kinder einen Holzklotz zwischen den Pedalen der Orgel befestigt hatten und der Gottesdienst beinahe ausgefallen war. Oder die Geschichte vom Klebstoff, den sie über die Orgeltasten gegossen hatten, so daß nur noch ein einheitlicher Brummton zu vernehmen war.

»Morgen kommen die Berge«, sagte Herbert feierlich.

Wenn du lange genug durch die Prärie gefahren bist, den Rinderherden nachgesehen hast, die nördlich der Zypressenhügel über die Plains ziehen, dann wartest du auf die Berge, möchtest gern Seefahrer sein und endlich »Land in Sicht!« rufen.

»Höher als im Sauerland bin ich noch nie gewesen«, sagte Erich. Und er erzählte vom Betriebsausflug der Zeche Holland zum Kahlen Asten. Weil sie damals große Mühe hatten, die Betrunkenen in die Busse zu kriegen, fielen die Betriebsausflüge in späteren Jahren aus. Na ja, die Abraumhalden in Wattenscheid waren ja auch so etwas wie Berge. Wenigstens im Winter, wenn Schnee drauflag, sahen sie wie richtige Berge aus. Nur hielt der Schnee nie lange, weil die Halden von innen wärmten.

»Hattet ihr zu Hause auch Berge?« fragte Erich.

Wo denkst du hin? In Sandermarsch kamen sie über Maulwurfshügel nicht hinaus. Weiter östlich, in der Geest, wurde es zwar hügeliger, aber den Namen Berge verdienten diese Erhebungen nur aus der Sicht der Frösche. Die Mutter hatte manchmal von der Seesker Höhe bei Goldap in Ostpreußen erzählt. Als junges Mädchen hatte sie von dort aus ergriffen über die Rominter Heide geschaut. Aber viel höher als der Kirchturm von Sandermarsch kann das auch nicht gewesen sein.

Sie freuten sich auf die Berge, auf das Wildrosenland Alberta, auf die Schwarzbären in den Schluchten der Rockies. Weiter im Norden sollte es sogar Grislys geben.

»Stell dir mal vor, ein Grisly steht vor unserem Buick auf der Straße. Steht auf den Hinterbeinen, erhebt die Tatzen und will die Autopapiere sehen ...« Solche Verrücktheiten dachte sich Erich Domski aus, als er in der Prärie nicht einschlafen konnte.

Noch vor den Bergen kamen die Ölpumpen. Über der Erde Weizen, unter der Erde Öl – beneidenswert, dieses Alberta mit seinem doppelten Reichtum. Erich hielt an, um die Arbeit der unermüdlichen Pumpen zu beobachten, die Tag und Nacht, werktags und sonntags Reichtum förderten.

»Mensch, wenn ich da an unsere Knochenarbeit unter Tage denke!« meinte er. »Jeder von uns müßte eine Pumpe haben, dann hätten wir ausgesorgt.«

Wie einfach das ging. Du legst dich bequem zu deiner Pumpe ins Gras und siehst zu, wie mit jedem Pumpenstoß ein paar Cent herauskleckern und dich reicher machen.

»Kennst du das Märchen vom Esel, der Goldstücke in die Stube scheißt?«

So kamen Erich Domski die Pumpen vor. Er schlug vor, ein Stück Kanada zu kaufen. Möglichst ein Stück, auf dem Öl zu finden war oder Gold oder Uran – irgend etwas, das schnell reich macht. Du mußt beim Reichwerden dabeisitzen und Zigaretten rauchen können. Vor allem hätte es schnell zu gehen, weil das Leben so kurz ist. Was hilft es, wenn du mit sechzig Jahren reich wirst?

Der Anblick der Ölpumpen veranlaßte ihn, sein Geld zu zählen. Noch nicht einmal tausend Dollar gehörten ihm. Damit sollte er ein Stück Kanada kaufen, ab und zu ein Mädchen kaufen, den Bauplatz in Wattenscheid-Leithe kaufen, auch eine BMW 600 kaufen, die er brauchte, wenn er heimkehrte. Na ja, besser wäre eigentlich ein Volkswagen, denn du mußt ein Dach überm Kopf haben, wenn du mit einem Mädchen in Wattenscheid herumkutschierst. Du kannst dich nicht mit einem Motorrad zu zweit auf einen Parkplatz des Ruhrschnellwegs stellen, und über dir regnet es ... Mein Gott, das war alles viel zuviel. Das schaffst du nie in einem Leben, Erich Domski!

Am frühen Nachmittag erhob sich aus dem staubigen Dunst der Prärie die schneebedeckte Kette der Rocky Mountains. Das war wieder so ein Augenblick, in dem Herbert Broschat sich festhalten mußte. Da lag im Westen der malerische Hintergrund unzähliger Indianer- und Cowboygeschichten, die Rocky Mountains, wie sie noch kein Mensch aus Sandermarsch gesehen hatte. Der Mutter waren Berge genauso unheimlich wie das Wasser.

»Steig bloß nicht so hoch hinauf, Junge«, hatte sie immer gemahnt.

Zwei Stunden noch, um sich zu beruhigen. Erst dann zwängte sich die Straße in die Berge, versuchte es mit Serpentinen, kroch an steilen Abgründen und schmalen Bergseen vorbei.

Prüfe deine Bremsen! stand auf den Schildern am Trans Canada Highway. Und plötzlich gab es etwas Neues, das sie überhaupt noch nicht kannten: eine Run-away-line.

»Weglaufbahn«, erklärte Herbert. »Wenn die Bremsen versagen, rast du nicht einfach in die Tiefe, sondern weichst auf den markierten Seitenstreifen aus, der steil ansteigt und dich auffängt.«

Bewundernswert, der Einfallsreichtum der kanadischen Straßenbauer. Ist es nicht großartig, eine Run-away-line zu haben, nicht nur in den kanadischen Bergen, sondern überall, auch in Deutschland, in Wattenscheid, im flachen Sandermarsch? Vielleicht befindest du dich auch auf einer Run-away-line, Herbert Broschat. Du bist von Deutschland weggelaufen, als die Bremsen versagten.

Erste Rast machten sie an einem Bergsee. Herbert überprüfte die Temperatur des Seewassers und Erich die an der Straße aufgestellten bärensicheren Abfalltonnen. Abfall gehört in die Tonne, sonst bekommst du Bärenbesuch! Erich spielte Bärenbesuch. Er kroch in eine leere Abfalltonne, den Kopf im Freien, und randalierte im Bauch der Tonne, indem er mit den Füßen gegen die Innenwand stieß, daß es sich anhörte wie die große Pauke der Bergmannskapelle in Wattenscheid.

Wenn du weiter so tobst, kommt wirklich ein Bär,

Erich Domski! Aber es kam nur ein Stachelschwein. Das überquerte die Lichtung und verführte Erich zu einer wilden Verfolgungsjagd ins Unterholz. Nach zehn Minuten tauchte er auf, vom Gestrüpp zerkratzt, die Haare wirr im Gesicht.

Es war einmal ein Schneiderlein, das ritt auf einem Stachelschwein, reimte Erich Domski, während er den Dreck von den Schuhen wischte.

Sie mußten etwas unternehmen, solange die Begeisterung anhielt. Herbert schlug vor, den nächsten Berg zu besteigen. Ohne bestimmte Absicht, nur so, weil der Berg dastand und es ein großartiges Gefühl war, ihn zu besteigen, den ersten Berg des Lebens, einen richtigen Berg, nicht die Seesker Höhe oder die Abraumhalden in Wattenscheid. Sie rannten los, erst durch das Gestrüpp am Fuß des Berges, dann über Geröll bis zu den mächtigen Felsbrocken, die wie die Überreste eines Steinbruchs unter dem Gipfel lagen. Zur Erfrischung aßen sie Schnee. Oben entdeckten sie das Echo, das in wunderbarer Reinheit von den umliegenden Gipfeln zurückkehrte. Wenn Erich Domski »Wattenscheid!!« brüllte, klang das wie auf dem Fußballplatz von Wattenscheid 09. Was das Echo zu Sandermarsch sagte, ist leicht zu erraten.

Diese Weitsicht! Ehrlich, hier wird die Luft schon dünner. Der Berg war abgeflacht wie ein Krähennest. Im Innern des Nestes lag hundert Jahre alter Schnee. Vom Rand des Krähennestes sahen sie im Osten die Prärie, im Westen die Bergwelt. Ergriffenheit war gar kein Ausdruck für das, was Herbert empfand. Bergkuppe hinter Bergkuppe, Schnee und vom Sonnenlicht angemalte rote Felsen. Erich Domski ließ Gesteinsbrocken von der Größe eines Fußballs ins Tal poltern und freute sich, wenn sie ins Gehölz einbrachen und kleine Bäume zermalmten. Er hoffte, eines seiner Geschosse werde im See einschlagen und einen großen Platscher machen.

»Du wirst noch unser Auto zertrümmern«, warnte Herbert.

Erich fand es nicht entweihend, oben in den Rockies eine Zigarette zu rauchen. Er ließ unbekannte Rauchsignale über den Bergen Albertas aufsteigen, verpestete für kurze Zeit die dünne, klare Luft.

Sie blieben, bis die Abendkühle sie vertrieb, bis tatsächlich Krähen das Krähennest bevölkerten und sich eine weiße Wolke an den Berggipfel hängte. Auf dem Weg nach unten dachte Erich sich die Bärengeschichte aus, die Herbert an den kleinen Peter Domski schreiben sollte. Es war die Geschichte vom großen Bruder, der nachts in einem Seitental der Rocky Mountains einen Bären in der Abfalltonne gefangen hat. Es gab also nachts, gerade als Erich einschlafen wollte, einen fürchterlichen Krach in der Abfalltonne. Der große Bruder tappte hin, um nachzusehen. Und siehe da, ein Bär machte sich an der Tonne zu schaffen. Na warte, dachte der große Bruder. Kriech du erst mal in die Tonne, dann werde ich dir zeigen, was 'ne Harke ist. Er wartete hinter einem Baum, bis der Bär in der Tonne verschwunden war. Da knallte Erich Domski den Deckel zu. Na, das Spektakel muß bis Wattenscheid zu hören gewesen sein ... Aber sosehr der Bär auch tobte und den Deckel aufstoßen wollte, der große Bruder hielt den Deckel fest. Du weißt ja, welche Kraft dein Bruder hat! Eine Stunde lang kämpfte er mit dem Bären, bis der Bär schlapp wurde und sich nicht mehr rührte. Als er vorsichtig den Deckel öffnete, lag der Bär mausetot in der Tonne. Ihm war die Atemluft zu knapp geworden, weil dein Bruder auf dem Deckel gesessen hatte ...

»Solche Räubergeschichten kannst du doch nicht nach Hause schreiben«, bemerkte Herbert.

»Nun hab dich nicht so«, meinte Erich gekränkt. »Ob die Geschichte wahr ist, spielt keine Rolle. Wichtig ist, daß der kleine Peter sich mächtig freuen wird. Was meinst du, wie stolz der ist, wenn er hört, daß sein Bruder mit einem Bären gekämpft hat! Er wird den Brief in die Schule mitnehmen. Da werden die Kinder staunen. Mensch, so einen Bruder möcht' ich auch haben, werden sie denken!«

»Laß wenigstens den Schluß weg«, schlug Herbert vor. »Laß den Bären leben!«

Aber das ging nicht. Nein, so eine Geschichte hatte vernünftig auszugehen. Die kann nicht mit einem Händedruck und den besten Wünschen für eine ruhige Nacht in der Bärenhöhle enden. Entweder Erich Domski oder der Bär, so ist das nun mal im Leben. Da war es doch klar, daß Erich lieber den Bären kaputtgehen ließ.

Herbert schrieb, solange es hell war, die Bärengeschichte für den kleinen Peter in Wattenscheid. Er schrieb sie so, wie Erich sie haben wollte, auch mit dem traurigen Schluß. Als er fertig war, klopfte Erich ihm auf die Schulter.

»Du bist wirklich ein prima Kumpel. Ich werde dir das nie vergessen, wie du für mich die Post nach Deutschland geschrieben hast.«

Nur einen Briefkasten gab es für die Bärengeschichte in den Rocky Mountains nicht. Morgen werden wir sie einstecken in Elko oder Cranbrook. Und wenn die Geschichte nur bewirkt, daß Peter Domski einen Tag gern zur Schule geht, an dem Tag nämlich, an dem er den Brief seines großen Bruders vorlesen wird, dann ist das schon genug.

Herbert kroch zum Schlafen wie immer auf den Rücksitz, Erich wegen des bequemen Ausstreckens unter das Auto.

»Wenn nun wirklich nachts Bärenbesuch kommt, müssen wir deine Geschichte morgen umschreiben«, meinte Herbert. »Stell dir vor, ein Grisly sieht dich unter dem Auto liegen und leckt mit seiner breiten Zunge über dein Gesicht!«

»Dann sag ihm bitte, er soll sich nicht bemühen, der Erich Domski aus Wattenscheid ist schon gewaschen.«

British Columbia ist die schönste der neun Töchter Kanadas. Stolz und wild gebärdet sie sich in den Bergen des Ostens, mild und verführerisch gibt sie sich am Pazifik, üppig und undurchdringlich wuchert sie auf Vancouver Island, der Insel des Waldes. Im Okanagantal hält sie ein Paradies bereit: Blumen, Früchte und Wärme. Die Ströme fließen westwärts zum größten der Ozeane. Sie tragen entwurzelte Bäume und gebleichtes Langholz mit sich, strömen den Lachsen entgegen, die die Flußtäler hinaufziehen, und den Inseln vor der Küste, den ins Meer gefallenen Perlen.

Als sie die Grenze zu British Columbia erreichten, hatte die schönste Tochter Kanadas gerade Trauerkleidung angelegt. Es regnete. Die vom Ozean kommenden tiefziehenden Wolken stießen gegen die Berghänge und ließen Feuchtigkeit zur Erde fallen. Nebel hing über den Wäldern, Bäche stürzten in Schluchten, verschwanden unter der Straße und tauchten tief unten wieder auf. Mild, aber naß, das richtige Klima, um die Bäume in die Höhe und die Breite zu treiben.

»Na, das ist ein schöner Empfang«, meinte Erich. Es

regnete bis Trail, und in Penticton regnete es schon wieder.

»Kein Mensch hat uns gesagt, daß der Westen so eine verdammt nasse Ecke ist«, sagte Erich Domski düster.

Schlimmer als das norddeutsche Küstenland bei Regen kann es auch nicht sein, dachte Herbert. Aber es war schon trostlos. Während der zweitägigen Fahrt durch British Columbia schien nicht ein einziges Mal die Sonne. Auch nicht, als sie die große Stadt am Meer und am Fuß schneebedeckter Berge erreichten. Das war so eine Art Innsbruck am Wasser. Wenn du vom Skilaufen zurückkehrst, kannst du im offenen Meer an der English Bay baden, in jenen Wellen, die in Hawaii oder Tahiti aufgebrochen sind und auf ihrem Weg nach Alaska einen Schlenker durch die Strait of Georgia gemacht haben. Ein Trauerschleier aus tiefhängenden Wolken nahm der Stadt Vancouver ihre Größe und Schönheit. Grouse Mountain und Mount Seymour im Norden ließen sich nur ahnen, die Skyline der City war nur angedeutet. Wo der Hafen liegt, weißt du erst, wenn du den Motorenlärm aufsteigender Wasserflugzeuge hörst.

In der Vorstadt New Westminster nahm sie der Kingsway auf, jene lange Straße, die als Hauptschlagader mitten ins Herz Vancouvers führt. Lächerlich große Pfützen auf diesem Königsweg. Und doch tat es wohl, wieder Verkehrsampeln zu sehen, vor starkbefahrenen Kreuzungen zu halten, das Spiel der Leuchtreklame zu verfolgen und die Sirenen der Polizeifahrzeuge zu hören. Nach zehn Tagen Busch, Prärie und Berge freust du dich auf Menschliches, egal, wie es aussieht, egal auch, ob es regnet.

Sie fuhren bis zur Halbinsel, auf der Downtown Vancouver liegt. Als Erich die Granville gekreuzt hatte, trat er auf die Bremse, wendete, fuhr zurück und bog in die Granville ein, in die Straße mit dem roten Licht, das schon nachmittags verschwenderisch leuchtete. An einer Parkuhr der Granville endete ihre Reise. Herbert notierte den Stand des Meilenzählers: 3685 Meilen von Toronto nach Vancouver. Das war's.

»So stell' ich mir die Reeperbahn vor«, sagte Erich und kurbelte die Scheibe herunter. Kinos mit strahlenden Lichterketten. Ein staatlicher Schnapsladen, vor dem eine Menschenschlange wartete. *Für Kinder kein Zutritt!* verkündete ein Schild. Jedes dritte Haus ein mittelmäßiges Hotel. Namen wie »Austin«, »Northern«, »Duncan« und »Martin« wirst du dir merken müssen, Erich Domski. Das sind die Etablissements für Holzfäller und Minenarbeiter aus dem Norden, für Seeleute, die bald die Stadt verlassen müssen und nicht viel Zeit haben. In der Nebenstraße das mächtige »City of Vancouver«.

»Ist das nun wie die Reeperbahn oder nicht?«

Erich wunderte sich, daß Herbert die Reeperbahn weder bei Tag noch bei Nacht gesehen hatte. Du wohnst vor den Toren Hamburgs und kennst nicht mal die Reeperbahn! In drei Jahren, wenn Erich in Wattenscheid einen Volkswagen gekauft hat, wird er nach Hamburg kommen, um das vielbesungene Prachtexemplar von Straße zu besichtigen. Vorher wird er Herbert in Sandermarsch abholen. Dann machen wir einen kräftigen Zug durch die Gemeinde Sankt Pauli.

Über solche Dinge sprach Erich an der Parkuhr auf der Granville, fünf Minuten nach dem Ende ihrer Reise durch Kanada.

»Mich kannst du nicht in Sandermarsch abholen, weil ich nicht mehr nach Deutschland gehe«, sagte Herbert.

Erich lachte. »Warte nur ab, du gehst auch zurück. Du bist ein Mensch, der wieder dahin muß, wo er hergekommen ist. Das sieht man dir an. Und deine Schuhverkäuferin kannst du auch nicht ewig warten lassen. Wenn die Mädchen über zwanzig Jahre alt sind, wollen sie es wissen, so oder so. Entweder holst du sie rüber, oder du fährst zu ihr nach Deutschland.«

Als Erich über Mädchen sprach, fiel sein Blick auf eine Frau, die zwischen »Northern« und »Duncan« hin und her schlenderte. Sie schien auf Erich Domski zu warten.

»In einer Viertelstunde bin ich wieder da«, sagte Erich, stieg aus, schnallte den Riemen enger, blickte kurz nach links, kurz nach rechts und marschierte los, marschierte hinein in das Gewirr der Autos, Busse und Fußgänger, das die Granville belebte, steuerte auf die Stelle zwischen »Northern« und »Duncan« zu, wo die Frau stand und nichts Besseres zu tun hatte, als Erich Domski zu empfangen.

Noch keine halbe Stunde war Erich in Vancouver, und schon hatte er die richtige Stelle gefunden. Der hat eine Nase dafür. Mit Erich Domski kannst du hinfahren, wo du willst, der findet immer die Stellen, auf die es ankommt.

Herbert kaufte Ansichtskarten: Vancouver mit Lions Gate Bridge und Grouse Mountain. Vancouver, vom Berg aus gesehen. Die Berge, von Vancouver aus gesehen. Vancouver bei Nacht. Und er schrieb nach Sandermarsch: *Liebe Gisela! Du glaubst nicht, durch welch ein wunderbares Land wir gefahren sind. Über fünftausend Kilometer von Toronto nach Vancouver. Von einer Naturschönheit zur anderen. Wenn du das gesehen hast, weißt du erst, wie armselig Deutschland ist.*

»Ja, Vancouver ist in Ordnung, die Stadt gefällt mir.« Das sagte Erich Domski, als er wieder im Auto saß. Es hatte länger gedauert als vorausgesehen, eine halbe Stunde, aber Erich Domski war zufrieden mit Vancouver.

Sie gingen auf Zimmersuche. Erst eine Bude, danach Arbeit, das ist die richtige Reihenfolge. Wenn du in das unbekannte Vancouver kommst, hast du freie Auswahl. Der Zufall oder der Verkehrsstrom führt dich entweder in das vornehme Westend oder in das liebliche North Vancouver auf der anderen Seite des Wassers. Auch nach Burnaby kann es dich verschlagen oder in die Vorstadt New Westminster. Ob es die 13. Straße Ost oder die 17. Straße West ist, du bist willkommen, wirst wohlwollend empfangen von den Schildern der Zimmervermieter. Wie überall in Kanada waren auch in Vancouver diejenigen König, die fünf Dollar Wochenmiete aufbringen konnten. Du gehst einfach rein, zahlst die Miete und packst deinen müden Körper auf ein Bett. Niemand fragt, ob du sauber bist, ob du schnarchst oder nach dem Essen rülpst oder nachts spät nach Hause kommst. Du zahlst, und damit bist du frei. Geld ist die wunderbarste Freiheit, die es gibt.

Um sechs Uhr abends war noch alles herrlich ungewiß. Sie konnten an einen irischen oder einen griechischen Zimmervermieter geraten, an eine junge Frau oder eine alte, in ein Haus mit Kindern oder eins mit Hunden und Katzen. Es lag alles drin. Bei einer solchen Fülle des Angebots entscheiden Kleinigkeiten über den Zuschlag, beispielsweise der vertraute Klang des Namens Manitoba. Drei Kreuzungen hinter der Main Street erreichten sie die Manitoba Street. Die fuhren sie im Schrittempo hinauf; Erich taxierte die Häuser auf der rechten Seite, Herbert die auf der linken. Sie waren schon in den vierstelligen Hausnummern, als Herbert auf die Bremse trat. Vor ihnen stand ein zweistöckiges Eckgebäude. Dunkle Holzwände, Zedernschindeln auf dem Dach, weiße Fensterrahmen und weiße Säulen vor einer Veranda, die an die Landhäuser der Baumwollplantagen des Südens erinnerte. Es sah fremd aus, dieses Gebäude, fiel auf in der langen Reihe der Holzhäuser mit unterschiedlichem Farbanstrich. Über der Verandatreppe baumelte ein Pappschild: *Rooms.* Mehr nicht. Vom Auto aus erblickten sie auf der Veranda einen Schaukelstuhl, der hin- und herwippte. Daneben ein Stapel Zeitungen. Als sie die Stufen hinaufgingen, entdeckten sie den Inhalt des Schaukelstuhls. Da saß ein Junge. Erich meinte, der sei so etwa von der Größe und Güte wie sein kleiner Bruder Peter. Der Junge hatte das Ende eines Kaugummis im Mund; das andere Ende war an einer der Verandasäulen festgeklebt, so daß der Kaugummi wie eine Hängebrücke zwischen Säule und Mundwinkel hing. Das Kunststück bestand darin, mit dem Schaukelstuhl so geschickt zu wippen, daß die Brücke nicht in den Abgrund stürzte.

»Es ist keiner da«, sagte der Junge. Als sie gehen wollten, nahm er das Kaugummiende aus dem Mund und klebte es an die Säule. »Ich kann euch das Zimmer auch zeigen.«

Er öffnete die Haustür, ging voraus, sprang die Treppe hinauf in den ersten Stock und wartete oben am Geländer, bis sie folgten.

Dem Haus haftete ein merkwürdiger Geruch an, nach den Resten des Mittagessens und nach Puder oder Salbe oder Tee oder Parfum.

»Jedenfalls riecht es wie Doktor Oetkers Vanillepudding«, behauptete Erich, als der Junge die Tür zu einem Dachzimmer öffnete.

»Zehn Dollar kostet das«, sagte der Junge.

Das Zimmer hatte schräge Wände und drei Betten.

»Da brauchen wir ja einen dritten Mann«, sagte Erich, als er das überzählige Bett sah. Mit einem Blick aus dem Fenster stellte er fest, daß direkt vor dem Haus eine Bushaltestelle, schräg gegenüber ein Kino war. »Kino ist immer gut«, meinte er.

»Im Keller ist auch noch ein freier Raum!« rief der Junge und tobte die Treppe hinunter. Er führte sie in ein Souterrainzimmer mit nur zwei Betten. Stickige Wärme schlug ihnen entgegen. »Die Warmwasserrohre laufen hier durch«, erklärte der Junge.

Ein kleines Fenster. Zwei Handbreit Himmel, durchzogen von Gräsern und verwilderten Blumen. Von links fiel der Schatten der mächtigen Veranda ein.

Das Zimmer kostete nur acht Dollar. Der Unterschied von zwei Dollar gab den Ausschlag für die Souterrainbude. Der Junge zeigte zu einem Laden auf der anderen Straßenseite. Dort seien die acht Dollar zu bezahlen. Dann nahm er seinen Platz im Schaukelstuhl wieder ein und spannte die Hängebrücke aufs neue, während Erich zum Auto schritt, um das Gepäck zu holen, und Herbert über die Straße ging, um die erste Woche Vancouver zu bezahlen.

Es war ein merkwürdiger Laden, ein Gemischtwarengeschäft im wahrsten Sinn des Wortes. Es führte auf kleinstem Raum alles, was es in Kanada zu kaufen gab. Das kleine Fenster war derart mit Bananen, Plastikeimern, Ananas, Bürsten, Erdnußbeuteln, Spielzeug, Eskimoanoraks und Angelgerät vollgestellt, daß kaum ein Lichtstrahl ins Innere dringen konnte. An der Tür hing ein Schild mit der Aufforderung: *Ja, komm herein! Sieh dich um!*

Der Mann, der diesem finsteren Laden Leben gab,

hieß Doole und sah so betagt aus, daß man ihn für den Großvater des Jungen im Schaukelstuhl hätte halten können. Aber nein, er sprach von dem kleinen Tobby als seinem Sohn. Und außerdem habe er noch eine Tochter mit Namen Cecily. Nur eine Frau habe er nicht mehr, die sei ihm vor einem Jahr abhanden gekommen, genauer gesagt, weggelaufen in die Vereinigten Staaten, um sich dort auf ihre Weise zu vereinigen. So viel erfuhr Herbert über die Familie, als er die acht Dollar bezahlte und ein Brot und zwei Flaschen Milch kaufte. Übrigens hatte Mister Doole mächtigen Ärger mit der Konkurrenz, vor allem mit den Chinesen. Die waren so unaussprechlich genügsam, arbeiteten Tag und Nacht mit der ganzen Familie in ihren kleinen Läden und verdarben die Preise. Die europäischen Einwanderer waren schon schlimm im Unterbieten, aber die Chinesen übertrafen sie. Wie immer waren die Zeiten schlecht für Krämer. Die Menschen hatten alles, brauchten kaum noch etwas zu kaufen. Bei Mister Doole kam der alte Krämergroll zum Vorschein, der dem lieben Gott vorwirft, er habe den Menschen zu viele Dinge gratis gegeben, zum Beispiel die Atemluft, die Sonnenwärme und das Wasser. Wie gut könnten es die Krämer haben, wenn das alles gekauft werden müßte!

Mister Doole verabschiedete Herbert mit einer Warnung. Er solle nicht zögern, sich bei ihm zu beschweren, wenn seine Kinder sich ungehörig benähmen. Das komme ab und zu vor. Von Cecily sei das zwar kaum zu erwarten, aber der kleine Tobby habe schon einmal eine Batterie leerer Milchflaschen die Treppe hinunterrollen lassen. Und das seien nicht einmal Dooles Milchflaschen gewesen, sondern die seiner Mieter.

Als Herbert zurückkehrte, saß Erich auf der Verandatreppe und rauchte mit Tobby die erste Zigarette in der

Manitoba Street. Als der Rauch aus dem Schaukelstuhl unter die weißen Säulen schwebte, öffnete sich über ihnen ein Fenster.

»Du sollst nicht rauchen, Tobby!« rief eine Mädchenstimme.

Herbert sah ein Gesicht, schmal und weiß, von dunklen Haaren eingerahmt. Es war nur ein flüchtiger Eindruck. Das Fenster schloß sich mit einem heftigen Ruck. Da war er wieder, der süßliche Vanilleduft! »Das ist meine Schwester Cecily. Von allen dummen Mädchen in der Manitoba Street ist sie die dämlichste«, schimpfte der kleine Tobby.

Sie hatten eine Weltreise unternommen, aber plötzlich verengte sich das große Kanada zu einer Souterrainbude halb unter der Erde. Statt des schier endlosen Himmels der Prärie ein kleines Planquadrat, mit Wolken gefüllt, nur mit Mühe zu erkennen, wenn du den Kopf an das Kellerfenster drückst.

Erichs erste Tat: schlafen. Es gab in der Souterrainbude ein verlockend weiches Bett, das ihn entschädigte für die Graslager neben dem Auto, die unbequemen Nächte auf dem Rücksitz und in der verschimmelten Trapperhütte.

Während Erich schlief, verkleinerte sich für Herbert Broschat die Welt. Vor zwei Tagen noch auf den Gipfeln der Rockies, nun halb unter der Erde, schräg neben einer Holzveranda. Über ihnen polternde Schritte auf der Treppe. Ein Bus hielt vor dem Fenster und ließ die dunkle Stube noch dunkler werden. Herbert zählte in einer Viertelstunde fünf Kunden, die Mister Dooles Laden betraten. Auf dem Flur über ihnen spielte Tobby

Eishockey. Das heißt, er trieb den Puck wie eine Billardkugel erst gegen Cecilys Zimmertür, von dort schräg in den Waschraum und wieder zurück. Aus der Ferne ertönte Schallplattenmusik; die sanfte Stimme Harry Belafontes vermischte sich mit dem süßlichen Vanillegeruch, der durchs Schlüsselloch in die Souterrainstube drang. Oben sprang eine Tür auf. Herbert hörte einen kurzen Wortwechsel, der Eishockeyschläger kam die Treppe herunter, der Spieler hinterher. Zornig ging Tobby auf die Veranda, ließ sich im Schaukelstuhl nieder und schoß mit Hilfe einer Gummistrippe trockene Erbsen gegen die Fenster. Fünf Meter unter ihm saß Herbert vor dem Planquadrat mit Wolken, zählte die Kunden in Mister Dooles Laden und wunderte sich, wie bedeutungslos alles geworden war.

Mister Doole kam nach Geschäftsschluß ins Souterrain, um seinen neuen Mietern das Haus vorzustellen. Da Erich schlief, ging Herbert allein mit ihm zu den Gasherden, Wasserhähnen, Abstellräumen, Waschbecken, Duschen, Kühlschränken und Toiletten. Sie kamen auch in die Behelfsküche für die Mieter des Hauses, in der Herbert das Zentrum des Vanillegeruchs entdeckte.

»Manchmal kocht meine Tochter Tee«, erklärte Mister Doole. »Ich hoffe, der Geruch ist dir nicht lästig. Bisher hat sich jeder schnell daran gewöhnt. Es ist ein wunderbarer, süßlicher Duft, so, als wäre immer Weihnachten.«

Mister Doole klopfte an Cecilys Tür.

»Ich möchte dir unseren neuen Mieter vorstellen, Cecily.«

Harry Belafonte verstummte. Die Tür ging auf, erst einen Spalt, dann ganz. Cecily stand auf der Schwelle. Ein blasses Gesicht. Sie sah aus wie ein Mädchen, das siebzehn Jahre alt sein will, aber vermutlich viel jünger ist. Ihr ausladender Petticoat füllte den Türrahmen. Eigentlich war sie schlank, aber der Petticoat ließ sie füllig erscheinen. Die Haare hingen ihr ein wenig wirr um den Kopf, die Arme stützte sie am Türrahmen ab. Resolut sah sie aus, als wollte sie sagen: »Na, was ist nun schon wieder los!«

Händeschütteln war in Kanada nicht üblich, aber in Herbert steckte diese europäische Gewohnheit noch so drin, daß er Cecily die Hand reichte. Als er seinen Fehler bemerkte, schoß ihm die Röte ins Gesicht.

Cecily blickte erstaunt auf und gab ihm schließlich widerwillig die Hand, eine feuchte, kalte Hand mit ungewöhnlich langen Fingern. Die Fingernägel waren lackiert. Als Tobby ihr aus dem Hintergrund eine Erbse ins Haar schoß, schlug Cecily hastig die Tür zu.

»Es ist schrecklich, daß die Kinder keine Mutter haben«, meinte Mister Doole, als sie weitergingen.

Als Erich ausgeschlafen hatte, hielten sie Kriegsrat. Was sollte geschehen? Arbeit in der Stadt suchen oder hinausfahren zu den Minen oder Holzfällercamps? Draußen wurde mehr Geld verdient. Dafür gab es in der Stadt Kino. Wohin mit dem Auto? Wenn sie hinausgingen in die Wälder, war es mehr hinderlich als nützlich, denn die meisten Straßen endeten als Sackgassen im Busch. Flugzeuge und Schiffe waren wichtigere Transportmittel als die Wunderwagen von General Motors oder Ford, die nur in der näheren Umgebung Vancouvers zu gebrauchen waren. Herbert war dafür, das Auto zu verkaufen. So, wie sie es in Toronto abgemacht hatten: Kaufen, durch Kanada fahren, verkaufen! Aber

Erich hatte sich während dieser zehn Tage in den weißen Buick mit dem grünen Dach verliebt, hing an dem Auto, das sie durch Kanada getragen hatte. Es mußte gelost werden. Erich holte zwei Streichhölzer aus der Hosentasche, verkürzte eines und ließ Herbert ziehen. Das Los entschied gegen den Buick. Na gut, dann ließ sich nichts daran ändern. Aber wenn Erich jemals im Leben reich werden sollte, so ein Auto würde er aufs Schiff verladen und damit nach Deutschland fahren. Ein Buick in Wattenscheid! Stell dir den Menschenauflauf vor, wenn Erich Domski mit dem Wagen in die Püttsiedlung einbiegt!

Sie verkauften das Auto an einer Tankstelle und erzielten einen Preis, der hundert Dollar über dem lag, den Palermo-Joe in Toronto von ihnen verlangt hatte.

Dann ging es an die Stellensuche. Der Monat Juni gab Arbeit in Hülle und Fülle. Da wäre das neue Aluminiumwerk in Kitimat im Norden, fast vor der Haustür Alaskas. Es zahlt auch für Anfänger einen Stundenlohn von einem Dollar und siebzig Cent. Herbert hätten sie gebrauchen können, aber Erich nicht, weil sein Englisch zu miserabel war. Du mußt die Sprache wenigstens so gut verstehen, daß du die Unfallverhütungsvorschriften in Kitimat lesen kannst, sonst fällst du in die Aluminiumschmelze und bist mausetot. Kitimat war der letzte Versuch, Herbert Broschat und Erich Domski zu trennen. Als sie draußen waren, reichten sie sich die Hand und beschlossen, zusammenzubleiben, Kitimat hin, Kitimat her. Wenn du mit einem Menschen fünftausend Kilometer durch Kanada gefahren bist, gehörst du zu ihm. Das schafft Erinnerungen, die sich einprägen.

Im Garibaldi Provincial Park bauten sie einen Tunnel durch die Berge.

Aber in der Gewerkschaft der Minenarbeiter herrschten strenge Sitten. Die ließen keinen Neuen an die Arbeit, bevor nicht das letzte Gewerkschaftsmitglied untergebracht war.

»Bei denen steht ihr bis zum Herbst auf der Warteliste«, meinte die Frau, die auf dem Arbeitsamt in der Beatty Street Jobs vermittelte. Was sie denn von einer Arbeit in der Stadt hielten? Es wurden Kinoausfeger, Träger in einer Wäscherei, Autowäscher gesucht; sogar ein Barboy stand auf der Liste. Aber du fährst doch nicht fünftausend Kilometer weit, um mit Gläserspülen wieder da anzufangen, wo du in Toronto aufgehört hast.

»Wenn ihr unbedingt zusammenbleiben wollt, müßt ihr in den Wald gehen«, sagte die Frau und fing an, von den Wäldern zu erzählen. Arbeit im Wald war immer zu haben. In den Tälern des Küstengebirges gab es unzählige Holzfällercamps. Das reichte hinauf bis nach Englewood im Norden von Vancouver Island und bis zu den Königin-Charlotte-Inseln. Überall wachsen unter den milden Regenwolken des Pazifiks die Zedern und die Hemlocktannen, die diese Provinz reich gemacht haben. Hier stand das Holz, auf dem die künftigen Bücher der Welt geschrieben wurden. Dazu gab es die Schönheit der Berge, einen Überfluß an Seen, Inseln und frischer Luft.

Das Arbeitsamt schickte sie mit einem Zettel zur Loggers Agency in der Hastings Street, dem Vermittlungsbüro für diejenigen, die es mit dem Wald aufnehmen wollten. Im Juni kann man sich die Camps aussuchen. Soll es in der Nähe der Stadt sein oder drüben auf Vancouver Island? Wollt ihr an die Küste der Strait of Georgia oder nach Kamloops ins Landesinnere? In der Loggers Agency hing ein Bild von der größten Papierfabrik der Welt in Powell River am Ostufer der Strait of Georgia. Das war ein Unternehmen mit eigenen Schiffen, eigenen Seen, mit eigener Erde und mit Wäldern, die seit der Entdeckung Amerikas nichts weiter getan hatten, als für die Aktionäre der Powell River Company zu wachsen und zu wachsen. Diese Gesellschaft besaß ein Camp am Stillwatersee in der Nähe des Städtchens Westview, nur fünfzig Meilen Luftlinie, aber trotzdem eine halbe Tagesreise von Vancouver entfernt.

»Für den Anfang ist Stillwater das richtige für euch«, meinten sie bei der Loggers Agency.

Das Camp war sogar mit dem Auto zu erreichen, besaß elektrisches Licht und heiße Duschen. Das Vermittlungsbüro stellte ihnen, ohne viel zu fragen, Gutscheine für die Busfahrt zum Fähranleger Horseshoe Bay aus und Tickets für die Fährschiffe Richtung Westview. Denn wer in ein Holzfällercamp geht, gilt als broke; ein solcher Mensch kann keinen Dollar für eine Fahrkarte erübrigen.

»Das Geld für die Fahrkarte wird euch am ersten Zahltag abgezogen«, erklärte der Mann von der Loggers Agency.

Sie wunderten sich, daß niemand nach »Erfahrung« fragte, daß das Vermittlungsbüro nicht wissen wollte, ob sie eine Axt von einer Säge unterscheiden könnten und einen gewachsenen Baum von einem Telefonmast. Nein, für den Wald sind alle zu gebrauchen. Nur gesund mußt du sein. Vierzehn Dollar am Tag sind da zu verdienen, zusätzlich freie Verpflegung und Unterkunft. Falls es Überstunden und Sonntagsarbeit gibt, wird es viel mehr. Trotzdem ist noch niemand reich geworden im kanadischen Wald – außer der Powell River Company. Anreisetag ist der nächste Sonntag. Am Montagmorgen fängt die Arbeit im Busch an.

Mister Doole war traurig, daß sie ihn wieder verlassen wollten. Aber so ist das nun mal im Sommer. Die jungen Leute kommen und gehen. Er tröstete sich mit dem Gedanken, Herbert und Erich würden im Spätherbst, wenn alle Camps schließen, zu ihm zurückkehren.

Die Tage bis zur Abreise in die Wildnis nutzte Erich, um die Kinos unsicher zu machen. Schon am frühen Nachmittag tauchte er im Dunkel der Kinosäle unter und ließ einen Kriegsfilm auf den anderen folgen oder Western von Texas bis Wyoming. Nur Liebesfilme mied er, weil die furchtbar anregend wirkten.

Herbert ging nur einmal mit. Die übrige Zeit verbrachte er allein in der Souterrainbude, um sich vorbeugend auszuruhen. Mit Absicht ließ er, wenn er auf dem Bett lag, die Tür einen Spaltbreit offen. Das gab den Blick frei zur Treppe, die in die oberen Räume führte. Da sah er Cecily, wie sie in der Behelfsküche mit dem Geschirr klapperte, sah jede ihrer Bewegungen. Wie sie ihr Haar um den Zeigefinger wickelte. Wie sie Grimassen schnitt vor dem Spiegel, den sie in die Küche gehängt hatte, um nicht so allein zu sein. Wie sie sich fortwährend auf die Lippen biß, weil das den Lippen Purpurröte verleihen sollte. Wenn sie Tee aufbrühte, verbreitete sich der süßliche Vanilleduft. Während der Tee zog, kämmte sie ihr Haar, kämmte es mit langen, sanften Bewegungen wie in Zeitlupe. Wenn das Telefon im Flur läutete, unterbrach sie die feierliche Handlung, eilte die Treppe hinunter und hängte sich an den Hörer. Es wird eine Freundin sein, dachte Herbert. Junge Mädchen führen gern lange Telefongespräche mit Freundinnen. Ob Cecily noch zur Schule ging? Einmal, als sie sehr lange telefoniert hatte, fiel ihr die halboffene Tür der Souterrainstube auf. Sie blickte in den Raum.

»Hast du mal eine Zigarette für mich?« fragte sie mit ihrer tiefen, melodischen Stimme, die gar nicht zu ihrem zierlichen Körper paßte. »Oder rauchst du nicht?«

Da Herbert wußte, wo Erich seine Zigaretten aufbewahrte, holte er eine Schachtel aus Erichs Gepäck, gab sie Cecily und sah zu, wie sie eine Zigarette mangels Streichhölzern am Elektroherd ansteckte. Kochplatte erhitzen, Zigarette draufhalten und ziehen!

»Bist du Deutscher?« fragte sie, als die umständliche Prozedur zu Ende war. Cecily wußte wie die meisten Kanadier und Amerikaner mehr von den Galapagosinseln als von Deutschland. Eigentlich war ihr nur geläufig, daß die Deutschen vor Jahren einen fürchterlichen Krieg veranstaltet hatten und unmäßig Bier tranken.

»Rauchen die Mädchen in Deutschland auch?« fragte sie lächelnd. Sie legte den Kopf gegen den Türrahmen und schlug die Beine über Kreuz wie jemand, der an einem Laternenpfahl wartet.

Nein, die deutsche Frau rauchte noch immer nicht. Vereinzelt kam es vor, das war schlimm genug, denn Kinder rauchender Frauen bekommen Wasserköpfe. Auch Pickel und Blässe sollen vom Rauchen kommen. Vielleicht hättest du weniger Ärger mit deiner bleichen Haut, Cecily, wenn du aufhören könntest, um Zigaretten zu betteln.

»Warum rauchen die Mädchen in Deutschland nicht?«

Das ist eine dämliche Frage, Cecily. Erklär du erst einmal, warum du rauchst. Danach können wir darüber reden, warum deutsche Mädchen nicht rauchen.

Seltsamerweise dachte Herbert in diesem Augenblick an Gisela. Gisela mit einer Zigarette im Mundwinkel!

Da bekämen die Salamanderschuhe vor Lachen schiefe Sohlen. Er stellte sich Gisela an dem gegenüberliegenden Türpfosten der Souterrainstube vor. Auf der einen Seite die frische, leicht zum Erröten neigende Gisela, ihr gegenüber die blasse Cecily, die lässig an der Zigarette sog und den Rauch wie ein gestandener Kettenraucher durch die Nüstern pustete. Hier die langen, knochigen Hände mit den lackierten Fingernägeln, dort die kurzen Wurstfinger, so weich wie Babyfleisch. Gisela konntest du dir sowohl zwischen den Salamanderschuhen vorstellen als auch im Kuhstall, am Küchenherd und im Wochenbett; aber für Cecilys Hände gab es keine andere Beschäftigung, als Zigaretten zum Mund zu führen, Telefonhörer zu halten, Schallplatten aufzulegen und Tassen mit Vanilletee zu füllen. Je länger er die beiden betrachtete, desto schlimmer wurde es für Gisela.

»Ach, mein Tee!« rief Cecily plötzlich und eilte in die Behelfsküche. Kurze Zeit später kehrte sie mit zwei gefüllten Tassen zurück. »Das ist für die Zigarette«, sagte sie und stellte eine Tasse vor ihm ab. Im Nu füllte sich die Souterrainstube mit penetrantem Vanillegeruch. »Magst du Vanilletee?«

Na, Mutters Vanillepudding war Herbert in angenehmerer Erinnerung.

»In unserer Schule trinken alle Mädchen Vanilletee«, erzählte sie und fing an, ihn nach Deutschland auszufragen. Sie erinnerte sich, im Fernsehen eine Zweizentnerfrau im Trachtenkleid gesehen zu haben, die Bierkrüge an durstige Menschen verteilte.

Münchner Oktoberfest, dachte Herbert, während er den viel zu süßen Tee trank.

Cecily bat um eine zweite Zigarette.

»Schade, daß du weggehst«, sagte sie. »Wir hätten

zusammen viel Tee trinken können.« Dann tänzelte sie mit den leeren Tassen die Treppe hinauf, machte Abwasch in der Behelfsküche und ließ Harry Belafonte singen.

Von Toronto waren sie zu dem Unternehmen Zuckerrüben aufgebrochen, von Vancouver aus begannen sie das Abenteuer im Busch.

Doch es gab da einen Unterschied: Der Busch war wirklich da. Er wucherte in die Vorstädte hinein, deckte mit seinem üppigen Grün Felsen und Inseln zu, nahm im Juni, nach der Schneeschmelze, sogar in den Bergen überhand, die bis dahin weiß gewesen waren.

Es war wichtig, bei gutem Wetter in den Wald zu fahren. Vom Wetter hängt es ab, ob dir die Wildnis schon am ersten Tag ans Herz wächst oder ob sie dir aufs Gemüt schlägt. Kommst du gleich unter die Dusche, wirst du zeitlebens Angst vor den Wäldern haben. Empfängt der Busch dich aber freundlich mit Wärme und blauem Himmel, zwingt er dich, Schatten zu suchen unter den mächtigen Zedern, dann wirst du deinen Enkeln noch mit leuchtenden Augen von dem Stück Paradies erzählen, das an der kanadischen Westküste übriggeblieben ist.

Es war gutes Wetter. Der Mount Seymour lag nicht hinter Wolken, die Kabinen der Bergbahn waren gut sichtbar. Unter der Lions Gate Bridge wimmelte es von Segeljachten, kurvten Motorboote mit mächtiger Bugwelle hin und her. Sie entdeckten auch einen langsam dem Hafen zustrebenden Frachter; aber es war kein deutsches Schiff, wie Erich sofort feststellte.

Von Horseshoe Bay, Vancouvers Fährhafen im Norden, laufen die wenigen Lebensadern die Küste hinauf und hinüber nach Vancouver Island zu den Städten Victoria und Nanaimo. Für diejenigen, die aus der Wildnis kommen, sieht der Fähranleger Horseshoe Bay so ähnlich aus wie die Freiheitsstatue im Hafen von New York für die europäischen Einwanderer. Hier beginnst du, die Stadt zu schmecken, ihre Ausdünstungen zu riechen, ihre Vergnügungen zu ahnen. Aber Herbert Broschat und Erich Domski zogen in die entgegengesetzte Richtung. Mit dem Bus fuhren sie auf das Fährschiff der Black Ball Ferries, das sie nach Bowen Island übersetzen sollte. Sie standen an der Reling, schauten dem Ablegemanöver zu und zählten die vertäuten Segel- und Motorboote, die in der Bugwelle zu tanzen begannen. *The yellow rose of Texas* flutete aus einem Lautsprecher über das Passagierdeck. Auf dem Sonnendeck bräunten Frauen mit geschlossenen Augen, aber offenen Blusen. Erich Domski war mitten unter ihnen, nicht um zu sonnen, sondern um zu sehen.

Wie schnell die große Stadt hinter dir bleibt! Ein paar winkende Gestalten am Fähranleger, bunte Häuschen zwischen den Felsen, so sah der Rest von Vancouver aus. Um sie herum eine Schärenlandschaft mit Bergen im Hintergrund. Sunshine Coast hieß der Küstenstreifen; Regen- und Nebelküste hätte auch gepaßt, klang aber nicht so gut. Hier im Norden sah sie herb und steinig aus, die Sunshine Coast. Ihre Ufer waren bedeckt mit weißen Felstrümmern. Von den Wellen zerschmetterte Baumstämme lagen wie gebleichte Knochen zwischen dem Gestein.

Auf seinen Streifzügen durch das Fährschiff fand Erich einen Zeitungsstand. Am unteren Rand der ausgehängten *Vancouver Sun* entdeckte er ein bekanntes Bild. Er raste durch das Schiff, suchte Herbert, fand ihn über dem gurgelnden, schäumenden Kielwasser und schleppte ihn zu den Zeitungen.

»Ist das nicht unser Konny?« fragte Erich, auf das Bild zeigend.

Tatsächlich, es war Konrad Adenauer in Hut und Mantel, einen Regenschirm in der Hand, fertig zur Abreise.

Herbert war nicht bereit, Adenauers wegen zehn Cent für die *Vancouver Sun* auszugeben. Aber Erich wollte wissen, was hinter dem Bild steckte. Deshalb kaufte er die Zeitung. Herbert mußte für ihn übersetzen. Es war nichts Besonderes. Der deutsche Bundeskanzler wird nächste Woche nach Amerika kommen und Präsident Eisenhower besuchen.

»Siehst du!« rief Erich lachend. »Unser Konny wandert auch aus. Der will sich auch ein paar Dollar in Amerika verdienen.«

Für die *Vancouver Sun* war Adenauers Besuch nichts Aufregendes, nur Anlaß, um ein kleines Bild und sieben Sätze Text auf die erste Seite zu bringen. Fast täglich kam einer der armen Verwandten aus Europa nach Amerika, um Dollars und guten Rat einzuholen. Deutsche kamen besonders oft. Vor jeder Wahl pilgerten sie nach Amerika und wurden mit einem wohlwollenden Schulterklopfen auf die Heimreise geschickt. O ja, die Deutschen liebten, verehrten und bewunderten dieses Amerika. Sie waren bereit, jeden zu wählen, der mit dem Segen Amerikas nach Hause kam. Herbert konnte sich denken, wie der amerikanische Segen diesmal aussehen sollte. Amerika wird den Deutschen sagen, eine deutsche Armee sei notwendig, und sie werden es glauben, denn was Amerika sagt, ist immer richtig.

Zwei Stunden Busfahrt auf Bowen Island. Auf der anderen Seite der Insel wartete die zweite Fähre nach

Saltery Bay. Eine halbe Stunde lang schob das Schiff an treibendem Langholz vorbei. In Saltery Bay wieder in den Bus, zehn Minuten Fahrt bis zur kleinen Stadt Westview. Vor der Stadt endete die Straße im Schotter. Hinter Westview sahen sie die Schornsteine von Powell River, die weiße Rauchwolken ausspien und das Panorama des Küstengebirges verdunkelten. In Powell River, vor dem Tor zur größten Papierfabrik der Welt, endete die Straße. Indianer umlagerten die Endstation. Nein, sie wollten nicht wegfahren, und sie wollten auch nicht ankommen; sie saßen nur auf den Steinplatten und warteten darauf, daß irgend etwas geschehen würde. Links ein paar Läden an der abschüssigen Straße zum Wasser. Am Hang hellgraue Häuser aus Zedernholz für die Arbeiter der Powell River Company. Eine Bankfiliale, ein Friseur, ein staatlicher Schnapsladen, ein Beer-parlour. Mehr war von dieser Stadt nicht zu sehen. Um so mehr aber war zu hören. Auch am Sonntag arbeitete die größte Papierfabrik der Welt; das Stampfen und Dröhnen der Maschinen lag über den Häusern. Im Holzhafen kreischten die Ladebäume. Oder waren es die Möwen?

Sie standen ratlos inmitten der Indianer.

»Mensch, ist das ein gottverlassenes Nest!« sagte Erich Domski. Ein Taxifahrer kam zu Fuß auf sie zu und fragte nach ihrem Ziel. Wie kam man von hier am besten zum Camp am Stillwatersee?

»Das Camp Stillwater liegt fünfzehn Meilen von hier im Busch«, antwortete der Taxifahrer und zeigte in die Richtung, in die die Rauchwolken aus den Schornsteinen der Powell River Company zogen. »Ihr könnt mit dem Wasserflugzeug hinfliegen; das kostet zwanzig Dollar pro Nase. Fahrt ihr mit mir, zahlt ihr acht Dollar und einen Dollar extra für die Autowäsche.«

Solche Preisunterschiede machen die Entscheidung leicht. Der Taxifahrer bot ihnen an, sie vorher zu einem Kaufmann zu fahren, der auch am Sonntag verkaufte. »Da draußen seid ihr am Ende der Welt«, meinte er. »Es wird Monate dauern, bis ihr wieder in die Stadt kommt. Da braucht ihr doch allerhand, Whisky zum Beispiel.«

Nein, danke, sie brauchten nichts.

Also dann los. Hinter Westview links ab in die Wildnis. Es war so, als habe jemand einen Vorhang zugezogen. Dämmeriges Licht auf dem einspurigen Waldweg, der als Äußerstes die Geschwindigkeit eines Radfahrers zuließ. Rechts und links gestürzte Bäume, gelegentlich Abgründe, Bäche, die sich im Moos verliefen und hinter Felsgeröll wiederauftauchten. Ab und zu schlugen Äste auf das Autodach. Der Taxifahrer mußte ein paarmal anhalten. Dann stiegen sie mit aus, um Bäume wegzuräumen, die den Weg versperrten. Es war eine Fahrt zum Melancholischwerden, aber der Taxifahrer redete pausenlos und ließ erst gar keine Stimmungen aufkommen. Vor allem machte er Reklame für Taxifahrten zwischen Westview und dem Camp.

»Wenn die Jungs aus dem Camp nach Westview kommen, um sich zu betrinken, lassen sie sich gern per Taxi zurückfahren«, sagte er. »Spätestens nach sechs Wochen müßt ihr wieder nach Westview kommen. Nicht allein, um die Schecks der Powell River Company einzulösen, um einzukaufen und euch zu betrinken, sondern vor allem, um andere Menschen zu sehen. Sonst dreht ihr da draußen durch.«

Von den tausend Einwohnern Westviews und Powell Rivers rechnete er ein gutes Viertel den Küstenindianern zu, die nach Fisch stänken.

»Obwohl das nur ein Viertel ist, glaubt jeder, der

durch die Stadt fährt, es gebe nur Indianer. Die lungern überall herum, sitzen stundenlang vor den Läden, schlafen neben dem Taxistand oder an der Bushaltestelle.«

Eine Kirche besaß Westview auch, eine Holzkirche.

»Vor dreißig Jahren wurde sie oben auf den Felsen gebaut. Jetzt ist sie von rotblühendem Unkraut fast zugewachsen.«

Aber eins gab es in Westview nicht: Ladies.

»Ein paar Frauen laufen schon herum, Mädchen, die sich die Holzarbeiter der Fabrik haben nachschicken lassen. Aber richtige Ladies fehlen. Im Beer-parlour haben sie, wie es die Vorschrift verlangt, getrennte Schankräume für Männer und Frauen; aber auf der Ladyseite liegt fingerdick Staub, und zwischen den Stuhlbeinen hängen Spinnweben.«

Der Taxifahrer bedauerte den Mangel an Ladies. Er fragte scherzhaft, warum sie nicht aus Deutschland welche mitgebracht hätten. Da müsse es doch reichlich Frauen geben, weil die Männer im Krieg umgekommen seien.

»Laßt euch auf keinen Fall mit den stinkenden Indianerfrauen ein«, riet er. »Ihr bekommt die Hölle an eurem Körper, denn sie sind nicht nur dreckig, sie haben auch eine Krankheit, gegen die die Ärzte nichts ausrichten können.«

Eine Stunde fuhren sie. Dann lichtete sich der Wald. Vor ihnen lag ein See von der Art, wie sie zu Tausenden anzutreffen waren. An die zwei Kilometer breit. Seine Länge war schwer abzuschätzen, weil der See sich zwischen Berghängen und Wäldern in zahllosen Windungen verlor.

»Das ist der Stillwatersee«, sagte der Taxifahrer.

Am Ufer eine gerodete Fläche, fast so groß wie ein Fußballfeld. Du glaubst deinen Augen nicht zu trauen –

mitten im Busch bunte Autos in Zweierreihen. Das sah aus wie ein Gebrauchtwagenstand, war aber nur ein unbewachter Parkplatz in der Wildnis.

»Die gehören den Arbeitern«, erklärte der Taxifahrer. »Ins Camp kommen sie mit den Autos nicht rein. Das Camp liegt auf einer Halbinsel, und dazwischen ist die kleine Bucht. Alle Privatautos parken hier. Ein Boot von drüben wird euch abholen.«

Der Taxifahrer betrat ein Holzhäuschen am Ende der Autoreihe. In ihm befand sich weiter nichts als ein Druckknopf. Drüben im Camp läutete eine Glocke.

So sieht also ein Camp aus. Eine Ansammlung grauer Hütten am gegenüberliegenden Ufer. Vor den Hütten eine Reihe gelber Lastwagen. An einem Landesteg, der weit in den See hinausgebaut worden war, dümpelte ein Wasserflugzeug vor sich hin, auch in Gelb, der Farbe der Powell River Company. Die Oberfläche des Sees bedeckten zusammengekettete Holzflöße, Futter für die Papiermühlen in Powell River.

Im Camp begann ein Terrier zu kläffen. Sie sahen, wie das Tier zum Anlegesteg lief. Ein alter Mann folgte ihm.

»Sie nennen ihn König Lear«, erklärte der Taxifahrer, »aber in Wahrheit heißt er nur Lear. König wurde er erst, als ihn ein umstürzender Baum traf. Seitdem spricht er manchmal wirres Zeug. Und er spielt Schach wie ein König. Immer nur allein gegen sich selbst.«

Drüben heulte ein Außenbordmotor auf, verursachte einen unerträglichen Lärm in dem stillen Tal.

»Der alte Lear ist der einzige, dem die Company erlaubt, ein Tier zu halten. Ohne seine Hündin Rosa würde er den Rest des Verstandes verlieren.«

Ein Boot löste sich vom Anlegesteg und nahm Kurs auf den Parkplatz. Am Bug stand Rosa mit gespitzten

Ohren, König Lear saß hinter einer Glasscheibe. Das Boot machte nicht fest, sondern fuhr mit halber Kraft am Ufer vorbei, so daß Herbert und Erich Gelegenheit bekamen, mit ihren Habseligkeiten an Bord zu springen. Lear nahm keine Notiz von ihnen, wendete nur und fuhr auf das Camp zu. Rosa dagegen umkreiste ihre Beine, schnupperte an dem Gepäck und blickte erwartungsvoll zu ihnen auf.

Das Camp wurde größer, öffnete sich vor ihren Augen. Wege und Holzstege waren zu erkennen, ein Haus mit einer Fahne fiel auf, der gelben Fahne der Powell River Company. Der Lärm des Bootes scheuchte eine Schar Wildgänse auf. Die Tiere erhoben sich, blieben flach über dem See, berührten mit den Flügelspitzen die Wasseroberfläche und gingen jenseits der Holzflöße nieder. Der alte Lear steuerte auf das Wasserflugzeug zu, machte neben dem gelben Vogel fest und stellte den Motor ab. Eine Stille blieb zurück, als habe die Erde aufgehört, sich zu drehen. Als er das Boot vertäut hatte, hatte Lear Zeit für sie. Er stellte sich auf den Steg und breitete die Arme aus, als wolle er ihnen die Bergwelt jenseits des Sees erklären.

»Alles Timber!« rief er feierlich. »Hier wächst noch Holz für hundert Jahre. Das hört überhaupt nicht auf zu wachsen.«

Aus seiner Stimme klang Ehrfurcht. Er schien sie zu mögen, die gewaltigen Wälder, die da anfingen, wo das Wasser des Sees aufhörte. Er schien sie zu mögen, obwohl sie ihm auf den Kopf gefallen waren. Zedern, so rund wie Wehrtürme, Hemlocktannen, schlank wie griechische Säulen, Föhren mit brauner Rinde, Kiefern mit breiter Krone. Hohe Farne und Gestrüpp hielten das Camp umzingelt, machten es zu einer Insel im Meer des Waldes. Die Hütten, aus hellgrauem Zedernholz gezimmert, ruhten auf Fundamenten aus Zedernstämmen; die Dächer waren mit Zedernschindeln gedeckt. Ja, die Zeder war ein richtiger Wunderbaum. Aus Zedernplanken waren auch die Holzstege, die als Verbindungswege zwischen den Hütten lagen, drei Fuß über dem Erdboden, um nicht im Winter in Schnee und im Herbst in Matsch zu versinken.

Sie gingen ins Camp und steuerten auf die Hütte mit der Fahne zu, in der sie das Office vermuteten. Auf der Tür prangte ein rotes Kreuz; hier war also auch die Erste-Hilfe-Station.

Der Mann, den sie in der Hütte antrafen, hieß Chris Allen. Er war tatsächlich Verwalter des Office. Als sie ihre Zuweisung abgegeben hatten, erzählte er ihnen, was er schon Tausenden von Waldarbeitern erzählt hatte. Daß es ziemlich schlimm sei, jedenfalls am Anfang. Vor allem wegen der Mücken. Aber auch Hitze und Feuchtigkeit setzten den Leuten zu. Später gewöhne man sich an die Wildnis, gehöre einfach dazu, werde selbst ein Stück Wildnis. Nur Heimweh, das sei hier nicht zugelassen, und zwar aus Sicherheitsgründen. Wenn einer anfängt, melancholisch vor sich hin zu starren, fällt er bald in eine Schlucht, bricht sich ein Bein oder gerät unter einen Baum.

Im Office gab es keine geregelten Bürostunden. Der Raum war Tag und Nacht zugänglich; nur wenn der Schreiber schlafen wollte, hängte er eine Kette vor die Tür. Er wohnte im Büro und schlief auf dem Bett der Krankenstation, die an das Office anschloß. Auch eine Vorratskammer besaß er, denn Büros im Busch sind keine gewöhnlichen Büros. Sie gleichen eher Herzkammern, in denen das Blut zusammenströmt. Da gibt es nicht nur Papiere und Lohnschecks. Auch der Sack mit der eingehenden Post kommt ins Office. Die ausgehenden Briefe werden dort mit Briefmarken versehen und auf die Reise geschickt. Sogar Bücher gab es. Jack London und Mark Twain lagen in einem Regal zusammen mit den bunten Heften der Mickymaus. Ein Office im Busch ist Ausgangspunkt und Eingangspunkt aller Nachrichten. Hier wird die Geburt von Kindern den im Wald arbeitenden Vätern angezeigt. Sterbende verabschieden sich mit einem letzten Telegramm, das im Office eingeht. Du kannst Socken kaufen und Zigaretten, per Funk ein Taxi aus Westview bestellen, dir Vorschuß holen, drei Tage alte Zeitungen kaufen, eine Flinte ausleihen oder Mückengift besorgen. Vor allem ist es der Ort, an dem du die Arbeit quittieren kannst, wenn dir der Busch zum Hals heraushängt. Nur eines gibt es in diesem Laden nicht: Whisky und Bier. Mit gutem Grund. Alkohol in der Wildnis, das ist so wie in der Trockenzeit im Wald Lagerfeuer anzünden. Die Versuchung ist zu groß. Hier fangen die Kerle vor Langeweile an zu trinken und demolieren die Häuser. Nein, der nächste Whiskyladen mußte in fünfzehn Meilen Entfernung bleiben.

Während Chris Allen sprach, eilte er zwischen Office und Vorratsraum hin und her und holte für jeden ein Paar Spezialstiefel mit Spikes, die sie auf der Stelle anprobieren mußten.

»Ab heute werdet ihr nicht mehr auf der Erde gehen, sondern nur noch auf Baumstämmen!« erklärte er.

Deshalb mußten die Stiefel passen. Scheuernde Stiefel sind die Hölle im Busch. Auch ein Helm wurde ihnen zugeteilt. Ohne Helm darf keiner in den Wald, weil so vieles von oben auf den Kopf fällt. Ebenso gehörten Handschuhe zu ihrer Ausrüstung.

»Damit nicht jeden Tag die Hände bluten«, sagte Chris Allen.

Er stapelte die Gegenstände vor ihnen auf, rechnete zusammen, was es kostete, und schrieb den Betrag auf die große Liste, die am Zahltag abgezogen wurde. Danach breitete er einen Lageplan des Camps aus, auf dem die Holzhütten, jede mit einer Nummer, eingezeichnet waren.

»Wollt ihr in einer Bude leben, oder kann ich euch getrennt unterbringen?«

»Lieber zusammen«, bat Herbert.

»Seid ihr schwul?«

Herbert bekam einen roten Kopf. Er beteuerte, sie wollten nur deshalb zusammenbleiben, weil sie zusammen aus Europa gekommen seien. Weiter nichts. Während er Chris Allen davon zu überzeugen suchte, daß ihre Freundschaft eine ganz normale Männerfreundschaft war, wie sie in diesem Alter häufiger vorkommt, fiel ihm ein, daß er das Wort Deutschland unterschlagen hatte. Aus Europa seien sie gekommen, hatte er gesagt. Europa klang so schön allgemein, löste keine unguten Vorstellungen aus, weil der Name Europa unbelastet war. Schließlich waren alle einmal aus Europa gekommen, auch Chris Allen.

»Ich frage nur deshalb, weil unsere Leute in der Küche fast alle schwul sind. Aber sie sind trotzdem ordentliche Kerle. Wer mit ihnen nichts zu tun haben will, den lassen sie in Ruhe. Und ihr Essen ist gut und sauber.«

Er beugte sich über den Lageplan, um eine Hütte für sie auszusuchen. Nummer 5 kam nicht in Frage, weil dort die Pokerspieler Abend für Abend ihrer Beschäftigung nachgingen.

»Wer nichts vom Pokern versteht, für den ist das Leben in Nummer fünf ein Martyrium«, erklärte er.

Nummer 3 ging auch nicht. Das war die Bude des alten Lear.

»Der singt manchmal zur Nachtzeit sein Timberlied. Ab und zu jault auch sein Hund.«

Wie wäre es mit Nummer 11? Sie lag etwas außerhalb am Hang und war deshalb nicht so beliebt, weil der Weg zu Küche und Waschhaus weiter war.

Als sie noch über die Hütte verhandelten, betrat ein kleiner Mann das Office. An der Art, wie Chris Allen sich ihm zuwandte, war zu erkennen, daß der Besucher mehr war als ein gewöhnlicher Waldarbeiter. Es war Superintendent Johnson, genannt der kleine Johnson, weil es noch einen anderen Johnson gab, den Vorarbeiter, genannt der große Johnson.

»Was habt ihr beiden ausgefressen?« fragte Superintendent Johnson. »Autos gestohlen oder eure Mutter totgeschlagen?«

Er fragte, als sei es eine ausgemachte Sache, daß jeder, der in den Busch kommt, etwas ausgefressen hat. Er sah sich ihre Papiere an und entdeckte sofort, daß sie aus Deutschland kamen.

»Jetzt wollt ihr wohl Millionäre werden?« meinte er lachend. So hatte er die Deutschen bisher kennengelernt. Die arbeiten, bis ihnen das Wasser im Hintern kocht. Ihr Geld schicken sie nach Europa oder kaufen sich in Kanada Häuser. Wenn sie endlich reich sind, legen sie die Löffel an. Solche Leute sind das, die Deutschen.

Der kleine Johnson steckte sich eine Zigarette an. Nach ein paar Zügen hielt er Herbert und Erich die Schachtel hin. Erich nahm eine Zigarette für sich und eine zweite für Herbert, der aber nicht rauchte, sondern die Zigarette in der Jackentasche verschwinden ließ, um sie später Erich zu geben.

»Habt ihr schon mal richtig gearbeitet?« fragte Superintendent Johnson. »Ich frage deshalb, weil ab und zu Kinder in den Busch kommen, um viel Geld zu verdienen. Aber nach zwei Tagen kommen ihnen die Tränen, und dann rufen sie nach der Mutter. Eines will ich euch gleich sagen: Was ihr hier macht, geschieht freiwillig. Wem es nicht paßt, der geht abends zu Chris Allen und fordert die Papiere. Kanada ist das freieste Land der Welt. Habt ihr mich verstanden? Hier kann jeder kommen und gehen, wann und wohin er will.«

Der Schreiber war inzwischen vor die Tür getreten und hatte mit einer Trillerpfeife den alten Lear gerufen. Erst kam Rosa angelaufen; mit großem Abstand folgte der alte König.

»Bring die beiden zu Nummer elf«, sagte Chris Allen.

Als sie schon gehen wollten, rief er sie zurück.

»Ihr müßt noch unterschreiben, daß ihr in die Gewerkschaft eintretet.«

»Ist das Pflicht?« fragte Herbert.

»Es ist alles freiwillig«, antwortete Chris Allen. »Aber, um ehrlich zu sein: Solange ich denken kann, hat noch kein Mensch im Wald gearbeitet, der nicht in der Gewerkschaft war.«

Sie unterschrieben, ohne nach der Höhe des Mitgliedsbeitrags zu fragen. Der wird wie alles andere auf die große Liste gesetzt und am Monatsende abgezogen.

»So schnell kommst du nicht mal in unsere IG Bergbau«, meinte Erich, als sie draußen waren.

Lear führte sie durch das Camp zu Nummer 11. In seiner Sonntagsruhe machte das Camp einen angenehmen Eindruck. Kein Maschinenlärm, nur Radiomusik drang aus den geöffneten Fenstern. Vor den Türen hingen graue Socken und geflickte Arbeitshosen auf der Leine. In der Baracke, die die Duschräume und die Aborte beherbergte, sang jemand, angeregt von dem aus der Dusche rauschenden Wasserstrahl, das Lied von der Arizona Lady. Die Küchenbaracke war der Mittelpunkt des Camps; alle Holzstege führten zu dem quadratischen Bau. Im Vorbeigehen meinte Erich, gebratene Leber zu riechen. Bevor sie Nummer 11 betraten, blieb der alte Lear am Hang stehen und zeigte beschwörend zu den bewaldeten Bergen am anderen Seeufer.

»Alles Timber! Alles Timber!« sang er. »Der Wald wächst schneller, als die Menschen ihn schlagen können.«

Jede Hütte besaß einen Vorraum, in dessen Mitte ein Ofen stand. Zu beiden Seiten war Brennholz für nasse und kalte Tage aufgeschichtet. Dahinter lagen die eigentlichen Schlafräume, zwei in jeder Hütte. In Nummer 11 war einer schon bewohnt, in den anderen führte sie der alte Lear. Zwei Betten standen da, Eisengestelle, mit Wolldecken zugedeckt. Ein graues Kissen markierte das Kopfende. Kissen und Decken waren mit dem Namenszug der Powell River Company versehen. Der Fußboden war zerfasert und durchlöchert von den Holzfällerstiefeln. Eine Staubschicht bedeckte die Fensterbank. Auf einem Bord lag eine verschimmelte Apfelsine. Erst einmal lüften.

»Du mußt dir vorstellen, es sei Kabine dreihundertneunundfünfzig auf der ›Arosa Sun‹«, meinte Herbert und feuerte seinen Koffer auf eines der Betten.

»Besser als die Hundehütte neben der Zuckerfabrik in Chatham ist das hier allemal«, stellte Erich fest. »Die haben hier wenigstens elektrisches Licht.«

Diese Aussicht! Unten der unberührte See. Holzflöße wie übergroße Wasserrosen. Eine Stille, die hörbar ist. Der alte Lear zog davon, zog wie ein Schäfer mit seiner großen Timberherde den Hang hinunter. Aus dem Kamin der Küchenbaracke stieg spärlicher Rauch auf.

Sie waren noch keine zehn Minuten da, als ein Indianer den Raum betrat, ein Kind noch, ein Junge mit nackten Füßen und langem Haar.

»Wenn ihr Hunger habt, könnt ihr zum Essen kommen, läßt der Koch sagen.«

Na, was sagst du dazu? Eine Einladung zum Dinner mitten in der Wildnis. Sie folgten dem Jungen in die Küchenbaracke. Überwältigt standen sie vor dem reichhaltigen Angebot an Speisen. Da gab es kalte Hähnchenkeule, frisch gebratene Leber, Roastbeefscheiben, hartgekochte Eier, Käse am Stück und Käse zum Streichen, Weißbrot und Knäckebrot, Kaffee, Tee und Orangensaft zur Auswahl, als Nachspeise Rosinenpie. Das war gewaltiger als das Abschiedsessen auf der »Arosa Sun«.

»Ist das nur für den Sonntag, oder leben die hier immer so?« fragte Erich staunend. »Über solche Küchenzettel darfst du kein Wort nach Deutschland schreiben, sonst wandern die alle aus, nur wegen dem Essen.«

Ja, die Powell River Company wußte, was sie ihren Buschmännern schuldig war. Wenn es schon keine Frauen gibt, keinen Whisky und kein Tanzvergnügen, dann muß wenigstens das Essen groß sein.

Über die Arbeit zu schreiben – das ist beinahe unanständig, denn die reine, schweißtreibende Arbeit ist so furchtbar trivial und langweilig. Ein Achtstundentag, einfach mit Knochenarbeit angefüllt, was gibt der schon her? Die wahren Helden trinken Whisky, diskutieren bis weit über Mitternacht, morden oder lieben, reisen in Flugzeugen oder auf großen Schiffen umher.

Aber arbeiten? Das Höhere beginnt da, wo die Arbeit aufhört.

Aber an der Arbeit im kanadischen Busch kommt niemand vorbei, weil es neben ihr fast nichts gibt, was berichtenswert wäre.

Um fünf Uhr heulte die Sirene. Da gab es keinen fröhlichen Wecker, auch keine liebevolle Mutter, die besorgt an die Stubentür klopfte, sondern nur dieses brüllende Ungeheuer von Sirene. Vom Küchendach schrie es hinaus in den Morgen. Wie im Krieg. Die Stimme erfüllte das Tal, vervielfältigte sich im Echo der Berge. Es war eine einzige Beleidigung für die stillen Wälder.

Nebenan fiel ein Stuhl um. Der Stubennachbar aus Nummer 11 riß die Tür auf und rief: »Aufstehen, Jungs!«

Obwohl es schon lichter Tag war, brannten vor allen Hütten die Laternen. Starker Rauch über der Küchenbaracke. Geschirr klapperte. Schritte auf den Holzstegen. Die Männer marschierten zum Waschraum. Nackter Oberkörper, ein Handtuch über der Schulter, die Seife in der Rechten, die erste Zigarette in der Linken.

Der Waschraum war gerammelt voll. Aus den Duschkabinen quoll Wasserdampf. Dort tauchte eine tätowierte Windmühle aus Holland auf, hier ein Anker zwischen den Brustwarzen. Auch durchschossene Herzen und Totenköpfe; sogar ein Hakenkreuz auf brauner Haut gab es zu sehen.

Niemand nahm Notiz von den Neuen. Herbert und Erich drängten sich um einen Wasserhahn, fingen an zu gurgeln und zu spucken. Herbert dachte an Rasieren, packte den Apparat aber wieder ein, als er sah, daß sich niemand rasierte. Einen solchen Luxus mußt du dir für den Sonntagmorgen aufheben oder wenn du zu einem

Mädchen in die Stadt fahren willst. Der Busch nimmt dich auch unrasiert, denn die Wälder fragen nicht nach Schönheit.

Nach dem Waschen ging es zum Frühstück in den Gemeinschaftsraum. Da stehst du herum vor der Küchentür. Ein Morgen wie im Paradies. Nebelstreifen über dem Wasser des Stillwatersees. Sonnenlicht, das noch von den Bergen aufgehalten wird. Aber du hast keine Zeit zur Andacht, weil du in einem Pulk von Männern stehst und Gespräche über hartgekochte Eier mitanhören mußt. Bis endlich die Tür aufgeht.

Im Eßsaal trafen sie alle Bewohner des Camps. An langen Tischen saßen grobschlächtige Kerle und Milchgesichter. Die halbe Welt gab sich ein Stelldichein. Polen und Deutsche, Iren und Niederländer, Schweden und Russen, Indianer und Mischlinge. Einer kam sogar von den Fidschiinseln. Auch Australien war vertreten, ebenso Südafrika in Gestalt eines Mannes, der einen englischen Soldaten zum Vater und eine Inderin zur Mutter hatte. Amerikanische Studenten aus Kalifornien, die in den Sommermonaten Geld verdienen wollten. Entlassene Strafgefangene, die hier, weitab von allen Versuchungen, einen neuen Anfang machen sollten. Erstaunlicherweise gab es keine Neger im Camp. Auch die Südeuropäer, die scharenweise in den Städten Kanadas herumliefen, schienen zu fehlen. War der Busch nur etwas für Schwermütige, die ohne das lustige Treiben auf der Plaza leben konnten?

Das Frühstück war so reichhaltig, daß Erich jeden Zweifel verlor, das gestrige Empfangsessen könne eine Sonntagsausnahme gewesen sein. Es gab Schinken mit Spiegeleiern, soviel jeder wollte. Hartgekochte Eier, Toastscheiben, Honig aus der Prärie, soviel jeder wollte. Pampelmusen, Apfelsinen, Bananen – nicht soviel jeder wollte, sondern nur ein Stück pro Nase.

Vom Frühstückstisch ging es in den Nebenraum zum Essensempfang für draußen. Zum erstenmal sahen sie ein kaltes Büfett. Das waren lange Bretter auf Holzböcken, vollbepackt mit Käse, kaltem Fleisch, Hühnerbeinen, Wurst und Eiern. Anfangs waren sie unsicher, welche Mengen sie einpacken durften, denn noch nie hatten sie erlebt, daß ein solcher Überfluß nicht zugeteilt wurde. Aber soviel sie auch nahmen, niemand ermahnte sie. Die Köche brachten immer neue Teller mit Fleisch und Käse, ermunterten zum Zugreifen. Wer will, braucht kein Brot mitzunehmen, kann einfach den schieren Käse essen oder Wurst oder Fleisch, wovon er schon lange geträumt hat. Als Erich den Deckel seines Proviantkastens wegen Überfüllung nicht schließen konnte, stieß ihn einer an und bemerkte: »Du bist wohl auch nach Kanada gekommen, um endlich wieder satt zu werden.«

Am Ausgang gab es Getränke. Warum habt ihr denn keine Thermosflasche, Jungs? Ihr müßt abends zu Chris Allen gehen und eine Thermosflasche kaufen, damit ihr Kaffee, Tee oder Saft zur Arbeit mitnehmen könnt.

»Nach so einem Essen müßte man eigentlich weiterschlafen«, meinte Erich, als sie mit ihren Vorräten in Nummer 11 eintrafen.

Aber an Schlafen war natürlich nicht mehr zu denken. Zehn Minuten vor sechs heulte die Sirene wieder. Das hieß fertig machen zur Arbeit. Sie zogen an, was Chris Allen ihnen zugeteilt hatte. Eine Spezialhose mit breiten Hosenträgern, die Stiefel mit Spikes, Helm auf den Kopf, Handschuhe unter den Arm – fertig für den Busch.

»Eigentlich müßte uns einer knipsen«, sagte Erich, als sie zum Sammelplatz gingen.

Der Sammelplatz lag am Seeufer in der Nähe der gelben Holztrucks. Dort rannte der kleine Johnson geschäftig umher, besprach sich mit seinen Vorarbeitern, teilte ein und ordnete an. Als er die Neuen erblickte, winkte er sie zu sich und untersuchte sie von oben bis unten, ob sie wildnisgerecht angezogen waren, ob der Helm paßte und nicht etwa zu klein war, ob sie vorschriftsgemäße Hosenträger und keine Bauchriemen trugen. Bauchriemen sind nicht zugelassen, weil du mit ihnen hängenbleiben kannst. Sie mußten die Handschuhe vorzeigen und die Stiefel, denn der kleine Johnson hatte mächtige Angst, den beiden Greenhorns könne etwas zustoßen. Wenn etwas passiert, kommt nämlich der Workmen's Compensation Board ins Camp und untersucht von morgens bis abends.

Als der kleine Johnson mit der Inspektion fertig war, Herbert und Erich für den Busch abgenommen hatte, schickte er sie zu Vorarbeiter Johnson, dem großen Johnson, der auf dem Trittbrett eines Mannschaftsbusses saß.

»Kannst du die gebrauchen?« fragte der kleine Johnson.

Der große Johnson stand auf und begutachtete sie. Eigentlich brauchte er nur einen. Zwei Greenhorns zur gleichen Zeit in den Busch mitnehmen, das war gefährlich, denn du kannst immer nur auf einen aufpassen. »Wir möchten gern zusammenbleiben«, meldete sich Herbert zu Wort.

»Der eine spricht einigermaßen Englisch, und der andere hat die Kraft zum Arbeiten«, erklärte Superintendent Johnson. »Wenn wir sie trennen, sind sie beide nichts wert.«

»Also gut, ich nehme sie beide«, sagte der große Johnson. »Ich gebe meinen Indianer an Distrikt C ab und nehme die beiden mit als Chokermänner.«

Er gab die Tür frei und ließ sie in den Mannschaftsbus einsteigen. Ein Dutzend Männer saßen auf harten Holzbänken und verpesteten die Luft mit Zigarettenqualm. Zwei schliefen schon wieder.

Um sechs Uhr sprangen in der Campwerkstatt die Maschinen an. Am Wasser begann der Ladebaum zu arbeiten, holte Holzstämme von den Trucks und warf sie in den See. Die Wasserarbeiter an der Landing griffen sich ihre Stangen und balancierten über die Baumstämme, um Flöße für die Schlepperfahrten nach Powell River zusammenzustellen.

Endlich knallte der große Johnson die Wagentür von innen zu. Es konnte losgehen. Ein kurvenreicher Weg führte hinauf in die Berge. Rotes Feuerkraut zu beiden Seiten. In den ausgefahrenen Spuren, die die Doppelreifen der Holztrucks hinterlassen hatten, lief ihnen das Wasser entgegen. Im zweiten Gang die Serpentinen hinauf, an Bächen vorbei, die so erfrischend in die Tiefe stürzten, als wären sie zur Reklame für ein sprudelndes Getränk installiert. Nach zehn Minuten Fahrt durchstießen sie eine Nebelbank und kamen ins Sonnenlicht. Rechts und links eine Landschaft wie nach einem Bombenangriff. Abgebrochene Bäume, Stubben, die die Wurzeln nach oben gekehrt hatten, aufgewühlter Waldboden, schief stehende Weymouthskiefern mit demolierter Rinde und geknickten Ästen. So sah der Wald aus, nachdem die Powell River Company darin gearbeitet hatte.

Wer hat dich, du schöner Wald, abgeholzt und schnell verschoben, deklamierte Erich Domski. Das war die Parodie auf ein feierliches Lied, eine Parodie, die in der schlechten Zeit aufkam, als in Wattenscheid und anderswo die Schieber und Holzklauer umgingen und ganze Waldstücke verramschten.

Ganz klar, die nehmen hier nur das beste Holz. Den Rest lassen sie zertrümmert liegen, vertrauen darauf, daß der liebe Gott neue Bäume wachsen läßt. In hundert Jahren werden wieder Holzfäller kommen, um zu sehen, was der Wald herzugeben hat.

Da mischte sich der große Johnson ein; er glaubte eine Erklärung abgeben zu müssen wegen des trostlosen Zustandes, in dem sich der Wald darbot.

»Die dummen Stadtmenschen wundern sich immer über diese Verwüstung«, sagte er. »Die wissen nicht, daß das so sein muß. Wir pflügen den Wald um wie der Bauer sein Feld. Was liegenbleibt an abgebrochenen Bäumen und Ästen, ist die Nahrung für eine neue Generation großer, herrlicher Bäume. Wenn wir den Wald so schön sauber aufräumten, wie es sich die Stadtmenschen vorstellen, wäre er bald tot.«

Der Bus bog in ein Seitental, in eine Sackgasse der Wildnis mit hohen, heilen Bäumen. Sie waren in Distrikt A.

»Hast du schon mal einen Baum umgehauen?« fragte Herbert, als sie aus dem Bus stiegen.

Erich schüttelte den Kopf. Wo kannst du in Deutschland noch Bäume fällen? Die sind doch alle numeriert. Aber wenn er es recht bedachte, hatte Erich Domski es schon immer mit Bäumen zu tun gehabt, erst mit den uralten Bäumen unter der Erde und jetzt mit den Riesen der kanadischen Wildnis.

Bäume fällen kam für Greenhorns nicht in Frage, denn Bäume fällen war eine Kunst. Es gab nur sechs Holzfäller im Camp. Sie waren die eigentlichen Könige unter den Waldarbeitern. Nicht nur weil sie ein abgestecktes Stück des Waldes für sich allein erhielten, dort allein blieben mit dem Gesang ihrer Motorsäge, mit den Bäumen Zwiesprache halten konnten, bevor sie sie umbrachten. Nein, sie hatten es auch in der Hand, welche Summe am Ende des Monats auf ihrem Zahlscheck stand. Als Holzfäller kannst du dich in den Wald legen und schlafen oder fünfzig Bäume umlegen, wie es dir gefällt. Wichtig ist nur, daß du sauber und ohne Bruch arbeitest, denn gemessen und bezahlt werden nur die undemolierten Stücke, die du ordentlich in die Horizontale bringst. Absägen ist keine Kunst. Aber um die Bäume im bergigen Gelände heil herunterzubekommen, mußt du lange mit dem Wald zusammenleben, mußt du das Vertrauen dieser Riesen gewinnen, mußt du so sein wie der alte Lear, der mit dem Fährboot zwischen Camp und Parkplatz spazierenfährt, aber zuvor dreißig Jahre unter diesen Riesen gelebt hat, bis ihm einer auf den Kopf gefallen ist. Es gab Tage, an denen Lear sein Fährboot verließ, um mit den Arbeitern in den Wald zu fahren. Nicht um zu arbeiten, sondern um mit den Bäumen zu sprechen, bevor sie starben. An solchen Tagen ging er mit den Holzfällern auf die andere Bergseite und brüllte pausenlos »Timber!«, auch wenn gar kein Baum niederging. Wenn der alte Lear durch den Wald lief, war er aufgeregt wie ein junger Bursche, der einem Mädchen nachsteigt. An solchen Tagen nahm er keine Nahrung zu sich und sprach fortwährend mit sich selbst, mit Bäumen und Menschen, die gar nicht mehr lebten. Am liebsten stand er vor den Bäumen, die das Markierungszeichen trugen, die zum Sterben bestimmt waren.

»Ja, du bist stark«, redete er auf sie ein, »du bist zweihundert Jahre alt und sehr stark.«

Wenn ein Baum niederbrach, rannte er hin und betastete die Schnittwunde, leckte den Saft und zählte laut die Jahresringe. Wenn die Holzfäller ihn ärgern wollten, unterbrachen sie ihn bei sechzig oder achtzig und ließen ihn immer wieder von vorn anfangen. Oft mußten sie ihn wegjagen, wenn er an einem Baum lehnte, der die erste Kerbe erhalten sollte. Er stritt mit ihnen über die beste Lage. Laß ihn bergauf fallen, da liegt er wie in Mutters Schoß! Nein, leg ihn quer, sonst bleibt er hängen! Paß auf, daß er nicht den Felsen trifft!

Der alte Lear achtete darauf, daß die gefällten Bäume sich nicht in anderen Baumkronen verfingen und hängenblieben. Das war das Schlimmste, was im Wald vorkommen konnte. Wenn ein Baum hängt, mußt du den Baum absägen, auf dem er hängt. Da kann es sein, daß der Hänger, während du sägst, herunterkommt und dich mit deiner Säge in den Boden stampft. Das ist die Rache der alten Bäume. So hatten sie den alten Lear aus dem Wald getrieben, ihn zu einem wunderlichen König gemacht, der nur noch mit seinem Hund Rosa im Fährboot spazierenfahren konnte.

Für Anfänger gab es andere Beschäftigungen in der Wildnis. Herbert und Erich standen vor einer Maschine, die wie ein Panzer ohne Ketten aussah. Skidder nannte der große Johnson den Koloß, der in einem Areal stand, in dem die Holzfäller vorher die besten Bäume niedergeschlagen hatten. Die lagen nun am Berghang, versteckt im Unterholz und in rötlichem Blaubeergestrüpp, überquerten Schluchten und Bäche und warteten darauf, von der Maschine hinabgezogen zu werden auf den großen Holzberg, vor dem die Trucks hielten, um beladen mit der Ernte des Waldes zum See zu fahren.

»Das ist euer Job«, sagte der große Johnson. Als Chokermänner hatten sie der Maschine beim Herausziehen der Bäume zu helfen. Sie gehörten zu den Aufräumern im Wald, waren so eine Art Tellerwäscher des kanadischen Buschs, Ausfeger in der guten Stube der Wildnis.

Neben dem Skidder hatten sie einen glatten Baumstamm aufgerichtet, ungefähr von der Größe des höchsten Mastes im Zirkuszelt. Er wurde von Stahltrossen gehalten, die nach allen vier Himmelsrichtungen liefen und an Baumstümpfen im Erdreich verankert waren. Mit seinem Gewirr von Stahl und Drähten, mit seinen Rollen und Flaschenzügen sah der Baum aus wie ein kleiner Sendemast. Radio Stillwater, könnte man denken. Über den Mast lief von der Maschine aus die Skyline den Hang hinauf. Das war eine kilometerlange Stahltrosse, dick wie ein Männerarm, die fünfzehn Meter über dem Erdboden schwebte und oben am Berg an Baumstümpfen befestigt war. An der Skyline hing eine Laufkatze. Mit ihr holte die Maschine das Holz den Berg herunter.

Der große Johnson war der Herr dieser Riesenanlage in Distrikt A. Highrigger nannten sie ihn, weil er in den Mast klettern mußte, wenn sich oben die Seile verspannten. Meistens saß er unten bei der Maschine, aber an diesem Morgen mußte er mit den Berg hinauf, denn er hatte Greenhorns im Busch, die es einzuarbeiten galt.

»Alle Chokermänner raus in den Busch!« brüllte er um halb sieben. Es gab keinen geharkten Wanderweg nach oben, keine begehbaren Treppen. Hier kletterst du einfach in die Wildnis hinein.

»Wenn ihr auf dem Erdboden lauft, kommt ihr erst in einer Stunde an!« schrie Johnson.

Was ein richtiger Chokermann ist, der läuft auf gefällten Bäumen, überspringt Gestrüpp und Geröll, setzt von einem Stamm zum anderen, bleibt immer auf Holz, hat keine Berührung mit der Erde, hält immer die Balance, damit er nicht ins Unterholz fällt.

»Kein Mensch hat uns erzählt, daß wir als Balancierkünstler auftreten sollen«, schimpfte Erich, als sie auf halbem Weg eine Schlucht überqueren mußten. Wie sich jetzt herausstellte, waren die Stiefel mit den Spikes lebenswichtig. Die Dorne gruben sich ins Holz der Stämme und verhinderten ein Ausrutschen. Ein Fehltritt, und du liegst mit gebrochenem Hals unten im Creek, wo sich das Wasser zwischen Steingeröll seinen Weg bahnt.

Herbert war letzter Mann in der Reihe. Er war nicht sicher, ob er diesen Hang schaffen konnte. Manchmal kam es ihm so vor, als beginne sich sein Kopf zu drehen. Auch der Magen rebellierte. Er hatte Mühe, sich abzulenken, und tröstete sich mit der herrlichen Luft in den Bergen. Das war Luft zum Trinken. Kein Staubkorn steht der Sonne im Weg. Wo wird dir das noch auf der Welt geboten? Rasch dreimal durchatmen. Aber eigentlich hast du keine Zeit, an die Luft zu denken, weil du anfängst zu dampfen, erst auf dem Rücken, dann in den Weichteilen. Zwischendurch verschluckst du ein paar Mücken, die sich im Sog deines Atems verirrt haben. Weit voraus der blanke Helm des großen Johnson. Ab und zu bleibt Johnson stehen, um zu sehen, wo seine Greenhorns sind. Wie weit will der noch steigen? Das Herz schlägt dir bis zum Unterkiefer. Du hast keinen Blick mehr für das ausgebreitete Tal hinter dir, an dessen tiefstem Punkt der Skidder steht. Schneebedeckte Berge tauchen auf, zum Greifen nah, bisher vom Wald verdeckt, jetzt vom Sonnenlicht angestrahlt. Eine Verführung zum Malen, aber du keuchst hinter dem großen Johnson her, der darauf besteht, daß ein Chokermann um sieben Uhr oben zu sein hat. Schon am frühen Morgen gibst du viel Schweiß ab, der das Ungeziefer anlockt. Ein Schwarm von Mücken und Fliegen umkreist deinen Schädel. Du fängst an, durch die Nase zu atmen, weil du schon gefrühstückt hast und Fliegen nicht besonders gut schmecken.

Auf einmal geht es mit den Stiefeln los. Sie beginnen zu scheuern und zu drücken. Nicht daran denken. Denken kostet zuviel Kraft. Nur die Balance halten, nicht abstürzen, auf den vorauseilenden, blanken Helm des großen Johnson schauen.

Für Johnson war diese Bergbesteigung so etwas wie eine Tauglichkeitsprüfung. Wenn sie es nicht schafften, bis um sieben Uhr oben zu sein, würde er die beiden Chokermänner wegen Unbrauchbarkeit zurückgeben. Aber das sagte er vorher nicht. Er ließ sie keuchen und schnaufen, und als sie kurz vor sieben oben ankamen, wo die Skyline am Berg endete, brummte er nur: »Okay, Jungs.«

Noch hatten sie keinen Handschlag gearbeitet und waren schon erschöpft. Herbert warf sich auf den Moosboden und geriet dort erst recht unter die Mükken. Du kannst Hunderte erschlagen, aber Tausende steigen aus der feuchten Erde, um dich zu überfallen.

»Ihr müßt Mückensaft kaufen und euch das Gesicht einreiben«, schlug der große Johnson vor. »Übrigens hilft auch Rauchen gegen das Ungeziefer.«

Erich steckte sich eine Zigarette an und blies Rauch in die Mückenschwärme.

»Wenn die Sonne höher steigt, verschwinden die Mücken von selbst«, tröstete sie der große Johnson. »Trockene Wärme mögen sie nicht.«

Um sieben Uhr sprang der Skidder an. Eine Wolke halbverbrannten Dieselöls paffte ins Tal, blieb an den

Baumwipfeln hängen. Wieder heulte eine Sirene. Am gegenüberliegenden Hang setzten die Holzfäller ihre Motorsägen in Betrieb. Pfeifsignale ertönten, von der Maschine nach oben und von oben zurück zur Maschine. Ein Holztruck rangierte am Ladeplatz neben dem Skidder. Ein ungewohnter Lärm herrschte plötzlich in dem Seitental, das Distrikt A war und das dem Vorarbeiter Runnar Johnson gehörte, dem großen Johnson.

Der Skidder schickte seine stählerne Laufkatze hinauf. Als sie über ihren Köpfen hing, gab der große Johnson ein Pfeifsignal nach unten. Die Laufkatze blieb stehen. Vier Stahlseile ließ sie zur Erde. Damit fing ihre Arbeit an. Greift euch die Stahlseile und zieht sie zu den gefällten Bäumen. Aber was heißt hier ziehen? Ein Ende packen, das andere hinterherschleifen lassen – und damit ab wie die Feuerwehr durch den Busch. Es muß schnell gehen, sonst bleibt das Ende des Seils mit der Schlinge an Ästen oder Steinen hängen. Nur wer schnell läuft, kommt gut durch. Der große Johnson zeigte ihnen die Bäume, an denen die Seile zu befestigen waren. Um die Riesen an die Kette zu legen, mußt du den Stamm richtig umarmen und liebhaben. Du legst dich einfach auf die Erde und führst das Stahlseil unter ihm durch; notfalls mußt du das Erdreich mit den Händen aufkratzen, um durchzukommen. Wenn er die Schlinge um den Hals hat, kann der Riese nicht mehr entkommen, gehört er endgültig der Powell River Company. Er wird ins Tal gezogen, auf einen Holztruck verladen, in den See geworfen, per Floß nach Powell River geschafft und durch die Papiermühlen gemahlen, um mit einer Schlagzeile der *Vancouver Sun* zu erscheinen, in zehn Jahren vielleicht, wenn es dann noch Schlagzeilen gibt.

Der große Johnson prüfte, ob die Schlingen richtig saßen. Dann hakte er die Enden der Stahlseile bei der Laufkatze ein. Vier Bäume hingen an den Trossen. Und was für Bäume! Jeder mächtig genug, um Häuser zu zermalmen.

»Weg da!« schrie Johnson.

Sie rannten zur Seite. Zwei Steinwürfe weit mußten die Chokermänner von der Holzladung entfernt sein. So stand es in den Sicherheitsvorschriften. Wenn du näher bist, fliegen dir die Stücke um die Ohren. Johnson gab ein Signal zur Maschine durch, das einen Weltuntergang auslöste. Der Skidder fuhr volle Kraft. Die Laufkatze schnellte in die Höhe, wirbelte Astwerk und Wurzeln durch die Luft, riß vier Stämme aus dem Unterholz, tobte mit ihnen den Berg abwärts, zermalmte, was im Weg stand, hinterließ eine mächtige Schleifspur auf der unberührten Erde Kanadas und gab nicht eher Ruhe, bis die Holzfuhre das Tal erreicht hatte, bis die geschundenen Stämme auf dem Holzberg neben der Maschine niedergingen.

In fünf Minuten wird die Laufkatze wiederkehren, um eine neue Fuhre zu holen. Vorher zeigte Johnson ihnen die Stämme, die an der Reihe waren. Auch das war eine Kunst, die richtige Auswahl unter den Bäumen zu treffen. Sie müssen zueinander passen, dürfen nicht quer liegen, weil sie sich sonst ineinander verkeilen. Dabei kann die Skyline herunterkommen oder der Mast unten brechen.

»Du blutest«, sagte Erich nach der dritten Fuhre zu Herbert.

Ein Ast hatte Herbert ins Gesicht geschlagen. Die Lippe war dick, ein Kratzer verlief unter dem linken Auge, aber es war nichts Gefährliches. Sein rechter Zeigefinger schmerzte. Ein zerfetztes Stück des Stahlseils war Herbert durch den Handschuh gedrungen und hatte sich in den Finger gebohrt. Daher das Blut.

Nach einer Stunde fragst du dich zum erstenmal, was du verbrochen hast, um eine solche Schinderei zu erdulden. Herbert fiel das »Savarin« ein. Er stellte es sich abends um halb elf vor, wenn der größte Ansturm vorüber war, nur noch wenige Gäste an der Bar saßen und das Tonband *Rumba Tambah* spielte.

»Ab heute geht es aufwärts«, sagte Johnson aufmunternd, als sie zur Frühstückspause auf einem Baumstamm zusammenkamen. »Eigentlich habt ihr großes Glück, weil gutes Wetter ist. Die Arbeit im Busch mit Regen anzufangen, das ist wie ein Todesurteil.«

Während Erich sich auf das mitgebrachte Essen stürzte, brachte Herbert keinen Bissen hinunter. Er zog die Stiefel aus und sammelte die Hautfetzen aus den Socken. Verwundert stellte er fest, daß kein Blut in den Stiefeln stand. Wundgescheuerte Füße, aber kein Blut.

»So geht es jedem, der im Busch anfängt«, bemerkte Johnson. »Wartet nur ab. In zwei Wochen lauft ihr wie die Raubkatzen durch den Wald. Dann seid ihr richtige, gute Chokermänner.«

Herbert brachte es nicht fertig, zwei Wochen vorauszudenken. Ihm genügte es, diesen Tag zu überleben. Er war nicht sicher, ob er danach wieder in den Busch fahren würde. Er wünschte sich – ja, wohin eigentlich? Nach Kalifornien vielleicht, Hawaii, Mexiko, Copacabana ... jedenfalls weit weg von hier, auf den Mond oder zum Nordpol oder in die Kühle des abendlichen »Savarin«, aber auf keinen Fall in diesen mückenverseuchten, schweißtreibenden, lärmenden Wald.

Die Viertelstunde Frühstückspause war gut gemeint. Die Maschine schwieg, die Motorsägen heulten nicht mehr. Eine gute Zeit, um Wunden zu kühlen und die

Whisky Jacks, die grauen Vögel der Waldarbeiter, mit Weißbrot und Käseresten zu füttern, den Erdhörnchen zuzuschauen, die weggeworfene Apfelsinenschalen in ihre unterirdischen Gänge schleppten. Das alles wäre in einer Viertelstunde möglich gewesen, aber Herbert dachte nur an *Rumba Tambah,* an Polen-Joe, der ihn zu einem tüchtigen Barmixer ausbilden wollte, an die wunderbare Kühle im abendlichen »Savarin«, ohne Mücken, ohne Schweiß. Und auf einmal dachte er an das Mädchen in der Manitoba Street in Vancouver, das jetzt in seiner Vanillestube saß und Harry Belafonte singen hörte oder das gerade die Treppe herunterkam, um eine Zigarette von demjenigen zu erbitten, der in die Souterrainbude als Mieter eingezogen war, nachdem sie sie verlassen hatten. Wie war noch der Name? Ach ja, Cecily hieß das Mädchen. Ein hübscher Name, eine Erinnerung an Märchen und Prinzessinnen.

Hast du den Verstand verloren, Herbert Broschat? Du schmierst Spucke auf deine wunde Haut und riechst Vanilletee mitten in der Wildnis. Im Rückblick erscheinen dir die Steine in Mimico wie Kinderspielzeug. Und denk mal an die geruhsamen Fußmärsche am Fluß Thames entlang auf der Suche nach Zuckerrüben! Oder an die Königin von England! Nein, denken hilft überhaupt nicht, weil du den Kopf nicht mehr in der Gewalt hast, Herbert Broschat.

Nach einer Viertelstunde fing das Ungeheuer wieder an zu toben, pflügte den Wald um und zog Ladung um Ladung ins Tal. Tatsächlich, die Hitze vertrieb die Mükken. Na, wenigstens etwas. Die Sonne stand halbhoch über den Bergen und brannte gegen den Hang.

»So viel steht fest: Wir werden hier braun wie die Kaffer«, erklärte Erich Domski.

Acapulco-Bräune. Miami-Beach-Bräune. Hawaii-

Bräune. Gab es denn nichts zu trinken im Busch? Johnson zeigte zu dem Creek, der nur einen Steinwurf von ihnen entfernt ins Tal plätscherte.

»Das ist das beste Getränk, das Kanada zu bieten hat«, erklärte er. »Da kommen Seven-up, Canada Dry und Coca-Cola nicht mit. Aber beeilt euch. Wenn die Laufkatze kommt, müßt ihr da sein.«

Aluminiumhelme sind vorzügliche Trinkgefäße. Sie wuschen sich den verschwitzten Oberkörper, schöpften mit den Händen, gossen sich das kalte Wasser über das verschmierte Gesicht. Wenn du den Helm wieder aufsetzt, mußt du etwas Wasser drinlassen, das erfrischt.

»Auf Vancouver Island habe ich beim Wassertrinken im Creek ein Nugget gefunden«, erzählte der große Johnson, als sie zurückkehrten. Siehst du, sogar Gold kannst du als Chokermann finden, wenn du beim Wassertrinken die Augen aufsperrst! Erich nahm sich vor, ein wenig gründlicher unter die Blaubeersträucher zu blicken.

Schlimm wurde es um die Mittagszeit. Die Lebewesen flüchteten vor der Hitze, die Whisky Jacks verweigerten Erichs Brotkrumen, kein Blue Jay hüpfte lustig auf den Ästen, die Erdhörnchen blieben in ihren Höhlen. Nur die Menschen rumorten in dem stickigen, brütenden Wald.

»Bloß nicht schlappmachen!« rief Erich. »Denk mal an die Königin von England.«

Herbert lachte gequält.

»Vor allem mußt du essen! Mit leerem Bauch hält das keiner aus.«

Herbert war eher nach Übergeben als nach Essen zumute.

Um die Mittagszeit verbot der große Johnson Erich das Rauchen. »Sonst brennt der Wald ab«, sagte er.

Auch das noch. Da Erich irgend etwas zur Ablenkung tun mußte, stellte er sich unter die Skyline und fing an zu jodeln. Nicht richtig wie in den Alpen, sondern wie die Bergleute, so, wie sie es auf der Abraumhalde in Wattenscheid gelernt hatten. Anschließend sang er alberne Liedchen vom rheinischen Karneval, die *Eingeborenen von Trizonesien* und Vater Rhein, wie er mit dreckigem Wasser gurgelt.

Du bist doch bescheuert, Erich Domski! Kein Mensch singt in der drückenden Mittagshitze. Nur der Skidder gibt Laut, jagt die Laufkatze den Hang hinauf und hinunter, holt Fuhre um Fuhre. Herbert fragte sich, warum der Skidder nicht in die Luft flog, die Skyline nicht vom Himmel stürzte oder der Maschine unten das Dieselöl ausging. Jede Unterbrechung wäre ihm recht gewesen. Steck dir eine Zigarette an, Erich Domski, und setz versehentlich den Wald in Brand. Dann hat die Schinderei ein Ende.

»Bei uns auf der Zeche hatten wir einen, der war für die Arbeit unter Tage nicht mehr zu gebrauchen«, erzählte Erich. »Deshalb verwaltete er den Fahrradstand vor dem Eingang. Weißt du, was der immer gesagt hat? ›Gegen die richtige Scheiße im Leben kommt der Mensch nur mit Humor an.‹ Das hat er gesagt. Und meine Großmutter war auch so eine. Die konnte sich an den eigenen Haaren aus dem Dreck ziehen. Ehrlich, wenn die mal traurig war, fluchte sie fünf Minuten auf polnisch, kniff sich ins linke Ohr und gab Befehl zu lachen. Die lachte wirklich.«

Lachende Großmütter im Busch? Du spinnst wirklich, Erich Domski. Herbert wunderte sich, wie wenig er in gewohnten Bahnen zu denken vermochte. Gehobenes Englisch von der BBC in London – alles Scheiße. Du fängst an, nur noch in Flüchen zu denken. Was dir gestern noch wichtig erschien, ist dir heute lächerliche Nebensache. Europa liegt hinter dem Ural. Deutschland, was ist das schon? Ob die Deutschen sich in Atomrauch auflösen oder nicht, ob sie eine neue Armee bekommen, oder in Kanada fällt eine Zeder um – wen kümmert es? Ihm hingen die Hautfetzen von den Füßen, die Sonne hatte ihn ausgedörrt, die Arme schmerzten, und die Beine drohten umzuknicken. Denken ging nicht mehr. Wenn das deine Mutter wüßte! »Du hast es doch nicht nötig, dich so zu quälen, Herbert«, würde sie sagen. »Sieh mal, da ist die Kanzlei des Advokaten Struve in Burg, ein schattiger Raum, in dem zwei Schreibmaschinen klappern, ein Raum, in dem noch nie ein Tropfen Schweiß vergossen worden ist.«

»Wegen der Hitze machen wir schon um halb vier Feierabend«, sagte der große Johnson.

Selbst solche Nachrichten, vom Vorarbeiter verbreitet, können dich nicht aufheitern, wenn es erst zwei Uhr nachmittags ist. Cecily badet jetzt am Strand der English Bay, liegt im heißen Sand und zählt Ozeandampfer. Aber in Distrikt A badest du im eigenen Schweiß und zählst die Holzfuhren, die den Hang hinuntergehen.

Erich sang: *O Donna Clara, ich hab' dich tanzen gesehn.* Du bist wirklich nicht bei Trost, Erich Domski.

Um halb drei riß ein Zugseil des Skidders. Das gab eine halbe Stunde Unterbrechung. Sie brachten sie am Creek zu. Herbert kühlte die wunden Füße, Erich suchte Nuggets. Der große Johnson tobte den Berg hinunter, um den Schaden zu beheben. Nachher kam er wieder herauf. Er erledigte diese Bergtouren ohne sichtliche Anstrengung. Mensch, der war doch auch nicht mehr der Jüngste, sah so aus wie Erich Domskis Vater, wenn er nüchtern war.

»So werdet ihr auch durch den Wald laufen, wenn ihr euch an die Arbeit gewöhnt habt«, sagte der große Johnson.

Dreimal lang. Das war das Feierabendsignal der Sirene. Du denkst, die Glocken des Kölner Doms läuten den Sonntag ein. Herbert kam als letzter unten an und zog sich den Zorn der anderen zu, die schnell zum Baden an den Stillwatersee wollten, aber auf Herbert Broschat warten mußten. So etwas dulden die nur einmal. Wenn du morgen wieder zu spät kommst, fährt der Bus ab, und du kannst zu Fuß ins Camp laufen. Als sie im Camp ankamen, nahm der große Johnson sie mit in seine Hütte. Sie war erstaunlich wohnlich eingerichtet. Sogar ein Bild hing an der Wand: Göteborg mit den Schären.

Johnson ging an den Wandschrank und kam mit einer Flasche Whisky wieder.

»Das ist so üblich bei uns«, meinte er. »Wer den ersten Tag im Busch durchsteht, bekommt einen Schluck aus der Flasche.«

Herbert nippte nur an dem Zeug. Es brannte in ihm, als wolle es die Eingeweide zerreißen.

»Das kommt von deiner dämlichen Hungerkur!« schimpfte Erich, als sie Johnsons gastfreundliche Stube verlassen hatten. »Whisky auf nüchternen Magen, so etwas überleben nicht mal ausgewachsene Grislybären.«

Nun schnell zum Baden. Vom Landesteg in den See springen, um die geschundenen Glieder zu kühlen. Ausruhen auf den Flößen. Wieder ein Mensch werden. Wieder denken lernen.

Auf dem Rückweg wollte Herbert zu Chris Allen ins Office gehen, um seine Papiere zu holen. Einen weiteren Tag im Busch würde er nicht überleben – davon war er überzeugt. Erich hielt ihn zurück. »Was du nur immer hast!« rief er. »Arbeiten mußt du überall. Wichtig ist, daß wir durchhalten. Wenn du jetzt abhaust, mußt du noch Geld zuzahlen. Das ganze Gelumpe, das wir gestern gekauft haben, steht bei denen auf der Rechnung. Wir müssen wenigstens bleiben, bis es bezahlt ist.«

Er versperrte Herbert den Weg zum Office, packte ihn am Arm und schleppte ihn hinauf zu Nummer 11. Dort drängte er ihn aufs Bett. »Ruh dich aus«, sagte er. »Zum Abendessen weck' ich dich.«

Herbert verzichtete auf das Abendessen, weil ihm speiübel war. Aber Erich brachte ihm eine Portion mit und packte sie auf die Bettdecke. »So, mein Lieber! Du kannst machen, was du willst, aber essen mußt du!«

Erich setzte sich auf die Bettkante und erzählte Herbert von dem Essen, das die Campküche serviert hatte, um ihm den Mund wäßrig zu machen.

»Ehrlich, wenn die Deutschen wüßten, was es hier zu essen gibt – das halbe Deutschland käme rüber, um ordentlich satt zu werden. Na, was ist los mit dir? Soll ich dich etwa füttern?«

Er nahm eine Schinkenscheibe in die Hand und ließ sie vor Herberts Nase pendeln.

»Mensch, beiß endlich zu!«

Du bist ja eine richtige Krankenschwester, Erich Domski. Als Herbert sah, wie Erich sich Mühe gab, wie er sich um ihn sorgte, überwand er die Abneigung gegen Eßbares und nahm ihm das Stück Schinken ab. »Na, siehst du«, murmelte Erich zufrieden.

Als er gegessen hatte, fühlte Herbert sich wohler.

Erich griente: »Meine Großmutter sagte immer: ›Essen und Trinken hält Leib und Seele zusammen; die meisten Menschen ernähren sich davon.‹«

Du verdammter Kerl willst mich nur zum Lachen

bringen, dachte Herbert. Und dann lachte er tatsächlich.

»Nach dem Essen gleich ab in die Heia«, entschied Erich. »Nur so halten wir es hier aus: gut essen und lange schlafen. Glaub mir, der große Johnson hat recht. In zwei Wochen sind wir damit durch, in zwei Wochen lachen wir nur über den Busch.«

Es fehlte nicht viel, und er hätte Herbert in den Schlaf gesungen. Aber es kam ganz anders. Erich schlief ein, und Herbert lag mit offenen Augen unter dem Fenster. Es schien ihm, als wüchsen die Bäume über seinem Kopf zusammen. Du liegst da, als wärest du es nicht selbst. Durch das geöffnete Fenster hörst du die klagenden Schreie der Raubvögel, das Plätschern im See, wenn die Fische die Oberfläche teilen, hörst das Rumoren der Waschbären unter den Hütten. Ab und zu Schritte, wenn ein Mann zum Waschraum geht. Himmel und Waldrand sind wie mit dem Rasiermesser getrennt. Der letzte Rest Abendrot verblaßt in der Gegend von Westview. Schräg fällt das Licht des halben Mondes auf das graue Kopfkissen mit dem Zeichen der Powell River Company. Er ist kleiner, dieser Mond, dachte Herbert, viel kleiner als der Mond über Sandermarsch. Lag es daran, daß der Mond hier durch einen klaren, sauberen Himmel auf den Stillwatersee schien? Kein Stern war sichtbar; noch überstrahlten die Lampen des Camps ihr Licht. Ob das Wölfe sind? Oder heult Rosa nach ihrem verirrten König? Zwei Lichtpunkte umkreisten das Camp, verweilten am Abfallhaufen und trollten sich, als in Nummer 5 die Stimmen der Pokerspieler laut wurden.

Ob man sich daran gewöhnen kann, daß in einem solchen Camp minutenlang kein Laut zu hören ist, daß einfach nichts geschieht? Na ja, die Bäume wachsen, und Mond und Sterne gehen auf und unter, aber mehr geschieht nicht. Du kannst dir Zeit lassen, du versäumst nichts. Vielleicht gibt es die wahre Freiheit nur noch in den Wäldern, vielleicht sind alle anderen Freiheiten nur eingebildet. So ein lausiges Holzfällercamp in der Wildnis kann wie eine Oase sein, in der die Blume namens Freiheit wächst, im Überfluß wuchert, blüht und blüht, ohne daß du Notiz von ihr nimmst – nur weil deine wundgescheuerten Füße so entsetzlich schmerzen.

Am nächsten Morgen regnete es. Das Wasser trommelte gegen die Scheiben. Der Wind heulte um Dachvorsprünge. Die Wolken hatten die Berge gefressen, die strahlende Herrlichkeit der Wildnis hatte sich in Wasserdampf aufgelöst. Auf dem Weg zum Waschhaus pfiff Erich Domski: *Regentropfen, die an mein Fenster klopfen* ... Sturzbäche fluteten ihnen auf dem Serpentinenweg entgegen, ergossen sich über Geröllhalden und Felskanten. In der Spur, die die Holztrucks ausgefahren hatten, stand braunes Wasser. Der Mannschaftsbus fuhr in die tiefhängenden Wolken. Nebel. Waschküche. Dunkelheit.

»Wenigstens das Ungeziefer wird uns heute in Ruhe lassen«, stellte Erich fest, als sie aus dem Bus stiegen. »Und verdursten werden wir auch nicht.«

Herbert hoffte, der Skidder würde seinen Dienst versagen, einfach streiken und nicht anspringen. Wenn schon die Menschen bei jedem Wetter arbeiten müssen, dann dürfen wenigstens die Maschinen zusammenbrechen. Aber pünktlich um sieben röhrte der Skidder los.

»Stellt euch vor, das hier ist Sun Valley Idaho!« rief

der große Johnson, als er sie den Hang hinaufjagte. Ja, der Skidder könnte eine gemütliche Gondelbahn sein, der Maschinist ein blondes Mädchen und der große Johnson ein Barmixer, der Getränke an den Swimmingpool bringt, dort, in Sun Valley Idaho.

Nach einer Viertelstunde waren sie durchnäßt. Das Wasser lief den Rücken abwärts und sammelte sich in der großen Einkerbung des Unterleibs.

»Nun wissen wir endlich, wie der Kommißausdruck ›Euch soll das Wasser im Arsch kochen!‹ entstanden ist«, bemerkte Erich Domski. Die Stiefel liefen voll, wurden sanft und geschmeidig. Das Wasser linderte die Schmerzen der wunden Füße. Na, wenigstens etwas. »Das muß man dem Ruhrbergbau lassen: Regen gibt es unter Tage nicht.«

Es gab tatsächlich kein Ungeziefer, es gab nur Wasser. Sieh mal diese wunderbare weiche Haut! So blaß und so sauber. Sogar der Schmutz unter den Fingernägeln löste sich auf.

»Hände wie eine Hebamme«, stellte Erich fest.

Als Herbert in der Frühstückspause die Stiefel entleerte und die Socken auszog, kam ein Schwarzweißgemälde zum Vorschein, milchweiße Haut mit schwarzen, zackigen Rändern.

»Füße mit Trauerrand«, meinte Erich lachend.

Der große Johnson gestattete ihnen, ein Feuer anzuzünden. Gestern Rauchverbot in der Mittagshitze, heute Feuer im Busch – so ist die Wildnis. Johnson bestellte beim Maschinisten einen Kanister Benzin. Der Kanister kam mit der Laufkatze nach oben und fiel wie eine Bombe ins Unterholz.

»Wenn das unsere Mütter wüßten!« sagte Herbert.

Mit dem Rücken zum Feuer stehen, bis der warme Dampf aus den Rippen steigt. Danach wieder in den kalten Regen laufen, um gefällte Bäume zu umarmen. Ist die Holzfuhre weg, schnell wieder zum Feuer, um die Vorderseite zu trocknen. Raus aus dem Wasser, rein ins Wasser – wenn das nicht ungesund ist!

Eigentlich wäre das ein Tag, um in Vancouver im Kino zu sitzen, einen lustigen Film mit Musik und viel Klamauk zu sehen, natürlich in einem trockenen Kino mit trockenen, gepolsterten Sesseln und trockenen Platzanweiserinnen. Aber nein, sie saßen in den Regenwolken. Die Maschine unten war nicht sichtbar, nur hörbar. Unentwegt tauchte die Laufkatze aus dem Dunst auf, breitete ihre Stahlarme aus, wollte bedient werden, riß eine Fuhre nach der anderen in die Tiefe. Es gab keinen Maschinenschaden, niemand warf einen Knüppel zwischen die Kolben, kein Zugseil riß. Sosehr es auch regnete, der Betrieb der Powell River Company ging störungsfrei weiter.

In der Mittagspause kam der große Johnson ans Feuer.

»Seeleute bekommen ihre Äquatortaufe und Waldarbeiter ihre Buschtaufe«, sagte er. »Ihr habt es heute reichlich bekommen, Jungs. Aber glaubt mir, es ist nur Wasser. Wir Buschmänner können mehr aushalten als einen Tag Regenwetter.«

Am Nachmittag nieselte es nur noch, und Erich jubelte: »Siehst du, es wird besser!«

Abends klopfte Johnson ihnen auf die Schulter.

»Solche Tage kommen schon mal vor in unserer herrlichen Wildnis«, meinte er. »Nach dem Essen geht ihr zu Chris Allen und kauft euch für fünf Dollar Regenzeug. Sonst löst ihr euch auf wie Würfelzucker.«

Was könnte jetzt noch kommen? Hitze und Regen hatten sie hinter sich, die Schneestürme waren erst im November dran.

»Das Schlimmste ist überstanden«, sagte Erich, als sie Nummer 11 betraten.

Dort gab es eine angenehme Überraschung. Der alte Lear war von Hütte zu Hütte gegangen und hatte die Öfen in Betrieb gesetzt. Trockene Wärme schlug ihnen entgegen.

»Wie bei Bäcker Wieczorek in der Backstube!« rief Erich. Dann hängte er die nassen Kleider an den Ofen, damit sie bis zum anderen Morgen trockneten.

Herbert war nicht sicher, ob es für ihn noch ein Morgen mit trockenen Kleidern geben sollte. War es nicht schwachsinnig, so etwas mitzumachen, dieses Wechselbad aus Hitze und Regen, Ungeziefer, Schweiß, Blut und wundgescheuerten Füßen?

»Komm erst mal mit zum Duschen, das tut gut«, schlug Erich vor.

In der Tat, duschen nach einem solchen Tag, das war wie Medizin. Das dampfende Wasser spült die trüben Gedanken weg. Auf einmal fängst du an, deinen geschundenen Körper wieder zu lieben.

»Weißt du, was wir brauchen?« sagte Erich, als sie nebeneinander unter der heißen Dusche standen. »Wir brauchen unbedingt ein Radio. Wenn wir unser Auto noch hätten, könnten wir uns jetzt auf die Polster legen und Musik hören.«

Ja, ein Radio wäre gut. So ein Kasten meldete nicht nur die Wetteraussichten für morgen, er lenkte auch ab. Herbert fiel Harry Belafonte ein, der um diese Zeit in der Manitoba Street in Vancouver vorsang. Und du stehst fünfzig Meilen nordwärts, nur von Männern und Bäumen umgeben, unter der Dusche, riechst keine Vanille, wirst nicht um Zigaretten angegangen, bist einfach ausgeschieden aus dem Rennen, abgemeldet.

Die Company wußte, was sie den Männern an einem Regentag schuldig war. An der Küchentür hing ein Zettel: *Um acht Uhr Kino*. Du kommst also doch noch zu deinem Film, Erich Domski. Allerdings ohne Platzanweiserinnen.

»Die sind wirklich gut!« sagte Erich anerkennend, als er den Zettel sah. Er überredete Herbert mitzukommen, weil es nicht einmal Eintritt kostete. Im Eßsaal hatten sie die Fenster verdunkelt und ein Bettlaken über die Tür gehängt. Es gab einen Zeichentrickfilm. Weil es mit dem Ton haperte, stellte der kleine Johnson seinen Plattenspieler für die Musikbegleitung zur Verfügung.

Ein Film zum Totlachen. Schweinchen Dick baut sich ein Haus. Woody Woodpecker zeigt den kanadischen Holzfällern, wie Bäume umgehauen werden. Donald Duck fällt in eine Grube und kommt zwischen Australien und Neuseeland wieder zum Vorschein. Dazu das *Warschauer Konzert* vom Plattenteller, das paßte zusammen wie saure Gurken und Schlagsahne.

Eine Stunde lang Gelächter und Heiterkeit. Dann das Ende der Vorstellung und gleichzeitig ihr Höhepunkt: Als sie vor die Tür traten, war der Himmel über ihnen geteilt, wie mit dem Lineal gezogen. Im Osten stand die abziehende Regenfront, im Westen leuchtete der Abendhimmel in einem Farbengemisch, wie es kein Maler auszudenken vermag. Sie hörten das Wasser von den Hängen rauschen, über Baumstümpfe und Gestein dem See zuplätschern. Eine würzige Luft stieg aus dem Feuerkraut. Der Wind hatte sich gelegt.

»Na, ist das nichts?« meinte Erich und zeigte zum Abendlicht. »Du bist doch sonst rein närrisch, wenn die Natur sich schön macht.«

Wie soll Begeisterung aufkommen, wenn du Schmerzen verspürst und vor Erschöpfung kaum die Augen aufhalten kannst?

»Ich komme morgen nicht raus«, sagte Herbert.

Erich stand ratlos neben ihm.

»Mensch, was soll ich denn anfangen, wenn du abhaust?« sagte er beschwörend. »Wir müssen wenigstens eine Woche durchhalten, dann haben wir es überstanden.«

Er zog mit ihm zu Nummer 11. Unterwegs fing er an zu rechnen; er rechnete Herbert vor, daß es keinen Ort in Kanada gebe, an dem sie so viel Geld verdienen könnten wie im Busch.

»Vierzehn Dollar bei freier Verpflegung. Und was für eine Verpflegung! Das wären in Deutschland sechzig Mark an einem Tag. Für so viel Geld mußt du einfach durchhalten.«

Er schlug vor, Herbert solle einen Tag aussetzen, sich krank melden. So etwas kommt vor, ist nicht weiter schlimm. Einen Tag ausruhen, um die Wunden zu heilen. Danach ist schon Donnerstag, und bald ist Wochenende.

»Wir dürfen nicht schlappmachen! Was sollen die Kanadier denken, wenn die beiden Deutschen vor dem Busch ausreißen?«

»Mit deutsch hat das überhaupt nichts zu tun«, widersprach Herbert. »Na gut, dann eben nicht deutsch. Dann halten wir eben durch, weil wir Kerle sind. Das gehört dazu. Jeder muß mal durch die Scheiße gehen, wenn er ein ordentlicher Mensch werden soll, wenn er wissen will, wie es zugeht im Leben.«

Erich Domski entwickelte eine erstaunliche Beredsamkeit an diesem Abend. Er kam auf Sprüche, die ihm bisher noch nie eingefallen waren, und erzählte Witze, die so schrecklich anzuhören waren, daß sie eigentlich nur tausend Meter unter der Erde in einem Kohlenflöz erzählt werden durften.

»Wir müssen nach Deutschland schreiben, damit sie unsere Adresse wissen«, sagte er plötzlich. »Deine Zeitung, mein Gott! Die wissen überhaupt nicht, wohin sie die Zeitung schicken sollen. Da sind Berge von Zeitungen für dich unterwegs.«

In diesem Zustand Briefe schreiben? Das war zum Lachen. Ging es überhaupt noch? Konnten die ausgelaugten, wunden Hände noch Papier fühlen?

Doch, es ging. Zuerst schrieb Herbert an Mister Doole in der Manitoba Street. Aber was heißt hier an Mister Doole? Ihm teilte er nur die neue Adresse mit, damit er eingehende Post nachsenden könne, denn nachsenden ist das Wichtigste im kanadischen Postdienst. In diesem Land, in dem die Herumtreiberei Gewohnheit ist, in dem ein Viertel der Einwohner jährlich den Wohnsitz wechselt, mal nach Norden zieht, mal zurück in den Süden, in die Atlantikprovinzen oder in die Prärie, hinein in den Busch und heraus aus dem Busch – in einem solchen Land gehst du ohne Postnachsendungen verloren, verschwindest du einfach von der Liste der Anwesenden. In Wahrheit war sein Brief für Cecily bestimmt. Das Mädchen wird ihn, wenn sie aus der Schule kommt und der kleine Tobby ihn bis dahin nicht in Fetzen gerissen und verbrannt hat, auf dem Flur finden. Sie wird ihn ausdauernd betrachten, sich den Absender notieren und schließlich in ihre Vanillestube gehen, um einen langen, lieben Brief in die Wildnis zu schreiben, einen Brief, der wundgescheuerte Füße heilt und die Schmerzen in den Gliedern vergessen läßt. Ihre Lippen werden den Klebestreifen berühren, wenn sie den verschließt. Cecily wird die Briefmarke küssen, ihr einen leichten Vanillegeruch mit auf den Weg geben. Wetten, der Brief riecht nach Vanille, wenn er im Busch ankommt!

Die Beschäftigung mit der Manitoba Street belebte Herbert. Es wurde ihm klar, daß er mindestens zwei Wochen im Camp bleiben mußte. Wenn Cecily wirklich einen Brief mit Vanillegeschmack schriebe, könnte der frühestens in zwei Wochen das Camp erreichen.

Der nächste Brief, den Herbert zu Papier brachte, war für Wattenscheid bestimmt. Mutter Domski sollte erfahren, welch ein Essen im kanadischen Busch serviert wurde und daß sie pro Tag mindestens sechzig Mark verdienten.

»Schreib lieber achtzig Mark«, verbesserte Erich. »Vielleicht machen wir Überstunden.«

An dem Tag, an dem der Brief in Wattenscheid eingeht, wird Mutter Domski zu Kaufmann Liepert laufen, um Mehl und Haferflocken einzukaufen. Nebenbei wird sie sagen: »Unserem Erich geht es in Kanada ja so gut. Der verdient jeden Tag hundert Mark!« Vor Schreck wird Erika Liepert die Mehltüte fallen lassen. Während sie den Handfeger holt, um das Mehl zusammenzufegen, wird sie denken: Mensch, der Erich Domski, das ist ein Kerl!

Für den kleinen Peter mußte Herbert einen besonderen Absatz hinzufügen. Peter Domski sollte in der Schule Augen und Ohren aufsperren, um ordentlich lesen und schreiben zu lernen. Dann würde er es einmal besser im Leben haben als sein großer Bruder, der so schwer schuften muß. Obwohl es eigentlich keine Schande ist, schwer zu arbeiten. Aber ein bißchen leichter könntest du es schon haben, wenn du in der Schule gut lernst.

Zum Schluß Briefe an die Mutter und an Gisela. Sie fielen Herbert besonders schwer. Du fühlst dich zum

Erbarmen und mußt über wundervolle Sonnenaufgänge und erhabene Sonnenuntergänge in der Wildnis schreiben, daß die Wälder großartig sind und direkt vor der Haustür ein See ist, in dem du jeden Tag badest.

»Wir sind doch verrückt, solche Briefe nach Hause zu schreiben«, meinte Herbert.

»So sind Briefe nun mal«, erwiderte Erich. »Sie stimmen alle nicht.«

Du fühlst dich wie ein geprügelter Hund, schreibst aber Briefe, die sich angenehm anhören. Du kannst doch in einem Brief nicht laut nach der Mutter rufen oder Tränen vergießen! Im Brief verliert sogar ein trostloser Regentag im Busch seine Schrecken. Plötzlich schwingt etwas von der Das-kann-doch-einen-Seemann-nicht-erschüttern-Stimmung mit. Wenn du das Unglück erst einmal beschrieben hast, verliert es seinen Schrecken.

Je mehr Herbert schrieb, desto weiter liefen Realität und Briefinhalt auseinander. Merkwürdig war, daß seine Stimmung nicht der Realität folgte, sondern dem Brief. Mit jeder Zeile, die er niederschrieb, wurde er heiterer. Es kam ihm vor wie Ballast abwerfen, Dämme einreißen, durch die Regenwolken blicken, um nach der Sonne Ausschau zu halten.

Am nächsten Morgen stand Erich Domski vor seinem Bett.

»Na, wie ist das nun – willst du einen Tag krankfeiern oder mit rauskommen?«

Herbert sprang aus dem Bett und stieß das Fenster auf. Gestern noch war Weltuntergang, heute ein strahlender Morgen mit Wärme und Licht im Überfluß, ein Morgen wie ein Gottesdienst.

Erich stand neben ihm. Auf einmal fing er an, mitten im kanadischen Busch – wirklich, so etwas bringt nur

Erich Domski fertig – *Schäfers Sonntagslied* zu singen, wie es der Männerchor in Wattenscheid vor der Friedenskirche gesungen hat. *Das ist der Tag des Herrn ...*

Du bist ein einmaliger Kerl, Erich Domski! Mit einem Burschen wie dir kann man jeden Weltuntergang überleben.

»Ich komme mit«, sagte Herbert. Er sagte es, weil er Erich Domski nicht enttäuschen wollte.

Auf dem Weg zum Waschhaus stieß Erich ihn in die Rippen und sagte: »Das wäre doch gelacht, wenn wir beide nicht mit dem kanadischen Busch fertig würden!«

Nach einer Woche klangen die Schmerzen ab. Der abgestumpfte Körper ließ es zu, daß der Kopf wieder Gedanken faßte, andere Menschen wahrnahm. Den kleinen Indianer zum Beispiel, der im Camp herumlief wie ein zugelaufener Hund.

Kleiner Indianer, hol mal Zigaretten! Kleiner Indianer, bring den Abfall auf den Müllberg! Kleiner Indianer, tauch mal unter das Holzfloß! Kriegst auch einen Quarter.

Eigentlich war er gar nicht so klein. Vor zwei Jahren war er von seinen Leuten ausgerissen, als er das Alter hatte, in dem er nach dem Weg fragen konnte. Damals war er wirklich ein kleiner Indianer gewesen. Superintendent Johnson hatte ihn mehrere Male aus dem Camp vertrieben; einmal hatte er ihn sogar mit dem Holzschlepper nach Westview zu seinem Stamm bringen lassen. Aber nach ein paar Tagen tauchte der Junge stets wieder auf, weil ihm das Essen im Camp so gut schmeckte. Ihm ging es wie den Rehen. Wenn du die im Winter fütterst, kehren sie auch immer wieder ins Camp zurück.

Kleiner Indianer, kletter mal auf den Baum! Bekommst auch einen Nickel!

Kleiner Indianer, komm mit zum Angeln!

Manchmal kam er mit dem Holztruck hinaus zu Distrikt A, saß stundenlang hinter dem Skidder und verbrannte Ölrückstände in einem rostigen Faß, ließ furchtbare Rauchzeichen aufsteigen. Wenn Johnson ihm das Brennen verbot, tauchte er oben bei den Chokermännern auf, sah ihnen bei der Arbeit zu und wartete, daß einer sagte: »Kleiner Indianer, hol mal Wasser!«

Einmal jagte ihn der große Johnson auf die Spitze des höchsten Berges in der Gegend.

»Kleiner Indianer, geh mal sehen, ob auf der anderen Seite New York liegt!«

Bis Feierabend schaffte er es nicht. Sie fuhren ohne ihn los, aber kurz vor Einbruch der Dunkelheit trabte der kleine Indianer ins Camp, setzte sich still vor Johnsons Haus und ging erst, als Johnson ihm eine Packung Zigaretten schenkte. New York hatte er nicht gesehen.

Oder was hältst du von Steve Norton, dem Stubennachbarn in Nummer 11? Der schloß jeden Morgen seine Bude ab. Hatte der Angst, daß sie ihn beklauten? Türen verschließen war nicht üblich im Camp; die meisten Türen besaßen nicht einmal Schlösser. Aber Steve Norton hatte sich aus der Werkstatt ein Vorhängeschloß geholt. Jeden Morgen, bevor er zur Arbeit fuhr, hängte er es an die Tür. Den Schlüssel trug er an einer Kette um den Hals, so, wie andere silberne Kreuze oder Amulette tragen. Es bedeutete ihm anscheinend sehr viel, die Tür verschlossen zu halten. Er nahm es in Kauf, seine Bude täglich selbst auszufegen, weil der alte Lear, zu dessen Pflichten das Ausfegen und Bettenmachen gehörte, nicht in den Raum konnte.

Eines Abends klopfte Steve Norton bei ihnen an. Schon das war ungewöhnlich. Anklopfen mag in den Städten bei feinen Leuten gebräuchlich sein – die Wildnis gibt sich mit derartigen Künstlichkeiten nicht ab. Der klopfte also an und sagte geheimnisvoll: »Kommt mit, ich will euch etwas zeigen.« Er ging voraus, blieb vor seiner Stubentür stehen, blickte erwartungsvoll von einem zum anderen und öffnete endlich die Tür, ganz behutsam und geräuschlos, als wolle er die Anwesenden nicht stören. In der Stube war es dunkel. Erst als sie in der Mitte des Raums standen und Steve die Tür hinter sich abgeschlossen hatte, schaltete er das Licht ein.

Es war einfach überwältigend. Ein Anblick, der dich von den Füßen reißt, dich verlegen macht, dir die Röte ins Gesicht treibt. Gemäldegalerien sind gar nichts dagegen. Rubens kannst du vergessen und all die Maler schöner Frauen, wenn du Steve Nortons Bude von innen gesehen hast. Da hingen an den vier Wänden von der Decke bis zum Fußboden Bilder. Keine röhrenden Hirsche, keine eisglitzernden Gebirgszüge, sondern – lauter Mädchen aus Papier. Mädchen in allen Farben, in allen Verkleidungen und in allen Stellungen. Die Starlets von Metro Goldwyn Mayer und Miß World in Siegerpose, die Schärpe um den Bauch geschlungen. Die meisten waren ordentlich angezogen, entweder Bikini oder Pelzmantel. Nur zwei schienen nackt zu sein, und die kamen aus Schweden, wie Steve Norton erklärte.

»Was sagt ihr dazu?«

Was soll man dazu sagen? Das gibt's doch gar nicht. So etwas ist unmöglich. Die ganze weibliche Schönheit, konzentriert auf vier Holzwände im kanadischen Busch. Das war gewaltig, das war das Beste, was es in so einem Camp geben konnte.

Erich ging andächtig an der Wand entlang.

»Rühr sie nicht an!« befahl Steve Norton.

Ist gut, ist gut, ich tue ihnen ja nichts. Und die Hände sind auch sauber.

Steve erlaubte es nicht einmal, daß Erich den Mädchen Zigarettenrauch in die Augen blies.

»Davon bekommen sie gelbe Flecken«, erklärte er.

Nur der Besitzer der Galerie durfte von Bild zu Bild gehen, mit gespitzten Lippen feine Rauchsäulen in das schwarze, braune, blonde oder rote Haar pusten, auch tiefer pusten, wenn er wollte, die Hügel in Rauch hüllen, den Bauchnabel mit zarten Rauchringen einnebeln ... »Im Busch muß jeder ein Stück Haut haben.«

Das sagte Steve Norton nicht einfach so dahin. Es klang wie ein Glaubensbekenntnis: Jedem ein Stück Haut! Nicht etwa jedem genügend Brot oder jedem ein Dach über dem Kopf. Nein, jedem ein Stück Haut!

Herbert setzte sich mit dem Rücken zum Fenster und zählte die Mädchen. Ihn beunruhigte dieser gewaltige Auftrieb schönen Fleisches weniger. Aber Erich war ganz aus dem Häuschen. Er fühlte sich beobachtet von den vielen Gesichtern. Die Mädchen starrten ihn an, die meisten lächelnd, einige unverschämt; andere schienen traurig zu sein, schienen des männlichen Trostes zu bedürfen. Paß auf, gleich wird etwas Schreckliches geschehen. Gleich werden die Mädchen von den Wänden stürzen, über Erich Domski herfallen und ihn in Stücke reißen.

Herbert war mit seiner Zählung schon fast durch, hatte bereits so viel, daß für jeden Sonntag im Jahr drei Mädchen zur Verfügung standen. Da entdeckte er das erste bekannte Gesicht. Es war Jane Russell, die Filmschauspielerin, nach der die amerikanischen GIs in Korea zwei nebeneinanderliegende, durch ein tiefes Tal getrennte Berge benannt hatten.

»Die kenn' ich! Die war in Wattenscheid im Kino!« rief Erich.

Neben Jane Russell hing Marilyn Monroe, noch sehr jung und unentdeckt.

»Natürlich sind auch alte Scharteken dabei«, räumte Steve ein. »Schönheitsköniginnen von neunzehnhundertfünfundzwanzig, die inzwischen reiche Kaufleute geheiratet haben und im Kirchenchor singen. Die haben keine Ahnung, daß sie bei mir an der Wand hängen. Einige sind bestimmt schon Großmütter, wenn sie überhaupt noch leben.«

Ein faszinierender Gedanke. Da hingen Tote an der Wand und wirkten überaus anziehend. Das ist auch eine Art, nach dem Tod weiterzuleben, dachte Herbert. Im Busch bleiben sie ewig jung, welken überhaupt nicht, blühen für Generationen einsamer Buschmänner, diese Schmetterlingsblumen von gestern. Und wenn sie niemand von den Wänden reißt und in den Ofen wirft, dann leben sie noch heute.

Bei näherem Hinsehen stellte sich heraus, daß Steve bestimmte Einteilungen vorgenommen hatte. Es gab Mädchen für alle Tage und Sonntagsmädchen. Einige waren für nächtliche Ausfahrten im Auto bestimmt, andere für Tanzveranstaltungen oder Urlaub in Mexiko. Steve Norton hatte Mädchen für den Strand, einfach nur so, um im Sand zu liegen und zu rösten. Und dann gab es wieder welche, die taugten nur zum Schlafen.

»Ihr wißt ja, im Busch braucht jeder Mensch ein Stück Haut«, meinte er grüblerisch.

Seine Hände glitten über die Haut aus Papier, die er gesammelt hatte. Plötzlich war es so, als würden die Bilder lebendig, zu natürlichem Fleisch und Blut. So ist das mit dem Busch; er hat auch in diesem Punkt seine eigenen Gesetze, kann dem Papier Leben einhauchen. Jedes Gespräch über Frauen endet hier mit einer heimlichen Vergewaltigung. Nur die Mütter sind ausgenommen, sie sind auch im Busch heilig.

Herbert entdeckte Europäerinnen. Silvana Mangano mit dem engen Pullover. Eine vergeistigte Französin, deren Namen sie alle drei nicht aussprechen konnten.

»Mensch, da ist die Tiller!« brüllte Erich auf einmal los.

Er war stolz, einen deutschen Filmstar in Steve Nortons Bude gefunden zu haben. Die Deutschen können nicht nur Autos bauen und tüchtig arbeiten, sie haben auch Mädchen, die man in Kanada an die Wand hängen kann. Sie war übrigens besonders ordentlich angezogen, die Nadja Tiller. Sie trug ein schwarzes, enganliegendes Trikot, wirkte schlank und rassig, sah nicht so aus, wie sich Kanadier deutsche Frauen vorstellen. Wie bist du in das Camp am Stillwatersee geraten?

»Vor einem Jahr hatten wir einen Deutschen hier«, erzählte Steve Norton. »Der hat das Bild in einer Illustrierten gefunden und es mir für eine Schachtel Zigaretten verkauft.«

Nadja Tiller für eine Schachtel Zigaretten! So billig bekommst du die nie wieder. Am teuersten sei im Augenblick die Monroe, erklärte Steve Norton, weil die gerade die aufsteigende Kurve habe, während die Jane Russell schon in der absteigenden Kurve sei. Die Monroe veranschlagte er auf eine Flasche guten Whisky, eine Preisvorstellung, zu der die Metro-Goldwyn-Mayer-Mädchen zustimmend nickten.

Jetzt begriff Herbert, warum Steve Norton seine Bude verschloß. Die Bilder waren zu kostbar; da hing ein kleines Vermögen an den Wänden, so etwa fünfzig Flaschen kanadischer Whisky. Das allein war es allerdings nicht. Steve Norton ärgerte die Vorstellung, der alte Lear oder der kleine Indianer könnten, während er im Wald arbeitete, die Mädchen besuchen, sie anfassen oder unverschämt anstarren. Der eine sei für solche Späße zu alt und der andere zu jung. Oder dieses Vieh von Rosa, das den alten Lear ständig begleitete, käme vielleicht auf den Gedanken, das Bein zu heben und die Bilder naß zu machen.

»Man kann die Mädchen auch tauschen«, sagte Steve Norton. »Wenn ihr gute Mädchen habt und sie nicht mehr mögt, tausche ich sie um.«

Nein, sie hatten nichts zum Tauschen.

»Kannst du mir nicht ein Bild schenken?« fragte Erich. »Ein paar hast du doch doppelt.«

Zum Beispiel diese Jane Russell. Die war einmal von links im Profil zu sehen und einmal von vorn mit den beiden koreanischen Hügeln. Steve Norton holte ein Taschenmesser und löste schweigend Jane Russell von der Wand, verletzte sie dabei geringfügig am Schenkel; dann rollte er sie vorsichtig zusammen, damit sie keinen Knick bekam.

»Da hast du sie. Im Busch braucht jeder Mensch ein Stück Haut.«

Behutsam trug Erich Jane Russell nach nebenan. Wie eine entführte Königin. Platz hatte er reichlich für sie, gewissermaßen freie Auswahl. Er könnte sie über die Tür hängen oder direkt über seinen Kopf.

Nach langem Zaudern entschied Erich sich für das Fußende seines Bettes. Jane Russell einen Meter über Erich Domskis Füßen, vom Bett aus immer im Blickfeld, immer lächelnd.

»Sag mal ehrlich«, bemerkte er, als Jane Russell befestigt war. »Es ist doch gleich eine andere Stimmung in der Bude, wenn du eine Frau an der Wand hast, nicht?«

Damenbesuch im Busch. Der Phantasie waren keine Grenzen gesetzt. Du kannst dir das Mädchen im blauen Swimming-pool oder auf der Promenade von Acapulco vorstellen, du kannst sie auf Baumstämmen im Stillwatersee reiten lassen oder sie auf einen Ausflugsdampfer verladen, der auf dem See vor dem Camp kreuzt mit Lampions, mit Musik und winkenden Taschentüchern. Das alles bringt die Phantasie fertig. Sie schafft Mädchen in den kanadischen Urwald, in die Duschräume des Camps, an den verwüsteten Hang in Distrikt A, unter die Blaubeersträucher und die gefällten Bäume. Im Reich der Phantasie ist alles möglich.

In Wattenscheid gab es einen Polizisten, der klaute Motorräder. In Wattenscheid gab es einen Bäcker, der schlief im kalten Winter siebenundvierzig im eigenen Backofen. Weißt du eigentlich, warum der große Johnson O-Beine hat? Der mußte als Kind immer Schafe zählen; Beine breitmachen und die Tiere unten durchjagen – so werden Schafe gezählt. In Wattenscheid gab es einen Taubenzüchter, der fraß seine eigenen Brieftauben auf.

Wenn Erich Domski keine Sprüche mehr von Wattenscheid einfielen, sang er *Du hast Glück bei den Fraun, Bel-Ami,* oder er erzählte von der großen Kirmes in Herne, auf der ihm schlecht geworden war, weil die Luftschaukel dauernd Überschläge machte.

So hielt er Herbert bei guter Laune. Und endlich, nach zwei Wochen, war es überstanden. Keine Schmerzen mehr, keine Erschöpfungszustände.

»Das faule Fleisch ist weg«, sagte Erich zufrieden.

Ohne Angst ging es morgens den Hang hinauf. Sie

machten einen Sport daraus, die Strecke bis zum Ende der Skyline ohne Pause zurückzulegen. Das Essen schmeckte wieder, verlieh Kraft, befähigte den Körper, über Baumstämme zu springen und mit Stahltrossen in der Hand durchs Unterholz zu laufen. Herbert verspürte sogar Stolz. Er hatte seinen Körper wieder in der Gewalt. Er war ein neuer Mensch. Er hatte die Wildnis besiegt.

Schwierigkeiten überwinden bereitet die größte Freude im Leben, schrieb er eines Abends auf einen Zettel. Irgendwann würde er diesen Satz in einem Brief unterbringen, vielleicht in einem Brief an die Mutter oder an Gisela, vielleicht sogar an Cecily. Nein, Cecily ging nicht. Die könnte mit so einem Satz nichts anfangen, würde nur den Kopf schütteln. Überhaupt Cecily. Mensch, du steigerst dich da in etwas hinein, das es gar nicht gibt, Herbert Broschat. Du erwartest Briefe von Unbekannten. Eher schreibt die an Harry Belafonte oder Elvis Presley als an Herbert Broschat. Was war denn groß geschehen? Sie hatte um Zigaretten gebeten und als Dank Vanilletee in die Souterrainbude gebracht. Mehr nicht. Das war doch kein Anlaß, um Briefe zu schreiben.

»Wenn wir wieder in die Stadt kommen, nimmst du dir die Kleine vor; dann hat die liebe Seele Ruh«, meinte Erich Domski.

Auf Erichs Drängen, und um das Ungeziefer fernzuhalten, gewöhnte Herbert sich das Rauchen an. Abwechselnd kauften sie eine Schachtel Sportsman, saßen in den Pausen nebeneinander, pafften Zigaretten, wenn der große Johnson es zuließ, und sprachen über dies und das, über Wattenscheid und Sandermarsch, über Jane Russell und die große Hitze.

Nach drei Wochen wurde das Rauchen im Busch endgültig verboten. Sonst fängt Kanada Feuer.

Es hätte ein großartiger Sommer werden können, wäre nicht die Langeweile gewesen. Die Schmerzen waren abgeklungen, der Körper fühlte sich wohl. Ein paar Tage genießt du die Aussicht auf das Küstengebirge und wunderst dich über die Klarheit des kanadischen Himmels. Aber auf einmal öden dich die unvergleichlichen Sonnenuntergänge an. Zum erstenmal fühlst du dich lebendig begraben unter Zedern, Hemlocktannen und Weymouthskiefern, die über dir tuschelnd die Köpfe zusammenstecken. Die Bäume am Weg in die Berge kommen dir bekannt vor. Acht Kehren hat die Serpentinenstraße zu Distrikt A, morgens acht hinauf und abends acht herunter; das sind nach Adam Riese sechzehn. Wie viele Holzfuhren gehen pro Tag vom Skidder zum See? Am Montag waren es fünfundzwanzig, am Dienstag achtundzwanzig, am Mittwoch neunundzwanzig Fuhren. Auf jede Fuhre kommen etwa zehn Stämme; das sind so ungefähr zweihundertfünfzig bis dreihundert Stämme, die jeden Tag in den Stillwatersee geworfen werden. Jeder Baum gibt schätzungsweise eine Tonne Papier. Das macht wie viele Rollen? Wie viele Zeitungen kannst du damit drucken? Wie viele Liebesbriefe auf einem Baum an Cecily schreiben? Mit solchen Rechenkunststückchen vertreibst du dir die Zeit. Geschieht denn überhaupt nichts Außergewöhnliches? O doch, der Mond nimmt zu, erreicht seine volle Rundung, nimmt wieder ab ... Das rote Feuerkraut verblüht. Die Singvögel verstummen, weil es zu heiß ist. Oben schmilzt der letzte Schnee. Jeden Tag baden – auch das war nichts Aufregendes mehr.

»Strandleben ist nichts, wenn keine Mädchen da sind«, sagte Erich.

»Wir müssen uns ein Radio kaufen, damit wir wissen, was in der Welt los ist«, schlug Herbert vor.

Ein Bär brach in die Speisekammer ein, drückte die Türfüllung entzwei, zermalmte zwanzig Ananasdosen, schlug eine vergitterte Fensterscheibe in Trümmer, riß einen Ventilator aus der Verankerung und schlitzte einen Sack mit Salz auf, den das unvernünftige Tier für einen Zuckersack gehalten hatte. Am Morgen sah es in der Speisekammer aus wie im Hafen von Pearl Harbor nach dem Überfall der Japaner.

Na, siehst du, es passiert doch endlich etwas!

Ein Geistlicher kam ins Camp, kam mit dem Wasserflugzeug von oben, wie sich das gehörte. Niemand wußte, welcher christlichen Religion er angehörte. Es gab einen Gottesdienst für alle Bekenntnisse, und der kleine Indianer sammelte die Kollekte ein, die für die vielen Flüchtlinge bestimmt war, die es noch auf der Welt gab und die es vermutlich immer geben würde. Der Prediger, der eine gewisse Ähnlichkeit mit Reverend Marlow in Toronto hatte, sprach über die sogenannten Letzten Dinge. Offenbar gab es da aber ein Mißverständnis. Die wirklich letzten Dinge, das waren für die meisten Buschmänner die Mädchen an den Stubenwänden, verschwommene Erinnerungen an Stundenhotels in Vancouver und das allerletzte Glas Whisky aus Bowen's Liqueur Shop in Westview.

In Nummer 10 lebte ein Briefmarkensammler, den Herbert einmal bei der Arbeit überraschte. So, wie Steve Norton Mädchen sammelte, ordnete der die kleinen Papierschnipsel in einem Buch von der Dicke der Heiligen Schrift. Während der Arbeitszeit hatte er das Buch stets in Chris Allens Sanitätsraum in Verwahrung, denn die Briefmarken waren noch wertvoller als Steve Nortons Mädchen. So ein Camp ist ein Paradies für Briefmarkensammler. Hier kommen Briefe aus allen Enden der Welt an, aus Europa, Australien und Mexiko. Meistens waren sie mit hohen Werten frankiert, weil die Luftpost von weit her teuer ist. Als Briefmarkensammler mußt du dich mit Chris Allen gut stehen. Der verteilt die Post und kann dir sagen, wer ungewöhnliche Briefmarken bekommen hat. Dann gehst du abends hin und bietest ihm Zigaretten an für die Marken.

»Ihr bekommt doch auch Post aus Europa«, meinte der Briefmarkensammler.

Ja, sie erwarteten auch Post. Aber mit den schlichten deutschen Heuss-Köpfen war nicht allzuviel Staat zu machen.

Herbert erwog tatsächlich, Briefmarken zu sammeln. Oder Tagebuch zu führen. Einfach Gedanken aufzuschreiben, die man später einmal gebrauchen konnte.

»Wir hätten das Auto nicht verkaufen sollen!« Das war Erichs ständige Leier, wenn es langweilig wurde. Mit einem Auto hätten sie abends nach Westview fahren können. Oder wenigstens auf dem Rücksitz liegen und Radio hören.

»Wart ihr schon mal im Gefängnis?« fragte Steve Norton, als sie wieder einmal seine Galerie besichtigten. Er fragte nur so beiläufig, weil die meisten, die im Busch arbeiteten, schon mal Gitterstäbe von innen gesehen hatten. Das war nichts Ungewöhnliches, auch nichts Abwertendes. Im Busch will keiner wissen, wen du erschlagen hast. Der Wald fordert kein Führungszeugnis, keine Referenzen, keine lückenlosen Lebensläufe. Er nimmt dich, wie du bist, sperrt dich ein in seine unzugänglichen Täler und macht aus dir einen anderen Menschen.

Von Tag zu Tag steigerte sich das Gefühl, eingeschlossen zu sein. Eine grandiose Freiheit wurde ihnen geboten, aber bei genauem Hinschauen war der kanadische

Busch so gut wie Stacheldraht. Zedern als Wachttürme. Mein Gott, so ein Camp befand sich in ständigem Belagerungszustand.

Superintendent Johnson schoß einen Puma. Auch das war eine angenehme Unterbrechung der Eintönigkeit. Das Tier kam nachts ins Camp und riß eines der Rehe, die zahm wie Haustiere beim Abfallhaufen lagerten. Eigentlich kamen die Raubkatzen nur im Winter, aber dieser Puma war im hellen Monat Juni gekommen, hatte ein Tier geschlagen, ihm den Schädel aufgebrochen und das Gehirn gefressen. Wenn du den gewähren läßt, kommt er Nacht für Nacht und holt ein Reh nach dem anderen, um weiter nichts als das Gehirn zu fressen. Morgens fanden sie den Puma in einer Baumkrone unten am Wasser. Ruhig lag er in einer Astgabel und verdaute. Er sah sich die Menschenversammlung an, wußte ziemlich sicher, daß Menschen nicht auf Bäume klettern können. Sein Instinkt war aber nicht auf Johnsons Flinte vorbereitet. Drei Kugeln brannte er ihm aufs Fell, aber der Puma dachte nicht daran herunterzukommen. Eingeklemmt lag er in der Astgabel und verendete schließlich dort oben. Der kleine Indianer mußte hinaufklettern und das Tier ins Blaubeergestrüpp werfen.

Ab und zu Wolken am Himmel. Immerhin auch eine Abwechslung.

Ob es schon mal vorgekommen ist, daß Menschen den Busch angesteckt haben, nur damit etwas geschieht?

Sie sollten häufiger Düsenjäger zum Üben in die Wildnis schicken. Laßt sie aus Kondensstreifen kanadische Ahornblätter malen oder *Jesus* in das Blau schreiben.

An den Sonntagen schwammen Herbert Broschat

und Erich Domski zur Insel und spielten Robinson. Einen Fotoapparat müßte man haben, um Libellen zu knipsen und rote Schmetterlinge, springende Fische und kreisende Raubvögel. Ein Dia von der Sonne im Osten, wenn sie über dem Stillwatersee aufgeht, ein Dia von der Sonne im Westen, wenn der große See sie verschluckt. Bildbände herausgeben. *Kanada, gesehen mit den Augen eines Holzfällers* oder so ähnlich.

Wenn du dir vorstellst, daß das dieselben Sterne sind, die über Wattenscheid und Sandermarsch leuchten.

In Wattenscheid gab es nur selten Sterne zu sehen, da hatte sogar der Mond Schwierigkeiten durchzukommen.

König Lear sang wie immer das große Lied vom Timber, gelegentlich auch *It's a long way to Tipperary.* Rosa heulte den abnehmenden Mond an.

Fische sprangen. Wenn du lange genug am Landesteg sitzt und wartest, siehst du Sternschnuppen in den See fallen.

Nach drei Wochen Wildnis sehnst du dich nach einer Botschaft aus der Welt jenseits der Wälder. Ein Brief von Cecily, von Gisela oder der Mutter – ach, eigentlich ist es gleichgültig, woher die Nachricht kommt, wenn sie nur kommt.

Und sie kam. Aber keine persönliche Botschaft, kein Liebesbrief, keine sorgenvollen Zeilen der Mutter, sondern nur ein Paket Zeitungen, das wochenlang zwischen Toronto und Vancouver umhergeirrt war und endlich den Weg ins Camp gefunden hatte. Der kleine Indianer brachte das Paket, das wie ein Ofenrohr aussah, abends in Nummer 11 und stand so lange am Türpfosten, bis Erich ihm eine Zigarette zuwarf.

Plötzlich hältst du eine Rolle bedruckten Papiers in Händen. Eine seltsame Feierlichkeit stellt sich ein; du hast das Gefühl, als sei die Zeitung nur für dich geschrieben worden, als sei sie nicht zum Feueranmachen oder zum Einpacken von Heringen gedacht, sondern einzig und allein dazu bestimmt, Herbert Broschat im kanadischen Busch mitzuteilen, was in Deutschland vorging.

»Mal sehen, was sie zu Hause inzwischen angestellt haben«, sagte Erich, schon im Begriff, die Hülle des Ofenrohrs in Fetzen zu reißen, um möglichst schnell an das Innere zu kommen.

Aber Herbert ließ das Paket nicht los. Feierlich hielt er es in den Händen. Er staunte über sich selbst. Zum erstenmal freute er sich über eine Nachricht aus der Alten Welt.

»Gib endlich her!« Erich wurde ungeduldig, drängte so lange, bis Herbert die Rolle freigab.

Erich Domski durchwühlte als erster den Papierberg, suchte die Kinoanzeigen und die Fußballergebnisse der Oberliga West. Die Anzeigen faszinierten ihn am meisten. Ja, Erich Domski war ein ausgesprochener Glücksfall für die Werbung; der ließ nicht einmal Sterbeanzeigen aus.

Machen Sie eine Probefahrt mit dem neuen Lloyd aus Bremen! stand da.

Wer den Tod nicht scheut, fährt Lloyd! kommentierte Erich die Anzeige und hielt einen längeren Vortrag über die Eigenschaften deutscher Dünnblechautos bei Landregen.

Die Schliekerwerft in Hamburg suchte Schweißer.

»Na und?« fragte Herbert kopfschüttelnd. »Kannst du etwa schweißen?«

»Ich sag' es nur, weil es hier steht und weil du aus der Nähe Hamburgs bist und die Schliekerwerft kennst.«

Ein Kühlschrank ist kein Luxus mehr! Er kostete nur zweihundertachtundfünfzig Mark und war für immer mehr Haushalte erschwinglich. Mensch, stell dir das mal vor. Ein kanadischer Wochenverdienst reicht aus, um in Deutschland einen Kühlschrank zu kaufen!

»Das sind wir!« jubelte Erich und las eine dpa-Meldung vor:

Wie das Statistische Bundesamt mitteilt, sind im Jahre 1955 über 48 000 Deutsche nach Übersee ausgewandert, davon 15 500 nach Kanada. Für das Jahr 1956 wird mit einer Zunahme der Auswanderung gerechnet.

»Immer mehr hauen ab«, sagte Herbert. »Dieses Deutschland wird einfach zu eng. Überall stößt du mit dem Kopf gegen Wände, Pfähle und Gitter.«

Die Stadt Dresden feierte ihren siebenhundertfünfzigsten Geburtstag.

»Ganz schön alt«, meinte Erich staunend. »In Kanada werden höchstens die Bäume so alt.«

Herbert rechnete aus, daß die Stadt an der Elbe siebenhundertneununddreißig Jahre alt gewesen sein mußte, als sie in Schutt und Asche gelegt wurde. In einem solchen Alter wirst du noch geschändet!

Er ordnete den Papierhaufen, brachte ihn in die richtige zeitliche Reihenfolge. Dann legte er sich auf sein Bett und begann in Ruhe zu lesen. Satz für Satz. Links oben angefangen, rechts unten aufgehört. Endlich mal etwas anderes als die ewigen Berge, Seen und Wälder. Mit zweimonatiger Verspätung hatte ihn die Weltgeschichte eingeholt. Er las Berichte über das Inkrafttreten wichtiger Gesetze und Verordnungen, über alte Pläne und neue Projekte, über Mord und Beinahe-Unglücke. Wie ein Film zog es an ihm vorüber, Deutschland im Jahr 1956. Die Abwicklung des deutschen Konkurses und der Aufbau eines provisorischen deutschen Behelfsheims hielten sich in den Zeitungsberichten in etwa die Waage. Pausenlos spuckte eine Maschine Erlasse und Durchführungsverordnungen aus. Es wimmelte nur so von Ergänzungen zum Bundesversorgungsgesetz, zum Schwerbeschädigtengesetz, zum Lastenausgleichsgesetz, zum Altsparergesetz ... Endlose Vorschriften über die Abwicklung der Ansprüche alter Beamter, über Hypothekengewinnabgabe und Hausratshilfe. Ein gigantischer Papierkrieg mit Gesetzen, Verordnungen und Richtlinien tobte zwischen Sandermarsch und Wattenscheid, ein Papierkrieg, der dem eigentlichen Krieg gefolgt war und ihn mit anderen Mitteln fortführte, ein Werk für Spezialisten, die sich in dem Nachkriegselend auskannten, so wie Advokat Struve, in dessen Kanzlei sich die Verordnungsblätter türmten.

Auf der anderen Seite enthielt die Zeitung viel über den Aufbau eines Provisoriums. Was sagst du zu folgendem Satz, Erich Domski? *Staat und Soldaten sind durch gegenseitige Treue miteinander verbunden.* Das stand im Paragraphen 1 des Soldatengesetzes vom 19. März 1956. Ein Satz, bei dem dir die Zähne zu klappern anfangen, bei dem einige grimmig lachen werden. Wo war er denn, der Staat, als ihn die armen Teufel brauchten, als seinen Soldaten ins Gesicht gespien und in den Hintern getreten wurde? Aufgelöst hatte er sich, in einer Kloake war er verschwunden. Und die, die ihm gedient hatten, die geglaubt hatten, das Beste für ihn zu tun, die ließ er in *gegenseitiger Treue* untergehen. So ein Staat war das.

Erst sieben Jahre war das deutsche Grundgesetz alt und mußte schon repariert werden, weil 1949 kein Mensch daran gedacht hatte, daß die Deutschen 1956 schon wieder zu Soldaten kommen würden. Eine ganze Seite bedruckte die Hamburger Zeitung mit dem Entwurf des Wehrpflichtgesetzes. Herbert stockte der Atem, als er auf folgenden Satz stieß:

Vom Wehrdienst sind auf Antrag zu befreien Wehrpflichtige, deren sämtliche Brüder oder, falls keine Brüder vorhanden waren, deren sämtliche Schwestern an den Folgen einer Kriegshandlung verstorben sind.

Das war deutsches Schicksal, ein Satz, so makaber, daß du ihn als Trost über die Heldenfriedhöfe hängen müßtest. Warum stand da nicht: »Vom Wehrdienst ist das ganze deutsche Volk befreit, weil es in zwei Weltkriegen genug Wehrdienst gehabt hat, weil es nicht mehr weiß, ob Wehrdienst überhaupt gut ist, ob es irgend etwas in der Welt gibt, das Wehrdienst rechtfertigt«?

Ach, wo denkt ihr hin! Bis ins Jahr 2001 reichten die moralischen Gründe, um jeden deutschen Wehrdienst ein für allemal unmöglich zu machen. Macht, was ihr wollt – wir spielen nicht mehr mit! Wir haben anderes zu tun, als Soldat zu spielen. Aber nein, zu einem richtigen Staat gehört nun einmal eine richtige Armee. So ist das in der Welt.

»Die Ostzone will auch eine Armee aufstellen«, sagte Herbert. »Die haben auch schon einen Namen dafür: Nationale Volksarmee. Stell dir mal vor, wenn eines Tages die beiden deutschen Haufen übereinander herfallen und der Welt ein merkwürdiges Schauspiel bieten. Was die anderen in zwei Weltkriegen nicht fertiggebracht haben, das schaffen die Deutschen: Sie massakrieren sich gegenseitig!«

Ein neues Viehzählungsgesetz war in Kraft getreten. Als gäbe es nichts Wichtigeres zu tun, als Vieh zu zählen! An jedem 3. Dezember kommen die Viehzähler zur Hauptviehzählung und am 3. März, am 3. Juni und am 3. September zur Zwischenviehzählung. Jeder Bürger ist verpflichtet, den Zählern Ställe und Scheunen zu öffnen. Sorgen haben diese Leute!

Am 16. Mai hatte es eine gewaltige Explosion gegeben. Neun Kilometer hoch war die Wolke über dem Eniwetok-Atoll im Stillen Ozean, als die erste aus einem Flugzeug abgeworfene Wasserstoffbombe die Sonne verdunkelte.

Bedrohen Atomstrahlen Deutschland? fragte die Hamburger Zeitung. Noch hätten die Mediziner keine Gesundheitsschäden festgestellt; aber es werde Zeit, die Radioaktivität der deutschen Luft zu überprüfen, eine geeignete Aufgabe für den neuen Atomminister Strauß, meinte die Zeitung.

Ein Glück, daß wir in Kanada sind, dachte Herbert. Im Busch bist du fern von allen Atomstrahlen, von Krieg und Kriegsgeschrei. Hier wachsen nur Bäume in den Himmel und keine Rauchpilze. Wenn sie sich an der Elbe oder im Harz in die Haare bekommen, fütterst du in Distrikt A Erdhörnchen und sammelst Blaubeeren.

So sieht das neue Hoheitszeichen für die deutsche Wehrmacht aus: ein schwarzes Kreuz mit weißer Umrandung, ein schlichtes Kreuz ohne Schnörkel und Haken.

»Na und?« sagte Erich nach einem flüchtigen Blick auf das Hoheitszeichen. »Das Hakenkreuz konnten sie wohl schlecht nehmen.«

Aus der Entfernung von zwölftausend Kilometern bestach die Perfektion, mit der die Deutschen ihre neuen Aufgaben anpackten. Hoheitszeichen, Dienstgrade, eine angemessene Soldatenversorgung. Was sollten deutsche Soldaten singen, wenn einmal Anlaß zum Singen bestünde? Da es einen schlechten Eindruck gemacht hätte, sich nur um die neuen Soldaten zu kümmern, ohne das Elend der alten zu regeln, bekamen auch die alten Berufssoldaten eine höhere Rente. Es war an alles gedacht.

»Wenn ich dich über die Soldaten reden höre, muß ich immer an Rüdiger denken«, sagte Erich. »Der ist mit mir zur Schule gegangen. Dann fing er eine Schlachterlehre an, fuhr zur See, wollte nach Amerika auswandern; aber sie nahmen ihn nicht. Schließlich kam er zu uns auf die Zeche. Aber nach einem Vierteljahr ging er ins Saarland. Angeblich war es da unter der Erde besser als unter der Ruhrerde. Nach vier Monaten hatte er auch von der Saar die Schnauze voll und ging als Hilfsarbeiter in die Schweiz. Immer jubelte er über das Neue, und das Alte war immer Scheiße. Schließlich ist er in der Fremdenlegion verschwunden, also auch zu den Soldaten gegangen.«

»Und was hat das mit mir zu tun?«

»Vielleicht bist du auch so ein unruhiger Geist, der einfach rauswill. Nur ein bißchen herumvagabundieren. Aber so etwas kann kein Mensch offen zugeben. Deshalb braucht jeder eine Geschichte. Der Rüdiger hat immer über die Kollegen geschimpft, über den schlechten Verdienst oder den Lehrherrn; der fühlte sich immer unterdrückt und ausgebeutet, wenn er etwas Neues suchte. Und du jammerst ständig über das armselige Deutschland, über die neue Wehrmacht und den dritten Weltkrieg, der Deutschland den Rest geben wird. In Wirklichkeit steckt vielleicht etwas ganz anderes dahinter.«

Herbert staunte über das, was sich ein Mensch wie Erich Domski ausdenken konnte. Das hätte er dem gar nicht zugetraut.

»Mir macht es nichts aus«, lenkte Erich schnell ein. »Ich finde, wir passen gut zusammen, und mir ist es egal, warum du hier bist.«

Den Zedern war es auch egal und den Bergen auch und dem Stillwatersee schon lange.

»Findest du es nicht auch komisch?« fing Erich vor dem Einschlafen an. »Was wir jetzt in der Zeitung lesen, ist schon über zwei Monate alt. Vieles stimmt nicht mehr. Einige Menschen, von denen die Zeitung berichtet, sind in Wirklichkeit schon tot. Sonderbar, nicht wahr?«

Herbert Broschat zeigte aus dem Fenster zum Sternenhimmel über British Columbia.

»Da oben geht es noch sonderbarer zu«, erwiderte er. »Nimm mal zum Beispiel den hellen Stern über dem Berg. Das Licht, das wir in diesem Augenblick von ihm sehen, hat er vor zweihundertfünfzig Jahren ausgestrahlt. Heute gibt es den Stern vielleicht gar nicht mehr, aber wir sehen ihn noch.«

»Ist das wirklich so?« fragte Erich Domski verdutzt. Dann sprang er aus dem Bett, um den Stern zu sehen, den es vielleicht gar nicht mehr gab. »Mensch, wenn das die Wahrheit ist, dann kommt es doch auf das bißchen Kanada oder Deutschland überhaupt nicht an. Atomstrahlen, deutsche Soldaten, der Pütt in Wattenscheid, das Camp, das ist doch alles zum Lachen klein und krümelig. Ob der dritte Weltkrieg ausbricht oder eine Sternschnuppe in den See fällt – was macht das schon?«

»Das macht sehr viel«, meinte Herbert Broschat. »Das Schlimme ist nämlich, daß wir mehr als diese Erde nicht haben. Weiter als nach Kanada können wir nicht auswandern. Wenn das bißchen Sternenabfall, auf dem wir spazierengehen, unbewohnbar wird, dann hört alles auf.«

Es war ein richtiger Festtag: Payday im Camp. Erich Domski heftete seinen Scheck zwischen die koreanischen Hügel der Jane Russell. Zweihundertachtzehn Dollar in Ziffern und in Worten. Zweihundertachtzehn Dollar nach Abzug aller Unkosten.

Das Fährboot zum Parkplatz hatte Hochbetrieb, denn am Zahltag blieb die Bank in Westview bis acht Uhr abends geöffnet, die Geschäftsleute machten Überstunden, und die Tür zum Beer-parlour stand weit offen. Steve Norton riet ihnen, einfach zum Parkplatz überzusetzen.

»Dort nimmt euch schon einer mit«, sagte er und schrieb auf einen Zettel, welche Zeitschriften sie mitbringen sollten, Zeitschriften, aus denen er neue Frauen ausschneiden wollte.

Am Zahltag gab es eine Stunde früher frei, damit es sich lohnte, nach Westview zu fahren. Auf dem Parkplatz reinigte der kleine Indianer die vom langen Herumstehen beschmutzten Autoscheiben. Dafür gab es einen Nickel oder eine Zigarette, je nachdem. Einige Wagen mußten angeschoben werden, weil die Batterie schwach geworden war. Wer mit anschob, hatte gewissermaßen Anspruch darauf, mitgenommen zu werden. Herbert und Erich halfen dem Fahrer eines blauen Oldsmobile. Als der Motor lief, kurbelte der die Scheibe herunter und rief: »Na los, steigt ein!«

Es war Tom, der Holzfäller, ein Mensch, der mit seiner Motorsäge ganz allein arbeitete und den sie deshalb nur bei den Mahlzeiten gesehen hatten. Er hieß Tom – mehr wußte niemand von ihm. Von allen Fällern verdiente er am meisten, weil er die Bäume akkurat und unbeschädigt auf die Erde legte. Als sie drinsaßen, wienerte der kleine Indianer noch schnell den Außenspiegel des blauen Wagens.

»Willst du mitkommen zu deiner Mutter?« rief Tom ihm zu.

Der Junge warf den Lappen weg, zwängte sich in das Auto und kroch sofort in die hinterste Ecke des Rücksitzes, wo er sich zusammenkauerte und an den Nägeln zu kauen begann. Tom drückte auf die Hupe. Also los! Westview, halt dich fest, wir kommen!

Auf halbem Weg schaltete Tom das Autoradio ein. Nach vier Wochen Funkstille endlich Musik von Radio Vancouver. Wie sehnsüchtig Musik machen kann. Das klang wie Glockenläuten. Harry Belafonte sang, und Herbert stellte sich vor, daß in diesem Augenblick auch Cecily in der Manitoba Street Harry Belafonte hörte. Es war nicht zu glauben, aber über die Entfernung von fünfzig Meilen hinweg duftete es plötzlich nach Vanille.

Nach fünf Minuten Musik geschah etwas Seltsames. Der Sprecher von Radio Vancouver erklärte in englischer Sprache, daß er für die deutschen Einwanderer, die im Busch, auf den Inseln oder in den Bergwerken arbeiteten, eine besondere Platte auflegen werde, *Heimweh* von einem gewissen Freddy.

»Das ist etwas für euch«, bemerkte Tom.

Ja, es war ein Lied für die Deutschen, für die vielen Krauts, die irgendwo in der Welt herumstreunten, im brennend heißen Wüstensand oder im kanadischen Urwald. Ein sentimentales Lied, in Deutschland nur in betrunkenem Zustand zu ertragen. Aber hier in der Wildnis waren die Gesetze des guten Geschmacks aufgehoben, hier fand niemand den Reim *Wo ich die Liebste fand, da ist mein Heimatland* kitschig. Ach, ihr Klugscheißer zu Hause am warmen Ofen könnt gut lachen, aber wenn Freddy im Busch singt: *Dort, wo die Blumen blühn, dort wo die Täler grün, dort war ich einmal zu Hause,* dann ist das wirklich so.

Als Freddy geendet hatte, sagte Tom auf englisch: »Ich komme auch aus Deutschland.« Er ließ den Satz eine Weile wirken; dann fügte er hinzu: »Ich bin aber schon neunzehnhunderteinundfünfzig abgehauen. In vier Monaten werde ich kanadischer Staatsbürger.«

Erich fing an, deutsch mit ihm zu sprechen, aber Tom unterbrach ihn.

»Ich will mit der Sprache nichts mehr zu tun haben«, sagte er schroff.

Nach diesem Satz war eine Weile Ruhe. Bevor sie auf die Hauptstraße bogen, hielt Tom an und schaltete den Motor ab.

»Kein Mensch im Camp darf erfahren, daß ich aus Deutschland komme«, sagte er ernst. Er startete wieder, wollte schon losfahren, als ihm der kleine Indianer auf dem Rücksitz einfiel. Er stellte den Motor wieder ab, langte nach hinten, packte den Jungen am Haarschopf und schüttelte ihn.

»Das gilt auch für dich, Rothaut! Wenn du erzählst, woher ich komme, ersäuf' ich dich im Stillwatersee.«

Der Junge lächelte unterwürfig. Um Gottes willen, keinem Menschen würde er ein Wort sagen. Was wußten kleine Indianer schon von Deutschland? Jedenfalls mußte es ein verrücktes Land sein, das stand für ihn fest, ein Land, dessen man sich zu schämen hatte.

Nach dieser Unterbrechung hielten sie Einzug in

Westview. Erst fuhren sie zur Bank, um Bargeld zu holen.

»Ihr müßt euch ein Transistorradio kaufen«, schlug Tom vor. »Radios machen die Wildnis erträglicher.«

He, kleiner Indianer, weißt du, wo es Radios gibt?

Sie fuhren im Schrittempo durch die kleine Stadt, während Tom die Haupteigenschaften eines Radios im Busch erklärte. Wenigstens zwei Sender müßten zu erreichen sein, Vancouver und Nanaimo. Bei regnerischem Wetter sei Nanaimo besser zu empfangen, bei Trockenheit und nach Sonnenuntergang käme Vancouver gut an. Einige im Camp hätten sogar Verbindung zu Radio Spokane und Seattle.

Dreißig Dollar kostete das Transistorradio. Das ist fast geschenkt, wenn du dir die Fülle von Musik vorstellst, die ein solcher Kasten in die Stille der kanadischen Wälder bringt. Sogar Freddy war nun in Nummer 11 zu empfangen.

»Wie ist es hier mit Frauen?« fragte Erich, als sie das Radio im Auto verstauten.

Tom winkte ab. Bloß das nicht, das seien nur Indianersquaws, die Pest und Aussatz verbreiteten.

He kleiner Indianer, hast du eine große, gesunde, saubere Schwester?

Der kleine Indianer besaß weder große noch kleine Schwestern, aber er kannte die Hütten, in denen es Schwestern gab. Erich nahm ihn als Wegweiser und Dolmetscher mit. Als die beiden in Richtung Holzhafen verschwunden waren, sagte Tom zu Herbert: »Was ist denn mit dir los? Brauchst du so etwas nicht? Sag bloß, du hast eine kleine Schnurrkatze in Deutschland, der du Treue geschworen hast und die auf dich wartet!« Dann erklärte er lang und umständlich, warum er keine Indianerfrau brauche. Er habe eine Frau in Vancouver, eine richtige weiße Frau, korrekt verheiratet und so. Den ganzen Winter über sei er mit der zusammen. Das reiche für den langen Sommer, in dem er Zeit habe, sich auf den Winter zu freuen.

Als sie besorgt hatten, was es in Westview zu besorgen gab, gingen sie in den Beer-parlour. Das Lokal hieß »Indian Outlook«, aber Indianer waren nicht zugelassen. Weil die Powell River Company Zahltag hatte, waren die Tische gut besetzt. Sogar den großen Johnson fanden sie in einer dunklen Ecke, wo er einen Menschen gefunden hatte, mit dem er schwedisch sprechen konnte.

Nach dem ersten Glas Gin zeigte Tom Fotos. Seine Frau, die so aussah, als sei sie auch aus Europa importiert. Toms Frau neben einem Schäferhund, die Frau vor der Kühlerhaube des blauen Autos. Toms Haus in North Vancouver ohne Frau, ohne Hund, nur Haus. Ein flacher Bungalow in Weiß und Rot. So, wie Tom dastand, wie er das Bild betrachtete, konnte es sich nicht um ein Gebäude zum Drinwohnen handeln; eher schien es eine Art Tempel zu sein, eine Stätte der Anbetung und Bewunderung. Das ist der Swimmingpool. Hier ist der Eingang zur Garage. Die Rosen sind noch klein, aber in ein paar Jahren werden das die besten Rosen in North Vancouver sein. Siehst du die kleinen Bäume? Das sind Zedern von Distrikt A.

Fünf Jahre hatte Tom für dieses Haus gearbeitet. In Deutschland brauchst du für einen solchen Kasten fünfzig Jahre, wenn er dir inzwischen nicht beschlagnahmt oder von Bomben zerstört wird.

»Eigentlich heiße ich Thomas«, sagte er nach dem dritten Gin und entschuldigte sich, daß er nun doch deutsch sprach. Er wolle nur mal hören, wie das klinge; ob sein Deutsch überhaupt noch zu verstehen sei. Nur mal so zu Studienzwecken nach drei Gläsern Gin. Dafür hast du doch Verständnis, nicht wahr? Aber sonst nie mehr Deutsch! Auch seine Kinder, sollte er je welche haben, dürften kein deutsches Wort lernen. Richtige Kanadier sollten sie werden.

Auf einmal erzählte Tom von seiner Heimkehr aus der Kriegsgefangenschaft im Jahr 1949. Auch das in deutsch, denn so etwas ist nur in deutsch verständlich. Nach drei Gläsern Gin versuchte Tom das traurige Gefühl zu beschreiben, als Fremder ins eigene Land heimzukehren. Er kam also nach Hause und hatte keine Ahnung davon, daß sie bei einem der letzten unnötigen Bombenangriffe auf Würzburg im März 1945 seine Eltern umgebracht hatten. Es war also keiner mehr da. Er mußte froh sein, daß ihn Würzburg überhaupt aufnahm und nicht als Fremden ausstieß, mußte dankbar sein für jede Arbeit, die sie ihm anboten, bekam weniger Lohn als ein Schuhputzer in Amerika. Stempeln gehen war ihm zu stumpfsinnig. Mensch, damals gab es Schlangen vor den Arbeitsämtern, die waren länger als die Schlangen vor der Essensausgabe im Kriegsgefangenenlager. Und während du wartend herumstehst, fangen die ersten an, reich zu werden. Wer nicht in der Schlange steht, hat Angst vor denen, die in der Schlange stehen. Jeder, der heimkehrt, vergrößert den Haufen Elend. Alle denken, du willst ihnen etwas wegnehmen, ihre herrlichen Baracken, ihre Nissenhütten. Dabei bist du nur nach Hause gekommen. Nichts wie weg hier! hat Tom, der Holzfäller, damals zu sich gesagt. Das wird nie wieder etwas mit diesem Deutschland. Ihm war rechtzeitig eingefallen, daß er nur noch dreißig oder vierzig Jahre zu leben hatte. Davon kannst du nicht die Hälfte abzweigen, um in Deutschland Trümmer zu räumen. Es muß schneller gehen, wenn noch etwas übrigbleiben soll vom Leben. Wie gesagt: In Kanada gehört dir nach fünf Jahren Arbeit und Sparsamkeit so ein Haus.

Das alles erzählte Tom in deutsch, weil das eben nur in deutsch geht. »Hast du niemals Heimweh gehabt?« fragte Herbert.

»Heimweh nach was? Wo es mir gutgeht, bin ich zu Hause. Du kannst kein Heimweh nach Ruinen haben! Als ich neunundvierzig vor dem zertrümmerten Haus in Würzburg stand, wurde mir klar, daß es nur ganz gewöhnliche, angekohlte, kalte Steine waren. Heimat heißt Menschen – nicht Mauern, Balken und Gemüsebeete.«

Aber in Deutschland gab es keine Menschen mehr für Thomas, den Holzfäller.

Er ging zur Musikbox und steckte einen Quarter in den Kasten.

»Da hast du dein Heimweh«, sagte er, als er an den Tisch zurückkehrte.

Sogar in Westview, dem verwilderten Nest am Rand der Wälder, gab es Freddy mit seinem brennend heißen Wüstensand. Tom beobachtete sein Gegenüber.

»Na, heulst du schon? Heul ruhig ein bißchen«, meinte er. »Wer noch kein Jahr in Kanada ist, darf bei solchen Liedern nasse Augen bekommen.«

Tom grinste ihn an, schien darauf zu warten, daß Herbert Broschat schwach wurde. Er trug einen Quarter nach dem anderen zur Musikbox, nur um zu sehen, wie Freddy auf Herbert Broschat wirkte. Zum Glück tauchte Erich bald auf. Da hatten sie ein anderes Gesprächsthema.

»Ist dir nun besser?« wollte Tom wissen und fragte Erich Domski nach Nebensächlichkeiten aus. Wieviel verrostete Zähne hatte sie im Mund? Bist du mit zehn

Dollar ausgekommen, oder mußtest du draufzahlen? Mensch, du stinkst ja nach Fisch! So ist das: Wer sich mit den Küstenindianern einläßt, stinkt nach Fisch!

Tom gab sich Mühe, wieder englisch zu sprechen, hatte aber Schwierigkeiten. Das lag an dem verdammten Gin. Da verliert der Mensch die Herrschaft über seine Sprache, spricht Sprachen, die ihm zuwider sind, findet nicht wieder zurück.

»Drei Jahre müßt ihr es in Kanada aushalten, dann gehört ihr hierher!« rief Tom. »Nach drei Jahren fangt ihr an, kanadisch zu denken. Dann werdet ihr erst merken, wie großartig dieses Land ist. Das ist ein Land, das dich in Ruhe läßt. Keiner verlangt etwas von dir, weist dir etwas zu, führt Listen über dich, fordert Lebensläufe oder Zeugnisse. In Europa reden sie schon seit Jahrhunderten über die Freiheit, aber hier in Kanada, da reden sie nicht, da haben sie sie.«

Nach diesem Ausbruch schlug Tom vor, sich endgültig zu betrinken. Gin wirkte stärker als der Fischgeruch der Küstenindianer. Auch löste er jedes Sprachproblem. Und morgen konnten sie ausschlafen. »Morgen ist Dominion Day, Jungs!« rief Tom. »Wißt ihr, was Dominion Day ist? Das ist so ähnlich wie Führers Geburtstag. Wer ein guter Kanadier werden will, muß wissen, was Dominion Day ist.«

»Ich will gar kein Kanadier werden«, unterbrach ihn Erich. »Ich will Dollars verdienen – und dann nichts wie zurück nach Deutschland.«

Tom packte ihn am Arm.

»Mensch, so etwas darfst du nicht laut sagen«, sagte er erregt. »Wenn die Kanadier das hören, sind sie beleidigt. Leute, die nur herkommen, um die Dollars abzuholen, mögen sie nicht. Das tun die Yankees schon genug.«

Nach Mitternacht gab es keinen Alkohol mehr. Das »Indian Outlook« machte Feierabend.

»Sieh dir mal die kleine Rothaut an! Die ist beim Zigarettenbetteln vor der Kneipentür eingeschlafen«, sagte Tom, als sie ins Freie traten und fast über den kleinen Indianer gestolpert wären.

Sie trugen den Jungen ins Auto. Erich Domski übernahm das Steuer, weil er am wenigsten getrunken hatte. Das ist auch ein Vorteil. Während du zur Indianerin gehst, trinken die anderen, aber du kannst nachher als einziger Auto fahren.

Als sie in Nummer 11 eintrafen, versuchte Herbert, das neugekaufte Radio in Betrieb zu setzen. Es knackte und rauschte in dem schwarzen Kasten. Ferne Pfeifgeräusche und Musikfetzen kamen herein, ein paar Worte Französisch. Der Walzer *Gschichten aus dem Wienerwald* verebbte zitternd im Äther.

»Sucht ihr Deutschland?« fragte Steve Norton, der auf sie gewartet hatte, um die Zeitschriften in Empfang zu nehmen. »Mit so einem kleinen Gerät bekommt ihr Deutschland nie.«

Radio Nanaimo hatte schon Sendepause. Vancouver war noch zu haben. Um ein Uhr kamen Kurznachrichten. Die erste Nachrichtensendung, die sie mit dem Gerät empfingen, begann so:

In der polnischen Stadt Poznan ist es zu blutigen Unruhen und einem Generalstreik gekommen. Bisher hat es achtunddreißig Tote gegeben.

Herbert war mit einem Schlag nüchtern. So ist Europa, dachte er. Immer nur Mord und Totschlag.

»Das ist der zweite Knall im Osten«, sagte er zu Erich. »Im Juni dreiundfünfzig fing es in der Ostzone an, jetzt ist Polen an der Reihe. Irgendwann wird es in Europa ein fürchterliches Unglück geben. Danach wird alles aussein.«

»Was kann schon viel passieren?« brummte Erich. »In Wattenscheid kann die Grube absaufen, während die Männer unten sind.« Das wäre so ungefähr das schlimmste Unglück gewesen, das Erich Domski sich vorstellen konnte.

Die Hitze erdrückte das Land. Jeden Morgen ein Sonnenaufgang für den Fotografen. Ein Himmel wie auf Ölgemälden. Die Sirene heulte schon um drei Uhr in der Frühe, denn um vier Uhr fing die Arbeit an. Um zwölf Uhr wurde der Wald für die Menschen geschlossen. Wenn das Thermometer auf neunzig Grad Fahrenheit klettert, darfst du keine Stahlseile durch trockenes Unterholz ziehen. Die reiben, schleifen und mahlen so lange, bis es irgendwo brennt.

Haltet Kanada grün! Der Spruch, den sie zuletzt auf dem Asphalt des Trans Canada Highway gesehen hatten, stand nun auf der großen Tafel am Campeingang. Darunter der Satz: *Dieses Camp ist 39 Tage unfallfrei.* Täglich suchten sie Freiwillige für die Feuerwache. Wenn die Arbeiter mittags den Wald verließen, mußte einer zurückbleiben, um zu sehen, ob es irgendwo schwelte oder räucherte. Zwei Stunden saß er einsam im heißen Wald herum, bezahlte Stunden natürlich. Herbert ging jeden zweiten Tag auf Feuerwache. Zwei Stunden den Whisky Jacks zuschauen, Blaubeeren pflücken, bevor sie am Kraut verdorren, zwei Stunden lang Halluzinationen üben, den weißen Sommerwolken nachsehen, die wie Segelschiffe über die Berge ziehen und dunkle Schattenfelder in den Wald zeichnen. Niemand ist da, mit dem du sprechen könntest, nicht einmal Erich Domski. Du mußt ab und zu den großen Zeh im Stiefel bewegen, um zu sehen, ob du noch lebst. Plötzlich überkommt dich ein Gefühl von großer Freiheit, und eine halbe Stunde später ist es schon wieder der Katzenjammer des Alleingelassenseins. Jodeln müßte man können. Alphörner blasen. Hier ist der Ort, um die lautesten Musikinstrumente auszuprobieren. Da klopft niemand an die Wand und verbittet sich den Lärm. Fünfzig Meilen ostwärts soll es einen Wasserfall geben, der den Namen Brandy Wine Falls trägt. Das hättet ihr wohl gern, ihr verdammten Buschmänner!

Was geschieht, wenn sie dich im Camp vergessen? Dann bleibst du unter der Hitzeglocke im Wald liegen, bekommst Hunger und Durst, oder die Fliegen fressen dich auf.

Jeden Tag um halb drei kam Superintendent Johnson mit dem Jeep angerast, um die Feuerwachen der Distrikte A, B und C einzusammeln. Von Tag zu Tag wurde seine Miene sorgenvoller, wenn er erzählte, wo es schon überall brannte. In Comox und Englewood auf Vancouver Island, am Third Lake und in Squamish. Rauchen wird bald nur noch unter der Dusche erlaubt sein. Wenn nicht bald Regen kommt, wird das Camp geschlossen.

»Dann könnt ihr euch Downtown Vancouver im Hochsommer ansehen«, sagte der kleine Johnson.

Von der Feuerwache ging Herbert zum Stillwatersee. Erich wartete schon.

»Stell dir vor, heute war ein Mädchen im Camp!« rief er. »Der Pilot des Wasserflugzeugs, das täglich die Post bringt, hatte seine Freundin mit. Während er den

Postsack ins Office trug, stand die da im weißen Kleidchen auf dem Landesteg. Da ungefähr, an der Stelle!«

Erich war außer sich und besichtigte mit Herbert die Stelle, an der das Mädchen gestanden hatte. Er untersuchte den Platz wie ein Detektiv, der verräterische Abdrücke im Holz erkennen oder Spuren sichern will. »Hier stand das Mädchen«, berichtete er, »und hundert Meter weiter lagen die nackten Männer auf den Flößen. Na, die sprangen ins Wasser wie Frösche, wenn der Storch kommt.«

Erich beschäftigte sich den ganzen heißen Nachmittag über mit den verrücktesten Situationen. Was wäre geschehen, wenn der Pilot das Mädchen auf dem Landesteg vergessen hätte? Oder ein Motorschaden hätte ihn gezwungen, mit dem Mädchen im Camp zu bleiben? Als dritte Möglichkeit erfand Erich einen blutrünstigen Unfall beim Starten. Statt in die Luft steigen ließ er die Maschine gegen ein Holzfloß knallen. Das Mädchen blieb natürlich heil.

Ihre Zeiteinteilung stand völlig auf dem Kopf. Abendessen gab es um halb fünf, ins Bett gehen mußten sie um acht Uhr, weil um drei Uhr morgens die Sirene Laut gab. Aber da machte der Körper nicht mit. Der schlief erst nach zehn Uhr ein, wenn die Hitze durch die geöffneten Fenster entwichen war. Bis spät in die Nacht stand ein Kessel mit kaltem Tee vor der Küchenbaracke. Die Köche füllten ihn ständig auf und versahen ihn mit Eisstückchen.

He, kleiner Indianer, hol mal Tee!

Der Junge hatte viel zu tun an diesen heißen Tagen.

Irgend etwas stimmte mit dem Radio nicht. Während der Hitze gab der Kasten nur ein undeutliches Knistern von sich; erst in den Abendstunden wurde er munter. Lag das an der Sonne, an der viel zu heißen Sonne? Bis das Radio Musik von sich gab, mußten sie irgendwie die Zeit totschlagen. Wenn nichts mehr half, fing Erich an, von der Langen auf dem Schiff zu phantasieren, die in seiner Erinnerung immer üppiger und ausladender geriet, ein richtiges Mordsweib wurde wie diese Jane Russell am Fußende seines Bettes. Herbert vertrieb sich mit deutschen Zeitungen die Zeit.

»Hier trocknet der Wald aus, und in Deutschland saufen sie ab. Die Edertalsperre ist schon übergelaufen«, bemerkte Herbert.

Die Hamburger Zeitung wunderte sich, daß nach einem strengen Winter ein so nasser Sommer folgte. Jedermann hatte das Gegenteil erwartet.

»Rate mal, wer deutscher Fußballmeister neunzehnhundertsechsundfünfzig geworden ist.«

Herberts Frage brachte Erich von der Langen ab. Er zählte erst die Vereine der Oberliga West auf. Als der Name Borussia Dortmund fiel, nickte Herbert. Erich war mächtig stolz auf den deutschen Fußballmeister von 1956, denn Dortmund lag fast vor Wattenscheids Haustür, nur ein Stückchen den Ruhrschnellweg entlang. Eigentlich kam ihm der ganze Kohlenpott wie ein einziger großer Fußballplatz vor.

Riesenerfolg für Deutschland bei den Olympischen Reiterspielen in Stockholm: Hans Günther Winkler gewinnt auf Halla eine Goldmedaille. Mensch, die Deutschen können wieder gewinnen!

»Kannst du dich noch an den Film ›Reitet für Deutschland‹ erinnern?« fragte Erich. Zweimal hatte er ihn gesehen, weil die erste Vorstellung wegen Fliegeralarms abgebrochen werden mußte.

Ungeduldig kurbelte Erich an den Knöpfen des Transistorradios.

»Wo bleibt das Wunschkonzert vom Westdeutschen Rundfunk in Köln?« rief er.

»Warst du schon mal in Köln?« fragte Herbert.

»Nein, es ist 'ne Schande, aber ich bin noch nie in Köln gewesen, nicht mal am Rosenmontag. Aber wenn ich wieder in Deutschland bin, wird das das erste sein: Köln am Rosenmontag.«

»Wieviel Türme hat eigentlich der Kölner Dom?«

»Ich glaube, drei.«

»Was, das weißt du nicht genau? Konntet ihr nicht von Wattenscheid aus den Kölner Dom sehen?«

»Nee, Köln liegt unten im Loch.«

»Früher war der Kölner Dom doch auf den Briefmarken. Weißt du noch, die grüne Zehner und die rote Zwanziger? Mensch, denk mal nach. Mir kommt es so vor, als wenn der Dom nur zwei Türme hat. Die stehen da wie Zwillinge am Rheinufer.«

»Nein, er hat drei«, behauptete Erich Domski nun doch ziemlich entschieden, »zwei vorn und einen hinten.«

Sie stritten eine halbe Stunde wegen der Türme. Herbert wollte schon zu dem Briefmarkensammler gehen, um deutsche Briefmarken mit dem Kölner Dom anzuschauen. Aber Erich wußte etwas Besseres.

»Wir schreiben einfach an die Stadt Köln«, erklärte er. »›Sehr geehrte Stadt Köln‹, schreiben wir. ›Im kanadischen Wald ist ein Streit ausgebrochen, wieviel Türme der Kölner Dom hat. Können Sie uns helfen?‹«

Herbert ließ sich überreden, den Brief tatsächlich zu schreiben. Nur so aus Jux. Mal sehen, was den Kölnern dazu einfällt. Das Porto für den Brief übernahm Erich Domski.

Endlich war Musik da, allerdings stark verzerrt und mit nervtötenden Nebengeräuschen. Aber trotz schlechten Empfangs kannst du so ein Transistorradio richtig liebgewinnen, denn es fängt die schönen Wellen ein, die über die Berge entfliehen wollen, und bringt sie in die Zedernbude. *You are my sunshine, my only sunshine* ... Na ja, Sonnenschein hatten sie wahrhaftig genug.

Radio Nanaimo veranstaltete ein Musikquiz; Einsendeschluß war am 1. August 1956. Erster Preis: eine Flugreise für zwei Personen nach Kuba. NBC Spokane brachte jeden Freitagabend die Sendung *Chöre der Welt*. Da sangen sie sogar *An der schönen blauen Donau* auf deutsch und den *Chor der Gefangenen* auf italienisch. Wenn du schweißgebadet auf dem Bett liegst und auf einen Laut aus dem Radio wartest, gefällt dir sogar die marktschreierische Werbung, die das Recht hat, sich in die Chöre der Welt, in das Musikquiz, sogar in Nachrichten und Wettervorhersagen einzumischen; nur Gottesdienste blieben verschont. Ja, es hört sich im Busch schon spaßig an, wenn Mrs. Jellicoe aus New Westminster, nachdem sie das neue Sunlight-Waschmittel probiert hat, so außer sich ist, daß sie die Radiostation anrufen muß, um ihre Erfahrungen mit Sunlight mitzuteilen.

Ganz Kanada trinkt Seven-up – weil es so erfrischt! Aber du liegst im eigenen Schweiß am Stillwatersee, und der kleine Indianer schleppt Tee mit Eiswürfeln heran.

In North Vancouver gibt es eine neue Waschanlage für Autos. Einführungspreis für eine Rundumwäsche: neunundneunzig Cent. Du kannst sehen, wie dein Auto sauber wird!

Der neue Ford, ein richtiges Auto für Kanada! Was sagt Michael Kensington nach der Probefahrt zu dem neuen Ford? ›Ein phantastischer Wagen‹, sagt er. O ja, die Probefahrten im kanadischen Busch sind schon eine Wucht. Einmal den Serpentinenweg hinauf zu Distrikt A, wo alle Wege enden. Dann sieht auch das schönste Modell von Ford verstaubt und verdreckt aus.

»Und der Kölner Dom hat doch drei Türme!« sagte Erich Domski, als es schon sehr spät war. »Komm, wir wetten um einen Kasten Dortmunder Bier. Du sagst, der Dom hat zwei Türme, und ich sag', der Dom hat drei Türme.«

Eigentlich war das Schlimmste vorüber, der Himmel schon mit Wolken überzogen, da brach doch noch Feuer aus. Ohne erkennbaren Anlaß. Es war plötzlich da. Die Wildnis rächte sich für das, was die Menschen ihr angetan hatten, entzog sich jeder weiteren Ausbeutung ihres Reichtums, indem sie einfach Feuer fing. Hinter Distrikt A stand der Rauch wie eine graue Wand, wälzte sich den Serpentinenweg abwärts, umzingelte das Camp. Asche schwärzte den Himmel. Vogelschwärme kreisten über dem rettenden See. Rehe tauchten aus dem vertrockneten Feuerkraut auf, witterten scheu gegen den Wind, blieben in der Nähe der Hütten. Aber man sah kaum Flammen in diesem Inferno. Nur gelegentlich flackerte es rot auf, aber das Züngeln wurde schnell wieder erstickt von den quellenden Rauchschwaden. Blue Jiys saßen in großer Zahl auf den Zedernschindeln und zeterten verängstigt. Sturm kam auf, brach Äste und trug den Staub in hübschen Kreiseln empor.

Erich Domski war außer sich. Es kam ihm so vor wie in Kinderjahren, wenn der Blitz in eine Scheune eingeschlagen hatte oder ein Holzlager in Flammen geraten war. Er eilte mit Herbert den Serpentinenweg hinauf, um das Feuer aus der Nähe zu sehen, denn ein Feuer in der Wildnis, das war schon ein Ereignis, um den Atem anzuhalten. Du stehst im Tal, und rundherum brennen die Berge. Ein Naturschauspiel, vergleichbar den fallenden Wassern des Niagara oder den majestätisch vorbeiziehenden Eisbergen vor Labrador.

»Das ist wie im Krieg«, behauptete Erich.

Aber gerade das war es nicht. Keine Spur eines Feuersturms wie 1943 in den Straßen Hamburgs, als die Menschen erst erstickten und dann verbrannten, als die Straßen flüssig wurden und die Kanäle Flammen fingen. Es gab keinen Motorenlärm abziehender Flugzeuge, keine bellende Flugabwehr. Das Auffallendste an diesem Buschfeuer war seine Stille. Die Wildnis brannte lautlos nieder, als hätte sie noch viele Jahre Zeit, vor sich hin zu brennen.

Herbert erinnerte der Waldbrand weniger an den Krieg als an die Kartoffelkrautfeuer auf den Feldern seines Vaters im Osten. Sie hatten ihn als Kind sehr beeindruckt, weil sie die einzigen Feuer waren, mit denen auch Kinder spielen durften.

Gegen ein Buschfeuer ist wenig auszurichten. Der Mensch muß sich klein machen und warten, bis es sich ausgetobt hat, selbstmörderisch in einen Fluß oder See stürzt oder an einem langen Regentag erlischt. Trotzdem ließ der kleine Johnson zum Sammeln blasen und hielt Kriegsrat am Landesteg, weil irgend etwas geschehen mußte. Wenigstens den Skidder wollte er retten, eine Maschine, die weit über hunderttausend Dollar gekostet hatte.

Mit einer Busladung voller Männer fuhr er zu Distrikt A. Dort waren sie dem Feuer am nächsten. Distrikt A selbst brannte nicht, aber am gegenüberliegen den Hang hing der Rauch wie über einem Vulkankrater. Ein Tankwagen brachte Wasser. Damit spritzten sie den Waldboden neben der Maschine ab. Zehn Mann rüstete Johnson mit Feuerklatschen, Wassereimern und nassen Tüchern aus und ließ sie Posten beziehen, um die Maschine zu retten.

Ausnahmsweise versank die Sonne nicht im See, sondern in grauen Schwaden. Der Horizont ließ sich nur ahnen. Penetranter Feuergeruch erfüllte die Luft, duldete keine anderen Gerüche neben sich. Sogar die Spaghetti in der Küche schmeckten nach Rauch. Im Orangensaft, den die Köche ausschenkten, schwamm Asche. Am Landesteg spülten die Wellen Schmutz und tote Vögel an. In der ersten Nacht erreichte das Feuer das Sumpfgelände jenseits des Sees, kam nicht über das Wasser, kehrte um und lief zwischen Seeufer und Berghang Richtung Westview. Vom Camp aus sahen sie abends den Gespensterwald voller Glühwürmchen. Aufflackerndes Sonnwendfeuer, Osterfeuer, Maifeuer, was immer du willst. Jedenfalls waren die Berge illuminiert.

Am nächsten Morgen brachte der Wasserflieger ein halbes Dutzend Männer ins Camp, eine Kommission zur Brandbekämpfung oder so etwas Ähnliches. Die Leute schlugen im Sanitätsraum ihr Hauptquartier auf, überflogen pausenlos den brennenden Busch und besuchten mit dem Jeep den leergebrannten Hang in Distrikt B, der aussah wie eine Kohlenhalde in Wattenscheid. Einmal durch den Wald spazieren, nachdem das Feuer seinen Weg genommen hat. Gebratene Eidechsen und angesengelte Chipmunks sammeln. Mit den Stiefeln gegen glimmende Stämme stoßen, so daß Funken stieben. Was hältst du von einer Mahlzeit verkohlter Blaubeeren, Erich Domski? Oder Platz nehmen in der Asche, spüren, wie die Erde Rauch ausatmet.

»Endlich sind auch die verdammten Mücken ausgerottet«, jubelte Erich.

Aber auch die Vögel waren verschwunden. Sie mieden die zerstörte, furchteinflößende Landschaft.

»Neunzehnhunderdünfundvierzig war es genauso«, sagte Herbert. »Es kamen einfach keine Störche nach Ostpreußen. Die Vögel spüren das Unheil und fliegen andere Bahnen.«

Drei Tage dauerte es, bis die rauchgesättigte Luft über der Strait of Georgia ein Gewitter angezogen hatte. Eine Nacht reichte aus, um das Feuer in den Sturzbächen des Gewitterregens zu ertränken. Die Wildnis bekam wieder Zeit zu wachsen. In zwei Jahren wird frisches Grün aus den verkohlten Resten wuchern, und in hundert Jahren darf die Powell River Company wieder Zedern und Hemlocktannen niederschlagen – wenn es dann noch eine Powell River Company gibt.

»Jetzt geht es in die Stadt«, sagten die meisten beim Frühstück am anderen Morgen. »Sie werden das Camp schließen müssen. Sie werden in ein anderes Tal ziehen müssen.«

Tatsächlich blieb die Sirene stumm; sie hatte sich verschluckt an der vielen Asche. Nach dem Frühstück fuhren die beiden Johnsons hinauf und machten eine Art Waldbegehung, um zu sehen, was das Feuer übriggelassen hatte. Als sie mittags zurückkehrten, hielt der kleine Johnson eine Ansprache. Es sei nicht so schlimm wie erwartet. Niemand brauche einen neuen Arbeitsplatz zu suchen. Der Wind habe ständig aus Südost geweht; deshalb seien einige Täler vom Feuer verschont geblieben. Der Skidder sei unversehrt, und die Skyline hänge noch über dem Wald. Das Feuer sei gnädig mit ihnen umgegangen. Morgen früh gehe es wieder an die Arbeit.

Schade. Vancouver im heißen August – das wäre auch ein Erlebnis gewesen. Die Granville mit Kinos und Mädchen, Cecily und der Vanilletee ... Das alles mußte warten.

Ein Brief von Gisela mit Foto. *Nun bist Du noch fünftausend Kilometer weiter weg,* schrieb sie. *Wenn ich abends allein bin, lese ich alle Deine Briefe, immer der Reihe nach vom ersten bis zum letzten. Manchmal habe ich Lust, mir auch die Welt anzusehen. In Sandermarsch ist es so schrecklich langweilig, seitdem Du nicht mehr da bist. Weißt Du eigentlich, daß ich Englisch lerne? Lehrer Burmester gibt kostenlos Unterricht für Erwachsene.*

Das Bild zeigte Gisela vor dem Schuhladen. Um sie herum schwarze und weiße Schuhe. Sie selbst sah unverändert aus, bemüht, dem Fotoapparat zuzulächeln.

Erich begutachtete das Bild.

»Die sieht doch ganz manierlich aus«, urteilte er. »Ein richtiges deutsches Mädchen. Gut arbeiten, gut kochen, gut schlafen. An die mußt du dich halten.«

Wirst Du in Kanada bleiben oder nach Deutschland zurückkehren? Wenn Du nicht zurückkommst, komm' ich zu Dir. Du brauchst nur zu schreiben, dann bin ich da.

Mensch, Gisela, wie du das so schreibst! Zum erstenmal fühlte Herbert sich schäbig. Da hing jemand mit liebevoller Geduld an ihm, wollte Vater und Mutter verlassen, um ihm nach Kanada zu folgen – und er empfand dafür soviel wie für gute Salamanderschuhe. Aber so etwas kannst du nicht ändern. Auf einmal riechst du nur noch Vanilletee und hörst Harry Belafonte singen und kannst dir die Schuhverkäuferin beim besten Willen nicht in der Teeküche vorstellen.

Erich kletterte mit Giselas Bild aufs Bett, um es, für Herbert gut sichtbar, neben Jane Russell an die Wand zu heften. Aber das ließ Herbert nicht zu. Es hatte nichts damit zu tun, daß Gisela zu bescheiden ausgesehen hätte neben dem üppigen Hollywoodstar. Nein, sie gehörte einfach nicht an die Wand. Gisela gehörte nicht zu den Papierblüten, die bei Steve Norton für eine Schachtel Zigaretten oder eine Flasche Whisky käuflich zu erwerben waren. Gisela gehörte in ihren Schuhladen und nicht an die Wand.

»Ich finde es prima, wenn man einen Menschen hat, der so an einem hängt«, stellte Erich fest, als er das Bild zurückgab. »Die wartet auf dich bis zum Jüngsten Tag. So etwas kommt ab und zu vor, solche Frauen gibt es wirklich. Die setzen sich in den Kopf, daß sie den einen haben wollen oder keinen. Und dann warten sie. Wenn du wissen willst, was ich von solchen Frauen halte: Ich finde, es sind nicht die schlechtesten. Hast du mit der Gisela schon etwas gehabt?«

Herbert schüttelte den Kopf.

»Mensch, wenn die solche Briefe schreibt, ist sie reif!« sagte Erich. »Von der kannst du alles haben. Aber du dummer Kerl wanderst aus, legst dich in den Wald und führst Gespräche mit hundert Jahre alten Zedern, träumst von diesem albernen Kind in Vancouver mit dem Vanilletick.« Herbert schüttelte den Kopf. Von solchen Dingen verstehst du nichts, Erich Domski. Bei dir wird alles sofort gebraucht, beschmutzt, vernascht. Du hast keine Ahnung davon, wie schön es sein kann zu warten, die Spannung zu steigern, sich im voraus zu freuen auf Dinge, die sowieso in der Zukunft immer großartiger aussehen als in der Gegenwart.

»Mich geht es ja nichts an«, sagte Erich Domski. »Aber ich an deiner Stelle würde mir das Mädchen warmhalten. Du wirst es eines Tages noch brauchen.«

Wenigstens die kanadische Post sorgte für Abwechslung. Nach Giselas Brief kam ein Brief der Mutter.

Seit dem 1. Juni fährt Papa jeden Tag zehn Kilometer mit dem Fahrrad. Er arbeitet in der Konservenfabrik. Aber es bekommt ihm nicht. Das Radfahren schon, aber die Fabrikarbeit schlägt ihm auf den Magen. Die Geschwüre haben sich wieder gemeldet. Papa hat sein Leben lang an der frischen Luft gearbeitet. Solche Menschen darf man nicht in die Fabrik stecken. Aber sie hätten ihm keine Rente gegeben und kein Stempelgeld, wenn er nicht in die Fabrik gegangen wäre. Am liebsten arbeitet Papa ja beim Bauern. Aber dafür ist sein Bein zu kurz. So ist das im Leben, mein Junge. Das Bein ist zu kurz, um zu arbeiten, aber nicht kurz genug, um nur von Rente zu leben. Seitdem Papa in der Fabrik arbeitet, ist die Ausgleichsrente weggefallen. Für die Kriegsbeschädigung bekommt Papa nur noch 31 Mark Grundrente. Aber wir klagen nicht. Wir stellen keine großen Ansprüche. Anderen geht es viel schlechter.

So schrieb sie Seite um Seite. Sie schrieb fast nur über den Vater, sein Leiden und seine Arbeit, kein Wort über sich selbst. Traurige Sätze, aber von einer gefaßten Traurigkeit, gepaart mit Gottvertrauen und der Bereitschaft, sich ins Unvermeidliche zu fügen. Die Zeiten waren eben so. Herbert stellte sich den Vater auf dem Fahrrad vor. Hoch aufgerichtet, das Kreuz durchgedrückt, steif wie ein Dorfwachtmeister. Er hatte erst nach dem Krieg in Sandermarsch radfahren gelernt, weil er früher nur mit Pferdefuhrwerken unterwegs gewesen war. Für das linke Pedal hatte er eine besondere Vorrichtung gebastelt, weil das linke Bein kürzer war. Herbert sah ihn gegen den steifen Wind anradeln, der von der Nordsee her wehte. Ein wenig tat ihm sein Vater leid, wie er so über das flache Land radelte, immer bemüht, scharf rechts am Straßenrand zu bleiben, denn so sind die Vorschriften.

Das Gemüse im Garten steht gut. Es gibt sehr viele Johannisbeeren. Papa wird Johannisbeerwein ansetzen wie zu Hause.

Was wollen die beiden Alten mit Johannisbeerwein? Vater durfte nichts Alkoholisches trinken wegen des Magens, und Mutter ließ es genug sein mit dem bißchen Wein, das ihr in der Kirche zum Abendmahl gereicht wurde. Die hatten doch etwas vor mit dem Johannisbeerwein! Vielleicht dachten sie daran, ein großes Wiedersehensfest auszurichten, wenn Herbert aus Kanada heimkehrte. Oder an die Hochzeit ihres einzigen Jungen mit einem freundlichen, arbeitsamen Mädchen, vielleicht mit Gisela ...

Daß ein simpler Brief dich immer so weit zurückwerfen muß, Herbert Broschat! Er sah die Mutter zwischen den Kartoffelfurchen. Auf der Schwelle saß die schwarzweiße Katze. Im abgezäunten Auslauf scharrten die Hühner. Ach, so viel Unkraut in diesem nassen Sommer! Die Mutter schleppte einen Arm voller Quekke zum Hühnerauslauf, denn Hühner brauchen Grünfutter, damit die Eier Farbe bekommen.

Mit dem Abstand eines Jahres kam ihm Sandermarsch idyllisch vor. Er dachte nicht mehr zuallererst an die lauten Auftritte im Behelfsheim, die Streitgespräche mit dem Vater und das bis zur Selbstaufgabe gesteigerte Bemühen der Mutter, zu schlichten, um jeden Preis zu schlichten. Nein, er hörte das eintönige Schlagwerk der Wanduhr, sah die Mutter, wie sie mit dem Gesangbuch in der Hand in der Küche verweilte, sich noch einmal umschaute, bevor sie zum Mittwochabendgottesdienst ging. Vater lag auf dem Sofa, neben sich eine Kanne Pfefferminztee, weil Pfefferminztee gut für den Magen ist, am Kopfende, neben dem Sofakissen, den alten Volksempfänger. Vater lauschte der Sendung *Gedanken zur Zeit*. O ja, die Zeit interessierte seinen Vater, die Zeit, die gewesen war und die sein würde. Ob sie ihn wieder auf seine Felder im Osten zurückbringen wird? Und was hatte die Zeit außerdem mit ihm vor, mit den Flüchtlingen und überhaupt mit Deutschland?

Vergiß nicht, an Gisela zu schreiben, mahnte die Mutter in dem Brief. *Sind die großen Bäume im Urwald nicht zu gefährlich für Dich? Paß nur schön auf. Du weißt doch, Herbert, Gesundheit ist das höchste Gut auf Erden!*

Sogar Erich Domski bekam in diesen Tagen einen Brief, aber nur von der Royal Bank of Canada. Sie teilte ihm mit, sein Sparkonto sei von Toronto zur Nebenstelle Westview übertragen worden. Den Scheck der Powell River Company habe man gutgeschrieben. Erich nahm den Brief zum Anlaß, wieder einmal seinen Reichtum zusammenzurechnen. Er rechnete, bis ihm schwarz vor Augen wurde, und kam mit den Jahren zu Beträgen, die für einen Zigarettenladen nebst Totoannahmestelle in Wattenscheid reichten, vielleicht sogar für das Eckgeschäft von Kaufmann Liepert einschließlich Tochter Erika.

»Warum schreibt keiner aus Wattenscheid?« fragte Herbert.

Erich hatte sich darüber auch schon den Kopf zerbrochen. Vielleicht war es so: Sein Alter hatte dicke Finger, die nicht zum Schreiben taugten. Und wenn der wirklich einmal Zeit hatte, einen Brief zu schreiben, verwechselte er das Tintenfaß mit der Schnapsbuddel. Mutter Domski möchte wohl gern schreiben, aber die macht noch mehr Fehler als ihr Sohn Erich. Deshalb schämt sie sich ein bißchen und läßt es lieber bleiben. Elvira müßte eigentlich gut schreiben können, aber die hat bestimmt schon die Jungs im Kopf. Wenn das losgeht, hast du keine Zeit mehr zum Briefeschreiben. Blieb nur der elfjährige Peter Domski. Jawohl, der verdammte Bengel soll gefälligst das Fußballspielen für eine halbe Stunde an den Nagel hängen und an seinen großen Bruder in Kanada schreiben. Karte genügt! Wenn du schreibst, bekommst du auch zehn Dollar vom kanadischen Weihnachtsmann.

Auf einmal war Postabholen Herberts liebste Beschäftigung. Kaum war der Mannschaftsbus im Camp, marschierte er, dreckig, wie er war, ins Office, um nach Briefen und Zeitungspaketen zu fragen. Tom, der Holzfäller, lachte ihn aus.

»Na, ist das alte kranke Deutschland endlich gestorben?« fragte er, wenn er Herbert mit dem Zeitungsbündel kommen sah. »So wird das nie was mit dir. Drei Jahre lang darfst du von Deutschland nichts sehen und hören, dann bist du ein guter Kanadier.«

Du hast gut reden. In der Einsamkeit der Wildnis bekommen die Zeitungen eine gewaltige Faszination, sind plötzlich mehr als nur bedrucktes Papier. Herbert war aus Deutschland ausgewandert, um die Wunder

der Welt zu besichtigen, und jetzt – du kannst darüber lachen, aber es ist die Wahrheit –, jetzt saß er eingesperrt in der Wildnis und las, was die deutsche Zeitung über die Wunder der Welt berichtete. Reisebeschreibungen aus Alaska, die grandiosen Wasserfälle von Iguassú, das Tierleben in Kenia. Mit fünfwöchiger Verspätung erlebte Herbert die große Schlacht im deutschen Bundestag um die neue Armee. Sie war, als Herbert das Zeitungsbündel erhielt, schon längst entschieden, aber Herbert kämpfte sie auf Zeitungspapier noch einmal mit. Am 3. Juli 1956 bewilligte der Verteidigungsausschuß zwei Komma sechs Milliarden Mark für den Aufbau der Bundeswehr. Vor allem Kasernen waren nötig; zweiundvierzig neue Kasernen sollten gebaut werden. Es war nicht zu fassen. In den Städten lagen noch die Trümmer des Krieges herum, aber die Deutschen bauten Kasernen!

Bertolt Brecht schickte an den Bundestagspräsidenten ein Telegramm, in dem er vorschlug, über die Einführung der Wehrpflicht eine Volksbefragung in ganz Deutschland abzuhalten. Aber nein, da kann ja jeder kommen, um das Volk zu befragen!

Der Abgeordnete Erler rief ins Mikrofon des Bundestages:

> *Die Wehrpflicht wird zu einer weiteren Trennung und einem Auseinanderleben der beiden Teile Deutschlands führen und aus der Zonengrenze eine Staatsgrenze machen.*

Am 4. Juli 1956 um 19.55 Uhr verließen die Sozialdemokraten und die Abgeordneten der Flüchtlingspartei nach achtstündiger Debatte unter Protest die Plenarsitzung des Bundestages.

In der Zeitung standen die wildesten Spekulationen. Viele hatten Angst, die neue Armee könne zu einem Kreuzzug nach Osten aufgerufen werden. Jemand fand heraus, daß eine Armee überflüssig sei, weil es Atomwaffen gebe. Atomraketen seien Abschreckung genug. Aber die anderen riefen, gerade wegen der Atomwaffen brauche man Soldaten; kleine Konflikte dürften nicht sofort in einen Atomkrieg ausarten.

Der Abgeordnete Mende erinnerte an die deutschen Kriegsverurteilten. Niemand könne einem jungen Mann zumuten, deutscher Soldat zu werden, solange sein Vater im Gefängnis sitze, weil er deutscher Soldat gewesen sei. Wochenlang ging es um die »letzten Söhne«, um die Freistellung derer, die im Zweiten Weltkrieg gerade noch am Leben geblieben waren. »Weiße Jahrgänge« wurden erfunden. Das waren die vor 1937 Geborenen, die den letzten Weltkrieg so schauerlich miterlebt hatten, daß sie für jede Armee der Welt verdorben waren.

Nach sechzehnstündiger Debatte nahm der deutsche Bundestag am 7. Juli 1956 morgens um 3.55 Uhr das Wehrpflichtgesetz mit zweihundertsiebzig gegen hundertsechsundsechzig Stimmen bei zwanzig Enthaltungen an. Vierhundertzwanzigtausend Männer des Jahrgangs 1937 kamen zur Musterung.

Reiner Zufall war es, daß das Statistische Bundesamt am Tag nach der Abstimmung die endgültigen Zahlen der Kriegsverluste von 1939 bis 1945 bekanntgab. Es starben:

3,25 Millionen Deutsche als Wehrmachtsangehörige,

0,50 Millionen deutsche Zivilpersonen durch Feindeinwirkung,

2,55 Millionen Deutsche auf der Flucht oder der Vertreibung aus den Ostgebieten,
0,50 Millionen Deutsche durch politische und rassistische Verfolgung.

54,8 Millionen Menschenleben soll der Zweite Weltkrieg insgesamt verschlungen haben.

Mein Gott, das war ein Haufen, größer als die Einwohnerzahl der Bundesrepublik Deutschland! Und noch immer hatte man nichts gelernt.

An jenem denkwürdigen 7. Juli 1956 starb auch ein Dichter. In der Zeitung stand folgende Anzeige:

Es starb am 7. Juli 1956
Dr. med. Gottfried Benn
mein geliebter Mann, mein lieber guter Vater.

Dr. Ilse Benn geb. Kaul
Nele Topsoe geb. Benn
Kopenhagen
Berlin-Schöneberg
Bozener Str. 20

Trauerfeier: Donnerstag, 12. Juli 1956, Waldfriedhof Dahlem, Hüttenweg.

Ja, die Zeitung hatte recht; nur der Arzt Dr. Gottfried Benn war gestorben.

Erich Domski hatte auch Freude an den Zeitungen, vor allem an den Wochenendausgaben. Dort hatte er die Rubrik *Heiraten und Bekanntschaften* entdeckt. Woche für Woche an die dreißig Angebote, meistens von Frauen, und Frauen allein interessierten Erich Domski.

Netten, beruflich tüchtigen Herren passenden Alters möchten wir aufrichtige Lebenspartner sein. Zwei Damen in guter Position, 53 (dunkel), 35 (naturblond), Brille.

»Wäre das nicht was für uns?« fragte Erich vom Bett aus, wo er ausgestreckt lag und die Angebote sortierte. »Du nimmst die Dunkle und ich die Naturblonde.«

»Warum willst du mir die Ältere andrehen?« erwiderte Herbert.

»Na gut, wenn es dir so viel ausmacht, nehme ich die Alte, und du bekommst die Jüngere; aber die trägt eine Brille.«

»Du glaubst doch nicht, wenn die ›beruflich tüchtig‹ schreiben, meinen die zwei unrasierte Kerle aus dem kanadischen Busch!«

Erich erklärte sich lachend bereit, den Bart abzunehmen. Auch mit der beruflichen Tüchtigkeit würde sich das schon machen lassen. Wenn Erich mit den kanadischen Dollars nach Deutschland kommt, sieht das schon ganz schön tüchtig aus.

Aber es gab noch Besseres:

Dunkelhaarig, schlank und rassig, aus vermögender Familie mit eigenem Wagen.

Solche Anzeigen bringen dich ins Schwärmen. Was mag das für ein Auto sein? Vielleicht fährt die einen Mercedes. Stell dir vor, in einem Mercedes auf dem Rücksitz zu liegen ...

Da war eine, die suchte tatsächlich einen kurzsichtigen Mann.

»Na, die muß ganz schön häßlich sein«, kommentierte Erich das Angebot.

Eigentlich hätten sie einmal auf eine Anzeige schreiben müssen. Natürlich nicht Erich mit seiner häßlichen Klaue, sondern Herbert in seiner gescheit aussehenden Advokatenhandschrift. Aber es scheiterte immer wieder daran, daß Erich Domski sich nicht entscheiden konnte. Es gab einfach zu viele Angebote. Was sagst du dazu?

Auf Geld sehe ich nicht, denn gutes Einkommen und schönes Barvermögen habe ich selbst. Nur lieb und treu soll ER sein. Sind Sie es?

Da läuft dir das Wasser im Munde zusammen, wenn du so etwas liest. Aber du liegst im Busch herum, fünfzig Meilen von der menschlichen Zivilisation entfernt, und auf die Anzeige haben schon hundert andere vor dir geschrieben.

Warmherzig, gut, treu, diese Worte kamen am häufigsten vor.

Auch eine Kölnerin machte Erich ausfindig. Die konnte nähen, kochen, schwimmen und mit Blumen umgehen.

»Außerdem weiß die bestimmt, wieviel Türme der Kölner Dom hat«, meinte Herbert lachend.

Erich entdeckte eine Elberfelderin und eine Duisburgerin; sogar Dortmund war vertreten.

»Es ist nicht zu glauben, wieviel unbefriedigte Frauen im Ruhrgebiet herumlaufen«, stellte er kopfschüttelnd fest.

»Das ist erst so, seitdem du ausgewandert bist«, meinte Herbert.

Endlich traf Erich eine aus Wattenscheid. Das heißt, genau stand es nicht dabei, aber Erich vermutete es sehr stark. *Junge Dame aus Industriekreisen, 34/1,68,* stand da. So etwas kam in der Gegend von Wattenscheid vor. Ein Meter und achtundsechzig Zentimeter war genau seine Größe. Das paßte gut, obwohl die Körpergröße nicht ausschlaggebend war. Mit der Langen vom Schiff, die ihn um fünfzehn Zentimeter überragt hatte, war er gut ausgekommen.

Liebevoll schnitt Erich die Anzeigen aus, die in die engere Wahl kamen, klebte sie auf einen Bogen sauberen Briefpapiers und hängte sie ans Kopfende seines Bettes, schräg gegenüber von Jane Russell. Dabei merzte er rigoros alle Akademikerinnen aus seiner Sammlung aus.

»Die taugen nichts, die kriegen leicht 'ne Macke«, behauptete er. »In Wattenscheid gab es auf der Zeche einen Buchhalter, der war mit 'ner Lehrerin verheiratet. Ehrlich, wenn der erzählte, hast du nur die Ohren angelegt. Wenn du mit einer Akademikerin schlafen willst, mußt du das einen halben Tag vorher ansagen, damit sie sich konzentrieren kann. Du mußt Glück haben, daß sie keine Kopfschmerzen bekommt. Was solche Frauen alles kriegen: Migräne und Verfolgungswahn und Angst vor Spinnen ... Nur Kinder kriegen sie meistens keine. Es soll unter den studierten Frauen welche geben, die können es nur, wenn neben dem Bett der Plattenspieler Musik macht – und nicht irgendeine Musik, sondern mindestens von diesem Beethoven.«

Stundenlang vertiefte sich Erich in die Anzeigen. Er hatte die fixe Idee, es müsse irgendwo Frauen geben, die mit allem versorgt waren, die Geld, Haus und Auto hatten, nur keinen ordentlichen Mann. Wie muß die Anzeige aussehen, die eine solche Frau aufgibt? Die Wahrheit kann sie nicht sagen, so etwas drucken die Zeitungen nicht, weil es unanständig ist. Erichs Problem war es, an Frauen dieser Kategorie heranzukommen. Gab es vielleicht eine Geheimsprache, die so etwas ausdrückte? Er prüfte die Anzeigen sorgfältig, ob sie vielleicht, durch die Blume gesprochen, Andeutungen in dieser Richtung enthielten. Da suchte eine einen Stier, aber Erich war leider Wassermann. Er stieß auf eine Jungfrau, die partout einen Löwen haben wollte.

Immer wieder erschien in den Anzeigen eine Wendung, auf die Erich sich keinen Reim machen konnte: *tadellose Vergangenheit.*

»Das heißt, sie ist noch Jungfrau«, sagte Herbert.

Nach dieser Auskunft sortierte Erich die Angebote mit *tadelloser Vergangenheit* als unbrauchbar aus.

»Mit Jungfrauen kannst du die tollsten Überraschungen erleben«, erklärte er. »Da drehen einige glatt durch.«

Es dauerte mehrere Wochen, bis Erich aus vier Sonnabendausgaben der deutschen Zeitung seine Idealfrau, eine Frau aus Zeitungsschnipseln, zusammengesetzt hatte. Als sie fertig war, las er vor:

> *Unstudierte Gastwirtstochter,* wegen Bier und Schnäpsken, *gesund und gut in der Liebe, höchstens einen Meter siebzig groß, mit Haus, Geld und Auto, wenn es geht, katholisch,* damit du nicht erst verhandeln mußt, in welcher Kirche die Hochzeit sein soll, *südlich von Wattenscheid im schönen Bergischen Land zu Hause,* kannst mit den Kindern im Wald spazierengehen, wenn du Schwiegermutter besuchst. *Schönheit ist keine Bedingung, aber ein bißchen Brust muß dasein, ferner alles, was Frauen so an sich haben, nur keine vorstehenden Zähne. Ein Fischkind wäre angenehm, weil Fische am besten zu Wassermännern passen ...*

»Mensch, hör auf!« rief Herbert. »So eine Anzeige kannst du nie bezahlen!«

Erich war bereit, die Fische zu streichen. Aber sonst müßte alles so bleiben, weil es wichtig war.

»Du zählst immer nur auf, was du haben willst«, sagte Herbert. »Überleg auch mal, was du zu bieten hast.«

Ja, was gab es da zu bieten? Erich steckte eine Zigarette an und überlegte. Wildnis im Überfluß hatte er zu bieten. Flimmernde Hitze, einen kühlen See, Mückenstiche, ein paar Dollars auf der Bank, viel Schweiß und viel Schmutz, wunde Hände und dreckige Füße ... So etwas kannst du in keine Anzeige schreiben.

»Mit den Heiratsanzeigen ist das wie mit den Mädchen an Steve Nortons Wand«, sagte Herbert. »Nur Papier, weiter nichts. In Wirklichkeit gibt es die Mädchen aus den Anzeigen gar nicht. Wer so gut ist, wie es in den Anzeigen steht, ist längst verheiratet.«

Erich stand auf und betrachtete Jane Russell, die trocken, rissig und vergilbt an der Wand hing. Langsam nahm er die Zigarette aus dem Mund, stippte die Asche ab und drückte die Glut in das Tal zwischen den koreanischen Hügeln. Es gab ein Loch von der Größe eines Zehncentstücks mit braunen, verkohlten Rändern. Jenseits des Papiers wurde die Wand schwarz.

»Stimmt«, sagte Erich, »es ist nur Papier.«

Das erste Wochenende im September war Labour Day. Drei freie Tage. Endlich Zeit, in die Stadt zu fahren, nicht nach Westview, sondern in die große Stadt. Tom wollte sie mitnehmen, er verlangte dafür fünf Dollar Beteiligung an den Benzinkosten. Alle waren aufgeregt wegen des bevorstehenden Besuches in der Stadt. Aber zuvor kam die Stadt zu ihnen zu Besuch.

Zehn Tage vor dem langen Wochenende des Labour Day polterte der Mannschaftsbus wie jeden Nachmittag die Serpentinen abwärts, fuhr um die Wette mit einer Staubwolke, die fast gleichzeitig mit dem Bus im Camp eintraf. Als der Bus am Sammelplatz hielt und der Staub sich verzogen hatte, erblickten sie das Boot mit der kanadischen Flagge am Heck. Es lag, gegen die Wellen dümpelnd, am Landesteg und sah aus wie eine Motorjacht, die auf einer Urlaubsreise an der kanadischen Sunshine Coast gestrandet war. Die meisten kannten das Boot. Die Gespräche im Bus verstummten. Niemand drängte wie sonst zum Ausgang, um als erster unter der Dusche zu stehen. Einer drehte noch schnell eine Zigarette, ein anderer trank den Rest seines Kaffees aus der Thermosflasche. Der Mannschaftsbus stand also da, und der Fahrer schaltete den Motor ab und brüllte: »Endstation!« Vom Bus aus sahen sie, wie im Office die Tür aufging. Superintendent Johnson kam als erster, nach ihm Chris Allen, erst dann Policeman Hurst. Der alte Lear mit Rosa auf dem Arm stellte sich den dreien in den Weg und verwickelte sie in ein Gespräch, wie er es immer tat, wenn er fühlte, daß Schreckliches bevorstand. Er fragte nach nebensächlichen Dingen, etwa nach der Höchstgeschwindigkeit des Polizeibootes und warum Hurst nicht zu Pferde ins Camp gekommen sei; es heiße doch Königlich-Kanadische Berittene Polizei.

Superintendent Johnson schob den alten Mann beiseite. Zu dritt marschierten sie auf den Mannschaftsbus zu, vorn Johnson mit Policeman Hurst, in der zweiten Reihe Schreiber Allen. Hurst setzte sich auf die Rampe am Sammelplatz und musterte die Männer, die zögernd den Bus verließen.

»Da ist er«, sagte der kleine Johnson.

Nach diesem Satz stand Policeman Hurst auf, zog die Hose hoch, hängte die Hände an den Bauchriemen und ging gemächlich, ohne sein Ziel aus den Augen zu verlieren, auf Steve Norton zu.

»Du mußt mal mitkommen, Junge«, sagte er ruhig, indem er ihm auf die Schulter tippte.

Die Männer bildeten einen Halbkreis und sahen zu, wie Policeman Hurst mit Steve Norton verhandelte.

»Haut ab zum Duschen!« schrie Superintendent Johnson. Er jagte den Haufen auseinander und vertrieb auch den alten Lear, der auf dem Steg stand und »Timber! Timber!« sang, während sein Hund Policeman Hurst anbellte.

Hurst packte Steve am Arm.

»Wir fahren gleich los«, sagte er und drängte Steve zu Nummer 11, um ihm beim Packen zuzuschauen.

Als sie den Raum betraten, mußte Hurst sich erst einmal setzen.

»Junge, Junge, das sieht aus, als hätte Hollywood einen Betriebsausflug gemacht«, sagte er.

Steve klappte sein Taschenmesser auf und fing an, die Mädchen von der Wand zu lösen.

»So viel Zeit hab' ich nicht, daß du die alle abpulen kannst«, unterbrach ihn Hurst. »Außerdem: Da, wo wir hinfahren, kannst du sie sowieso nicht gebrauchen.«

Steve klappte das Messer wieder zu und vertiefte sich in die Gesichter an der Wand.

»Na ja, drei oder vier kannst du mitnehmen«, entschied Hurst. »Die bekommen wir in die Zelle rein. Aber mehr geht nicht.«

Als er das gesagt hatte, bückte sich Steve, griff nach seinem Stiefel und warf ihn mit einer solchen Wucht gegen die Wand, daß es unten am Landesteg zu hören war. Der Stiefel spaltete das Gesicht eines kaffeebraunen Mädchens aus Puerto Rico und beschädigte eine Engländerin am Bauch und an der Oberweite. Steve trat gegen das Holz, riß Papier von den Wänden, vierteilte Marilyn Monroe, spaltete Jane Russell genau zwischen den koreanischen Hügeln, trennte einer nackten Schwedin den Kopf ab. In weniger als fünf Minuten verwandelte er die strahlende Pracht an den Wänden in einen Brei aus Papierfetzen. Er warf sogar sein Bett um und riß auch die letzten, unten an der Fußleiste angebrachten Bilder in Stücke.

Hurst stand im Zentrum des rasenden Taifuns und hielt sich den Bauch vor Lachen.

»Hör auf, Junge!« schrie er. »So jung bekommst du die nie wieder!« Aber Steve hörte erst auf, als er alle Mädchen ermordet hatte. Nach diesem Ausbruch von Zerstörungswut kroch er erschöpft in eine Ecke des Raums, besah den nicht wiedergutzumachenden Schaden und fing an zu weinen. Er verspürte das Bedürfnis, das Waschhaus aufzusuchen. »Jawohl, das Recht steht dir zu«, erklärte Hurst und begleitete ihn an den Männern vorbei, die auf dem Steg Spalier standen, zum Abort im Waschhaus. König Lear lief hinter den beiden her und rezitierte seltsame Sprüche:

Die Götter sind gerecht. Aus unseren Lüsten schaffen sie das Werkzeug, uns zu geißeln.

Ach, der alte Mann ist völlig durchgedreht, faselt wie ein Mensch, dem ein Baum auf den Kopf gefallen ist.

Es ist der Fluch der Zeit, daß Tolle Blinde führen.

Rosa schniefte verängstigt und schnappte von Lears Arm aus nach Fliegen.

Steve Norton schloß sich also im Abort ein, und Hurst wartete vor der Tür. Ab und zu schlug der Policeman mit der Faust gegen das Holz, wollte wissen, ob drinnen alles in Ordnung sei. Während seiner beruflichen Tätigkeit war es schon vorgekommen, daß sich einige am Wasserkasten aufgehängt oder sonstigen Unfug angestellt hatten. Verhaftete kommen auf die verrücktesten Ideen, wenn sie sich an diesem Ort befinden, der als einziger Ruhe und Frieden kennt, für den die Haftbefehle aufgehoben sind, an dem du die Stille genießen und den Wassertropfen zuhören kannst, die aus dem undichten Kasten fallen und auf dem Holzfußboden zerplatzen.

»Das reicht!« schrie Hurst nach fünf Minuten.

»Wenn ich rauskomme, muß ich noch duschen«, antwortete Steve. »Der Dreck von der Arbeit muß runter. Frisch und sauber will ich sein, wenn ich in die Stadt komme.«

Also gut, auch noch duschen. Hurst steckte sich eine Zigarette an und ließ sich vom heißen Dampf umnebeln, der die Gläser seiner Brille beschlug. Nach einer Weile fing er an zu husten, riß die Tür auf und ließ frische Luft in den Duschraum.

Draußen sang der alte Lear »Timber! Timber!«.

Die Campsirene heulte. Es war Essenszeit.

»Du brauchst nicht mehr zu essen«, entschied Hurst. »Das Abendessen ist bei uns mindestens so reichlich wie im Camp.«

Abtrocknen, anziehen. Kein Gedanke an Aufhängen am Wasserkasten oder Fliehen oder Amoklaufen. Adrett sah Steve Norton aus, als er noch einmal zu Nummer 11 ging, um ein vergessenes Kleidungsstück zu holen. Anschließend zu Chris Allen wegen der Papiere. Nein, das war nicht nötig, Hurst hatte die Papiere schon an sich genommen.

»Also los, gehen wir zum Boot«, sagte Hurst.

Dann brachen sie auf. Hurst war wie ein Vater zu Steve. Er bot ihm Zigaretten an, sprach unterwegs mit ihm über Waldbrände und fragte, ob Wölfe in der Nähe des Camps lebten. Als Steve kurz vor Erreichen des Boots über Durst klagte, versprach ihm Hurst eine Flasche Limonade. Ja, auf den Booten der kanadischen Polizei gab es sogar Limonade für Gefangene. Der kleine Indianer trabte in respektvollem Abstand hinterher. Lear saß am Landesteg und tat so, als angle er Weißfische. Aber in Wahrheit sah er nur zu, wie immer mehr Timber von den Hängen fiel, das Tal und die Hütten bedeckte, den See ausfüllte und die Boote zertrümmerte.

Als der Motor aufheulte, begann Rosa zu kläffen. Der kleine Indianer sprang ins Wasser und schwamm ein kleines Stück neben dem Polizeiboot her, bis Hurst im freien Wasser Vollgas gab.

In der Küchenbaracke sprachen sie an diesem Nachmittag nur über ein Thema. Warum hatte die Polizei Steve Norton geholt? Eigentlich käme nur Autodiebstahl oder Vergewaltigung in Frage. Am wahrscheinlichsten war Vergewaltigung. Ja, das wäre ihm zuzutrauen. Nachdem es passiert war, kam er vor Schreck in den Busch gelaufen, denn im Busch kann sich das nicht wiederholen, da triffst du nichts zum Vergewaltigen an, nur diese duldsamen Papiergeschöpfe, die nicht jammern und nicht klagen. Die Wildnis ist der sicherste Platz für diejenigen, die so etwas im Kopf haben, die nicht an sich halten können, ein Sanatorium für alle Verirrten, die es ab und zu überkommt. Aber wenn es so ist, hätten sie Steve Norton nicht in die Stadt holen dürfen. Da gab es richtige Mädchen, nicht nur Papierblumen ... Und schon fing die ganze elende Geschichte von vorn an.

Erich Domski sortierte die Papierfetzen in Steves Stube. Fleischsalat nannte er das, was auf dem Fußboden herumlag. Hier ein langes Bein, dort ein Stück Brust, ein vereinsamter, unbekannter Bauchnabel. Nur ein Bild hatte wie durch ein Wunder die Katastrophe überlebt; das war Rita Hayworth.

»Komm mit, du frierst«, sagte Erich und schob sich Rita Hayworth unter den Pullover.

Als sich herumgesprochen hatte, was in Nummer 11 vorgefallen war, kamen sie alle, um die Papierleichen zu besichtigen. Zuletzt der alte Lear mit Schaufel und Besen. Dabei passierte das, was Steve Norton die ganze Zeit befürchtet hatte: Rosa hob das Bein und beschmutzte die Papierfetzen. Und niemand schritt ein, um das unvernünftige Tier daran zu hindern. Der kleine Indianer half mit beim Aufräumen. Als die Bilder in Glanz und Gloria an den Wänden gehangen hatten, waren sie für ihn verboten gewesen, weil er ein rotznasiges Kind war und ein Indianer dazu. Aber jetzt durfte er den Papierabfall zum Müllhaufen tragen und anstecken. Die Mädchen brannten, wie Papier so brennt. Kein Hauch von Parfum, kein schmelzender Lippenstift. Zarte Aschenflocken taumelten durch die Luft, zitterten im Wind. Jaja, die Metro-Goldwyn-Mayer-Mädchen hatten schon immer eine Neigung zum Frösteln.

Aber nun endlich Vancouver. In der Woche vor Labour Day herrschte eine Unruhe wie in einem Bienenstock kurz vor dem Schwärmen. Die Männer tauschten Adressen aus, empfahlen einander Hotels und Gaststätten, wuschen ihre Hemden, nahmen den Bart ab und ließen sich die Haare schneiden, alles Einheitshaarschnitt von einem der Köche. Erich dachte mehr als sonst an Kino und an Platzanweiserinnen. Die Lieder, die er in der Woche vor Labour Day sang oder pfiff, hingen in penetranter Weise mit Frauen zusammen. Fünf Tage lang waren die Beine von Dolores dran, ohne langweilig zu werden.

Am Freitag, am letzten Arbeitstag vor Labour Day, als der Skidder morgens die erste Holzladung aus dem Wald riß, blieb ein Baumstamm hinter einem Felsen hängen und verhedderte sich im Untergrund. Die Maschine gab volle Kraft, das Zugseil schlug seitwärts aus, traf eine unnütz herumstehende Kiefer und köpfte sie in halber Höhe. Die Krone kam wie ein Raubvogel durch die Luft und schlug genau dort ein, wo die Chokermänner saßen. Erich setzte mit einem Hechtsprung ins Blaubeergestrüpp und bekam nur dünnes Astwerk um die Ohren. Aber Herbert Broschat erwischte es im Sitzen. Ein Treffer am linken Unterarm, ein zweiter Schlag auf den Oberschenkel, im Helm eine faustgroße Beule. Immerhin, der Kopf war heil geblieben. Nichts Lebensgefährliches, aber es reichte, um die Arbeit für eine Viertelstunde zu unterbrechen und das Notsignal zur Maschine zu geben.

Chris Allen kam mit dem Sanitätswagen zu Distrikt A.

»Du hast es gut, für dich ist heute Feierabend«, sagte Erich Domski. Herberts Oberarm und Schenkel waren geschwollen; vermutlich sah es schlimmer aus, als es war. Jedenfalls nahm Chris Allen Herbert mit ins Camp und steckte ihn ins Bett. Nach einer halben Stunde kam er mit seinem Medizinkasten, trug Salbe auf und umwickelte die getroffenen Körperstellen mit einer festen Binde.

»Vancouver kannst du vergessen«, sagte er. »Du brauchst drei Tage Ruhe.«

Das sprach der am Freitag vor Labour Day und schickte den kleinen Indianer mit einem Dutzend Comic-Heften zu ihm. Am Nachmittag kam er noch einmal ans Krankenlager.

»Du kannst froh sein, daß du einen Helm auf dem Kopf hattest. Sonst wäre jetzt ein Loch im Schädel.«

Das war der einzige Trost, den Chris Allen für Herbert Broschat bereit hatte an jenem Tag, an dem sie eigentlich nach Vancouver fahren wollten.

»Nun hast du drei Tage Zeit, darüber nachzudenken, wie schnell sich ein Mensch davonmachen kann und wie wichtig die verdammten Sicherheitsregeln sind«, sagte Chris Allen, ehe er Herbert allein ließ. Als Erich von der Arbeit kam, war er in guter Stimmung. Erst als er Nummer 11 betrat und Herbert verbunden auf dem Bett liegen sah, verfinsterte sich sein Gesicht.

»Vancouver, wir kommen auf Krücken!« rief er.

»Du kannst ja hinfahren«, sagte Herbert. »Aber ich muß drei Tage liegen.«

Erich untersuchte den Verband, betastete die Beule im Aluminiumhelm und sagte schließlich: »Mensch, drei Tage allein im Camp, nur mit dem verrückten König und dem Hund und dem kleinen Indianer – da drehst du doch durch!«

»Es sind ja keine drei Wochen«, sagte Herbert.

Ihm hätte es wirklich nichts ausgemacht, allein im Camp zu bleiben. Aber Erich dachte, alle Menschen empfänden so wie er. Und er hätte sich wirklich elend und verlassen gefühlt bei drei Tagen Bettruhe in der Wildnis, während die anderen sich in der Stadt amüsierten.

Ade, ihr hübschen Platzanweiserinnen! Erich Domski wird am Labour Day im Camp bleiben und nur die Beine von Dolores besingen.

Als Tom kam, um sie für die Reise abzuholen, empfing Erich ihn an der Tür.

»Du mußt allein fahren«, sagte er. »Wenn ein Kumpel krank ist, kannst du ihn nicht allein liegen lassen.«

Tom wollte ihn überreden, wenigstens bis Westview mitzukommen. Dort sollte er eine gesunde Indianerin besuchen, sich anschließend im Beer-parlour betrinken und mit dem Taxi ins Camp zurückfahren. Aber nein, nicht einmal das ging.

Erich saß auf der Fensterbank und sah zu, wie das Camp menschenleer wurde, wie die Männer zum Parkplatz übersetzten. Er hörte drüben die Motoren aufheulen – und um fünf Uhr nachmittags hörte er gar nichts mehr. Ein bißchen dämlich kommst du dir schon vor, wenn nur noch die Bäume rauschen und die Raubvögel schreien, wenn du oben in Nummer 11 hören kannst, wie unten die Flöße an ihren Ketten reißen. Da half nur Radiomusik. Erich schaltete das Gerät ein, faltete die Hände über dem Bauch, schloß die Augen und hörte Musik. Das war das einzige, was sie am Labour Day von der großen Stadt bekamen: Radiomusik.

Abends ließ er von den Köchen eine Krankenmahlzeit zusammenstellen und brachte sie Herbert auf die Bude.

»Na, bin ich nicht wie eine Mutter? Bei uns im Pütt gab es einen Pförtner, zu dem kam jeden Mittag die Frau mit warmem Essen. Das sah vielleicht putzig aus, wenn die beiden ihr Holztischchen in der Pförtnerloge aufschlugen, um gemeinsam Mittag zu essen.«

Chris Allen schickte den kleinen Indianer mit einem Paket Zeitungen aus Deutschland und einem Brief von Gisela zu Nummer 11.

»Na, siehst du, es gibt auch etwas Gutes an diesem Freitag vor Labour Day«, meinte Erich.

Giselas Brief hatte mehr als eine Mark Porto gekostet. Das lag an dem Programm für das Sängerfest in Sandermarsch, das Gisela beigelegt hatte. Das Sandermarscher Sängerfest besaß Tradition; es war bedeutender als das Schützenfest, die Maskeraden im Winter und die Sparklubbälle vor Weihnachten. Zehn Chöre waren aus allen Teilen Dithmarschens nach Sandermarsch gekommen. Morgens Ansingen auf dem Kirchplatz: *Die Himmel rühmen.* Bei guter Witterung Spaziergang der Chöre durch den Forst: *Wer hat dich, du schöner Wald.* Treffen an der Blutbuche zu fröhlichem Sängerwettstreit: *Mädel, ruck, ruck, ruck an meine grüne Seite.* Gemeinsames Mittagessen der Sänger im Dithmarscher Krug: *Der Schäfer putzte sich zum Tanz, juchhei.* Nachmittags ernste Musik, Madrigale, Kantaten und so weiter.

Während das alles vor den weiten Wiesen von Sandermarsch in den Himmel gesungen wird, hockst du im kanadischen Busch und hörst die Wälder rauschen!

»Schreib bloß nicht nach Hause, daß dir ein Baum auf den Kopf gefallen ist!« warnte Erich. »Das schafft nur Unruhe. Nach Hause schreibt man nur Gutes; das Schlechte kommt von allein an.«

Am Abend vor Labour Day fand Erich unter Heiraten und Bekanntschaften die kolossalste Anzeige, die ihm jemals zu Gesicht gekommen war:

23jährige Frankfurterin, wohlhabend, 1,68 groß, blaue Augen, warmherzig, gutmütig, sucht schlichten, einfachen, anständigen Menschen.

»Sag mal, deine rechte Hand ist doch nicht beschädigt?« fragte Erich, nachdem er die Anzeige dreimal Wort für Wort gelesen hatte. Als Herbert den Kopf schüttelte, holte er Papier und Kugelschreiber, warf die Schreibutensilien vor Herbert auf die Decke und sagte: »Na, dann schreib mal. So etwas wie diese Frankfurterin kommt nie wieder.«

Mit Beginn des September wurde der Busch erträglicher. Im Unterholz starben die Mücken, weil die Nächte kühler wurden. Kein glühender Indianersommer wie in den Laubwäldern des Ostens, nur ein paar gelbe Farbtupfer am Ufer des Stillwatersees, wo die Espen Farbe annahmen. Im September war es möglich, abends vor der Holzhütte zu sitzen, ohne daß es zu heiß oder zu kalt war oder einen das Ungeziefer auffraß. Es war eine Zeit, um in der frühen Dunkelheit die Sternschnuppen zu zählen, die aus dem großen, stillen Septemberhimmel in die großen, stillen Wälder fielen. Gedichte hätte man schreiben können oder sonst etwas Ungewöhnliches tun. Aber Gedichte für wen? Doch nicht für die kleine Schuhverkäuferin in Sandermarsch! Gisela konnte vieles verstehen, aber über ein Gedicht würde sie sich doch sehr wundern, denn Gedichte sind so unpraktisch, weltfremd und versponnen, daß man sie eigentlich nur für sich behalten darf. Auch Erich würde den Kopf schütteln. »Du spinnst wohl«, würde er sagen. »Nun fängst du auch noch an zu reimen.«

An den drei Ruhetagen des Labour Day saßen sie herum und langweilten sich. Kaum ein Dutzend Männer war im Camp geblieben. Die Sirene war abgestellt, die Stille vollkommen. Nicht einmal das Postflugzeug kam; ein Regenschauer kam, mehr nicht. Da bekommst du einen Vorgeschmack auf den Winter, wenn das Camp im Schnee zu ersticken droht und für Monate von der Außenwelt abgeschnitten ist, wenn nur ein paar Menschen im Camp bleiben, um Öfen und Wasserleitungen in Betrieb zu halten.

Am Sonntag war Herbert schon so weit, daß er ohne fremde Hilfe ins Waschhaus und in die Küche gehen konnte. Erich Domski trieb sich die meiste Zeit unten am Landesteg herum. Dort fuhr er Probe in einem roten Cadillac. Mit hundert Stundenkilometern chauffierte er umsichtig den Ruhrschnellweg entlang, von Essen kommend. Als er die grünen Turmhelme von Sankt Gertrudis sah, bog er links zur Stadt ab, parkte kurz am Bahnhof, weil da manchmal Miezen herumstanden, bummelte einmal um die Wurstbude, fand aber keinen Menschen. Danach fuhr er stadteinwärts, bis er ein Kino erreichte, in dem *Zorro der Rächer* spielte. Aber er ging nicht ins Kino, weil er dazu den Cadillac hätte verlassen müssen. Statt dessen fuhr er hinüber zur Zeche Holland, umkurvte sie ganz langsam und zwang das Riesenauto in die engen Straßen der Püttsiedlung. Auf dem Fußballplatz brachen sie ein Spiel ab, weil noch niemand einen roten Cadillac gesehen hatte. Erich klappte das Autoverdeck zurück. Auf dem Rücksitz stand ein Mann, der Erich Domski ähnlich sah. Vielleicht ein berühmter Boxer oder Fußballspieler, jedenfalls eine Art Held, der in seine Vaterstadt heimkehrte, so, wie das manchmal in den Wochenschauen zu sehen war. Die kleinen Mädchen warfen Blumensträuße ins Wageninnere; auch ein paar größere Mädchen waren dabei, Ehrenjungfrauen oder so. Die mußt du dir mal bei Gelegenheit näher ansehen, Erich Domski! Wie Erich vorausgesehen hatte, kam der Straßenkreuzer bei Kaufmann Liepert nicht um die Ecke und mußte zurücksetzen. Während dieses Manövers ließ Erich Erika Liepert ins offene Auto steigen. Nimm

Platz zu Füßen des Helden, Erikakind! Na, was sagst du zu so einem dicken Amerikaner?

Auf solche Probefahrten fällt der Mensch herein, wenn in der Wildnis nichts zu tun ist, wenn es September ist, der Monat, in dem nichts geschieht, kein Feuer, kein Schneesturm, kein Unwetter, kein Gewitter, nicht einmal Ungeziefer. Nur die ersten Krähenschwärme versammelten sich auf den Bäumen um das Camp. Und Radio Nanaimo veranstaltete eine Schatzsuche für Hörer, die schnell reich werden wollten. In einen alten Ofen steckte Radio Nanaimo einen unbekannten Gegenstand und ließ die Ofentür notariell versiegeln. Die Hörer sollten raten, was drin war. Wer es herausbekam, erhielt dreitausend Dollar. Und jeden Tag verriet Radio Nanaimo ein bißchen mehr von dem Geheimnis, damit die Hörer ja einschalteten, wenn das wunderbare Holzofenbrot von Morris gelobt wurde. Radio Vancouver brachte Späße, die den langweiligen Busch erheitern sollten. Jeden Morgen um sieben Uhr den Witz des Tages. Zum Beispiel den: Junges Paar auf Hochzeitsreise in Florida. Die beiden sind schon drei Tage nicht aus ihrem Hotelzimmer herausgekommen. Da faßt sich das Zimmermädchen ein Herz, klopft heftig an die Tür und ruft: »Wenigstens essen müßt ihr doch!«

Na ja, mit solchen Späßen waren die Zedern am Stillwatersee auch nicht zu beeindrucken. Sie standen stumm wie weinende Apostel im Feuerkraut, standen da, als trügen sie die Last des Himmels ganz allein. O diese Sternennächte im September, wenn König Lear betrunken war und »Timber!« sang. In British Columbia siehst du noch Sterne, die für andere Menschen längst erloschen, in Ruß und Rauch aufgegangen sind. Hier ist die Milchstraße wirklich noch eine weiße Straße, und der Große Bär hängt über den endlosen Wäldern und bewacht die zahllosen kleinen Bären, die mühsam im Busch dieser Erde herumkrabbeln.

Auf einmal fängst du an, die Tage zu zählen. Einhundertzehn Tage hat das Jahr 1956 noch. Du bekommst Sehnsucht nach den Hochhäusern, in denen Menschen über und unter dir leben. Endlich wieder Verkehrslärm hören. Wie klingt es, wenn Kinder im Treppenhaus lachen oder weinen oder Tobby auf dem Flur in der Manitoba Street Eishockey spielt? Das werden die Menschen in den übervölkerten Städten nie begreifen, wenn du ihnen erzählst, wie öde dieser strahlende Himmel sein kann. Diese Teilnahmslosigkeit der Wälder. Diese provozierenden Sonnenuntergänge über dem Stillwatersee. Nach einem Vierteljahr Wildnis weißt du, daß uns nicht die Einsamkeiten fehlen, sondern die Menschen. Menschen zum Ansehen, Hören, Riechen, Fühlen, vor allem Menschen zum Wärmen.

Ägypten hat den Suezkanal verstaatlicht, schrieb Herberts Zeitung und stellte Überlegungen an, ob sich die Engländer diese Enteignung gefallen lassen würden. *Die königlich-britische Armee hat mobil gemacht. Am 16. August wird es eine Suez-Konferenz in London geben.* Das war nun schon drei Wochen her. Die Konferenz muß gut ausgegangen sein, denn die Welt war noch in Ordnung. Das ist der Vorteil, sechs Wochen alte Zeitungen zu lesen. Du weißt schon, wie es mit den Schreckensmeldungen von damals weitergegangen ist.

Für Erich enthielt die Zeitung einen Bericht über einen dreißigjährigen Mann, der mit einem Geigerzähler durch Kanada gewandert war. Das war wieder so ein optimistischer Das-Leben-ist-schön-Bericht. Die Zeitungen steckten voller guter Zukunftsaussichten. Zwischen den Zeilen spürte man überall das Gefühl des Aufbruchs, den Glauben an den Fortschritt der Menschheit. Es bestand kein Zweifel, daß in gar nicht langer Zeit Hunger, Krankheit, vielleicht sogar der Tod altertümliche Vokabeln sein würden. Kriege werden nur noch in Geschichtsbüchern stattfinden. Zu anderen Sternen werden die Menschen aufbrechen. Atome werden für den Frieden arbeiten. Ihre gewaltige Kraft wird Felder bewässern und Meere entsalzen. Endlich keine Rauchpilze mehr über Sibirien und Eniwetok, statt dessen die Türme atomarer Kraftwerke auf den Wiesen vor Sandermarsch ... O ja, es stand damals viel in den Zeitungen, und die Welt war groß und schön, und in ihr war es annehmbar lebenswert.

»Wir kaufen uns für fünfzig Dollar einen Geigerzähler. Und wenn das Ding tickt, sind wir reich«, jubelte Erich.

Die Einöde Kanadas durchwandern, um reich zu werden. Wenn es nicht Uran ist, kannst du Gold suchen oder Bauxit oder Nickel oder Erdöl ... oder einfach nur reich werden.

»Liegt Uran eigentlich im Tal oder auf dem Berg?« wollte Erich wissen. Herbert kannte sich darin nicht aus; er überließ es Erichs Phantasie, Uran zu finden.

Als erstes würde Erich mit dem Geigerzähler das Ufer des Stillwatersees absuchen. Anschließend würde er das Gerät mitnehmen zur Arbeit in den Busch. Was der große Johnson wohl für Augen macht, wenn das Ding im Snow Water Creek zu ticken anfängt?

»Eher läufst du einem Grisly in die Arme, als daß der Geigerzähler tickt«, meinte Herbert.

»Verdirb mir nicht gleich die Freude! Zeitung lesen, Radio hören, Briefe schreiben, Briefe bekommen – das kann doch nicht monatelang so weitergehen. Irgend etwas müssen wir anfangen. Deshalb werde ich einen Geigerzähler kaufen.«

An dem Abend, als Labour Day endete und die Männer aus der Stadt heimkehrten, entdeckte Erich in der Hamburger Zeitung vom 6. August 1956 eine sonderbare Anzeige. Das deutsche Verteidigungsministerium inserierte:

Freiwillig kommt, wer Herr seiner Entschlüsse und seiner Zeit bleiben will. Da das Gesetz über die allgemeine Wehrpflicht in diesen Tagen in Kraft getreten ist, fragen sich viele junge Männer, wann sie wohl einberufen werden. Die deutsche Bundeswehr soll Land und Volk vor Bedrohung schützen. Für den Aufbau braucht sie junge Menschen, die schon jetzt den harten, aber ehrenvollen Beruf des Soldaten freiwillig ergreifen wollen. Die Ausbildungszeiten sind für die Dauer der Aufstellung der Bundeswehr verkürzt, so daß schnelle und gute Aufstiegsmöglichkeiten bestehen.

»Was hältst du von dem Job?« rief Erich lachend. »Hart, aber ehrenvoll – und dazu noch günstige Aufstiegsmöglichkeiten.«

»Solange es Soldaten auf der Welt gibt, hatten die immer bessere Abstiegs- als Aufstiegsmöglichkeiten«, meinte Herbert. »Abstieg bis zu den Radieschen.«

»Also gut, wenn du den Posten nicht willst, müssen wir mit dem Geigerzähler spazierengehen. Für neunzehnhundertsechsundfünfzig ist es zu spät. Aber im Frühling siebenundfünfzig kann es losgehen. Wir laufen einfach durch die Wildnis, bis es tickt.«

»Weißt du eigentlich, was heute für ein Tag ist?« fragte Herbert. »Heute vor einem Jahr sind wir in Bremerhaven aufs Schiff gegangen.«

»Noch zwei Jahre, dann hab' ich Geld genug, um

nach Hause zu fahren«, erklärte Erich. »Wenn das mit dem Geigerzähler klappt, fahr' ich schon früher. Wie ist das eigentlich mit dir? Hast du immer noch die Schnauze voll von Deutschland, oder träumst du manchmal schon von zu Hause?«

Herbst in den Bergen von British Columbia. Eine Zeit zum Lachen und zum Weinen. Der See kühlte aus. An Baden nach der Arbeit war nicht mehr zu denken. Jeden Morgen das große Rätselraten: Geht der Nebel oder bleibt er? *Just walking in the rain,* sang Radio Nanaimo. Beerdigungsstimmung in der Wildnis. Die trauriggrünen Zedern sahen noch trauriger aus. Überall strömte Friedhofsgeruch von den nassen Bäumen.

Neue Arbeiter kamen nicht mehr. Steve Nortons Bude blieb leer. Ab und zu schlich sich der kleine Indianer in Nummer 11 ein, um seine Kleidung zu trocknen. Natürlich stand ihm keine warme Stube der Powell River Company zu. So ein kleiner Indianer darf sich im Camp nicht wohl fühlen, dachte Superintendent Johnson. Wenn die schlechte Witterung einsetzt, geht er von selbst zurück zu seinen Leuten.

An den Regen- und Nebeltagen war das Echo ungewöhnlich laut. Man hörte die Axthiebe und das Singen der Motorsägen so deutlich, als stünden die Holzfäller neben einem. Im Sommer hatte es Rauchverbot gegeben, aber im Oktober war jedes Feuer willkommen. Überall mischte sich Rauch unter Nebelschwaden und tiefhängende Wolken, denn ohne Feuer war der Busch nicht mehr zu ertragen. Der Mannschaftsbus nahm jeden Tag einen Benzinkanister mit. Das größte Feuer brannte unten am Skidder, ein zweites bei den Chokermännern am Hang. Der Pfeifenmann, der die Signale zur Maschine gab, versorgte auch das Feuer. Mit heißen Knien und kaltem Hintern saß er auf einem Stubben, gab Signale zur Maschine und warf Holz ins Feuer, ein begehrter Arbeitsplatz in diesen feuchten Tagen. Nach jeder Ladung, die der Skidder ins Tal zog, versammelten sich die Chokermänner um das Feuer, tranken warmen Kaffee und hängten die Handschuhe zum Trocknen auf. Zwei Paar Handschuhe waren mindestens nötig. Während das eine Paar in Arbeit war, hing das andere dampfend auf einem Ast am Feuer. Genaugenommen brauchten sie auch zwei Paar Socken und zwei Paar Stiefel und eine zweite Haut, die sie anlegen konnten, wenn die erste sich vollgesogen hatte. Eine Haut mit Schrammen, Schwielen und blauen Flecken für die Arbeit und eine zarte, weiche, saubere Haut für angenehmere Tage.

»Was haben wir verbrochen, daß wir bei diesem Sauwetter in dem elenden Wald herumkriechen müssen!« schimpfte Herbert.

Erich Domski verteidigte den Wald.

»Der hat keine Schuld«, warf Erich ein. »Über ihn kannst du nichts Schlechtes reden. In Deutschland gibt es Millionen Menschen, die den Wald lieben und ihn ansingen.«

»Die gehen auch nur am ersten Mai und zum Vatertag in den Wald«, knurrte Herbert, »aber nicht in diesem scheußlichen Herbstregen.«

Hätte sie ein Gericht zur Arbeit in dieser nassen, kalten Wildnis verurteilt, es wäre ihnen vorgekommen wie eine harte, unmenschliche Strafe, wie Verbannung nach Sibirien oder nach Cayenne, wo der Pfeffer wächst. Aber wenn du es freiwillig machst, ist es eine stolze Leistung. Das nennt man den inneren Schweinehund überwinden. Nachher kannst du in Wattenscheid in Pionteks Kneipe sitzen und erzählen, wie lausig der kanadische Busch war. Aber du hast ihn überwunden.

Es gab gute Gründe, die letzten naßkalten Wochen im Busch durchzustehen. Wer bleibt, bis das Camp geschlossen wird, bekommt im Frühling als erster eine Einladung zur Eröffnung der Saison. Dieses Recht hatte die Gewerkschaft durchgesetzt. Die Company mußte jeden einstellen, der im Herbst bis zum Ende durchgehalten hatte.

Schon früh begann es mit den Nordlichtern. Fern hinter Alaska hatte einer den großen Scheinwerfer aufgestellt und leuchtete den Himmel aus.

»Leute, Leute, es gibt einen frühen Winter«, orakelte der alte Lear.

Woran kann man denken an diesen trüben Tagen? In der ersten Hälfte des Tages kannst du dich auf die heiße Dusche am Abend freuen und in der zweiten Hälfte auf den Ofen, den der alte Lear um die Mittagszeit einheizt, damit es gemütlich warm ist, wenn die Männer von der Arbeit kommen.

Riddle-Joe von Radio Vancouver gab ihnen wundervolle Rätsel auf. Wieviel Tonnen Schnee fallen durchschnittlich in jedem Winter auf den Mount McKinley? Wer der Zahl am nächsten kommt, gewinnt eine Zwei-Wochen-Flugreise nach Acapulco. Ach ja, Acapulco! Sie kam groß in Mode, die sonnige, milde Oase im südlichen Mexiko. Ihre Bilder tauchten zeitweise im Busch auf und schwebten als Fata Morgana über dem Stillwatersee. Na ja, es mußte nicht gleich Acapulco sein. Vancouver täte es auch.

Vier Wochen bevor der Busch für Menschen geschlossen wurde, fingen die Männer an, sich auszudenken, was danach zu tun sei. In Downtown Vancouver sitzen und mit halbleeren Whiskyflaschen reden. Sich ein Mädchen greifen und ihm den Winter über die Zimmermiete und das Frühstück bezahlen. Wärme verspüren, trockene Füße und weiche, anschmiegsame Haut. An so etwas denkst du, wenn es im kanadischen Busch Oktober wird. »Im Busch braucht jeder Mensch ein Stück Haut«, hatte Steve Norton immer gesagt. Du mußt ein Stück Haut haben, eine zweite, trockene Haut für die guten Tage in Vancouver.

Wann fällt der erste Schnee? Immer mehr Rehe versammelten sich vor der Campküche, ein sicheres Zeichen dafür, daß es dem Ende zuging.

Aber bevor sich der trübe Herbst zum klaren Winter durchrang, gab es die große Flut. Drei Tage pausenlos Regen. Die Benzinfeuer hatten Mühe, sich in dem vielen Wasser zu behaupten. Der heftige Regen trieb sogar einen Schwarzbären aus seinem Versteck. Er kam bedächtig den Hang herab, als wolle er sich auch am Feuer des Pfeifenmannes wärmen. Er zertrümmerte versehentlich eine Thermosflasche und riß Erichs Handschuhe entzwei, die zum Trocknen am Feuer hingen. Ohne sich vom Lärm der Maschine beirren zu lassen, folgte er der Spur, die die Stämme auf dem Waldboden gerissen hatten. Der große Johnson mußte den Skidder anhalten, weil sonst die abwärts gehende Holzfuhre den Bären zermalmt hätte. Da stand der Schwarzbär wie ein Denkmal, blinzelte zu den Flammen, kratzte mißmutig im lockeren Erdreich und trottete gelangweilt zur Maschine. Mehr als eine Viertelstunde Arbeitszeit verschenkte die Powell River Company an diesen Burschen. Schließlich fand er die leeren Benzinkanister hinter der Maschine, spielte mit ihnen, wie Kinder mit Bauklötzen spielen, und verschwand erst im Unterholz, als die Maschine ein langes Pfeifsignal ausstieß.

»Davon könnt ihr später euren Kindern erzählen!« rief der große Johnson lachend. Er gab sich redlich Mühe, die Arbeiter bei guter Laune zu halten, weil neue Kräfte aus der Stadt nicht mehr kamen.

»Wieviel Kinder willst du einmal haben?« fragte Erich, als sei es selbstverständlich, daß jedermann Kinder haben wolle.

Herbert hatte sich darüber noch keine Gedanken gemacht. Er wußte nicht, ob es recht war, überhaupt noch Kinder in diese ungewisse Welt zu setzen.

»Meine Eltern hatten vier, und ich will auch vier«, erklärte Erich. »Aber vorher muß ich Geld verdienen und das Leben genießen. Alles mitnehmen, was zu kriegen ist. Nachher kannst du ruhiger werden, dir Kinder anschaffen und ein ordentlicher Vater sein.«

»War dein Vater denn nicht ordentlich?« fragte Herbert.

»Eigentlich schon. Er war ein prima Kerl, bloß meistens war er nicht da wegen seiner verdammten Sauferei. Ich kann dir sagen, wenn der seine Touren zusammenrechnet, dem fehlen allerhand Stunden. Und der Mutter fehlen die Stunden natürlich auch. Vielleicht ist sie deshalb ein bißchen krank geworden.«

Eines Morgens war großes Palaver am Sammelplatz. Jemand hatte auf den Berghängen den ersten Schnee entdeckt. Wie Zuckerguß über die Zedern gekrümelt für ein paar Stunden nur, bis die Sonne ihn fortwischte. Dem ersten Schnee folgten ein paar verrückte Tage, an denen es unten im Camp regnete und oben in Distrikt A schneite. Erich baute Schneemänner wie Gartenzwerge neben das Feuer und sah zu, wie die kleinen Kerle schwindsüchtig wurden, den Kopf ablegten und in die Flammen sackten.

Aus Sandermarsch kam ein Paket mit zwei Paar selbstgestrickten Strümpfen, ein Paar aus grauer, das andere aus schwarzer Wolle. *Das brauchst Du für die Arbeit im Wald,* schrieb die Mutter.

Herbert fragte sich, woher die Mutter die Zeit nahm, Strümpfe zu stricken. In die Kirche konnte sie das Strickzeug unmöglich mitnehmen. Selbst hinten in der letzten Bankreihe ging das nicht; auch dort mußten die Hände ruhig und gefaltet im Schoß liegen. An den Sonntagnachmittagen wird sie gestrickt haben, fiel ihm ein, wenn sie im Radio Wunschkonzerte hörte, die Erinnerungen an früher weckten. Ihr liebstes weltliches Lied war der *Jägerchor* aus dem *Freischütz;* von den frommen Liedern gefiel ihr *Befiehl du deine Wege* am besten. Das paßte zu ihr. Oder sie hat die Strümpfe vor der Haustür gestrickt, als es noch warm war. Wenn die Glucke Küken hat, muß die Mutter oft draußen sitzen, um aufzupassen, daß Katze oder Habicht nicht über die Kleinen herfallen. Da wird sie auf der Bank vor dem Behelfsheim gesessen haben, das Strickzeug in der Hand, die Brillengläser funkelnd im Sonnenlicht, in regelmäßigen Abständen aufblickend, um zu sehen, ob es noch friedlich zuging in ihrem Hühnerauslauf.

»Meine Mutter kann auch stricken«, erklärte Erich, als er die Wollstrümpfe begutachtete. »Aber jetzt ist sie ein bißchen krank und liegt mehr herum, als daß sie auf den Beinen steht. Ich glaube, der fehlt ein halbes Jahr frische Luft. Die muß einmal am Wasser leben oder in den Bergen oder so wie wir in Kanada.«

Vor einer Woche habe ich Rechtsanwalt Struve getroffen, schrieb Mutter Broschat. *Im nächsten Jahr wird er einen Gehilfen einstellen. Er sagt, mit Dir sei er immer sehr zufrieden gewesen. Er würde Dich gern nehmen, aber Du mußt selbst wissen, Herbert, was für Dich das*

Beste ist. Mit Vaters Gesundheit geht es auch besser, er kann schon wieder Bratkartoffeln essen. Vergiß ja nicht, an Gisela zu schreiben.

Sogar Vater Broschat hatte ein paar Sätze an den Schluß des Briefs geschrieben. Aber das sagt sich so leicht dahin: ein paar Sätze schreiben. Mehrere Tage wird er sich damit herumgeplagt haben. Die Mutter wird ihren Teil des Briefs fertig auf den Tisch gelegt haben. Sie wird sich geweigert haben, den Brief abzuschicken, bevor ein Gruß von Vater Broschat drinstünde.

»Du mußt dem Jungen auch ein paar Worte schreiben«, wird sie gedrängt haben. Am Abend wird sie das gesagt haben, wenn er zur Ruhe gefunden hatte, unter der tiefhängenden Küchenlampe saß und Zeitungen durchblätterte.

»Ich habe ihm nichts zu schreiben«, wird er geantwortet haben, und die Mutter wird den Brief mehrere Tage herumgetragen haben, um auf eine günstige Gelegenheit zu warten.

Der richtige Zeitpunkt ist sehr wichtig. Vielleicht am Sonntagmorgen nach der Kirche, wenn die Flüchtlinge bei gutem Wetter auf dem Kirchplatz zusammenkamen und über dieses und jenes sprachen, über die Kutschfahrten zur Kirche in Ostpreußen, über preiswerte Bauplätze und günstige Kredite zum Häuserbau. Auf dem Heimweg von der Kirche wird sie ihn angestoßen haben. »Du hast es doch gehört, was der Pastor gesagt hat. ›Was gewesen ist, ist gewesen‹, hat er gesagt. ›Der Mensch muß vergeben und neu anfangen können.‹ Gerade uns Älteren steht es zu, neu anzufangen. Du vergibst dir nichts, wenn du ihm ein paar Worte schreibst. Der Junge ist doch unser eigen Fleisch und Blut.«

Er wird ihr nicht geantwortet haben, wird nur stärker als sonst an der Pfeife gesogen und Rauchwolken in die Luft gepafft haben. Geradeaus wird er gegangen sein, nur auf den Weg achtend.

Im Behelfsheim wird die Mutter ihm wieder den Brief hingeschoben haben. »Nun schreib endlich etwas, Vater!« Er wird so getan haben, als habe er es nicht bemerkt. Schweigend wird er zu Mittag gegessen haben, nur begleitet von Mutters aufmunternden Worten: »Na, willst noch ein paar Bohnen? Vergiß man nicht, noch einen Schlag Suppche zu nehmen. Die ist doch so kräftig. Das zähe Fleisch gib am besten mir, dein Magen kann nur zartes vertragen.«

Er wird sich zur Mittagsruhe auf das Sofa gelegt haben, und erst am Abend, als die Mutter nach draußen ging, um die Tiere zu beschicken, als er sich allein im Raum befand und sich unbeobachtet fühlte, wird er zum Federhalter gegriffen und ihn in das Tintenfaß getunkt haben, um streng und böse unter den Brief zu schreiben: *An meinen Sohn Herbert. Nun bist Du schon ein Jahr von Deinem Elternhaus fort. Ich hoffe, Du hast in der langen Zeit nicht vergessen, wo Du wirklich hingehörst. Denke immer daran, daß Du ein Deutscher bist. Und benimm Dich wie ein guter Deutscher. Dein Vater.*

Herbert wunderte sich, daß er über diese Sätze nicht lachen konnte. Er fand sie rührend, mitleiderregend. Sie kamen ihm fremd vor und verbanden ihn doch mit einem Menschen, der sein Vater war. Nur Vater Broschat konnte so etwas schreiben.

Mutters selbstgestrickte Socken und der Brief aus Sandermarsch machten Herbert noch melancholischer als der traurige Herbst in den Bergen. Er dachte – nein, keineswegs an Sandermarsch und das Erntedankfest, das sie um diese Zeit auf der Tenne des Dithmarscher Krugs feierten, sondern an Hawaii, an Sonnenstrände im Süden, an die Lichtflut der großen Städte. Ihn bewegte das gleiche Gefühl wie damals hinter den Deichen von Sandermarsch: Während fern die Welt pulsiert, heiter in den Tag hineinlebt, liegst du tatenlos im Busch herum und trocknest deine Holzfällerklamotten. Der Abstand zum Rest der Menschheit wuchs von Tag zu Tag. Du stellst dir vor, daß hinter den Bergen Liebespaare auf Parkbänken sitzen, daß Eltern mit ihren Kindern durch belebte Einkaufsstraßen bummeln und hupende Taxen einen angenehmen Lärm verbreiten. Während das irgendwo geschieht, sitzt du auf regendurchweichten Baumstämmen, läßt die Beine baumeln und starrst die teilnahmslosen Berge an, fühlst dich ausgestoßen, lebendig begraben von dieser Wildnis.

»Morgen kommt Frost, ich spür' es in den Knochen«, orakelte der alte Lear.

Die Sterne funkelten kalt. Das Nordlicht warf seine Flammenpfeile über den Stillwatersee. Der Wald war herzbeklemmend still. »Morgen kommt Frost«, hatte der alte Lear gesagt. Und danach kommen die Schneestürme. Und dann ist Feierabend in der Wildnis.

Es war Mittwoch, der 24. Oktober. Als sie von der Arbeit kamen, gab es im Radio keine Musik. Weder Elvis noch Pat Boone meldeten sich. Radio Nanaimo hatte seine Späße vergessen und Riddle-Joe seine Rätsel. Ein Sprecher mit osteuropäischem Akzent berichtete von einer Menschenmenge, die mit rot-weiß-grünen Fahnen durch eine Stadt marschierte und ein Stalin-Denkmal umstürzte.

Mensch, da ist etwas los in Europa!

Erich Domski regte sich nicht sonderlich auf, denn in Europa war doch immer etwas los; irgendein Topf brodelte und blubberte immer.

»Jedenfalls gibt es in Wattenscheid kein Stalin-Denkmal«, meinte Erich nur.

Der Sprecher mit dem osteuropäischen Akzent verstummte. Für eine Minute gab das Gerät überhaupt keinen Ton von sich. Das war sehr verwunderlich, denn irgend etwas wußten die sonst immer zu sagen, entweder über Sunlight-Seife oder Haferflocken oder neue Autos. Aber nach dieser Reportage schwieg Radio Vancouver wirklich eine ganze Minute, so daß sie dachten, das Gerät sei kaputt. Danach kam ein Musikstück: *Sentimental Journey.* Aha, eine sentimentale Reise in die Vergangenheit, in die Alte Welt. Ja, das paßte.

Mensch, was mag da los sein?

»Komm mit zum Duschen«, sagte Erich und drehte den Kasten aus.

Während ihnen das heiße Wasser über den Rücken lief, fiel Herbert der 17. Juni 1953 ein. Er war abends aus Struves Kanzlei gekommen, und sein Vater hatte ihn mit den Worten empfangen: »Nun hat der Spuk ein Ende, nun ist Deutschland wieder eine Einheit.«

Zu zweit, Vater und Sohn Broschat, hatten sie vor dem Volksempfänger gesessen und den Reportagen aus Berlin gelauscht. Die Mutter hatte mit gefalteten Händen am Herd gestanden und nur gemurmelt: »Laß sie machen, was sie wollen; nur Krieg soll es nie mehr geben.«

Am 18. Juni sah es schon ganz anders aus. Die russischen Panzer waren stärker als Vater Broschats deutsche Einheit.

»Wo warst du am siebzehnten Juni neunzehnhundertdreiundfünfzig?« fragte er Erich Domski.

»Wenn es ein Wochentag gewesen ist, habe ich unter der Erde gearbeitet.«

Erich Domski konnte mit dem Datum nichts anfangen. Ja, wenn Herbert nach dem 24. Juni gefragt hätte, da wüßte er Bescheid. Am 24. Juni hatte nämlich seine Schwester Elvira Geburtstag.

Seit dem 17. Juni 1953 war Osteuropa nicht mehr zur Ruhe gekommen. Im Sommer 1956 der Aufstand in Polen – und jetzt ein umgestürztes Stalin-Denkmal.

»Welches Land hat rot-weiß-grüne Fahnen?« fragte Herbert. Erich tippte auf Österreich oder Italien; er wußte es nicht genau, hatte große Mühe, die drei deutschen Farben in die richtige Reihenfolge zu bringen.

»In Wattenscheid gab es einen Kumpel, der nannte die deutschen Farben nur Schwarz-Rot-Mostrich«, meinte Erich und fügte hinzu: »Warum regst du dich eigentlich über Europa auf? Du willst doch sowieso nicht zurück. Dir kann es doch egal sein, was in Europa los ist.«

Nach dem Duschen ging Herbert zu Chris Allen. Vielleicht wußte der mehr.

Der Schreiber sah ihn mitleidig an und meinte: »In Europa spielen sie wieder mal verrückt. Weißt du eigentlich, wo Budapest liegt?«

Seit der Zeit im »Savarin« in Toronto war Herbert gut in Hauptstädten, vor allem in europäischen Hauptstädten. Er verwechselte auch nicht mehr Budapest mit Bukarest, was früher gelegentlich vorgekommen war. Ungarn also.

»Ich kann mich nicht erinnern, daß jemals ein Ungar in unserem Camp gewesen ist«, erklärte Chris Allen. »Fast alle Länder Europas waren hier, aber keine Ungarn.«

Den Ungarn hätte Herbert es am wenigsten zugetraut, Stalin-Denkmäler umzustürzen. Gute Fußballer, das waren sie. 1954 wären sie fast Weltmeister geworden. Aber wer hätte damals gedacht, daß die zwei Jahre später Denkmäler umstürzen würden!

Während in Budapest die Sowjetsterne aus den rotweiß-grünen Fahnen geschnitten wurden, trugen die Köche im Camp Roastbeef auf den Abendbrottisch. Die Tischgespräche drehten sich um das Essen, das Wetter und die Arbeit. Ungarn war nicht halb so interessant wie der Schwarzbär, der in Distrikt A mit Benzinkanistern gespielt hatte. Schon Europa war ein Fremdwort. Und nun gar Ungarn!

Nur Herbert dachte auch während des Essens an das kleine Land an der Nahtstelle der Welten. Es bebte schon wieder hinter dem Eisernen Vorhang. Und jedes Beben weckte Hoffnungen. Wenn sie im Osten Stalin-Denkmäler umwerfen und Sowjetsterne verbrennen, hört die Zweiteilung der Welt bald auf, dachte Herbert. Die Spannungen lösen sich von selbst. Deutschland braucht keine Soldaten mehr, kann in Ruhe die Trümmer des Zweiten Weltkriegs beseitigen. Es bliebe genug Geld, um die Wunden des alten Kriegs zu heilen und denen, die am meisten gelitten haben, ein anständiges Restleben zu ermöglichen. Atomwolken waren nicht mehr nötig. Erich Domski könnte mit dem Geigerzähler durch Kanada spazieren, um Atome für den Frieden zu suchen, nur für den Frieden, keinen Stoff für Hiroshima oder Nagasaki. An so etwas denkst du, wenn du über zwölftausend Kilometer hinweg hörst, daß eine aufgebrachte Menschenmenge in Budapest Stalin-Denkmäler umgeworfen hat. Was in Ost-Berlin und in Posen nicht gelang, den Ungarn schien es zu glücken. Die ungarische Armee ging zu den Aufständischen über. Ungarn trat aus dem Warschauer Pakt aus. Rotes Kreuz und Kirchen riefen zu Spenden für Ungarn auf. Am Sonntag, dem 28. Oktober, räumten die russischen Besatzungstruppen das Land. Das heißt, sie sagten zu, es zu räumen ... Aber dann kam eine unerwartete Nachricht, die Ungarn aus den Schlagzeilen verdrängte. Am 29. Oktober griff Israel Ägypten an, schickte Panzer in Richtung Suezkanal. Zwei Tage später landeten französische und englische Fallschirmjäger am Kanal. In Ungarn feierten sie noch, während Mosche Dajans Panzer zum Kanal brausten. Eine neue ungarische Regierung zog den Eisernen Vorhang hoch, öffnete die Bühne Ungarn für die Zuschauer der Welt. Die Grenzen zu Österreich waren plötzlich passierbar. Radio Nanaimo ließ die Werbespots über Waschpulver und neue Autos ausfallen, um einen Bericht mit dem Titel *Bilanz des großen Sieges von Budapest* zu bringen. Freudentaumel zu beiden Seiten der Donau, in Buda und in Pest. Kerzen in allen Fenstern. Ungarn ist frei! Die Weltgeschichte hat sich gedreht.

Aber auf dem Stillwatersee schnatterten nur die Enten. Eines Morgens brachte der kleine Indianer Eisstücke zum Sammelplatz, die aussahen wie zerbrochenes Fensterglas. Nachdem er den wartenden Männern das Eis gezeigt hatte, lutschte er die Stücke auf. Das geschah an dem Morgen, als Herbert beinahe den Mannschaftsbus verpaßte, weil er bis zur letzten Minute vor dem Radiogerät saß. Die Russen kamen wieder! Ungarns Hauptstadt in Flammen! Am 4. November um vier Uhr früh fuhren tausend russische Panzer in Richtung Budapest; nur eine Woche hatte die ungarische Freiheit gedauert. Sogar Radio Nanaimo, der kleine Lokalsender von Vancouver Island, übertrug den Hilferuf von Radio Budapest: *SOS – an alle – SOS!*

Das Schiff ging unter. Die Kerzen in den Fenstern erloschen. Am österreichischen Grenzübergang Nikkelsdorf erschienen ungarische Flüchtlinge, hinter ihnen russische Panzer. Nach einer Woche wurde die Grenze wieder geschlossen, denn sie wollten sie alle haben, die Kerzenanzünder von Budapest, die Sowjetsternverbrenner und Denkmalumstürzer.

»Sie hätten die englischen und die französischen Fallschirmjäger nicht zum Suezkanal, sondern nach Budapest schicken sollen«, sagte Erich.

In Europa schämten sich viele Menschen, als sie sahen, wie Budapest im roten Meer ertrank, ohne daß sich eine Hand zur Rettung rührte. Die Durchfahrt zum Roten Meer war wichtiger. In Amerika feierten sie, als es in Ungarn immer düsterer wurde, gerade Präsidentschaftswahlkampf mit Konfettiregen, Händeschütteln und Küßchen für die Kleinen. Amerika hatte keine Zeit für Budapest.

Am 4. November 1956 um 17.21 Uhr stellte Radio Budapest sein Programm ein mit den Worten: *Es lebe die ungarische Freiheit! Es lebe das freie Volk der Ungarn!* Sendepause. Der Eiserne Vorhang rasselte nieder.

Und dann ging die Sonne auf zum 5. November 1956. Es war der Tag, als die Erde für einen kurzen Augenblick aufhörte, sich zu drehen. Nur wenige haben es vermutlich bemerkt, aber es ist wahr: Die Erde hielt den Atem an, um nicht zu zerspringen. Die Sowjetunion drohte, in Ägypten einzugreifen, wenn der Krieg nicht sofort ende. Amerika mußte aufhören, Wahlkampf zu feiern; es hatte plötzlich zu entscheiden, ob es den dritten Weltkrieg beginnen lassen wollte oder nicht. Ein General war amerikanischer Präsident und gedachte es für weitere vier Jahre zu bleiben, ein

Mann übrigens mit deutschen Großeltern, der viel dazu beigetragen hatte, Deutschland im Zweiten Weltkrieg in die Knie zu zwingen. Wie wird er sich entscheiden?

»Seid froh, daß ihr in der kanadischen Wildnis seid«, sagte der große Johnson, als sie in Distrikt A am Feuer saßen.

Kein Mensch wird auf die Idee kommen, Atombomben auf Zedern und Hemlocktannen, auf Erdhörnchen, Schwarzbären und ein Holzfällercamp zu werfen! Plötzlich war der Busch der sicherste Ort der Erde. Hier kannst du zu den Bären in die Höhle kriechen, um Winterschlaf zu halten. Im Frühling 1957 krabbelst du heraus, um nachzusehen, was von der verrückten Welt übriggeblieben ist.

Zum erstenmal machte sich Erich Domski Sorgen um Wattenscheid.

Eine Zusammenballung von Menschen, Häusern und Fabriken wie im Ruhrgebiet wäre ein prima Ziel für Atombomben. Er stellte sich vor, wie die Kohlenberge noch Wochen nach der Explosion in Flammen stünden. Und Vater Domskis schöne Tauben wären auch hin.

»Da kannst du mal sehen, wie gefährdet Deutschland ist«, meinte Herbert. »Wenn es losgeht, gehören die Deutschen immer zu den ersten, die eins aufs Dach bekommen.«

Er dachte an seine Eltern. Elf Jahre hatten sie so etwas wie halben Frieden gehabt, aber jetzt mußten sie wieder zittern. Warum sind sie nicht mitgekommen in die deutschen Dörfer Manitobas, nach Blumenort und Sommerfeld? Was soll aus Gisela werden? Hätte er sie nicht längst nach Kanada holen müssen? Herbert malte sich den dritten Weltkrieg in Sandermarsch aus, einen

Krieg im Gemüsegarten der Mutter. Artillerieeinschläge in der roten Bete, Mord an den letzten unschuldigen Kohlköpfen. Ein Bild aus dem Tollhaus.

Als sie am 5. November von der Arbeit kamen, hatte sich Amerika entschieden. Ein siebenundachtzig Jahre alter Kanal in der Wüste war den dritten Weltkrieg nicht wert. Auch darf man Weltkriege nicht deshalb anfangen, weil tausend russische Panzer eine Sternfahrt nach Budapest machen, um dort die Kerzen auszupusten.

Am Suezkanal schwiegen die Waffen. England und Frankreich fügten sich der Stimme Amerikas, nahmen Abschied von der großen Weltpolitik. Zum letztenmal hatten sie als Großmächte gehandelt – im November 1956 wurden sie Staaten zweiter Ordnung.

In Ungarn kam der kühle Herbst früher als sonst, krochen die Nebel vom Donauufer über die Trümmer der Stadt, die dringend neue Denkmäler brauchte. Europa gab seinen Straßen andere Namen. Budapester Straße war ein beliebter Name, der bald in jeder größeren Stadt vorkam. Mehr konnte Europa nicht für Budapest tun.

Die Erde fand wieder zu ihrer alten Bahn. Riddle-Joe erzählte seine Rätsel, und Präsident Eisenhower wurde zum zweitenmal amerikanischer Präsident. Wattenscheid stand noch, und Sandermarsch stand auch noch. Aber wie lange? Die Erde wird sich daran gewöhnen müssen, öfter mal den Atem anzuhalten. Irgendwann, das kann morgen sein oder in hundert Jahren, wird ihr die Luft wegbleiben.

Eis auf dem Stillwatersee. Der kleine Indianer lag auf dem Bauch und sah den Fischen zu, die unter der Eisdecke wie in einem Aquarium vorbeizogen. Die Holzflöße lagen fest im Eis. Das Wasserflugzeug konnte nicht mehr landen. Boote blieben aus. Die Post kam nicht mehr mit dem Flugzeug, sondern mit einem roten Lieferwagen. Am Parkplatz warf der kanadische Briefträger den Postsack die Böschung hinunter, hupte laut und fuhr zurück nach Westview. Der alte Lear zockelte mit Rosa über das Eis, um den Postsack zu holen; wie eine Fuhre Buschholz schleifte er ihn hinter sich her ins Camp.

»Schlittschuhe müßte man haben«, sagte Herbert.

In Sandermarsch lag ein Paar unter seinem Bett und rostete vor sich hin. Ein Weihnachtsgeschenk aus dem Jahr 1950. Es hatte den Weihnachtsmann damals große Überwindung gekostet, dieses unnütze, nicht eßbare oder anziehbare Eisen unter den Tannenbaum der Broschats zu legen.

»Kannst du Schlittschuh laufen?« fragte Erich.

An der Art, wie er fragte, merkte Herbert, daß Erich vom Schlittschuhlaufen keine Ahnung hatte. In Wattenscheid hatte es dafür zuwenig Gelegenheit gegeben. Da war es in Ostpreußen schon anders. In diesem kalten Land lernten die kleinen Kinder erst einmal gehen, wie alle Kinder auf der Welt. Danach kam aber schon das Auf-dem-Pferd-Sitzen und an dritter Stelle Schlittschuhlaufen. Erst viel später war Radfahren dran. Herbert hatte radfahren erst mit fünfzehn Jahren in Sandermarsch gelernt.

»Stell dir vor«, sagte Erich, »nach dem Abendessen schnallen wir uns Schlittschuhe unter die Stiefel und rasen quer über den See, sozusagen Luftlinie nach Westview. Wir brauchen kein Geld für ein Taxi oder ein

Wasserflugzeug; alles erledigen wir übers Eis weg. Einkaufen und Indianerfrauen besuchen, zur Bank gehen und im Beer-parlour versacken. Bist du schon mal in angetrunkenem Zustand Schlittschuh gelaufen?«

Von Tag zu Tag wurden die Postsäcke schwerer, die der alte Lear über das Eis schleppte, denn im November kamen die Prospekte der Reisebüros. Wenn die Camps schließen und die Arbeiter mit ihren dicken Brieftaschen in die Stadt kommen, muß jemand sie aufgreifen und dorthin schicken, wo es schön ist und viel Geld kostet. Nach Mexiko zum Beispiel. Im Office hing über dem Regal mit Thermosflaschen, Handschuhen und Holzfällerstiefeln ein buntes Plakat aus dem südlichen Land. Sie sahen es jeden Tag, wenn sie nach Post fragten oder Zigaretten kauften. Im Vordergrund zwei exotische Mädchen, im Hintergrund der Popocatepetl.

»Schlag dir Mexiko aus dem Kopf«, sagte Herbert zu Erich. »Wenn du den Winter über in Mexiko verbringst, wirst du nie mehr nach Deutschland zurückkehren, weil dein Geld draufgehen wird. Mexiko ist genau das Gegenteil von Wattenscheid.«

In den letzten Novembertagen zogen die Heiligen Drei Könige durch das Camp. Das waren der alte Lear, sein Hund Rosa und der kleine Indianer. Sie wanderten abends von Hütte zu Hütte und sangen das Lied vom großen Schnee, der bald kommen würde. Sie blieben so lange auf der Schwelle stehen, bis einer mit der Flasche kam und sagte: »Wenn es bald Schnee gibt, brauchst du ja einen Rum zum Wärmen, Lear.« Während Lear aus einem Pappbecher Rum trank, saß Rosa zu seinen Füßen, und der kleine Indianer kauerte in der Stubenecke, in der es am wärmsten war, ein drolliges Dreigespann, das auch in Nummer 11 kam, als Lear schon mächtig angetrunken war und längst vergessene Verse rezitierte, die niemand mehr verstand und die man seinem wirren Kopf zugute halten mußte.

»Wo bleibt der Junge, wenn das Camp schließt?« fragte Herbert.

»Der bleibt hier, der ist hier zu Hause«, antwortete Lear. »Der wird ein großes Loch ins Eis schlagen und Fische fangen. Den Winter über macht der nichts anderes als Fische fangen.«

Jemand hatte den Jungen mit abgelegter Holzfällerkleidung ausgerüstet, viel zu großen Nagelstiefeln und einer Regenjacke, deren Ärmel die Hände bedeckten.

»Wenn er ein Mann ist, wird er im Camp arbeiten«, meinte Lear. »Er wird ein guter Arbeiter sein, denn er kennt sich aus, er ist groß geworden im Wald. ›Timber!‹ wird er rufen. He, kleiner Indianer, ruf mal Timber!«

Der Junge stellte sich tatsächlich in die Stube und brüllte wie ein Holzfäller am Hang, wenn ein Baum stürzt. Erich schenkte dem Alten eine zweite Ladung Rum in den Pappbecher. Als Lear das sah, fing er an, die Deutschen zu loben. Zunächst wegen der doppelten Portion Rum, dann aber auch, weil er sie für gute Menschen hielt. Die seien den anderen weit voraus, weil sie zweimal große Kriege verloren hätten. Das müßten die Amerikaner und die Engländer erst noch lernen, was es heiße, zu verlieren. Die hätten immer nur gesiegt, aber Siegen mache dumm. »Wer siegt, wird träge. Wer siegt, bleibt zurück.« So redete der alte Lear vor sich hin. Ab und zu schrie er »Timber!« und sprach so wunderlich, wie Menschen sprechen, denen ein Baum auf den Kopf gefallen ist. »Der Schnee ist gut, der

Schnee ist weich. Wenn der große Schnee kommt, ist in einer Woche Feierabend. Wer im Schnee arbeiten will, muß tief graben, um die Bäume zu finden. Wenn der Schnee kommt, gehen alle fort. Aber im Schnee ist das Camp am schönsten. Die Maschinen sind stumm, und die Boote fahren nicht mehr.«

Während der alte Lear den Schnee besang, begannen draußen die Timberwölfe zu heulen. Sie heulten die Lichtpunkte des Camps an, und Rosa bellte Antwort.

»Das muß ein ganzes Rudel sein!« rief Herbert. Dann machte er Anstalten, sich wärmer anzuziehen; er wollte hinausgehen, um Timberwölfe in freier Wildbahn zu sehen.

»Was ist schon an Wölfen dran?« brummte Erich. »Die kanadische Eisenbahn heult besser.« Er weigerte sich mitzukommen. Im Tierpark zu Gelsenkirchen habe er einen Wolf gesehen; der habe aber nicht geheult, sondern nur am Zaun herumgestanden und auf das Mittagessen gewartet.

Herbert ging also allein zum Seeufer. Im Lichtkreis der Camplaternen war nichts auszumachen. Vielleicht stand das Rudel auf dem Eis. Oder es umkreiste die eingefrorenen Flöße. Herbert wagte es nicht, auf den See zu gehen. Er blieb am Landesteg neben den eingefrorenen Booten und rief lauf »Hallo«, aber die Wölfe verstummten nicht, heulten weiter wie die Bojen in der Fahrrinne des Wattenmeers vor Sandermarsch.

Das wurde erst anders, als Tom mit seiner Flinte auftauchte.

»Bei dem Geheul kann kein Mensch schlafen«, sagte er. »Den Brüdern muß man eins aufs Fell brennen!«

Er drückte zweimal ab, hielt einfach hinein in die Dunkelheit. Danach hörten sie nur noch das Echo der Flintenschüsse.

»Siehst du, jetzt geben sie Ruhe«, meinte Tom zufrieden. Er stellte sich vor, er habe einen Wolf getroffen. Durch Zufall natürlich. Der liege jetzt auf dem Eis, und um ihn herum sei es rot. Bei Tageslicht könnten sie ihn ins Camp schleifen, ihn ausstopfen und zur Abschreckung an die Küchentür nageln.

Zur Sicherheit schickte Tom noch zwei Schüsse hinterher.

»Was meinst du, wie die jetzt laufen!« meinte er lachend. Es machte ihm Spaß, Wölfe in die Flucht zu schlagen, ihr trauriges Geheul zu beenden.

Danach sangen nur noch die Heiligen Drei Könige. Sie verkündeten den großen Schnee, der bald kommen sollte, um das Camp zuzuschütten.

Am 30. November schloß das Camp. Nicht den Menschen zuliebe, sondern weil die Maschinen nicht mehr mitmachten. Die Stahlseile des Skidders vereisten, und die Laufkatze sprang aus der Spur, hing hilflos über dem abgeholzten weißen Hang. Die gelben Holztrucks schafften den Serpentinenweg nicht mehr. Wie in jedem Jahr blieb der Schnee Sieger. Radio Nanaimo rechnete am Morgen des 30. November aus, welche Schneemassen auf British Columbia niedergegangen waren. Sie wogen den Schnee, der auf einem Quadratinch vor der Tür der Radiostation lag, und multiplizierten das Ergebnis mit der Fläche der Provinz British Columbia. Es kam eine unvorstellbare Masse heraus, genug Schnee, um Europa von Sizilien bis zum Nordkap einzudecken.

Erich packte in guter Stimmung die Klamotten. Vancouver, wir kommen! Ihr roten Laternen in der Cordova Street, ihr flammenden Kinos der Granville, ihr Imbißstuben in der Hastings Street, ihr fürchterlichen Drachen in Chinatown und ihr vielen, vielen kleinen Mädchen – haltet euch bereit, Erich Domski aus Wattenscheid ist unterwegs.

Als sie frühstückten, kletterte der kleine Johnson auf einen Schemel, um eine Rede zu halten. Er habe Räumfahrzeuge aus Westview angefordert, die den Weg von der Hauptstraße zum Parkplatz des Camps freischieben sollten. Gegen Mittag würden sie durchsein, noch früh genug, um die Zwei-Uhr-Fähre zu bekommen. Den Scheck für den Monat November werde die Company nachschicken. Deshalb müsse jeder vor der Abreise im Office seine Stadtadresse angeben. Wer noch keine Adresse habe, solle von Vancouver aus sofort an die Company schreiben, damit man Bescheid wisse. Zum Schluß zog der kleine Johnson eine Liste aus der Tasche und fing an, Namen vorzulesen. Bei jedem Namen brüllte einer »Yes« oder »No«, und Johnson zeichnete ein Kreuz oder einen Strich in seine Liste.

»Herbert Broschat!« Den Vornamen sprach er richtig aus, der Nachname hörte sich wie Bruschet an. »Wie ist das mit dir: Kommst du im Frühling zurück in den Busch, oder suchst du dir eine andere Arbeit?«

Mein Gott, wer weiß, was im Frühling 1957 sein wird? Herbert zögerte, während Superintendent Johnson mit gespitztem Bleistift auf die Antwort wartete.

Erich Domski stieß Herbert an und sagte: »Na, klar kommen wir wieder.«

Also gut, Superintendent Johnson durfte hinter ihre Namen ein Kreuz setzen.

»Es kostet nichts, ja zu sagen«, meinte Erich hinterher. »Wenn wir es uns anders überlegen, kommen wir im Frühling eben nicht wieder.«

Es war wichtig, dieses Kreuz hinter ihren Namen. Nur wer mit einem Kreuz auf der Liste steht, bekommt von der Company zur Camperöffnung einen Einladungsbrief, wird gewissermaßen bevorzugt eingestellt.

Johnson gab ihnen die üblichen Ermahnungen mit auf den Weg.

»Die Arbeitsklamotten braucht ihr nicht in die Stadt zu schleppen. Wer nächstes Jahr wiederkommt, kann sie im Office aufbewahren lassen. Und sauft nicht so viel in Vancouver. Paßt auf, daß ihr gesund bleibt!« Damit meinte er Tripper und Syphilis und die anderen schlimmen Krankheiten, die es in der Stadt gibt und in Mexiko, wo es schön ist und viel Geld kostet.

Erich raffte Brot, Pampelmusen, Schinken und hartgekochte Eier zusammen und holte bei den Köchen zwei Stücke Rosinenpie als Wegzehrung für die Reise. Danach lieferten sie ihre Arbeitskleidung im Office ab.

»Wohin soll ich die deutschen Zeitungen schicken?« fragte Chris Allen.

Ohne Erich zu fragen, gab Herbert Mister Dooles Adresse in der Manitoba Street an.

»Ach, willst du wieder zu deiner Vanillepuppe?« sagte Erich lachend, als sie draußen waren. »Ich habe ja nichts dagegen, aber langsam muß sich mal etwas abspielen zwischen dir und dem Vanilletee. Immer nur Schallplatten hören, Händchen halten und Vanille schnuppern, das schlägt aufs Gehirn.«

Als die Schneeräumer von Westview durch waren, gingen Herbert und Erich mit Tom über das Eis, um sein Auto freizuschaufeln. Ein breiter Trampelpfad führte schon über den See zum Parkplatz. Abseits der Spur lag unberührter Schnee. Auf einem abgestorbenen Baum saßen Krähen, bereit zum Anflug auf den Abfallhaufen hinter der Campküche. Tom konnte es nicht lassen – er mußte seine Flinte auspacken, um in den Krähenschwarm zu ballern. Zwei fielen aufs Eis, die anderen flüchteten in die Berge. Eine Hasenspur verlor sich in der Weite. Dort etwa mußten die Wölfe gestanden haben. Hinter ihnen das Camp in der Wintersonne. Am Abfallplatz die Rehe, die auch Toms Flintenschuß nicht zur Flucht hatten bewegen können. Noch kräuselte Rauch aus den Schornsteinen. Aber bald würde Lear die Asche aus den Öfen tragen und die Buden bis März verriegeln, damit sich keine wilden Tiere einnisteten.

Für einen Augenblick grübelte Herbert darüber nach, ob die Davongehenden oder die Bleibenden die Glücklicheren seien. Erst als Tom das Autoradio einschaltete, war er sicher, daß es schon eine großartige Sache sei, nach Vancouver zu fahren.

»Wenn ich wieder in den Busch komme, bin ich schon Kanadier«, sagte Tom, als sie abfuhren. Thomas, der Holzfäller, von dem nur sie wußten, daß er Deutscher war, hatte in der Vorweihnachtswoche einen Termin bei der kanadischen Behörde für Staatsbürgerschaft. Nach fünf Jahren Wartezeit sollte er aufgenommen werden in die kanadische Nation, sollte mit Haut und Haaren dazugehören.

Vancouver im Winter, das war auch eine Sehenswürdigkeit. Vor allem im Sonnenschein, wenn das Licht den Schnee auf dem Mount Seymour anstrahlte und die Schatten der landenden Wasserflugzeuge am Grouse Mountain entlangglitten. Wenn du nach einem halben Jahr Wildnis von Norden her über die Lions Gate

Bridge einfährst, fühlst du dich wie einer, der eine Stadt geschenkt bekommt. Vancouver zu Füßen. Du traust deinen Augen nicht. Überall Menschen. Ein Lärm wie auf dem Jahrmarkt in Wanne-Eickel. Und so viele Frauen! Diese Stadt ist wie ein pulsierender Herzmuskel, der im Sommer das Leben von sich stößt und im Winter wieder an sich zieht.

See Europe at Christmas! Erich entdeckte das Reklameschild im Vorbeifahren an Hagen's Travel Service.

»In Europa habt ihr nichts zu suchen«, erklärte Tom. »Wenn ihr es schafft, einen Winter lang in Vancouver nur von eurer Arbeitslosenunterstützung zu leben, ohne das im Sommer Ersparte anzugreifen, kann aus euch etwas Vernünftiges werden. In einem Jahr werdet ihr ein Haus anzahlen, und wenn ihr nach fünf Jahren kanadische Staatsbürger seid, gehört euch das Haus. Aber wer das Geld, das er im Busch verdient hat, in Vancouver auf den Kopf schlägt, wird bis zum Ende seiner Tage zwischen Busch und Stadt pendeln und das typisch kanadische Holzfällerleben leben: im Winter betrunken in der Stadt, im Sommer zur Ausnüchterung im Busch!«

Als sie durch den Stanley Park rollten, fragte Tom, wo sie aussteigen wollten.

»Mich kannst du gleich im Puff abgeben«, meinte Erich, aber Herbert bestand auf der Manitoba Street. Tom fuhr einen weiten Umweg, um sie in der Manitoba Street abzusetzen.

»Wenn ihr Lust habt, könnt ihr mich mal zu Hause besuchen«, sagte er bei der Verabschiedung. »Vielleicht um Weihnachten herum. Aber ihr müßt vorher anrufen. Wenn meine Frau am Telefon ist, müßt ihr englisch sprechen, sonst legt sie sofort den Hörer auf.«

Sie standen vor Mister Dooles Haus in der Manitoba Street. Herbert bekam plötzlich Angst, Mister Doole könne sie vergessen und das Souterrainzimmer anderweitig vergeben haben. Denn im Winter, wenn die Buschmänner, Miner und Prospektoren in die Stadt kommen, sind die Zimmervermieter Könige; da werden sie auch die Kellerbuden los, die im Sommer leer stehen.

Im Haus drinnen hatte sich nichts geändert. Herbert glaubte, in den oberen Räumen Musik zu hören, aber es mochte eine Täuschung sein. Auch der Vanillegeruch, der dem Haus angehaftet hatte, war verschwunden. Tobby saß nicht kaugummistreckend auf der Veranda, sondern wegen der unfreundlichen Witterung auf der Treppe im Innern des Hauses.

Mister Doole kannte sie nicht mehr. Ach, da kommen und gehen so viele! Wie sollte er sie alle im Kopf behalten? Alle Räume waren vermietet – außer dem Souterrainzimmer. Mister Doole entschuldigte sich, daß es im Winter dort so dunkel sei und pausenlos Licht brennen müsse. Aber dafür sei der Raum schön warm.

Erich Domski stieß Herbert an und brummte: »Wenn du nicht so auf dieses Schulmädchen versessen wärst, würde ich vorschlagen, wir lassen diese Bude für die Ratten und Mäuse und suchen uns etwas Ordentliches.«

So schlecht sah das Souterrainzimmer doch gar nicht aus, Erich Domski. Es war besser möbliert als Nummer 11 im Camp. Wenn sie den Schnee vorm Fenster wegschaufelten, käme auch mehr Licht in die Bude.

»Mensch, jeder von uns hat anderthalbtausend Dollar auf der Bank. Und damit kriechen wir in so eine

Hundehütte! Aber gut, wenn du es so willst, bleiben wir bei deiner Prinzessin Cäcilia.«

Während sie auspackten, schimpfte Erich noch immer vor sich hin. Vielleicht sei alles umsonst. Es könne ja sein, daß der Vogel ausgeflogen sei. Sie hätten vorher den kleinen Tobby fragen sollen, ob Cecily überhaupt noch da sei.

Von Cecily war keine Spur zu entdecken. Im Souterrainzimmer überwog der strenge Geruch männlichen Rasierwassers, den ihr Vorgänger zurückgelassen hatte. Da fallen dir die seltsamsten Dinge ein. Cecily ist vielleicht schon verheiratet oder gestorben, oder sie ist fortgelaufen wie ihre Mutter, oder Mister Doole hat sie in Sicherheit gebracht, weil im Winter, wenn sämtliche Räume in der Manitoba Street vermietet sind, Cecily freie Auswahl hat unter den Männern des Hauses. Und das Mädchen ist bestimmt schon siebzehn Jahre alt und weiß natürlich, warum der liebe Gott zweierlei Menschen geschaffen hat.

»Laß uns endlich in die Stadt gehen«, sagte Erich, als sie ausgepackt hatten.

Also gut, in die Stadt; in Vancouver heißt das Granville. Es war nur zu entscheiden, ob sie die Straße vom Hafen her heraufbummeln oder von der Granvillebrücke kommend in das bunte Lichtermeer hineinstürzen sollten. Sie entschieden sich für den Einzug von oben her. Das erste, was sie in der Granville erblickten, war eine mächtige Autohalde, deren Schutz Erich nutzte, um seine Blase zu entleeren. Denn wenn du dich in die Granville begibst, mußt du frei sein von allen Unterbrechungen und Beschwernissen, und es darf dich weder Hunger noch Durst quälen; auch die Hände dürfen nicht frieren. Gegenüber dem Schnapsladen der Provinz British Columbia verschlangen sie stehend zwei heiße Hunde. Das war Stärkung genug. Während sie aßen, hing hinter ihnen die Abendsonne in den Oberleitungen. Vor ihnen jagte schon die Leuchtreklame über die Häuserfront.

See Europe at Christmas! verkündete Hagen's Travel Service.

Die Kinos spielten *Baby Doll* und *East of Eden,* und die Kinokartenverkäuferinnen hatten langes schwarzes Haar und schöne, flinke Finger. Im Hudson Bay Store, dem riesigen Gebäude der Hudson's Bay Company, jenem Kaufhaus mit den griechischen Säulen vor dem Eingang, wärmten sie sich auf; nur der angenehmen Temperatur wegen schlenderten sie an Mänteln, Jakken, Hosen, Blusen und Lumberjacks vorbei. Dann wieder raus in den kalten Abend zu den Männern, die einzeln oder in Gruppen die Granville auf und ab wanderten, an Ampeln verweilten, an Lichtmasten lehnten und Zigaretten rauchten.

Hast du das gesehen? Da fuhr ein aus allen Rohren feuerndes Schlachtschiff auf eine Hauswand zu, ein deutsches Schlachtschiff sogar. *The Battle of the River Plate* – endlich ein Kriegsfilm, in dem die Deutschen als Menschen dargestellt wurden. Herbert wollte hinein, aber Erich vertröstete ihn auf später. Erst mußte er an den Stundenhotels vorbeigehen, nur mal so, um zu sehen, was am Markt war.

An der Ecke Cordova Street trafen sie die ersten Betrunkenen, Buschmänner wie sie. Die waren auch gerade aus der Wildnis gekommen, um die Stadt zu kaufen. Einer sah wie der große Johnson aus, war es aber nicht.

Noch einmal zum Aufwärmen in den Hudson Bay Store. Danach Ham and Eggs. Gut gestärkt stürzten sie sich in die Schlacht auf dem Río de la Plata mit der böllernden Schiffsartillerie. Nach dem Untergang der »Graf Spee« gingen sie fünfzig Meter weiter ins nächste Kino. Dort gab es für fünfundsiebzig Cent zwei Filme. Es war ein schwerer Fehler, daß sie mit dem Liebesfilm anfingen und erst in der zweiten Abteilung den Western folgen ließen. Erich Domski bekam den Western nicht mehr zu Gesicht. Mitten im Liebesfilm ging er zur Toilette und kam nicht zu seinem Platz zurück. Herbert sah sich noch den Western an. Danach ging er auf die Straße, um Erich Domski zu suchen. An den Stundenhotels vorbei, zur Autohalde und wieder zurück. Sie waren noch keinen halben Tag in der Stadt, und schon war ihm Erich Domski abhanden gekommen!

Bis zehn Uhr wartete er. Als Erich nicht kam, bummelte er allein zurück zur Manitoba Street und überlegte unterwegs, was in den nächsten Tagen zu tun sei. Weihnachtsgrüße schreiben, die Post umdirigieren an die neue Adresse. Sich arbeitslos melden, um einundzwanzig Dollar Unterstützung wöchentlich zu bekommen. Oder Arbeit suchen in der Stadt? Aber nein, das erst nach Weihnachten. Bis über die Festtage wollte Herbert Broschat in der Souterrainbude herumliegen und ausruhen von den Strapazen der Wildnis – und auf Cecily warten.

Du wachst auf, und Erich Domski ist nicht da. Kein Mensch sagt: »Verdammt noch mal, warum gibt es keinen Kaffee ans Bett? Was ist das für eine schlampige Bedienung?« Niemand singt beim Rasieren *Addio, Donna Grazia* oder erzählt von jenem merkwürdigen Menschen, der vor dem Frühstück immer Rasierwasser getrunken hat, damals, in Wattenscheid.

Herbert spürte, wie sehr er sich an Erich Domski gewöhnt hatte. Seit der Einschiffung in Bremerhaven war keine Nacht vergangen, in der Erich Domski nicht neben ihm geschlafen hatte, auf der Reise durch Kanada auch manchmal außerhalb des Autos oder unter dem Auto, aber jedenfalls in der Nähe. Nur am 1. Dezember 1956 war Erich Domski nicht da.

Um mehr zu hören als nur den eigenen Herzschlag, schaltete Herbert das Radio ein. Riddle-Joes Stimme klang nicht anders als im Busch. Riddle-Joe hatte es an diesem Morgen mit Grace Kelly. Wenn du rätst, an welchem Tag Grace Kelly ihr erstes Kind bekommt, kannst du eine Reise um die Welt gewinnen mit Zwischenstation in Monaco. Schreib das voraussichtliche Geburtsdatum an Radio Vancouver. Wer gewinnt, wird von Riddle-Joe persönlich benachrichtigt. Verdammt, wann sind bei Grace Kelly die neun Monate um? Riddle-Joe gab ein wenig Nachhilfe. Die Hochzeit sei im April gewesen, und wer es ganz genau wissen wolle, könne ja telefonisch beim Fürsten von Monaco anfragen. Schallendes Gelächter in Radio Vancouver.

Bis neun Uhr lag Herbert im Bett und hörte auf die Schritte im Haus und die Geräusche der Straße. Zum Frühstück trank er eine Tüte Milch aus und übersetzte den Werbespruch von der Rückseite der Milchtüte: *Besuch die Kirche, die du willst, aber besuch sie regelmäßig!* Das müßte er der Mutter schreiben. In Kanada macht sogar die Kirche auf Milchtüten Reklame.

Draußen hielt ein Bus. Kinder stiegen ein. Beim Anfahren dröhnte das Haus, und der Türdrücker im Souterrainzimmer klapperte. Herbert zog die Vorhänge zur Seite, um Licht in den Kellerraum zu lassen. Von seinem Bett aus sah er ein Stück Himmel, nicht größer als eine Käsescheibe, schmutzigen, tauenden Schnee vor dem Fenster, die Unterteile vorbeifahrender Autos und weißgestrichene Bretter der Veranda. Über sich hörte er eine Männerstimme. Jemand stand auf dem Flur und telefonierte mit einem Menschen, der Joe hieß.

Er hatte Zeit genug, sich zu rasieren. Als er damit fertig war, legte er sich auf die Lauer. Das heißt, er lag auf dem Bauch und starrte durch das Kellerfenster. Er verfolgte die Füße, die die Manitoba Street heraufkamen, und hielt Ausschau nach Erich Domskis kurzen Beinen. Vielleicht käme auch Cecily über die Straße. Er sah die vorbeigehenden Menschen nur zur Hälfte, und zwar das Unterteil mit den Schneestiefeln, den langen Hosen und dem herabhängenden Saum des Mantels. Stundenlang nur Schuhsohlen oder Stiefelspitzen, mit denen die Menschen traten, Absätze, mit denen sie ausschlugen und stießen. Erst wenn sich jemand der Veranda näherte und die Stufen heraufkam, wurde das Oberteil sichtbar, ließ sich erkennen, daß es ein Mensch war.

Es kamen die Füße des Briefträgers. Ach, es wird noch lange dauern, bis die Post für Herbert Broschat umgeleitet ist.

Ein Taxi hielt gegenüber und ließ einen übernächtigten Mann aussteigen. Nein, es war nicht Erich Domski.

Das Rad des Zeitungsjungen kullerte am Fenster vorbei, ein Bündel Zeitungen flog über die Brüstung der Veranda.

Wo blieben die Zeitungen aus Deutschland?

Als draußen nichts mehr geschah, beschloß er, aufzustehen und in die Stadt zu gehen. Vielleicht die *Vancouver Sun* kaufen, um zu sehen, was los ist in diesem Vancouver. Die Stellenanzeigen durchblättern, feststellen, was die Kinos spielen, mit Hilfe einer Zeitung auf andere Gedanken kommen.

Draußen fühlte er sich tatsächlich wohler. Die weiße Stadt lag ihm zu Füßen. Der vom Schnee gedämpfte Straßenlärm belebte ihn. Ach, Lärm kann ja so angenehm sein! Er steckte die Hände in die Hosentaschen und begann zu pfeifen, pfiff wie der Zacher von der Zeche Holland in Wattenscheid. Als er bemerkte, daß er Erich Domski imitierte, hörte er auf zu pfeifen. Er bummelte von einer Bushaltestelle zur anderen und redete sich unterwegs ein, es sei großartig, sich bis halb elf im Bett zu rekeln, ohne von der Campsirene gestört zu werden. Wenn du lange genug auf dich einredest, spürst du, daß es hilft. Denn der Mensch kann sich mit eigener Überredung in heitere Stimmung versetzen, sich in Begeisterung denken. So breitete sich plötzlich vor ihm ein wunderbarer Dezembermorgen aus. Windstille. Die Berge im Norden schimmerten hellrot im Sonnenlicht, die Bucht war in Nebel getaucht. Von der Hafeneinfahrt her drang das unermüdliche Tuten der Nebelhörner in die Stadt. Er begegnete einem Mädchen, das Cecily ähnlich sah. Ein Mann kam auf ihn zu, der dem Gang nach Erich Domski hätte sein können; aber es war ein Fremder. In der Main Street kaufte er die Vancouver Sun und überflog die erste Seite, die hauptsächlich von Streiks berichtete. In diesem Land sind Streiks die wichtigsten Meldungen. Entweder streiken die Hafenarbeiter, die Truck-driver, Kinovorführer, Hotelboys, Krankenschwestern oder Milchmänner – einer streikt immer. Es muß schon etwas sehr Wichtiges in der Welt passieren, ein Krieg ausbrechen oder Grace Kelly ein Kind kriegen, damit die Streiks von der ersten Seite verschwinden.

Mit der Zeitung unter dem Arm kehrte er zurück. In Mister Dooles Laden kaufte er Brot und Milch, auf Zureden des alten Doole auch kalifornische Apfelsinen. Erich Domski war immer noch nicht da. Auch von Cecily weiterhin keine Spur. Nicht einmal Tobby saß auf der Treppe.

Also Mittagessen in der Souterrainbude. Wenigstens warm war es. Trotzdem verflog die gute Stimmung. Er sah wieder nur die Füße und hörte das Bremsen und Anfahren der Busse. Konnte es sein, daß er in dem großen Haus allein war? Vorsichtig trat er auf den Flur und ging von Tür zu Tür; er war schon auf der Treppe zum ersten Stock, als das Telefon schrillte. Herbert wagte es nicht, den Hörer abzunehmen. Nein, es war niemand da in der Manitoba Street. Nachher machte er sich Vorwürfe. Vielleicht hatte Erich Domski angerufen, der sich verlaufen hatte in der großen Stadt und seine Hilfe brauchte. Oder Cecily.

Die Tür zu Cecilys Zimmer war verschlossen; nur die kleine Behelfsküche konnte er betreten. In ihr entdeckte er letzte Spuren jenes Vanilleduftes, der vor einem halben Jahr das ganze Haus erfüllt hatte.

Unten schrillte schon wieder das Telefon. Als Herbert den Apparat erreichte, war niemand mehr in der Leitung.

Er kehrte ins Souterrainzimmer zurück und zwang sich, die Zeitung zu lesen. Aber es fiel ihm schwer, sich zu konzentrieren. Die Füße, die am Souterrainfenster vorbeigingen, lenkten ihn ab. Viel hätte er darum gegeben, wenn wenigstens Erich Domski heimgekommen wäre. Der würde sich auf die Fensterbank setzen, mit seinem Gesäß die Bude verdunkeln und von dem Schlachter in Wattenscheid erzählen, der sieben Sorten Blutwurst machte, eine für Montag, eine für Dienstag und so weiter und so weiter bis zum Sonntag. Ehrlich, so einen Kerl gab es in Wattenscheid!

»Das ist doch Blödsinn, im Keller zu liegen und auf

deine Vanilleprinzessin zu warten«, würde Erich Domski sagen. »Komm, wir holen uns einen Kasten Bier und machen gemütliche Stunde!«

Herbert suchte neue Sender, die ihn ablenken sollten von den Füßen und den Bussen, die im Fünfminutenabstand vorfuhren und abfuhren. Aus einem dieser Busse wird Cecily steigen ... gegen Abend vielleicht. Vielleicht wird sie einen roten Anorak tragen und eine schwarze Hose. Er wird ihre Füße sehen, Füße, die der Veranda zustreben, Füße mit hübschen Pelzstiefelchen ...

Zwölf-Uhr-Nachrichten von Radio Spokane. Nichts Neues in der Welt. Es kommt mehr Schnee.

Aus Langeweile schlief er ein, schlief ein auf der *Vancouver Sun*, deren feuchte Druckerschwärze sein Gesicht beschmierte. Als er Schritte auf der Veranda hörte, kam er wieder zu sich. Tobby kehrte heim. Im Souterrain vibrierte das Fensterglas, als Tobby die Haustür zuknallte. Herbert ging hinauf und fand Tobby in der Küche, wo er mit Milch panschte.

»Cecily ist im Krankenhaus, deshalb muß ich mir das Essen selber machen«, schimpfte Tobby. Er klatschte sich mit der Hand auf die rechte Bauchseite. »Da haben sie ihr den Bauch aufgeschnitten und den Blinddarm rausgeholt.«

Herberts erster Gedanke war, Cecily im Krankenhaus zu besuchen. Auf der Bettkante sitzen, einen Blumenstrauß überreichen, über den Bauch und den Blinddarm sprechen und zum Schluß gute Besserung wünschen. Tobby schien seine Gedanken zu erraten.

»Sie liegt im Saint-Paul's-Krankenhaus«, sagte er. »Aber du brauchst nicht gleich hinzulaufen. In vier Tagen ist sie wieder zu Hause.«

Nein, Cecily im Krankenhaus besuchen, das ging

nicht. Erich Domski würde den Kopf schütteln. »So etwas macht man nicht«, würde er sagen. »Mädchen mögen es nicht gern, wenn man sie im Krankenhaus sieht. Da liegen sie ungeschminkt herum und sehen so schrecklich leidend aus. Vielleicht triffst du im Krankenhaus auch mit der halben Schulklasse zusammen. Die albernen Mädchen werden sich schieflachen über einen Kerl, der aus dem Busch gekommen ist, um Cecily Doole im Krankenhaus zu besuchen.«

»Hast du eine Zigarette?« fragte Tobby.

Herbert holte eine Schachtel Zigaretten aus dem Souterrainzimmer. Sie setzten sich auf die Treppe, stippten die Asche in Tobbys leere Milchflasche und übten schweigend Rauchringe blasen.

Als Tobby mit der Zigarette fertig war, sagte er: »Wenn du mir noch eine Zigarette gibst, zeige ich dir Cecilys Zimmer. Ich weiß, wo sie den Schlüssel versteckt hat.«

Keine Schallplattenhüllen lagen herum, keine Pullover und Sandalen. Cecilys Zimmer war gut aufgeräumt. Auf dem Deckel des Plattenspielers lag eine Staubschicht. Kein Parfümgeruch, kein Vanillegeruch, einfach nichts. Über Cecilys Bett hing ein neues Gesicht, ein Plakat von Elvis Presley.

»Den mag sie jetzt am liebsten«, sagte Tobby und blies Cecilys neuem Star Zigarettenrauch in die Augen.

Endlich kam Erich Domski. Nach zwei Tagen und drei Nächten. Aber er kam nicht wie ein geprügelter Hund, der endlich den Weg nach Hause gefunden hat. Nein, er sah adrett aus, wirkte nicht gerade frisch, aber auch nicht übermüdet. Er war beim Friseur gewesen, hatte sich ein knallrotes Hemd gekauft, dazu eine karierte

Jacke und blaue Hosen. Sogar einen Shoeshine-boy hatte er in der Stadt beschäftigt. O Mutter Domski, du solltest deinen Jungen sehen!

»Ich dachte schon, du bist wieder in den Busch gelaufen«, bemerkte Herbert vorwurfsvoll.

Erich Domski warf sich auf sein Bett und sagte eine ganze Weile gar nichts. Dem mußt du Zeit lassen, dachte Herbert. Irgendwann fängt er an zu erzählen, sprudelt es heraus. Spätestens im Frühling, wenn sie wieder im Busch arbeiten, wird Erich Domski berichten, wie es damals gewesen ist, wie er in drei Tagen den Oktoberscheck der Powell River Company über zweihundertzehn Dollar durchgebracht hat. Wie sich das so zusammengeläppert hat. Einmal hier und einmal da absteigen. Die verdammt teure Zimmermiete im »Martin«. Und Whisky muß immer dabeisein. Am Ende drehst du durch und läßt dir die Mahlzeiten auf die Bude bringen, fütterst natürlich auch die Frau, denn die muß ja essen. Fährst mit ihr nur noch im Taxi spazieren. Schnappst völlig über und schickst sie auf deine Kosten zum Friseur. Kannst mit dem letzten Funken klaren Verstandes gerade noch verhindern, daß sie von deinem Geld einen Goldring kauft, der ihr doch so gut steht. Endlich wachst du auf und merkst, daß du mit dem Oktoberscheck durch bist. Du kannst gerade noch die Hotelrechnung bezahlen. Bloß keine Sentimentalitäten zum Abschied. Du siehst ihr an, daß sie schon an die nächste Mahlzeit denkt und an den, der sie bezahlen wird. Endlich stehst du auf der Granville und hast das Gefühl, nackt zu sein. Die Taxis fahren vorbei, als wüßten sie genau, daß du kein Geld mehr hast. Du wunderst dich über die feinen Kleider, die du am Leibe trägst und die gar nicht zu einem Waldarbeiter passen. Du frierst im Wintermatsch, schleppst dich müde die

Straße hinauf, immer der Sonne nach in Richtung Manitoba Street. Endlich kommst du an.

»Weißt du«, sagte Erich, nachdem er genug geschwiegen hatte, »die Halbblutmädchen sind die besten. Sie sind sauber wie die weißen Frauen und so wild wie die Indianer.«

Nach dieser Feststellung versank er wieder in dumpfes Brüten. Plötzlich sprang er auf und schrie: »Mensch, das viele, schöne Geld! Einen ganzen Monat habe ich umsonst gearbeitet!«

Er verbarg das Gesicht in den Händen.

Siehst du, dachte Herbert, so sieht der Katzenjammer der Granville aus. »Ich brauch' das Geld, weil ich nach Deutschland zurückwill.«

»Jetzt fehlt nur noch, daß du zu heulen anfängst«, sagte Herbert. »Du hast immer noch mehr Geld als ich. In Toronto hast du beim Steineschleppen mehr verdient als ich im ›Savarin‹.«

Erich raffte sich auf und fing an, Geld zu zählen. Er zählte fieberhaft und immer wieder. Als feststand, daß er trotz des Ausflugs in die Granville mehr Geld besaß als Herbert Broschat, wurde er ruhiger.

»So etwas kommt nicht jede Woche vor«, tröstete ihn Herbert.

»Warum brauchst du das nicht?« fragte Erich verwundert.

»Die Menschen sind eben verschieden«, erklärte Herbert. »Du sagst doch selbst immer, der eine mag die Tochter und der andere die Mutter.«

»Aber du magst keine. Sei mal ehrlich, Herbert, ganz normal ist das auch nicht, hier im Keller rumzuliegen und an das Schulmädchen zu denken.«

»Aber es kostet nicht soviel wie dein Zug über die Granville.«

Herbert rechnete ihm vor, wie er mit einundzwanzig Dollar Arbeitslosenunterstützung und bei sparsamster Lebensführung wöchentlich sechs Dollar sparen könne.

Die Aussicht, auf diese Weise wenigstens einen Teil des verlorenen Oktoberschecks wiederzugewinnen, munterte Erich richtig auf. Ihm kam plötzlich die Idee, seiner Mutter ein gewaltiges Weihnachtspaket zu schikken, koste es, was es wolle. Irgend etwas Gutes mußte er tun, er fühlte sich leergebrannt wie die Schlacke auf den Abraumhalden in Wattenscheid, irgendwie schuldig. Ein dickes Weihnachtspaket für die Mutter wäre in dieser Situation das Richtige.

»Wenn du dein Geld vor dir in Sicherheit bringen willst, mußt du es nach Deutschland schicken« schlug Herbert vor. »Du willst doch sowieso zurück. Also schick dein Geld voraus, dann verschwindet es nicht auf der Granville. Wenn du willst, schreibe ich für dich an eine Bank in Wattenscheid. Die soll dir ein Konto eröffnen, und du überweist deine Dollars.«

Erich bekam große Augen. Er steckte sich eine Zigarette an. Dann begann er ein Lied zu pfeifen und schlug mit dem Sparbuch der Royal Bank of Canada auf der Tischplatte den Takt dazu. Jawohl, Erich Domski hatte den Katzenjammer der Granville überwunden. Er war wieder ganz der alte Erich Domski.

Noch bevor sie das Weihnachtspaket packten, mußte Herbert an eine Bank in Wattenscheid schreiben. Was gab es denn da für Adressen? Erich kannte sich in Banken nicht aus. Im Pütt hatte es den Wochenlohn bar auf die Hand gegeben. Davon hatte er der Mutter den Teil, der ihr als Kostgeld zustand, in die Kaffeedose gesteckt, den Rest in seiner Hosentasche behalten. Banken und Sparkassen hatte er in Wattenscheid nur von draußen gesehen; sie waren ihm stets unheimlich vorgekommen. Kein Patenonkel hatte ihm zum Geburtstag ein Sparbuch geschenkt, keine Bank schrieb ihm zum Jahreswechsel Zinsen gut, die sich mit Zinseszinsen bis ins Jahr 2000 addieren ließen – wenn er dann noch lebte.

Herbert schlug vor, eine der deutschen Großbanken anzuschreiben. Die besaß bestimmt eine Niederlassung in Wattenscheid. Er könne aber auch die Mutter einschalten. Die müsse zu einer Bank gehen und ein Konto für ihn eröffnen.

Letzteres ging nicht. Die Mutter mußte aus dem Spiel bleiben; sie durfte von seinen Bankgeschäften nichts wissen, weil sie nämlich ein weiches Herz hat und nicht nein sagen kann. Wenn die soviel Geld sieht, kauft sie der Elvira ein neues Kleid und dem Peter ein Fahrrad, und Vater Domski bekommt eine neue Zucht Brieftauben und eine Flasche Schnaps zu Weihnachten.

Herbert schrieb, und Erich saß ihm gegenüber, gespannt dem Auf und Ab des Stifts zusehend. Er war schon lange nicht mehr so aufgeregt gewesen wie in diesem Augenblick, als er mit einer deutschen Großbank in Geschäftsverbindung trat.

»Aber das Unterschreiben mußt du machen«, sagte Herbert. »Sie brauchen deine Unterschrift.«

Als Erich unterschrieb, war es richtig feierlich in der Souterrainbude.

»Tust du mir einen Gefallen und bringst den Brief allein zum Briefkasten?« bat Erich Domski. »Ich bin schrecklich müde.«

Dann legte er sich der Länge nach auf sein Bett, packte neben das Kopfkissen das Sparbuch der Royal Bank of Canada und fühlte sich endlich richtig wohl.

Dreizehneinhalb Stunden schlief er. Erst am 5. Dezember wachte er auf, als Herbert im Radio gerade eine Reportage über die Ankunft der ersten Ungarnflüchtlinge in Vancouver hörte. Studenten einer ungarischen Forstschule waren mit ihren Lehrern geflohen, um in Kanada weiterzustudieren.

Die sind hier richtig, dachte Herbert. Dieses Kanada ist von Neufundland bis Vancouver Island eine einzige Forstschule.

»Verdammt noch mal, ich hab' einen schrecklichen Durst«, war das erste, was Erich Domski am 5. Dezember 1956 sagte.

Zwei Wochen vor Weihnachten kam Cecily aus dem Krankenhaus. Ein Taxi brachte sie. Es war um die Mittagszeit. Mister Doole wollte Cecily beim Aufstieg zur Veranda helfen, aber sie sah nicht so aus wie jemand, dem der Bauch aufgeschnitten worden war und der Hilfe brauchte. Leichtfüßig sprang sie die Stufen hinauf, verweilte kurz über dem Souterrainfenster und trat die Füße an jener Stelle ab, an der Erich Domski zwei Meter tiefer auf dem Bett lag. Bald tönte Cecilys Stimme im Flur. Außerdem war die Stimme von Mister Doole zu hören, der seine Kinder ermahnte, lieb zueinander zu sein. In der Küche wurde die Tür des Kühlschranks heftig zugeschlagen. Cecily trank Coca-Cola. Sie schimpfte auf Tobby, weil er eine Zeitschrift, an der sie sehr hing, zu Papierschnipseln verarbeitet hatte. Kinder, Kinder, geht das schon wieder los! Teller klirrten. Mister Doole stellte Essen auf den Tisch. Danach verließ er das Haus, um noch ein wenig Geld für die verdammt hohe Krankenhausrechnung zu verdienen. Cecily lief auf Socken im Haus umher. Wie ein Explosionsknall breitete sich die Musik ihres Plattenspielers aus. *Poor Boy,* sang Cecilys neuer Star.

»Nun fängt das Gedudel wieder an«, schimpfte Erich Domski.

Herbert rasierte sich zum zweitenmal, feuchtete sein Haar an und kämmte es hinter die Ohren; danach hatte er eine gewisse Ähnlichkeit mit jenem Jungen aus Tennessee, der Cecily gerade vorsang.

»Willst wohl auf Brautschau, was?« sagte Erich Domski und grinste. »Gott sei Dank, du scheinst doch normal zu sein. Ich hatte schon Angst, du bist irgendwie quer und weißt mit Frauen nichts anzufangen.«

Oben ging die Tür auf. Cecilys Musik wurde für einen kurzen Augenblick lauter, dann verstummte sie völlig.

»Jetzt kocht sie Vanilletee«, brummte Erich Domski. »Deine Prinzessin ist ja ganz gut. Sie hat nur einen Fehler: Sie ist zu jung. Mit diesen jungen Katzen vertrödelst du eine Menge Zeit. Ich weiß doch, wie das mit den Siebzehnjährigen in Wattenscheid zuging. Einen Monat lang Händchen halten, einen Monat lang in die Augen blicken, einen Monat lang Backe an Backe. Es dauert über ein Vierteljahr, bis du deine Vanilleprinzessin soweit hast. Aber dann ist Frühling, und wir müssen zurück in den Busch. Na ja, im Augenblick geht sowieso nichts, weil sonst die frische Narbe ihres Blinddarms aufbricht.«

Plötzlich stand Tobby in der Tür.

»Meine Schwester läßt fragen, ob du eine Zigarette für sie hast«, sagte er, zu Herbert gewandt.

Erich lachte. »Früher ging die Liebe durch den Magen, heute geht sie durch den Rauch!«

Herbert hielt es für eine günstige Gelegenheit, selber hinaufzugehen und Cecily die Zigarette zu bringen.

Cecily empfing ihn vor dem Spiegel. Sie lächelte, als habe sie schon lange auf Herbert gewartet. Nein, das mit der Zigarette müsse ein Mißverständnis sein; sie habe ihren Bruder nicht zum Zigarettenbetteln geschickt. Aber da er nun da sei, könnten sie schon gemeinsam eine Zigarette rauchen. Im Krankenhaus sei das Rauchen verboten gewesen, jetzt müsse sie sich langsam wieder daran gewöhnen.

Cecily war dabei, sich nach der Öde des Krankenhauses wieder in einen ansehnlichen Menschen zu verwandeln. Rouge auftragen, die Blässe verwischen, Wimpern säubern, Pickel ausdrücken. Ihre Augenbrauen kamen Herbert einen halben Zentimeter länger vor als im vergangenen Sommer, die Fingernägel übrigens auch. Die Hüften schienen ihm schmaler, der Brustumfang weiter zu sein. Obwohl Krankenhäuser weiß Gott keine Verschönerungsanstalten sind, Cecily sah hübscher aus als vor einem halben Jahr.

»Steck schon mal an«, sagte sie, auf die Zigarette deutend, die Herbert noch immer in der Hand hielt.

Als sie sich die brennende Zigarette abholte, berührten sich ihre Hände flüchtig. Herbert wunderte sich, wie kalt Cecilys Hände waren. Das kam vom Krankenhaus.

»Schöne Tage gehabt in der Wildnis?« fragte sie beiläufig; sie fragte so, wie man kleine Kinder nach den Weihnachtsgeschenken fragt. »Wie lange bleibst du in der Stadt?«

»Bis zum Frühling.«

Die Antwort überraschte sie. Mit einem so langen Aufenthalt hatte Cecily nicht gerechnet. Die Mieter im Haus von Mister Doole waren stets eilige Zugvögel. Zwei bis drei Wochen, wenn es hoch kam, einen Monat – länger hielten sie es in dem Holzkasten nicht aus. Sie fanden entweder neue Arbeit und mußten in die Nähe der Arbeit umziehen, oder sie fuhren nach Norden, Süden oder Osten.

Als Cecily die Platte *Party Doll* auflegte, verstummte jedes Gespräch wegen der Lautstärke. Sie wippte mit den Zehenspitzen und ließ Zigarettenasche auf den Teppich fallen. Herbert holte ein Stück Zeitungspapier, kratzte die Asche vom Fußboden und beförderte sie dahin, wo Asche hingehört. Während Cecily sich der Musik hingab, betrachtete er sie. Sie war so ungestüm und lebhaft; es war kaum vorstellbar, daß Cecily für einen Augenblick stillhalten könnte, um sich umarmen oder küssen zu lassen. Das war kein Mädchen, das sich von männlichen Armen fesseln ließ, das jemand dazu bringen konnte, fünf Minuten lang entspannt in einem Sessel zu liegen. Cecily erschien ihm unberührbar wie Feuer. Wie haben sie diesen Wirbelwind nur auf dem Operationstisch festgehalten?

Unten läutete das Telefon.

»Das ist für mich«, entschied Cecily und stürmte in den Flur.

Er blieb in ihrem Zimmer und betrachtete die Gegenstände, die ihr gehörten. Nach einer Weile legte er eine neue Platte auf, weil er hoffte, ihr damit einen Gefallen zu tun. Aber Cecily hörte nichts, weil sie telefonierte. Oh, Cecily und das Telefon! Was hätte dieses Mädchen nur angestellt, wenn es vor Erfindung des Telefons auf die Welt gekommen wäre? Diese Stimmen voller Höhen und Tiefen. Lachen, vermischt mit Traurigkeit. Melodien in den Telefondrähten, gesungen oder gepfiffen.

»Ach, da gab es einen netten jungen Arzt im Krankenhaus ... Was macht eigentlich Carry, der süße Carry? ... Ich liebe Elvis, wirklich, ich liebe ihn ... Kennst du ›Love me tender‹? ...«

So ging es pausenlos. Herbert versuchte sich vorzustellen, wer am anderen Ende der Leitung zuhörte. Er tippte auf eine Schulfreundin, ein Gedanke, der ihn beruhigte. Während Cecily telefonierte, setzte er sich auf die Fensterbank, um zu sehen, welchen Ausblick Cecily von ihrem Zimmer aus auf die Stadt hatte. Die Berge im Norden lagen ihr zu Füßen, auch der Hafen mit dem weißen Fleck in der Mitte, dem schneebedeckten Stanley Park. Direkt unter ihm war das Dach der Holzveranda. Daneben das vergitterte Souterrainfenster. Keine sieben Meter Luftlinie war die Souterrainstube von Cecilys Zimmer entfernt – und doch so weit.

Er legte eine neue Platte auf, weil Cecily immer noch telefonierte. Dabei berührte er ihr Kopfkissen. Mehr nicht.

Nach einer halben Stunde glaubte er, Cecily habe ihn vergessen, und schlich aus dem Zimmer. Von der Treppe aus sah er, wie sie unten telefonierte. Sie redete mit Händen und Füßen, übte Tanzschritte, während sie den Hörer hielt, ging in die Hocke, hängte sich mit einer Hand an den Türrahmen, drehte sich im Kreis und wickelte sich die Telefonschnur um den Bauch.

Er stahl sich an ihr vorbei. Als er die Souterrainstube betrat, blickte Erich mißmutig auf.

»Ich sehe es schon kommen«, meinte er. »Irgendwann wirst du für deine Prinzessin den Vanilletee kochen und den Abwssch in der Behelfsküche machen.«

Die Bank schrieb schon nach zwölf Tagen. *Sehr geehrter Herr Domski*, schrieb sie. *Unter der Nr. 700 100 haben wir Ihrem Wunsche gemäß ein Sparkonto eröffnet. Da Sie zur Zeit Devisenausländer sind, ist für das Konto noch eine Genehmigung nach den Devisengesetzen einzuholen. Nach unseren Erfahrungen handelt es sich dabei allerdings nur um eine Formsache. Sie können schon jetzt mit Überweisungen auf das Konto beginnen. Zu diesem Zweck ist es empfehlenswert, wenn Sie von einem kanadischen Geldinstitut eine sogenannte Money-Order erwerben und an uns schicken (einfacher Brief genügt).*

Als der Brief eintraf, war Erich gerade nicht da. Auch am nächsten Tag nicht. Als er endlich in der Manitoba Street auftauchte, las Herbert ihm den Brief vor. Es war Sonnabend, und die Banken hatten geschlossen. Nun ja, auf eine Woche früher oder später kam es nun auch nicht mehr an.

Erichs Hauptbeschäftigung war Schlafen. Wenn er nicht gerade schlief, aß er reichlich, am liebsten Eier, weil die leicht zuzubereiten waren.

»Hab' ich dir schon erzählt, wie gut Halbblutmädchen sind?« fragte er beim Eierabpellen. »Die sind rassig und sauber. Du mußt mal mitkommen und dir mein Halbblut ansehen.«

Als Erich das sagte, saß Herbert gerade in seiner Ecke und schrieb. Er hatte es sich angewöhnt, Tagebuch zu führen, obwohl die ereignislosen Tage in Vancouver kaum etwas für ein Tagebuch hergaben. Die Autofahrt durch Kanada hätte er aufschreiben sollen oder die Zeit im »Savarin«. Trotzdem brachte es Herbert Tag für Tag auf zwei Seiten. Cecily kam häufig darin vor. Wie sie auf dem Flur telefonierte, wie sie Platten auflegte, wie sie Tee aufbrühte und nach Zigaretten bettelte. Die Füße, die am Souterrainfenster vorbeieilten, fanden sich in Herberts Tagebuch wieder neben den überfüllten Bussen und den Schneeflocken, die der Wind vom Dach der Veranda vor das Souterrainfenster wehte.

»Was hast du nur so viel zu schreiben?« bemerkte Erich kopfschüttelnd. »Das liest doch kein Schwein. Das ist alles unnütz. Wir hatten in Wattenscheid auch so einen. Der schrieb jeden Tag auf, was er bei der Arbeit unten gedacht hatte. Als wenn ein Mensch dort unten überhaupt denken konnte! Das hat er anderthalb Jahre getan, bis er durchgedreht ist und überhaupt nicht mehr schreiben konnte.«

Davon verstehst du nichts, dachte Herbert. Der eine singt *Auf in den Kampf, die Schwiegermutter naht,* und der andere schreibt es ins Tagebuch. So sind die Menschen nun einmal.

»Willst du später mal ein Buch daraus machen?« fragte Erich neugierig. »Ich meine nur, diese ganze Schreiberei muß doch einen Sinn haben. Du kannst doch nicht einfach so Papier bemalen.«

Herbert lachte, sagte aber nichts.

»So viel Aufregendes, daß es für ein Buch reicht, haben wir doch gar nicht erlebt«, meinte Erich. »Über ein Jahr sind wir schon in Kanada und haben noch keinen Toten gesehen. Das ist doch langweilig. So etwas druckt keiner in einem Buch. Da muß noch allerhand passieren, bis aus deinem Geschreibsel etwas werden kann, etwas Spannendes wie Zane Gray oder Tom Mix oder Buffalo Bill.«

»Am Montag gehen wir beide zur Bank und kaufen die verdammte Money-Order«, sagte Herbert.

»Du hast wohl Angst, daß ich das Geld für mein Halbblut ausgebe«, erwiderte Erich. »Da kannst du ganz beruhigt sein. Das Halbblut kostet mich nichts. Im Gegenteil. Du mußt mal mitkommen und dir das Mädchen ansehen. Es ist Klasse.«

Am Montag überredete ihn Herbert, zur Bank zu gehen, um die Money-Order für Wattenscheid zu beschaffen.

»Aber du mußt mitkommen«, verlangte Erich.

Na klar, Herbert kam mit. Das war nötig wegen der Schreibarbeit, die eine Money-Order erforderte. Es wurde schließlich doch Mittagszeit, bis sie loszogen. Unterwegs hielten sie sich vor den Kinos auf und machten dann einen Abstecher zum Arbeitsamt in der Beatty Street, um die Arbeitslosenunterstützung abzuholen. Dort herrschte, weil es letzter Zahltag vor Weihnachten war, ein enormes Gedränge. Jedenfalls kamen sie zu spät zur Bank. Erich spuckte vor die verschlossene Glastür.

»Dann muß Wattenscheid eben warten«, entschied er.

Da sie schon in Downtown waren, hielt Erich es für eine gute Gelegenheit, ihm sein Halbblut zu zeigen. *Sein* Halbblut war natürlich etwas übertrieben. Er hatte die Frau dreimal besucht, sie aber keineswegs gekauft, sondern nur stundenweise gemietet oder wie man das nennen sollte. Übrigens ziemlich teuer, denn im Winter werden in Vancouver alle Dienstleistungen sündhaft kostspielig.

»Du brauchst keine Angst zu haben, daß ich mit ihr verschwinde«, sagte Erich. »Ich will sie dir nur zeigen. Danach gehen wir beide zurück in die Manitoba Street. Du sollst sie dir ansehen und sagen, wie du sie findest.«

»Ist das so wichtig?« fragte Herbert lachend. »Du willst sie doch nicht etwa heiraten!«

Nein, das gerade nicht. Aber trotzdem lag Erich daran, sein Halbblut vorzuführen. Er hielt Herbert für einen gescheiten Menschen, der viele Bücher gelesen hatte. Mal sehen, was Herbert zu der Frau sagte.

Sie liefen also die Cordova Street abwärts Richtung

Chinatown. Plötzlich blieb Erich stehen. Er musterte die lange Reihe parkender Autos, überquerte gemächlich die Straße und steuerte auf einen blauen Cadillac zu, ein Monstrum von Auto, das eingezwängt zwischen einem Wasserhydranten und einem Telefonmast stand. Dann nahm er vor dem Wagen Aufstellung, beide Fäuste in die Seite gestemmt, als sei er der Besitzer der Prachtkarosse.

»Mit so einem fahre ich nach Wattenscheid«, sagte Erich Domski ruhig. Na, mein Lieber, du gehst ja ganz schön ran, dachte Herbert. Vor einem Jahr genügte dir ein Motorrad für den Ruhrschnellweg. Dann kamst du auf einen Volkswagen wegen des Daches über dem Kopf, verknalltest dich schließlich in unseren gebrauchten Buick – und jetzt ein Cadillac. Erich trommelte mit den Fingern auf das Autoblech.

»Hör mal, wie das klingt«, sagte er. »Wie wenn der Spielmannszug durch Wattenscheid marschiert.«

Gleich hinter dem blauen Cadillac ging es drei Stufen abwärts zum Kellerlokal beim Chinaman. Ein großer Raum mit niedriger Decke, unter der rote Laternen baumelten, weil rotes Licht die Gäste vorteilhafter aussehen läßt. Es sah aus wie eine Spelunke, aber es war ein richtiges Lokal zum Essen, Trinken und Fernsehen. Zum Aufwärmen auch.

»Gegen sieben Uhr kommt sie meistens, um zu sehen, ob Kunden da sind«, erklärte Erich.

Sie setzten sich an einen Tisch, von dem aus sie die Eingangstür und das Fernsehgerät im Auge behielten. Erich bestellte zwei chinesische Reissuppen.

»Klar, daß das auf meine Kosten geht«, sagte er. »Ich hab' dich hergeschleift, du bist mein Gast.«

Noch bevor die Suppe kam, erschien sie.

Erich Domski stieß Herbert an. »Da hast du sie«, murmelte er.

Herbert sah einen Wuschelkopf, künstliches Haar, aufgesetzte Wimpern. Im roten Licht der Deckenlaternen glich sie Winnetous Schwester, wenn sie von Hollywood geschminkt und zurechtgemacht ist.

Von wegen Erichs Halbblut! Nicht einmal Notiz nahm sie von Erich Domski. Sie setzte sich an die Bar, den Rücken zum Raum, und begann in der Handtasche zu wühlen, blickte zum flimmernden Bildschirm, suchte weiter in der Tasche.

Erich starrte sie von hinten an; er hatte eine Art, Frauen anzublicken, daß nichts übrigblieb außer Knochen.

Endlich fand sie ihre Zigaretten.

»Gib mir mal Feuer, Joe!« rief sie dem Kellner zu, der gerade mit den beiden Reissuppen kam.

»Was, du hast kein Feuer?« meinte der Kellner lachend. »Wenn Frauen wie du kein Feuer mehr haben, wird es Zeit, sie in die Fabrik zu schicken. Da können sie Fische ausnehmen oder Flaschen abfüllen.«

Erich sprang auf, schnippt sein Feuerzeug an und hielt es ihr unter die Nase.

»Danke«, sagte sie mit einem flüchtigen Lächeln und blickte an Erich vorbei zum Fernsehgerät. Sie war eine Viertelstunde früher gekommen als sonst. Das war ein Fehler. Denn noch lief ein Programm für Kinder, eine Sendung aus Disneyland mit verkleideten Märchenfiguren und einem Delphin, der sogar Babys zum Lachen brachte. Als die Kinder auf dem Bildschirm immer kleiner wurden, schließlich sogar Säuglinge von strahlenden Müttern vorgezeigt wurden, sagte das Halbblut: »Mach den Kasten aus, Joe!«

Der Kellner hörte es nicht oder wollte es nicht hören. Jedenfalls verschwand er in der Küche.

Sie schrie hinter ihm her: »Ich will, daß du den Kasten ausmachst, Joe!«

Es dauerte eine ganze Weile, bis der Mann zurückkehrte.

»Du bist ja schon wieder betrunken«, sagte er kopfschüttelnd.

Er dachte nicht daran, den Apparat auszuschalten. Es seien schließlich auch andere Gäste da. Um sieben Uhr beginne ein Western; bis dahin müsse sie gefälligst warten.

Sie schien einverstanden zu sein; jedenfalls zeigte sie keinerlei Regung. Aber als der Kellner wieder verschwand, nahm sie ihr mit Eis und Sodawasser gefülltes Glas und warf es gegen die Mattscheibe. Es krachte fürchterlich, aber das Gerät ging nicht in Trümmer. Disneyland spielte weiter, nur die Splitter des Trinkglases flogen durch den Raum.

»Sie hat den Verstand verloren!« schrie der Kellner.

Erich wußte sofort, was zu tun war. Er eilte hinzu, ging in die Hocke und begann, Glassplitter aufzusammeln. Der Kellner drängte die Frau zur Tür, ließ ihr nicht einmal Zeit, den Mantel überzuziehen. Sie leistete keinen Widerstand, aber als sie an Erich Domski vorbeikam, der noch immer den Fußboden nach Glassplittern abtastete, tippte sie ihm auf die Schulter.

»Komm mit«, sagte sie.

Erich hatte beide Hände voller Glassplitter, als er ihr nach draußen folgte. Er blickte sich nicht um, sagte kein Wort der Entschuldigung. Er verzichtete auf die Reissuppe, hörte nicht mehr, wie der Kellner zu Herbert sagte: »Früher war sie einmal gut, aber seitdem sie trinkt, wird sie wunderlich.«

Herbert war allein. Und noch immer lachten die kleinen Kinder in Disneyland.

Wie betäubt lief Herbert Broschat durch die nächtlichen Straßen. Mein Gott, Erich war ihm abhanden gekommen. Erich Domski wird untergehen in Vancouver. Was der Busch nicht fertiggebracht hat – die schöne Stadt Vancouver wird es schaffen. Sie wird Erich kaputtmachen. Als er in der Manitoba Street eintraf, gab es wenigstens einen Trost: Ein Paket deutscher Zeitungen war gekommen; es war erst ins Camp gegangen und vom Camp zurück in die Manitoba Street. So viel Papier! Herbert kroch mit den Zeitungen unter die Bettdecke, konnte aber nicht lesen, weil er auf Erich Domski wartete. Der hatte versprochen, nicht unterzutauchen. Der hatte ihm nur sein Halbblut vorführen wollen, weiter nichts. Er wird sie ins »Martin« bringen und sich dort von ihr die Glassplitter aus den Fingern pulen lassen. Danach wird er heimkehren.

In Melbourne hatte die Olympiade begonnen. Fast wäre sie ausgefallen wegen des Kriegs am Suezkanal und des Unglücks in Ungarn. Eine gesamtdeutsche Mannschaft war unter schwarzrotgoldener Fahne ins Olympiastadion eingezogen – die letzte deutsche Gemeinsamkeit.

Erich Domski wird auf keinen Fall die ganze Nacht im »Martin« bleiben. Der ist vor Mitternacht wieder da, wie er es versprochen hat. Mit verbundenen Händen kommt der an, paß auf!

Herbert öffnete das Souterrainfenster. Naßkalte Dezemberluft fiel in den Raum. Verhaltener Straßenlärm, das Motorengeräusch einer startenden Maschine auf dem Flughafen im Westen, aber keine Schritte auf der Veranda. Dafür Schritte im ersten Stock. Jemand kicherte vor der Tür der Souterrainstube. Die Tür ging erst einen Spalt auf, dann ganz. Cecily stürmte mit einer Schulfreundin unangemeldet ins Zimmer. So albern hatte er Cecily noch nie gesehen. Sie fragte ihn nach bayerischen Sepplhosen und deutschem Sauerkraut. So viel Ausgelassenheit konnte nicht allein vom Vanilletee kommen. Sie werden Likör getrunken haben, dachte Herbert. Cecily verlangte Zigaretten. Als sie welche bekommen hatte, vertiefte sie sich in die deutsche Zeitung, die auf dem Fußboden lag. Unter Tausenden von deutschen Wörtern suchte sie den Blumennamen Edelweiß, ein Wort, an das Cecily irgendeine romantische Erinnerung hatte.

»Du mußt kanadische Zeitungen lesen«, sagte die Schulfreundin belehrend und schaltete Herberts Radio ein. Satchmo sang *Blueberry Hill.* Das Mädchen hatte den verrückten Einfall, in der Souterrainbude mit ihm zu tanzen. Als Herbert sich sträubte, tanzte sie mit Cecily.

»Eileen schläft heute nacht bei mir«, rief Cecily Herbert zu.

Elvis wird da sein und Pat Boone und Harry Belafonte, dachte Herbert. Alle Milchgesichter, von denen Teenager schwärmen, wenn nachts halblaut der Plattenspieler dudelt und gedämpftes Licht die Plakate an den Wänden erhellt.

Bevor sie gingen, deckten sie sich mit Zigaretten ein. Herbert lüftete, machte Durchzug, denn Parfum und Zigarettenrauch hatten sich in dem kleinen Raum zu einer Duftwolke vermischt, die imstande gewesen wäre, afrikanische Riesenheuschrecken umzubringen. Oben rumorten die Mädchen in der Teeküche. Süßlicher Duft wehte ihm entgegen, und dann sah er plötzlich Cecily auf der Treppe. Sie kam allein, majestätisch schreitend wie eine Königin der Nacht. In der rechten Hand trug sie eine Tasse mit dampfendem Vanilletee. Ohne einen Tropfen zu verschütten, brachte sie das

Gefäß in Herberts Stube. Wie sie die Tasse absetzte, das glich einer rituellen Handlung. Kerzen hätten brennen müssen. Orgelmusik wäre passend gewesen. Aber Cecily sagte nur: »Zucker mußt du selbst hineinschütten.« Damit huschte sie lautlos aus der Tür und verschwand in der Dunkelheit des Flurs.

Schon früh am Morgen war Erich Domski wieder da. Er trug Pflaster auf den Fingern, war aber guter Stimmung. Sein frühes Kommen hing mit Weihnachten zusammen.

»Du mußt mir mal einen Brief nach Wattenscheid schreiben«, sagte er. »Wenn die Mutter keine Weihnachtspost bekommt, heult die unterm Tannenbaum.«

Erich hatte nichts Wichtiges mitzuteilen. Nur das Übliche. Ein schönes Fest wünschen, behaupten, daß es dir gutgeht und du gleiches von Eltern und Geschwistern erwartest. Ja, es wird ihnen schon gutgehen. Herbert schrieb, und Erich durchwühlte die deutschen Zeitungen. Erst Heiratsanzeigen, dann Kinoanzeigen, dann Sport, genau in dieser Reihenfolge.

»In Australien war ja Olympiade!« rief er.

Sport interessierte Erich vor allem, wenn die Deutschen gewannen oder wenn die Vereine im Ruhrgebiet gewannen oder wenn Wattenscheid gewann.

»Weißt du noch, als Deutschland Fußballweltmeister wurde? Da ging in Wattenscheid abends um halb zehn das Bier aus.«

Aber in Australien schnitten die Deutschen nicht besonders gut ab, obwohl Westdeutsche und Ostdeutsche zusammen kämpften. Nur die deutschen Frauen konnten sich in Australien sehen lassen.

»Die deutschen Frauen sind immer gut!« meinte Erich lachend.

Während Herbert immer noch schrieb, befaßte er sich mit den deutschen Frauen, mit denen aus den Heiratsanzeigen und den anderen, die leibhaftig in Wattenscheid herumliefen oder abends vor dem Kino standen.

»Weißt du, in Wattenscheid gab es Ehefrauen, die mußten am Zahltag vor der Zeche warten. Dabei sahen die verdammt gut aus. Die hatten es eigentlich nicht nötig, neben dem Bunker im Regen zu stehen. Zu denen wäre ich auch nach Hause gekommen. Aber am Zahltag ging es in Wattenscheid immer um die Frage: Bringen die Männer ihr Geld in die Kneipe oder nach Hause? Da gab es nur eine Möglichkeit: die Männer von der Kneipe abzubringen. Die Frauen mußten vor der Zeche stehen und sagen: ›Komm mit, Kallimann, wir gehen nach Hause, schlafen.‹ Manchmal wirkte auch das nicht mehr.«

Ein gesundes, glückliches Jahr wünschte Herbert in dem Weihnachtsbrief nach Wattenscheid.

»Du glaubst nicht, was die Frauen ins Geschäft stekken mußten. Einige sind vorher zum Friseur gegangen. Danach standen sie im Regen vor der Grube.«

»Hast du sonst noch etwas zu schreiben?« fragte Herbert.

»Du kannst meinem Alten nachträglich zum Geburtstag gratulieren. Darüber freut er sich. Schreib ihm mal, er soll seine Tauben so dressieren, daß sie die Luftpostbriefe nach Kanada bringen. Das spart Porto. Und Elvira darf nicht heiraten, bevor ich nach Hause komme. Ich will dabeisein. Aber nein, das kannst du wieder streichen. Laß sie ruhig heiraten, wenn sie einen ordentlichen Kerl hat. Aber der kleine Peter soll tüchtig in der Schule lernen. Ja, das mußt du unbedingt schreiben. Wenn er groß ist und was gelernt hat, darf er nach Kanada kommen und viel Geld verdienen.«

Als der Brief fertig war, als Erich ihn gelesen, zugeklebt und mit Briefmarken versehen hatte, zeigte er auf das Pflaster an seinem Finger.

»Weißt du, sie hat mir die Hand geleckt. Ein Splitter war im Finger von dem verdammten Glas, das sie gegen das Fernsehgerät gefeuert hat. Sie pulte ihn raus, und plötzlich kam Blut. Da hat sie die Hand genommen und sie abgeleckt. Wie ein gutmütiges Tier. So hat sie das gemacht.«

Erich Domski streckte die rechte Hand aus, führte sie langsam an den Mund und ließ seine dicke, nasse Zunge über das Pflaster gleiten.

»Und während sie die Hand leckte, fing sie an zu weinen«, sagte er kopfschüttelnd, als wundere er sich noch immer. »Mensch, ich hab' immer gedacht, die ist so wie alle Miezen. Aber sie hat geweint, ehrlich, sie hat geweint. Den ganzen Weg zum ›Martin‹. Und oben in ihrem Zimmer auch noch. So etwas ist mir noch nie vorgekommen, mit einem weinenden Mädchen zu schlafen. Aber sie wollte es so. Ich hab' gesagt: ›Mensch, beruhige dich erst mal; wir essen ein Stück kaltes Fleisch oder Apple-pie.‹ Aber nein, sie wollte es so. Ruhig wurde sie erst, als wir den Rest von dem Wildwestfilm im Fernsehen sahen, als Gary Cooper zu schießen anfing.«

Erich Domski pulte das Pflaster von seinem Finger.

»Sie ist gut«, sagte er. »Nicht nur so, sondern überhaupt. Sie hat im Bett gelegen und geweint. Wann erlebst du so etwas schon mal?«

Was ist denn mit dem los? dachte Herbert. Der zeigt ja Gefühle, der ist regelrecht verliebt in dieses traurige Halbblut. Das hat uns gerade noch gefehlt, Erich Domski.

Gisela brachte es fertig, ihren Weihnachtsbrief genau einen Tag vor dem Fest in Vancouver eintreffen zu lassen. Aber die Nachricht aus der Alten Welt kam im unpassenden Augenblick. Cecily telefonierte gerade, als der Postbote den Brief durch den Schlitz in der Tür warf. So landete der Brief vor Cecilys Füßen. Herbert schlich an ihr vorbei, um den Brief zu holen. Als er den Absender sah, bekam er einen roten Kopf. Falls Cecily gefragt hätte, Herbert hätte den Brief seiner Mutter zugeschrieben oder einer alten Tante oder einem nicht mehr existierenden Großvater. Aber Cecily fragte nicht. Solange sie telefonierte, wagte er es nicht, den Brief zu öffnen. Er stand hinter der Tür und hörte, was Cecilys kleines Herz bewegte. Wenn sie telefonierte, lag ihre Seele aufgeschlagen da wie das Telefonbuch der Stadt Vancouver. Da erlebst du ihre Höhen und Tiefen, leidest mit an verpatzten Schulaufgaben, erfährst den Inhalt von Briefen an Frank Sinatra und siehst sie leibhaftig in rhythmischen Schwüngen durch das Eisstadion gleiten.

Erst als Cecily aus dem Haus war, öffnete Herbert Giselas Brief. Diese Weihnachtsbriefe aus Deutschland waren immer so rührend, so gefühlvoll. Auf die Rückseite des Umschlags hatte Gisela einen Tannenbaum mit brennenden Kerzen gemalt. Winzig klein, aber so akkurat wie die Tannenbäume, die Herbert als Sechsjähriger sehr weit entfernt in einer Dorfschule in Ostpreußen auf eine Schiefertafel gemalt hatte. Ja, mit Tannenbaummalen fing damals der Ernst des Lebens an. Es war Ostern, und sie malten Tannenbäume. Das war so komisch, daß Herbert sich noch in Vancouver an seinen ersten Schultag erinnerte. War es überhaupt zulässig, Luftpostbriefe mit Tannenbäumen zu bemalen? War das nicht eine Irreführung und Ablenkung der Postbeamten? Wo kommen wir hin, wenn jeder statt des Absenders Tannenbäume, Blumensträuße oder Kinderköpfe auf den Umschlag malt?

Verirrt sich der Weihnachtsmann auch nach Kanada? fragte Gisela gleich im zweiten Satz. *In Sandermarsch steht zum erstenmal ein Tannenbaum mit elektrischen Kerzen vor dem Gemeindeamt. Am 2. Advent gab es ein Unglück. Da hat der Nordweststurm die Tanne umgerissen, und die Feuerwehr mußte ausrücken, um sie aufzurichten. Am 24. Dezember werde ich in Gedanken bei Dir sein.*

Wie sich das anhörte! Dieser Kitsch aus Groschenromanen und vorgefertigten Liebesbriefen. Immer wieder die gleichen Floskeln. *In Gedanken bei Dir sein ...* Du wirst dich ordentlich anstrengen müssen, Gisela Paschen, um zwölftausend Kilometer über Meere und Berge hinwegzudenken!

Vor allem wünsche ich Dir einen guten Rutsch ins Jahr 1957.

Auch so ein Spruch aus dem Sandermarscher Seelenleben. Eine Redensart, bei der sich kein Mensch etwas dachte. Nur Gisela nahm sie ernst. Die wünschte ihm wirklich ein gutes Jahr.

Schöne Feiertage und guten Rutsch! Ja, rutschen mußte man schon. Am besten mit geschlossenen Augen rutschen, weil dir sonst angst und bange wird vor den neuen Jahren, die wie die Wellen vom Meer kommen, um mit Hoffnungen und Enttäuschungen alles zu überschwemmen.

In den letzten Wochen war es bei uns furchtbar, schrieb Gisela. *Die Leute haben die Geschäfte leergekauft, weil sie Angst haben vor einem neuen Krieg. Drei Tage lang gab es keinen Zucker, auch in Itzehoe und Meldorf nicht. Das alles nur wegen der Streitigkeiten in*

Ungarn und Ägypten. Bald soll das Benzin rationiert werden, weil am Suezkanal geschossen wurde und das Öl nicht durch den Kanal kommen kann. Sei froh, daß Du in Kanada bist. Es ist nicht mehr schön in Deutschland. Wir haben alle schreckliche Angst!

Gisela hatte drei Strohsterne gebastelt und dem Brief beigelegt, auf diese Weise das Porto um zwanzig Pfennig verteuernd. Auf der Rückseite eines jeden Sterns stand ein Wort. In die richtige Reihenfolge gebracht, ergaben die Sterne den Satz: *Ich liebe Dich.* Es war nicht zu fassen. Warum hing sie so an ihm? Er war doch nichts Besonderes. Es gab keinen vernünftigen Anlaß, so an ihm festzuhalten, nun schon über ein Jahr und mit zunehmender Heftigkeit. Je weiter er sich von Sandermarsch entfernte und je mehr Zeit verstrich, um so eindringlicher klammerte sich Gisela an ihn.

Die Strohsterne solle er in den Tannenbaum hängen, schrieb sie. Für Gisela bestand nicht der geringste Zweifel, daß Herbert zum Weihnachtsfest 1956 einen Tannenbaum besaß, weil es doch so viele Tannen in Kanada gibt. Aber was sind schon drei Strohsterne für die unendlichen Weihnachtsbaumwälder!

Tom, der Holzfäller, lud sie ein, am ersten Weihnachtstag nach North Vancouver zu kommen, um sein Haus zu besichtigen, um seine Frau zu besichtigen und um einen deutschen Schäferhund zu besichtigen. Komm rechtzeitig nach Hause, Erich Domski, damit wir nicht zu spät in North Vancouver eintreffen!

Erich kam rechtzeitig. Am 24. Dezember nachmittags erschien er in der Manitoba Street und packte aus, was der Weihnachtsmann für die gemeinsame Feier in der Souterrainbude beschert hatte: zwei halbe Hühner, zwei Blaubeerpies und vier Flaschen deutsches Bier aus Dortmund.

»Da staunst du, was?« meinte er. »In unserer Gegend buddeln sie nicht nur nach Kohle, sie machen auch gutes Bier.«

Er entfaltete eine ungewöhnliche Geschäftigkeit, um den Heiligen Abend vorzubereiten.

Um Erich nicht im Weg zu sein, ging Herbert zu Mister Doole, dem sie noch die Miete für die letzte Woche des Jahres 1956 bezahlen mußten. Weil Weihnachten war, bot Mister Doole ihm einen Stuhl an und fragte nach dem Weihnachtswetter in Europa und nach den Plänen für das neue Jahr. Zum Schluß kam jene Frage, die jedem Einwanderer immer wieder gestellt wird: Wie gefällt es dir in Kanada? Du sollst bestätigen, daß Kanada ein wunderbares Land ist. Ist es natürlich. Daß es sich hier gut leben läßt und niemand zu hungern braucht. Ja, ja, sie sind immer satt geworden. Daß in Kanada die freiesten Menschen der Welt leben, noch freier als südlich der Grenze, von Europa ganz zu schweigen. Gewiß, du bist frei, aber manchmal ist es auch eine Freiheit, an der du leidest.

Mister Doole war jedenfalls stolz auf Kanada. Die Kinder waren ihm entglitten, die Frau war ihm weggelaufen, aber Kanada blieb ihm treu.

»Ist es nicht lieblich, unser Kanada?« meinte er schwärmerisch.

Nein, lieblich war nicht der richtige Ausdruck. Dieses Land ist groß und eindrucksvoll, bedrückend, ergreifend, beklemmend, aber nicht lieblich. Ein unvergleichliches Land, reich an Bodenschätzen, Wäldern, Seen und Fischen. Aber dieser natürliche Überfluß allein reicht noch nicht. Du spürst, da fehlt noch etwas.

Ein Lächeln von Cecily vielleicht. Wärme, die nicht aus dem Gasofen kommt. Einen Menschen haben, an den du denken kannst, zu dem du abends hingehen kannst, den du berühren darfst. O ja, Kanada ist groß und einsam und leer und stumm. Es ist unermeßlich weit, du kannst die Rufe der anderen kaum hören. Die Natur ist hier eine strenge Herrscherin, sie duldet nichts neben sich. Sie verwöhnt ihre Untertanen mit Sonnenuntergängen und Bergmassiven, mit Meeren, Inseln und Wäldern, aber sie hat keine Seele, diese kalte Königin.

Als Herbert in die Souterrainstube zurückkehrte, war Erich schon in Weihnachtsstimmung. Einen Tannenbaum gab es natürlich nicht, denn die Bude war zu klein. Außerdem: Wenn du ein halbes Jahr unter Tannenbäumen gearbeitet hast, willst du wenigstens an Weihnachten vor ihnen Ruhe haben. Ans Fest erinnerte allein die Weihnachtsmusik aus dem Radio.

»Hast du 'ne Ahnung, warum deutsche Weihnachtslieder so traurig sind?« fragte Erich plötzlich.

Das englische *Jingle Bells* klang lustig wie eine Schneeballschlacht. Auch wenn Bing Crosby *I'm dreaming of a white Christmas* sang, war das weit entfernt von jener gefrorenen Feierlichkeit deutscher Weihnachtslieder, bei denen du dir immer weiße Hemdkragen und starre, in die Ferne gerichtete Blicke vorstellen mußt.

»Die Deutschen denken sich eben etwas dabei, wenn sie Weihnachten feiern«, meinte Herbert. »Und wenn sie denken, sind sie immer ernst und traurig.«

Erich hätte gern gewußt, ob in Wattenscheid Schnee lag. Weihnachtsschnee in Wattenscheid kam selten vor, deshalb hätte er es gern gewußt.

»Wenn du unbedingt Schnee haben willst, mußt du ans Camp denken«, schlug Herbert vor.

Sie malten sich den Heiligen Abend im Camp am Stillwatersee aus. Der alte Lear wird eine Flasche Captain-Morgan's-Rum austrinken und danach die Sterne am frostklaren Himmel zählen. Für Rosa werden die Köche eine Extrawurst braten. Dem kleinen Indianer wird der Weihnachtsmann Streichhölzer bringen, damit er auf seinen Waldläufen Feuer machen kann.

Erich hatte sich Weihnachten so gedacht, daß sie am Nachmittag den Blaubeerkuchen essen und dazu heißen Kaffee trinken würden. Abends wären dann die Hähnchen und das Bier aus Dortmund dran. Um drei Uhr ging er in die Behelfsküche und goß heißes Wasser auf das Kaffeepulver. Um halb vier Ortszeit spielte Radio Vancouver für alle Deutschen, die in der kanadischen Einsamkeit die Ohren hängen ließen, das herzergreifende Lied *Heimweh.* Mit deutschem Text und Freddys tiefer Stimme. Die sind doch bescheuert, so etwas am Heiligen Abend über den Äther zu jagen. Das ist so, wie wenn du einem Erfrierenden Sommerlieder vorspielst oder einem Gefangenen von der großen Freiheit singst. Da kommen dir fast die Tränen.

»Laß ihn ruhig singen«, sagte Erich. »Dann haben wir wenigstens etwas Deutsches zu Weihnachten.«

Um vier Uhr Ortszeit ließ Radio Vancouver die Glokken des Kölner Doms läuten. In echt. Mit feierlicher Ansage in drei Sprachen: Englisch, Französisch und Deutsch.

»Dabei fällt mir ein«, bemerkte Erich, »daß die Stadt Köln noch immer nicht geschrieben hat, ob der Dom zwei oder drei Türme hat.«

Kaum waren die Glocken des Kölner Doms verklungen, trat Cecily ins Zimmer.

»Kommst du mit ins Kino?« fragte sie Herbert.

Eigentlich paßte Kino nicht zum Heiligen Abend.

Das wäre so ähnlich wie Karten spielen zur Kirchzeit am Karfreitag. Aber du kannst nicht wählerisch sein, Herbert Broschat. Wenn Cecily mit dir ins Kino gehen will, mußt du Hähnchen und Dortmunder Bier vergessen, denn eine solche Gelegenheit kommt so schnell nicht wieder.

Als Erich Kino hörte, war er gleich Feuer und Flamme, besann sich aber schnell.

»Sicher willst du mit der Vanilleprinzessin allein Loge sitzen«, meinte er grinsend.

Er zog die Jacke aus, die er schon über die Schulter geworfen hatte, und machte sich über die Reste von Herberts Blaubeerpie her.

Zum erstenmal ging Herbert neben Cecily die Manitoba Street abwärts. Zum erstenmal war er nicht nur heimlicher Zuschauer, der vom Souterrainfenster aus ihre vorbeiwandernden Füße betrachtete. Er war selbst mit Cecily unterwegs.

Sie hatte an keinen bestimmten Film gedacht, wollte nur mal sehen, was so lief. Unterwegs erfuhr Herbert, daß sie am liebsten zum Schilaufen in die Berge gefahren wäre wie die meisten ihrer Schulfreundinnen. Die tobten jetzt am Mount Seymour herum, einige sogar mit ihren Boyfriends. Aber der arme Mister Doole war ja so arm, daß er seiner Tochter ein Weihnachtsfest in den Bergen nicht bezahlen konnte. Und einen reichen Boyfriend habe sie leider auch nicht. Bliebe also nur das Kino.

In der Robson Street blieb sie stehen. Hätte sie gewußt, daß es ein Musikfilm war, wäre sie bestimmt weitergegangen. Aber sie blieb stehen, weil der Titel sie faszinierte: *Carmen Jones.* Dem Plakat nach schien es die Geschichte einer schönen Frau zu sein. Natürlich, so etwas interessierte Cecily. Wie man sich als Frau begehrenswert macht und schön wird und schön bleibt für anderthalb Stunden Kino.

Herbert zahlte. Zum erstenmal gab er für Cecily Geld aus, die Zigaretten nicht gerechnet, die sie gelegentlich abholte.

Es waren kaum Menschen im Kino; das lag an Weihnachten. Vor ihnen saß ein japanisches Pärchen, das europäische Musik liebte. Noch weiter vorn hatte ein Trinker Platz genommen, der sich am Heiligen Abend ausruhen wollte. Sonst war außer zwei älteren Damen nur noch die Platzanweiserin im Saal.

Während Herbert noch die Zuschauer betrachtete, setzte plötzlich die Musik ein. Eine Ouvertüre wie eine Herde durchgehender Rosse. Musik, die die Vorhänge bewegte und die Sitze hochriß. Sie überflutete den Zuschauerraum, drückte ihn fest an Cecily. Er mußte nach ihrer Hand greifen, weil er fürchtete, ohne einen festen Halt ins Meer getragen zu werden. Mein Gott, gab es etwas Größeres als am Heiligen Abend in einem menschenleeren Kino Vancouvers *Carmen Jones* zu sehen, vor allem aber zu hören? Diese Flammen auf der Leinwand! Flammen, die über den Zuschauerraum hinweggriffen und an den Vorhängen emporzüngelten.

Cecily, was hast du für heiße Hände!

Als die Habanera verklungen war, klatschte das japanische Paar Beifall. Der Trinker stand auf und schaute sich verwundert um.

»Ist das Musik aus Deutschland?« flüsterte Cecily.

»Nein, nicht aus Deutschland. Diese Musik gehört der ganzen Welt.«

He, Erich Domski, das ist doch das Leib- und Magenlied von deinem Kumpel Zacher aus dem Pütt in Wattenscheid! *Auf in den Kampf, die Schwiegermutter naht,* würdest du jetzt singen.

Cecily schmiegte sich an Herbert. Nur gut, daß sie nicht so unnahbar war wie die Flammen auf der Leinwand. Das kam von der Musik. Die riß Wände ein und ließ Eisblöcke schmelzen, die machte sogar Cecily weich und anschmiegsam. Zwischen ihnen war nur noch das Sperrholz des Kinositzes.

Als die Flammen erloschen, kam die Platzanweiserin.

»Das war die letzte Vorstellung«, sagte sie zu dem Trinker, der eingeschlafen war, als Carmen hinter dem Boxring ermordet wurde.

Auch draußen auf den leeren Straßen hielt die Begeisterung an. Hauswände und Telefonmasten nahmen den Klang auf. Die Schallwellen trieben über das Hafenbecken, wurden von den Bergen zurückgeworfen. Du glaubst nicht, welche Gewalt Musik auszuüben vermag.

Erst als Cecily darauf bestand, eine Imbißstube zu betreten, um auf Herberts Kosten Hamburger zu essen, erlosch der Zauber. Der Raum war grell erleuchtet und roch nach Spaghetti und Oregano.

Auf dem Heimweg durfte Herbert Cecily umarmen, wenn er sie erwischte. Das war nicht einfach. Meistens tänzelte Cecily am Straßenrand entlang, versteckte sich hinter parkenden Autos, rannte voraus, umkreiste Telefonmasten und kokettierte in der dunklen Nacht mit Wasserhydranten und den Sternen über dem fernen Vancouver Island.

In der Manitoba Street brannte kein Licht mehr. Auch im Souterrain nicht. Mister Doole stand fröstelnd auf der Veranda.

»Wo bleibst du nur, Kind?« sagte er mit milder Stimme. »Heute ist doch Weihnachten.«

Entschuldige, Erich Domski, daß ich so spät komme zu Hähnchen und Dortmunder Bier ... Aber nein, du brauchst dich nicht zu entschuldigen. Erich Domski war nicht mehr da. Den hatte es wieder hinausgetrieben, entweder zu seinem Halbblut oder in einen Film mit vielen Toten. Ein halbes Huhn hatte er zurückgelassen, noch mäßig warm, aber nicht mehr knusprig. Auch zwei Flaschen Dortmunder Bier standen für Herbert bereit. Erich Domski hatte alles ehrlich geteilt, bevor er losmarschiert war.

Mit dem Bus über die Lions Gate Bridge nach Norden. Das letzte Stück zu Fuß. Sie besaßen weder einen Blumenstrauß noch sonst eine Aufmerksamkeit für Toms Frau. In Kanada ist das nicht nötig. Blumen mitbringen ist eine deutsche Angewohnheit, um die Gärtner reich zu machen. In Kanada genügt es, wenn du selber kommst.

»In solchen Häusern wohnen bei uns nur die großen Tiere«, stellte Erich fest, als sie Toms Anwesen erreichten.

»Das ist eben Kanada«, sagte Herbert. »Hier können auch Holzfäller große Häuser bauen. Wer tüchtig arbeitet, kommt zu Häusern. In Deutschland arbeiten sie auch, aber erst für den Staat, für das Elend des Kriegs, für die Fabrikschornsteine, die wieder rauchen müssen. Erst viel, viel später, vielleicht in zwanzig Jahren, kannst du in Deutschland anfangen, für dich zu arbeiten.«

Tom erwartete sie vor der Haustür. Er stand da wie der stolze Besitzer einer Hazienda. Zu seinen Füßen ein Schäferhund, der keinen Laut von sich gab, als die beiden das Grundstück betraten. Da kannst du mal sehen, wie gut Tom den Hund dressiert hat.

»Wollen wir das Haus erst von draußen besichtigen oder gleich rein zum Aufwärmen?« fragte Tom.

Sie entschieden sich fürs Aufwärmen. Toms Frau stand in langem Kleid, das bis zu den Zehenspitzen reichte, vor einem Tannenbaum, einem richtigen, natürlichen Tannenbaum, der Waldgeruch verbreitete. Nur die Kerzen waren nicht echt, weil echte Kerzen in kanadischen Häusern verboten waren; sie hatten schon zuviel Unheil angerichtet. Die Frau war nicht gerade eine Schönheit, aber Kanada ist kein Land, um in solchen Dingen wählerisch zu sein. Du mußt etwas Weibliches haben, und was da ist, wird genommen, sonst schnappt es dir ein anderer weg.

Während die Frau Kaffee kochte, führte Tom den Besuch von Stube zu Stube, zeigte jede Ecke, gab zu jeder Nische Erklärungen ab. Erich geriet aus dem Häuschen, als Tom ihm ein Gemälde besonderer Art vorstellte. Es zeigte eine Berglandschaft mit Dorf im Vordergrund, vermutlich ein bayerisches Dorf. In dem Dorf stand eine Kirche mit hohem Turm. Die Kirchturmuhr war echt, besaß Zeiger, die über das Bild kreisten. Zur vollen Stunde bimmelten die Glocken in dem bayerischen Dorf. Erich blieb so lange vor der Uhr stehen, bis es vier schlug.

Danach schleppte Tom sie ins Souterrain. Donnerwetter, das war ein anderes Souterrainzimmer als das in der Manitoba Street! Sie standen in Toms Arbeitsraum mit Schreibtisch und Telefon. Das war eine Wucht! Ein Holzfäller der Powell River Company hatte einen Schreibtisch wie ein Bankdirektor in der Wall Street. Und alles aus gutem, rotem Zedernholz.

In Toms Haus gab es auch ein Kinderzimmer, aber keine Kinder. Zur Zeit bewohnte der deutsche Schäferhund den Raum. Aber in zwei Jahren, wenn Tom vom

Buschleben genug hat, sind die Kinder dran. Das heißt, eigentlich genügt ein Kind. Sie sind ja nicht mehr die Jüngsten. Ja, ein Kind genügt. Aber erst müssen die Schulden für das Haus bezahlt sein.

»Wenn du in Kanada zu etwas kommen willst, mußt du dir die richtige Reihenfolge merken«, erklärte Tom. »Erst eine Frau, um doppelt verdienen zu können. Danach ein Auto, um schneller zu den Jobs zu kommen. Dann ein Haus, um die Miete zu sparen. Zum Schluß Kinder, um ... na ja, weil die dazugehören wie der Swimming-pool im Garten.«

Ja, einen Swimming-pool hatte Tom auch, aber jetzt, in der Weihnachtszeit, kam der nicht so recht zur Geltung.

Erich fragte nach dem gemeinsamen Schlafzimmer.

Das gab es nicht.

»Meine Frau ist Langschläfer, und ich bin Frühaufsteher, deshalb schlafen wir getrennt«, erklärte Tom.

Verdammt noch mal, dachte Erich. Das wäre nichts für Vater Domskis Sohn. Es kann doch vorkommen, daß du nachts den anderen brauchst. Wenn du im Schlaf herumtobst oder wenn du krank wirst. Man muß sich doch berühren können, auch nachts. Einfach die Hand suchen, das genügt schon. Wirklich, wenn du jemanden hast, mit dem du zusammen schlafen kannst, sollst du es auch tun, bis daß der Tod euch scheidet!

Toms größter Stolz war seltsamerweise die Küche. In ihr stand ein gewaltiger Kühlschrank, groß genug für fünf Kasten Bier. Eine Waschmaschine führte er ihnen mit allen Arbeitsgängen vor, obwohl es gar nichts zu waschen gab. Zum Schluß ließ Tom den elektrischen Brot-, Wurst- und Käseschneider rotieren. So ein Modell besaßen die Köche im Camp auch.

Hier gibt es Tag und Nacht heißes Wasser.

Dort zieht der Dampf ab.

Das ist die Klappe für Frischluft.

Den Abfall braucht die Frau nicht vor die Tür zu tragen. Klappe auf – und das Zeug fällt in einen Kasten, den die Mülleute abholen.

Da steht die Garage mit Platz für zwei Autos. In zwei Jahren bekommt die Frau ihren eigenen Wagen. Erst ein Kind und dann den zweiten Wagen. Oder erst den Wagen und dann ein Kind. So genau wußte Tom das noch nicht.

Neben der Garage eine mexikanische Kiefer, die Tom gepflanzt hatte. Mal sehen, ob die das nördliche Klima überlebt. Tom hatte eigenhändig Steinplatten auf der Terrasse verlegt, und zwar am Labour Day, dem langen Wochenende Anfang September.

Da drüben sind Rosen aus Deutschland. Die gleichen wie in Adenauers Garten in Rhöndorf. Er halte ja nicht viel von Adenauer, bemerkte Tom, aber gute Rosen habe er, das müsse man dem Alten lassen.

Ein verrückter Kerl, dachte Herbert. Hat mit Deutschland nichts mehr im Sinn, läßt sich aber Adenauer-Rosen vom Rhein schicken.

In einer halben Stunde hatten sie alles gesehen und konnten eigentlich wieder abfahren. Aber die Frau hatte inzwischen die Kaffeetafel gedeckt. Statt des weihnachtlichen Pfefferkuchens gab es Sachertorte.

»Meine Frau kommt nämlich aus Österreich. Sie versteht Deutsch, aber sie spricht nur englisch. Ich habe nichts dagegen. Es ist allein ihre Sache, wie sie spricht.«

Na ja, ein bißchen dämlich hörte sich das schon an, wenn Toms Frau auf eine deutsche Frage englisch antwortete. Vor allem Erich brachte das immer wieder aus dem Konzept. Erich hatte auch Schwierigkeiten mit dem Kaffeegeschirr, ließ Kuchengabel und Teelöffel liegen und nahm das Stück Sachertorte in die Hand. Wenn du ein halbes Jahr im Busch herumgetobt hast, verlierst du das Gefühl für Kuchengabeln, wirst du irritiert von schneeweißen Tischdecken und schwebst dauernd in Angst, der Kaffee könne überschwappen und braune Flecken hinterlassen.

Während sie Kaffee tranken, zeigte Tom ein Stück Papier vor. »Das ist meine Einbürgerungsurkunde«, sagte er stolz.

Seit dem 10. Dezember 1956 war Thomas Stadler kanadischer Staatsbürger. Mit allen Rechten und Pflichten. Er war Mitbesitzer eines der größten und schönsten Länder dieser Erde mit Anrecht auf Seen, Berge, Wälder, Gletscher, Eisbären, Grislybären, Schwarzbären und Waschbären.

»Wo hast du denn die Queen hängen?« fragte Herbert. »Die ist doch jetzt dein Staatsoberhaupt.«

Tom lachte. »Wenn mir das einer vor zwölf Jahren gesagt hätte!« entgegnete er. »Damals habe ich auf die Engländer geschossen, und jetzt bin ich ein Untertan der Königin von England. So verrückt geht es in der Welt zu.«

Die Frau schaltete die elektrischen Kerzen ein. Tom sorgte für Schallplattenmusik aus dem Hintergrund.

»Kennt ihr die Musik?« fragte er.

Nein, keine Ahnung.

»Ach ja, ihr seid damals noch Kinder gewesen. Deshalb muß man euch das erklären. Das war die Musik unserer Sondermeldungen. Wißt ihr nicht mehr, was Sondermeldungen waren? Wenn das Radio Sondermeldungen brachte, waren die Fanfaren doch im ganzen Haus zuhören.«

Zu besonders feierlichen Anlässen spielte Tom *Les Préludes*. Und das nur, weil da die gewaltigen Fanfaren vorkamen, die ihn an Finnland und das Schwarze Meer erinnerten, an Atlantikschlachten und Wüstenschlachten.

»Fängst du schon wieder an?« sagte die Frau vorwurfsvoll. Sie sprach es auf deutsch, verbesserte sich aber sofort und wiederholte den Satz auf englisch.

»So eine Zeit kommt nie wieder!« rief Tom pathetisch. »Das waren die Jahre, in denen die Welt den Atem anhielt.«

»Aber es sind auch viele zum Teufel gegangen«, bemerkte Herbert.

»Wenn ich das schon immer höre, dieses Gejammer um die vielen armen Toten! Als hätten die ewig leben können. Wir müssen doch alle sterben, es geht nur um ein paar Jahre früher oder später. Da ist es doch besser, sein Leben für eine große Sache hinzugeben, als mit siebzig Jahren für nichts im Bett zu sterben!«

Ach, so einer bist du! dachte Herbert und hörte auf, Sachertorte zu kauen. Wer so denkt, steckt auch Häuser an. Das sind die, die die Welt zugrunde gehen lassen, wenn es nicht so läuft, wie sie es sich vorstellen. Sie lösen die Erde in Rauch auf, nur um nicht zuzulassen, daß sie rot oder schwarz wird. Aber wir haben nur eine Erde auf tausend Lichtjahre. Und ihre Farbe ist nebensächlich, wenn sie nur bleibt und sich weiterdreht.

Die Frau verschwand in der Küche.

»Sie hat zuviel mitgemacht«, sagte Tom entschuldigend und stellte Les Préludes ab, noch bevor die Fanfarenstöße erklungen waren. Dann rief er: »Du kannst wieder reinkommen, Helga! Wir reden über etwas anderes.«

Die Frau kam tatsächlich. Sie brachte eine Cognacflasche mit, aus der sie einschenkte. Sie sprachen über den Busch, über das Camp am Stillwatersee und den alten Lear, der Sterne zählte und leere Rumflaschen. So wurde es doch noch ein gemütlicher Weihnachtsnachmittag, und die Cognacflasche bekamen sie auch leer.

»Seit zwei Wochen ist er Kanadier«, sagte Herbert, als sie im Bus saßen, »aber er ist noch so deutsch, deutscher geht es gar nicht. Der hat uns eingeladen, weil er sein Haus vorführen wollte, seinen Hund, seine Frau, seine Möbel. Der fühlt sich erst wohl, wenn er vorzeigen kann, was er gekauft, gebaut und erarbeitet hat. Da kannst du auch mit kanadischen Einbürgerungsurkunden nichts ändern. So sind die Deutschen.«

Erich erinnerte sich, daß es auch in Wattenscheid so etwas gegeben habe.

»Wenn die Leute ein Sofa gekauft hatten«, sagte er, »dann trommelten sie die Nachbarschaft zusammen und gaben nicht eher Ruhe, bis jeder einmal mit dem Arsch auf dem Prachtstück gesessen hatte.«

Als der Bus die Georgia Street entlangfuhr, entdeckte Erich eine Filiale der Royal Bank of Canada.

»Morgen holen wir die Money-Order«, sagte er.

»Das geht nicht. Morgen ist noch Weihnachten, da sind die Bankschalter geschlossen.«

»Na, dann eben übermorgen. Übrigens, das mußt du der Österreicherin lassen: Die Torte, die sie für uns gebacken hatte, war große Klasse. Besser kann das Bäcker Wieczorek aus Wattenscheid auch nicht.«

Cecilys größtes Weihnachtsgeschenk war ein Fernsehgerät, ein schwarzer, viereckiger Kasten, der zwischen Bett und Spiegel in ihrem Zimmer Platz fand. Mister Doole hatte das Gerät auf Cecilys Bitten am Tag vor Weihnachten erstanden, obwohl das Geschenk für seine Verhältnisse zu aufwendig war. Doch Cecily erinnerte ihn an seine davongelaufene Frau. Der hatte er auch nichts abschlagen können.

Zwei Tage nach dem Fest kam Cecily in die Souterrainstube und sagte zu Herbert, er könne zu ihr zum Fernsehen kommen. Herbert nahm Zigaretten mit und bekam einen Stuhl zugewiesen, während Cecily sich auf die Couch legte, das Fernsehgerät zu ihren Füßen. Ihre kleinen Zehen waren fast immer im Bild.

Du denkst, mit Cecily allein zu sein, aber diese frischen, lebhaften Augen unter dem gescheitelten Haar verfolgen dich aus dem Kasten bis hinter die Gardine, und eine gutmütige Stimme will dir weismachen, daß General Motors eben General Motors sei. Der Mann auf dem Bildschirm sah so aus, als würde er sofort Einspruch erheben, wenn irgend jemand versuchen sollte, auch nur Cecilys Ohrläppchen zu berühren. Also ließ Herbert die Ohrläppchen in Ruhe.

Cecily wartete auf die Übertragung eines Boxkampfes von der sommerlichen Insel Barbados. Aber Barbados ließ auf sich warten.

Zur Überbrückung brachte der Sender Weihnachtsimpressionen aus Europa. Einen mächtigen Schlitten, von einem Rentier gezogen. Dazu Weihnachtsmänner in allen Größen. Cecily kicherte, als ein Weihnachtsmann zur Bescherung eines Pariser Waisenhauses mit dem Motorroller vorfuhr.

Noch immer kein Bild aus Barbados.

So sah Weihnachten am Piccadilly Circus aus.

Die Wiener Sängerknaben sangen *Stille Nacht, heilige Nacht*. Das kam wie aus der Gruft eines alten Doms und war Ewigkeiten von Barbados und Vancouver entfernt.

»Warst du Weihnachten in der Kirche?« fragte Cecily,

erwartete aber keine Antwort. Ihr fielen nämlich die Zigaretten ein. Sie langte in Herberts Jackentasche, fand die Schachtel Sportsman und breitete zwischen sich und dem Fernsehgerät ein Stück Zeitungspapier aus, auf das sie die Asche stippte.

Der Ton von Barbados war da, aber noch kein Bild.

Ein Krippenspiel aus Süddeutschland. Maria, in weite Tücher gehüllt, schaukelte eine Wiege, aus der eine hölzerne Puppe lächelte. Maria und Puppe hatten beide schwarzes Haar wie Cecily. Herbert hätte sich gern als Josef neben Cecily gesetzt, aber plötzlich war Barbados da. Der Boxkampf lief schon in der zweiten Runde.

Cecily ergriff sofort Partei für den Herausforderer in weißer Hose; sie war immer für den Herausforderer. Wenn er marschierte, trommelte sie mit den Fäusten gegen die Wand. Wenn er in die Seile taumelte, verbarg sie das Gesicht in den Händen.

In den Pausen arbeitete Cecily vor dem Spiegel. Herbert saß hinter ihr auf dem Stuhl und sah zu, wie sie an ihren Augenbrauen pulte und Puder auf Wange und Nase rieb. Auf zwölf Runden war der Kampf in Barbados angesetzt. Herbert hoffte auf einen schnellen K.-o.-Sieg, bevor Cecily mit der Pinselei fertig wäre. Wenn Cecily geschminkt ist, wird sie nämlich unberührbar, weil das für den Rest des Tages reichen muß, für den Bummel durch die Stadt und für die Eisbahn.

Halbgekämmt sah Cecily die vierte Runde mit Vorteilen für den Herausforderer. Zwischen der fünften und der sechsten Runde fing sie mit dem Lippenstift an. Erst suchte sie unter den vielen Stiften den richtigen aus, malte probeweise auf Papier, dann erst ins Gesicht. Wischte wieder ab. Plötzlich riß sie eine Schublade auf und entnahm ihr ein Kärtchen, führte es an den Mund, drückte es fest gegen die frisch bemalten Lippen und verharrte einen Augenblick. Dann löste sie die Karte von den Lippen und betrachtete ihr Werk. Sie schien zufrieden zu sein. Aus großer Höhe ließ sie die Karte in Herberts Schoß fallen, wie eine Schneeflocke. Eine Visitenkarte mit dem Namen *Cecily Doole* und dem roten Abdruck ihrer Lippen.

Erich Domski hätte einen Lachanfall bekommen, aber Herbert sah es als liebevolle Geste. Das war ein Kuß auf Umwegen, absolut hygienisch und desinfiziert. Er war gerührt von Cecilys rotbeschmierter Visitenkarte, die sie ihm zum Geschenk gemacht hatte, hatte keinen Blick mehr für den Boxkampf; er sah nur noch Cecily, wie sie litt und mitkämpfte. Der Beginn der siebenten Runde ließ keine Zeit mehr für Gespräche über Visitenkarten und Lippenabdrücke. Es war die Runde, in der Cecilys Favorit zu Boden ging, vom Gong gerettet wurde, aber nicht wieder auf der Bildfläche erschien. Keine achte Runde – aus!

Cecily war traurig. Herbert hätte sie gern getröstet, aber sie warf den Mantel über die Schulter und eilte aus dem Haus, vielleicht zu ihrer Freundin, in warme Kaufhäuser, jedenfalls zu angenehmeren Plätzen. Es kam Herbert so vor, als mache sie ihm einen Vorwurf daraus, daß ihr Favorit nicht gewonnen hatte. Ach, es wäre vielleicht alles anders gekommen mit Cecily, wenn dieser Mensch in Barbados die zwölf Runden durchgestanden und wenigstens nach Punkten gewonnen hätte. Bevor sie ging, erlaubte sie Herbert großzügig, vor dem Gerät zu bleiben, wenn es ihm Spaß mache.

Herbert blieb sitzen, bis draußen der Bus anfuhr, der Cecily in die Stadt mitnahm. Dann räumte er die Zeitung mit der Asche weg und schaltete das Gerät aus, um endlich Ruhe zu haben in Cecilys Zimmer. Er war allein mit ihrer geröteten Visitenkarte, mit ihren Puderdosen und Salbentöpfen, den letzten Duftresten ihres Parfums, die durch die geöffnete Tür entwichen und sich auf dem Flur verteilten. Er studierte die Karte mit den verschnörkelten Anfangsbuchstaben, entdeckte Lükken im Schriftbild. Da hast du den Lippenstift nicht dick genug aufgetragen, Cecily. Oder deine Lippen sind spröde.

Er trug die Karte nach unten und suchte ein Versteck für sie, weil Erich Domski sie nicht zu Gesicht bekommen sollte. Der würde sich schieflachen. »Mit roten Flecken auf Papier ist es nicht getan«, würde Erich Domski sagen. »Du mußt deine Vanilleprinzessin mal entblättern, um zu sehen, wie sie von innen ist.« Oh, du hast gut reden, Erich Domski. Du weißt nicht, wie das ist, wenn du neben ihr sitzt und nur Vernünftiges sagen kannst, weil sich deine Hände verkrampft haben. Du hast keine Ahnung, wie schwer es sein kann, die Schwelle zu überschreiten, an der die Vernunft aufhört und nur noch der Körper da ist.

Herbert war so mit Cecilys Visitenkarte beschäftigt, daß er zunächst gar nicht wahrnahm, wie reichlich ihn der Briefträger an diesem Tag beschenkt hatte.

Eine deutsche Zeitung mit der Schlagzeile: *Ab 1. Januar gehört das Saarland wieder zu Deutschland!*

Deutschland wurde wieder größer. Zwölf Jahre lang hatte es sich wie eine glühende Supernova ausgebreitet und war schließlich als erkalteter Stern in sich zusammengefallen. Nun aber, nach weiteren zwölf Jahren Stillstand, begann Deutschland wieder zu wachsen. Aber es ließ Herbert kalt, ob Deutschland schrumpfte oder wuchs, ob das Saarland deutsch, französisch oder saarländisch blieb. Aus kanadischer Ferne erschienen diese Dinge äußerst nebensächlich.

Auch die Bank aus Wattenscheid meldete sich wieder. Sie schrieb an Erich Domski: *Für den Fall, daß unsere letzte Nachricht Sie nicht erreicht hat, teilen wir Ihnen nochmals mit, daß die Landeszentralbank die Genehmigung zur Einrichtung Ihres Kontos erteilt hat. Sie können jetzt beliebige Beträge in ausländischer Währung überweisen.*

Zu guter Letzt ein Brief von Gisela. *Ich habe so viel Geld gespart,* stand da, *daß ich meine Überfahrt nach Kanada bezahlen kann. Du brauchst nur zu schreiben, ich komme sofort.*

Er las nicht weiter, weil er wußte, wie solche Briefe enden. Langsam verwandelte er Giselas Brief in kleine Schnipsel und warf sie in die leere Milchtüte, in der er Zigarettenasche, Apfelsinenschalen und Käserinde sammelte.

Zu Silvester meldet sich für gewöhnlich die Ausgelassenheit. Aber in Mister Dooles Haus war es so still wie lange nicht mehr. Mister Doole schlief schon vor Mitternacht ein, und zwar in seinem Bett. Tobby schlief auch, aber vor dem Fernsehgerät. Cecily feierte außerhalb mit Girlfriends oder Boyfriends und vielen Schallplatten.

Herbert versuchte, einen Brief nach Deutschland zu schreiben. Aber er brachte nichts zustande. Jedes Wort kam ihm, kaum daß es auf dem Papier erschien, lächerlich vor. *Sag Gisela, sie soll auf keinen Fall nach Kanada kommen,* schrieb er der Mutter, strich den Satz aber sofort durch, weil er ihm zu direkt vorkam. Aber es war die Wahrheit. Er hatte Angst, Gisela könne eines Tages auf der Veranda in der Manitoba

Street stehen und sagen: »Hier bin ich. Kannst mich nehmen.«

Das soll Silvester sein? Du sitzt stundenlang vor unbeschriebenem Papier und hörst die Holzwände knistern. Von der Bushaltestelle kommen Schritte auf die Veranda zu, entfernen sich aber wieder, bevor sie das Haus erreichen. Nicht einmal das Telefon schrillt am letzten Tag des Jahres 1956.

Dafür tauchte, 1957 war gerade zweieinhalb Stunden alt, Erich Domski auf. In guter Laune und ein wenig betrunken, wie es Herbert schien. Er knallte eine Sektflasche auf den Tisch und schüttelte Herbert überschwenglich die Hand.

»Mensch, Kumpel, das wird ein tolles Jahr!«

»Was hast du für weiche Hände!« sagte Herbert erstaunt.

»Einen Monat ohne Arbeit, da werden die rauhesten Hände zum Kinderpopo«, erwiderte Erich lachend und betrachtete nun auch seine Hände.

Ehrlich, noch niemals in seinem Leben, den Tag der Geburt vielleicht ausgenommen, hatte Erich Domski so weiche, saubere Hände gehabt wie am Neujahrstag 1957 morgens um halb drei.

»Das kommt von den vielen Schaumbädern im Martin«, erklärte er.

Dann stieg er vor Herbert auf einen Stuhl. Als er oben war, langte er in seine Brusttasche, zog ein Bündel Geldscheine hervor, hielt es über den Kopf, öffnete plötzlich die Hand und ließ die Scheine abwärts taumeln. Frau Holle schüttelt die Betten aus. Oder Konfettiparade in New York, wenn irgendein Held vorgeführt wird. Fünf-, Zehn- und Zwanzigdollarscheine bedeckten den Fußboden.

»Na, was sagst du zu diesem warmen Regen?« fragte Erich.

Er gab keine Erklärung ab, woher das Geld sei. Vielleicht war es die Wocheneinnahme seines Halbbluts. Oder es waren die Restbestände seines Sparkontos. Regungslos stand er auf dem Stuhl und bewunderte aus der Höhe das Papier, das den Boden der Souterrainbude bedeckte.

»Erich Domski wird noch viele, viele Scheine sammeln«, meinte er, als er sich auf den Fußboden hockte, um die Papiere zu ordnen.

»Die Bank aus Wattenscheid hat wieder geschrieben«, sagte Herbert, als er das viele Geld sah.

»Die fallen mir allmählich auf die Nerven!« rief Erich. »Sie werden ihr Geld bekommen, aber später. In Gelddingen muß der Mensch vorsichtig sein. In Deutschland ist das Geld schon oft kaputtgegangen. Aber Dollars sind immer gut. Vielleicht ist es sogar sicherer, das Geld erst rüberzuschicken, wenn ich nach Hause fahre.«

Du hast ganz schön getankt, mein Lieber, dachte Herbert. Morgen, wenn du nüchtern bist, werden wir über das Geld reden.

Erich hatte das Bedürfnis, wieder an die frische Luft zu gehen. Das hing mit dem Alkohol zusammen. Außerdem kannte er das von Wattenscheid, in der Neujahrsnacht an die frische Luft zu gehen und zum Himmel zu starren.

Um drei Uhr in der Frühe traten sie auf die Veranda. Sie standen in der Kälte und sahen Vancouver still vor sich liegen wie eine schlafende Frau. Kaum noch Licht an den Hängen im Norden, von denen sonst unzählige Glühwürmchen in die Stadt hineinleuchteten. Im Hafen helle Scheinwerfer, die die diesige Luft durchschnitten. Der Stanley Park, ein schwarzer Fleck hinter Downtown.

»Kannst du dir vorstellen, jetzt in den Busch zu fahren?« fragte Herbert.

»Mensch, was machst du dir für Gedanken! Vor März schickt uns die Company kein Telegramm!«

Sie sprachen über das Camp im Winter. Bis zum Hals im Schnee. Nur eine Hütte bewohnt, weil die wenigen Menschen zusammenrücken müssen, um sich zu wärmen. Der alte Lear sitzt mit der Angel vor den Eislöchern. Die Luchse reißen ein Reh nach dem anderen. Und plötzlich fällt es der Powell River Company ein, dir ein Telegramm zu schicken. Alle Mann antreten zur Arbeit! Du mußt losfahren, in die klare winterliche Schneeluft fahren, die keine Spur von Vanillegeruch hat. Du verzichtest auf Fernsehübertragungen aus dem sonnigen Barbados, mußt den Blick umgewöhnen von der Froschperspektive mit Füßen, Schuhzeug und Hosenbeinen zur grenzenlosen Weitsicht der Wildnis. Cecilys Plattenkonzerte verstummen, und die Flammen aus *Carmen Jones* kannst du dir als Nordlicht am einsamen Nachthimmel von British Columbia vorstellen.

»Ich weiß nicht, ob ich überhaupt noch mal in den Busch zurückgehe«, sagte Erich auf einmal.

Wirklich, du bist betrunken, Erich Domski! Was bleibt dir denn anderes übrig als der Busch oder ein Bergwerk? Du mit deinen zwanzig Brocken Englisch!

»Mein Pferdchen verdient in einer Woche mehr Geld als ich in einem Monat. Was hab' ich da im Busch zu suchen?«

Zum erstenmal nannte er das Halbblut Pferdchen. Weiß der Teufel, wie Erich auf den Namen gekommen war. Aber so, wie er ihn aussprach, klang es zärtlich und vertraut, war ein gutgemeinter Name.

»Was hältst du davon, wenn ich sie nach Deutschland mitnehme?« fragte Erich nach langer Pause. »Stell dir mal ein Halbblut in Wattenscheid vor. So etwas haben die Jungs überhaupt noch nicht gesehen. Auf Indianerblut warten sie noch.«

Herbert lachte, gab aber keinen Kommentar.

»Findest du das wirklich so komisch, wenn ich mein Pferdchen in Wattenscheid laufen lasse? Mensch, das ist die Chance meines Lebens! Wenn ich den Zug verpasse, fährt keiner mehr. Dann werde ich mit den Händen schuften müssen, bis ich alt bin.«

Er zeigte seine Hände, die weichen, sauberen Hände, die nie mehr Zementsteine schleppen, im Waldboden wühlen oder Kohlengrus schaufeln wollten.

»Bei dir ist das etwas anderes«, erklärte Erich. »Du hast den Kopf, um Bücher zu lesen und Briefe zu schreiben. Aus dir wird immer etwas. Aber ich muß zupacken, wenn sich eine Gelegenheit findet. Noch sieht sie einigermaßen aus, noch ist sie jung.«

»Dreißig Jahre alt ist die bestimmt schon«, warf Herbert ein.

»Für Wattenscheid ist das noch jung genug. Was meinst du, was da los ist, wenn ich mit der aufkreuze!«

»Die denkt doch nicht daran, mit dir nach Deutschland zu fahren«, meinte Herbert. »Sie spricht kein Wort Deutsch, kennt sich da drüben nicht aus. Was soll die in Wattenscheid?«

»Was du nur immer mit der Sprache hast! Ich bin auch nach Kanada gegangen, ohne Englisch zu können. Glaub mir, wenn ich es ihr sage, kommt sie mit nach Deutschland. Die gehorcht aufs Wort. Bis vor einem Jahr hatte sie einen festen Freund, aber der will nichts mehr von ihr wissen. Und deshalb gehört sie mir.«

Erich sprach nur noch davon, wie er mit seinem Halbblut Wattenscheid unsicher machen wollte. Erst dachte er daran, mit ihr in ein Hotel zu ziehen. Aber

Hotels wie das »Martin« gab es in Wattenscheid keine. Nein, ein hübsches Haus oben am Hellweg täte es auch, ein Haus mit Telefonanschluß wegen der Geschäfte. Vor das Zechentor wird sie sich jedenfalls nicht stellen. Das hat sie nicht nötig. So, wie die aussieht. Erich wird einen großen Wagen aus Kanada mitbringen, der in den engen Straßen Wattenscheids auffällt. Er wird mit heruntergekurbeltem Verdeck durch die Stadt fahren, das Halbblut neben sich. Das ist die beste Reklame. Fotos wird er von ihr machen lassen und verteilen, auch an die Kumpels von der Zeche Holland. Jeder soll wissen, was Erich Domski aus Kanada mitgebracht hat. Mensch, das wird ein Jahr, dieses 1957! Drei Stunden erst alt und schon voller guter Aussichten. Einfach großartig.

Als Erich am Neujahrstag ausgeschlafen hatte, packte er seine Sachen in zwei mitgebrachte Papiertüten.

»Willst du ausziehen?« fragte Herbert.

»Keine Angst«, erwiderte Erich, »ich komme ab und zu vorbei. Ich laß dich nicht allein. Wir gehören zusammen, das ist doch klar. Ich zahle auch weiter die Hälfte der Miete für diese Bude. Und einen Koffer laß ich auch hier.«

Danach geschah etwas Seltsames. Das hatte Erich Domski noch nie getan. Er ging zum Telefon und bestellte ein Taxi. Dann klemmte er die Tüten unter den Arm, ging hinauf und wartete auf der Veranda. Als das Taxi vorfuhr, steckte er sich eine Zigarette an, ehe er auf dem Rücksitz Platz nahm. Er saß da wie ein Zechenbaron, der sich hinunterfahren läßt in die wunderbare City von Vancouver.

Tag für Tag die Froschperspektive. Du kannst dich an die wasserziehenden Stiefel des Briefträgers, die matschwerfenden Räder der bremsenden Autobusse gewöhnen, auch an das winzige Stück Himmel, das nur einmal im Jahr, so um den 20. Juni herum, Sonne zeigt. Herbert wagte es kaum, das Haus zu verlassen. Er fürchtete, Cecilys schwarze Pelzstiefel mit den blauen Schleifen zu verpassen, wie sie gingen oder kamen. Briefe schreiben ging nicht mehr. Nur Tagebuch führte er noch regelmäßig, weil es ihn ablenkte vom Gegenstand seines Wartens. Er vernachlässigte die Zeitungen, die pünktlich aus Deutschland eintrafen. Ungelesen stapelte er sie auf Erichs Bett. So entgingen ihm Schlagzeilen wie diese:

Im Sommer 1957 werden Deutschlands Frauen gleichberechtigt.
Arbeitslosigkeit erreicht 1,4 Millionen.
Kindergeld soll um 5 Mark erhöht werden.
Junge Männer sind nicht wehrmüde. Von den 99 354 erfaßten Wehrpflichtigen des Jahrgangs 1937 lehnten nur 328 den Kriegsdienst aus Gewissensgründen ab.

Erich Domski war erst eine halbe Woche weg, da fragte sich Herbert schon, ob die Einsamkeit in Vancouver nicht größer sei als am Stillwatersee. Wer sagt denn, daß die Städte so viel lustiger sind als die Wälder? Seine einzige Verbindung zur Außenwelt war das Radio. Außerdem gab es noch den wöchentlichen Besuch auf dem Arbeitsamt, um Geld abzuholen. Und natürlich ging er Milch kaufen, Brot kaufen, kalifornische Apfelsinen kaufen. Eigentlich müßte er sich eine Aushilfsbeschäftigung für den Winter besorgen, eine Tätigkeit, um auf andere Gedanken zu kommen. Aber was immer das auch gewesen wäre, er hätte seinen Platz am Souterrainfenster räumen müssen, und deshalb ging es nicht.

Es war der 12. oder der 13. Januar – ja, es wird der 13. gewesen sein. Da kamen die schwarzen Pelzstiefel nach Hause. Aber nicht allein. Derbe Schneeschuhe begleiteten sie. Über den Schneeschuhen ein athletischer Mensch, ein Mann von der Art, wie die alten Griechen sie statt Säulen in ihre Tempel stellten, damit sie das Dach hielten. Im Flur hörte Herbert Cecilys unermüdliche Stimme, während der Athlet schwieg. Lärmende Musik in Cecilys Zimmer. Kein Lachen, kein Weinen, keine Stimmen, nur die laute Musik. Herbert kam es vor, als sei eine mächtige Zeder umgestürzt und habe ihn in der Souterrainbude begraben. Er verlor das Gefühl für die Zeit, glaubte plötzlich, es dauere Stunden da oben mit der lauten Musik. Doch in Wahrheit hielt sich der junge Bursche keine dreißig Minuten in Cecilys Zimmer auf. Herbert sah ihn in ein gelbes Auto steigen und stadteinwärts fahren.

Nachher holte Cecily bei Herbert Zigaretten.

»Das war einer der Stars von den Vancouver Lions«, sagte sie aufgeregt. »Stell dir vor, er hat mich zum Eisessen eingeladen!«

Eis essen im Januar, das bringen wirklich nur Stars fertig, dachte Herbert. Darauf hättest du auch kommen können: Cecily zum Eisessen einzuladen. Wer ein Eis spendiert, darf eine halbe Stunde lang in ihrem Zimmer Musik hören. Wer Zigaretten schenkt, darf Barbados im Fernsehen betrachten. So war das mit Cecily. Es hatte alles seinen Preis. Weiß Gott, vielleicht wird Cecily eines Tages für mehr als nur Zigaretten und Schokoladeneis von Zimmer zu Zimmer ziehen und mehr

Geld verdienen, als Mister Doole von seinen Logiergästen Wochenmiete erhielt.

»Er ist noch kein halbes Jahr in Vancouver«, plapperte Cecily weiter über ihren Eisspender. »Früher hat er für die Rough Riders in Saskatchewan gespielt.«

Also ein Naturbursche aus der Prärie, ein Rough Rider. Einer von denen, die verkleidet wie alte Germanen mit Brustpanzer und Helm durch ein Stadion rennen, um zu siegen und kleinen Mädchen Eis zu kaufen.

Cecily eilte ans Telefon, um ihrer Freundin von diesem Präriehelden zu erzählen, der so stark war wie ein Bär und so fromm wie ein Lamm. Danach fragte sie Herbert, ob er Lust habe, mit ihr zum Spiel der Vancouver Lions gegen Calgary zu gehen. Als er ablehnte, pumpte sie sich von ihm Geld für die Eintrittskarte.

Nachdem Cecily gegangen war, verließ auch Herbert das Haus, um *Carmen Jones* zu sehen. Zum vierten- oder fünftenmal sah er den Film, dessen Musik ihn tröstete und ihn auf entlegene Berggipfel führte, dessen Flammen ihn aufregten. Um so schlimmer war es danach. Als das Feuer auf der Leinwand erloschen war, fiel er aus gebrannt in die kalten Straßenschluchten der Stadt mit ihren verwirrenden Oberleitungen und ihren schief stehenden Lichtmasten. Er machte einen Umweg über die Granville. Dort postierte er sich gegenüber dem »Martin« und zählte die dunklen Fenster und die erleuchteten Fenster. Am liebsten hätte er Erich Domski zu einer Flasche Whisky eingeladen. Mit Erich Domski in der Souterrainbude sitzen und sich betrinken, das wäre eine Lösung.

Die Mutter hatte geschrieben. Vaters Magen rebelliere schon wieder. Das komme immer noch von dem Krieg, von dem schlimmen Krieg. Das kaputte Bein sähen die Ärzte, aber wie die Menschen innerlich gelitten hätten, das stehe nicht in ihren Papieren. Warum Herbert so selten schreibe? Ob er soviel arbeiten müsse? Mutter machte sich auch um Gisela Sorgen. Das Mädchen warte schon anderthalb Jahre, werde immer älter und wisse nicht, woran es sei.

Der kranke Vater, die klagende Mutter, Gisela voller Sorgen und Hoffnungen – ach, es war so unsäglich fern!

Häufiger als nötig besuchte Herbert Mister Doole, kaufte die wenigen Lebensmittel, die er brauchte, bei ihm, obwohl sie dort teurer waren als in den Supermärkten. Am liebsten ging er frühmorgens in den kleinen Laden, weil Mister Doole zu der Zeit kaum Kundschaft hatte und sich mit ihm unterhalten konnte: über den Gang der Geschäfte, über das Haus in der Manitoba Street und die Familie, die ihm langsam entglitt. Mister Doole war ein so freundlicher Mann, daß er sich jeder Bosheit enthielt, keine abfällige Bemerkung über den Athleten aus der Prärie machte und auch über Cecily nur Gutes zu sagen wußte. Seine Freundlichkeit ging so weit, daß er ungewöhnliche Schildchen im Laden anbrachte. So hängte er am Morgen nach Betreten seines Ladens nicht etwa ein Pappschild mit den nackten Öffnungszeiten an die Außentür, sondern ein Täfelchen mit dem einschmeichelnden Satz: *Yes, we're open.* Wenn er abends abschloß, hing da nicht das kalte Wort *Closed,* sondern der freundliche Satz: *Sorry, we missed you today.* Auf seiner Preisliste fand sich neben Butter, Käse und Seven-up-Flaschen auch ein Posten »Smiles«, der kostete keinen Cent. Und so war er, der arme Mister Doole. Er lächelte freigebig jeden an, lächelte auch, als Cecily mit ihrem Prärieburschen vorgefahren kam und – ohne Bezahlung, versteht sich – Coca-Cola holte, bevor die beiden sich zum Musikhören auf Cecilys Zimmer zurückzogen. Wirklich, Mister Doole konnte nicht böse sein. Er war mit allem einverstanden, weil er durch die harte Schule des Lebens gegangen war, eine Schule mit Namen Evelyn Doole. Die hatte gemacht, was sie wollte, hatte gekauft, was sie wollte, war ausgegangen, wann sie wollte, und schließlich davongelaufen, wie sie wollte.

Täglich besorgte Herbert sich die *Vancouver Sun,* um die Sportberichte zu lesen. Meistens gewannen die Lions. Einmal wurde der junge Mann aus Saskatchewan sogar lobend erwähnt. Herbert fand ein Bild von ihm, das gleiche Bild, das in Cecilys Zimmer neben Frank Sinatra und Elvis Presley hing: Cecilys Naturbursche in voller Kriegsausrüstung. Eines Tages wird Cecily mit den Lions zu den Auswärtsspielen nach Calgary oder Regina fahren, vielleicht sogar in die Staaten, nach Seattle oder Spokane. Ja, so wird es kommen. Sie wird wegen der viel zu großen Entfernungen nachts nicht heimkehren, wird irgendwo übernachten mit dem Prärieburschen, entweder in Calgary oder Regina oder in den Staaten.

Ende Januar kaufte Herbert eine Schallplatte von *Carmen Jones* und fragte Cecily, ob er ihren Plattenspieler ausleihen dürfe.

»Warum ausleihen?« sagte sie. »Du kannst jederzeit in mein Zimmer kommen und die Platte abspielen.«

Er saß also bei ihr und hörte *Carmen Jones,* während sie ihre Fingernägel bearbeitete. Sie hatte keine Erinnerung mehr an die Musik und den Film, den sie gemeinsam gesehen hatten. Sie gab zu, Musikfilme nicht zu mögen. Es sei so unrealistisch, wenn die Helden im Sterben Arien anstimmten.

Der Februar war so mild, daß Herbert fürchtete, die Powell River Company könne anfangen, Telegramme zu verschicken. Aber Arbeit in der Wildnis wäre ihm jetzt wie eine Verbannung vorgekommen. Allerdings gab es auch Stunden, in denen er sich danach sehnte, in den Bergen zu sitzen, hoch über dem Ameisenhaufen Vancouver, fern aller gelben Autos und Souterrainbuden. Eine merkwürdige Unentschlossenheit packte ihn. Er war frei, konnte hingehen, wohin er wollte. Niemand zwang ihn, auf ein Telegramm der Powell River Company zu warten. Nicht einmal auf Erich Domski brauchte er Rücksicht zu nehmen, seitdem der ausgezogen war. Er könnte Arbeit suchen, die nur mit guten englischen Sprachkenntnissen zu bekommen wäre, könnte ohne Erich Domski ins Aluminiumwerk von Kitimat fahren, um noch mehr Geld zu verdienen. Oder zurück ins »Savarin«. Oder zurück nach Deutschland. Manchmal malte er sich aus, wie es wäre, in Montreal abzulegen, um das alte, unruhige Europa anzusteuern. Mister Steinberg würde am Kai stehen und ihm das Bild zeigen, das letzte Bild, das er in Toronto in den Diaprojektor geschoben hatte. »Paß auf diesen Menschen auf!« würde Mister Steinberg sagen. »Wenn du ihn siehst, schlag das Kreuz oder ruf die Polizei.«

Nach kurzer Zeit verbot Herbert sich solche Gedanken. Es gibt keinen vernünftigen Grund, nach Deutschland zurückzukehren, Herbert Broschat! Dort ist alles so geblieben, wie du es verlassen hast. Noch immer herrschen Unsicherheit und Bedrohung, noch immer sind die Deutschen arm, geschlagen mit den Folgen des Kriegs. Eine dieser Kriegsfolgen saß in Sandermarsch im Behelfsheim und grübelte über die Vergangenheit. Schon Vater Broschats wegen durfte er nicht heimkehren. Der würde seine Rückkehr als Eingeständnis eines Fehlers verstehen. »Na, siehst du, mein Junge«, würde er sagen, »draußen kochen sie auch nur mit Wasser. Und Deutschland ist eben Deutschland.« Dieser Triumph Vater Broschats! Nein, das ging nicht. Deutschland war eben nicht Deutschland – und schon gar nicht Deutschland über alles. Aber du kannst es drehen und wenden, wie du willst, es bleibt ein Rest übrig. Wenn der Verstand alle Erwägungen zusammenträgt, die gegen Deutschland sprechen – es bleibt ein nicht faßbarer Rest. Etwas, das nicht zu erklären ist, eine sonderbare Vertrautheit mit dem Land und seiner Sprache, mit seinen Märchen und Liedern. Ein Rest bleibt immer.

Eine Woche lang war er begeistert von einem Fotoapparat, den er für billiges Geld in einem Secondhandshop erworben hatte. Er fing an, Vancouver zu knipsen, kletterte unter die Lions Gate Bridge, kraxelte am Grouse Mountain herum und versuchte, etwas von dem Eindruck, den die Riesenbäume des Stanley Park machten, in Bildern einzufangen. Die schönsten Bilder wollte er an eine Zeitung schicken. Dazu Berichte schreiben. Ach, als zweiundzwanzigjähriger Mensch bist du noch ganz und gar davon durchdrungen, daß du wichtig bist, daß deine Sicht der Dinge auch andere interessieren könne. Aber wo gibt es Zeitungen, die so etwas abdrucken? So gut war sein Englisch nicht, daß es für eine kanadische Zeitung gereicht hätte. Bliebe also nur Deutschland. Damit schließt sich der Kreis, und du bist wieder beim Thema. Du kommst nicht los davon. Allein die Sprache legt dich fest. Es dauert Jahre, bis du so gut Englisch schreibst, daß sie einen simplen Leserbrief von dir abdrucken. Geschichten aus dem Stanley Park sind erst in Jahrzehnten dran. Gib es auf, Herbert Broschat!

Als Herbert kaum noch damit rechnete, kam Erich Domski. Zu Besuch, so mußte man das wohl nennen. Er sah verändert aus. Ein wenig aufgeschwemmt. Noch weichere Hände. Aber der erste Eindruck verflüchtigte sich rasch. Als Erich zu reden anfing, war er ganz der alte, lustige Kumpel aus Wattenscheid. Er stand in der Souterrainstube, sah sich um wie ein Unteroffizier, der die Spinde inspizieren will, und sagte: »Na, wie weit bist du mit deiner Vanilleprinzessin? Hat sie schon im Keller geschlafen?«

Herbert dachte, Erich sei gekommen, damit sie nun endlich die Money-Order bei der Bank besorgten. Aber es ging nur um einen Brief, den Herbert nach Wattenscheid schreiben sollte, weil Erichs Mutter bald Geburtstag hatte. Es sollte ein besonderer Brief werden. Während Erich ihm früher stets freie Hand gelassen hatte, zählte er diesmal auf, was in dem Brief zu stehen hatte. Daß er in Vancouver in Saus und Braus lebe. Daß die Arbeitslosenunterstützung einundzwanzig Dollar in der Woche ausmache, mehr Geld als mancher Wochenlohn in Deutschland. Auch die Natur sollte in dem Brief vorkommen. Wie schön Vancouver sei, sogar im Winter. Daß das Meer salzig sei und nicht zufriere. Daß es haufenweise Wasserflugzeuge gebe. Erich ließ auch schreiben, daß er viel das Kino besuche und manchmal sogar eine Kirche von innen sehe.

»Das stimmt doch nicht«, warf Herbert lachend ein.

»Es liest sich aber gut. Meine Mutter braucht so etwas, sonst wird sie nie mehr gesund.«

Eigentlich wollten sie nur den Brief gemeinsam zum Briefkasten bringen. Aber aus dem Spaziergang wurde eine dreistündige Wanderung quer durch Vancouver. Es war wie in alten Tagen. Weißt du noch, wie wir in Toronto die langen Straßen abgewandert sind, um eine Hausnummer jenseits von sechstausend zu finden? In Vancouver gab es das auch. Die Granville zum Beispiel war so ein langes Monstrum. Oder der Kingsway, der von Burnaby kam, New Westminster durchquerte und schnurgerade auf die Halbinsel der City zulief. Weißt du noch, wie wir in Chatham durch die Maisfelder gelaufen sind und Zuckerrüben gesucht haben? Und die Königin von England war auch dabei. Und eine Ente haben wir totgeschlagen. War aber ungenießbar, weil wir kein Salz hatten. Und bei den Niagarafällen haben wir den letzten Dollar verspielt, aber Billy Graham hat uns satt gemacht. Herbert erinnerte sich nicht, jemals in so heiterer Stimmung mit Erich Domski durch die Straßen gelaufen zu sein wie an diesem Februarnachmittag in Vancouver.

Der Endpunkt ihrer Wanderung war Downtown. Wie ein Magnet zog sie der weiße Uhrturm in der Granville gegenüber dem Hudson Bay Store an. Die Granville abwärts bis zur Cordova Street. Dort wurden die Lichter schon verschwommener, die Netze der Oberleitungen verworrener, und die schwarzen Feuerleitern in den Hinterhöfen nahmen überhand.

»Kannst du dir vorstellen, eines Tages so in den Straßen herumzulungern wie die da?« fragte Herbert.

Er zeigte auf die unrasierten alten Männer mit den viel zu weiten Mänteln, die neben den Wasserhydranten Picknick hielten und auf der düsteren Rückseite der Chinatown Mülleimer nach chinesischem Reisfleisch absuchten. Vor dem grellen Rot der Drachen, das die Pender Street erhellte, glitten sie wie Schatten vorüber, suchten rasch die Dunkelheit, wurden angezogen von der Dunkelheit.

»Mensch, du hast ein Talent, dir unnötig den Kopf zu zerbrechen«, sagte Erich. »Das sind alte, kaputte Kerle. Wir sind beide zusammen nicht so alt wie einer von denen.«

Erich Domski weigerte sich, dreißig oder vierzig Jahre vorauszudenken. Mein Gott, was konnte bis dahin alles geschehen!

»Die haben auch mal im Busch gearbeitet«, meinte Herbert. »Im Sommer draußen das große Geld verdient wie wir und im Winter in Downtown herumgelegen. Bis der Tag kam, an dem sie niemand in die Wildnis zurückrief, weil sie verbraucht waren. Seitdem sind sie in der Cordova Street und besuchen die Mülleimer.«

»Du redest wie Billy Graham! In Wattenscheid hatten wir auch so einen. Der war noch keine fünfundzwanzig und machte sich schon Gedanken, wovon er im Alter seine Brötchen bezahlen sollte. Eines Tages fiel er tot um, als er aus dem Schacht kam. Es war alles umsonst gewesen.«

Aber Herbert konnte es nicht verhindern, daß ihn ein Frösteln vor der Zukunft überkam. Zum erstenmal eigentlich. Bisher hatte er stets gelacht über die Spießbürger, deren höchstes Lebensziel ein eigenes Haus mit viel Wärme und Licht ist, über Leute wie Tom, der sich eine Prachtvilla in North Vancouver hingesetzt und sie mit einem Schäferhund und einer Frau ausgestattet hatte. Aber wenn du einen Winterabend lang durch die Cordova Street gehst, verlernst du das Lachen. Da fängst du an, dich nach warmen Stuben zu sehnen und nach alten Großmüttern, die Milchsuppe kochen, die hinter dem Ofen Strümpfe stopfen und Märchen erzählen.

Nur einen ließ die Cordova Street unbeeindruckt. Das war Erich Domski. Er steuerte pfeifend auf die roten Drachen zu und bestand darauf, mit Herbert einen Zug durch die Chinatown zu unternehmen. Denn du mußt wissen, Vancouver hat die zweitgrößte Chinatown Amerikas, und von den vielen Menschen aus Wattenscheid hat noch keiner seinen Dreck in der Pender Street von den Füßen getreten – bis auf Erich Domski.

Eigentlich wollte er sich nur aufwärmen. Zu diesem Zweck suchte Herbert ein öffentliches Gebäude, denn aus Erfahrung wußte er, daß diese Häuser neben ihrer sonstigen Zweckbestimmung auch die Eigenart haben, warm zu sein. Erst als er drin war, bemerkte er, daß es sich um die öffentliche Bücherei der Stadt Vancouver handelte. Eine ältere Dame fragte nach Name und Adresse. Sie versicherte freundlich, es sei alles kostenlos, und schrieb schon, ohne daß er ausdrücklich darum gebeten hatte, eine Mitgliedskarte für ihn aus, denn alte Damen können sich nicht vorstellen, daß jemand eine Bibliothek betritt, nur um sich aufzuwärmen. Sie öffnete ihm die große Glastür, die ins Innere führte, und drängte ihn fast zu den Regalen und Bücherreihen. Wie Herbert vorausgesehen hatte, war es ungewöhnlich warm in dem riesigen Raum mit seiner gewaltigen

Ansammlung bedruckten Papiers. Es roch nach Staub, Moder und vertrockneten Einbänden. Erich Domski würde sagen, daß das der Geruch des Mittelalters sei.

Seltsamerweise dachte Herbert zuerst an die Holzfäller, die vor einem Menschenleben diesen gewaltigen Papierberg aus der Wildnis gezogen hatten, an Männer wie den alten Lear, der in seiner Jugend noch mit Ochsen im Wald gearbeitet hatte. Die Tiere mußten die gefällten Bäume zum Fluß ziehen, zwölf Ochsen in einem Gespann. Auf dem Fluß trieb das Holz abwärts zu einer mit Wasserkraft arbeitenden Papiermühle. Danach war das Holz dem alten Lear aus den Händen geglitten. Es war nicht seine Schuld, was andere daraus machten, was sie darauf schrieben.

Herbert fühlte sich unsicher. Es kam ihm vor, als beobachte ihn die alte Dame, als passe sie auf, ob er Seiten aus den Büchern reiße. Er beruhigte sich erst, als er die vielen Leser sah, die sich in der Halle niedergelassen hatten. Sie saßen versunken in Ecken und auf Fensterbänken, umgeben von Bücherhaufen, Zeitschriften und eingewickelten Sandwiches. Sie gaben sich weltentrückt dem bedruckten Zedernholz hin, das König Lear vor einem halben Jahrhundert dem Wald abgerungen hatte. Ein alter Kauz hatte sogar seine Filzpantoffeln mitgebracht. Offensichtlich gab es Menschen, die sich in Bibliotheken wohl fühlten, die sich in den sterilen Räumen, in denen nichts lebte außer den eingeschleppten Schnupfenviren, häuslich einrichten konnten. Sie sahen aus, als hätten sie am liebsten zwischen den Büchersäulen genächtigt. Weiß Gott, es war schon eine gewaltige Faszination, vor solchen Bücherbergen zu stehen, vor dieser Anhäufung menschlicher Fiktionen auf bedruckten Baumstämmen. Herbert ärgerte sich, als er sich dabei ertappte, wie er nach deutschen Autorennamen Ausschau hielt. Das erste Buch, das er berührte, war die englische Ausgabe der *Buddenbrooks*. Einerseits war es ihm peinlich, andererseits verspürte er einen gewissen Stolz, einen deutschen Nobelpreisträger zwölftausend Kilometer von Deutschland entfernt auf dem Bücherregal zu finden. Er beschloß, das Buch in die Souterrainstube mitzunehmen, um sein Englisch zu verbessern und Thomas Mann eine größere Ausleihfrequenz in Vancouver zu verschaffen. Nur so aus Gefälligkeit.

Ein Taschenbuch über Lenin fiel ihm auf. Es hatte ihn schon immer gereizt, mehr zu wissen über diesen Menschen, dessen Ideen von so vielen als bedrohend empfunden wurden. Er nahm also Lenin mit. Kaum hatte er ihn, traf es Herbert wie ein elektrischer Schlag. Im selben Regal, in dem Bücher von Churchill und über Eisenhower standen, fand er Adolf Hitlers *Mein Kampf*, den Bestseller der dreißiger Jahre, millionenfach in Deutschland verbreitet, zur Zeit zwischen Flensburg und Bad Reichenhall nicht mehr auffindbar. Hier, auf der anderen Seite der Erde, stand Adolf Hitler friedlich in einer öffentlichen Bücherei, für jedermann zugänglich, kostenlos ausleihbar. Herbert wagte es nicht, das Buch zu berühren. Wie betäubt stand er davor. Er dachte an die Millionen Exemplare, die einst Deutschland überschwemmt hatten. Wo waren sie geblieben? Wieviel Qualm brennender Bücher hatte neben dem sonstigen Rauch des ausgehenden Kriegs die Luft über Deutschland verpestet? Da waren ganze Berge verbrannt worden, die König Lear aus dem Wald gezogen hatte, unschuldiges Holz, das brennen mußte, weil es mit Worten bedruckt war, für die der alte Lear nichts konnte.

Bevor Herbert das Buch in die Hand nahm, blickte

er sich scheu um und suchte Deckung hinter einer Säule, weil er fürchtete, die alte Dame könne erscheinen, um zu sagen, das Buch sei nicht für ihn bestimmt. Mit dem Rücken zur Wand, immer gewärtig, von einem empörten Menschen zur Rede gestellt zu werden, blätterte Herbert *Mein Kampf* von Adolf Hitler durch, ein Buch, das in Deutschland nicht mehr gelesen werden durfte, das verbannt war aus deutschen Bücherregalen. Als die Dame zufällig vorbeikam, klappte er das Buch hastig zu und blickte sie an wie einer, der sich ertappt fühlt. Aber sie lächelte nur freundlich und fragte, ob sie ihm helfen könne.

Nein, vielen Dank, ihm war nicht zu helfen.

Er hatte Bedenken, das Buch auszuleihen. Bestimmt war es für Deutsche nicht zugelassen. Bei der Registratur würde man ihn examinieren. Vielleicht brauchte er eine polizeiliche Genehmigung, um es zu lesen. Oder alle, die *Mein Kampf* lasen, kamen in schwarze, rote oder weiße Listen. Aber am Ausgang fragten sie nur nach der Nummer des Buchs, sie verlangten keinen Ausweis, keine Bescheinigung der Mündigkeit, dieses Werk ohne Gefahr für Leib und Seele lesen zu können.

Thomas Mann, Lenin und Adolf Hitler, mit dieser Mischung marschierte Herbert Broschat nach Hause. Er konnte es noch immer nicht begreifen, wie frei dieses Land war. Du kannst jedes beliebige Buch nach Hause tragen und herauslesen, was dir gefällt. Lenin oder Hitler – niemand hat Angst, daß du verführt oder mißbraucht wirst. Lag es an der Distanz? War dieses Kanada so unendlich weit von jenen Dingen entfernt, die mit Thomas Mann, Lenin und Hitler zu tun hatten, daß es sich diese Nachlässigkeit im Umgang mit Büchern leisten konnte?

In der Souterrainstube las er abwechselnd in den drei Büchern. Eigentlich wollte er ja nur sein Englisch verbessern und gegen die Schallplattenmusik aus Cecilys Zimmer anlesen, gegen den Vanilleduft, der lieblich durch die Räume zog und sich unausrottbar im Souterrain festsetzte. Ab und zu übersetzte er Sätze, die ihm bemerkenswert erschienen, und notierte sie in seinem Tagebuch. So diesen von Adolf Hitler:

> *Wenn eine Nation durch die regierende Gewalt zur Zerstörung geleitet wird, dann ist die Rebellion für jedes Mitglied einer solchen Nation nicht nur ein Recht, sondern eine Pflicht.*

Mit eigenen Worten setzte Herbert hinzu: *Das sagen alle Revolutionäre, bevor sie an der Macht sind. Aber nachher brauchen sie Volksgerichtshöfe gegen die Rebellen.*

Ein andermal schrieb er einen Satz Lenins auf:

> *Solange Kapitalismus und Sozialismus nebeneinander bestehen, können wir nicht in Frieden leben. Am Ende wird das eine oder das andere triumphieren, ein Beerdigungslied wird entweder der Sowjetrepublik oder der Welt des Kapitalismus gesungen werden. Es ist nur der Aufschub des Krieges.*

Schöne Aussichten für das Abendland, schrieb Herbert an den Rand des Papiers und wandte sich den *Buddenbrooks* zu.

Am letzten Tag im Februar kam das Telegramm der Powell River Company. Arbeitsanfang am Montag, dem 4. März!

Die haben den Verstand verloren! Auf den Hängen im Norden der Stadt lag schmutziger Schnee. Nachts froren im Stanley Park die Ententeiche zu. Die meisten Wasserflugzeuge lagen noch an der Kette, weil Eis und Schnee auf den Seen des Binnenlandes keine Landungen erlaubten. Aber die Company schickt ein Telegramm, eine Einladung ins Camp zu einem weiteren Sommer mit Regen, Hitze und Ungeziefer.

Was machst du nun, Herbert Broschat? Ein zweites Mal bitten sie dich nicht, sondern suchen andere. Fährst du jetzt hinaus, hast du mehr Rechte. Du gehörst zu den alten Hasen, kannst dir die Arbeit aussuchen; auch kommst du eher zu Überstunden und kannst bestimmen, in welcher Hütte du leben willst. Es ist dein gutes Recht, den Ruf der Wildnis zu überhören, das Telegramm in den Müll zu werfen, es anzuzünden oder durch das Wasserklosett zu spülen. Du kannst es auch unter das Kopfkissen legen und die Augen schließen, um weiterzuschlafen, kannst mit dem Telegramm in der Tasche ins Kino gehen oder das Papier auf einer Parkbank vergessen. Aber wenn du das machst, mußt du später um Arbeit bitten.

Für Erich war auch ein Telegramm gekommen. Wenn er nicht anruft, mußt du ihm das Telegramm bringen, dachte Herbert. Er wollte sich mit Erich zusammensetzen, entweder im »Martin« oder beim Chinesen oder in der Souterrainbude, damit sie in Ruhe beratschlagen konnten, ob sie in den Busch reisen sollten oder ob es besser sei, Vancouver zu kaufen oder sonst etwas Verrücktes anzustellen.

Erst versuchte Herbert, Erich telefonisch zu erreichen, aber der Name Erich Domski war im »Martin« unbekannt. Deshalb telefonierte er mit Tom in North Vancouver.

»Wenn ich euch mitnehmen soll, müßt ihr am Sonntagmorgen um neun Uhr am Nordende der Lions Gate Bridge stehen«, sagte Tom.

Ganze drei Tage ließ ihnen die Powell River Company Zeit, um zu packen, sich von Vancouver zu verabschieden, um noch einmal kleine Mädchen zu besuchen, ins Kino zu gehen oder was sonst zu erledigen ist, bevor du ein halbes Jahr im Busch verschwindest. Noch einmal *Carmen Jones*. Auf dem Weg dorthin schleppte Herbert die ausgeliehenen Bücher in die Bibliothek zurück und gab seine Mitgliedskarte ab. Die freundliche alte Dame bot ihm an, Bücher für ein Vierteljahr ins Camp mitzunehmen. Nur das nicht! Herbert war durch mit Lenin, Hitler und den *Buddenbrooks*. Bücher in einem Holzfällercamp? Du willst doch nicht als Sonderling herumlaufen. Es genügt schon, daß sie da draußen den Stoff beschaffen, aus dem Bücher gemacht werden. Geschrieben und gelesen werden müssen sie anderswo.

Mensch, Erich, nun melde dich endlich!

Am Abend sagte er Mister Doole Bescheid. Der bedauerte es, einen pünktlich zahlenden, ruhigen Mieter zu verlieren. Als Cecily es hörte, sagte sie nur: »Es ist doch noch Winter.«

Keine Spur von Traurigkeit. Wenn sie wenigstens gesagt hätte: »Schade, jetzt bekomme ich keine Zigaretten mehr.« Aber Cecily meinte nur beiläufig: »Du sprichst doch gut Englisch. Warum suchst du dir keine Arbeit in der Stadt?«

Das reichte aus, um Herbert in Zweifel zu stürzen. War das eine Aufforderung, in der Manitoba Street zu bleiben? Aber nein, nein, so ernst war das nicht gemeint. Cecily hatte nur so dahergeredet, wie wenn einer sagt: »Na, wie geht's?« oder »Ach, das Wetter ist aber schön!« Ja, es herrschte wunderschönes Wetter in Vancouver. Viel zu schön für Ende Februar.

Herbert schwankte hin und her, aber am Abend des 1. März stand es fest: Er nahm das Urteil an. Verbannung in die kanadische Wildnis. Mochten die Berge, die herabstürzenden Bäche und Regenschauer, die Schneereste auf den aufgeweichten Waldwegen noch so trostlos aussehen – Herbert Broschat wollte hinaus. Die Wildnis wird ihn erlösen vom Anblick des gelben Autos, das fast täglich in der Manitoba Street parkte. Sie wird ihn befreien aus der Bauchlage vor dem Souterrainfenster und das kleine Planquadrat von Himmel, das ihm geblieben war, hundertfach erweitern. Du kannst dich wieder auf Sonnenuntergänge freuen, die leuchtende Pracht des Feuerkrauts bewundern, das nach Waldbränden die eingeäscherte Fläche mit einem farbigen Teppich überzieht. Herbert begann, sich auf Kopfsprünge in das Wasser des Stillwatersees vorzubereiten, auf Gespräche mit dem alten Lear, wenn der am Wasser säße und auf Weißfische wartete.

Sogar das Wetter erleichterte Herbert den Entschluß zum Aufbruch. Eine ungetrübte Sonne wärmte die nassen Häuserfassaden. Der Winterschlaf ging zu Ende. Nicht nur die Bären krochen aus den Höhlen, auch Vancouver entließ seine verschlafenen Kinder.

Am Sonnabend packte Herbert ein, was von Erich Domski im Souterrain übriggeblieben war. Damit fuhr er zur Granville. Gegen elf Uhr vormittags betrat er das »Martin« und fragte nach einem jungen Burschen, ungefähr dreiundzwanzig Jahre alt, sechsundsechzig Inch groß, mit deutschem Akzent und einer indianischen Frau. Ein verschlafener Portier notierte seinen Namen und telefonierte mit Zimmer 420.

Der Besuch war willkommen. Herbert schlug den Fahrstuhl aus und rannte, gewissermaßen als Training für die Arbeit im Busch, zu Fuß hinauf in den vierten Stock.

Erich Domski erwartete ihn auf dem Flur. Er empfing ihn mit einem Hallo, als wäre er soeben aus Wattenscheid eingetroffen und hätte viel zu erzählen.

»Fühl dich wie zu Hause«, sagte er und öffnete die Tür zu Nummer 420.

Na, ein bißchen wild siehst du schon aus, dachte Herbert. Ihm fielen die Bartstoppeln auf und Erichs Hände, die noch weicher, ja geradezu feist geworden waren. In dem Raum brannte eine einsame Nachttischlampe.

Erich riß die Vorhänge zur Seite und ließ das Licht des Tages ein. Ein gewöhnliches Hotelzimmer mit Blumentapeten und altem Mobiliar. An den Wänden Bilder der stolzesten Passagierschiffe der britischen Cunard Line. Ein modernes weißes Telefon fiel in der altmodischen Umgebung auf. Es stand auf der linken Seite eines sehr breiten Bettes, rechts eine Schwarzwälder Kuckucksuhr, die auffallend laut tickte.

Nebenan rauschte Wasser.

»Sie duscht gerade«, erklärte Erich und hämmerte mit der Faust gegen die Tür des Badezimmers.

Herbert vernahm Radiomusik, sehr dezent, sehr weit entfernt.

»Wenn sie duscht, nimmt sie immer das Radio mit« bemerkte Erich. »Das ist eine Angewohnheit von ihr. Sie kann nicht allein sein. Entweder muß der Fernseher flimmern oder das Radio spielen. Was meinst du, was ich mit dem Radio für einen Zirkus gehabt habe. Da drin wird der Kasten naß und spielt nicht mehr, weil die Batterien hin sind. Einen Tag lang bin ich in Vancouver rumgelaufen, um ein Radio zu finden, das die Waschküchenluft in dem verdammten Duschraum vertragen kann.«

Mit einer Handbewegung fegte Erich weibliche Kleidungsstücke von einem Sessel, um dem Besucher Platz zu schaffen.

Herbert warf die Tüte mit Erichs Siebensachen auf den Tisch.

»Superintendent Johnson hat Sehnsucht nach dir«, sagte er und reichte Erich das Telegramm.

Erich las das Papier und begann laut zu lachen.

»Die sind verrückt geworden!« meinte er. »Um diese Jahreszeit brauchen sie uns eher zum Schneeschaufeln als zum Bäumerausziehen.«

Erich feuerte das Telegramm auf den Fußboden und rannte in die Ecke des Raums, die nach Küche aussah. Es gab da einen Tauchsieder, Tassen, Töpfe, auch zwei Gläser. Am Kopfende des Bettes, versteckt hinter Kordeln und Fransen, fand Erich eine halbvolle Flasche Rum, die er vor Herbert auf den Tisch stellte.

»Auf den Schreck trinken wir einen«, sagte er.

Als sie die Gläser geleert hatten, meinte Erich: »Du kannst dem kleinen Johnson einen schönen Gruß bestellen und ihm sagen, daß Erich Domski erst in den Busch kommt, wenn es manierliche Witterung gibt. So lange kann er allein auf den Baumstämmen herumspringen.«

Es entstand eine Pause. Erich wühlte in der Tüte mit seinen Habseligkeiten.

»Das heißt also, unsere Wege trennen sich«, bemerkte Herbert.

»So darfst du das nicht sehen. Ich will nur nicht so früh in den verdammten Busch. Wenn das Wetter besser wird, komm' ich nach.« Er machte eine Pause. Dann fragte er: »Warum suchst du dir keine Arbeit in der Stadt? Du kannst Englisch, für dich ist es nicht schwer. Wenn es uns in der Stadt nicht gefällt, fahren wir im Sommer raus. Da ist Badezeit am Stillwatersee.«

Traurigkeit war gar kein Ausdruck. Erich Domski lachte und machte seine Späße und schenkte noch einen Rum ein – aber Herbert Broschat fühlte sich elend. Er hörte nicht zu, wie Erich aufzählte, was ihn an die Stadt fesselte. Das Hotelzimmer, das Halbblut, die Rumflasche. Schlafen, solange du willst, ohne von der verdammten Campsirene geweckt zu werden. Er hätte Prügel verdient, wenn er dieses warme Nest verließe. Beschwörend hob Erich die Hände, die nun so wundervoll weichen Kohlenpotthände, Steinträgerhände, Waldarbeiterhände, die in drei Monaten Vancouver dermaßen verwöhnt worden waren.

»Aber trotzdem bleiben wir Freunde!« rief Erich und sprang auf.

Er hatte plötzlich eine Idee. An den langen Wochenenden, zum Beispiel Dominion Day, Labour Day oder Thanksgiving Day, sollte Herbert die Stadt besuchen und kostenlos bei ihm im Hotelzimmer schlafen. Erich redete sich regelrecht in Begeisterung, schwelgte in Unternehmungen, die sie gemeinsam durchführen wollten, wenn Herbert aus dem Busch in die Stadt käme.

Auf einmal sagte er: »Irgendwann hätten wir uns doch trennen müssen. Du willst in Kanada bleiben, und ich will nach Deutschland zurück. Wenn mein Pferdchen frisch und gesund bleibt, haben wir in einem Jahr Geld genug, um nach Wattenscheid zu fahren.«

Eigentlich war nun nichts mehr zu sagen. Herbert wollte gehen, aber Erich bestürmte ihn, zu bleiben. Wenigstens gemeinsam zu Mittag sollten sie essen. Nein, so schnell darfst du dich nicht davonmachen! Wer weiß, wann wir uns wiedersehen! So jung kommen wir nie mehr zusammen!

Plötzlich ging die Tür zum Waschraum auf. Die Frau betrat das Zimmer. Sie hatte einen blauen Morgenmantel um, bestickt mit goldenen Drachen, was ihr das Aussehen einer indianischen Butterfly gab. An den nackten Füßen hatte sie Sandalen, das schwarze Haar war provisorisch zusammengesteckt. Unter dem Arm trug sie das Radiogerät, das Erich so viel Kummer bereitet hatte.

Sie grüßte mit einem flüchtigen »Hallo!« und begab sich in die Küchenecke. Dort steckte sie den Tauchsieder in eine Wasserkanne. Bevor das Wasser brodelte, kam sie an den Tisch, um die Rumflasche zu holen. Als sie vorbeiging, streichelte Erich die goldenen Drachen.

Herbert versuchte sich vorzustellen, welchen Eindruck die Frau in Wattenscheid machen würde.

»Mal ehrlich«, fing Erich an, als hätte er seine Gedanken erraten. »Für Wattenscheid ist die viel zu schade. Mit der könnte ich nach Köln gehen oder nach Bonn.«

Die Frau rührte Rum in heißes Wasser; dabei hielt sie noch immer das Radiogerät im Arm und hörte Musik, sehr ferne Musik.

»Weißt du, was?« sagte Erich, als ihm nichts mehr einfiel, um Herbert zum Bleiben zu bewegen. »Ich werde für eine Stunde in die Stadt gehen. Inzwischen hast du ein bißchen Spaß mit ihr.«

»Du bist nicht ganz bei Trost, Erich Domski! Du weißt nicht, was du redest.«

»Du kannst ganz beruhigt sein. Sie ist gesund, mit ihr hast du keine Scherereien. Mein Pferdchen ist gut. Nicht wahr, kleines Pferdchen, du bist gut zu ihm?«

Sie hantierte gelangweilt mit dem Geschirr in der Küchenecke, ohne aufzublicken.

Zweiundzwanzig Jahre bist du alt, Herbert Broschat. Aber du kannst immer noch nicht verhindern, daß dir bei solchen Anlässen die Röte ins Gesicht steigt. Herbert suchte nach Ausreden, sagte, er habe noch viel zu besorgen für die Reise ins Camp und sei nicht vorbereitet auf einen solchen Ausgang des Besuchs im »Martin«.

»Mensch, in unserem Alter ist man immer vorbereitet!« erwiderte Erich lachend. »Bereit sein ist alles!«

Er holte seine Schuhe und begann sich anzuziehen für den einstündigen Spaziergang auf der Granville.

»Du mußt das verstehen«, beschwor ihn Herbert. »Die Menschen sind alle verschieden. Für den einen ist das eine Beschäftigung wie In-der-Nase-Pulen, der andere kann das nur, wenn auch das Gefühl dabei ist, wenn man sich gut kennt und gut versteht.«

»Du bist vielleicht komisch«, meinte Erich kopfschüttelnd. »In der Manitoba Street genügt es dir, wenn du ihren Vanilletee riechst. In Deutschland hast du eine, die zu allem bereit ist, aber der Herr geht in die Wälder und läßt auf sich warten. Überall sind Frauen, die weiter nichts wollen, als daß du sie dir nimmst. Aber du wartest auf Gefühle! Überleg mal, was du für mich getan hast. Die vielen Briefe nach Wattenscheid! Da muß ich mich doch revanchieren dürfen. Ich will dir auch etwas bieten. Das ist Ehrensache. Du darfst mir das nicht abschlagen.«

Erich Domski warf die Jacke über die Schulter. Er

war fertig zum Abmarsch. Vorher ging er zu der Frau und berührte mit einem Anflug linkischer Zärtlichkeit ihren Arm.

»Er ist mein bester Freund«, sagte er zu ihr.

An der Tür besann er sich, drehte sich um, öffnete die Schranktür und zog einen Plattenspieler hervor, hantierte an den Knöpfen. Er brauchte nicht lange zu suchen, bis er die Platte gefunden hatte, die dieser Stunde angemessen war. *Blue Tango.* Darf ich bitten? Es ist Damenwahl. Eine Stunde lang *Blue Tango.*

Als Erich die Tür hinter sich zugeknallt hatte, geschah erst einmal gar nichts. Das Halbblut drehte sich um, stand mit dem Rücken zur Wand, in der rechten Hand eine Zigarette, in der linken ein Glas. Sie sah Herbert zunächst so an, wie ein Kaninchen die Schlange ansieht, dann mehr so, wie eine Schlange ihr Kaninchen fixiert.

»Willst du auch eine Zigarette?« fragte sie und warf ihm die Schachtel auf den Tisch.

Herbert ließ sich viel Zeit beim Anzünden. Er dachte flüchtig an Cecily, komischerweise auch an Gisela und schließlich sogar an die Mutter. Zum Schluß aber dachte er nur an Carmen Jones. Die Flammen auf der Leinwand spiegelten sich auf dem blauen Morgenmantel. Sie züngelten empor, fraßen das Gewebe mit den goldenen Drachen, verzehrten es vor seinen Augen. Plötzlich stand die Frau nackt in der Küchenecke, in der rechten Hand eine Zigarette, in der linken ein Glas – und sonst nichts.

Das sind Augenblicke, in denen normalerweise die Natur für eine Viertelstunde die Herrschaft übernimmt, keine Ausflüchte duldet, Scheu und Ekel überwindet, penetranten Zigarettendunst ebenso verdrängt wie abgestandenen Schnapsgeruch. Wenn die große Kraft des Faktischen zu wirken beginnt, geht der Verstand auf Reisen. Schmerzen sind nicht mehr spürbar, der hochgezüchtete Menschenapparat konzentriert sich auf einen banalen Punkt.

So wäre es üblicherweise – aber Herbert Broschat saß in seinem Sessel, hörte *Blue Tango* und hielt die nackte Frau für eine Schaufensterpuppe, die auf den Dekorateur wartete. Erich hatte ihm die Puppe ausgeliehen. *Rent a doll* oder so ähnlich. Eine geschäftsmäßige Abwicklung. Du hast für mich die Post nach Wattenscheid geschrieben, dafür bekommst du die Frau. Eine Hand wäscht die andere. Unter Freunden ist das eine Selbstverständlichkeit.

»Was ist los mit dir?« fragte sie.

Ja, was ist los mit dir, Herbert Broschat? Ist es Erich Domski, der dir im Weg steht, ein einfacher Mensch, der mit entwaffnender Natürlichkeit sich alles greift, alles anfaßt, alles umarmt, was ihm in die Quere kommt? Ein solcher Mensch kann dich an die Wand drücken. Du verlierst jedes Selbstvertrauen, weißt genau, daß du niemals mit einer solchen Selbstverständlichkeit durch fremde Gärten gehen kannst wie Erich Domski. Herbert Broschat beneidete ihn, der so einfach und ohne Skrupel leben konnte. Und während er noch an Erich Domski dachte, zog die Frau den Morgenmantel wieder an.

Sie kam mit der Flasche zu ihm an den Tisch, setzte sich neben ihn und pustete ihm Zigarettenrauch in die Augen.

»Es ist besser, wenn wir ihm davon nichts sagen«, meinte sie. »Er soll nicht denken, daß es meine Schuld war.«

Ach so, du hast Angst. In einem solchen Beruf muß es immer klappen, sonst baust du ab, wirst alt, versagst. Und das ist der Anfang vom Ende. Hier klappt es nicht mehr, und da klappt es nicht mehr, und eines Tages will dich keiner haben.

»Bis vor einem Jahr gehörte ich zu Ralph. Der hat mich sitzenlassen, weil mir der Rum so gut schmeckte. Ralph meinte, wenn eine Frau trinkt, ist sie nicht mehr so gut. Aber das stimmt nicht, bei mir stimmt es nicht. Dein Freund ist besser zu mir. Dem ist es egal, wieviel ich trinke. Der ist richtig gut zu mir. Ich möchte ihn nicht verlieren. Deshalb sag ihm nicht, daß es nicht geklappt hat. Er soll nicht denken, daß es am Rum liegt. Wirklich, glaub mir, es hat mit dem Rum nichts zu tun.« Noch immer spielte *Blue Tango*.

»Kann ich dir sonst etwas Gutes tun?« fragte sie. »Wie ist es mit Essen? Ja, essen ist bestimmt gut.«

Sie eilte zum Kühlschrank und holte Brot und kaltes Fleisch, eine Dose Thunfisch und Rosinenpie. Mit erstaunlicher Geschicklichkeit deckte sie den Tisch, strich Butter auf Weißbrot, machte liebevoll kleine Häppchen zurecht, abwechselnd Käse und Thunfisch.

»Gott sei Dank«, sagte sie lachend, als Herbert zulangte, »wenigstens das Essen schmeckt dir.«

Sie sah ihm zu und sorgte dafür, daß sein Teller nicht leer wurde, aß aber selber keinen Bissen, sondern trank nur heißen Tee.

Sie saßen noch an der gedeckten Tafel, als Erich Domski heimkehrte. Pünktlich nach einer Stunde.

»Na, habt ihr noch was übriggelassen?« rief er aufgeräumt. Dann ging er zum Plattenspieler und stellte *Blue Tango* ab. Jetzt war Essenszeit.

Um sieben Uhr am Sonntagmorgen war Herbert abmarschbereit, viel zu früh. Tobby saß in seinem Schaukelstuhl auf der Veranda und wartete auf den Mannschaftswagen seines Sportklubs.

»Wenn ich meiner Schwester etwas bestellen soll, kostet es eine Zigarette«, sagte er.

»Da hast du eine«, erwiderte Herbert und warf ihm eine Zigarette hin. »Aber zu bestellen gibt es nichts.«

Er wußte keinen Satz, den er für Cecily zurücklassen könnte und den sie ernst nehmen würde.

Also ging er in den Morgen. Es war trübe, regnete aber nicht.

Die Busfahrt durch die Stadt war kürzer als an Werktagen. Deshalb stieg er schon vor der Lions Gate Bridge aus, ließ die Stadt, die jenseits des Wassers schlief, hinter sich und wanderte durch den Stanley Park. Dabei empfand er eine erleichternde Traurigkeit.

Tom kam pünktlich. Auf dem Beifahrersitz saß seine Frau, und hinten lag der Schäferhund.

»Damals wart ihr zu zweit«, sagte Tom. »Wo hast du den Kleinen aus dem Ruhrgebiet gelassen?«

»Der kommt später nach«, antwortete Herbert.

»So fängt es an«, meinte Tom lachend. »Erst wollen sie später nachkommen, und schließlich versumpfen sie ganz in der Stadt.«

Am Fähranleger Horseshoe Bay verabschiedete Tom sich von Frau und Hund.

Als sie auf der Fähre waren, fragte Tom: »Na, wie war das mit dir in der Stadt? Hast du in den drei Monaten auch eine Frau gehabt?«

Das sind Fragen, auf die du nur doppeldeutige Antworten geben kannst. Ach, wenn du wüßtest, wieviel Frauen an der Souterrainstube vorbeigegangen sind! Frauen in allen Farben und Größen. Und Carmen war gut. Und ein Halbblut hat nackt in der Küchenecke gestanden, aber Herbert hat es nicht angerührt.

Zum Glück traf Tom Bekannte aus dem Camp, mit denen er sich zum Apfelpieessen zusammensetzte. Das ersparte Herbert weitere Fragen. Er blieb am Heck und blickte hinunter, als hätte er noch niemals gurgelndes Wasser gesehen. Hier empfand er deutlich, daß sich etwas geändert hatte. Erich Domski fehlte ihm. Niemand ging über Deck und trällerte: *Einmal am Rhein* ... Keiner stieß ihm in die Rippen und flüsterte: »Sieh dir mal die Schwarze an, die mit den runden Backen und den beiden Kamelhöckern! Wie gut, daß Mädchen Kamele und keine Dromedare sind.« Es spuckte auch keiner gegen den Fahrtwind und erzählte von Wattenscheid und seinen einzigartigen Bewohnern.

Herbert war allein mit den Inseln, hatte die ganze prächtige Sunshine Coast für sich, eine Küste, von der die Prospekte sagten, sie habe mehr als zweitausend Sonnenstunden im Jahr. Als Herbert mit der Fähre von Horseshoe Bay nach Howe Sound übersetzte, waren gerade die restlichen Stunden dran, denn es tröpfelte. Auf den Inseln ringsum tauchten vertrocknete Zedern wie Leuchttürme aus dem Dunst auf, zeigten mit ihren gebleichten Spitzen in den Himmel. Wer sagt denn, daß dieses Land keine Dome hat? In den Wäldern wachsen Dome seit Hunderten von Jahren zur Ehre Gottes und zum Nutzen der Powell River Company. Von den Ufern grüßten Black Spruce und Douglastannen, dazwischen abgestorbene Birken wie Gerippe längst verschollener Urwelttiere. An Steuerbord Red Pine, Bäume mit Nadeln wie Zahnstocher. Auf einem Felsbrocken im Wasser, der nicht größer war als Mutters Gemüsegarten, entdeckte Herbert ein Holzschild mit der Aufschrift:

Prepare for eternity – you'll be there forever. In diesem seltsamen Land machten nicht nur Mickymaus und General Motors für sich Reklame, sondern auch die Ewigkeit. Aber Herbert Broschat war erst zweiundzwanzig Jahre alt und fühlte sich noch fünfzig Jahre von der Ewigkeit entfernt. Was sollte er anfangen mit so viel Zeit? In den Wäldern Kanadas herumstromern? In Souterrainstuben schlafen und Füße beobachten? Sechs Wochen alte Zeitungen lesen? Auf Erich Domski warten?

Neben dem Zeitungskiosk auf dem Fährschiff fand er Prospekte zum Mitnehmen, Reiseprospekte für die schönsten Flecken der Erde. Die sagen dir, was du in den Jahren bis zur Ewigkeit anfangen kannst. Hawaii besuchen und den Grand Canyon. Rio darf der Mensch nicht versäumen. Oder das romantische alte Kuba mit »der Fröhlichkeit von Paris, dem Charme des alten Spaniens und den Aufregungen eines leichtherzigen Volkes, das das Glück hat, im Paradies geboren zu sein«. So schwelgte der Prospekt von der Zuckerinsel im Karibischen Meer und bot Sightseeing-Trips zu Zigarrenfabriken, Zuckerplantagen und Rumbrennereien an. Und nur eine Flugstunde südlich von Miami!

Aber statt nach Kuba fuhr Herbert Broschat zu den abgestorbenen Baumstämmen, an nassen Felsen und Ewigkeitsschildern vorbei in eine Wildnis, für die es noch keine Prospekte gab.

Er war voller Angst hinausgefahren, aber die Natur empfing ihn mit offenen Armen. Es war, als käme er nach Hause, als sei er lange erwartet worden. Natürlich lag noch Schnee, nasser Schnee, der den Frühling nur ahnen ließ. Noch tuckerten keine Holzschlepper mit ihren Flößen nach Powell River, denn auf dem Stillwatersee lag eine Schicht mürben, brüchigen Eises, aus der sich die eingefrorenen Stämme nur langsam befreiten. Nach drei Monaten Stadtleben denkst du: Mein Gott, wie ist die Wildnis still! Diese klare Weite. Keine Oberleitungen, keine Lichtmasten, nur dunkelgrüne Zedern, die sich vom nassen Weiß abheben. Herbert kam es vor, als seien die Berge größer geworden, als habe der Wald unter der Schneedecke nicht geschlafen, sondern sei weitergewachsen. Noch vernimmst du keinen Vogellaut. Das gleichmäßige Tropfen des tauenden Schnees ist das einzige Geräusch. Im Schnee sind reichlich Spuren. Tiere hatten das Camp umkreist, den Abfallhaufen umlungert, waren an den Hütten vorbei über den See gelaufen. Du steigst im Busch aus, und die Erinnerung an die Stadt fällt von dir ab. Du fühlst dich nackt, wartest auf ein neues Kleid. Mit einem Schlag ist alles so distanziert. Vancouver, ach, das liegt Tagereisen entfernt unten im Tal, eingehüllt in feuchte Nebelwände. Die muffige Wärme im Souterrain, das dunkle Hotelzimmer im »Martin«, *Blue Tango,* verqualmte Stuben voller Vanilleduft, das waren Erinnerungen an eine Gespensterwelt. Jemand hatte Herbert Broschat am Schopf gepackt, aus dem Brei herausgerissen und auf den höchsten Punkt des Berges gesetzt. Dort fröstelte ihn. Er war mit dem festen Vorsatz in den Busch gekommen, die Zeit bis zum Eintreffen Erich Domskis – später im Sommer, wenn Badezeit wäre – sinnvoll zu nutzen. Nur nicht herumsitzen und grübeln. Dann lieber Bäume zählen oder Eisschollen oder Erdhörnchen. Vielleicht sollte er anfangen, einen Bericht zu schreiben, einen Bericht über den Aufbruch des Frühlings in den kanadischen Wäldern, eine Geschichte nur für sich selbst, die vielleicht später einmal von anderen gelesen würde, wenn es keine Wälder mehr gäbe, keinen Frühling und keinen Aufbruch.

Als ersten Campbewohner bekam er den alten Lear zu Gesicht. Der verbrannte mit Hilfe von Dieselöl den Abfall des Winters.

»Es ist etwas Furchtbares passiert«, sagte Lear. »Nummer fünfzehn ist zusammengebrochen, weil zuviel Schnee auf dem Dach lag. Außerdem hat ein Schneesturm mehrere Bäume umgeweht. Die liegen nun auf dem Weg zu Distrikt A. Bevor die Arbeit beginnen kann, muß erst der Weg geräumt werden. Und noch etwas: Den kleinen Indianer haben sie abgeholt. Schon vor Weihnachten, weil er in die Schule mußte.«

Das Camp war erst zur Hälfte belegt. Sogar Schreiber Allen fehlte. Für ihn empfing der kleine Johnson die Arbeiter. Er glaubte, eine Erklärung abgeben zu müssen für den Arbeitsbeginn so früh im März.

»Es schadet nichts, wenn ihr früh mit der Arbeit anfangt«, meinte er. »In Vancouver versumpft ihr ja doch nur. Arbeit ist die billigste Art zu leben. Alle anderen Beschäftigungen gehen fürchterlich ins Geld. Der Anfang ist immer eine Schinderei, aber nachher ist der Busch einfach groß. Nächste Woche gibt es einen Film in der Küche. Im übrigen wißt ihr wahrscheinlich, daß der Stundenlohn ab ersten Mai um zwölf Cent erhöht wird.«

Als Johnson die Anwesenheitsliste durchging, fiel auch der Name Erich Domskis.

»Der kommt später«, sagte Herbert.

Da zog Johnson einen dicken Strich durch Erich Domski, löschte ihn auf der Liste der Chokermänner. Du gehörst nicht mehr hierher, Erich Domski!

Der alte Lear wies Herbert Nummer 8 zu, weil Nummer 11 noch im Schnee lag. Nummer 8 war eine gute Hütte, angenehm beheizt, gemütlicher als die Souterrainbude. Wenn Herbert aus dem Fenster blickte, hatte er nur den See vor sich. Und dahinter die Berge. Die reinste Sommerfrische. Da kommst du dir vor wie am Lake Louis im großen kanadischen Nationalpark oder wie am Königssee.

In Nummer 8 war Herbert allein.

»Wenn Neue kommen, frage ich dich, ob sie dir gefallen, bevor ich sie zu Nummer acht bringe«, versprach der alte Lear.

In der ersten Woche arbeiteten sie nur mit halber Kraft. Arbeit zum Angewöhnen. Aufräumen, die Wege ausbessern, gestürzte Bäume zur Seite ziehen, morsche Pfähle am Landesteg auswechseln, die Maschinen überholen, die zusammengebrochene Nummer 15 wiederaufrichten.

Mit Frühlingsanfang begann die richtige Arbeit. Weidenkätzchen in Distrikt A. Die ersten gelben Blumen an geschützten, sonnigen Stellen. Aber plötzlich fängt die Maschine an zu röhren. Es geht wieder los.

Bald kamen Neue. Der kleine Johnson hatte für diejenigen, die seiner Einladung nicht gefolgt waren, frische Kräfte von der Loggers Agency angefordert.

Als Herbert eines Abends Ende März von der Arbeit kam, erwartete ihn der alte Lear vor Nummer 8.

»Da sind drei Ungarn angekommen«, sagte der alte Lear. »Willst du sie in Nummer acht haben?«

Herbert staunte. Gleich drei Ungarn auf einmal!

»Sie sind übriggeblieben von der Knallerei in Europa«, erklärte der alte Lear. »Weil Ungarn ziemlich dicht an Deutschland liegt, hab' ich gedacht, sie passen zu dir in Nummer acht.«

Wie Herbert weiter erfuhr, gehörten die Ungarnflüchtlinge zu jenen Studenten einer ungarischen Forstschule, die mit ihren Lehrern Anfang Dezember in Vancouver angekommen waren. Wenn ihr in Kanada etwas von der Freiheit haben wollt, müßt ihr als erstes Geld verdienen. Auch für Flüchtlinge gibt es da keine Ausnahme. Ohne Geld keine Freiheit! Da sie von der Forstschule kamen, lag es nahe, sie in den Busch zu schicken. Dort konnten sie nicht nur Dollars verdienen, sondern in reinster Natur wachsen sehen, was in den Schulbüchern stand. Holzfällercamps sind die beste Schule für solche Leute.

»Also gut, hol die Ungarn in Nummer acht«, entschied Herbert.

Die drei waren so jung, wie man sich Freiheitskämpfer vorstellt. Freiheitskämpfer müssen jung sein. Im Alter sind sie entweder tot oder keine Freiheitskämpfer mehr. Die Ungarn standen im Vorraum von Nummer 8 und zogen das Los. Es ging darum, wer von ihnen in die leere Zweibettstube käme und wer zu Herbert ins Zimmer müßte. Herbert rechnete damit, daß unter den dreien wenigstens einer János hieß. Aber nicht einmal ein Ferenc war dabei. Den einen nannten sie Geró, den anderen auf gut deutsch Albert; der Mann, der in Herberts Stube gelost wurde, hieß István. Er fiel vor allem durch seine Stimme auf, eine überaus deutliche Stimme. István war Radiosprecher gewesen in jener unvergessenen Woche Anfang November 1956. Aushilfsradiosprecher, um es genauer zu sagen, ein Mann ohne Sprecherübung und mit miserabler Atemtechnik, der als Ersatz eingesprungen war, als es den geübten

Sprechern die Sprache verschlagen hatte. Unter sich sprachen die drei ungarisch. War ein anderer in ihrer Nähe, wechselten sie sofort in lupenreines BBC-Englisch. Als István hörte, daß Herbert aus Deutschland sei, strahlte er, als habe er einen verschollenen Bruder gefunden. Er holte die beiden anderen und erklärte ihnen, daß Herbert Deutscher sei. Da war es so, als gehöre er zu ihnen.

»Den Ungarn ist es ähnlich gegangen wie den Deutschen«, behauptete István. »Die haben auch den Krieg verloren und sind anschließend platt gewalzt worden.«

Zu viert saßen sie in Herberts Stube und sprachen über Europa. Die Ungarn wußten verdammt gut Bescheid; ihnen war alles noch in frischer Erinnerung. General Maléter sei zum Tode verurteilt worden. Aber die neuen Herren hätten ihn dazu gebracht, ein Begnadigungsgesuch zu unterschreiben. Also lebe er, lebe von ihren Gnaden. Deutschland kannten sie nicht; sie hatten es nur überflogen. Dafür war ihnen Österreich vertraut.

»Kennst du den Namen Nickelsdorf?« fragte István. »Da sind wir nachts über die Grenze gekommen. Vorher durch die Leitha geschwommen, jawohl, im November durch den Fluß geschwommen, bevor die Rote Armee die Kerzen in Budapest auslöschte.«

Wenn István von den Kerzen in Budapest sprach, wurden die anderen Ungarn still, und Istváns Stimme bekam einen feierlichen Ausdruck, so, als übertrüge Radio Budapest einen Gottesdienst. Zufällig war das Allerheiligenfest in jene Woche der ungarischen Freiheit gefallen. Zum erstenmal seit 1948 hatte das katholische Ungarn Allerheiligen gefeiert. Ein unbeschreiblicher Anblick. Budapest, ein Kerzenmeer. Vor Kirchenportalen, Denkmälern und in den Fenstern der Wohnhäuser flackerten Kerzen zur Erinnerung an die Toten der Revolution. So feierlich hatte Budapest noch nie ausgesehen. István ratschte ein Streichholz an und hielt es an die Fensterscheibe. Während das Streichholz brannte, fingen die beiden anderen an, das Lied von der ungarischen Freiheit des Jahres 1849 zu singen. Auch damals hatte jemand die Kerzen ausgelöscht. Nicht mit Panzern, sondern mit Kosaken. Aber was ist da schon der Unterschied?

Ob er wollte oder nicht, die Ungarn brachten Herbert in das ungeliebte Europa zurück. Die hatten eine Art, über Budapest zu reden, daß du die Zitadelle von Buda leibhaftig vor dir sahst, auf der Margareteninsel spazierengingst und die Kerzen erblicktest, die vor der Sankt-Stephans-Kirche standen.

»Die Deutschen werden uns verstehen«, behauptete István. »Neunzehnhundertdreiundfünfzig haben sie auch mit Steinen auf Panzer geworfen.«

Er zeigte seine Hände vor, als wolle er sich entschuldigen, daß er gegen die vielen Panzer des Generals Grebennjik mit bloßen Händen nichts habe ausrichten können.

Es war rührend, wie die Ungarn Herbert als einen der ihren betrachteten, mit welcher Selbstverständlichkeit sie erwarteten, daß er ihnen in Gedanken nach Budapest folgte oder wenigstens nach Europa. Herbert erlebte es zum erstenmal nach dem Krieg, daß Ausländer Gutes über die Deutschen sprachen, nicht über diese oder jene Deutschen, sondern über alle. Zum erstenmal traf er Menschen, die die Deutschen nicht für besonders böse oder besonders gut hielten, sondern für normal, für ein Volk wie jedes andere, das den Ungarn nur deshalb ein wenig näherstand, weil Ungarn und Deutsche gemeinsam in die Grube gefallen waren.

Herbert ließ sie reden. Er wagte nicht, ihnen zu widersprechen, gab nicht zu erkennen, wie fern ihm Europa war. Nein, er wollte sie nicht enttäuschen, die jungen Forststudenten aus Ungarn. Immer wieder mußte er staunen, wie gut sie Bescheid wußten. Auch über Deutschland. Er erfuhr von ihnen, daß ein deutscher General in diesen Tagen Oberbefehlshaber der NATO-Landstreitkräfte Mitte werden sollte, ein Mann, der schon in Hitlers Armee gekämpft hatte. So schnell ging das. Die Ungarn fanden nichts Empörendes an dem Vorgang; sie hielten es für eine Selbstverständlichkeit, daß ein großes Land wie Deutschland wieder eine Armee bekäme. Woher nun die Generäle nehmen, wenn das schon zehn Jahre nach dem größten Krieg aller Zeiten geschehen mußte? Da bleibt nichts anderes übrig, als auf die alten zurückzugreifen. Du kannst nicht warten, bis neue Generäle heranwachsen. Empört waren die Ungarn über Deutschlands Freunde, die den Hitler-General mit bösen Kommentaren empfingen. Die englischen Zeitungen wühlten den Zweiten Weltkrieg von vorn bis hinten auf und verlangten allen Ernstes, britische Soldaten sollten lieber unter einem Papuahäuptling dienen als unter einem deutschen General.

István zählte Burgen auf, deutsche Burgen am Rhein, die er zwar nicht gesehen hatte, die er aber dem Namen nach kannte. Er verwechselte das Flüßchen Tauber mit dem Tenor Tauber und behauptete, Deutschland habe die schönsten Wälder; selbst Kanada käme da nicht mit. Aber Deutschlands größter Vorzug war, daß es so nahe an Ungarn lag. Wenn du in Passau eine Flaschenpost in die Donau wirfst, kommt sie eine Woche später unkontrolliert und unzensiert in Budapest an.

»Und die deutschen Dichter und Denker!« rief Albert plötzlich, als hätten sie das Wichtigste vergessen.

Da erhob sich Herbert und sagte ganz ruhig, ganz gelassen: »Wenn es um Deutschland geht, darf man nicht nur von den Dichtern und Denkern sprechen, sondern muß auch von den Richtern und Henkern reden.«

Die Ungarn blickten sich betroffen an.

»Warum sagst du das?« fragte István.

Herbert wußte nicht, warum er es gesagt hatte. Vielleicht hatte es ihn nur gereizt, Dichter und Denker auf Richter und Henker zu reimen. Erst jetzt, als er den Satz rechtfertigen sollte, fiel ihm ein, daß da ein Funken Wahrheit drinsteckte. In seinem Land war alles möglich, das Größte und das Tiefste.

»Genügt es nicht, wenn die anderen eure Schattenseiten hervorzerren? Mußt du sie noch überbieten?« sagte István gereizt. »So etwas tut man nicht! Über sein Heimatland spricht man nichts Schlechtes, vor allem wenn man so weit davon entfernt ist. Alle Völker haben ihre dunklen Flecken. Aber das ist kein Anlaß, aus seinem Volk auszusteigen, wie man einen D-Zug wechselt, um in eine andere Richtung zu fahren.«

Nach diesem Zwischenfall versandete das Gespräch. Die Ungarn zogen sich in den Nebenraum zurück, palaverten dort auf ungarisch und kamen erst nach dem Abendessen wieder zu Herbert. Mein Gott, er wurde sie nicht mehr los. Sie wollten mit ihm sprechen, seine Meinung hören, wollten wissen, wie er sich den weiteren Verlauf der Weltgeschichte vorstellte. Die Ereignisse des November waren ihnen noch so nahe. Immer wieder hörte er ihre Freude heraus, mit heiler Haut davongekommen zu sein. Kopfüber in die Freiheit gesprungen – und nun bekamen sie die Freiheit der

Wälder kübelweise über den Kopf geschüttet. Vor einem halben Jahr noch Studenten im Hörsaal an der Donau, jetzt entlassen in den Hörsaal der Natur, in dem nur die Bäume rauschten. Sieht so die Freiheit aus? Frei sein, um bis zum Einschlafen im Busch zu diskutieren, Lieder von 1849 zu singen und vom Lichtermeer an Allerheiligen zu träumen? Wartet nur ab, ihr fröhlichen Ungarn. Auch die Freiheit ist vergänglich, und noch vergänglicher ist die Freude über die Freiheit. In einem Jahr werdet ihr in Gedanken auf der Baross-Straße spazierengehen, die Donau zum Schwarzen Meer fließen sehen, von Buda nach Pest und von Pest nach Buda blicken. Ihr werdet unter den Zedern Kanadas sitzen und beratschlagen, wie Freiheit auszusehen hat. Ist es schon Freiheit, keine Panzerketten rasseln zu hören? Oder ist Freiheit immer nur das, was du gerade nicht hast, der vom Denken erfundene Ausweg aus den Zwängen des Alltäglichen?

Am nächsten Morgen standen die Ungarn auf dem Sammelplatz, ein kleines, verlassenes Häuflein, das so hilflos aussah, wie Studenten als Waldarbeiter nur aussehen können. Da Erich Domski fehlte, holte sich der große Johnson als Ersatz für ihn den Aushilfssprecher von Radio Budapest.

»Soso, du bist Freiheitskämpfer«, brummte Johnson, als István den Mannschaftsbus bestieg. »Bei uns brauchst du nicht zu kämpfen. Es genügt, wenn du ordentlich arbeitest.«

Wie selbstverständlich steuerte István auf den leeren Platz neben Herbert zu. Nicht nur, weil er mit Herbert in einer Stube schlief; er fühlte sich zu ihm hingezogen, weil Herbert Deutscher war und weil Deutschland so nahe an Ungarn lag und die Deutschen die Ungarn am besten verstehen konnten.

Als sie in Distrikt A ausstiegen, klopfte der große Johnson István auf die Schulter.

»Ich finde es gut, wenn Studenten auch mal im Busch arbeiten«, sagte er. »Dem Kopf kann das nicht schaden.«

Nach und nach kehrte das Camp zum gewohnten Leben zurück, zur Langeweile mit gutem Essen. Die Flößer stellten ihre Wasserherden zusammen, um sie zu den Papiermühlen zu treiben. Der verharschte Schnee taute in der grellen Sonne des Tages und fror nachts.

An István erlebte Herbert, was ihm vor einem Jahr zugestoßen war: die Verzweiflung über die körperlichen Strapazen der Arbeit im Busch, über wunde Füße und zerstochene Hände, blaue Flecken und verrenkte Handgelenke.

»Fang bloß nicht an zu heulen, du großer Freiheitskämpfer«, sagte der große Johnson, als István an einem der ersten Tage erschöpft bis zum Bauch im matschigen Schnee liegenblieb.

In den Pausen suchte István Herberts Nähe, um sich in Gesprächen abzulenken. Sie legten sich, bis die Laufkatze zurückkehrte, hinter schützende Felsbrocken und ließen sie scheinen, die täglich höher steigende kanadische Sonne, die bräunte, vor allem aber trocknete.

Denn der Frühling im Busch fing so an, wie der Herbst geendet hatte, mit viel Feuchtigkeit, mit klarer, prickelnder Luft, an die die Lunge sich erst gewöhnen mußte, mit dem von Schnee und Sonne geschaffenen übergrellen Licht, das in den Augen schmerzte.

Aber nein, es war doch etwas anders als im Herbst.

Melancholischer. Nicht Weihnachten in Downtown, sondern acht Monate Wildnis lagen vor Herbert. Und Cecily lag hinter ihm, unerreichbar wie die Flammen auf der Leinwand. Es fiel ihm schwer, zu lesen oder zu schreiben. Als einzige Verbindung zur Außenwelt duldete er die marktschreierischen Werbespots von Radio Nanaimo und die Gespräche mit den Ungarn. Briefe waren ihm zuwider. Zum Glück kamen auch keine an, weil er es unterlassen hatte, der Post seine neue Adresse mitzuteilen. Keine Zeitung aus Deutschland, keine Briefe von der Mutter oder Gisela.

Einmal raffte er sich auf, um an Cecily zu schreiben. Aber als der Brief fertig vor ihm lag, malte er sich aus, wie er in der Manitoba Street ankommen würde. An einem Montag. Cecily käme gerade mit dem Prärieburschen zum Schallplattenhören ins Haus und fände den Brief auf dem Flur. Sie würde ihn, weil er ungelegen kam, ungeöffnet in die Teeküche werfen. Dann kannst du den Brief auch lieber selbst vernichten, Herbert Broschat!

Nachdem er den Brief an Cecily verbrannt hatte, brachte er einen Brief an Erich Domski zustande. Er schilderte den Busch in den kräftigsten Farben, behauptete, im Frühling sei die Wildnis am großartigsten. Er bat Erich, rechtzeitig Bescheid zu geben, wenn er käme. Herbert wollte mit dem großen Johnson sprechen, um Erich wieder einen Platz am Skidder zu beschaffen.

Übrigens haben wir jetzt drei Ungarnflüchtlinge im Camp, schrieb er an den Schluß des Briefs. *Das sind nette Kerle, die Tag und Nacht nur von zu Hause reden. Sie werden dir gefallen, die Ungarn. Einer schläft bei mir in der Bude. Bald soll es wieder Überstunden geben. Dann können wir viel Geld verdienen. Und ab 1. Mai wird der Stundenlohn um 12 Cent erhöht, hat der kleine Johnson gesagt.*

Ja, die Überstunden fehlten ihm in den ersten Wochen. Sie hätten über die Langeweile hinweggeholfen. Nicht nur die Feierabende, auch die Sonnabende und Sonntage waren frei, viel zu frei. Abwechslung brachten nur die Ungarn. Seitdem sie da waren, ging es in Nummer 8 wie in einem Taubenschlag zu. Sogar Tom, der Holzfäller, kam, um mal richtige Freiheitskämpfer zu sehen. Wie war das damals in Budapest? Ist es wahr, daß Rußland tausend Panzer gegen das kleine Ungarn eingesetzt hat? Aus welcher Himmelsrichtung kamen sie? War es eine regelrechte Sternfahrt nach Budapest? Warum besaßen die Freiheitskämpfer keine Panzerfäuste? Waren es noch die berühmten T 34 oder andere Modelle?

Tom geriet ins Schwärmen, erzählte von einem russischen Panzer, den er geknackt hatte. Das sei in der großen Sommerschlacht am Kursker Bogen gewesen, im Juli 1943. Er habe dafür einen Orden bekommen, der liege in seinem Haus in North Vancouver. Wenn sie es nicht glaubten, könnten sie ihn am Dominion Day besuchen. Er werde ihnen den Orden zeigen.

»Was hattest du mit dem Krieg in Rußland zu tun?« fragte István erstaunt.

»Ich war mal Deutscher, aber im letzten Dezember habe ich kanadische Papiere bekommen.«

»Du wirst Deutscher bleiben bis ans Ende deiner Tage«, sagte István feierlich. »Die Papiere kannst du ändern, aber innerlich änderst du nichts. Wenn du die ersten fünfzehn Jahre deines Lebens Deutscher warst, kommst du davon nicht mehr los.«

Tom lachte und sagte: »Ich schenk' dir Deutschland

und die ersten fünfzehn Jahre dazu. Sie taugten sowieso nichts.«

»Warum schämst du dich, Deutscher zu sein?« fragte István. »Die Deutschen haben nichts getan, wozu andere nicht auch in der Lage wären.«

Herbert stellte sich schlafend, weil ihm der Auftritt peinlich war. Ausgerechnet die Ungarn, die genug mit ihrem eigenen Elend zu tun hatten, mußten Deutschland verteidigen. Mensch, was ist los mit den Deutschen? Überall in der Welt triffst du auf Menschen, die stolz sind auf ihr Land und es für selbstverständlich halten, wenn auch die Deutschen dazu stehen. Die schütteln fassungslos den Kopf, wenn sie spüren, wie sehr die Deutschen sich selbst verachten. Vielleicht lag es daran, daß sie in den unseligen zwölf Jahren zu stolz auf ihr Deutschland gewesen sind, dachte Herbert. Jetzt kam der Katzenjammer hinterher. Immer extrem. Einmal zu stolz, dann wieder zu schäbig. Und so geht es weiter und immer weiter, wenn niemand Einhalt gebietet.

Schade, daß Erich Domski nicht da war. Der hätte dem Gespräch eine Wendung geben können. Der hätte gesagt: »Nun hört endlich auf mit eurem dämlichen Gerede über Panzer. Ich hätte da mal eine ganz andere Frage. Wie ist das eigentlich mit den Mädchen in Ungarn? Warum habt ihr keine Csárdásfürstin ins Camp mitgebracht?«

Aber Erich Domski war nicht da. Deshalb stand Herbert auf und ging hinaus, um sich dem Gespräch zu entziehen. Er stieg ohne bestimmte Absicht in die Berge, kletterte bis zur Baumgrenze, nahm auf einem nackten Felsen Platz und sah den See unten liegen wie einen Spucknapf. Am Rand die Streichholzschachteln, das waren die Holzhütten, Nummer 8 in der Mitte.

Herbert hätte viel darum gegeben, wenn jetzt einer neben ihm gesagt hätte: »Eigentlich müßte hier oben eine Kneipe mit gutem Dortmunder Bier eröffnet werden!« Wirklich, Erich Domski fehlte ihm an allen Ecken und Enden.

Sonntags mit den Holzflößen nach Powell River. Nur so zum Spaß, die Zeit totzuschlagen. Eine gemächliche Tuckerfahrt über den Stillwatersee. Sie erinnerte Herbert seltsamerweise an die Reisen in die Stadt mit dem Pferdefuhrwerk, früher, in der Kinderzeit. Er saß zwischen Winden und Teereimern windgeschützt auf dem Achterdeck des kleinen Holzschleppers und ließ das Panorama der namenlosen Berge auf Breitleinwand vorüberziehen. Noch immer war die Wildnis mehr weiß als grün, lag eingebettet in der Farbe des Wassers, dem vom Himmel geliehenen Blau. An Backbord eine richtige Steilküste mit rötlich schimmerndem Sandstein, überhängend der dunkelgrüne Wald. In der obersten Etage Schnee. Inseln, glatt gespült oder bewaldet, zerklüftet oder lieblich. Ein Riese war über das Land gegangen; als er den Stillwatersee überquerte, krümelte Schmutz von seinen Stiefeln. Möwen, die von der Strait of Georgia herübergekommen waren, saßen auf den Baumstämmen und ließen sich mitziehen. Ihr Gekreische und das Tuckern des Schleppers waren die einzigen Laute auf der stundenlangen Fahrt. Der Mann in der Kajüte sprach nicht; er paffte nur seine Pfeife und blickte geradeaus zu den Inseln, die sich öffneten, einen Weg freigaben für die Flöße, die breit wie Pfannkuchen auf dem Wasser lagen.

Erst um die Mittagszeit erreichten sie die Küste der

Strait of Georgia. Herbert entdeckte am Hang die ersten Wiesen, die darauf warteten, grün zu werden. Holzhütten, die nach frischer Farbe verlangten. Ein Leuchtturm tauchte auf. Abends siehst du hier die Signalfeuer für den Schiffahrtsweg nach Vancouver Island. Du schmeckst den Rauch der Papierfabrik, siehst Schwaden aus den Schornsteinen quellen und in Richtung Berge ziehen. Auf der Uferstraße bunte Autos, Häuser, spärliche Gardinen hinter den Fensterscheiben. Die Frauen trugen bunte Kleider, viel zu bunte Kleider für diese eintönige Stadt am Rand der Wildnis. Indianerkinder spielten mit abgenutzten Reifen, ließen sie die Böschung hinab ins Wasser rollen, fischten sie heraus, schleppten sie den Hang hinauf und ließen sie wieder hinabrollen. Sirenengeheul von der Fabrik her. Auch am Sonntag gaben die keine Ruhe. Ein Hund kläffte dem Boot nach. Die Angler kurbelten die Schnüre ein; für sie waren die Holzschlepper ein tägliches Ärgernis. Heilloses Durcheinander am Landeplatz der Papierfabrik. Holz in jeder Länge lag da herum. In langschäftigen Stiefeln spazierten die Flößer auf den Stämmen, um Ordnung zu schaffen. Sie sortierten den Segen des Waldes, schoben Zedern, Hemlock- und Douglastannen in den für sie bestimmten Kral. Sie jagten dem Holz dünne Speere in den Leib, sicher wie Katzen balancierend. Da kannst du lange warten, bis einer hineinfällt. Diese Männer trieben das Holz den Greifern der Papierfabrik zu; der angeschwemmte Wald war dazu bestimmt, zermalmt zu werden.

»Wenn du heute noch zurückwillst, mußt du in einer Stunde an Bord sein«, sagte der Schlepperführer zu Herbert, bevor er im Hauptgebäude der Powell River Company verschwand.

Eine Stunde. Für Erich Domski hätte das ausgereicht, um zwei Bier zu trinken, Zigaretten einzukaufen und eine Frau zu besuchen. Aber Herbert bummelte unschlüssig die Uferstraße entlang, wanderte hinauf zur Holzkirche, umkreiste sie, während die Gemeinde im Innern *Though the mountains may fall* sang. Es war ja Sonntag.

Als er auf dem Rückweg eine Telefonzelle entdeckte, wurde ihm bewußt, warum er nach Powell River gekommen war. Er stellte sich vor, wie Cecily beim ersten Klingelzeichen aus ihrem Zimmer gelaufen käme, denn sie ging immer davon aus, daß Telefonanrufe für sie bestimmt seien. Aber in Wirklichkeit war es ganz anders. Niemand kam angelaufen; der Anschluß in der Manitoba Street war besetzt. Cecily telefonierte schon. Vielleicht mit einer Freundin. Sie wird ihr erzählen, was *er* gesagt hat und was *sie* gesagt hat, was *sie* so irrsinnig komisch fand und worüber *er* laut lachen mußte. Daß das Auto nicht anspringen wollte und daß es dann doch anspringen wollte, daß er Baby zu ihr gesagt hat und zum Schluß sogar Candypuppe – und weiß der Himmel, was es noch alles zu erzählen gibt, wenn du siebzehn Jahre alt bist und glaubst, die Welt drehe sich allein um dich und deinen Vanilletee.

Es dauerte eine Viertelstunde, bis die Manitoba Street zu erreichen war. Aber nicht Cecily meldete sich, sondern die vom Kaugummi entstellte Stimme des kleinen Tobby.

»Ist da jemand?!« brüllte er.

Eigentlich war es kindisch. Herbert Broschat war ein erwachsener Mensch, aber er brachte es nicht fertig, nach Cecily zu fragen. Er ließ den Jungen noch einmal in die Leitung schreien, dann hängte er ein. Er entschuldigte sich mit der fortgeschrittenen Zeit. Die Stunde war bald um.

Tatsächlich, der Schlepperführer wartete schon. Also noch einmal das Panorama zurück, jetzt von Westen nach Osten und mit der Sonne im Rücken und ein wenig trauriger, weil das Telefongespräch nicht zustande gekommen war. Als sie das freie Wasser erreicht hatten, ging Herbert zu seiner windgeschützten Ecke auf dem Achterschiff, nahm Platz – und sah ein Augenpaar auf sich gerichtet. Zwischen einem leeren Faß und schräg gestellten Brettern kauerte der kleine Indianer. Es entstand eine Bewegung auf dem Achterschiff. Ein Eimer rollte auf die Kajütentür zu, Bretter fielen auf die Schiffsplanken.

Als der Mann in der Kajüte merkte, wen er an Bord hatte, drosselte er die Maschine und kam nach hinten. Unterwegs griff er sich ein Stück Tau, aber als er über dem Jungen stand, fiel ihm etwas Besseres ein. Er feuerte das Tau gegen die Bordwand, packte den kleinen Indianer am Hinterteil, hob ihn hoch und hielt ihn über das Wasser.

»Bist du schon mal nach Powell River geschwommen?« brüllte er.

»Warum darf er nicht mit?« mischte sich Herbert ein und verschaffte dem Jungen mit dieser Frage ein wenig Zeitgewinn.

Der Schlepperführer setzte seinen Fang ab, um zu erklären, in welche verteufelte Lage ihn die kleine Rothaut bringen könne.

»Wenn der kleine Johnson erfährt, daß ich den Jungen ins Camp gebracht habe, gibt es Ärger«, sagte er.

Der Junge war inzwischen auf allen vieren ins Gerümpel auf dem Achterdeck zurückgekrochen. Dort kauerte er sich unterwürfig nieder. Sein Gesichtsausdruck gab deutlich zu verstehen, daß ihm das Tauende lieber sei als ein Bad im eiskalten Wasser. Aber er schwieg. Aus Erfahrung wußte er, daß jedes Wort von ihm die Lage nur verschlimmert hätte. In solchen Situationen ist es am besten, sich still zu ducken und den Kopf einzuziehen.

»Es darf niemand erfahren, daß er mit deinem Boot gekommen ist«, sagte Herbert. »Du setzt ihn vor dem Camp an Land und läßt ihn zu Fuß laufen.«

Der Mann blickte sich nach dem Jungen um, griff nun doch das Tauende und schlug einmal kräftig zu, traf aber mehr das Gerümpel als den kleinen Indianer.

»Du verdammte Rothaut! Wenn du erzählst, daß du mit meinem Schiff gekommen bist, ersäuf' ich dich wie eine Katze!« Danach ging er in die Kajüte, um seine Pfeife zu stopfen. Nach einer halben Stunde ging die Kajütentür auf. Ein Päckchen Sandwiches flog aufs Deck und landete genau vor der Tonne, hinter der der Junge hockte. Im Nu hatte er das Päckchen erfaßt, wickelte die Brote aus, verschlang eines nach dem anderen und griff auch nach der Pampelmuse, die von der Kajütentür angerollt kam. Als er gegessen hatte, grinste er Herbert an; er sah aus wie ein Mensch, der um eine Zigarette bettelt. Also gut, da hast du deine Zigarette. Herbert Broschat und der kleine Indianer saßen auf dem Achterdeck und rauchten. Herbert fragte den Jungen, wie er den Winter verbracht habe, und erfuhr von einer Schlägerei im Indianerdorf und dem ersten Vollrausch, aus dem der kleine Indianer nach zwei Tagen erwacht war. Kein Wort von den Versuchen, ihn an die Schule zu gewöhnen, an den schrecklichen Raum mit den vielen Kindern, in dem eine weiße Königin an der Wand hing, eine strenge, unerbittliche Person, ganz anders als die lächelnden Mädchen in

Steve Nortons früherer Bude. Er wollte Herbert einen Gefallen tun und begann von seiner Schwester zu erzählen, die jetzt in einem Alter sei, in dem sie auf Männer zu wirken beginne. Wenn Herbert Spaß daran habe, könne er ihn zu seiner Schwester bringen. Es sei seine liebste Schwester, und sie sei auch vollkommen gesund. Bevor das Camp in Sichtweite kam, steuerte der Schlepperführer das Ufer an und stoppte die Maschine.

»Du mußt jetzt laufen!« rief er dem kleinen Indianer zu.

Das Ufer lag einen Steinwurf entfernt; näher konnte das Boot nicht ans Land, weil es auf Grund gelaufen wäre. Aber es lagen ein paar Baumstämme am Ufer, die sich im Camp losgerissen hatten und angetrieben waren. Mit einem Bootshaken zog der Junge die Stämme an den Schlepper, benutzte den Bootshaken als Balancierstange und versuchte, trockenen Fußes über die Baumstämme das Ufer zu erreichen. Herbert stand mit dem Schlepperführer an Deck und sah sich die Vorstellung an.

»Mensch, das ist wie auf dem Holzfällerfest in Squamish«, meinte der Schlepperführer lachend.

Mit mächtigen Sätzen sprang der Junge von einem Stamm zum anderen, fing sich ab, blieb stehen, um das kullernde Holz zu beruhigen. Er schaffte es. Der kleine Indianer erreichte das Ufer, ohne naß zu werden. Als er festen Boden unter den Füßen hatte, setzte er sich in das vergilbte Gras des vergangenen Sommers, saß einfach da und grinste zum Boot herüber.

Als sie das Camp erreichten, war der kleine Indianer schon am Sammelplatz und spielte mit Rosa. Beim Abendessen wartete er vor der Baracke, da, wo im Winter die hungrigen Rehe gestanden hatten. Als die

Männer vom Essen kamen, umringten sie ihn, hoben ihn auf das Holzgeländer, fragten ihn aus nach der Schule und nach seinen roten Schwestern. Einige gaben ihm Apfelsinen, andere ein Stück Apple-pie.

Gisela war zu bewundern. Sie brachte es immer wieder fertig, Briefe kommen zu lassen. Ein Brief, an die Manitoba Street gerichtet, war nach Sandermarsch zurückgekommen. Unbekannt verzogen, hatte Lehrer Burmester den Vermerk auf der Rückseite übersetzt. Da hatte Gisela es mit der alten Anschrift des Camps versucht. Und siehe da, ihr Brief kam an. Am 10. April.

Was ist los mit Dir? schrieb sie. *Warum schreibst Du nicht mehr? Bist Du krank? Oder bist Du böse? Hast Du ein anderes Mädchen kennengelernt? Dann sag es mir bitte, damit ich nicht wie eine dumme Gans hinter Dir herschreibe. Die Zeitung stellt am 30. März ihr Erscheinen ein. Aber eine andere Hamburger Zeitung hat sich bereit erklärt, die Auslandsabonnenten zu beliefern. Willst Du noch Zeitungen haben? Bist Du überhaupt an Deutschland interessiert? Wenn Du krank bist und Hilfe brauchst, komm' ich rüber. Dein Vater ist auch wieder krank. Ich habe genug Geld für die Fahrt gespart. Du brauchst nur zu schreiben. Ich möchte lieber heute als morgen nach Kanada kommen. Wenn ich Deine Briefe lese, sehe ich Kanada vor mir. Es muß wunderschön sein. Ja, ich komme wirklich. Aber ich will nicht ins Blaue fahren. Du mußt schon schreiben, daß ich kommen soll.*

Mensch, Gisela, du hast doch immer so an Sandermarsch gehangen, bist in dem Dorf am Geestrand geboren, hast deine Kindheit dort verlebt, bist nicht weitergekommen als bis zu Hagenbeck nach Hamburg und an heißen Sommertagen mit dem Fahrrad in die Meldorfer Bucht. Und so ein Mädchen will plötzlich nach Kanada. Du wirst schreckliches Heimweh bekommen, Gisela! Du paßt hier nicht her. Ins Camp schon gar nicht, aber auch nicht nach Vancouver. Du gehörst zu Sandermarsch.

István hatte auch ein Mädchen in Budapest. Als Giselas Brief ankam, fing er an, von ihr zu erzählen. Die möchte auch gern nachkommen, aber Auswanderungen sind in Ungarn abgeschafft. Nicht mal Briefe dürfen über die Grenze, geschweige denn Menschen.

Sie fielen aus allen Wolken, als eines Tages doch ein Brief aus Ungarn eintraf, ein amtliches Schreiben. Schreibmaschinenschrift, Stempel oben und unten. Der Brief versetzte die Ungarn in beträchtliche Aufregung.

»Unsere Schule hat geschrieben«, erklärte István und übersetzte den Brief für Herbert. In herzlichem Ton, viel zu herzlich für ein amtliches Schreiben, bat der Rektor der Schule sie um Rückkehr nach Ungarn. Das fehlende Semester wolle man ihnen großzügig anrechnen. Das Wort Amnestie kam in dem Brief nicht vor, aber es sollte alles vergeben und vergessen sein, auch Istváns Tätigkeit als Aushilfsradiosprecher der Revolution. Das kleine Land Ungarn wollte sogar die Rückreisekosten für die Heimkehrer übernehmen, wenn sie nur kämen.

Was soll man zu solchen Briefen sagen? Sie überwältigen dich, treffen dich an der schwächsten Stelle.

»Ich weiß nicht, ob du ihnen trauen kannst«, sagte Herbert. »Das ist ja das Schlimme an diesen Staaten. Der einzelne ist gegen sie rechtlos, du kannst dich nicht auf Briefe berufen. Es liegen zu viele begraben, die solchen Briefen geglaubt haben. Aber du hast nur ein

Leben und kannst nicht viel herumprobieren. Wenn es schiefgeht, ist es aus mit dir.«

Herbert war dabei, als die drei Ungarn über die Nachricht aus Budapest sprachen. István wollte es so. Es sollte wenigstens einer an dem Gespräch teilnehmen, der kein Mädchen in Budapest hatte und nichts von der Donau wußte und dem Frühling, der in diesen Tagen die Stadt verfärbte und die grauen Novembertage vergessen ließ.

Geró war der erste, der offen sagte, daß er zurückwolle. Am liebsten schon in dieser Woche. Sie hatten nichts Böses getan, hatten niemanden umgebracht, waren nur begeistert auf die Straße gelaufen, als die Revolution ausbrach. Das konnte doch kein Verbrechen sein, auch nicht in den Augen derer, die jetzt freundliche Briefe in alle Welt schickten.

»Wie kommen solche Briefe zustande?« István stellte die Frage. Er räumte ein, daß sie es vielleicht ehrlich meinten, die Briefschreiber. Da wäre zum Beispiel der Rektor der Schule und sein Büropersonal, das den Brief nach seinen Weisungen aufgesetzt hat. Du weißt ja, es sind ehrliche, freundliche Leute, denen man vertrauen kann. Sogar der kleine Mann vom Geheimdienst meinte es noch gut und ehrlich, als er den Rektor anrief und ihn bat, Briefe nach Kanada zu schreiben. Auch er ein netter, freundlicher Mensch, mit dem du nächtelang feiern und Tokaier trinken kannst, wenn er nicht gerade im Dienst ist und sich mit einer Revolution zu beschäftigen hat. István ging so weit, dem Unterabteilungsleiter im Geheimdienst, der befohlen hatte, den Rektor anzurufen, diese Ehrlichkeit zuzubilligen. Die meinen es wirklich so. Aber was kommt dann? Du folgst dem Brief, kommst an im alten Ungarn, und plötzlich fällt dem Chef des Geheimdienstes morgens beim Rasieren ein: So geht das natürlich nicht! Einem ordentlichen Prozeß müssen sich die Rückkehrer schon stellen. Das teilt er dem Unterabteilungsleiter mit. Der ruft seinen kleinen Mann vom Geheimdienst an. »So haben wir es nicht gemeint«, sagt er. »Die Rückkehrer müssen natürlich vor ein Gericht. Vielleicht werden sie ja freigesprochen.« Der kleine Mann vom Geheimdienst ruft den Rektor der Schule an. »I'm sorry«, sagt er, »so haben wir es nicht gemeint. Der Student Geró, der aus Kanada zurückgekehrt ist, muß natürlich vor ein ungarisches Gericht und seine Unschuld beweisen.« Schon fährt der Zug ab, und du kannst nicht mehr bestimmen, wohin die Reise geht. Nein, nein, du kannst ihnen nicht trauen. Als die Revolution für eine Woche gesiegt hatte, bettelten sie um Gnade, die Männer vom Geheimdienst. Aber kaum waren die russischen Panzer da, tauchten die Ratten wieder aus ihren Löchern auf. Jetzt sorgen sie dafür, daß freundliche Briefe in die Welt geschickt werden, um die wieder einzufangen, die im November 1956 versehentlich über die Grenze geraten sind. Denn solche Grenzgänger sind eine ansteckende Krankheit. Überall in der Welt verbreiten sie die wunderbare Geschichte von dem Kerzenmeer in Budapest am Tage Allerheiligen – und wie die Lichter ausgelöscht wurden.

Sie diskutierten bis Mitternacht. Geró kamen fast die Tränen, als sie ihn endlich davon überzeugt hatten, daß es lebensgefährlich sei, solchen Briefen zu folgen.

»So schlecht können die doch nicht sein«, beteuerte er immer wieder.

»Das sind doch auch Ungarn wie wir.«

»Ja, sie sind so gut und so schlecht wie alle Menschen, aber das System taugt nichts. Es macht den einzelnen kaputt, läßt ihn nicht mehr so handeln, wie er als Mensch handeln würde. Und deshalb müssen wir hierbleiben.«

Sie verbrannten die freundliche Nachricht aus Budapest. István hielt den brennenden Brief in den Händen. Es war ein feierlicher Akt, bei dem niemand ein Wort sprach. Fast so wie Allerheiligen in Budapest.

Die erste Hälfte des April war regnerisch, zum Ende hin wurde der Monat heiß. Anfang Mai verbot der kleine Johnson das Rauchen im Busch. Der große Johnson orakelte schon wieder: »Wenn die Trockenheit anhält, muß das Camp geschlossen werden.«

Am 12. Mai badete Herbert zum erstenmal im Stillwatersee.

Der Frühling im kanadischen Busch ist ein Frühling, der nur spärlich grünt, weil Nadelholz überwiegt. Aber es ist ein Frühling, den du schmecken kannst. Auch riechst du das feuchte Harz der Bäume. Ab und zu kommen Wasserflugzeuge oder Graugänse auf dem Flug nach Norden. Düsenjäger auf dem Flug nach Westen. Kaum Blumen in dieser Wildnis. Sumpfdotter am Seeufer. Unscheinbar blühendes Blaubeergestrüpp oben am Hang. Hinter den Hütten des Camps kümmerliche Erdbeeren mit verschüchterten Blüten. Timberwölfe heulten schon lange nicht mehr. Das war Frühling.

Die Ungarn liefen herum, als wäre zum erstenmal Frühling. Chris Allen hatte ihnen ein Buch mit dem Titel *Die Nadelhölzer in Nordamerika* gebracht.

»Ihr seid doch Forststudenten«, hatte er gesagt. »Studiert mal, was in unseren Wäldern wächst.«

Die kanadische Zeder zum Beispiel, dieser rechte

Wunderbaum. Die Indianer essen in Notzeiten Zedernnadeln. Aus Zedernrinde flechten sie Tücher und Tragetaschen für die Säuglinge. Zedernsaft gilt als Medizin. Zedernschindeln decken die Häuser besser als gebrannte Pfannen. Zedernholz duftet. Wenn es brennt, verbreitet es weißlichen Rauch.

»Ihr könnt eine Doktorarbeit über die Zeder schreiben«, hatte Chris Allen vorgeschlagen.

Die Ungarn rannten wie närrisch in der Natur herum, zeichneten Pflanzen, studierten die zarten Triebe der Thimblebeere, entdeckten sogar Huckleberries im Wald von British Columbia und sprachen deswegen einen Abend lang über Mark Twain, den Amerikaner, der ernsthafte Dinge so heiter sagen konnte. Eine mohnrote Blume, die dem Unterholz Farbe gab, identifizierten sie anhand eines klugen Buches als Indian Paint Brush. Indianischer Malerpinsel, welch ein Name!

Wie alle, die zum erstenmal den Busch erleben, betrachteten die Ungarn den Frühling als eine Art zweiter Schöpfung. Betäubt von dem Licht, von der Weite, von dem aufbrechenden Land, den überall niederstürzenden Wasserfällen, dem hervorquellenden Leben, kamen sie aus der feierlichen Stimmung nicht mehr heraus. Sie rannten noch vor die Tür, wenn Kraniche über das Camp flogen oder Wildgänse auf dem See einfielen.

Nur Herbert Broschat konnte der Natur nichts mehr abgewinnen. Wenn du unter der Hitze des Sommers gelitten hast, wenn dir der Herbstregen unter die Haut gespült ist, sich der knirschende Novemberschnee schon einmal in Stiefel und Hosenbeine verkrochen hat, empfindest du den Frühling nur als Aufbruch zu neuer Hitze, zu weiterem Herbstregen und endlicher Winterstarre. Herbert dachte viel an Vancouver. An Cecily, noch mehr an Erich Domski, den er sich unter der Dusche stehend, mit dem Halbblut in der Badewanne liegend, über die Granville spazierend oder einfach auf dem Sofa schlafend vorstellte. Dieser Erich Domski! Nach anderthalb Jahren Kanada sprach der ein paar dürftige Brocken Englisch, auch die nicht einmal stubenrein, aber er kam auf wunderbare Weise durch. Dieser Kerl brachte keine fünf Sätze fehlerfrei auf eine Postkarte, aber solche Nebensächlichkeiten scherten ihn einen Teufel, brachten ihn nicht aus der Fassung. Sind wir wirklich auf der richtigen Spur, wir mit unserem Denken und Grübeln? Verbauen wir uns nicht die Aussicht? Steht der Kopf nicht dem Körper im Weg? Müssen wir nicht so werden wie Erich Domski?

Nichts von dem, was Herbert sich vorgenommen hatte, brachte er fertig. Du wolltest die Wildnis fotografieren, ungewöhnliche Bilder knipsen. Aber genau besehen, waren es doch nur graue Bäume. Du wolltest Berichte über die Wunder der Erde schreiben. Aber du liegst in den Blaubeersträuchern und pulst dir in der Nase, hast genug damit zu tun, einen Splitter aus dem Daumen zu bekommen.

War es nicht so, daß du ins Camp kommen wolltest, wenn die Badezeit anfinge, Erich Domski? *Heute habe ich zum erstenmal gebadet,* schrieb Herbert an ihn. *Weißt du noch, wie wir im letzten Jahr zu den Flößen rübergeschwommen sind? Der Wasserflieger mit dem Mädchen war auch schon wieder da.*

Forellen waren Lears Lieblinge, Seeforellen oder Regenbogenforellen. Sie standen in den Zuflüssen des Stillwatersees im Schutz von Felsbrocken und umgestürzten Bäumen. Rosa lag für gewöhnlich neben den Angelschnüren. Dabei gab sie keinen Laut von sich, um die Forellen nicht zu stören; sie hob nur den Kopf, wenn eine Pose sich bewegte. Hinter dem Hund lag der kleine Indianer bei den gefangenen Fischen und pustete Luft in die weitgeöffneten Fischmäuler. Ab und zu holte er eine Handvoll Wasser, um die müden Tiere zu erfrischen. Minutenlang ließ er sie am Schwanz baumeln und sprach ihnen Trost zu, weil es doch für einen Fisch bedeutend angenehmer ist, vertikal in der Luft zu hängen, als horizontal in der Pfanne zu braten. Kleine Fische durfte er aussetzen. Damit sie es nicht zu leicht hatten, baute er aus Steinen, Holzresten und Sand einen regelrechten Fischkral. Aus ihm mußten sie den Weg ins freie Wasser suchen. Der Junge stand mit einem Stock über den Fischen und dirigierte sie, wenn sie aufgeben wollten, zu den Löchern, die in die Freiheit führten.

Rosa fraß keine Fische, jedenfalls nicht im rohen Zustand. Sie, die alle Angelausflüge schweigend über sich ergehen ließ, die ihre Wahrnehmungen nur mit Ohrenspitzen, Schwanzwedeln oder Kopfheben weitergab, begann am Nachmittag des 16. Mai zu kläffen und wollte sich gar nicht beruhigen. Ein Motorboot kam von Westview auf das Camp zu. Lear erhob sich. Der kleine Indianer öffnete seinen Fischkral. Danach kletterte er wegen der besseren Aussicht auf einen Baum.

»Das ist Policeman Hurst«, sagte Lear zu dem Hund.

Er holte die Angelschnüre ein, und der Junge nahm den Eimer mit den Fischen, die Lear auserwählt hatte, von den Köchen gebraten zu werden. Rosa lief, was sie sonst nie tat, weit voraus, der kleine Indianer trabte mit dem Eimer hinterher. Lear folgte mit großem Abstand.

Das Boot machte fest. Ein Polizist nahm auf dem Kajütendach Platz. Hurst marschierte zum Office. Vor dem Tor der Campwerkstatt blieb der Hund sitzen und wartete auf Lear. Der kleine Indianer kauerte neben Rosa und spielte mit den Fischen. Als Lear vor der Werkstatt angekommen war, trat Hurst gerade mit Superintendent Johnson vor das Office. Johnson streckte den Arm aus.

»Da ist er!« schrie er laut und zeigte auf den alten Lear.

Es muß an der erwartungsvollen Haltung gelegen haben, mit der Hurst die Hände an seinen Bauchriemen hängte und sich an jener Stelle postierte, an der Lear mit Hund und Indianer vorbeikommen mußte. Jedenfalls warf der Junge plötzlich den Eimer um, machte kehrt und rannte in Richtung Wasser. Er hatte nicht bemerkt, daß der zweite Polizist inzwischen vom Kajütendach geklettert war, um ihm den Rückzug abzuschneiden. Der kleine Indianer machte einen Bogen, und für kurze Zeit sah es so aus, als wolle er in die Werkstatt laufen; doch dann brach er seitlich aus, sprang auf die Flöße, flog über die wippenden Baumstämme und kletterte auf einen dümpelnden Holzschlepper.

»Bleib hier, Junge!« brüllte Johnson hinterher.

Die beiden Polizisten lachten. Auch die Arbeiter lachten, die sich vor dem Office versammelt hatten, um der Jagd über die Flöße zuzuschauen.

Als der Junge das Lachen hörte, sprang er von dem Holzschlepper, rannte weiter in Richtung Ladebaum, umging das tiefe Loch, in das die Holztrucks ihre

Ladung warfen, und sprang schließlich am Ende der Flöße ans Ufer.

»Laufen kann die kleine Rothaut!« sagte Johnson anerkennend.

Als der kleine Indianer da angelangt war, wo der von Menschen gerodete Busch in den von Menschen nicht berührten Busch übergeht, tauchte er unter. Niemand machte Anstalten, ihm zu folgen. Die Polizisten verschwanden mit Johnson im Office. Der alte Lear fing die Fische ein bis auf zwei, die durch heftiges Schwanzschlagen zum Wasser gekommen waren, und trug sie in die Küche.

Während des Abendessens kam der kleine Johnson in die Küchenbaracke.

»Hört mal zu, Leute«, sagte er. »Ihr tut dem Jungen keinen Gefallen, wenn ihr ihn durchfüttert. Hurst war hier, um ihn zur Schule abzuholen. Der rote Bengel ist vierzehn Jahre alt und weiß nicht mal, wie sein Name geschrieben wird. Was soll aus dem Jungen werden?«

Ja, was soll aus dir werden? Ein Waldläufer vielleicht, der sich auskennt unter Fischen und Landtieren in British Columbia, der nach den Sternen laufen kann und mehr von den Bäumen weiß als die ungarische Forstschule. Genügt das nicht für dieses weite Land? Mußt du unbedingt Zeitungen lesen und Briefe schreiben können?

Johnson verlangte, daß sie den Jungen aufgriffen, egal, wo er sich zeige. »Das gilt auch für dich!« rief er dem alten Lear nach, als der aufstand und den Essensraum verließ. »Ich will nicht, daß du dem Jungen Essen in den Wald bringst!«

Lear hörte nicht mehr, was Johnson rief. Er ging immer schneller und fing schließlich an zu laufen, was sehr komisch aussah. Dazu schrie er warnend »Timber!

Timber!« Er nahm den Hund auf den Arm, als sei er in Gefahr, und verschwand schließlich mit dem Tier in seiner Hütte. »Nun hat er es wieder im Kopf«, sagte der kleine Johnson.

Er schickte Chris Allen hinterher, damit er auf den alten Lear aufpasse. Wenn der seinen Anfall bekommt, macht er nämlich die merkwürdigsten Dinge, verursacht Überschwemmungen im Duschraum, weil er meint, dort angeln zu müssen, löscht Buschfeuer unter seinem Bett und schneidet die vertäuten Flöße auseinander, weil er die Stämme für Tiere ansieht, die in die Freiheit zu entlassen sind.

Allen lehnte am offenen Fenster und sah zu, wie Lear Schach spielte. Das tat er immer, wenn er aufgeregt war; Schach spielen beruhigte ihn. Lear hatte eine Vorliebe für den schwarzen König; er ließ immer wieder Schwarz gewinnen, weil Weiß den ersten Zug hat und sowieso im Vorteil ist. Rosa saß ihm gegenüber und blickte gelangweilt auf die vierundsechzig Felder, auf denen der alte Lear das Endspiel erreicht hatte. Ein schwarzer König, unterstützt von Springer und Bauer, jagte den weißen König, dem Lear nichts weiter gelassen hatte als einen armen, kleinen, häßlichen Bauern.

Nach einer Weile ging Chris Allen zu ihm in die Stube. Rosa räumte unaufgefordert ihren Platz, ließ ihn da sitzen, wo der Spieler mit dem weißen König Platz zu nehmen hat.

»Als ich so jung war wie du, habe ich gegen das ganze Camp gespielt und nicht verloren«, sagte der alte Lear.

»Erzähl von der Zeit, als du jung warst«, sagte Allen.

Nun verlief alles nach einem lange geübten Ritual. Lear brachte das Spiel erst zu Ende. Dann begann er zu erzählen. Zunächst von seinen Spielen gegen das ganze Camp. Dann folgte ein langer Bericht über die Waldarbeit vor dem Weltkrieg Nummer eins. Mit Äxten haben sie damals auf die Bäume eingeschlagen, aber die Bäume haben sich nur lustig gemacht über die Holzfäller. Vor dem Weltkrieg Nummer eins mußten sie vorsichtig mit dem Holz umgehen. Wenn ein Baum nach stundenlangem Sägen und Hacken es sich in den Kopf setzte, beim Niedergehen in tausend Stücke zu springen, war der halbe Tageslohn verloren. Die Bäume waren damals größer. Und die Berge waren größer. Nur die Menschen waren kleiner und vor allem bescheidener. Heute ermorden sie den Wald; damals haben sie ihm nur die Zähne gezogen. Je länger Lear sprach, desto ruhiger wurde er. Chris Allen brauchte nicht die Beruhigungsspritze aus seinem Erste-Hilfe-Koffer zu holen. Mit Reden ging es auch. Sie hatten nun den Punkt erreicht, da Lear seine Schachfiguren verließ und zum Schrank ging. Er kam mit einem Umschlag voller vergilbter Fotos aus einer Zeit, als noch niemand an den Weltkrieg Nummer eins dachte. Außerdem war da ein Papierbündel, das der alte Mann auf das Schachbrett warf. Nein, keine Liebesbriefe, sondern Obligationen der Bank von England, ausgegeben damals, als der Weltkrieg Nummer eins anfing, ins Geld zu gehen, nämlich 1916. »Sie sind immer noch nicht bezahlt«, schimpfte Lear. »Dabei sagen alle, nichts sei so sicher wie die Bank von England.«

Lear hatte diesen Spruch, der mehr zum Zusammenhalt des britischen Weltreichs beigetragen hat als die gemeinsame Sprache, die gemeinsame Krone und die gemeinsam geführten Kriege, als Kind gelernt und nicht vergessen. Eigentlich brauchte er die Papiere nicht mehr. Das Mädchen, das er mit den Zinserträgen der Obligationen hatte verwöhnen wollen, war auf unbegreifliche Weise gestorben, noch bevor die Bank von England Zinsen zahlte. Daraufhin war er in den Busch gegangen und hatte die wertlos gewordenen Papiere mitgenommen. Aber was braucht ein Mensch in der kanadischen Wildnis Obligationen der Bank von England? Eines Tages wird er sie verbrennen, so, wie damals die Mädchen Steve Nortons verbrannt wurden.

Endlich gab es Überstunden. Sie brachten mehr Geld und ließen die Zeit schneller verrinnen. An einem Sonntag schafften sie den Skidder in ein anderes Seitental, weil Distrikt A abgeerntet war. Der Umzug war des großen Johnson große Aufgabe. Er verlud das Stahlungeheuer auf zwei aneinandergekoppelte Holztrucks. Im Schrittempo ging es die Serpentinen hinunter und auf der anderen Seite wieder hinauf zu Distrikt D.

Der Umzug führte die drei Ungarn zusammen. Geró und Albert arbeiteten schon in Distrikt D; sie schleppten dort Flaschenzüge durch das Unterholz und zogen Stahlseile den Berg hinauf. Nun kam István mit dem Skidder hinzu. Am Montagmorgen saßen die drei auf der hintersten Bank im Mannschaftsbus und sprachen ungarisch. Als Forststudenten werden sie wohl über den Wald gesprochen haben, vielleicht auch über den amtlichen Brief, den István zu mitternächtlicher Stunde verbrannt hatte. So eine Einladung aus Budapest kommt nie wieder. Es war wohl doch ein Fehler gewesen, sie zu verbrennen.

An dem Tag, als der Skidder in Distrikt D zu arbeiten begann, gab es einen Zwischenfall. Es war kurz vor der Frühstückspause. István legte seinen Choker um einen Baumstamm. Danach machte er sich aus dem Staube, denn es war die letzte Fuhre vor der Pause. Er lief zu

Geró und Albert, die zusammen mit dem Backrigger zentnerschwere Eisenschäkel den Hang hinauftrugen. Kaum war er weg, heulte unten die Maschine auf. Der Wald begann zu beben, wie immer, wenn ein Turn hinausging. Die Stahlseile vibrierten, schlugen zitternd aufeinander. Vier Stämme riß die Laufkatze aus dem Unterholz. Oben überschlugen sie sich und fielen wieder zu Boden. Johnson gab das Signal zur Abfahrt des Turns. Langsam zog die Maschine die Holzfuhre den Hang hinunter. Plötzlich verkeilten sich zwei Stämme hinter einem Felsbrocken. Johnson bemerkte es zu spät. Die Maschine zog mit voller Kraft gegen den Felsen. Ein Stahlseil schlug seitwärts aus und köpfte herumstehende Balsambäume. Und dann geschah etwas, das Herbert noch nie erlebt hatte: Die Skyline kam herunter. Sie riß Bäume um und schlug mit einer Wucht auf den Waldboden, daß der Berg zitterte.

Johnson ließ den Skidder stoppen. Er fluchte ausdauernd, denn ihm war das Schlimmste passiert, was im Busch vorkommen kann: Die Skyline war heruntergekommen. Als erstes schickte er die Chokermänner in den hängengebliebenen Turn, die Stämme loszubinden und die abgestürzte Laufkatze freizulegen. Dabei fehlte István.

»He, wo steckt unser Freiheitskämpfer?« brüllte Johnson.

»Der ist nach oben gegangen, um mit den anderen Ungarn zu frühstücken«, antwortete Herbert.

Sie hörten oben am Hang Äste brechen. Jemand kam durch das Gestrüpp gerannt. Das war er. Aber wie sah er aus! Kein Schutzhelm auf dem Kopf, die Jacke aufgerissen. Als er in Rufweite war, blieb István stehen, gestikulierte und winkte.

»Es hat Geró getroffen!« schrie er.

Johnson befahl dem Pfeifenmann, das Notsignal zu geben, das soviel bedeutete wie: Bringt die Tragbahre und den Medizinkasten herauf! Danach stürmte er los. Noch nie hatte Herbert den Schweden so durch den Busch toben sehen. Er sprang von Stamm zu Stamm, überholte István, der ihm den Weg zeigen wollte, und steuerte mit der Sicherheit eines erfahrenen Mannes, der weiß, wo solche Unglücke zu geschehen pflegen, auf eine Stelle zu, an der die Skyline einen Bach überquerte. Herbert wußte nicht, ob er Johnson folgen sollte. Schon als Kind hatte ihn stets eine merkwürdige Scheu davon abgehalten, sich Unglücksstellen zu nähern. Er war immer im Zweifel gewesen, ob seine Anwesenheit dort erwünscht sei. Es war ihm peinlich, einfach so herumzustehen und mit offenem Munde zuzuschauen, wie andere Menschen bluteten oder mit dem Tode rangen. Er verachtete die Neugierigen, die wie die Schmeißfliegen um jedes Unglück kreisten, und zog es vor, den Männern entgegenzugehen, die den Medizinkasten und die Bahre heraufbrachten. Er packte mit an und wies ihnen den Weg in die Senke, in der der große Johnson verschwunden war.

Sie waren zwei Steinwürfe von der Unglücksstelle entfernt, als sie Albert schreien hörten. Er schrie, als wolle er Tote aufwecken. Als sie näher kamen, verstanden sie, was er schrie. Er rief Geró, wobei er jedesmal auch den Nachnamen Vartacz oder so ähnlich hinzufügte, als wisse er genau, daß Geró ihn hören würde, wenn er nur den korrekten vollen Namen riefe. István stand neben dem Rufer und weinte. Der große Johnson kniete auf dem Waldboden und tastete Gerós Brust und Schädel ab, beschmierte seine Hände mit Blut. Aus der Nähe erkannte Herbert deutlich die Quelle des Blutes. Sie lag an der rechten Seite von Gerós Schädel, gleich über dem Ohr, dort, wo der Brillenbügel zu sitzen pflegte; ja, Geró hatte zum Bücherlesen immer eine Brille getragen. Der Schutzhelm lag mehrere Schritte entfernt. Auch er hatte nicht verhindern können, daß Gerós Schädel blutete.

Als Herbert die Gruppe erreichte, drehte sich István um und sagte: »Er ist bewußtlos.«

»Du bist gut«, murmelte Johnson. »Ich bin zwar kein Doktor, aber so, wie der aussieht ...«

Er vollendete den Satz nicht, sondern holte Verbandszeug aus dem Medizinkasten und wickelte es so reichlich um Gerós Schädel, daß er aussah wie der Kopf eines Schneemanns. Jedenfalls konnte er nicht mehr bluten.

Während Geró verbunden wurde, dachte Herbert an Johnsons Sprüche. »Dem Kopf kann das nicht schaden, wenn Studenten auch mal im Busch arbeiten«, hatte der am ersten Arbeitstag zu den Ungarn gesagt. Nun sieh dir mal Gerós Schädel an, wie das geschadet hat!

Albert holte einen Helm voll Wasser aus dem Creek. Er wollte Geró damit reinigen, um ihn möglichst sauber in ein Krankenhaus zu schicken. Aber Johnson schlug ihm den Helm aus der Hand. Wasser schadet dem Blut!

Unten kam Chris Allen mit dem Sanitätswagen vorgefahren.

»Packt ihn auf die Bahre und tragt ihn zum Wagen!« befahl Johnson. »Aber haltet die Füße nach unten, sonst läuft noch mehr Blut aus dem Kopf.«

Herbert wollte tragen helfen, aber Johnson hielt ihn zurück. Er brauchte ihn, weil er an Ort und Stelle beginnen wollte, die Ursache des Unglücks zu ermitteln. Der große Johnson nahm Maß, schritt die Entfernungen ab, schrieb Notizen auf einen Zettel, wischte sich den Schweiß von der Stirn und fluchte zu allem so grimmig, daß es sich nicht mehr christlich anhörte.

»Der verdammte Kerl muß unter der Skyline gestanden haben! Wenn eine Fuhre rausgeht, darfst du niemals unter der Skyline stehen! Wie oft soll ich euch das noch sagen?!«

Ausgerechnet Johnson mußte das passieren. Er war der von der Company bestellte Beauftragte für Unfallverhütung. Alle Vierteljahre hielt er einen Vortrag über die Gefahren des Waldes. Im letzten Herbst hatte er von der Powell River Company den Safety-Preis für hundertfünfzig Tage unfallfreie Arbeit erhalten. Und nun dieses!

Johnson suchte so lange, bis er den Baum gefunden hatte, der für alles verantwortlich war. Ja, so wird es gewesen sein. Als die Skyline herunterkam, wird Geró vor Schreck in die Senke gesprungen sein. Die Skyline hatte ihn auch nicht erwischt. Aber sie hatte im Fallen ein paar Bäume geköpft.

»Siehst du die zerfetzte Hemlocktanne?« schrie Johnson und zeigte auf einen Baum, dem es zehn Yards über dem Erdboden die Krone abgerissen hatte. »Die Spitze ist ihm auf den Kopf gefallen.«

Herbert versuchte sich vorzustellen, wie die Krone, einem Raubvogel gleich, durch die Luft geflogen war. Ein mächtiger Schatten am hellen Himmel. Vielleicht hatte Geró den Schatten gar nicht als Baumkrone erkannt. Vielleicht kam ihm der Schatten so vor wie ein Panzer, Modell T 34. Und oben aus der Luke blickte General Grebennjik höchstpersönlich. Er, der siegreiche Eroberer von Budapest, muß furchterregend ausgesehen haben. »Hab' ich dich endlich, kleiner Freiheitskämpfer!« wird er gerufen und triumphierend die Arme erhoben haben. Ja, die Panzer des Generals Grebennjik hatten Geró eingeholt, mahlten über ihn hinweg, ließen es schwarz um ihn werden wie in einem Kohlenkeller. Tonnengewichte aus Panzerstahl lagen plötzlich auf seiner Brust, gaben Geró nicht frei. Und es wollte auch nicht wieder hell werden ... Schwarz und dreckig, so sehen alle Panzer von unten aus.

Die Maschine gab das Feierabendsignal. Es war morgens gegen zehn Uhr. Nach einem schweren Unfall ist jede Arbeit im Busch unmöglich. Du mußt den aufgebrachten Wald allein lassen, das bist du ihm schuldig. Er hat sich gerächt für die Verwüstungen, die die Menschen in ihm angerichtet haben. Jetzt braucht er Ruhe. Einmal im Jahr kommt so etwas vor, ein großes Unglück. Man kann froh sein, daß es schon im Mai passiert ist. Nun gibt der Wald Ruhe für den Rest des Jahres.

Die Holztrucks kehrten um, fuhren leer zurück. Die Sägen der Holzfäller verstummten. Bedächtig kamen die Arbeiter von den Hängen. Jeder wußte, was es bedeutete, wenn um zehn Uhr morgens das Feierabendsignal ertönte. Für den Rest des Tages gibt es frei, und das bei voller Bezahlung.

Am Campeingang stand ein mannshohes Schild mit der Aufschrift: *Dieses Camp ist 42 Tage unfallfrei!* Die Zahl war austauschbar, wurde jeden Tag geändert. Wenn die 50 erschien, gab es eine Prämie vom Workmen's Compensation Board. Johnson ließ den Mannschaftsbus vor dem Schild halten. Er verließ den Wagen, riß die 42 heraus und warf sie wütend in den Schmutz. Er setzte keine neue Zahl ein, sondern ließ den Satz einfach so verstümmelt stehen. *Dieses Camp ist ... Tage unfallfrei!*

István und Albert, die mit dem Sanitätswagen hinuntergefahren waren, saßen am Landesteg, genau an der

Stelle, an der ein Wasserflugzeug Geró abgeholt hatte. Sie machten einen gefaßten Eindruck, schienen ziemlich sicher zu sein, daß das Wasserflugzeug bald am Horizont auftauchen werde, um den Verunglückten nach kurzer ärztlicher Behandlung ins Camp zurückzubringen.

Die meisten wollten nach Westview, um mit dem angebrochenen Tag etwas Handfestes anzufangen. Bier trinken, Socken kaufen, die Bank besuchen.

Aber der große Johnson kam allen Zerstreuungen zuvor. Als Beauftragter für Unfallverhütung berief er für den Nachmittag eine Versammlung ein, in der er aufzeigen wollte, wie es zu dem Unglück gekommen war und was sie tun müßten, um Ähnliches für die Zukunft zu verhüten. Anwesenheit war für alle Pflicht.

Sie saßen also im Eßsaal, jenem Raum mit den groben Holzbänken, in dem gelegentlich Filme gezeigt und Gottesdienste abgehalten wurden. Johnson erklärte gerade die Unfallskizze, die er auf eine mächtige Schiefertafel gemalt hatte, als Chris Allen den Raum betrat.

Er ging zu den beiden Ungarn, zögerte keinen Augenblick, schaute sich nicht hilfesuchend um, sondern sagte einfach: »Euer Mann ist tot. Ich habe gerade einen Funkspruch aus Westview erhalten.«

Eigentlich hatten es alle gewußt, nur István und Albert nicht. Aber niemand spricht darüber, bevor es ganz sicher ist. Denn manchmal gibt es Wunder, wenn Tote nur bewußtlos sind. Als Schwerverletzten hatten sie ihn ins Wasserflugzeug getragen; jedenfalls hatte Chris Allen das dem Piloten gesagt, denn Verletztentransporte sind eilbedürftiger als Leichentransporte. Aber der Arzt im Krankenhaus hatte nur einen flüchtigen Blick auf Gerő geworfen und den Kopf geschüttelt. Warum bringt ihr mir einen Toten?

Eigentlich müßten jetzt Kerzen angezündet werden, ein Meer von Kerzen wie zu Allerheiligen. Sah so die Freiheit aus? Frei sein, um von einem Baum erschlagen zu werden? Da ist einer im November durch den Grenzfluß geschwommen, um sein Leben zu retten, ist um die halbe Erdkugel geflohen vor den Panzern des Generals Grebennjik, hat sich im hintersten Winkel der Wildnis verkrochen, wo weder Panzer noch Atombomben hinkommen, wo du nicht einmal von einem Auto überfahren werden kannst – und dann fällt dir ein Baum auf den Kopf. Was sollen wir bloß nach Hause schreiben? So etwas nimmt dir kein Mensch ab. Du mußt dir mal die Beamten im ungarischen Zensurbüro vorstellen. Die hören gar nicht auf zu lachen, wenn sie so etwas in einem Brief aus Kanada lesen. »Du dummer Kerl«, werden sie sagen, »das geschieht dir recht. Warum wolltest du unbedingt in die Freiheit fliehen? Wir haben es dir doch angeboten, freiwillig zurückzukehren. Aber du wolltest nicht kommen. Deshalb mußten wir dich holen.«

István zog noch am selben Tag um in den anderen Raum, in dem ein Bett frei geworden war. Jawohl, er schlief in Gerős Bett. Das heißt, natürlich schlief er nicht. Sie lagen wach und warteten, ob Gerő vielleicht doch noch heimkehrte.

Die Toten, die es im Busch gelegentlich gibt, werden auf Kosten der Powell River Company zu ihren Angehörigen geschickt. Sofern welche da sind. Chris Allen hatte in dieser Hinsicht schon große Überraschungen erlebt. Mehr als die Hälfte der Toten, die er in zwanzig Jahren Dienstzeit betreut hatte, besaßen keine ordentliche Heimatadresse. Die Telefonnummer eines Freundes, die Anschrift eines drittklassigen Hotels in Vancouver waren oft die einzigen Hinweise in den Papieren der Verstorbenen. Nur selten kam es vor, daß noch eine Mutter in einem Dorf in Manitoba oder einem Flecken Quebecs lebte. Und wenn es solche Mütter wirklich gab, hatten sie schon seit Jahren nichts mehr von ihren Söhnen gehört; Chris Allen mußte ihnen nach so langer Zeit als erstes Lebenszeichen eine Todesnachricht schicken. Vergeblich hatte Chris Allen die Papiere der Verstorbenen nach einem geregelten Familienleben durchforscht. Das waren alles einsame Wölfe, vom Rudel vertrieben, in den Busch gejagt. Keine Kinder; wenn doch, dann unbekannte Kinder. Keine Ehefrauen. Gelegentlich Bilder von jungen Mädchen, altmodisch angezogen, vergilbt, jetzt schon Großmütter, wenn sie überhaupt noch lebten. Ehescheidungen kamen häufiger vor in den Papieren, die Chris Allen in den Schränken der Toten fand. Oft waren sie der Anlaß gewesen, in den Busch zu gehen, denn Bäume stehen fest verwurzelt in der kanadischen Erde und können weder untreu werden noch weglaufen. Ja, die Einsamkeit der Toten, das war die Kehrseite der kanadischen Freiheit. Ein Leben lang unstetig von Norden nach Süden wandern, von Osten nach Westen, aus der Stadt in den Wald und aus dem Wald in die Stadt – und irgendwo unterwegs sterben wie ein krankes Karibu auf dem Treck nach Norden. Auch Geró war kein alltäglicher Fall in den Papieren von Chris Allen. Die Großzügigkeit der Company kannte natürlich ihre Grenzen. Nach Budapest schickten sie keine Toten. Geró kam wie die anderen, die versterben, ohne eine

Adresse zu hinterlassen, auf den Indianerfriedhof in Westview. Der Friedhof hieß so, weil die Indianer ihn am Ende des vorigen Jahrhunderts angelegt hatten, als sie Christen wurden. Aber inzwischen gab es mehr Weiße als Rote auf dem Indianerfriedhof von Westview. Es gab keinen schöneren Platz an der Sunshine Coast, um begraben zu werden. Im Rücken die Wälder des Küstengebirges, unter dir eine kleine Stadt, davor das Wasser der Strait of Georgia mit der Goldinsel Texada Island. Weiter im Westen die noch immer schneebedeckten Berge von Vancouver Island. Nur der Rauch war lästig. Bei Nordwind wälzten sich die Rauchschwaden aus den Schornsteinen der Papierfabrik über den Indianerfriedhof. Aber das störte nur die Trauergäste, denn zwei Yards unter der Erde ist es klar und sauber. Die Beerdigung fiel auf einen Sonnabend. So büßten sie keinen vollen Arbeitstag ein. Die Company schickte ein Boot ins Camp, um jene abzuholen, die dabeisein wollten. Zu ihnen gehörten der große und der kleine Johnson, István und Albert, seltsamerweise auch einer der Köche und der alte Lear, der gern zu Beerdigungen ging. Für ihn waren sie der einzige Anlaß, das Camp zu verlassen.

»Solange du zu anderer Leute Beerdigung gehst, kann niemand zu deiner Beerdigung kommen«, sagte er lachend, als er sich von Rosa verabschiedete, die nicht mitdurfte.

»Hunde haben auf Beerdigungen nichts zu suchen«, hatte der kleine Johnson gesagt.

Bevor die Ungarn zum Boot gingen, betrat István Herberts Stube. »Du kommst doch auch mit, nicht wahr?« sagte er. »Du bist aus Europa, und außerdem bist du ein Deutscher. Ungarn und Deutsche haben vieles gemeinsam.«

Was hat das mit Gerós Beerdigung zu tun? dachte Herbert. Es war ihm ein wenig peinlich, denn er hatte eigentlich nicht daran gedacht mitzufahren. Aber István blieb wartend in der Tür stehen. Da zog Herbert sich um und ging mit den Ungarn zum Boot.

Die Beerdigung war gut vorbereitet. Nur einen katholischen Pfarrer hatte die Company nicht auftreiben können. Ein Anglikaner begleitete den toten Gerό auf den Indianerfriedhof von Westview. Das war schlimm. Denn die Ungarn waren zuallererst Ungarn, dann aber schon Katholiken und erst viel, viel später Kommunisten, Kapitalisten, Sozialisten, Europäer oder was man sonst noch sein kann.

István beschwerte sich beim kleinen Johnson wegen der falschen Religion.

Der kannte sich in diesen Dingen nicht aus, wußte nichts Besseres zu sagen als: »Mensch, das ist doch alles ein Gott!«

Gegen diesen Satz gab es keine Einwände.

Kurz bevor der Trauergottesdienst begann, rückte eine Abordnung junger Leute an. Es waren ungarische Studenten von jener Forstschule, in der auch Geró den Wald studiert hatte, bevor die Panzer des Generals Grebennjik den Wald überschwemmt hatten. In ihrer Mitte befand sich ein kleiner Mann, einer ihrer Lehrer, der sie von Europa nach Vancouver begleitet hatte. Sie brachten eine ungarische Fahne mit, sangen ungarische Lieder und verwandelten den Gottesdienst in eine rein ungarische Veranstaltung. Am Grab sprach der Lehrer; er sprach zehn Minuten ungarisch, nur zum Schluß, aus Höflichkeit gegenüber den anderen, ein paar Worte Englisch. Danach wollte István etwas sagen, konnte aber nach zwei Sätzen nicht weitersprechen und mußte von seinen Freunden auf eine Bank gesetzt werden. Die

Ungarn bildeten einen Kreis, belagerten das Grab, warfen erst die ungarische Fahne und dann Erde hinein. Die beiden Johnson standen abseits, als gehörten sie nicht dazu. Herbert hielt sich mit dem alten Lear an der Friedhofsmauer auf; er staunte über die Selbstverständlichkeit, mit der die Ungarn von ihrem Grab und dem fremden Friedhof Besitz ergriffen. Sie faßten sich an, wie man abends am Lagerfeuer steht, um traurige Lieder zu singen. Sie klopften sich auf die Schulter, schüttelten einander die Hände, sprachen sich Mut zu. Eine beneidenswerte Gemeinsamkeit. So etwas findest du unter Deutschen nie, dachte Herbert traurig.

Plötzlich löste sich der Lehrer aus der Gruppe und kam auf Herbert zu. »Ich habe gehört, du bist Deutscher«, sagte er auf deutsch mit wienerischem Akzent. »Wir wollen uns noch für eine Weile zusammensetzen, um miteinander zu sprechen. Möchtest du nicht mitkommen?«

Herbert nickte. Er war überrascht, daß sie ausgerechnet ihn holten, nicht die beiden Johnson, nicht den alten Lear. Sie luden ihn ein, weil er Deutscher war und weil Deutschland so nahe an Ungarn lag. Zum erstenmal wurde Herbert bevorzugt behandelt, weil er Deutscher war. Als sie den Friedhof verließen, kam der kleine Johnson zu den Ungarn. In der Kantine der Papierfabrik sei für alle ein kostenloses Mittagessen bereitgestellt. Sie möchten bitte mitkommen. Die Ungarn beratschlagten kurz, dann folgten sie Johnson in die Papierfabrik. Nur István blieb apathisch auf der Bank sitzen. Zwei Ungarn redeten auf ihn ein, aber er wollte nicht mitkommen. Er habe keinen Hunger, sagte er. Er wolle weiter nichts tun als im Holzhafen sitzen und ins Wasser blicken.

Es gab keine besondere Beerdigungsmahlzeit, sondern das, was die Arbeiter der Papierfabrik aßen. Die Ungarn unterhielten sich in ihrer Sprache. Ab und zu lief einer zum Wasser, um zu sehen, ob István noch da sei.

»Ich habe gehört, du willst nie mehr nach Deutschland zurück«, sagte der Lehrer plötzlich.

Herbert stocherte in den dampfenden Makkaroni herum; ihm fiel keine Antwort ein.

»Es geht schon merkwürdig zu in der Welt«, fuhr der Ungar fort. »Du kannst zurück nach Hause, willst aber nicht. Wir wollen nach Hause, können aber nicht.« Damit war das Gespräch beendet. Nach dem Essen ging Herbert zu der Telefonzelle in der Hafenstraße und wählte die Nummer von Mister Doole. Wieder meldete sich Tobby. »Ich kenne dich nicht!« schrie der Junge in den Apparat, und Herbert mußte ihm umständlich erklären, wer er sei. Als er nach Cecily fragte, erwiderte der Junge, sie sei schon seit drei Tagen nicht nach Hause gekommen. »Daddy sagt, wenn sie nicht bald auftaucht, müssen wir sie suchen lassen.«

Herbert erfuhr, daß die Bude im Souterrain frei sei. Wenn er in die Stadt käme, könne er sie haben. Neun Dollar sei jetzt der Preis.

»Soll ich Cecily etwas ausrichten, wenn sie wieder da ist?« fragte Tobby. »Nein, nichts ausrichten, überhaupt nichts ausrichten.« Der große Johnson kam über die Straße und öffnete die Tür zur Telefonzelle.

»Du mußt mal helfen, den alten Lear zu suchen«, sagte er. »In einer halben Stunde fahren wir ab, aber der Kerl ist nicht da.« Herbert fand den alten König auf dem Indianerfriedhof. Er hatte sich in der Ecke verkrochen, in der Blumen und Kränze enden, wenn sie unansehnlich werden. Er hatte Schnaps gekauft und probierte, ob das Zeug gut schmeckte. Das machte ihn redselig. Während Herbert sich bemühte, ihn zum Aufstehen zu bewegen, schilderte der alte Lear, wie er eines Tages kaputtgehen werde. Ohne viel Aufhebens, das war Bedingung. Auf keinen Fall lange herumliegen und sich von den Köchen mit Brei päppeln lassen. Auch die weißgetünchten Krankenhäuser der Stadt werden den alten Lear nie zu Gesicht bekommen. Nein, es wird alles sehr einfach zugehen. Eines Tages werden die Männer von der Arbeit kommen, so gegen halb vier. Sie werden duschen und ins Office gehen, um nach Post zu fragen. Chris Allen wird sagen: »Wißt ihr schon das Neueste? Der alte Lear ist tot. Er hat einen Schlag bekommen, als er seine Bude ausfegte.« So ungefähr wird es sein. Die Flößer werden den alten Lear auf einem Holzschlepper nach Westview bringen und auf dem Indianerfriedhof abliefern, denn auch Lear wird keine Adresse hinterlassen, zu der die Company ihn schicken könnte. Die Company ist Lears einzige Adresse; sie ist seine Mutter, eine strenge, aber eine gerechte Mutter. Sie wird die Beerdigung auf dem Indianerfriedhof bezahlen und dem Hund so lange zu fressen geben, bis auch er stirbt. Die Schuldscheine der Bank von England, von denen kein Mensch weiß, ob sie noch etwas taugen, wird jemand, der von Wertpapieren keine Ahnung hat, aus der Schublade reißen und auf dem Abfallhaufen verbrennen. So wird es auch den alten Fotos gehen, den Bildern aus der Zeit, als sie noch Bäume mit Ochsen aus dem Wald zogen. Nur das Schachspiel wird erhalten bleiben, denn für Schachspiele finden sich immer Liebhaber.

Irgend etwas war mit István los. Die Ungarn umringten ihn, redeten ihm gut zu. Er wollte nicht zurück ins Camp, sondern mit den anderen nach Vancouver fahren, am liebsten gleich nach Budapest, wie Geró es gewollt hatte.

»Du mußt mir helfen, auf ihn aufzupassen«, sagte Albert zu Herbert. »Er ist verstört wegen des Briefs von damals. Geró wollte nach Hause fahren, aber István hat so lange auf ihn eingeredet, bis er geblieben ist. Jetzt fühlt er sich schuldig an seinem Tod.«

Es kostete einige Mühe, István auf das Boot zu bringen.

»Du brauchst ja nicht im Camp zu bleiben«, sagten sie zu ihm. »Du kannst morgen oder übermorgen abreisen. Aber jetzt mußt du zurück. Deine Sachen sind im Camp und deine Papiere.«

Es wurde eine gemütliche Rückfahrt. Erst als sie auf dem Landesteg des Camps standen, merkte István, daß es genau die Stelle war, an der sie Geró in das Wasserflugzeug verladen hatten. Albert zog ihn weiter, wollte ihn möglichst schnell zu Nummer 8 bringen, damit er sich hinlegen und ausruhen konnte. Als sie am Sammelplatz vorbeikamen, stand da die Tafel mit dem Satz: *Dieses Camp ist 4 Tage unfallfrei!*

István sah den Satz und spürte, wie das Erdreich unter ihm nachgab, wie die Schrift verschwamm, die Holztafel sich verformte. Aus den Brettern wurde eine mächtige Wand, die sich drohend in den Himmel reckte, zum Einstürzen bereit. Die beiden Johnson hatten gerade das Office erreicht, als István die untere Latte der Holztafel abriß und anfing, um sich zu schlagen. Er zielte auf das *4 Tage unfallfrei,* verstümmelte die Schrift bis zur Unkenntlichkeit, schlug den Satz in Fetzen. Danach zertrümmerte er mit einem Schlag den Handlauf des Holzstegs, der vom Sammelplatz ins Camp führte, riß einen Pfahl aus der Verankerung und feuerte ihn gegen die Rückwand des Waschraums.

Mensch, der dreht durch, dachte Herbert. Er stand oben vor Nummer 8 und sah, wie der kleine Johnson angelaufen kam, als István das Schwarze Brett demolierte, Gewerkschaftsankündigungen und aushängende Sicherheitsvorschriften in den Dreck schlug.

Johnson schrie ihn an, aber István hörte nicht.

»Warum sprichst du nicht ungarisch mit ihm?« rief er Albert zu. »Erzähl ihm irgend etwas Lustiges oder etwas von seiner Mutter, damit er sich beruhigt.«

Ja, einen ungarischen Märchenerzähler mit sanfter Stimme hätten sie jetzt gebrauchen können, ein Pußtamädchen zum Vorsingen, denn was Albert ihm zurief, kam nicht an, ging unter im Splittern des Holzes. István hatte inzwischen die Tür des Waschhauses aus den Angeln gehoben und machte sich gerade an der Verglasung zu schaffen, als Rosa angelaufen kam. Sie bellte laut, blieb vor István stehen, kläffte ihn an, wurde regelrecht böse und schnappte nach seinen Hosenbeinen. Bis sie einen Schlag mit der Latte bekam. Rosa jaulte auf, fiel kopfüber vom Holzsteg und rollte wie ein kleines, rundes Faß in Richtung Campwerkstatt.

»Er ist verrückt geworden!« schrie der kleine Johnson.

Auf den Lärm hin waren die Männer aus ihren Häusern getreten.

»Soll ich die Schrotflinte holen?« rief Tom, der Holzfäller.

»Ja, hol die Flinte«, antwortete Superintendent Johnson.

István hatte die Küchenbaracke erreicht und schlug mit einer solchen Wucht gegen den Laternenmast vor der Eingangstür, daß die Birne herausfiel und mit einem Knall zersprang. Erst wollte er in die Küche, aber die Köche hatten die Tür von innen verriegelt. Da gewahrte István hinter der Küche die Nummer 8, jene Hütte, in der Gerö das letztemal geschlafen hatte, bevor ihn die Panzer des Generals Grebennjik eingeholt hatten. Herbert sah István auf Nummer 8 zukommen und wich aus. Er verschwand im Waschraum, stellte sich unter die Dusche und ließ eiskaltes Wasser den Nacken hinunterlaufen; aus der Ferne hörte er die Stimmen der Männer, die István einzukreisen begannen. Fensterscheiben klirrten. Ein helles Sirren verriet, daß István den Ofen in Nummer 8 getroffen hatte.

»Soll ich schießen?« Das war Toms Stimme.

»Nein, nicht schießen!« Das war Albert.

»So ist das mit den Freiheitskämpfern!« brüllte der große Johnson. »Mobiliar zerschlagen, das können sie.«

Herbert stellte die Dusche auf Heiß und ließ das Wasser auf die Haut prasseln, bis es schmerzte.

»Wo ist der Deutsche?!« schrie einer. »Der kennt ihn gut, der muß mit ihm reden!«

»Solange er nur Holz zertrümmert, schießen wir nicht. Aber wenn er Menschen anfällt, müssen wir es tun.« Das war die Stimme des kleinen Johnson.

Herbert schloß die Augen. Er genoß das heiße Wasser, das die Stirn traf, über das Gesicht spülte, am Körper ablief und auf das ausgewaschene Holz des Fußbodens plätscherte. Von allen menschlichen Verirrungen war ihm der Amoklauf die verständlichste. Für ein paar Minuten ausbrechen aus dem Geflecht der Umstände, der Beziehungen und Verpflichtungen, der Rücksichtnahmen und Unterwerfungen. Sich frei schlagen von allen Erniedrigungen und Verletzungen, in einem vulkanischen Ausbruch das Netz zerreißen, das einen zusammen mit unzähligen anderen Fischen aus dem Wasser heben will. So etwa muß einem Amokläufer zumute sein.

Plötzlich war es draußen still. Herbert stellte die Dusche ab und zog sich umständlich an. Als er den Waschraum verließ, sah er, wie die Männer Nummer 8 belagerten. Vor dem Kücheneingang war die Zentrale der Belagerer. Da saßen die beiden Johnson und Chris Allen mit einem Koffer voller Beruhigungsspritzen und Tom mit seiner Schrotflinte. Die übrigen Männer saßen rundherum auf den Holzstegen, einige rauchten, andere unterhielten sich gedämpft. Es war wie Picknick im Freien.

Zeit gewinnen, das war die Devise des kleinen Johnson. Nur nicht die Bude stürmen. Kein Blut vergießen. Solche Ausbrüche erledigen sich von selbst. Menschen werden müde, bekommen Hunger oder müssen auf den Abort. Ihr innerer Zustand ändert sich von Minute zu Minute; du mußt nur warten können.

Während sie warteten, kam der alte Lear; er trug die blutende Rosa vor sich her und sang ihr vor. Nein, der Hund war nicht tot. Er winselte und zitterte in Lears Armen.

Chris Allen, der viel von Medizin verstand, meinte, Rosa habe innere Verletzungen. Mit ein paar Tagen Humpeln und Pflaster auf die Wunde wäre es nicht getan. Einen Menschen würde man in diesem Zustand ins Krankenhaus bringen. Aber einen Hund ...

»Das Beste ist, ich gebe ihm eine Spritze«, sagte Chris Allen.

Tatsächlich wurde Rosa nach der Spritze ruhiger. Nach einer halben Stunde war sie so ruhig, daß sie nicht mehr zitterte und nicht mehr atmete.

Als Lear merkte, daß Rosa tot war, holte er einen leeren Apfelsinenkarton. Den Boden legte er mit Gras aus. Bevor er Rosa in den Kasten packte, ging er mit ihr zum See, um das Blut aus dem Fell zu waschen. Danach trug er den Apfelsinenkarton mit Rosa in seine Hütte und war für den Rest des Tages nicht mehr ansprechbar.

Nach einer Stunde war es ruhig in Nummer 8. Die beiden Johnson betraten als erste die Hütte, gefolgt von Chris Allen mit der Beruhigungsspritze. Sie fanden István apathisch in den Trümmern liegen. Er hatte jede Kraft verloren, wehrte sich nicht. Als er die Spritze bekommen hatte, schlief er ein.

Der kleine Johnson machte sich daran, den Schaden zu besichtigen. Er ging auf Albert zu, um die Frage zu klären, ob Policeman Hurst aus Westview gerufen werden solle oder nicht. Außer dem Hund sei ja niemand zu Schaden gekommen. Aber ein paar hundert Dollar würde es schon kosten, die Trümmer wegzuräumen, neue Türen einzusetzen und eine neue Tafel vor dem Camp zu errichten.

»Es ist doch nur Holz und Fensterglas«, meinte Albert, dem sehr daran gelegen war, die Polizei aus dem Spiel zu lassen.

Johnson war einverstanden; nur wollte er vorher wissen, wie sich die Ungarn die Bezahlung des Schadens vorgestellt hätten.

Er könne es von den ausstehenden Löhnen abziehen, schlug Albert vor. Ja, das wäre eine Möglichkeit.

Sollten die Löhne von István und Albert nicht ausreichen, wäre da noch das Geld des toten Geró. Auf dessen Lohnkonto stand das Guthaben für den Monat Mai, genauer gesagt, für den Teil des Monats, der vor dem Unglückstag gelegen hatte. Wohin mit Gerós

Geld? Nach Budapest kann man es schlecht schicken. Da gab es zwar eine Mutter, aber kanadische Dollars würden niemals bei ihr ankommen. War es unter diesen Umständen nicht recht und billig, mit dem Geld den Schaden zu begleichen, den István angerichtet hatte? Denn eigentlich waren das Gerós Trümmer, aber der hatte sich allen Forderungen durch die Flucht auf den Indianerfriedhof entzogen. Natürlich könnte man noch weiter gehen und dem Panzergeneral Grebennjik die Rechnung schicken. Aber das kannst du dir sparen, denn Panzergeneräle bezahlen nie für das, was sie anrichten.

Am Tag nach Gerós Beerdigung rückten die beiden Ungarn ab. Der Wald war ihnen unheimlich geworden. István kam, um sich von Herbert zu verabschieden. Er war ausgeruht. Niemand merkte ihm an, daß er gestern für kurze Zeit den Verstand verloren hatte.

»Komm mit nach Hause«, sagte István. »Wir können nicht unsere besten Jahre in dieser gottverlassenen Wildnis zubringen, umgeben von jahrhundertealten Bäumen, von denen ab und zu einer umfällt und einen Menschen erschlägt.«

»Wollt ihr zurück nach Ungarn?«

István schüttelte den Kopf. Nicht nach Ungarn. Europa genügte ihm. Italien wäre ein schönes Land. Noch lieber wäre ihm allerdings Süddeutschland. Das sei nur vierhundert Kilometer Luftlinie von der ungarischen Grenze entfernt. Da erlebst du Jahr für Jahr in der Schneeschmelze die Donauüberschwemmungen, kannst dir ausrechnen, wie lange das Wasser braucht, bis es die Uferpromenade in Budapest erreicht hat.

Der Abzug der Ungarn wühlte Herbert mehr auf als das Unglück in den Bergen. Es war früher Sommer, aber schon leerte sich das Camp. Die Ungarn verschwanden. Erich Domski war gar nicht erst gekommen. Rosa war tot. Nur Herbert Broschat klebte an dieser Wildnis, als gebe es nichts anderes auf der Welt. Der ließ seinen Tagesablauf von dieser verdammten Sirene bestimmen, die ihn morgens aus dem Bett holte, ihn zu den Mahlzeiten rief und in den Schlaf heulte. Du glaubst nicht, welche Traurigkeit über der Wildnis liegt, wenn du allein bist. Fast hundert Männer leben in so einem Camp. Sie duschen neben dir, sie essen neben dir, und abends spielen sie Karten – aber du bist allein. Eigentlich müßte Herbert Broschat an Erich Domski schreiben, ihm die Geschichte vom traurigen Ende des Ungarn Geró mitteilen. Vielleicht kommt er, wenn er erfährt, welche aufregenden Dinge sich in der Wildnis ereignen können. Oder zu Erich Domski hinfahren. Ihn fragen, was sie gemeinsam unternehmen könnten. Gemeinsam in den Busch gehen, gemeinsam in die Aluminiumfabrik von Kitimat fahren, vielleicht gemeinsam mit dem Auto durch Kanada reisen, zur Abwechslung mal in West-Ost-Richtung.

»Die Ungarn taugten nicht für den Busch«, sagte der große Johnson am nächsten Morgen. »Solche Leute spinnen zuviel herum. Die haben nur krause Ideen im Kopf, sind wie Zugvögel, die kommen und gehen.« Aber lustige Zugvögel, dachte Herbert. Zugvögel, die Lieder singen können und von Allerheiligen in Budapest zu erzählen wissen.

An den folgenden Tagen beschäftigte sich Herbert fast nur noch mit seinem Transistorradio. Manchmal ließ er es die ganze Nacht spielen, leise nur, um niemanden im Camp zu stören. Auch ernste Musik war ihm recht. Er hörte *Aida* im kanadischen Busch.

Es gab Tage, an denen er mit Spannung auf die Ansagen des Nachrichtensprechers wartete. Er hatte den Eindruck, sie beträfen ihn persönlich. Ganz sicher würde er eines Tages folgende Durchsage hören: *Am heutigen Nachmittag sind die ungarischen Studenten, die vor einem halben Jahr nach Vancouver gekommen waren, nach Europa zurückgekehrt.*

Oder folgende Nachricht: *In der Nacht vom 1. zum 2. Juni ist das Martin Hotel in Downtown Vancouver abgebrannt. Es gab Tote und Schwerverletzte.*

Vielleicht auch das: *Cecily Doole und* – na, wie hieß er noch, dieser kraftstrotzende Präriebursche? – *geben bekannt …*

Aber die Radiosprecher berichteten in diesen Wochen des beginnenden Sommers vor allem über Reisen. Sie priesen New York und Mexiko, konnten sich nicht genug tun mit Florida und Kuba. Vor allem aber Europa. Du glaubst nicht, wie wunderbar Europa aussieht, wenn eine Reiseagentur in Vancouver dafür Reklame macht! *See wonderful old Europe by Holland-America Line!* schrie der Sprecher, und das den ganzen Abend in allen europäischen Sprachen. *Ihre Europareise buchen Sie am besten in Hagen's Travel Service, New Westminster.*

Es begann der herrliche Monat Juni mit den kurzen Nächten.

Ja, die Sommernächte in Schweden muß jedermann erlebt haben. Das ist etwas ganz anderes als die Sommernächte in Alaska. Die ausgelassenen jungen

Menschen beim Tanz um das Feuer, hübsche Mädchen in alter schwedischer Tracht. Wirklich, wer die Alte Welt sehen will, wenn sie am schönsten ist, muß jetzt reisen.

Da Rosa kein Mensch war, kam sie nicht auf den Indianerfriedhof von Westview. Der alte Lear suchte eine passende Stelle am Serpentinenweg aus, hoch genug, um im Winter rasch zu frieren, damit keine Raubtiere das Grab aufbuddelten und Rosa fräßen. Es war ein markanter Platz. Eine gewaltige Zeder umklammerte dort einen Felsen. Hinter dem Felsen ging es abwärts in eine Schlucht. Da grub der alte Lear ein Loch, mehr im Steingeröll als im Erdreich. Drei Schritte entfernt saß mit dem Rücken zur Zeder, neben sich den Apfelsinenkarton mit den Resten Rosas, der kleine Indianer.

Sie ließen ihm nicht einmal Zeit, den Hund zu begraben. Während Lear noch schaufelte, kamen die Männer von allen Seiten, bildeten eine Kette wie auf der Treibjagd. Zwei griffen den Jungen, der sich nicht wehrte. Anfangs trugen sie ihn. Als sie merkten, daß er nicht weglaufen wollte, stellten sie ihn auf die Füße, hielten ihn nur noch an den Armen fest. Zwanzig Männer waren ausgezogen, um einen kleinen Indianer zu fangen. Und das an jenem Tag, als Rosa beerdigt wurde.

Superintendent Johnson empfing sie vor dem Office. Er war guter Stimmung, schlug dem Jungen väterlich auf die Schulter und rief: »Back in school, little Indian!«

Dann nahm er ihn mit zu dem Lagerraum hinter der Küche, in dem es nur ein winziges Fenster mit Fliegendraht gab. Dort schloß er den kleinen Indianer ein.

»Morgen holt dich das Polizeiboot«, sagte er. »Aber du brauchst keine Angst zu haben. Sie bringen dich nicht ins Gefängnis, sie bringen dich nur in die Schule.«

Es war der wunderbare Monat Juni mit den langen Tagen und den kurzen Nächten. Aber es geschah nichts.

Am Himmel kreuzten sich die Kondensstreifen der Düsenjäger mit den unsichtbaren Radiowellen, die Herberts Transistorgerät einfing. Für die drei Ungarn kamen Ersatzkräfte von der Loggers Agency. Zwei Männer aus der Campwerkstatt reparierten Nummer 8.

Ja, es war der wunderbare Monat Juni. Von Tag zu Tag wurde es wärmer. Die ersten Frühschichten begannen. Trotz der Hitze quollen die Bäche über vom Schmelzwasser, das von den Hängen kam. In Chris Allens Vorratslager ging der Mückensaft zur Neige. Eine schlimme Sache, ungefähr so, wie wenn eine Kneipe keinen Whisky mehr hat.

Radio Nanaimo meldete den ersten Waldbrand des Jahres 1957. In der Nähe von Englewood.

An der Abladerampe riß eine Kette. Eine Fuhre Zedernholz stürzte vorzeitig ins Wasser und erschlug fast einen Flößer. Ja, es war ein Unglücksjahr, dieses 1957.

Und so viele weiße Schmetterlinge. Das rote Feuerkraut, das zwischen Camp und Waldrand wucherte, war voller weißer Tupfer.

Du weißt schon nicht mehr, was du denken sollst. Wenn du nach der Arbeit am Wasser liegst und die Wellen gegen das Holz plätschern hörst, wird dir klar, daß alles schon einmal gedacht worden ist. Es bleibt nichts mehr übrig für dich.

Plötzlich kam doch noch ein Paket Zeitungen. Die gesammelten Märzausgaben bis zu dem Tag, da die Zeitung ihr Erscheinen einstellte. Mit herzlichem Dank an die treuen Leser in Stadt und Land und mit guten Wünschen für die Zukunft.

Die Zahl der Arbeitslosen war im Februar auf 1,1 Millionen gesunken. Das Statistische Bundesamt teilte mit, daß im Jahr 1956 sechsundachtzigtausend Deutsche nach Übersee ausgewandert seien. Die Zeitung schrieb zu dieser Meldung einen kleinen Kommentar:

Wie lange kann es sich Deutschland erlauben, die besten Kräfte der Jugend ins Ausland ziehen zu lassen? Wir brauchen die jungen Menschen, weil noch vieles zu tun ist.

Die Ausgabe vom 15. März enthielt eine Schlagzeile, die wie ein Hammerschlag gewirkt hatte und auch nach drei Monaten noch schlimm aussah: In Deutschland lagern Atombomben! Ein britischer Luftmarschall hatte dieses Geheimnis beim Tee ausgeplaudert. Da war den Deutschen klargeworden, auf welchem Pulverfaß sie saßen. Lieber Himmel, mit diesen Dingen wollen wir nichts mehr zu tun haben! Warum läßt man die Deutschen nicht in Ruhe, wie man kranke Tiere in Ruhe läßt, die Zeit brauchen, um ihre Wunden zu lecken? Hiroshima in der Gegend von Köln! Da kommt es wirklich nicht mehr darauf an, ob der Kölner Dom zwei oder drei Türme hat.

Aus der Ferne der kanadischen Wälder sah der Aufmarsch der Bomben und Raketen unwirklich aus. Atombomben in den unterirdischen Bunkern der Eifel und in den Schächten des Erzgebirges, Atombomben am Fuß der Karpaten und in den Cevennen, Atombomben in den Stollen des Uralgebirges und in der Wüste bei Los Alamos. Nein, sie werden es nicht mehr lernen, diese Menschen! Herbert Broschat hatte für einen Augenblick das Gefühl, auf der höchsten Zeder des Waldes zu sitzen. Unter ihm krabbelte ein Milliardenheer von Ameisen. Er gab sich große Mühe, aber aus der Distanz konnte er nicht begreifen, warum die Tiere mit einer solchen Beharrlichkeit aufeinander losstürmten, ihre Hügel bauten, zerstörten und wieder bauten.

Stellvertretend für Erich Domski las er die Spalte *Heiraten und Bekanntschaften* durch. *Liebes Mädel aus dem Münsterland sucht Partner fürs Leben,* stand da. Er erwog, die Angebote des Monats März auszuschneiden und ins »Martin« zu schicken, dazu die Kinoanzeigen aus Hamburg. Es spielte *Carmen Jones.* Er stellte sich vor, mit Gisela in Hamburg ins Kino zu gehen, vor der flammenden Leinwand zu sitzen und zuzusehen, wie Carmen ermordet wird. »Nimm mich bloß schnell in den Arm«, würde Gisela sagen, »das ist ja schrecklich blutig.«

In den Kinoanzeigen stieß er auf Worte, die ihn eigenartig berührten. Mit Empfindungen und Erinnerungen beladene Worte. Eine Glocke stößt an, und dann klingt es. Da beginnt dir zu dämmern, welch ein Bindeglied die Muttersprache ist. Hast du einmal *Grimms Märchen* in deutsch gehört, denkst du sie für den Rest deines Lebens in deutsch. Auch wenn du alle Kräfte des Verstandes aufbietest – dem Zauber der Worte kannst du nicht entfliehen. Es bricht aus der Tiefe hervor, wo die Wörter schon Wurzeln geschlagen haben, als du weder lesen noch schreiben konntest. Früher hast du gelacht über die Sentimentalität der Sprache, über den Kitsch der Kinoanzeigen, die Rührseligkeit der Schlagertexte, hast dich lustig gemacht über Menschen, denen die Tränen kamen, wenn Zarah Leander *Heimat, deine Sterne* sang, über Männer, die die Nationalhymne oder *Ich hatt' einen Kameraden* nicht mit trockenen Augen anhören konnten. Aber im Busch fängst du an zu begreifen, daß du einige Tonnen Worte als unsichtbares Gepäck über den Ozean geschleppt hast, jedes Wort mit Gefühlen behaftet, nicht zu verkaufen und nicht zu verschenken. Lieder wie *Heimweh* von Freddy oder *Ich hab' noch einen Koffer in Berlin* sind überhaupt nicht mehr zum Lachen, wenn es dich aus der Alltäglichkeit herausgerissen hat, wenn du irgendwo hinter dem Ural herumliegst oder in der Kalahariwüste oder im kanadischen Urwald.

Herbert trug den Papierhaufen zur Feuerstelle. Er verbrannte die letzten Nachrichten aus Hamburg, verbrannte *Carmen Jones* und *Heimat, deine Sterne,* ein Film mit Zarah Leander, der in Hamburg wieder einmal lief. Der Titel stimmt übrigens nicht, Zarah Leander! Die Sterne gehören allen, wenigstens die Sterne. Hier im Busch ist es nachweisbar. Es sind dieselben Sterne wie in Sandermarsch, Wattenscheid oder Ostpreußen. Es gibt keine deutschen Sterne, keine kanadischen oder ungarischen Sterne. Die Sterne sind so fern, daß ihnen solche Unterscheidungen fremd sind.

Endlich etwas Neues. Die Union of Woodworkers war entschlossen, Ende Juni einen Streik auszurufen. Der Stundenlohn sollte nicht um zwölf Cent erhöht werden, wie die Company es wollte, sondern um zwanzig Cent, wie die Gewerkschaft es wollte.

Versammlungen nach dem Abendessen. Es wurden Reden gehalten, Fragen gestellt und beantwortet. Ein

Funktionär der Gewerkschaft kam mit dem Wasserflugzeug ins Camp und verteilte Handzettel.

Superintendent Johnson war gegen den Streik.

»Da verliert ihr mehr, als ihr gewinnt«, sagte er jeden Morgen am Sammelplatz.

Auch der große Johnson war gegen den Streik, Tom, der Holzfäller, war gegen den Streik und der alte Lear sowieso. Nur die Gewerkschaft war dafür und diejenigen, die nach einer Gelegenheit suchten, auf anständige Weise mitten im Sommer in die Stadt zu kommen. Du brauchst nicht in den Sack zu hauen, kannst dir Selbstvorwürfe ersparen, denn du kommst für zwei Wochen in die Stadt, weil die Gewerkschaft es so will. Sicher freuen sich auch die Mädchen auf den Streik. Aber vielleicht kommt es zur Einigung in letzter Minute. So war es vor zwei Jahren auch. Am Morgen sollte der Streik anfangen, aber in der Nacht kamen sie zusammen und einigten sich.

»Wenn wir nicht wegen des Streiks in die Stadt kommen, dann wegen der Hitze«, sagten die Männer abends unter der Dusche.

Es brannte schon wieder an allen Ecken und Enden. Irgendwie wird es hier zu Ende gehen. Die Reise nach Vancouver ist nicht mehr aufzuhalten. Entweder Streik oder Hitze. Am 18. Juni scheiterten die letzten Verhandlungen. Ende Juni wird der Streik beginnen. Jawohl, ihr traurigen Zedern werdet bestreikt, ihr werdet allein gelassen für zwei Wochen oder länger. Ihr klaren Sternenhimmel voller Langeweile und ihr gemalten Sonnenuntergänge werdet nicht mehr zum Zeitvertreib benötigt, denn die kanadischen Waldarbeiter streiken.

Noch arbeitete der Skidder. Noch war nichts entschieden. Noch konnte es zur Einigung in letzter Minute kommen. Noch reiften die Blaubeeren am Hang zwischen entwurzelten Bäumen und glatt gewaschenen Felsen.

Da kam ein Telegramm aus Deutschland. Die tüchtige Telegrafengesellschaft hatte Herberts Adresse in der Wildnis ausfindig gemacht. Von Westview war das Telegramm per Funk ins Camp gegeben worden. Chris Allen kam persönlich, um Herbert die Nachricht zu überbringen: *Vater will sterben, komm zurück.*

Chris Allen blieb stehen, um Herberts Reaktion abzuwarten. Er hatte keine Ahnung, was die deutschen Worte bedeuteten, wagte auch nicht, danach zu fragen. Herbert starrte auf den Zettel und versuchte, die fünf Wörter zu entschlüsseln. Ihn überraschte die Wendung *will sterben.* So etwas schreibt niemand in ein Telegramm. Da mußte ein Übermittlungsfehler vorliegen. *Wird sterben,* mußte es richtig heißen.

Er stellte sich vor, wie sie das Telegramm in Sandermarsch aufgegeben hatten. »Ich kenne mich in solchen Dingen nicht aus«, wird die Mutter gesagt haben. Daraufhin wird Gisela mit dem Fahrrad zur Post gefahren sein. Sie wird das Geld verauslagt haben – und die Mutter wird danach die Hände über dem Kopf zusammengeschlagen haben. Lieber Himmel, so viel Geld, um fünf Wörter nach Kanada zu schicken!

Es dauerte eine Weile, bis Herbert zum Inhalt des Telegramms kam. Vater Broschat will sterben! Der war doch gar nicht so alt, hätte unter normalen Umständen noch zwanzig Jahre zu leben gehabt. Sie werden ihm den Magen operiert haben, dachte er. Das wird ihm nicht bekommen sein. Er sah seinen Vater im Krankenhaus liegen, in einem Saal mit zwölf Betten. Weiße

Laken. Vater Broschat, unrasiert. Seine Bartstoppeln hoben sich deutlich von den weißen Tüchern ab. Oben eine Tafel mit Name und Einlieferungsdatum. Wie im Kuhstall zu Hause; über jeder Kuh der Name und das Datum, an dem sie kalben sollte. Kein Buch auf dem Nachttisch, nicht einmal die Bibel. Seit dem Ende des unseligen Kriegs war Vater Broschat mit allen erbauenden Büchern durch, glaubte nicht mehr an Geschriebenes, hielt sich nur noch an die Paragraphen und die Gesetzbücher. Vielleicht hat er Fieber, dachte Herbert. Wenn er Fieber hat, phantasiert er. Und dann geht es meistens um den Krieg in Rußland, manchmal auch um seine Landwirtschaft im Osten. Im Behelfsheim ist es vorgekommen, daß er nachts am Krückstock herumlief, bis die Mutter ihn ins Bett zurückholte. Aber wenn sie dir den Magen operiert haben, ist an Aufstehen natürlich nicht zu denken. Er wird in Itzehoe sein, weil das am nächsten liegt. Aber auch in Heide oder Neumünster gäbe es Krankenhäuser für seinen Vater. Auf keinen Fall liegt er im Behelfsheim. Nein, es muß in einem Krankenhaus sein. Da wird er in einem Saal mit zwölf Betten liegen und auf seinen Sohn warten, denn er hat nur einen Sohn.

Erst später kam Herbert zum zweiten Teil des Telegramms, zu der Aufforderung, heimzukehren. Du sollst an das Sterbebett deines Vaters kommen, halb um die Erde reisen, nur um auf Wiedersehen zu sagen. »Sie haben sich das Leben gegenseitig so schwer gemacht; wenigstens jetzt sollen sie sich vertragen«, wird die Mutter gesagt haben. Vielleicht war es gar nicht so schlimm mit Vaters Krankheit. Vielleicht wollte die Mutter ihn nur nach Hause rufen. Kurze Zeit hatte er auch Gisela im Verdacht, die Aufforderung zur Heimkehr dem Telegramm hinzugefügt zu haben. Aber nein, das tut Gisela nicht. Das war ein Satz von Mutters Art. So dachte nur Mutter Broschat. Für sie war es die selbstverständlichste Sache von der Welt, daß ein Sohn heimzukehren hat, wenn der Vater sterben will. Die hat keine Vorstellung von der Entfernung Vancouver–Sandermarsch, von den Tagen, die du unterwegs sein mußt. So lange wartet doch kein Sterbender! In jenem Teil der Welt, aus dem die Mutter kam, eilten die nächsten Verwandten mit Pferdefuhrwerken oder Schlitten herbei, wenn einer sterben wollte. Denn sterben müssen wir alle, aber allein sterben, das tut nicht not.

Was wirst du tun, Herbert Broschat? Er ließ die ganze Nacht über das Radio spielen und wunderte sich, daß er nicht traurig sein konnte. Wie reist man vom Camp am Stillwatersee nach Sandermarsch? Möglichst schnell muß es gehen. Aber nein, es war noch gar nicht sicher, ob er sich überhaupt auf den Weg machen würde. Erst wollte er nach Vancouver, um Erich Domski zu fragen. Vielleicht käme der mit.

Als um halb vier die Sirene zur Frühschicht rief, blieb Herbert liegen, weil er noch kein Auge zugemacht hatte. Das Trappeln der Füße auf den Holzstegen, die Gespräche der Männer auf dem Weg zum Duschraum, der Lärm der Küchenbaracke – es ging ihn nichts mehr an.

Bevor der Mannschaftsbus abfuhr, kam der große Johnson. »Was ist los mit dir? Bist du krank?« fragte er besorgt.

»Mein Vater ist krank, ich muß nach Europa fahren«, antwortete Herbert.

Johnson blickte ihn an, als zweifle er an Herberts Verstand. 1957 war wirklich ein verrücktes Jahr. Erst drehten die Ungarn durch, jetzt der Deutsche. Mit dem alten Lear wurde es von Tag zu Tag schlimmer, und einen Streik wird es auch geben.

»Du willst wohl wieder eine Weile hungern«, bemerkte Johnson und knallte die Tür zu.

Kurze Zeit später kam Tom, der Holzfäller.

»Nun hat es dich also doch erwischt«, sagte er. »Ich habe es immer gesagt, du sollst nicht soviel deutsche Zeitungen lesen.« Herbert reichte ihm das Telegramm.

Tom studierte die fünf Wörter. Dann fragte er unvermittelt: »Kommst du auch nach Würzburg?«

»Was soll ich denn in Würzburg?«

»Ach, nur so. Wenn du da vorbeikommst, kannst mir mal 'ne Ansichtskarte von Würzburg schicken.«

Herbert hörte den Mannschaftsbus abfahren. Danach wurde es still im Camp. Er holte den versäumten Schlaf nach, schlief noch, als der alte Lear mit Besen und Schaufel erschien, um die Bude zu säubern. Spät am Vormittag stand er auf. Nachdem er geduscht hatte, zog er sich ruhig an. Das beste Zeug, das er besaß. Ein buntes Hemd mit einem Indianerkopf auf der Brust und eine Wildlederjacke mit Fransen, die er im Winter in Vancouver gekauft hatte. Danach holte er von Chris Allen die Papiere und den letzten Scheck der Powell River Company.

Vancouver im Sommer ist keine Stadt, um abzureisen, sondern eine Stadt, um zu bleiben. So heiter, hell und erfrischend. Die Berge sind deutlich erkennbar, auch die ankommenden Ozeandampfer, die wie Papierschiffchen unter der Lions Gate Bridge hindurchziehen. Mit bloßem Auge kannst du die auf Sea Island startenden Flugzeuge verfolgen, bis sie im Süden die Grenze der Vereinigten Staaten oder im Westen die Berge von Vancouver Island erreichen. Vancouver im

Sommer ist eine Stadt, um Atem zu holen, eine Stadt mit reichlich Schatten und der nötigen Kühle, die vom Wasser aufsteigt.

Aber an so etwas denkst du nicht, wenn du gerade aus dem Busch kommst und ein Telegramm in der Tasche trägst, das dir mitteilt, daß dein Vater sterben will.

Hagen's Travel Service. Herbert hatte die Reklame oft genug im Radio gehört. Jetzt sah er sie. *See old Europe now!* Unter dem Spruch ein langgezogenes Schaufenster mit bunten Bildern aus aller Welt. *So schön ist Deutschland!* Dieser Satz stand da wirklich, sogar in deutsch. Darüber ein Bild von der Mosel, so die Gegend um Cochem. Ein Moselschiffchen, das auf den Betrachter zusteuerte. *So schön ist Deutschland!* Ein Satz, der sich mit provozierender Selbstverständlichkeit neben Plakaten von Hawaii und Havanna behauptete.

Hagen's Travel Service schlug eine Schiffsreise von Montreal nach Rotterdam vor. Im Sommer sind Schiffsreisen besonders empfehlenswert. Das Schiff hieß »Ryndam« und gehörte der Holland-America Line. Niederländische Küche, niederländische Sauberkeit – es wird dir bestimmt gefallen. Am 26. Juni legt es in Montreal ab, am 3. Juli wird das Schiff in Rotterdam sein. Es reisten übrigens auch Mädchen mit, sagte der Mann am Schalter von Hagen's Travel Service grinsend. Mehrere Studentengruppen aus den USA hätten gebucht. Der amerikanische Dollar stehe so günstig, da sei es für die Studenten billiger, ihre Ferien in Europa zu verleben statt in Florida. Für Studentinnen gelte natürlich das gleiche, bemerkte der Mann und grinste erneut.

Die Schiffsreise sollte zweihundertsechsundzwanzig Dollar kosten. Aber wir müssen uns beeilen. Da wäre noch die Reise quer durch Amerika von Westen nach Osten, die dauere auch mehrere Tage. Am besten nimmt man den Greyhoundbus für neunundvierzig Dollar. Der fährt durch die Staaten. Dummerweise brauchen Europäer ein Visum für die USA-Durchreise, aber das geht schnell. Nebenbei bekommst du Washington, Idaho, Montana, Minnesota und die großen Städte Seattle, Minneapolis, Chicago und Detroit zu Gesicht.

Bei der Aufzählung erschrak Herbert. Du hast von Amerika kaum etwas gesehen und willst schon nach Hause. Noch keinen Blick auf Kalifornien geworfen, Florida nur auf Reiseprospekten gesehen, von Alaska ganz zu schweigen. Du mußt unbedingt wiederkommen, Herbert Broschat! In vier oder sechs Wochen, vielleicht auch etwas später. Es gibt noch so vieles zu sehen. Du mußt gleich an der Ostküste anfangen, in den tiefen Süden fahren, an der Westküste heraufkommen, über Vancouver hinaus bis nach Alaska.

»Ich weiß nicht, aus welchen Gründen du nach Europa reist«, unterbrach der Mann von Hagen's Travel Service Herberts Träumereien. »Wenn es schnell gehen soll, bleibt nur das Flugzeug.«

Ja, es mußte schnell gehen.

»Am besten fliegst du von Vancouver nach Toronto und von dort weiter über den Atlantik.«

Der Mann telefonierte mit Trans Canada Air Lines. Ja, am frühen Abend ginge noch eine Maschine.

»Heute schon?«

»Exakt in sechs Stunden. Und morgen früh von Toronto weiter nach Europa. Wenn du gleich den Rückflug buchst, wird es billiger.« Die Frage nach dem Rückflug brachte Herbert in Verlegenheit. Er wußte nicht, ob er in drei Wochen, drei Monaten oder drei

Jahren zurückkehren wollte. Der Mann am Schalter rechnete aus, wieviel zu sparen sei, wenn er den Rückflug Amsterdam–Toronto–Vancouver buche. Nein, auf keinen Fall zurück nach Vancouver. Wenn schon Rückflug, dann nach Toronto. Ins »Savarin« zu Polen-Joe. Rumba Tambah hören, Gläser spülen und mixen lernen.

»Also den Rückflug nur nach Toronto?« fragte der Mann.

»Ja, nach Toronto.«

Während der Mann die Papiere ausfüllte, bekam Herbert Gelegenheit, die durch das Schaufenster strömende Mosel von der Rückseite zu betrachten. Er staunte über die schmalen Uferstraßen, die kleinen Häuschen am Hang und die vielen Kirchtürme zu beiden Seiten des Flusses. Ihm fiel auf, daß sich Europa vor allem durch die Kirchtürme von der Neuen Welt unterschied. In Amerika gab es keine Zeigefinger Gottes, die die Städte und Dörfer Europas so nachhaltig prägten. Was hier an Kirchtürmen zu finden war, ging unter in den Wolkenkratzern der Banken und Handelskompanien, wurde überschattet von Speichern und Getreidesilos. Da war zum Beispiel das Bild von New York, das über dem Schreibtisch des Mannes hing. Weit und breit kein Kirchturm. Nur die Skyline der Wolkenkratzer. Abendstimmung in Manhattan mit vielen Lichtern in den Büros.

»Verzeihung«, sagte Herbert, den Mann bei der Arbeit unterbrechend.

»Kann ich noch umbuchen? Ich möchte über New York fliegen. Mit einem Tag Aufenthalt in New York.«

Da war sie wieder, die alte Begeisterung, die ihn nach Kanada getrieben hatte, zu den Niagarafällen, an den Pazifischen Ozean, in die Wildnis. Du kannst nicht den amerikanischen Kontinent verlassen, ohne New York gesehen zu haben, diesen Inbegriff der Größe! So etwas tut man nicht, Herbert Broschat. New York mußt du sehen.

»Ich denke, du hast es eilig«, meinte der Mann von Hagen's Travel Service verwundert, zerriß die Papiere und begann neu zu schreiben.

»In Europa ist jetzt schon Abend«, sagte der Mann, als er mit den Papieren fertig war.

Ach ja, er wollte ja nach Europa. Während er zahlte, fiel ihm Sandermarsch ein. Seltsam, wie schnell er von New York nach Sandermarsch umdenken konnte. Er sah die Mutter in der Abenddämmerung nach Frühkartoffeln buddeln. Sie kochte immer noch Berge von Kartoffeln, als habe sie einen Knecht, zwei Gefangene, ein Hausmädchen, den kleinen Herbert und Vater Broschat zu beköstigen. Bis ans Ende ihrer Tage wird sie zuviel Kartoffeln kochen. Ob Vater überhaupt noch lebte? Vielleicht käme er nicht rechtzeitig nach Hause. Du hast es eilig, und trotzdem verschenkst du einen Tag an New York. Aber es war nicht mehr zu ändern. Die Mosel bei Cochem, die Altstadt von Havanna, die Wolkenkratzer von Manhattan – Herbert Broschat hatte sich entschieden.

Erich Domski saß im roten Bademantel da, frisch geduscht und rasiert, als Herbert Broschat das Zimmer im vierten Stock des »Martin« betrat. Erich war allein; nur Glenn Ford in *The Big Heat* war bei ihm.

Fett bist du geworden, Erich Domski, hast ein Gesicht wie ein Plusterkater. Verquollene Augen, rote Flecken auf der Stirn.

Erich rannte fast den Tisch um vor Freude. Er schlug Herbert auf die Schulter, zog ihn in das Zimmer, drückte ihn in einen Sessel, der extra für den Besuch bereitzustehen schien, fegte zwei mit Kippen gefüllte Aschbecher in den Müllschlucker, holte Bierdosen aus dem Kühlschrank und die Flasche Rum, die schon wieder halbvoll hinter der Gardine stand.

»Wie ist der Junge braun gebrannt!« rief Erich Domski. »So viel braune Haut gibt es in der Stadt natürlich nicht. Aber dafür haben wir keine Mücken. Bist du vor dem Streik ausgerissen, oder brennt der Wald? Ist der Stillwatersee ausgetrocknet? Oder ist dir eine Tanne auf den Helm gefallen? Oder hast du endlich die Schnauze voll von dem verdammten Busch? Mensch, zieh die Schuhe aus! Mach dich frei! Mach es dir bequem! Bleib ein paar Tage auf meiner Bude. Wir müssen unser Wiedersehen feiern!«

So redete Erich Domski und ließ Herbert kaum zu Wort kommen. »Bist du allein?« fragte Herbert.

»Vorübergehend, nur vorübergehend. Mein Pferdchen ist ein bißchen krank. So etwas kann vorkommen. Natürlich ist es ärgerlich, denn Gesundheit und gutes Aussehen sind das wichtigste Handwerkszeug in ihrem Beruf. Weiß der Teufel, was mit ihr los ist! Am frühen Morgen zittert sie schon, kommt erst zu sich, wenn sie einen doppelten Rum getrunken hat. Jawohl, die trinkt auf nüchternen Magen einen doppelten Rum. Erst danach geht es ihr besser.«

»Zum Glück bist du nicht mit ihr verheiratet«, sagte Herbert. »Du kannst jederzeit gehen, bist ihr nichts schuldig.«

Erich schüttelte den Kopf. »Nein, das geht nicht. Ich kann sie nicht im Stich lassen, weil sie krank ist. Das wäre nicht anständig von mir. Außerdem brauche ich sie. Du weißt doch, ich fahre mit ihr nach Wattenscheid. Wenn sie gesund ist, geht es los. Ich kriege sie schon wieder hin. Paß auf, in einem Jahr bekommst du eine Ansichtskarte von Wattenscheid. Ein Bild vom Stadtpark, und Erich Domski füttert mit seinem Halbblut die Schwäne oder die Enten oder was da gerade ist.«

Plötzlich fiel ihm ein, daß sie zur Begrüßung Musik brauchten. Er eilte zum Schallplattenschrank, ließ einen deutschen Männerchor singen: *Grüß mir das blonde Kind vom Rhein,* stand grinsend neben dem Männerchor und sagte: »Da staunst du, was?«

Dann schleppte er ein dickes Plattenalbum an den Tisch und legte eine schwarze Scheibe nach der anderen zur Besichtigung auf Herberts Schoß. *Ich möcht' gern dein Herz klopfen hör'n ... Auf einem Seemannsgrab, da blühen keine Rosen ... Es hängt ein Pferdehalfter an der Wand ... Der alte Seemann kann nachts nicht schlafen ...*

»Am Kingsway gibt es einen Laden, der deutsche Schallplatten führt«, erklärte Erich. »Ich hab' Platten für einen ganzen Abend. Wenn ich die abdudle, wird es eine richtige deutsche Schlagerparade.« Plötzlich würgte er den Männerchor ab.

»Nun sag endlich, was du willst! Hast du Sehnsucht nach deinem Schulmädchen? Willst mal wieder Vanille riechen?«

»Ich fahre zurück nach Deutschland.«

Erich ließ ein Glas fallen. Er kniete sich nieder, sammelte Scherben zusammen, brauchte eine ganze Weile, bis er sagte: »Aber du warst doch fix und fertig mit Deutschland.«

»Mein Vater ist schwer krank und wird bald sterben.«

»Und deswegen tobst du um die halbe Erde?«

»Bei uns zu Hause war das so üblich.«

»Du meinst, in eurem Kuhdorf an der Nordsee?«

»Nein, im Osten, wo meine Eltern herkommen. Wenn Vater oder Mutter sterben, haben die Kinder nach Hause zu kommen, egal, wo sie sich rumtreiben. So war es dort Brauch.«

Erich schüttelte den Kopf. »Mensch, davon hat dein Vater doch nichts. Meinst du, der wird gesund, nur weil einer aus Kanada angereist kommt und sich an sein Bett setzt? Und wenn er tot ist, wird er nicht wieder lebendig, nur weil du kommst.«

Von solchen Dingen verstehst du nichts, dachte Herbert. Wenn wir immer nur tun, was praktischen Nutzen hat, bleibt nicht viel übrig. Warum Todkranke pflegen? Sie sterben ja doch. Warum Kränze auf Gräber legen? Sie verwelken schon übermorgen. Warum Tote besuchen und Gräber pflegen? Es nützt rein gar nichts.

»Mensch, das viele Geld!« rief Erich auf einmal. »Hast du überlegt, was so eine Reise kostet? Du hast doch nicht im Busch geschuftet und Dollars gespart, um zu einer Beerdigung zu fahren.«

Na ja, dachte Herbert, wenn du dir ab und zu eine Frau gekauft hast, Erich Domski, hast du auch nicht viel gefragt, wie sauer du das Geld dafür verdienen mußtest. Was sein muß, muß eben sein.

»Ich werde dir sagen, was passieren wird. Wenn du in Deutschland ankommst, holen sie dich zu den Soldaten. ›Aha, da bist du endlich, du kleiner Fahnenflüchtling‹, werden sie sagen, wenn du vor der deutschen Paßkontrolle erscheinst. ›Wie schön, daß du zurückgekommen bist, um deine Wehrpflicht zu erfüllen‹, werden sie sagen. ›In einer Woche kannst du dich zur Musterung melden.‹«

»Wer neunzehnhundertvierunddreißig geboren ist, gehört zu den weißen Jahrgängen und braucht nicht zum Militär. Das stand in der Zeitung.«

»Das ist doch nur ein Trick!« meinte Erich. »So etwas schreiben sie in die Zeitung, damit dumme Leute wie du nach Hause kommen. Wenn du da bist, schnappt die Falle zu.«

Erich lief aufgeregt im Kreis herum. Plötzlich fiel ihm Cecily ein.

»Ich denke, du hängst so an deiner Vanilleprinzessin. Hier, nimm das Telefon und ruf sie an! Die ist reif. Mit siebzehn ist die neugierig und reif.

Du brauchst dich nur in die Manitoba Street einzuquartieren, dann kommt sie allein auf deine Bude.«

Erich legte erneut eine Platte vom Vater Rhein auf, aber sie paßte nicht zu der aufgeregten Stimmung, in der er war. Er riß das Kabel heraus, so daß die Musik jäh erstarb.

»Sei mal ehrlich, du hast die ganze Zeit Heimweh gehabt«, sagte Erich.

»Dir geht es nicht anders als den meisten Deutschen in Kanada. Aber du gibst es nicht zu. Du hast dich damals festgelegt, wolltest mit Deutschland nichts mehr zu tun haben. Davon kannst du nicht zurück. In Wirklichkeit suchst du schon lange einen Grund, um nach Hause zu fahren. Da kommt dir dein Vater gerade recht mit seinem Sterben.« Erich griff nach Herberts Hand, redete beschwörend auf ihn ein. »Wart noch ein halbes Jahr! Dann fahren wir zusammen. Mein Pferdchen nehmen wir mit. Du kommst ab und zu nach Wattenscheid, und ich besuch' dich in deinem Kuhdorf an der Nordsee. Das wäre doch gelacht. Wir bleiben weiter gute Kumpel, wie wir das im kanadischen Busch waren.«

»In einem halben Jahr ist mein Vater tot«, unterbrach Herbert ihn. Da drehte Erich Domski durch. Er setzte sich neben den Schallplattenstapel, verbarg das Gesicht in den Händen und heulte. Das hatte es noch nie gegeben. Erich Domski aus Wattenscheid, immer fröhlich und gut aufgelegt, ein beneidenswerter Mensch in seiner Heiterkeit – diesem Erich Domski fiel nichts Besseres ein, als neben den Schallplatten zu weinen.

»Ich will auch nach Hause.«

Was sollst du mit einem weinenden Erich Domski anfangen? Für solche Fälle gab es keine Erste-Hilfe-Ratschläge.

»Na, wenn es gar nicht anders geht«, sagte Herbert, »dann kommst du eben auch mit nach Deutschland. Kein Mensch hindert dich daran, nach Hause zu fahren. Pack deine Klamotten, du kommst mit!«

Erich war sofort am Schrank, riß die Tür auf und fing an, Kleidungsstücke auf einen Haufen zu werfen. Fünf Minuten lang stapelte er Jacken, Hemden, Socken, klappte schon den Koffer zu.

Plötzlich sagte er: »Nein, es geht nicht. Ich hab' nicht mal Geld, um die Überfahrt zu bezahlen.«

»Hast du dein Geld endlich nach Wattenscheid geschickt?« fragte Herbert.

Erich schüttelte den Kopf. Er holte das Sparbuch der Royal Bank of Canada aus dem Bettkasten, blätterte umständlich darin herum und hielt Herbert die Seite mit dem letzten Kontostand unter die Nase. Einundzwanzig Dollar und fünfundsiebzig Cent.

»Wie hast du das gemacht?« fragte Herbert.

»Die verdammte Krankheit hat mich so reingerissen. Plötzlich bekam sie einen dicken Bauch, na, so, als hätte sie einen Fußball verschluckt. Da mußte sie ins Krankenhaus und sich die Leber reinigen lassen. Drei Wochen Krankenhaus, und das im schönsten Monat Mai. Du glaubst nicht, wie teuer Krankenhäuser in Kanada sind! Meine Mutter sagte immer: ›Weil die Toten nichts hergeben, nehmen die Ärzte es von den Lebendigen!‹ Glaub mir, die hat recht. Meine Mutter weiß Bescheid.«

»Du hast für sie das Krankenhaus bezahlt?«

»Na klar, ohne vorherige Bezahlung hätten die sie gar nicht ins Krankenhaus reingelassen. Ich konnte sie doch nicht kaputtgehen lassen.«

Zum erstenmal nach zwanzig Monaten Kanada empfand Herbert Mitleid für Erich Domski. Mensch, was ist aus dir geworden? Wenn du weiter hier herumliegst, wirst du auch krank werden. Wer es gewohnt ist, mit den Händen zu arbeiten, darf sich nicht in ein Hotelzimmer verkriechen, Rum trinken und den halben Tag verschlafen. Du mußt raus hier, Erich Domski, mußt an die frische Luft! Am besten in den Wald zu den Zedern.

»Ich kann dir das Geld für die Überfahrt leihen«, sagte Herbert.

Nein, das ging nicht. Erich winkte ab. Er konnte das Halbblut nicht im Stich lassen. Außerdem: Wenn Erich Domski nach Wattenscheid kommt, wird das die Heimkehr eines strahlenden Helden sein. Er kann nicht ankommen wie einer, der sich das Geld für die Überfahrt geliehen hat. Ein Cadillac muß dabeisein, wenigstens aber ein Buick oder ein Oldsmobile – jedenfalls etwas, das noch niemals in Wattenscheid vorgefahren ist.

»In einem Jahr habe ich Geld genug. Dann werden die Kanaker in Wattenscheid-Leithe Augen machen.«

Erich schwelgte schon wieder in seinen Plänen. Das Halbblut wollte er in Wattenscheid als Hawaiimädchen laufen lassen. So wie die Mädchen im Kino. Blumen im

Haar, einen Kranz um den Hals und eine Schnipselschürze vor dem Bauch. Indianerin wäre ja auch nicht schlecht, aber Hawaiimädchen macht einen stärkeren Eindruck. Blauschwarzes Haar war schon vorhanden, auch bräunliche Haut – alles paßte zu Hawaii. Nur gesund müßte sie werden, sonst wäre alles Scheiße.

Er war schon wieder ganz der alte Erich Domski. Er feuerte das Kleiderbündel zurück in den Schrank, verwahrte den Koffer, fing an, *Einmal am Rhein* zu pfeifen, legte dazu auch die passende Platte auf und sagte schließlich: »Wenn du nach Vancouver zurückkommst, mußt du dich gleich melden. Wir machen ein Fest wie noch nie. Ich kaufe dir die Granville. Oder willst du gar nicht wiederkommen?«

»Doch, doch, ich komme wieder«, sagte Herbert.

Um jeden Zweifel zu beseitigen, gab er Erich einen Teil seines Gepäcks zur Aufbewahrung: die Holzfällerstiefel, die Gummikleidung für die nassen Tage, guterhaltene Handschuhe, den Helm, der ihm das Leben gerettet hatte vor einem Jahr, als die Bäume herunterkamen.

Als Erich die Sachen sah, fing er an, über den Wald zu sprechen, über das Unglück vor einem Jahr. Herbert erzählte von den Ungarn und wie Rosa ins Jenseits gekommen war und der kleine Indianer in die Schule.

Erich bestand darauf, ihm zur Verabschiedung ein ordentliches Essen zu spendieren. Sie gingen ins Restaurant des »Martin«, wo Erich Kredit hatte und auffahren ließ, ohne auf den Preis zu achten. Sogar Rheinwein. Am Niagara wachsen die schönsten Weine – aber nein, es mußte Rheinwein sein, weil Erich Domski einmal mit seiner NSU-Max die Rheinuferstraße entlanggefahren war und den Rheinwein hatte wachsen sehen.

»So lebe ich alle Tage! Du siehst, es ist eigentlich verrückt, dieses Leben aufzugeben, um nach Wattenscheid zu fahren. Besser kann es nie werden. Aber der Mensch hängt nun mal an zu Hause.«

Ja, ja, dein alter Traum von der Wattenscheider Feuerwehr, die ausrücken muß, um Erich Domskis Straßenkreuzer den Weg durch die engen Straßen der Püttsiedlung zu bahnen.

»Wenn du mal in die Gegend von Wattenscheid kommst, mußt du unbedingt zu meiner Mutter fahren«, fuhr Erich fort. »Sag ihr, daß es mir gutgeht. Sie braucht sich keine Sorgen zu machen, auch wenn keine Post kommt. Du siehst doch, wie ich hier lebe. Erzähl ihr, daß ich jeden Tag Rheinwein trinke; davon hat sie schon was gehört, das versteht sie.«

Als ich noch ein Kind war, hat meine Mutter immer gesagt: ›An den Händen kannst du erkennen, ob es dem Menschen gut- oder schlechtgeht.‹ Du mußt ihr sagen, was ich für wunderbar weiche Hände habe.

Erich ließ Messer und Gabel fallen und hob beschwörend die Hände. Ja, die Hände waren das Beste an Erich Domski. Nur von dem Halbblut sollte er der Mutter nichts sagen. Diese Überraschung wollte Erich sich selbst vorbehalten. Aber dem kleinen Peter mußte er etwas mitnehmen, ein Geschenk vom großen Bruder in Kanada. Erich durchwühlte seine Taschen, kramte Feuerzeug und Schlüssel hervor, fand aber kaum Geld. Ganze fünf Dollar. Einen zerknitterten blauen Schein mit dem Bild der Königin von England.

»Davon kann er ein halbes Jahr den Eintritt für den Fußballplatz bezahlen«, meinte Erich und schob das Geld über den Tisch. »Oder der Alte soll mal seine Tauben in Ruhe lassen und mit dem Jungen zu Schalke fahren, damit der ein ordentliches Fußballspiel zu sehen bekommt. Weißt du, mein Alter hat es nämlich mit den Tauben. Sonnabends und sonntags sagt er immer, er geht zu den Tauben. Das stimmt sogar. Aber die Mutter weiß nicht, daß er ein Fläschken mitnimmt zu den Gurre-Gurre-Tauben. Damit sitzt er oben vor dem Taubenschlag und hört den Biestern zu. Natürlich wird ihm das bald langweilig. Dann macht er Prösterchen gegen die Langeweile. So ein Schlawiner ist das. Ich hab' ihn mal erwischt, wie er vor den Tauben saß und Schnäpsken getrunken hat. ›Mensch, Junge, erzähl bloß der Mutter nichts!‹ hat er gesagt. ›Sonst schlägt sie die armen Tauben tot.‹«

Herbert steckte die fünf Dollar ein und bestellte ein Taxi zum Flughafen. Als er schon im Taxi saß, kam Erich auf die Straße gelaufen und drückte ihm einen Brief in die Hand.

»Du mußt unbedingt zu den Leuten von der Bank gehen!« rief Erich. »Sie haben schon wieder geschrieben und wollen wissen, ob mein Konto gelöscht werden soll. Sag ihnen, es soll so bleiben, wie es ist. Die kriegen schon ihr Geld, irgendwann kriegen sie das Geld.«

Da stand er nun, Erich Domski aus Wattenscheid. Direkt vor dem »Martin«. Wurde immer kleiner. Du hast ein komisches Gefühl im Magen, so, als bekämst du ihn nie wieder zu Gesicht. *Nimm mich mit, Kapitän, auf die Reise* ... Ja, diese Platte gab es auch in Erichs Sammlung. Er wird sie gleich auflegen und ein bißchen deutsche Schlagerparade machen. Oder er wird die Rumflasche öffnen und mit der Buddel ans Fenster treten, um Vancouver von oben zu sehen. *Auf in den Kampf, die Schwiegermutter naht,* hat der Zacher in Wattenscheid immer gesungen. Ja, in Wattenscheid gab es mal vor vielen Jahren einen prima Kerl, der hieß

Erich Domski. Der fuhr eines Tages nach Kanada, um reich zu werden. Als er fast reich war, verschlug es ihn ins »Martin« auf der Granville. Und wenn er nicht gestorben ist, dann lebt er noch heute.

Herbert ließ das Taxi einen Umweg durch die Manitoba Street fahren. Ganz langsam, bitte. An dem Eckhaus vorbei, das aussah wie die Landhäuser im Süden Amerikas. Dunkles Holz mit weißen Fensterrahmen, die Veranda, getragen von weißen Säulen, am Erdboden das Souterrainfenster, umwuchert von üppigem Grün. Kaum zu erkennen. Der kleine Tobby saß im Schaukelstuhl und zog Fäden aus Kaugummi. Ein Fenster stand auf. Das mußte Cecilys Zimmer sein. Eine bunte Gardine flatterte in den Ästen eines Mandelbaums. Gegenüber der Bushaltestelle, direkt vor dem Laden von Mister Doole, parkte das gelbe Auto.

New York, diesen Steinhaufen, mußt du gesehen haben, denn Amerika ist der Mittelpunkt der Welt, und New York ist der Mittelpunkt Amerikas. Niemand darf Amerika verlassen, ohne New York gesehen zu haben. Manhattans Wolkenkratzer galten als Sehenswürdigkeiten, vergleichbar den europäischen Domen. Das Empire State Building war unbestritten das größte Gebäude der Welt. Sogar die Slums in Brooklyn strahlten Größe und Erhabenheit aus. Amerika glaubte an sich, und New York glaubte an sich, und niemand hielt die Freiheitsstatue im Hafen für eine Karikatur.

Zwanzig Stunden hatte Herbert Zeit für New York. Schon in der Frühe wanderte er durch Manhattan, blickte die Fassaden aufwärts, ohne den schmutzigen Auswurf zu Füßen der Wolkenkratzer wahrzunehmen.

Für einen Dollar und dreißig Cent fuhr er mit einem schwarzen Boy hinauf zur Spitze der von Menschenhand erbauten Welt, entfloh der Schwüle, die schon am Morgen in den Straßenschluchten brütete. Diese milchig flimmernde Hitze über den Dächern! Streichholzschachtelschiffe im Hafen am Hudson. Der Central Park glich einem grünen Friedhof inmitten riesiger Termitenbauten, war ein Platz, an dem Durchreisende nach Einbruch der Dunkelheit spazierengehen konnten, ohne ermordet zu werden. Auf dem Empire State Building kannst du Sandermarsch vergessen und Wattenscheid und die Souterrainbude und das Camp am Stillwatersee. Hier gibt es keinen todkranken Vater und keine klagende Mutter. Du bist allein mit dem frischen Wind, der vom Meer herüberweht. Hinter dir steht ein schwarzer Mann und läßt aussteigen und einsteigen. Unter dir summt die Stadt wie ein Bienenstock.

Vom Empire State Building zu Fuß zum East River. Sie ließen ihn das UNO-Gebäude betreten, obwohl er Deutscher war und die Deutschen immer noch nicht als anständig genug galten, um mit der Völkerfamilie an einem Tisch zu sitzen. Sie prüften nicht einmal seine Papiere, hielten ihn für einen entlaufenen Cowboy, der sich in Fransenjacke und Buschhemd die Weltregierung ansehen wollte. Am Eingang erhielt er eine Broschüre: *A Call To Prayer,* denn in der UNO wurde noch gebetet. Böse Zungen behaupteten, es sei das einzige, was dort helfe. Im Meditation Room saßen die Religionen zusammen, ein versunkener Moslem, eine katholische Nonne, ein kahlgeschorener Buddhist.

Als Besucher bekam man viel Papier in der UNO. Die geläufigsten Sprachen der Welt waren in den Prospekten zu finden; nur Deutsch fehlte. Ein kostenlos erhältlicher Bildband zeigte, wie im Auftrag der Weltorganisation Analphabeten in Afrika unterrichtet wurden. Fütterung von Kindern in Bengalen. Ein Heft über die friedliche Verwendung der Atomkraft. *Die Erde wird zum Paradies, wenn die in Explosionen sinnlos verpulverte Atomenergie in Kraftwerken gezähmt wird,* schrieb die UNO. Sie rechnete vor, wieviel Energie in Hiroshima, auf dem Eniwetok-Atoll und auf Nowaja Semlja ohne praktischen Nutzen in die Luft gejagt worden sei. Die Sahara könne bewässert werden, Eisberge ließen sich abschmelzen. *Eines gar nicht so fernen Tages, so stand es in den Schriften der UNO, werden alle Menschen lesen und schreiben können, genug zu essen haben und keine Atombomben mehr bauen.* Im Sommer 1957 war die UNO so selbstverständlich gut, wie Amerika gut war. Überall war jener gesunde, optimistische Geist anzutreffen, der gut ist für den Schlaf und für die Verdauung. Die Welt ging herrlichen Zeiten entgegen.

Vor dem großen Sitzungssaal wartete eine Menschenmenge auf die Führung. Besucher aus allen Winkeln der Erde. Herbert Broschat mitten unter ihnen, mit Fransenjacke und Buschhemd bekleidet. Er war sicher, in diesem Aufzug von niemandem für einen Deutschen gehalten zu werden. O ja, es war schon ein erhebendes Gefühl, in dem Raum zu stehen, in dem sich der gute Wille der Welt vereinigte. Herbert war ergriffen. Das wäre doch eine Idee, für die es sich einzutreten lohnte. Die Menschen gehören einer Familie an. Die nationalen Unterschiede schrumpfen zu harmlosen regionalen Eigenheiten. Deutsch sein hieße nur noch, in dem großen Weltreich zur Provinz Deutschland zu gehören, deren Besonderheit das Biertrinken ist und das Sauerkrautessen und das gemütvolle Singen rheinischer Schunkellieder. Ein faszinierender

Gedanke. Vielleicht hundert Jahre zu früh gedacht. Aber irgendwann muß man doch anfangen, wenigstens zu denken.

Am Nachmittag spazierte Herbert durch den Central Park, jene Ansammlung von Bäumen und Sträuchern, die von den Wolkenkratzern täglich um zwei Stunden Sonne betrogen wird. Unter blühenden Sträuchern schliefen unrasierte Männer. Schwarze und weiße Kinder warfen Steinchen in einen Teich. Mädchen aus den Büros der Fifth Avenue flanierten auf den Wegen. Auf dem weltberühmten Broadway wußte Herbert nichts Besseres anzufangen, als sich eine Sonnenbrille zu kaufen, denn bei grellem Licht schmerzten ihm manchmal die Augen. Drüben lag Madison Square Garden, für eine Woche gemietet von Billy Graham. *Glory, glory, hallelujah!* Weißt du noch, Erich Domski, als wir in Toronto broke waren und Billy Graham uns einen Schlag aus seinem Suppenkessel gegeben hat?

In der 42. Straße aß er Abendbrot. Oder war es die 43. Straße? Die Sonne war untergegangen, aber die Steine Manhattans wärmten noch. Ein Greis fragte ihn, ob er eine Partie Schach spielen wolle. Um einen Quarter. Herbert folgte dem alten Mann in eine Schachhalle mit mehreren Dutzend Tischen. Sie legten beide fünfundzwanzig Cent neben das Brett. Der Alte versteckte einen schwarzen und einen weißen Bauern hinter dem Rücken und ließ Herbert wählen, weil es wichtig ist, wer anfängt. Ja, das hatte schon König Lear gesagt und deshalb immer den schwarzen König gewinnen lassen. Mensch, Lear, wenn sie dich im Busch nicht mehr gebrauchen, kannst du nach New York fahren und dein Abendessen mit Schachspielen verdienen in der 43. Straße.

Nach vierundzwanzig Zügen war Herbert matt. Er

schob seinen Einsatz über den Tisch. Der Greis bot ihm Revanche an, weil die fünfundzwanzig Cent noch nicht für ein auskömmliches Abendessen reichten. Nein, Herbert wollte nicht mehr. Er drückte dem Mann einen weiteren Quarter in die Hand und eilte hinaus in die Stadt, in der es inzwischen Nacht geworden war. Er folgte dem Menschenstrom zum Time Square, wo das Licht pulsierte, die Farbbündel an den Fassaden emporschossen. Ein rotleuchtender Wasserfall aus Coca-Cola ergoß sich über die Menschen. Das müßtest du sehen, Erich Domski! Du wärst aus dem Staunen nicht mehr herausgekommen. In New York haben sie einen Niagarafall aus Coca-Cola. Das mußt du dem kleinen Peter in Wattenscheid erzählen. Der wird Augen machen.

Jemand rempelte Herbert an.

»He, Cowboy, hast du einen besonderen Wunsch? Negerinnen oder so?«

Nein, er war wunschlos glücklich. Das heißt, eigentlich war er müde. Um ein Uhr nachts suchte er sich einen Platz in der Wartehalle des Busbahnhofs. Es wäre ein angenehmer Schlafplatz gewesen, hätte der Lautsprecher nicht alle paar Minuten Abfahrten nach Pittsburgh, Philadelphia oder Boston ausgerufen.

Um fünf Uhr früh war Manhattan kühl. Die Steine glühten nicht mehr, nur der Schmutz des vergangenen Tages lag noch in den Straßen. Neger mit Schaufel und Besen kratzten den Unrat zusammen. Ein Wasserauto fuhr langsam durch die 43. Straße und versprengte Feuchtigkeit. Kein Wasserfall mehr aus Coca-Cola. Im Central Park führten die Frühaufsteher ihre Hunde spazieren. Das Empire State Building ragte mit der Spitze in den Morgennebel.

Im Flugzeug kannst du genug schlafen, Herbert Broschat. Europa wartet auf müde Heimkehrer wie dich.

So muß es sein, wenn Raumschiffe aus dem Weltall heimkehren. Anfangs nur der blaue Planet. Endlich werden die Meere sichtbar, die Wolkenfelder, Kontinente, erste Höhenzüge, Städte, einzelne Häuser, Autos auf den Straßen, große Menschen, kleine Menschen, Gesichter, die Kohlstrünke in Mutters Garten, ein Mohrrübenbeet, in dem der Maulwurf gewühlt hat, auf der Schwelle vor der Haustür wandernde Ameisen.

Während der Stunden über dem Meer versuchte Herbert Broschat zu schlafen. Aber es ging nicht. Ihm fiel dieses und jenes ein, nur nicht sein Vater. Er mußte sich zwingen, an ihn zu denken, ihn in anderer Umgebung zu sehen. Nicht mit der Krücke auf den Holzfußboden des Behelfsheims pochend, sondern in einem weißbezogenen Bett liegend. Nicht streng über den Rand der Lesebrille blickend, sondern abwesend das Karomuster des Bettbezugs betrachtend. Dieser Mann, den er da entkräftet im Krankensaal liegen sah, sprach nicht mehr von der Ehre, ein Deutscher zu sein. Er schlug nicht mehr, um seine Worte zu unterstreichen, mit der Krücke auf den Tisch, daß das Geschirr schepperte. Nein, Vater Broschat bat die Krankenschwester nur noch um ein Glas Wasser.

Immer wieder tauchte das Behelfsheim auf, die winzige Zelle, in der sich das Elend der deutschen Nachkriegszeit ausgetobt hatte. So wie in dieser Bretterbude hatten sich millionenfach Gedanken gerieben, waren alte und neue Welten aufeinandergeprallt – bis das Holz nachgab. Weißt du noch, wie das am 20. Juli 1954 war, Vater? Als das Radio die Gedenkstunde zur Erinnerung an das Attentat übertrug, schaltetest du ab. Du konntest das feierliche Gerede nicht ertragen. So etwas tut man nicht: mitten im Krieg der Führung in den Rücken fallen. Treu sein bis zum bitteren Ende, das hattest du gelernt. *Sei getreu bis in den Tod, so will ich dir die Krone des Lebens geben,* war dein Konfirmationsspruch, Vater. Der Satz war aus der Bibel, aber er hätte auch im Reichsgesetzblatt stehen können, zum Fahneneid deutscher Grenadiere hätte er gepaßt, selbst über den Betten schlafender deutscher Pimpfe wäre er nicht fehl am Platz gewesen. So war die Zeit. So lebten die Broschats und all die anderen. So waren sie groß geworden.

»Es kann doch nichts schaden, wenn wir uns das anhören«, hatte Herbert am 20. Juli 1954 gesagt und den Apparat wieder eingeschaltet.

Da war Vater Broschat hinausgegangen.

»Wenn du es unbedingt willst, kannst du es hören, aber ich habe damit nichts zu schaffen«, hatte er erklärt.

Nach einer halben Stunde kehrte er zurück, weil ihm etwas eingefallen war, das er Herbert unbedingt sagen mußte.

»Was waren denn das für Helden?« rief Vater Broschat damals. »Eine Aktentasche mit Sprengstoff unter den Tisch stellen und schnell davonlaufen, um ja noch weiterzuleben. Wenn so etwas unbedingt sein muß, hat man dabeizubleiben und mit dem Adolf in die Luft zu gehen.«

Das waren Tage, an die Herbert mit Schrecken zurückdachte. Er hatte sich meistens in seine Kammer zurückgezogen und geschlafen. Aber was heißt hier schlafen? Bis Mitternacht hatte er wach gelegen und die Tage bis zu seiner Volljährigkeit gezählt. Er wollte endlich heraus aus dem Bretterverschlag seines Vaters, aus der Welt der ererbten Parzellen und Hofmauern, der Flurgrenzen und Landesgrenzen, der Sprachgrenzen und Kulturgrenzen, fort von jenem Geist, der

Deutschland zum Heiligtum erklärte, und danach kam eine ganze Weile gar nichts – und dann wieder Deutschland.

Aber jetzt kehrte er zurück in diese Grenzen, flog Europa von Westen her über Shannon an. Eine ungeheure Spannung ergriff ihn, hinderte ihn am Schlafen. Du bist auf einmal neugierig, ob die Alte Welt noch so alt ist, wie du sie verlassen hast.

Je weiter er in die Vergangenheit zurückging, desto angenehmer wurde das Bild seines Vaters. Er erinnerte sich sogar genau des Tages, an dem er Vater Broschat zum letztenmal in heiterer Stimmung, richtig fröhlich erlebt hatte. Das war 1951 gewesen, als Herbert die Lehrstelle bei Rechtsanwalt Struve in Burg erhalten hatte.

»Bald kannst du meine Schriftsätze schreiben!« jubelte Vater an jenem Abend.

Damals steckte er gerade mitten in seinem Prozeß mit dem Versorgungsamt. Dieser schreckliche Prozeß, in dem es darum ging, ob Vater zu vierzig oder fünfzig Prozent vom Krieg beschädigt worden war. O dieses Gerangel um die Prozente! Bis zu fünfzig Prozent gab es nur einen kümmerlichen Grundbetrag, ab fünfzig Prozent eine Ausgleichsrente obendrauf. Das verletzte Bein wollten sie anerkennen, aber den angeschlagenen Magen nicht. Ein Magen kann auch vom vielen Saufen kaputtgehen. Die aus dem Osten sind doch bekannt für ausdauerndes Saufen, das dürfte gerichtsnotorisch sein. Immer neue Untersuchungen und Gutachten hatte Vater Broschat beantragt. In zwei Jahren war ein Aktenberg von zwanzig Zentimeter Höhe entstanden.

»Streite bloß nicht so viel mit den Behörden«, sagte die Mutter immer, wenn der Briefträger ein amtliches Schreiben brachte.

Sie hielt es für unziemlich, mit der Obrigkeit in Streit zu leben. Aber Vater Broschat fühlte sich im Recht. Er klammerte sich an das bißchen Recht, das ihm geblieben war, und schrieb zu jedem Paragraphen, den die Behörde anführte, eine lange Erklärung, seine Sicht der Dinge. Auch mit dem Lastenausgleichsamt geriet er in Streit. Es ging um den Wert seines Landes im Osten. In Vaters Erinnerung war es der beste Ackerboden gewesen, gewissermaßen Handelsklasse A. Aber die Leute vom Amt, die seinen Acker nie betreten hatten, die nur mit Büchern und Statistiken arbeiteten, berechneten seine Lastenausgleichsentschädigung nach einem Boden mittlerer Güte. Darunter litt er maßlos. Es kam ihm vor wie ein unausgesprochener Vorwurf, so, als hätten sie zu ihm gesagt: »Was, auf so kümmerlichem Boden haben Sie sich ernährt, Herr Broschat!«

Aber sein Sohn ging zu einem Rechtsanwalt in die Lehre. Na, wartet nur, nun wird alles anders! Er war überzeugt, es mache einen besseren Eindruck, wenn die Eingaben an die Ämter mit der Schreibmaschine geschrieben würden. Vor Schreibmaschinenschrift haben die Herren Respekt. Sie vermuten sofort, daß jemand dahintersteht, der etwas von der Sache versteht.

Als Lehrling im ersten Lehrjahr blieb Herbert an Samstagnachmittagen oft im Büro, um Vaters Schriftsätze zu tippen. Sie waren ihm zuwider, aber er wollte Vater diesen Gefallen tun.

Sehr geehrtes Versorgungsamt!

Da Sie es nicht für erwiesen halten, daß mein Magenleiden auf den Krieg zurückzuführen ist, habe ich zwei Kriegskameraden ausfindig gemacht. Sie können an Eides Statt erklären, daß unsere Einheit 1943 zwei Wochen lang ohne Nachschub in den russischen Sümpfen gelegen hat und wir uns von Gras und Schnecken ernäh-

ren mußten. Anschließend bekamen fast alle Soldaten die Ruhr. Seit jener Zeit arbeitet mein Magen nicht mehr ordentlich ...

So ging es weiter über viele Seiten. Und immer wieder neue Zeugen und neue eidesstattliche Erklärungen. Das Elend des Zweiten Weltkriegs schlug sich auf Papier nieder, füllte Aktenschränke und Bücherborde. Aber die Zeit arbeitete für die Behörde. Viele starben über ihren Prozessen. Auch die Zeugen starben oder vergaßen. Verfahren konnten eingestellt, die Akten geschlossen werden. Fünf Jahre Aufbewahrung, dann kam der Reißwolf über alle medizinischen Gutachten und eidesstattlichen Erklärungen.

Vater Broschats Pech war, daß sich die Versorgungsämter bei Magenerkrankungen besonders halsstarrig anstellten. Da kann ja jeder kommen. Wenn du nicht nachweist, daß dir eine Kugel ein Stück des Magens weggerissen hat, erkennen sie den Magen nicht als Kriegsleiden an.

»Lern bloß tüchtig, Junge, damit du dich in den Paragraphen auskennst«, sagte Vater Broschat immer wieder.

Herbert war ihm eine große Hilfe. In den amtlichen Schreiben standen oft ganze Paragraphenketten, mit denen Vater Broschat nichts anzufangen wußte. Herbert schrieb die Paragraphen nach Feierabend in der Kanzlei ab und brachte sie nach Hause. Einmal durfte er das ganze Bundesversorgungsgesetz mit ins Behelfsheim nehmen.

»Du solltest lieber die Bibel lesen und nicht das rote Gesetzbuch«, sagte die Mutter.

Aber Vater Broschat vergaß die Abendmahlzeit, studierte einen Abend lang im Bundesversorgungsgesetz, suchte Wörter, an denen er einhaken konnte, die ihm recht gaben. Um Mitternacht wachte Herbert auf, weil in der Schlafstube der Eltern noch Licht brannte. Er sah den Vater über dem Bundesversorgungsgesetz sitzen. Die Mutter stand mit aufgelöstem Haar im langen Nachthemd hinter seinem Stuhl.

»Laß doch die dummen Papiere«, sagte sie liebevoll und legte Vater den Arm um die Schulter.

Das war das einzige Zeichen von Zärtlichkeit, an das Herbert sich in den einundzwanzig Jahren, die er mit seinen Eltern zusammengelebt hatte, erinnern konnte. Mein Gott, wie scheu waren sie in seinem Beisein gewesen. Ein Kuß? Nicht auszudenken! Die Vorstellung, daß sie nackt nebeneinander im Bett lagen, sich Zärtlichkeiten ins Ohr flüsterten, sich gegenseitig wärmten, war Herbert Broschat unsagbar fremd. Von Erich Domski kannst du dir das vorstellen, aber nicht von den eigenen Eltern. Und doch war er durch sie zum Leben gekommen. Es würde ihm wohltun, wenn er wüßte, daß das mit Freuden geschehen war, daß sie damals nicht so verbittert nebeneinander gelebt hatten wie im Behelfsheim.

Unter ihm der Ärmelkanal, der sich zur Nordsee weitete. Kleine Fischteiche hier in Europa. Der Eriesee mitten in Amerika sieht gewaltiger aus. Rechts unten die Leuchttürme der französischen Küste, vielleicht Calais. Mensch, da lagen noch die Bunker des Atlantikwalls, Erinnerungsposten aus geborstenem, gesprengtem, nutzlosem Beton. Nein, in Frankreich war Vater nie gewesen. Immer nur im Osten. Herbert besaß nur flüchtige Erinnerungen an Vaters Soldatenzeit. Den feldgrauen Rock kannte er gut. Der hing, wenn Vater auf Urlaub kam, in der guten Stube. Die Mutter klopfte ihn jeden Tag aus, bürstete das gute Stück, damit es nicht verstaubte. Im Sommer 1944 war Vater mit dem verwundeten Bein nach Hause gekommen. Für immer, wie er damals sagte. Warum hatte er eigentlich nie erzählt, wie es zugegangen war mit seiner Verwundung? Herbert wußte nicht einmal, ob es ein Granatsplitter war, das Stück einer Bombe oder eine Gewehrkugel. Er wird ihn danach fragen. Jawohl, wenn er im Krankenhaus vor seinem Bett sitzt, wird er danach fragen.

Im Sommer 1944 hatte Vater Broschat, weil er anfangs nicht ohne fremde Hilfe gehen konnte, am Fenster in der guten Stube gesessen, das kranke Bein erhöht auf einer Stuhllehne. Eines Tages hatte er Herbert zu sich gerufen und gefragt:

»Kannst du schon eine Kutsche anspannen, mein Junge?«

Zehn Jahre alt war Herbert damals gewesen. Natürlich konnte er Pferde vor die Kutsche spannen. Beim Einsteigen mußte er dem Vater helfen. Dafür durfte Herbert die Zügel halten. Damals war es ihm nicht aufgefallen, aber jetzt erinnerte Herbert sich genau an die Szene. Er auf dem Kutschbock mit den Zügeln in der Hand, der Vater mit dem verwundeten Bein neben ihm. Und auf der Schwelle hatte die Mutter gestanden und geweint. Jawohl, er erinnerte sich genau, sie hatte geweint, hatte ihren beiden Männern nachgewinkt und geweint.

Mit der Kutsche fuhr man eigentlich nur in die Stadt oder in die Kirche. Aber an jenem Spätsommertag des Jahres 1944 wollte Vater Broschat sein Haferfeld besuchen. Mit der Kutsche zum Hafer! Anschließend zu den Kartoffeln hinter dem Teich, zum Rübenschlag an der Windmühle. Auch machten sie einen Abstecher zur Waldwiese, auf der sich einjährige Kälber durch den Sommer fraßen. Und das alles mit der Kutsche, die eigentlich des vielen Schmutzes wegen für solche Fahrten zu schade war, die nur für sonntägliche Kirchfahrten, Hochzeiten, Taufen und Beerdigungen bestimmt war.

»Das Land wird einmal dir gehören«, hatte Vater Broschat am Ende jener denkwürdigen Ausfahrt gesagt.

Aber Herbert hatte nur die Zügel fester gezogen und mit der Peitsche geknallt. Ihm war die Feierlichkeit, mit der der Vater den Satz gesprochen hatte, nicht aufgefallen. Erst jetzt, dreizehn Jahre später, beim Anflug auf Amsterdam, wurde sie ihm bewußt. Vielleicht hatte damit das Unheil angefangen. Dein Vater hat erwartet, daß du dankbar aufblickst nach einem solchen Satz, daß du zu erkennen gibst, wie sehr du an seinem Land hängst. Aber du hast nur mit der Peitsche geknallt und deinen Spaß daran gehabt, wie hinter der Kutsche der Staub auf dem Sommerweg hochwirbelte.

Unter dem Flugzeug die enge Halbinselwelt Europas. So klein und so putzig. Du hast das Gefühl, aus dem Urwald in einen Schrebergarten zu kommen. Venedig ist überall. Das stirbt hier langsam vor sich hin. Eine Welt, die nur noch von der Vergangenheit lebt, die nichts Großes mehr zustande bringt. Wo immer die Väter einen gotischen Dom, ein römisches Kastell, eine Maurenburg oder ein Schloß errichtet haben, da stehen die Enkel mit dem Bettelhut in der Hand, verkaufen Postkarten und schöne Aussichten. Klein, sehr klein.

Der ältere Herr neben ihm im Flugzeug sagte, er komme aus Minneapolis. Fünfunddreißig Jahre sei er ohne Deutschland ausgekommen. Er könne kaum noch die Sprache verstehen. Die letzte gute Erinnerung an Deutschland habe er von Pfingsten 1920. Damals habe seine Liedertafel einen Ausflug ins Bergische Land unternommen. Mit drei Pferdefuhrwerken. Im September 1957 werde die Liedertafel ihr fünfundsiebzigstes Stiftungsfest feiern. Dazu sei er eingeladen.

»Wie ich gehört habe, wurde unser Männergesangverein nach dem Zweiten Weltkrieg in einen gemischten Chor verwandelt, weil es vorübergehend nicht genug Männer gab«, sagte der ältere Herr aus Minneapolis.

Ja, so etwas kann vorkommen nach Weltkriegen.

Erinnerst du dich noch an den Herbstabend nach dem Krieg, Vater? Das war zu Hause in Ostpreußen. Noch brannte kein elektrisches Licht, der Krieg hatte es ausgeknipst, und der Frieden hatte es noch nicht wieder eingeschaltet. Dein Sohn lag in der Küche auf dem Sofa, stellte sich schlafend, während ihr im Schein einer Kerze am Herd saßt. Damals hast du von deinen Plänen erzählt. Kälber, Fohlen und Ferkel wolltest du aufziehen, und die Mutter sollte sich um Hühner, Enten und Gänse kümmern.

»Wir haben nicht mal Eier zum Essen«, hatte die Mutter gesagt. »Wie willst du da züchten?«

Auf zwanzig Kilometer im Umkreis gab es keine Kuh, kein Pferd und kein Schwein. Da hört das Züchten auf, der Prozeß der Fortpflanzung ist unterbrochen. Nur ein paar Kartoffeln vermehren sich noch, dünnhalmiger Roggen und natürlich die Bienen.

»Wenn alle Deutschen weggehen, müssen wir auch mit«, hatte die Mutter an jenem Abend gesagt.

»Weggehen ist gut. Aber wohin?« hast du geantwortet, Vater. »Wir haben doch nur dieses Haus und dieses Land, mehr gehört uns nicht.«

Den ganzen Abend hatten sich die Eltern damals gestritten, ob es richtig gewesen sei, im Sommer 1945 heimzukehren. Sie waren schon in Pommern gewesen, als die Front über sie hinwegrollte. Von dort dreihundert Kilometer Fußmarsch zurück, weil Vater Broschat auf seinem Hof unbedingt Fohlen, Kälber und Ferkel aufziehen wollte und weil er eben nur dieses Haus und dieses Land hatte und weiter nichts.

»Wir müssen dem Jungen etwas hinterlassen«, war Vaters letztes Wort gewesen.

Damals hätte er es fertiggebracht, für Polen zu optieren, nur um seinen Hof zu behalten. Aber er kam nicht in die Verlegenheit, zwischen Deutschland und Polen wählen zu müssen. Der Name Broschat klang nicht polnisch genug. Für die Broschats gab es nichts zu optieren. Sie mußten gehen wie die anderen Deutschen. Aber sie gingen viel zu spät. Sie waren zu lange im Osten geblieben und kamen zu spät in den Westen. Sie waren die ewigen Zuspätkommer. Ach, wenn sie nur im Sommer 1945 von Pommern aus gleich über die Oder nach Westen gewandert wären ... Es hätte alles anders kommen können.

In Amsterdam berührte Herbert europäische Erde. Es war Sonntag, der 30. Juni. Vom Flughafen in die Stadt. Mein Gott, wie sind die Straßen eng und die Häuser klein! Eine Spielzeugwelt unter einer sommerlichen Hitzeglocke. Mit Buschhemd und Fransenjacke kommst du dir wie ein exotisches Tier vor. Wie kannst du in einem solchen Aufzug Europa besuchen, das steife, vornehme Europa, das auch bei größter Hitze auf geschlossene Hemdkragen und ordentliche Krawatten Wert legt? Passanten blickten ihm nach, Kinder steckten die Köpfe zusammen und kicherten. Herbert bemerkte plötzlich, daß er wie Old Shatterhand aussah oder wie der letzte Mohikaner, jedenfalls nicht wie einer, der seinen sterbenden Vater im Krankenhaus besuchen will.

Der Europa-Expreß, der von Hoek van Holland nach Kopenhagen fuhr, verließ am späten Abend Amsterdam, als tropische Warmluft über der niederländischen Badewanne hing und Südwind wehte. Die Gewitterausläufer eines Tiefs über der Biskaya sorgten für unerträgliche Schwüle.

Der Grenzübergang nach Deutschland ohne jede Feierlichkeit. Kein berauschendes Gefühl wollte sich einstellen. Der deutsche Zöllner warf ihm einen mißbilligenden Blick zu, so, als wolle er sagen: »Schämst du dich nicht, in so einem Zigeuneraufzug unser ordentliches, sauberes Land zu besuchen!« Die Erde, über die der Zug dahinraste, wies keine Besonderheiten auf. Das war der gleiche schwarze Acker wie in den Niederlanden oder in Manitoba. Nur die Gedanken sind es, die aus einem Stück Erde dieses und aus einem anderen Stück Erde jenes machen. Nur Gedanken fesseln Menschen wie seinen Vater an fünfundzwanzig Hektar Land mittlerer Güte zwischen Angerburg und dem Masurischen Kanal, obwohl das große, weite Kanada unendliche Flächen bester Erde zum Verschenken hat. Wir müssen aufpassen auf die Gedanken. Sie bewirken so viel, können Steine setzen, wo vorher Blumen geblüht haben.

Er war todmüde, konnte aber nicht einschlafen. Nach der Grenze schon gar nicht. Also doch aufgeregt wegen Deutschland? Vielleicht käme er zu spät, wie die Broschats immer zu spät gekommen waren. Ihm kamen Zweifel, ob Vater überhaupt noch lebte. Er hätte nicht über New York fliegen sollen. Der Abstecher zur größten Stadt der Welt hatte ihn einen Tag gekostet. Das war die Zeit, die seinem kranken Vater fehlte.

Plötzlich fiel ihm ein, daß er auf den Besuch nicht

vorbereitet war. Er wußte nicht, was er sagen sollte in Vaters Krankenhaus. Vater Broschat würde spüren, wie unsicher und ratlos er in Kanada geworden war. Noch auf dem Krankenbett wird er triumphieren. »Ich habe es immer gesagt, du gehörst hierher«, wird er ausrufen. Diese Selbstgerechtigkeit eines kranken Mannes. Herbert erschrak. Mein Gott, du wünschst doch nicht etwa, daß er tot ist, damit dir diese Begegnung erspart bleibt?

Es wird so früh hell in den nördlichen Sommernächten. Bremen in der Morgendämmerung. Schöner roter, deutscher Backstein. Du findest kaum einen Bahnhof, der so rot im Morgenlicht leuchtet wie der Hauptbahnhof von Bremen.

Ein Zeitungsverkäufer reichte eine Morgenzeitung durch das geöffnete Abteilfenster. Da waren sie wieder, die deutschen Zeitungen, die Gisela so ausdauernd nach Kanada geschickt hatte.

Gestern war in Hamburg das Deutsche Derby gelaufen. Mehr las er nicht.

Wie kurz die Entfernungen sind. Von Toronto nach Winnipeg brauchst du vier Tage, von Bremen nach Hamburg eine Stunde. Die Stadt schlief noch, als Herbert vor den Hamburger Hauptbahnhof trat, ahnte noch nicht, daß der 1. Juli 1957 mit sechsunddreißig Grad Celsius im Schatten ihr heißester Tag seit Beginn der Temperaturaufzeichnungen im Jahr 1880 werden sollte, die heißen Tage im Juli 1943 ausgenommen, als die Hitze nicht von der Sonne kam.

Er hatte vier Stunden Zeit bis zum Anschlußzug nach Norden. Vor die Wahl gestellt, entweder in den Anlagen hinter dem Zentralen Omnibusbahnhof zu schlafen oder durch die Stadt zu laufen, entschied er sich für die in der Morgenfrühe noch leeren Straßen.

Hamburg begann früh mit der Arbeit an diesem

Montag, dem 1. Juli. Dreitausend Aushilfskräfte warteten vor dem Arbeitsamt in der Admiralitätsstraße auf ihre Schicht im Hafen. Das wäre auch etwas für dich, Erich Domski. Aushilfshafenarbeiter ist ein Job, der immer geht. In zwei Schichten verdienst du so viel, daß du zwei Wochen davon leben kannst.

Im Waterloo spielte *Vom Winde verweht*. Auf deutsch. Ja, ein wenig verweht kam er sich schon vor, als er um fünf Uhr früh in Hamburg umherlief. Einmal um die Binnenalster – an Baden war natürlich nicht zu denken –, am Gänsemarkt ausgehängte Zeitungen lesen. Dann in die Ulricusstraße. Herbert stand plötzlich vor dem Bretterverschlag mit der Warnung *Out of bounds*. Kein Ort für einen, der seinen sterbenden Vater besuchen will. Trotzdem ging er hinein, sah ein paar Mädchen morgenfrisch oder abendmüde in den Fenstern hängen. Ein Plattenspieler leierte: *Jim, Johnny und Jonas, die fuhren an Java vorbei* ... Morgens um fünf Uhr war das kein ruhestörender Lärm, das gehörte zur Stimmung in dieser Straße. Herbert war die Morgenattraktion in der Hamburger Puffstraße.

»Was bist du denn für ein Waldheini?«

»He, du Trapper und Fallensteller! Komm in Onkel Toms Hütte! Komm zu Elli!«

Erich Domski hätte in der Ulricusstraße ein Fest veranstaltet. Der wäre in Fransenjacke und Buschhemd wie der König von Texas eingezogen. Natürlich nicht im Cadillac, weil die Straße dafür zu eng war und mit Brettern vernagelt, sondern zu Fuß, aber trotzdem wie einer, der dazugehört. Kein Mensch hätte ihm nachzurufen gewagt, ob er der keusche Old Shatterhand sei. Nein, bei Erich Domski hätte jede sofort gewußt, was die Glocke geschlagen hat. Der kannte sich aus in dieser Art von Straßen.

Herbert hielt sich in der Mitte des Pflasters, wahrte Abstand zu den Mädchen, die wenig zu tun hatten, weil die Matrosen des britischen Flugzeugträgers »Ocean« längst an Bord waren. Er ging, als habe er in der Dunkelheit ein Geldstück verloren, das er auf dem Pflaster suchte. Er blickte die Mädchen nicht an, machte den Eindruck eines Mannes, der sich verirrt hat, eigentlich im Wald spazierengehen wollte, aber plötzlich in eine Wildnis geraten ist. Sie riefen ihm anzügliche Wörter nach. Über die Straße hinweg fragte die eine die andere, ob sie noch stille, weil dieses Präriebaby am frühen Morgen Milch brauche.

Herbert dachte an Erich Domski. Der müßte jetzt bei ihm sein. Der würde morgens kurz vor halb sechs sagen: »Na, dann wollen wir mal sehen, was am Markt ist!« Der würde erst gründlich Musterung halten und nach dem ersten Rundgang vorschlagen: »Die beiden da hinten nehmen wir. Du die Schwarze und ich die Blonde. Oder willst du lieber die Blonde?«

Hinter ihm schepperte eine Konservendose auf dem Pflaster. Es soll vorkommen, daß die Mädchen ihre Nachtgeschirre über den Köpfen unliebsamer Spaziergänger entleeren. Das hatte man jedenfalls in Sandermarsch erzählt zur Abschreckung für diejenigen, die es gelüstete, wenigstens einmal in Hamburg ganz wild zu werden.

Am Strande von Havanna steht ein Mädchen, sang es aus einem Lautsprecher. Erich Domski hätte *Blue Tango* auflegen lassen, weil das am besten in diese Straße paßte. Aber Erich Domski war nicht da. Deshalb war Herbert froh, als er den Bretterverschlag hinter sich hatte. Er strebte dem Hafen zu, besichtigte den Flugzeugträger »Ocean«, der fertig zum Auslaufen an den Sankt-Pauli-Landungsbrücken lag. Es war Niedrigwasser. Barkassen brachten Arbeiter zur Stülkenwerft, in jedem Boot dreißig bis vierzig Mann. Mensch, ist die Elbe schmutzig! Kein Vergleich mit dem Stillwatersee, der gleichermaßen zum Baden und zum Trinken geeignet war.

Im Operettenhaus spielte das *Land des Lächelns*. Nein, so kam ihm Deutschland nicht vor. Dafür gab es noch zu viele unbebaute Trümmerflächen, auf denen, mitten in der Stadt, Brennessel und Holunderbüsche wucherten. Immer noch Schilder: *Vorsicht, Einsturzgefahr!* oder *Das Spielen der Kinder in den Ruinen ist strengstens verboten!* Immer noch Fenster ohne Verglasung, Brandmauern, die nicht nur so hießen, sondern die wirklich gebrannt hatten.

Obwohl gutes Wetter war, die Sonne so klar schien wie im kanadischen Busch, fand Herbert dieses Deutschland traurig. Wenn du nach langer Abwesenheit heimkehrst, fallen dir Dinge auf, die du früher nicht bemerkt hast. Zum Beispiel, wie schrecklich sauber diese Deutschen sind. Der Rest der Welt ist schmuddelig, aber die Deutschen sind unberührbar sauber. Du staunst über die ordentlich geharkten Wege in den Parks, die niemand verlassen darf, auch Kinder und Hunde nicht. Dort, wo die Stadt heil geblieben ist, ist sie übermäßig akkurat und ordentlich. Die Gärten sind befreit von jedem Fetzen Unkraut. O dieser Haß auf Löwenzahn und Gänseblümchen! Es wird alles ausgerottet, was nicht eintönig englisch grün ist. Die Gärten sind so rein wie die Korridore in den Krankenhäusern.

Ja, Krankenhaus wäre der richtige Ausdruck. Dieses Deutschland erschien ihm wie ein Krankenhaus, in dem scheue, zurückhaltende, chronisch leidende Menschen behandelt wurden. Überall traf er auf zerbrochenes Selbstbewußtsein, verschüttet unter einer Halde von Schuld und Minderwertigkeitsgefühlen. Die Deutschen lernten noch immer, daß Gehorsam und Unterordnung die wichtigsten Tugenden seien. Gespräche hinter vorgehaltener Hand waren keine Schande. Nirgends gab es so viele abgeschlossene Innenräume mit dicken Vorhängen und Gardinen wie in diesem Deutschland. Überall Sichtschutz für das unsichere Innenleben.

Herbert fielen Sätze ein, die er oft von der Mutter gehört hatte, ohne sich etwas dabei zu denken.

»Zieh die Gardinen zu, Herbert, damit die Leute nicht auf den Tisch sehen können. Sei nicht so laut, sonst hören die Nachbarn jedes Wort! Mach den Knopf zu, damit du ordentlich aussiehst. Mit einer ungebügelten Hose kannst du unmöglich ins Dorf gehen. Was sollen die Leute denken?«

Das waren ganz normale, arglose Sätze, deren Unnatürlichkeit die Mutter und mit ihr Millionen Deutsche nicht empfinden konnten. Du mußt erst nach Kanada fahren, um das zu begreifen.

Zu allem Überfluß war es auch ein Land der Aufpasser. Gut getarnt hinter ihren Gardinen, standen sie stundenlang am Fenster und achteten darauf, ob Kinder Papierschnipsel auf den Bürgersteig warfen oder Hunde ihre Notdurft auf der Straße verrichteten. Nicht auszudenken, daß sich in einem Land wie Deutschland ein Mensch auf die Bordsteinkante setzen konnte, um eine Zigarette zu rauchen und zufrieden in die Sonne zu blinzeln. Keine Woche wären die Indianer von Kenora in diesem Land am Leben geblieben.

Wie sie sich gegenseitig beobachten! dachte Herbert. Ob die Krawatte richtig sitzt. Ob die Bügelfalte gerade ist, die Schuhe ordentlich geputzt sind. Laufmaschen im Strumpf einer Frau? Das war schon fast eine Schande. Und vergiß nicht, die Haare ordentlich zu kämmen! Mit ungekämmtem Haar siehst du aus wie ein Zigeuner. Vor allem muß ein Scheitel zu sehen sein, links oder rechts, ist egal, aber ein Scheitel muß sein.

Auch zäunten sie alles so furchtbar ein, diese Deutschen. Sogar die Trümmer. Mit einer Leidenschaft errichteten sie Zäune, als sei das die schönste Beschäftigung von der Welt. Zäune aus Draht, aus Brettern, sogar aus Zementplatten. Selbst Liguster- und Buchenhecken waren zuallererst Zäune und danach auch noch Pflanzen. Liebevoll waren sie gestrichen, die Zäune, ja, bunte Farbe kam häufiger vor; sie sollte wohl die Strenge dieser Zaunlandschaft mildern. Die Straßen, die an den Zäunen vorbeiführten, sahen aus, als würden sie immer enger. Einbahnstraßen, wohin du auch siehst, schmale, korrekte, saubere Einbahnstraßen nach allen Himmelsrichtungen.

Herbert empfand es als eine Wohltat, wieder in jene Stadtteile zu kommen, in denen noch ganze Straßenzüge in Schutt und Asche lagen. Endlich etwas Unaufgeräumtes. Was müssen diese korrekten, pedantischen Deutschen unter den Trümmern gelitten haben! Ausgerechnet Deutschland mußte das passieren, ein solcher Mustergarten so voller Trümmer!

Als er alles gedacht hatte, was ihm auf den ersten Blick mißfiel, spürte Herbert Broschat, daß sein Gefühl schon längst nicht mehr mitgegangen war. Sein Kopf sah die kleinbürgerliche Begrenztheit hinter den Gardinen sitzen, aber sein Herz hatte das Verlangen, neben ihr Platz zu nehmen, sich geborgen zu wissen. Vor allem hatte es Sehnsucht nach Sandermarsch, morgens gegen sieben Uhr in der lärmenden Stadt. Das kleine Dorf zwischen Marsch und Geest erschien ihm aus der Ferne wie eine tröstliche Oase. Er wußte genau, daß dort die Wege noch ordentlicher geharkt waren und die Gemüsereihen mit dem Lineal gezogen wurden. Und doch sehnte er sich nach Sandermarsch, seinen Nordseemöwen und seinen Klapperstörchen. Sandermarsch an einem heißen Sommertag, das wäre eine gute Zeit, um heimzukehren.

Lange vor der Abfahrt stand er auf dem Bahnsteig, wartete auf den Zug nach Westerland, den die Urlauber nahmen, um aus der heißen Stadt ans Meer zu fliehen. Dann kam der Zug. Bis Itzehoe hatte er Zeit, die Zeitung durchzublättern, die er in Bremen gekauft hatte. Er fand Nachrichten, die ihm lächerlich und fremd vorkamen. Das Kindergeld wird nun endgültig um fünf Mark erhöht. Das Rentensystem soll auf den Kopf gestellt werden, denn im Herbst ist Wahl, und bis dahin muß etwas für die alten Leute getan werden. Auch die Kriegsopfer erwähnte die Zeitung. Die Kriegsopfergrundrente steigt von vierzig auf achtundvierzig Mark im Monat. Siehst du, Vater Broschat, du mußt nur gesund werden, um eine höhere Rente für dein Bein zu bekommen.

Fast eine Seite Text über das Iller-Unglück vom 3. Juni 1957. Kaum hatten die Deutschen wieder Soldaten, jagten sie die Rekruten zum Abhärten durch die Iller und ließen fünfzehn ertrinken.

Tausend Flugzeuge besaß die deutsche Luftwaffe schon. Herbert fand die Zahl beängstigend hoch. Eben erst angefangen und schon tausend Stück. Über Sandermarsch machen sie Übungsflüge, dachte er. Das Marschland an der Westküste eignet sich gut für Übungsflüge. Im Tiefflug über die Wiesen rasen und das Vieh erschrecken. Über die Deiche hinaus ins Wattenmeer fliegen, eine Kehre um Helgoland ziehen und wieder zurück...

Er schlief schließlich doch ein. Hinter Itzehoe weckte ihn der Schaffner, der die Fahrkarten kontrollierte. Ohne diesen pflichtbewußten Beamten wäre Herbert Broschat an Sandermarsch vorbeigefahren. Das kommt davon, wenn man vom vielen Denken müde wird.

Ein Wunder, daß der große Zug zum Seebad Westerland überhaupt auf der kleinen Station hielt. Nur Herbert Broschat stieg aus. Er stand auf dem Bahnsteig und sah den Eisenbahnwagen nach, die in der flimmernden Hitze untertauchten. War das nun Endstation, oder stieg er nur in einen anderen Zug, der ihn irgendwohin tragen sollte?

»Scheißempfang«, würde Erich Domski sagen. »Keine Mädchen mit Blumensträußen, Hula-Hula und so, keine Feuerwehrkapelle.« Nur flimmernde heiße Luft und die Schreie der Kiebitze, die in großen Scharen über den Wiesen am Fuß des Bahndamms schwärmten. Unten die weite Marschlandschaft, durchzogen von Gräben und Kanälen, betupft mit den schwarzweißen Flecken der Holsteiner Kühe. Zum Meer hin sah es nicht anders aus als in Manitoba, nur daß Manitoba nicht eingedeicht war. Keine Spur mehr von der Schwüle Hamburgs. Das lag an der Frischluft, die der Wind ständig vom Meer herübertrug. Sandermarsch war berühmt für seine frische Luft. Eines Tages werden sie einen Luftkurort daraus machen. Auf der anderen Seite des Bahndamms Felder in einer Knicklandschaft, unterbrochen von kleinen Wäldchen. So ist der Name Sandermarsch entstanden. An dieser Stelle stößt der sandige Boden der Geest mit dem fruchtbaren Schlick der Marsch zusammen.

Als das Knacken in den Schienen verstummt war, hörte Herbert nur noch die Kiebitze. Vom Bahnsteig aus erblickte er die Masten großer Schiffe, die den Nordostseekanal befuhren. Es sah aus, als würden die Schiffe von einem Band über die grüne Wiese gezogen. Der Schiffsverkehr auf dem Kanal brachte die Ferne in die Abgeschiedenheit der Marschlandschaft, holte die große Welt hinter die Deiche und Gräben. Mutter Broschat hatte oft gesagt: »Ich glaube, der Kanal hat schuld, daß unser Junge auswandern will!« Drüben die Brücke von Hochdonn, die einzige Erhebung in dem flachen Land. Zu Kaisers Zeiten gebaut, schwebte sie noch stark und unverrostet über den Wiesen, nahm kilometerweit Anlauf, um auf immer höher werdendem Damm den kleinen Kanal zu überspringen. Da staunst du, was die Menschen zu Beginn dieses Jahrhunderts mit Schaufel und Schubkarre fertiggebracht haben. Ob die Engländer immer noch ihre Fliegerkunststücke vorführen? Eine Zeitlang galt es für die Piloten der Royal Air Force als Heldenstück, einmal mit dem Jagdflugzeug unter der Brücke von Hochdonn hindurchgeflogen zu sein.

Herbert kannte den Beamten an der Sperre des kleinen Bahnhofs, aber der kannte ihn nicht mehr. Das lag an Herberts Verkleidung. Zum erstenmal fand Herbert sich komisch. Fransenjacke und ein Buschhemd mit buntem Indianer auf der Brust paßten nicht zu Sandermarsch, zu diesem Dorf mit seinen Storchennestern und seinen Poggenwiesen, zwei Kilometer vom Bahndamm entfernt. Die Kirche mit dem etwas zu kurz geratenen Turm. »Da ist den Bauern das Geld ausgegangen«, sagten die Sandermarscher, wenn die Rede auf den mickerigen Kirchturm kam. Die Schule, das einzige Haus im Dorf, das wirklich strahlend weiß aussah. Kantig, viereckig, höher als der Kirchturm ragten die Speicher der Raiffeisengenossenschaft über die Bauernhöfe. Das Behelfsheim der Eltern war nicht sichtbar; Fliederbüsche und die hohen Linden des Friedhofs verdeckten die flache Holzbaracke.

Herbert fühlte sich wie einer, der noch viel Zeit hat, der den Augenblick der Heimkehr hinauszögern oder, besser gesagt, in die Länge ziehen möchte. Er steuerte auf die Bahnhofsgaststätte zu, um etwas Erfrischendes zu trinken. *Heute Ruhetag,* stand an der Tür. Stimmt, die hatten schon früher an jedem Montag geschlossen.

Die Straße, die vom Bahnhof ins Dorf führte, hatte sich verändert. Auf dem Kopfsteinpflaster lag jetzt eine Asphaltdecke, damit die Autos schneller fahren konnten und nicht so klapperten. Reichlich Kornblumen im Roggen. Herbert erinnerte sich nicht, in den zwei Jahren Kanada jemals Kornblumen gesehen zu haben.

Sandermarsch kam ihm beschaulich vor, fast rührend klein und rückständig. Vor ein paar Stunden noch in Hamburg, gestern Amsterdam durchlaufen, vorgestern Manhattan ... Wenn du das hinter dich gebracht hast, kannst du über Sandermarsch nur den Kopf schütteln.

Eine Herde Jungvieh kam ihm entgegen. Herbert drückte sich an einen Baum, um die Tiere vorbeizulassen. Sie nahmen die ganze Breite der Straße ein, kleckerten ihren grünen Kot auf den neuen Asphalt, besprangen sich und mußten von den Treibern mit Peitschenhieben davon abgehalten werden, in sandige Feldwege auszubrechen.

Ein Traktor überholte ihn. Der Fahrer hielt an und musterte in Ruhe den bunten Vogel, der da mit einem Koffer die Landstraße entlangmarschierte.

Über dem Siemerschen Textilladen baumelte noch immer das veraltete Schild von Gütermanns Nähseide.

Es gab noch den Kolonialwarenladen von Thams & Garfs. Tammel und Gammel hatten die Kinder in der schlechten Zeit den Laden genannt, wenn sie nach Maismehl oder Graupen hatten anstehen müssen.

Am Dithmarscher Krug hing ein Pappschild: *Heute geschlossene Gesellschaft*. Im Fenster immer noch der Hinweis: *Rechtsanwalt und Notar Carl Struve. Jeden Mittwoch Auswärtssprechstunde in Sandermarsch von 15 bis 17 Uhr.*

In einer Sprechstunde im Dithmarscher Krug hatte Herbert seine Lehrstelle bekommen.

»Mit solchen Zeugnissen kann ich den Jungen doch nicht in die Landwirtschaft geben oder ins Bergwerk«, hatte die Mutter zu Pastor Griem gesagt, als sie ihm Herberts Schulzeugnisse vorgelegt hatte. »Der muß doch etwas lernen, wo er seinen Kopf gebrauchen kann. Der muß ins Büro.«

»Gehen Sie mit dem Jungen doch mal zum Advokaten Struve«, hatte Pastor Griem geantwortet.

So waren sie in die Auswärtssprechstunde des Advokaten Struve gegangen. Carl Struve hatte seine fleischigen Hände auf Herberts Schulter gelegt. Aber was heißt hier gelegt! Fallen gelassen hatte er sie, so daß Herbert fast in die Knie gegangen wäre.

»Na ja, lernen kannst du bei mir, aber für die Zeit danach kann ich nichts versprechen«, hatte er erklärt.

Und als die Lehre zu Ende ging, hatte er wieder seine Hände auf Herberts Schulter gelegt.

»Wie du weißt, mein Junge, kann eine kleine Advokatur nur mit Lehrlingen arbeiten«, hatte er gesagt. »Wer als Rechtsanwalts- und Notargehilfe weiterkommen will, muß nach Hamburg gehen. Da gibt es Advokaten wie Sand am Meer. In Hamburg kannst du eines Tages Bürovorsteher werden.«

Die Ausflüge zur Sprechstunde im Dithmarscher Krug waren die angenehmste Erinnerung an seine Lehrzeit. Mit Freuden hatte er jeden Mittwochnachmittag die Schreibmaschine ins Auto getragen. In einem zweiten Gang folgte die Aktentasche mit den Formularen und dem Blaupapier. Danach erschien Struve mit seinen zwei Zentner dreißig Gewicht. Vor jeder Auswärtssprechstunde spendierte er eine Bockwurst mit viel Senf. Nach der Sprechstunde gab es Kaffee mit Kopenhagener, für Herbert nur den Kuchen, weil starker Kaffee für Lehrlinge nicht gesund war. Auch brauchte Herbert an den Auswärtssprechtagen nicht zurück in die Kanzlei nach Burg, sondern durfte abends gleich in Sandermarsch bleiben.

Am meisten hatten sie damals eidesstattliche Versicherungen zu schreiben. Mein Gott, was gab es da alles an Eides Statt zu erklären! Daß der Volksdeutsche Franz Tomaschefski von Mai 1942 bis November 1944 bei Bauer Carstens gearbeitet hatte und in dieser Zeit Rentenversicherungsbeiträge abgeführt worden waren. Daß die Magd Betty Suhr mit dem später in Rußland gefallenen Melker Timmermann so gut wie verlobt gewesen war und das im Januar 1945 geborene Kind Dagmar ebendiesen Melker zum Vater hatte. Auch die vielen Todeserklärungen waren mit eidesstattlichen Versicherungen verbunden. Wer einen Verschollenen aus der Liste der Lebenden gestrichen haben wollte, mußte vor Notar Struve schwören, den für tot zu Erklärenden seit dann und dann nicht mehr gesehen zu haben.

Vor dem Dithmarscher Krug erinnerte sich Herbert an den Advokatenwitz, den Struve in jeder Sprechstunde vor wechselndem Publikum erzählt hatte, einen Witz, über den nur Struve allein hatte lachen können, weil man studiert sein mußte, um ihn zu verstehen. Eigentlich war es nur ein Spruch über den Paragraphen 366 des Bürgerlichen Gesetzbuches, den Struve gern aufsagte: *Gefällig, aber lästig ist das ältere Verhältnis.*

Erst im dritten Lehrjahr begriff Herbert, was es da zu lachen gab. So schwierig war die Juristerei.

Zur rechten Hand der Salamanderladen. Gisela wird gerade Schuhe sortieren. Sie wird ihn vorbeigehen sehen und herausgelaufen kommen. Es wird eine Wiedersehensszene geben wie im Kino. Die alten Frauen werden vor die Haustür treten, um zu sehen, was da los ist auf der Sandermarscher Dorfstraße.

Aber nichts geschah. Die schwarzen und die braunen Salamanderschuhe glotzten Herbert teilnahmslos an. Der Erdal-Frosch prangte noch immer in Überlebensgröße an der Tür.

Sandermarsch erschien ihm menschenleer. Auch war es auffallend still in dem Dorf. Das lag an der Hitze, die auf die Dächer drückte, Türen und Fenster verschloß, die die Sonnenblumenköpfe am Gartenzaun des Schusters Kröger welk herabhängen ließ.

Es war nicht mehr weit bis zum Behelfsheim. Auf dem Weg dorthin kam er an Neubauten vorbei, die es früher nicht gegeben hatte. Eine richtige Siedlung war entstanden. Saubere, einfache rote Ziegelhäuser mit Satteldach. Eines sah aus wie das andere. Viele Blumentöpfe auf den Fensterbänken, im Garten reichlich Kartoffelstauden. Er entdeckte einen Richtkranz mit schlaff herabhängenden Bändern. Ein Bagger hob Sand aus der Erde, verursachte den einzigen Lärm an diesem Mittag. In den Gärten bekamen die Johannisbeeren die erste rötliche Tönung. Wie in jedem Jahr reiften am Weg zwischen Brennesseln und Haselnußsträuchern die wilden Himbeeren.

Er war schon eine Viertelstunde in Sandermarsch und hatte noch mit keinem Menschen gesprochen. Menschen gab es schon, aber sie kannten ihn nicht. Na ja, Herbert Broschat hatte nie zu den Einwohnern gehört, die man in Sandermarsch kennen mußte, sondern immer zu den Fremden aus der Flüchtlingssiedlung und dem Behelfsheim. Jetzt, in seiner exotischen Verkleidung, war er erst recht ein Fremder. Aber es genügte ihm schon, daß *er* sie wenigstens kannte, die Sandermarscher Bauern und den Schmied Kruse, der Hufeisen mit den Zähnen festzuhalten pflegte. Sandermarsch war ihm so vertraut, als wäre er vor zwei Wochen fortgegangen und nicht vor zwei Jahren.

Erstaunlich, wie groß Obstbäume in zwei Jahren wachsen können. Sie überschatteten schon Mutters Johannisbeerbüsche und Stachelbeersträucher, verdeckten sogar das flache Behelfsheim, das unansehnlich grau geworden war. Früher hatte Vater es in jedem Jahr weiß getüncht, aber jetzt wird seine Krankheit dazwischengekommen sein.

Das Behelfsheim lag wie unbewohnt da. Kein Rauch kräuselte aus dem verrosteten Schornstein, der wie ein Kanonenrohr aus dem Dach ragte. Mutters weiße Leghornhennen spazierten in ihrem begrenzten Auslauf. Neben der Eingangstür stand im Schatten eines Birnbaums ein Drahtkäfig. In ihm eine Glucke mit ihren Küken. Noch immer zahllose Kaninchenställe an der Rückseite des Behelfsheims. Herbert erkannte die schwarzweißen Tiere, die am Drahtgeflecht schnupperten und auf Futter warteten. Nun hast du auch das noch am Hals, Mutter, nun mußt *du* das Kaninchenfutter holen. Früher hat Vater das immer getan mit Sense und Graskiepe.

In einem Dorf, das ohnehin durch Sauberkeit und

Ordnung auffiel, hatten seine Eltern wieder den saubersten Garten. Das will viel heißen im Juli, wenn die Natur überschäumend wachsen läßt, auch das Unkraut wachsen läßt. Geharkte Wege, Blumen in voller Pracht. Margeriten von der Gartenpforte bis zum Hauseingang, ein weißes Spalier in Reih und Glied, wie gezählt.

Es wird niemand dasein, dachte er. Vater wird im Krankenhaus sein, und Mutter ist hingefahren, ihn zu besuchen. Er gab sich Mühe, nur die ausgelegten Steinplatten zu betreten, um das Geharkte zu erhalten. Sonst läuft Mutter gleich wieder mit der Harke hinter ihm her. Er stand vor dem Küchenfenster. Ein dicker Brummer stieß fortwährend von innen gegen die Scheibe, verhedderte sich in Mutters Gardine. Das Behelfsheim war abgeschlossen. Er nahm auf der Schwelle Platz, um zu warten. Ja, Herbert Broschat, der auf dem Empire State Building gestanden und die Wolkenkratzerlandschaft New Yorks zu Füßen gehabt hatte, dieser Herbert Broschat saß in dem kleinen, auf keiner Landkarte verzeichneten Sandermarsch auf der Schwelle des elterlichen Behelfsheims und sah den Küken zu, die piepend im Drahtkäfig umherliefen. Vorgestern der menschenüberfüllte Time Square, und plötzlich sitzt du vor einem schmalen Steig, der in den Garten führt zu den akkuraten Reihen der Kohlköpfe und der roten Bete. Neben seinen Schuhen durchquerte eine Ameisenkarawane die Wüste, strebte den Erdbeerfeldern zu. Ja, es gab schon Erdbeeren in Mutters Garten, aber er wagte es nicht, eine Handvoll zu pflücken, denn sie gehörten nicht ihm.

Schließlich trug er seinen Koffer in den Holzschuppen, dessen Tür nur angelehnt war. Vaters Fahrrad hing an der Bretterwand; es war lange nicht mehr benutzt worden, rostete schon wieder. Er schob den Koffer auf einen Berg Kleinholz. Vater Broschat hatte wieder für drei Jahre Holz im voraus gespalten.

Eigentlich wollte er zum Salamanderladen zurückgehen, um Gisela zu fragen. Doch auf halbem Weg begannen die Kirchenglocken zu läuten. Das heißt, eigentlich läutete nur eine Glocke. Sie erfüllte die heiße Luft mit einem klagenden Laut, der vom Geestwind in Richtung Marsch getrieben wurde.

Beerdigungsfeiern fanden in Sandermarsch nicht in der Kirche statt. Nur die Beerdigungsglocke der Kirche mußte läuten; alles andere wurde in der Kapelle auf dem Friedhof erledigt, oben am Hang des sandigen Geesthügels. So war es Brauch in Sandermarsch. Gelebt wurde im fruchtbaren Flachland und gestorben in der kargen Geest.

Er ließ also den Schuhladen links liegen und folgte der Autospur zum Friedhof. Auch das war eine Neuerung. Früher waren die Leichen von Pferden den Hügel hinaufgezogen worden; jetzt fuhren sie in einem schwarzen Auto. Hinter der Autospur die Schuhabdrücke des Trauergeleits. Das Tor zum Friedhof weit offen, fast einladend. Er hörte Gesang. Nicht den Sandermarscher Chor, sondern das ungeübte Singen einer Trauergemeinde, dem die Stimme von Pastor Griem Halt und Richtung gab. Zur Linken Rhododendronbüsche mit vertrockneten, braunen Blüten. Gegenüber Lebensbäume, die aussahen wie die Zedern in der kanadischen Wildnis. Dahinter schon die Gräber. Ein Gedenkstein für russische Kriegsgefangene, die mitgeholfen hatten, den Eisenbahndamm von Hochdonn zu bauen, und die in den Jahren 1914 und 1915 gestorben waren. *Zum Gedenken an 17 russische Soldaten,* stand auf dem Stein. Es folgten die Namen, nicht in kyrillischer Schrift, sondern lateinisch. Damals hatten sie noch Zeit, Namen in Stein zu meißeln, dachte Herbert, sogar die Namen der Feinde. Im Zweiten Weltkrieg genügten namenlose Massengräber.

Das Leichenauto stand abseits im Schatten einer Linde. Kirchendiener Jacobs saß auf dem Trittbrett und rauchte einen Stumpen. Die Sargträger hielten sich auf der Schattenseite des Autos auf und sprachen über einen verunglückten Traktor und die Ernteaussichten des Jahres 1957. Früher sollen sie hinter dem Leichenwagen Skat gespielt haben, und das sogar um Geld. Aber dann starb einer der Skatspieler, wurde selbst zu Grabe getragen, und es fehlte der dritte Mann.

Als erste sah er Gisela. Sie war kaum wiederzuerkennen. Schwarzes Kleid, schwarze Strümpfe, hochhackige schwarze Schuhe. In der Mitte des Menschenpulks mußte die Mutter sein, ganz nahe bei Pastor Griem. Aber sosehr er auch suchte, er konnte sie nicht finden. Na ja, sie war nur eine kleine Person, die jetzt noch kleiner und gebeugter in der Mitte der Trauergemeinde stand. Sehr deutlich erkannte Herbert dagegen Advokat Struve. Zwei Zentner und dreißig standen da im Sand vor dem Grabhügel und warfen beträchtlichen Schatten. Was hatte Struve auf der Beerdigung seines Vaters zu suchen? Die kannten sich doch überhaupt nicht. Herbert erinnerte sich nicht, daß sein Vater jemals Struves Kanzlei von innen gesehen hatte.

Was wäre, wenn Gisela sich jetzt umblickte und ihn erkannte? Herbert in diesem Aufzug. Ein pfeiferauchender Indianer auf der Brust, eine Jacke mit herabhängenden Lederfransen, ungebügelte Hosen, halbhohe Cowboystiefel. Schämst du dich nicht, so zur Beerdigung deines Vaters zu kommen! Er fühlte, daß er nicht hierhergehörte. Wohl war es sein Vater, den sie in die Grube gelegt hatten, aber Herbert gehörte nicht zur

Trauergemeinde. Herbert stand im Schutz der hohen Lebensbäume, fühlte sich so allein wie der Mann in der Grube. Ja, das war die letzte Gemeinsamkeit mit seinem Vater: Sie waren beide allein. Gab es denn weiter nichts als diese traurige Gemeinsamkeit des Alleinseins? Jetzt nur nicht an die schrecklichen Auftritte im Behelfsheim denken. Es muß doch etwas Angenehmeres geben. Und läge es noch so weit zurück. Vor Kriegsende? Nein, noch weiter. Vor Kriegsausbruch! Ja, das war etwas. Zwei Pferde hatte sein Vater vor einen Kastenwagen gespannt, das Fuhrwerk mit Kornsäcken bepackt. Neben dem Vater vorn auf dem Bock der kleine Herbert, gerade fünf Jahre und ein paar Tage alt. Barfuß, kurzgeschorenes Haar. Sein einziges Kleidungsstück war eine kurze Hose; die Hosenträger hatten weiße Streifen auf seinem braungebrannten Rücken hinterlassen. Kaum waren sie vom Hof, drückte Vater ihm die Peitsche in die Hand. Aber was heißt hier Hand! Mit beiden Fäusten mußte der kleine Herbert den schweren Peitschenstiel umklammern. Sie fuhren zur großen Windmühle. Für den kleinen Herbert war die Windmühle das, was das Empire State Building für den großen Herbert war. Im flachen östlichen Land ein mächtiger Turm, dessen Flügel hektische Schatten ins hohe Gras warfen. Die Kraft der Windmühlenflügel war die stärkste Kraft, erschien ihm gewaltiger als Dreschkasten, Traktoren oder Vierergespanne. O diese wunderbare Gleichmäßigkeit, mit der die vier Flügel sich jagten, zur Erde hinabstießen und wieder emporstiegen.

»Du bleibst auf dem Wagen sitzen«, sagte Vater damals. »Vor zwei Jahren hat die Windmühle ein kleines Mädchen totgeschlagen. Die Flügel haben das Mädchen gepackt und mitgenommen durch die Luft.«

Während Vater die Säcke in die Mühle trug, lag Herbert auf dem Bock und beobachtete die Flügel, die über die braunen Köpfe der Gräser fegten, fast den Erdboden berührten. Er stellte sich vor, wie das kleine Mädchen mit ihnen in die Luft gesaust war. Ob es je wieder heruntergekommen ist? Oder hat die Mühle es hinaufgeschleudert zu den Wolken, die es mitgenommen haben auf ihre Reise zu den Wäldern und Seen?

Er lag also auf dem Bock und sah abwechselnd zu den schlagenden Flügeln und den Wolken, die mit dem kleinen Mädchen davongesegelt waren, als sein Vater kam und sagte: »Komm mal mit. Du sollst sehen, wie eine Mühle arbeitet.«

Er nahm ihn auf den Arm und trug ihn an den schlagenden Flügeln vorbei zur Tür. Während sein Vater ihn trug, dachte Herbert nur an das fliegende Mädchen, und plötzlich begann er zu zappeln und zu schreien und um sich zu schlagen, weil er nicht in die Mühle wollte. Warum fällt dir die Mühlengeschichte gerade jetzt ein, Herbert Broschat? Hast du keine angenehmere Erinnerung an deinen Vater als diese schreckliche Geschichte? Lieber Himmel, wie hatte die Mühle geächzt und gebebt, wie hatten die Mühlsteine gemahlt und rumort! Damals war er sicher gewesen, daß die Mühle lebte, daß sie nicht nur Korn fraß, sondern auch kleine Kinder in die Luft schleuderte. Als Vater ihn auf der Schwelle absetzte, riß Herbert sich los, sprang ins hohe Gras, rannte an den um sich schlagenden Flügeln vorbei immer geradeaus in ein Kleefeld hinein. Er blieb erst stehen, als er das Zittern und Beben der Mühle nicht mehr hörte, aus der Ferne nur noch die gleichmäßigen Flügelschläge wahrnahm. Der Müller war damals mit Vater vor die Tür getreten und hatte gelacht. Vater lachte nicht, der Müller aber um so lauter. Vater sprang auf den Wagen und fuhr hinter Herbert her.

»Du kannst auch die Leine haben«, rief er.

Damit lockte er Herbert zurück auf den Wagen. Nein, er schimpfte nicht mit ihm, weil er davongelaufen war. Mit fünf Jahren darfst du dich noch vor lebenden Windmühlen fürchten, die kleine Kinder durch die Luft schleudern.

»Das ist doch nur eine Mühle«, sagte er freundlich, als Herbert wieder neben ihm auf dem Bock saß. »Eine ganz gewöhnliche Klappermühle. Kennst du nicht das Lied von der Klappermühle?«

Mein Gott, Vater, weißt du noch, wie du damals das Kinderlied von der Mühle gesungen hast? Von der Mühle, die am rauschenden Bach steht und vor sich hin klappert? Einen Bach gab es zu Hause zwar nicht, aber das macht doch nichts, Vater. Nein, nein, sing nur ruhig weiter ... Sein Vater konnte sogar singen. Unfaßbar. Dieser Mann, der fünfzig Schritte von ihm entfernt in der Grube lag, hatte ihm das Kinderlied von der Klappermühle beigebracht. Vielleicht hast du ihm Unrecht getan, dachte Herbert, hast einfach zuviel verlangt von deinem Vater, dem sie im Krieg das Bein verkürzt und den Magen verdorben haben. Der ist mitten in seinem Leben aus allem herausgerissen worden, was ihm teuer war. Da besaß er nicht mehr die Kraft, neu anzufangen, und verlernte auch das Singen. Vergrub sich statt dessen in seinem Behelfsheim, reihte sich in die Schlangen der Stempelgeldempfänger vor dem Arbeitsamt ein, prozessierte um sieben Mark fünfzig mehr Rente und sein gutes Recht. Vielleicht hat er in all den Jahren nur eine Hoffnung gehabt: seinen Sohn Herbert. Aber der schüttelte nur den Kopf über den wunderlichen alten Mann. »Ihr könnt euer Elend für euch allein behalten«, sagte der nur und wanderte aus nach Kanada. Daran ist Vater Broschat gestorben. Ganz gewiß nicht an dem Bein oder dem kranken Magen, sondern an der Hoffnungslosigkeit.

Herbert hörte die Stimme von Pastor Griem: »Vor zwei Jahren traf ihn der schwerste Schlag. Sein einziger Sohn wanderte aus. Das hat er nie verwinden können. Er hat es wie eine persönliche Kränkung empfunden, daß ausgerechnet sein Sohn nichts mehr von diesem Land wissen wollte, dem der Vater sich zugehörig fühlte. Ich erinnere mich, wie er nach einem Gottesdienst zu mir kam und sagte: ›Was haben wir bloß verbrochen, daß die Kinder so anders sind? Wir tun alles für sie, aber sie wollen weiter nichts als ihren eigenen Weg gehen.‹ – ›Lieber Herr Broschat‹, habe ich ihm damals geantwortet. ›Das muß so sein. Mit der Jugend ist das wie draußen an unseren Deichen. Die Alten befestigen die Deiche Jahr für Jahr, aber in jedem Herbst kommen die Sturmfluten und versuchen, sie einzureißen. Wenn das aufhört, wenn keine neue Flut mehr kommt, schlafen wir ein, sterben wir langsam aus.‹«

Griem trat einen Schritt vor. Nun sah Herbert auch seine Mutter, halb von Pastor Griem verdeckt. Sie kam ihm noch kleiner vor, als er sie in Erinnerung hatte. Aber vielleicht stand sie nur ungünstig auf dem Sandhaufen.

Denn wir können die Kinder nach unserem Sinne nicht formen. So, wie Gott sie uns gab, so muß man sie haben und lieben, sprach Pastor Griem. Dann beugte er sich zur Mutter, berührte ihren Arm, sprach leise ein paar Worte mit ihr.

Die Feier am Grab war zu Ende.

Das sind Augenblicke, in denen du meinst, davonlaufen zu müssen. Du hältst Ausschau nach einer Run-away-line, die dich auffängt, wenn die Bremsen versagen.

Advokat Struve kam als erster. Schweren Schritts bewegte er sich durch den Sand, fortwährend mit dem Taschentuch Schweiß von der Stirn wischend. Was hatte diesen Menschen dazu gebracht, an einem so heißen Tag auf den Sandermarscher Friedhof zu kommen?

Der Motor des Leichenwagens sprang an.

Pastor Griem ging hastig vorbei, ohne Herbert in seinem Versteck hinter den immergrünen Lebensbäumen zu entdecken.

Kirchendiener Jacobs folgte mit den Sargträgern.

Dann das Auto.

Die Trauergäste in kleinen Gruppen, teils schweigend, teils in alltägliche Gespräche vertieft. Sobald sie das Friedhofstor erreicht hatten, blieben die Männer stehen und stopften sich eine Pfeife.

Herbert Broschat wartete, bis alle gegangen waren. Nur die Mutter blieb auf dem Sandhaufen. Einige Schritte hinter ihr wartete Gisela. Wie bleich sie war in dem schwarzen Kleid! Das Mädchen sah aus, als friere es trotz der Hitze.

Gisela entdeckte ihn zuerst. Nein, sie schrie nicht. Sie sagte überhaupt nichts. Fassungslos stand sie zwischen den Rhododendronbüschen, gab der Mutter ein Zeichen.

Herbert Broschat kam es vor, als habe er Wurzeln geschlagen auf dem Friedhof von Sandermarsch. Er stand unter den Lebensbäumen, bis die Mutter in unangemessener Eile den Sandhaufen verließ, um ihm entgegenzukommen. Unterwegs schüttelte sie den Sand von den Händen, denn Hände, die begrüßen wollen, müssen sauber sein.

»Gut, daß du doch noch gekommen bist«, sagte die

Mutter. Für einen Augenblick vermengten sich pflichtgemäße Trauer und Wiedersehensfreude.

Gisela stand abseits. Sie wußte nicht, ob sie sich einmischen durfte. Ein Wiedersehen auf dem Friedhof, da verbietet sich jeder Gedanke an unziemliche Freudenausbrüche. Sie kam sich überflüssig vor. Da hast du dir zwei Jahre lang die wundervollsten Wiedersehensszenen ausgedacht. Du wolltest auf dem Bahnhof stehen und ihn umarmen, wenn er aus dem Zug stiege. Wie im Film. Wolltest dich an seinen Arm hängen und für jeden sichtbar mit ihm durch das Dorf gehen. Aber du triffst ihn auf dem Friedhof, streckst ihm die Hand entgegen, mußt zurückhaltend und traurig sein und herzliches Beileid wünschen, weil es sich so gehört.

Gisela wollte gehen, aber die Mutter hielt sie zurück.

»Du kommst doch auch in den Dithmarscher Krug«, sagte sie. Gisela zögerte; sie wußte nicht, ob der Salamanderladen ihr so viel Zeit ließ. Herbert sah ihr einfaches Gesicht. Sehr weich, nichts Aufregendes, nichts Verführerisches, einfach nur das Gesicht eines guten Menschen. Die wird niemals einen Mann um Zigaretten anbetteln, dachte er.

Gisela eilte voraus, während Herbert auf Mutters Verlangen die üblichen drei Hände Sand in die Grube warf.

»Wir konnten die Beerdigung nicht länger hinausschieben, weil es so heiß ist«, sagte sie entschuldigend, als müsse sie sich gegen den Vorwurf verteidigen, nicht bis zu Herberts Ankunft gewartet zu haben.

Auf dem Weg zum Dithmarscher Krug erzählte die Mutter noch einmal die Krankengeschichte des Vaters, die mit leichten Magenverstimmungen im Krieg anfing und im Sommer 1957 endete. Magendurchbruch nennen die Ärzte so etwas. Mag der Himmel wissen, was dahintersteckte. Jedenfalls trug der Krieg an allem die Schuld. Ohne den Krieg wären sie nicht in dieses Sandermarsch gekommen. Vater hätte keinen kranken Magen gehabt, hätte sich nicht täglich ärgern müssen über die Zumutungen eines Lebens in der Fremde, wo er doch zu Hause einen schönen, großen Hof besaß mit allem, was dazu gehörte. Hätte es keinen Krieg gegeben, wäre Herbert nicht ausgewandert, sondern Bauer im Osten geworden. Vater Broschat hätte Fohlen, Kälber und Ferkel gezüchtet und sich nicht in die trockenen Paragraphen vertieft. Ja, der Krieg hatte an allem schuld. Er hatte sie wieder eingeholt und auf dem Friedhof in Sandermarsch seinen Abdruck hinterlassen.

»Weißt du eigentlich, was aus unserer Windmühle geworden ist?« fragte Herbert.

Die Mutter blickte ihn erstaunt an.

»Warum fragst du ausgerechnet nach der Windmühle?«

»Nur so, sie fiel mir gerade ein.«

»Weißt du nicht mehr, daß sie der Mühle im Krieg die Flügel abgeschossen haben?«

Recht ist es dir geschehen, dachte Herbert. Von wegen kleine Mädchen in die Wolken schleudern. Wer so etwas macht, dem muß man die Flügel stutzen.

»Ein Jahr später, als es so kalt war, sind wir hingegangen und haben die Mühlenbretter zum Feuern geholt.«

Bis kurz vor dem Dithmarscher Krug erzählte die Mutter von der Mühle, die eine lange Geschichte hatte, bis sie eines Tages die Flügel verlor und ihr Holz in den Ofen wanderte. Plötzlich blieb sie stehen.

»Wenn es wieder nach Hause ginge, würdest du mit mir hinfahren?« fragte sie.

»Was soll ich in Ostpreußen?« erwiderte Herbert kopfschüttelnd.

»Hast du niemals Heimweh gehabt, mein Junge?«
»Nach Sandermarsch?«
»Nein, nach unserem richtigen Zuhause?«
»An so etwas darfst du überhaupt nicht denken, Mutter. Die Flüchtlinge kommen nie mehr zurück. Vielleicht lassen sie sie später einmal zu Besuch hinfahren, aber mehr wird es nie geben.«
»Wie siehst du denn aus!?« rief die Mutter plötzlich. Ihre Hand berührte den pfeiferauchenden Indianer. Sie griff nach den herabhängenden Fransen der Lederjacke und zog daran, als wolle sie häßliche Kletten abpflücken. Schließlich rang sie sich zu der Bemerkung durch: »Na, das macht auch nichts. Hauptsache, du bist da. Ich rechne es dir hoch an, daß du zur Beerdigung deines Vaters gekommen bist.«
Im Dithmarscher Krug war eine Kaffeetafel hergerichtet, wie es der Brauch verlangte. Das Schild *Heute geschlossene Gesellschaft* hing noch immer am Eingang; die Trauergemeinde war die geschlossene Gesellschaft. Die Gäste standen Spalier, um auch Herbert die Hand zu drücken, weil es sich so gehörte.
»Er hat nicht gewußt, daß sein Vater gestorben ist«, entschuldigte die Mutter seinen Aufzug.
Alle warteten, bis Herbert und die Mutter Platz genommen hatten. Der Wirt erschien im schwarzen Anzug; er sah so ähnlich aus wie Kirchendiener Jacobs, wenn er eine Beerdigung abzuwickeln hatte. Er trug einen Leuchter mit drei brennenden Kerzen in den Raum. Zwei Mädchen folgten ihm und gossen wortlos Kaffee in hohe Viertellitertassen. Die Wirtsfrau brachte gehäufte Teller mit Butterkuchen. Mehr gab es nicht auf Sandermarscher Beerdigungen, nur nassen, fetten Butterkuchen.
Gisela kam mit Verspätung. Für sie war nur noch am unteren Ende des Tisches Platz. Da saß sie zwischen

den alten Frauen und sah noch bleicher aus als oben auf dem Sandhaufen.

Der Wirt beugte sich zur Mutter und flüsterte ihr etwas ins Ohr.

»Fragen sie meinen Sohn«, sagte sie so laut, daß alle es hören konnten.

Er kam also zu Herbert und wollte wissen, ob er Schnaps einschenken solle.

Ja, natürlich. Zu allen Sandermarscher Beerdigungen gehörte Schnaps. Vater hatte Alkohol zwar wegen seines kaputten Magens nicht mehr vertragen können, aber er hatte sicher nichts dagegen einzuwenden, daß auf seiner Beerdigung getrunken wurde.

Die Mädchen stellten die Schnapsgläser neben die Kaffeetassen. Der Krugwirt folgte mit der Flasche und schenkte ein bis zum oberen Strich. Gisela konnte das scharfe Getränk nicht vertragen. Sie lief rot an und prustete heftig.

»Die jungen Leute können nichts mehr ab«, meinte Oma Timmermann, wischte mit dem Finger den letzten Tropfen aus ihrem Glas und leckte anschließend den Finger ab.

Die Mutter nötigte die Gäste zuzugreifen. Es lägen noch Berge von Butterkuchen bereit. Die müßten aufgegessen werden. Ihre größte Sorge schien es im Augenblick zu sein, daß nicht soviel übrigblieb. Die alten Leute tunkten wegen der fehlenden Zähne den Butterkuchen in den Kaffee und aßen den Brei, der daraus entstand, mit dem Teelöffel. Dabei sprachen sie anfangs nur über den Verstorbenen. Wie schnell es doch gegangen sei. Daß er sich eine ungünstige Zeit zum Sterben ausgesucht habe wegen der großen Hitze. Aber für den Toten sei es besser so. Nur nicht lange quälen. Wir kommen ja alle nach ...

Als sie alles gesagt hatten, was bei solchen Anlässen

gesagt werden mußte, fingen sie an, Herbert Broschat verstohlen zu mustern, der so sonderbar aussah, wie noch kein Mensch in Sandermarsch auf einer Beerdigung ausgesehen hatte.

»Ihr glaubt ja nicht, wie ich mich freue, daß mein Junge nach Hause gekommen ist«, sagte die Mutter über den Tisch hinweg.

»Der eine geht, der andere kommt, so ist die Welt«, sprach Oma Timmermann feierlich.

»Tragen die Menschen in Kanada alle solches Zeug?«

»Hast du auch viel Heimweh gehabt, mein Junge?«

»Ist in Kanada jetzt auch Sommer?«

»Nun sei mal ehrlich, Herbert, zu Hause ist doch zu Hause.«

»Sind die Kanadier noch böse auf uns Deutsche wegen dem Krieg?«

»Vor allem mußt du dir eine deutsche Frau nehmen, Herbert. Die amerikanischen Frauen taugen nichts. Die rauchen nur und malen sich die Lippen an und verstehen nicht mal zu kochen. Mit einer deutschen Frau weißt du, was du hast.«

Gisela bekam einen roten Kopf und rührte verlegen im Kaffeesatz. Oma Timmermann stieß sie an. Sie öffnete ihren zahnlosen Mund, um einen Vers Fritz Reuters zum besten zu geben:

Ich grüße dir nach langer Zeit,
Doch leider bün ich schon verfreit!

Nein, so soll es mit euch beiden nicht werden. Deine Gisela ist ja noch zu haben. Aber beeilen mußt du dich. Du bist doch nur nach Hause gekommen, um dir die Gisela zu nehmen. Nun sag die Wahrheit, Junge. Du hattest Angst, daß sie dir einer wegschnappt.

Gisela erhob sich, um zu gehen.

»Komm nachher zu uns«, bat die Mutter, als sie sich verabschiedete.

»Wer die bekommt, ist nicht betrogen!« rief Oma Timmermann hinter Gisela her und tunkte das letzte Stück Butterkuchen in ihren Kaffee. »Fleißig und sauber ist sie. Solche Mädchen gibt es heutzutage nur noch selten.«

Die Mutter bezahlte, was sie verzehrt hatten. Den übriggebliebenen Butterkuchen ließ sie einpacken. Herbert trug den Karton mit dem Kuchen. Ein seltsames Paar. Die Mutter schwarz bis zur Fußspitze, Herbert bunt wie ein Papagei.

Die Mutter schwieg die halbe Wegstrecke. Sie fragte nicht nach Kanada, nicht nach der Witterung auf der Reise. Das Gesangbuch unter den Arm geklemmt, ging sie wie geistesabwesend neben ihm her.

»Leicht hat es Papa nicht gehabt in diesem Leben«, sagte die Mutter, als sie die letzten Häuser des Dorfs erreicht hatten und das Behelfsheim vor ihnen lag. »Sie waren sechs Kinder zu Hause, zwei Jungen und vier Mädchen. Eigentlich sollte Papa Schmied werden, weil bei uns immer der Hof an den ältesten Sohn ging. Aber der Älteste fiel im ersten Krieg. Da bekam Papa den Hof. In Rußland ist er gefallen, Papas Bruder. Ja, ja, mit Rußland haben wir es schon immer gehabt, da sind viele geblieben.«

Sie hielt an, stützte sich auf einen Staketenzaun und wischte sich den Schweiß aus dem Gesicht.

»Als die Russen im ersten Krieg in Ostpreußen einfielen, brannte der Hof ab. Das heißt, nicht alles. Das

Wohnhaus blieb stehen. Aber wie es darin aussah! Papa hat immer von den Pferdeäpfeln erzählt, die in seinem Kinderbett lagen. Und in der Küche hing ein totes Schwein am Balken, das stank schon, als sie von der Flucht zurückkamen, denn damals war Sommer.«

Sie blickte zu ihm auf.

»Hörst du mir überhaupt zu, Herbert?«

»Erzähl nur weiter, Mutter«, sagte er.

»Mit der Ostpreußenhilfe aus dem Reich haben sie den Hof aufgebaut. Ja, damals kam noch Hilfe aus dem Reich, aber im zweiten Krieg kam nichts mehr.«

Sie öffnete die Tür zum Behelfsheim und ließ Herbert vorausgehen, wie man fremdem Besuch den Vortritt läßt.

»Ich hab' Papa erst nach dem ersten Krieg kennengelernt. Er war einundzwanzig und mußte schon den Hof übernehmen, weil sein Vater krank war. Wenn du einen Hof übernimmst, brauchst du vor allem eine tüchtige Frau. Ohne Frau kannst du auf einem Bauernhof überhaupt nichts werden. Deshalb ging Papa über die Dörfer, um eine Frau zu suchen. Eines Tages kam er auch zu uns. Ich weiß noch genau, wie er in der Küche stand. Ich rupfte mit meiner Schwester die Weihnachtsgänse. Meine Mutter schmierte Schmalzbrote und bat ihn an den Tisch. ›Ich suche eine Haushälterin für meinen Hof‹, sagte er. Ja, er sagte Haushälterin, weil er sich genierte, aber alle wußten, daß er eine Frau suchte. Drei Monate Probe als Haushälterin, danach heiraten. So war das damals. Papa sprach nur mit meiner Mutter. Wir Mädchen saßen mit hängenden Köpfen über den Gänsedaunen, stießen uns an, gnidderten und kicherten. Hörst du mir überhaupt zu, Junge?«

»Ja, erzähl nur weiter, Mutter.«

»Als Papa die Schmalzbrote gegessen hatte, wollte er

eine von uns gleich mitnehmen. Eigentlich sollte er meine Schwester haben, weil die älter war als ich, aber dein Papa wollte lieber mich. Meine Mutter schickte ihn erst mal weg. Sie versprach ihm, Bescheid zu geben, weil sie die Sache erst einmal in der Familie bereden wollte. Außerdem mußte sie sich ein bißchen umhören, was das für einer war, dein Papa. Als sie nichts Nachteiliges über ihn erfuhr, kamen meine Eltern überein, mich gehenzulassen. An einem Sonntagnachmittag zog ich mit der Mutter querfeldein ins Nachbardorf, wo sein Hof lag. Die paar Sachen, die mir gehörten, trug ich in einer Ledertasche bei mir. Oh, ich war schrecklich aufgeregt.«

»Wie alt warst du damals, Mutter?«

»Ach, ich war noch ein junges Ding, hatte vom Leben nichts gehört und gesehen; aber arbeiten, das konnte ich gut. Als wir ankamen, saß seine Familie im Sonntagsstaat in der guten Stube. Seine Mutter am Ofen, daneben die vier Schwestern in einer Reihe, dem Alter nach aufgestellt. Nur sein kranker Vater lag, in Decken gewickelt, auf dem Sofa. Meine Mutter durfte sich setzen, aber ich mußte stehen, weil alle sehen wollten, ob ich gesund gewachsen war. Die Schwestern brachten Kaffee und Fladen. Als wir zu essen anfingen, sagte Papas Mutter: ›Eigentlich braucht er keine Haushälterin, sondern eine Frau zum Heiraten. Denn wir sind alt und krank, und seine Schwestern sind in Stellung. Es muß eine junge Frau ins Haus. Aber sie wird es nicht leicht haben, die junge Frau, denn unser Sohn hat vier Schwestern. Jede bekommt, wenn sie heiratet, eine Kuh und tausend Goldmark vom Hof. Das muß alles erarbeitet werden. Auch hat eine Frau, die ins Haus kommt, uns Alte zu pflegen, bis wir sterben.‹ – ›Nun hast du gehört, was dich erwartet, Lene‹, sagte meine

Mutter. ›Willst du hier bleiben?‹ Ich sah Papa an. Der stand am Fenster und lachte wie einer, der sagen will: ›Na, das bißchen schaffen wir doch. Nun sag schon ja!‹ Da ich nicht zu sprechen wagte, nickte ich nur. In diesem Augenblick richtete sich sein kranker Vater auf und griff nach meiner Hand. ›Das ist ein gutes Mädchen‹, sagte er. ›Behandle sie anständig, wie sie es verdient hat.‹«

Im Behelfsheim begann die Mutter, mit Kochtöpfen und Geschirr zu hantieren. Sie hatte es sich in den Kopf gesetzt, sofort etwas Warmes zuzubereiten, denn der Junge mußte Hunger haben. Nach einer so weiten Reise mußte er einfach Hunger haben. Aber Herbert holte sie vom Herd weg, bat sie, auf der Küchenbank Platz zu nehmen und weiterzuerzählen. Sie hielt das Gesangbuch auf den Knien und faltete die Hände, denn wenn die Hände nicht arbeiten, müssen sie gefaltet sein. Etwas anderes gab es nicht.

»Ja, ja, es waren schwere Zeiten damals nach dem ersten Krieg. Das Geld verlor schnell seinen Wert; mit dem Geld war es noch schlimmer als nach dem zweiten Krieg. Zwei von Papas Schwestern starben an der Schwindsucht, bevor sie heirateten. So sparten wir zweitausend Goldmark und zwei Kühe. Trotzdem hat er es nicht leicht gehabt, dein Papa. Mit eigenen Händen hat er ein Waldstück gerodet. Weißt du, das war das Feld, auf dem die Kartoffeln nachher so gut gewachsen sind. So etwas macht den Menschen anhänglich. Wer mit eigenen Händen ein Stück Land urbar macht, der kann davon nicht mehr lassen. Hörst du mir überhaupt zu, mein Junge? Dein Großvater ist bald gestorben, aber die Großmutter hat noch lange gelebt. Sie hat immer zu Papa gesagt: ›Deine Lene ist ja eine tüchtige Frau. Nur Kinder kann sie keine kriegen.‹ Schade, daß sie es nicht mehr erlebt hat, wie du geboren wurdest. Weißt du, so etwas gibt es ab und zu, daß eine Frau lange Zeit auf Kinder warten muß. Die Bibel erzählt von vielen Frauen, die erst in späten Jahren ein Kind bekamen. Du glaubst nicht, wie wir uns gefreut haben. Papa war ganz außer sich, natürlich auch, weil du ein Junge warst, der später den Hof übernehmen konnte. Am Tag nach deiner Geburt hat er einen Baum für dich gepflanzt. Das war die kleine Kastanie an der Hofeinfahrt. Unter die Wurzel hat er einen Blechkasten gelegt mit einem Zettel. Darauf stand:

Dieser Baum ist aus Dankbarkeit gepflanzt worden im Jahre 1934 am 18. Juli für meinen Sohn Herbert.

Du wirst es nicht glauben, aber zu jener Zeit ist Papa manchmal allein über die Felder gelaufen und hat laut gesungen. Er hat sehr viel von dir gehalten, Herbert. Du solltest das erreichen, was er wegen der schlechten Zeiten nicht geschafft hatte. Als er merkte, daß du einen klugen Kopf hattest und in der Schule gut warst, war dein Papa zufrieden. ›Um den Jungen brauchen wir uns keine Sorgen zu machen‹, hat er immer gesagt, ›der wird schon etwas werden.‹«

»Was ist aus dem Kastanienbaum geworden?«

»Na, was soll schon aus Bäumen werden? Wenn die Polen ihn nicht verbrannt haben, steht er noch da. Vielleicht kannst du später mal hinfahren und ihn dir ansehen, deinen Baum.«

»Was hat Papa neunzehnhundertdreiunddreißig gemacht?« fragte Herbert.

»Na, was soll er gemacht haben? Nichts hat er gemacht. Er hat so weitergelebt und -gearbeitet wie bisher. Kein Mensch im Dorf hat überhaupt gemerkt, daß sich viel geändert hat. Heute können sie alle klug reden, weil sie genau wissen, was daraus geworden ist. Aber damals sah es anders aus. Wir waren doch froh, daß ein wenig Ruhe einkehrte und wir wieder festen Boden unter den Füßen hatten. Der Partei ist Papa nicht beigetreten, aber er fand es gut, daß Deutschland wieder etwas wurde. Die anderen hatten uns doch nach dem ersten Krieg so schlecht behandelt. Da mußte sich jeder freuen, daß Deutschland wieder etwas wurde. In unserer Zeit hatten die Menschen nur zwei Dinge, an denen sie hingen. Das eine war die Religion, und das andere war das Vaterland. Ich war ja mehr für die Religion, aber dein Papa hielt zu Deutschland. Als ich noch ein kleines Mädchen war, das muß vor dem ersten Krieg gewesen sein, gab es schon Sonderbriefmarken, auf denen stand: *Kein Fußbreit deutscher Erde darf verlorengehen!* Wenn du das von Kind auf hörst, kannst du gar nicht anders. Du mußt an deinem Volk hängen und an der deutschen Erde. Ich glaube, die anderen Völker haben auch so gedacht. Das gehörte sich einfach so.«

Herbert trat ans Fenster und blickte in den üppig wuchernden Garten. »Ich muß es dir sagen, mein Junge, auch wenn du den Kopf schütteln wirst. Aber die Jahre vor dem zweiten Krieg, die Zeit von neunzehnhundertdreiunddreißig bis neunzehnhundertneununddreißig, über die heute so viel Schlechtes gesagt wird – für deinen Papa und für mich waren es die schönsten Jahre unseres Lebens. Wir haben nichts auszustehen gehabt. Es ging uns besser als vorher. Du kamst auf die Welt, unser Vieh gedieh gut, Papa mästete Schweine für Berlin und ließ eine neue Scheune bauen. Weißt du, was damals passierte, als wir die Scheune bauten? Du warst drei Jahre alt. Die Zimmerleute hämmerten auf dem

Scheunendach. Am Giebel stand eine große Leiter. Heimlich bist du hinaufgeklettert. Ich sah dich erst, als du an der vorletzten Sprosse warst. Da stand ich unten mit einer Schürze voller Eier und wagte nicht zu schreien vor Angst, du könntest dich erschrecken und herunterfallen. Ich stellte mich einfach unter die Leiter und habe die Schürze ausgebreitet, in der immer noch die Eier lagen. So stand ich da, bis dein Papa kam. Du hättest sehen sollen, wie er gelaufen ist! Vorsichtig kletterte er dir nach. Oben hat er dich gepackt. Du hast gezappelt und geschrien, weil du den Zimmerleuten zusehen wolltest, aber er kam mit dir die Leiter herunter. Auf der letzten Sprosse blieb er stehen. ›Hier hast du deinen Jungen‹, sagte er und warf dich mir in den Arm. Da stand ich nun, im einen Arm dich, in der anderen Hand die Schürze mit den Eiern. Mir war es damals, als wärest du ein zweites Mal geboren worden. Hörst du überhaupt zu, Herbert?«

»Wie war es im Krieg, Mutter?« fragte er.

»Ach Gott, wir hatten alle Angst, als der Krieg anfing. Weißt du, die Menschen an der Grenze haben immer Angst, wenn Krieg anfängt. Von neunzehnhundertvierzehn her wußten wir noch, wie Kriege wirklich sind. Papa wurde gleich Soldat, aber er kam bald wieder, weil der Polenkrieg so schnell zu Ende ging. Als der Rußlandkrieg anfing, wurde er wieder Soldat.«

»Hat er dir erzählt, wie er verwundet wurde?«

»Nein, über solche Dinge hat Papa nie gesprochen. Er wollte das nicht. Für ihn muß es eine schreckliche Erinnerung gewesen sein. Jedenfalls wurde er vierundvierzig entlassen und hatte ein kurzes Bein und einen kranken Magen. Ich habe ihm immer gesagt, er solle wegen seiner Verwundung nicht mit dem Staat prozessieren. Mit dem Magen hatte er recht, aber mit dem

Bein hatte er unrecht. Ohne das verwundete Bein würde er nicht mehr bis neunzehnhundertsiebenundfünfzig gelebt haben.«

»Wie meinst du das?«

»Weißt du nicht, wie sie im Sommer fünfundvierzig alle Männer nach Sibirien abholten? Papa sollte auch mit. Nur weil er humpelte, ließen sie ihn gehen. Er mußte die Hose aufkrempeln und ihnen die Verwundung zeigen.«

»Warum hat er nie erzählt, wie er verwundet wurde?«

»Du kannst beruhigt sein«, sagte die Mutter. »Dein Vater hat nichts Unrechtes getan. Ich kenne Papa. Er war nicht so. Er hat sich nicht gehenlassen, auch im Krieg nicht. Er hat nur seine Pflicht getan. Er hat immer zu dem gestanden, was er einmal angefangen hat. Daran glaubte er fest. Menschen, die so denken wie dein Papa, sind bestimmt nicht die schlechtesten. Die lassen keinen im Stich, nicht die Frau und nicht die Kinder, auch nicht die Kameraden oder das Vaterland. Auf solche Menschen kannst du dich verlassen!«

Mein Gott, dachte Herbert und blickte die Mutter mit großen Augen an. Ich verlange zuviel von den Alten. Sie können nicht verleugnen, was sie einmal redlich und mit bestem Gewissen getan und geglaubt haben. Das geht über ihre Kräfte. Wenn sie es täten, würden sie sich schmutzig vorkommen, wankelmütig, untreu. Lieber Himmel, es war alles ganz anders, als er bisher geglaubt hatte. Die Menschen, die damals marschiert waren, die »Heil!« gerufen und sich gefreut hatten, waren im Grunde gut. Nur das System, an das sie ihre Treue verschwendeten, taugte nichts. Man sollte den Menschen nicht abgewöhnen, ihr Vaterland zu lieben, sondern das Vaterland so herrichten, daß es ihrer Liebe wert ist.

»Ja, Papa hat es nicht leicht gehabt«, sagte sie wieder.

»Du redest nur von ihm. Hast du es denn leicht gehabt, Mutter?«

»Ich habe nur meine Arbeit getan, weiter nichts.«

Der Mutter war die Wendung, die das Gespräch genommen hatte, unangenehm. Sie mochte nicht über sich reden. Über den Verstorbenen schon, aber nicht über das, was sie in den vergangenen fünfzig Jahren durchgemacht hatte.

Sie stand auf und ging zum Herd, stocherte in der Glut herum, wusch Kartoffeln ab und setzte Wasser auf.

»Die Ärzte sagen, Papa sei an Magendurchbruch gestorben, aber ich glaube das nicht. Er ist gestorben, weil er nichts mehr hatte, wofür er leben konnte. Seit einem halben Jahr glaubte er nicht mehr daran, jemals wieder auf seinen Hof zurückzukehren. Er glaubte auch nicht, daß du seinen Hof haben wolltest. Papa hatte einfach zuviel verloren, um noch länger zu leben.«

Mit Kartoffeln in beiden Händen kam sie zu Herbert an den Tisch.

»Das ist jetzt dein Haus«, sagte sie und zeigte auf die Innenwände des Behelfsheims.

»Solange du lebst, gehört das Behelfsheim dir«, erwiderte Herbert.

»Nein, so geht das nicht. Wenn der Vater stirbt, erbt der Sohn. So war das mit den großen Höfen bei uns, so soll es auch bleiben, wenn es nur um ein kleines Behelfsheim geht.«

Er stand wie betäubt in der Küche, in der es nach Bratkartoffeln und Zwiebeln roch. Die Mutter band sich eine Schürze über das Trauerkleid und fing an zu arbeiten. Immer nur dienen. Erst den Eltern, dann den kranken Schwiegereltern, dem kranken Mann, jetzt dem Sohn. Mutter, Mutter, was bist du nur für eine Frau!

»Ihr hättet mehr über diese Dinge sprechen sollen«, sagte sie plötzlich. »Dann hättet ihr euch auch vertragen.«

»Aber Mutter, wir haben doch pausenlos miteinander gesprochen!«

»Ja, gesprochen. Du hast gesagt, was du dachtest, und er hat gesagt, was er dachte. Aber ihr habt euch nicht verstanden. Und nun ist es zu spät.«

Im Behelfsheim war die Zeit stehengeblieben. Der Kalender trug eine andere Jahreszahl, das war die größte Veränderung. Unter der Küchenlampe wie immer ein Fliegenfänger, beklebt mit Hunderten schwarzer Fliegenleichen. In den Sommermonaten waren die Fliegen Mutters Hauptsorge.

Herbert kam es vor, als besichtige er ein Museum, in dem seine Jugenderinnerungen ausgestellt waren. Sein Bett in der Kammer wurde noch immer jede Woche frisch bezogen, damit es nicht verstaubte. Über dem Bett Bilder aus Zeitungen, die ihm damals viel bedeutet hatten: die deutsche Fußballnationalmannschaft 1954 pudelnaß im Berner Wankdorfstadion, Stapellauf auf der Hamburger Stülkenwerft, die Mercedes-Silberpfeile als Sieger der Pan-Americana. Die Mutter hatte die Bilder wie Ikonen gehütet, ständig Staub gewischt und aufgepaßt, daß sie nicht vom Sonnenlicht getroffen würden und verblichen. Sie waren gut erhalten, aber sie bedeuteten ihm nichts mehr.

In der Schlafstube seiner Eltern standen die beiden Betten noch dicht nebeneinander. Ein Bettgestell war jetzt überflüssig. Aber wie er seine Mutter kannte, würde sie bis ans Ende ihrer Tage Vaters Bett neben ihrem stehen lassen, immer ordentlich gerichtet und frisch bezogen. So etwas tut man nicht, die Betten der Toten aus dem Haus tragen!

Er steckte sich eine Zigarette an. Die Mutter sah es nicht, roch es aber.

»Hast du dir in Kanada das Rauchen angewöhnt?« rief sie aus der Küche. »Das kostet doch so viel teures Geld.«

Aus dem Loch im Fußboden, das die Mutter Keller nannte, holte sie Einmachgläser und baute sie auf dem Küchentisch auf. Herbert mußte entscheiden, welches Glas sie öffnen sollte, das mit den eingelegten Klopsen oder lieber Sülze oder Grützwurst. In dem Bodenloch unter den Dielen fand die Mutter auch zwei verstaubte Flaschen Bier, Überbleibsel aus der Zeit, als Vater noch Alkohol hatte trinken dürfen.

»Hoffentlich ist das Bier noch genießbar«, sagte sie, und während sie mit der Schürze sorgsam den Staub von den Flaschen wischte, fuhr sie fort: »Wie ist es mit Spiegeleiern, Herbert? Ich hab' auch Kaninchenbraten in saurer Sahne. Früher mochtest du immer so gern Bauernfrühstück. Soll ich dir ein schönes Bauernfrühstück machen?«

Sie zeigte ihm, wieviel Eier sie im Haus hatte. Im Sommer, wenn die Hühner gut legten, verkaufte sie sogar Eier.

Während der Speck in der Pfanne brutzelte, räumte die Mutter den Kleiderschrank aus. Sie hängte Vaters dunklen Anzug über die Stuhllehne.

»Papas Sachen gehören jetzt dir«, sagte sie. »Zieh dich bitte um. Ich will sehen, ob dir Papas Sachen passen.«

Er spürte sofort, daß es ihr nur darum ging, seinen Wildwestaufzug durch eine ordentliche Bekleidung zu ersetzen.

»Später«, sagte er, machte sich auf der Bank unter dem Küchenfenster lang und blickte den dunklen Streifen der Gardine nach, bis sie sich an der Decke festliefen. Eigentlich müßte die Küche gestrichen werden. Wer mit Holz und Kohle heizt, hat immer verräucherte Decken. Herbert öffnete das Küchenfenster und entließ den Brummer, der sich in der Gardine verheddert hatte, in den Garten. Unter dem Fenster scharrten Mutters Hühner. Störche segelten von den Marschwiesen zu ihren Horsten auf den Bauernhöfen der Geest. Es war so unaussprechlich beschaulich, dieses Sandermarsch. Er kam sich vor wie in einer verwunschenen Welt, in der es noch Elfen und Feen gab. Doch jeden Augenblick konnte der Vorhang reißen, um den Blick freizugeben auf die wahre, die grausame Welt mit ihrem Lärm und ihrem Leiden.

»Warum hast du so viel Bohnen im Garten?« fragte er.

»Junge Bohnen waren das einzige, was Papas Magen zuletzt vertragen konnte.«

Sie schickte ihn in den Garten, Erdbeeren zu pflükken.

»Sie sind für dich, alles ist für dich, Herbert«, sagte sie.

Als er draußen war, kam Gisela. Ein heller Fleck auf der Dorfstraße. Ein weißes Kleid mit blauen Kullern, das sich unten weit bauschte. Ein roter Gürtel teilte Gisela in zwei Hälften. Von der Beerdigung waren nur die schwarzen Schuhe übriggeblieben. Sie trug sogar Rouge auf den Lippen, weil das in Amerika so üblich war. Ihr Gesicht war gepudert, wie es sonst in Sandermarsch nur im Film vorkam. Eine winzige Handtasche baumelte an ihrem Arm, drehte sich wie ein müder Propeller. Oben auf dem Sandberg noch blaß und schwarz, jetzt ein bunter Vogel. Wie hast du dich verändert, Gisela Paschen!

Um für den Rest des Tages freizubekommen, hatte sie lügen müssen. Ihr sei schlecht geworden auf der Beerdigung, hatte sie gesagt. Da erlaubten ihr die Salamanderschuhe, schon nachmittags um zwei Uhr nach Hause zu gehen. Schnell heraus aus der schwarzen Tracht. Das schönste Kleid aus dem Schrank geholt, das mit den blauen Kullern. Denk an das elfte Gebot, Gisela! Du sollst dich nicht aufdrängen. Ein deutsches Mädchen muß warten, bis es genommen wird. Lächeln und hübsch anziehen sind das einzige, was dir erlaubt ist. Ach, es kam alles so plötzlich. Zwei Jahre lang hatte sie Zeit zur Vorbereitung gehabt, und jetzt wußte sie nicht einmal, ob die schwarzen oder die roten Schuhe zu dem weißen Kleid mit den blauen Kullern paßten. Was hast du denn gemacht in den zwei Jahren? Weiß Gott, es waren nicht nur romantische Träume. Oft hatte sie sich gefragt, ob das lange Warten belohnt werden würde. Der amüsiert sich in Kanada, heiratet womöglich eine Dollarprinzessin, und du dumme Gans hockst in Sandermarsch und schickst ihm alte deutsche Zeitungen! Auch wenn sie es gewollt hätte – es war gar nicht so einfach, auszubrechen. Sie hätte in Dörfer gehen müssen, in denen sie keiner kannte. Wenn du in Sandermarsch die Maskerade besuchst, sagen die Leute nur: »Ach, das ist doch die, die mit Herbert Broschat geht!« Und sie fragen dich, ob du nicht auch bald auswandern willst. Und dauernd hast du die Mahnungen der Eltern im Ohr. Du bist schon einundzwanzig, aber sie haben schreckliche Angst um dich. »Kind, Kind, paß bloß auf, daß nichts passiert!« Natürlich hatte sie sich geziert, weil auch das zum elften Gebot gehörte. Du mußt dich umwerben und erobern lassen, darfst nicht gleich nachgeben. Aber irgendwann kommt es über dich, ist es nicht mehr aufzuhalten. Du bist bereit, alles in Kauf zu nehmen, jedes Risiko einzugehen, weil du schon einundzwanzig bist und nicht als alte Jungfer auf den Sandberg kommen willst. Aber gerade dann ist er nicht da, treibt er sich in Kanada herum und zieht Bäume aus dem Wald. Und eines Tages, du hast ihn fast aufgegeben, steht er in Sandermarsch auf dem Friedhof. Du holst das schönste Kleid aus dem Schrank, das mit den blauen Kullern. Das Herz schlägt dir im Halse, während du, aufgeputzt wie zu Pfingsten, die Dorfstraße hinabgehst. Du hast das sichere Gefühl, die nächsten Schritte entscheiden über dein Leben.

Plötzlich stand sie hinter ihm im Garten. Ein blauweißer Schmetterling inmitten des Grüns. Als Herbert aufblickte, sagte sie: »Magst du mich noch, oder bist du nur zu deinem Vater gekommen?« Das sagte sie ganz einfach und ohne jede Verstellung. Sie streckte ihm die Hand entgegen, um ihn endgültig zu begrüßen, denn das da oben auf dem Sandberg war ja nur ein Händedruck des Beileids gewesen.

Er hatte beide Hände voller Erdbeeren. Das entschuldigte ihn.

Als sie die Küche betraten, sagte Mutter Broschat: »Kannst du mir mal etwas Schnittlauch holen, Gisela?«

Gisela rannte mit dem Küchenmesser in den Garten und irrte als weißer Fleck durch das fruchtbare Grün.

»Sie ist ein gutes Mädchen«, sagte die Mutter, während sie in den Bratkartoffeln rührte. Sie schien sich über Giselas Verwandlung nicht zu wundern, fand es nicht unpassend, daß Gisela an einem so traurigen Tag so heiter angezogen war. Sie ließ es zu, daß Gisela sie vom Küchenherd verdrängte, denn in Mutters Augen war es das größte Vorrecht junger Mädchen, ihren Freunden das Essen zuzubereiten. Die Liebe ging, wenn irgend möglich, immer noch durch den Magen.

»Paß auf, daß keine Fettspritzer auf dein schönes Kleid fallen«, sagte sie nur.

Danach hatte die Mutter es plötzlich eilig. Angeblich mußte sie noch einkaufen und im Kirchenbüro vorsprechen, um das Glockenläuten zu bezahlen.

»Wenn ihr mehr essen wollt, Kinder – im Schrank sind Eier genug«, sagte sie. Als sie schon draußen war, klopfte sie an das Küchenfenster, um ihnen mitzuteilen, daß sie lange ausbleiben werde. Vor dem Abendessen wäre nicht mit ihr zu rechnen.

So eine bist du, Mutter Broschat! Früher warst du immer ängstlich bedacht, männliche und weibliche Personen nicht unbeaufsichtigt im Behelfsheim herumsitzen zu lassen, weil sie, dem natürlichen Triebe folgend, nur Unheil angerichtet hätten. Aber jetzt gehst du fort, als sei nichts dabei. Und das ausgerechnet an dem Tag, an dem wir Vater begraben haben!

Als sie fort war, zischte nur das Fett in der Pfanne. Herbert staunte, wie gut Gisela in Mutters Küche Bescheid wußte. Sie holte Brot aus der Schublade, fand, ohne zu fragen, Pfeffer und Salz und öffnete das letzte Glas saurer Gurken von der Ernte des Vorjahrs. Sie deckte schweigend den Tisch, trug auf, schenkte Bier ein und setzte sich, als alles fertig war, neben ihn, um ihm beim Essen zuzuschauen.

Herbert wußte genau, daß Erich Domski in diesem Augenblick auf Essen verzichtet hätte. »Essen kannst du immer noch, Essen kannst du auch aufwärmen, aber bereit sein ist alles«, hätte er gesagt.

Als sie neben ihm saß, spürte Herbert einen Hauch von Kölnisch Wasser.

»Was habt ihr in Kanada für lustige Jacken!« sagte Gisela. Spielerisch ließ sie die herabhängenden Lederfransen durch die Finger gleiten, prüfte wie jemand, der viel von Kleidung versteht, das Jackenfutter und die Ärmel, entdeckte den pfeiferauchenden Indianer auf Herberts Buschhemd und erkundigte sich nach dem Preis dieser lustigen Hemden. Der Indianer ließ es sich gefallen, daß Gisela ihn streichelte. Er verzog auch keine Miene, als sie ihre Hand auf sein markantes Gesicht legte.

Mein Gott, du hast ja noch weichere Hände als Erich Domski! Alles an Gisela war weich, das Gesicht, die Arme, die Brüste, ein durch und durch weicher Körper, der sich allem anpaßte, was hart und kantig im Wege stand.

Vor drei Stunden den Vater beerdigt – und jetzt so etwas! Aber Tod und Leben liegen nahe beieinander. Es ist wie eine Trotzreaktion: Liebe, um dem Tod zu zeigen, daß das Leben weitergeht. Der Anblick von Gräbern läßt die Menschen zusammenrücken, weckt Sehnsucht nach Körperwärme und sanftem Zudecken.

Vor drei Jahren wäre Herbert dankbar gewesen für eine solche Gelegenheit. Mit Gisela allein im Behelfsheim, dazu das Versprechen der Mutter, vor dem Abendessen nicht heimzukehren ... Aber nun war alles anders. Das Essen wurde kalt, die Fliegen summten monoton hinter der Küchengardine, draußen gackerten Mutters Hühner – aber Herbert Broschat dachte an weiter nichts als an die nackte Alkoholikerin, die im »Martin« mit einer qualmenden Zigarette in der Hand vor ihm gestanden hatte. Es ekelte ihn. Er dachte an Erich Domski, der in diesem Augenblick *Blue Tango* auflegen und sich das Hemd aufknöpfen würde. *Auf in den Kampf, die Schwiegermutter naht,* würde er sagen oder sonst einen der Sprüche, die nur Erich Domski sagen konnte. Aber Herbert Broschat ekelte sich.

»Ich war damals noch sehr dumm«, sagte Gisela, als müsse sie sich für ihre damalige Zurückhaltung entschuldigen. »Aber wir wußten auch nicht, ob wir uns für immer mögen. Wir waren noch sehr jung.«

Ihm fielen die Mädchen in der Ulricusstraße ein. *Jim, Johnny und Jonas ...* »He, du Waldheini, komm zu Elli!« Dieses Überangebot an Haut. »Jeder Mensch braucht ein Stück Haut«, hatte Steve Norton im Camp immer gesagt. Es ekelte ihn.

»Hattest du in Kanada auch ein Mädchen?« fragte Gisela lachend.

Die Frage klang harmlos, hörte sich an, als wolle sie sagen: »Na ja, das wäre auch nicht so schlimm.« Aber es steckte mehr dahinter.

»In Kanada gab es nur Bäume«, sagte er abweisend.

Warum konnte er nicht so sein wie Erich Domski? Warum machte der Kopf alles so kompliziert? Warum konnte er nicht nach Erich Domskis Wahlspruch leben: »Unter der Erde haben wir genug Zeit für alles mögliche, nur nicht für die Liebe«?

»Während du in Kanada warst, habe ich mit keinem Mann etwas gehabt«, sagte Gisela.

Das sprach sie mit einer entwaffnenden Schlichtheit aus. Früher hätte er gelacht über solche Sätze. Aber jetzt ging es ihm nahe; er empfand sie als Zeichen der Zuneigung und Wertschätzung. Vielleicht hast du doch nicht recht, Erich Domski. Vielleicht muß der Mensch auch warten lernen, darf er nicht jeder Neigung nachgeben, nicht immer gleich zugreifen, wenn etwas herumliegt oder sich anbietet.

»Das Essen wird ja kalt!« rief Gisela plötzlich.

Sie stand auf, glättete ihr Kleid und trug die Bratkartoffeln zum Herd zurück, um sie aufzuwärmen. Dabei gab sie sich betont heiter, fast ausgelassen, als wolle sie deutlich machen, daß sie für seine Zurückhaltung Verständnis habe.

Die Mutter blieb tatsächlich bis zum Abend aus. Als sie heimkehrte, trocknete Gisela in der Küche das Geschirr ab.

»Ihr habt ja nicht alles aufgegessen«, sagte Mutter Broschat, als sie die Reste auf dem Tisch erblickte.

»Bringst du mich nach Hause?« fragte Gisela.

Als die Mutter das hörte, lief sie zum Schrank, in dem Vaters Anzüge hingen.

»Wenn du mit Gisela durch das Dorf gehen willst, mußt du dich umziehen, Herbert«, meinte sie.

Gisela ging zur Mutter und sagte, ihr gefalle die Fransenjacke und das Hemd mit dem Indianer. Es mache ihr gar nichts aus. Sie gehe gern in dieser Begleitung durch das Dorf.

Gisela hakte sich bei ihm ein. Herbert war es ein wenig peinlich, denn bei Tageslicht eingehakt durch Sandermarsch zu gehen war mehr als ein Spaziergang; das war schon eine kleine Demonstration, die sich nur erlauben durfte, wer kurz vor der Hochzeit stand.

Nach der Hitze des Tages war es erträglich mild. Die Sandermarscher standen vor ihren Häusern, sprachen über den Gartenzaun hinweg mit den Nachbarn. Auf dem Sommerweg spielten die Kinder Völkerball.

Seht mal, Kinder, so sehen Kanadier aus!

Hinter Sandermarsch ging die Sonne unter, erst hinter dem Bahndamm, dann im Watt. Aber Sonnenuntergang will hier im Norden nicht viel besagen. Über dem Wattenmeer hatte sich an einem langen, heißen Tag so viel Licht angesammelt, daß es noch stundenlang hell blieb.

Am Morgen des 4. Juli erschienen die deutschen Zeitungen mit der Schlagzeile: *Vier Sowjetführer gestürzt!* Malenkow, Molotow, Kaganowitsch und Schepilow, die alten Freunde Stalins, waren von Nikita Chruschtschow in die Wüste geschickt worden.

Vater Broschat hätte über dieses Ereignis wieder lange Gespräche geführt. Nachrichten aus Moskau waren für ihn eine Art Zeichen vom Himmel gewesen. Als 1953 Stalin starb, hatte Vater Broschat in allen Einzelheiten die Heimreise auf seinen Hof geplant. Wenn es nach ihm gegangen wäre, hätte er nach Stalins Tod Deutschland wiedervereinigt, die Oder zurückgewonnen, die Weichsel, den Pregel und sogar die Memel. Jede Veränderung in Rußland hatte er mit der Erwartung verbunden, daß bald ein guter Zar, ein Rasputin oder vielleicht ein Iwan der Freundliche in Rußland an die Macht käme, um als allererstes Gebot zu verkünden: Laßt die armen Deutschen endlich zurück in den Osten! Die Enttäuschung war jedesmal groß gewesen, wenn er nach einem halben Jahr gespürt hatte, daß die östlichen Veränderungen nur die üblichen Verdauungsgeräusche im Bauch des russischen Bären gewesen waren.

»Auch in Rußland wachsen die Bäume nicht in den Himmel«, sagte die Mutter zu der Meldung vom 4. Juli 1957.

Die Mutter lebte in diesen Tagen richtig auf. Nicht wegen der Nachrichten aus Rußland, sondern weil Herbert gekommen war. Sie bemühte sich rührend um ihn, war froh, wieder einen gefunden zu haben, den sie pflegen und bemuttern konnte.

Am meisten genoß sie das gemeinsame Frühstück, wenn sie ihm gegenübersaß und Gelegenheit bekam, ihre Sinnsprüche anzubringen. Es konnte geschehen, daß sie unvermittelt sagte: *Bleibe im Lande und nähre dich redlich!* Oder sie erklärte: »Jeder Mensch muß ab und zu in die Kälte gehen, damit er nachher spürt, wie schön Wärme ist.« Mit der Kälte meinte sie Kanada, mit der Wärme das Behelfsheim. Eine Antwort auf ihre Sinnsprüche erwartete sie nicht. Sie sprach sie nur in den Raum wie eine Losung des Tages, an die man sich halten kann oder nicht. Aus der Bibel fiel ihr besonders viel ein.

Wenn du in der Jugend nicht sammelst, was willst du im Alter finden? meinte sie einmal und schlug die Stelle im Buch Jesus Sirach auf, an der dieser Satz stand.

»Du gehst wohl immer noch viel in die Kirche, Mutter.«

»Wenn du so viel mitgemacht hast im Leben wie ich, Herbert, bleibt dir gar nichts anderes übrig, als fromm zu werden«, erwiderte sie.

Er wollte ihr widersprechen, weil er eher an das Gegenteil dachte. Weil es so schauderhaft auf der Welt zuging, mußte man langsam auf den Gedanken kommen, daß auf den lieben Gott kein Verlaß mehr sei, daß man das Leben in die eigene Hand nehmen müsse, weil der alte Mann dort oben die Zeit verschlafen habe. Aber Herbert schwieg, weil er die Mutter nicht kränken wollte.

Einmal sagte sie: »Es gibt nichts Schrecklicheres auf der Welt als einen heimatlosen Menschen.« Damit meinte sie nicht die Flüchtlinge und die Vertriebenen, sondern jene Leichtfüße, die aus freien Stücken in der Welt herumvagabundierten, die überall zu Hause waren und nirgends richtig hingehörten.

Nach dieser Bemerkung verschwand sie im Nebenzimmer. Herbert sah, wie sie im Bettzeug des Vaters wühlte. Dann kam sie mit einer Akte zu Herbert an den Küchentisch.

Zuoberst lag ein katasteramtlicher Lageplan. Neunhundertsechsunddreißig Quadratmeter Land. Mittendrin war das Behelfsheim eingezeichnet. Außerdem enthielt die Akte Grundbuchauszüge, Baupläne und amtliche Schreiben der Gemeinde und des Grundbuchamts.

»Unser Bürgermeister sagt, wir können auf diesem Platz ein massives Haus bauen, wenn wir wollen. Die Gemeinde gibt uns das Land auf Erbpacht. Nach neunundneunzig Jahren kann es unser Eigentum werden.«

»Neunundneunzig Jahre!« rief Herbert. »So lange lebt doch keiner von uns.«

»Du hast schon recht, ich werde es nicht mehr erleben und du auch nicht«, gab die Mutter zu. »Aber deine Kinder, die werden noch viel Gutes von so einem Haus haben.«

Das Wichtigste war für sie: Erbpacht war so billig. Mutter hatte sich schon erkundigt. Ganze fünf Pfennig pro Quadratmeter verlangte die Gemeinde im Jahr. Das waren, die Mutter hatte es ausgerechnet, nur sechsundvierzig Mark und achtzig Pfennig. Auch fand sie es äußerst praktisch. Sie könnten im Behelfsheim wohnen bleiben, während im Garten das massive Haus gebaut würde. Der Umzug wäre eine Kleinigkeit, nur ein paar Schritte. Und das Behelfsheim könnten sie als Stall für Schweine, Enten, Hühner und Kaninchen benutzen. Wirklich, die Mutter hatte an alles gedacht.

Herbert konnte darüber nur den Kopf schütteln. Wenn du aus dem Überfluß des weiten kanadischen Landes kommst, erscheinen dir neunhundertsechsunddreißig Quadratmeter auf Erbpacht für neunundneunzig Jahre lächerlich. Aber für die Mutter war es wichtig. Sie kam aus einer Zeit, als der Wert des Menschen danach bemessen wurde, wieviel Eigenes er erworben hatte, bevor er zum Friedhof gefahren wurde. Ein Haus bauen und den lieben Gott um Gesundheit bitten. Einen Acker erwerben und sich freuen, wenn die Kartoffeln gut wachsen. Kinder in die Welt setzen und sie zur Arbeit anhalten. Beten und arbeiten. Ja, von diesen Dingen verstand die Mutter etwas.

»Heutzutage bauen doch alle«, sagte sie. »Hast du die große Siedlung gesehen? Fünfundzwanzig neue Häuser kommen da hin. Unser Bürgermeister sagt: ›Wer jetzt nicht baut, baut überhaupt nicht mehr.‹«

Sie suchte aus Vaters Papieren die fertige Bauzeichnung heraus.

»Die hat Papa noch anfertigen lassen.«

Sie breitete den Plan vor ihm aus und erklärte, wie das Haus der Broschats in Sandermarsch aussehen sollte. Zwei Kinderzimmer sah die Zeichnung vor und eine Stube für die beiden Alten. Da wäre jetzt schon eine Änderung einzutragen; sie könnte kleiner sein, die Altenstube. Im Obergeschoß das Besuchszimmer mit schrägen Wänden.

»Woher sollen wir denn Besuch bekommen?« fragte er erstaunt.

Sie besaßen in der näheren Umgebung keine Verwandten. Mutters Schwester war auf der Flucht umgekommen, ihre Kinder lebten in der Ostzone. Soviel Herbert wußte, gab es nicht einmal eine Kusine zwischen Flensburg und dem Bodensee.

»Gute Menschen bekommen immer Besuch«, meinte die Mutter.

»Außerdem hatten wir zu Hause auch ein Besuchszimmer.«

Sie hätte es gern gesehen, wenn Herbert sich über den Plan gebeugt und voller Eifer mit ihr die Räume ausgemessen, hier noch etwas verändert, dort gelobt oder kritisiert hätte. Auch wäre es ihr angenehm gewesen, wenn er beiläufig erwähnt hätte, an die zehntausend Mark aus Kanada mitgebracht zu haben. Einen solchen Betrag könnte man gut in das neue Haus stekken.

Aber Herbert sagte nichts. Er strich nur flüchtig über die Baupläne, tat so, als betrachte er im Garten den Platz, auf dem das Haus einmal stehen sollte. In Wirklichkeit war er weit entfernt.

»Papa hat immer gesagt: ›Wir bauen nur, wenn der Junge bauen will. Der Junge muß bauen, wir können ihm nur dabei helfen.‹«

Auf dem Bauplan gab es die Zeile *Unterschrift des Bauantragstellers.* »Du brauchst nur zu unterschreiben«, sagte die Mutter aufmunternd. »Dann kann es losgehen. Wenn du willst, rufen wir unser Geld aus dem Lastenausgleich ab. Der Bürgermeister hat gesagt: ›Wer baut, bekommt den Lastenausgleich eher ausgezahlt.‹ Außerdem gibt der Lastenausgleich billige Hypotheken. Die verlangen nur zwei Prozent Zinsen! Ist das nicht wie geschenkt? Gisela hat auch etwas Geld gespart. Wenn wir alle zusammenlegen und tüchtig anpacken, ist es gar nicht so schwer, ein Haus zu bauen.«

Die Mutter redete und redete. Über das Haus und den Stall mit den vielen Schweinen. Schlachter Andresen wird nicht mehr viel an ihnen verdienen, Fleisch und Wurst werden sie selbst genug haben. Vielleicht könnten sie sogar eine Kuh halten. Ein Brunnen wäre zu bohren. Papa habe gesagt, unter den Stachelbeersträuchern laufe eine Wasserader. Als Herbert in Kanada war, hatten sie einen mit der Wünschelrute im Garten, der hat die Wasserader gefunden. Wenn alles fertig steht, wird die Mutter in ihre Altenstube ziehen.

Sie wird, solange sie gesund ist, den Hausstand führen und auf die Kinder aufpassen, damit Herbert und Gisela zur Arbeit gehen können. Gisela in ihren Salamanderladen und Herbert vielleicht wieder zu Rechtsanwalt Struve nach Burg. Das schafft ordentlich etwas, wenn beide arbeiten. Nach fünf Jahren hätten sie keine Schulden mehr auf dem Haus. Sie könnten oben ausbauen und vermieten. Vielleicht auch anbauen. Sie könnten das alte Behelfsheim abreißen und einen ordentlichen Stall errichten …

Und wenn sie nicht gestorben sind, dann leben sie noch heute und bauen und bauen und bauen, dachte Herbert.

»Wir müssen uns bald entscheiden. Wenn wir nicht bauen, gibt der Bürgermeister unsere Parzelle einem anderen. ›Das Behelfsheim muß weg‹, hat er gesagt, ›das erinnert zu sehr an den Krieg.‹ – ›Warten Sie doch, bis mein Sohn nach Hause kommt‹, hab' ich gesagt. ›Na gut, Frau Broschat‹, hat er gesagt, ›warten wir ab, bis Ihr Sohn da ist. Aber länger als bis neunzehnhundertachtundfünfzig kann ich nicht warten. Dann muß ich das Land anderweitig vergeben.‹«

Herbert blickte zu den neunhundertsechsunddreißig Quadratmetern Erdbeer-, Radieschen- und Kartoffelerde, dazu Sand, in dem die Hühner Kuhlen kratzten. Neunhundertsechsunddreißig Quadratmeter mit den Heerstraßen unzähliger Ameisen.

»Jeder Mensch muß etwas haben, das ihm gehört«, sagte die Mutter.

Das war wieder so einer ihrer Kalendersprüche, eine uralte Weisheit des deutschen Ostens. Ein Stückchen aus der Erde herausschneiden, darauf Steine schichten und Bäume pflanzen. Ein großartiges Gefühl, wenn dir die eigene Humuserde durch die Finger rinnt. Macht euch die Erde untertan, die Gartenerde und die Kartoffelerde.

»Wenn Gisela kommt, werden wir es mit ihr besprechen«, schlug die Mutter vor. »Und morgen gehe ich zum Bürgermeister und sage ihm, daß wir die Parzelle nehmen.«

»Ich bin doch erst drei Tage hier«, wandte er ein. »Das geht alles viel zu schnell, Mutter.«

Die Mutter sorgte dafür, daß Herbert zur Anmeldung ins Gemeindebüro ging. Dort empfing ihn der Bürgermeister persönlich.

»An der Bundestagswahl im September darfst du nicht teilnehmen«, sagte er. »Du hättest ein paar Wochen eher kommen müssen. Um in Deutschland zu wählen, mußt du drei Monate vorher im Lande sein.«

Es gibt Schlimmeres, als nicht wählen zu dürfen, dachte Herbert. Er nahm an diesen Dingen noch nicht so Anteil, sah Deutschland mehr aus der Ferne, so ungefähr von der Höhe des Empire State Building aus. Sicher würde es bei dieser Wahl darum gehen, nachträglich mit dem Stimmzettel die neue Armee gutzuheißen. Herbert Broschat war ziemlich sicher, wie das ausgehen würde. So etwas läßt sich kein Volk bieten. Erst wird es beschimpft, gedemütigt und getreten und dann plötzlich für gut befunden, wieder mit Soldaten zu spielen. Zehn Jahre nach dem Weltuntergang auf deutsche Art werden wieder Soldaten einberufen. Wer so etwas macht, wird die Wahl verlieren, ob Herbert Broschat nun wählt oder nicht. Allein die Art und Weise, wie Deutschland zu seiner neuen Armee gekommen war, empfand Herbert als einen furchtbaren Makel für die junge Demokratie. Was haben sie nach 1945 nicht Großartiges über die Demokratie erzählt, in der das Volk herrscht und nicht die da oben! Und dann kommt eine Sache von großer Tragweite, zu der man das Volk befragen müßte – aber das erledigen die oben allein. Das Volk darf vielleicht bestimmen, ob die Woche am Sonntag oder am Montag anfängt, ob Neujahr der Erste ist und ob es an Pfingsten regnet. Mehr bleibt nicht für das Volk. Herbert war für die radikale Demokratie und gegen den Hochmut jener, die die Probleme filtern und sortieren wollen, die man dem Volk zur Abstimmung zumuten darf, die immer Angst haben, das Volk könne die Dinge nicht so übersehen, es sei zu dumm und brauche einen Vormund.

Aber so wichtig war das gar nicht. Eine größere Rolle als der beginnende Wahlkampf und die Veränderungen in Rußland spielte in jenen Sommermonaten die Gleichberechtigung der Frau. Als Herbert aus Kanada heimkehrte, trat dazu ein Gesetz in Kraft, und die Zeitungen schrieben begeistert, daß nun ein alter Verfassungsauftrag erfüllt sei.

»Ich weiß nicht, ob Gesetze da helfen können«, meinte die Mutter zweifelnd. »In einer ordentlichen Ehe braucht man keine Gesetze. Ich war mit Papa über dreißig Jahre verheiratet. Wir waren uns immer einig, und unterdrückt hab' ich mich nie gefühlt.«

Gisela dachte darüber etwas anders.

»Ein bißchen komisch ist das schon«, sagte sie. »Wenn eine Frau ein Stück Land kaufen will, muß der Ehemann mit unterschreiben, weil man einer Frau nicht zutraut, solche Geschäfte zu übersehen.«

Das Wichtigste an dem neuen Gesetz war, daß Advokat Struve eine Menge Arbeit bekam. Wer nicht gleichberechtigt sein wollte, mußte zu einem Notar gehen und zu Protokoll erklären, es solle alles so bleiben wie bisher. In jenen Sommermonaten kamen so viele, daß Struve die Bürozeiten verlängern mußte.

»Vielleicht braucht er dich«, sagte die Mutter.

Sie bedrängte Herbert, nach Burg zu fahren und sich bei Struve vorzustellen. Schon nach zwei Wochen war es ihr peinlich, daß er untätig im Behelfsheim herumsaß, morgens lange schlief und tagsüber mit Vaters Fahrrad über die Marschwiesen radelte: Na ja, er muß sich noch etwas ausruhen und sich besinnen, tröstete sich die Mutter. Herbert fühlte sich unsicher wie noch nie in seinem Leben. Er wußte überhaupt nicht mehr, wie es weitergehen sollte. Ein Haus bauen, eine Anstellung suchen, das kannst du nicht machen, wenn du Erich Domski versprochen hast, nach Kanada zurückzukehren. Je länger er in Sandermarsch war, desto fremder wurde es ihm, und die Selbstverständlichkeit, mit der die Mutter davon ausging, daß er bleiben und dieses Behelfsheim in Besitz nehmen würde, verstärkte noch die Fremdheit. Andererseits dachte er auch mit Schaudern an die einsamen Tage in der Wildnis zurück und die noch einsameren Tage in der Souterrainbude. Er taugte für nichts mehr, weder für Kanada noch für Sandermarsch. Unter Brücken schlafen, das würde vielleicht gehen.

Dabei gaben sich die Sandermarscher Mühe, ihn zu gewinnen. Eines Tages erschien der Feuerwehrhauptmann im Behelfsheim, um Herbert für die Freiwillige Feuerwehr Sandermarsch zu werben. Herbert bat sich Bedenkzeit aus.

Zwei Tage später kam einer vom Gesangverein und sagte, sie brauchten dringend zweite Tenöre. Jeden Dienstag übe der Gesangverein im Dithmarscher Krug.

Herbert winkte ab. »Ich bin doch erst zwei Wochen

da«, erwiderte er. Das alte Karussell, dem er bei der Auswanderung hatte entfliehen wollen, fing wieder an, sich zu drehen. Die großen Verpflichtungen eines kleinen Dorfes. Entweder rennst du in Feuerwehruniform bei den Sonntagsübungen über die Marschwiesen, oder du stehst im Musikzimmer des Dithmarscher Krugs und singst *Die Himmel rühmen.* Wenn du weder zur Feuerwehr noch in den Gesangverein gehst, mußt du wenigstens dem Sportverein beitreten. Sonst bist du ein Sonderling in Sandermarsch.

Eine gewisse praktische Aufgabe sah Herbert darin, Rat zu erteilen. Fast jeden Tag kamen Leute ins Behelfsheim, die wissen wollten, was es mit Kanada auf sich habe. Es waren nicht nur Sandermarscher, sondern auch Menschen aus Wilster und Burg, die Herbert noch nie gesehen hatte. Eines Tages kam Polludas Dreiradwagen ins Dorf. Er sah vorn aus wie eine komfortable Hundehütte; hinten besaß er eine Ladefläche für Eisenteile und Lumpen. Polluda hielt vor jedem Haus, bimmelte mit der Glocke, schrie »Lumpen, Alteisen! Lumpen, Alteisen!« und fragte über den Gartenzaun hinweg, ob Schrott zu verkaufen sei. Wenn ja, schleppte er das Gerümpel zu seinem Dreiradwagen. Auf der Ladefläche stand eine Waage. Von dem Gewicht, das sie anzeigte, hing es ab, wie viele Groschen er aus dem Lederbeutel zählen mußte für eine Pflugschar oder für verrostete Kuhketten.

Vor dem Behelfsheim hielt Polluda länger. Nicht nach Altmaterial fragte er hier, sondern nach dem Kanadier, weil er wissen wolle, ob in Kanada auch Schrott gesammelt werde.

Herbert lachte. In zwei Jahren Kanada war ihm kein Schrottsammler begegnet. Das war dort nicht üblich. Die hatten von allem so reichlich, die brauchten keine

Abfälle zu sammeln. Nur in Deutschland gab es so viel Schrott.

»Hat es noch Zweck auszuwandern?« fragte Polluda. »Als Schrotthändler auswandern?«

»Natürlich nicht. Ich arbeite, was da ist. Wer weiß, wie es eines Tages in Deutschland sein wird! Müssen wir uns nicht beizeiten umschauen?«

Polludas größte Sorge war, in Deutschland könne der Schrott ausgehen. Wenn der Unrat weggeräumt ist, wenn es keine Trümmer und Kriegsreste mehr gibt, werden Polluda und sein Dreiradwagen ohne Arbeit sein – falls nicht neuer Schrott anfällt.

»Ich habe ein bißchen Angst vor der Auswanderung, weil wir drei Kinder haben«, sagte er.

Nicht nur das. Herbert hielt ihn auch für zu alt. Und wie der Gesündesten einer sah er auch nicht aus, der Schrotthändler. Einen solchen Menschen durfte man nicht in die kanadischen Wälder schicken.

»Meine Frau meint, wir sind zu alt zum Auswandern. ›Wir haben unser Leben gelebt‹, sagt sie immer. ›Wenn du über vierzig bist, gibt es nicht mehr viel herumzuexperimentieren‹, sagt meine Frau.«

»Bleiben Sie man in unserem schönen Deutschland«, mischte die Mutter sich da ins Gespräch. »Sie sehen doch, unser Sohn ist auch zurückgekommen.«

Einige Ratsucher kamen in der Dunkelheit. Sie trauten sich nicht bei Tageslicht, hatten Angst vor den Eltern, der Ehefrau oder dem Arbeitgeber. Sie kamen fragen, ob es nicht zu spät sei auszuwandern, und baten darum, über den Besuch mit niemandem zu sprechen.

Es hatte sich nicht viel geändert. Während des Kriegs waren Menschen von weit her gekommen, um Urlauber zu befragen. Sie wollten wissen, was an der Front los war, sich Gewißheit verschaffen, wenn einer ihrer

Angehörigen schon lange nicht mehr nach Hause geschrieben hatte. Nach dem Krieg erhielten die Heimkehrer Besuch, mußten Auskunft geben über Kriegsgefangenenlager, mußten alte Fotoalben ansehen, ob da ein bekanntes Gesicht zu finden sei. In den fünfziger Jahren waren die Auswanderer an der Reihe. Gesucht waren Menschen, die sagen konnten, wie es in Kanada, Australien, Südafrika, Brasilien oder den USA zugehe. Auswandern war ein Zauberwort. Dem immer noch vorhandenen Elend Nachkriegsdeutschlands entfliehen, den Schrottbergen, die Polluda so emsig mit seinem Dreiradwagen zusammenkarrte. Aber nicht allein dem materiellen Elend. Auch der kollektiven Verachtung, die den Deutschen entgegenschlug. Du gehörtest einem verfemten Volk an, ob du Greis warst oder Kind. Jedes deutsche Wort klang böse, jeder deutsche Blick war brutal. Und das nicht nur im Kino. Wer will es da einem Menschen verdenken, wenn er aussteigen will aus einem solchen Volk? Ab in die Wildnis Kanadas oder zu den Känguruhs! Da gehörst du wieder einer geachteten Gemeinschaft an. Nur sechsundachtzigtausend Menschen gingen 1956 nach Übersee, aber Millionen dachten daran, zu gehen. Sie brachten es schließlich doch nicht fertig, weil da die Rücksichten waren. Rücksicht auf die Gesundheit, das Alter, auf Kinder und kranke Eltern. Und außerdem waren da noch die Erinnerungen an den deutschen Osten. Gerade jenen, die zur Auswanderung berufen waren, standen diese Erinnerungen im Weg. Sie konnten nicht auswandern, weil sie glaubten, im Osten warte noch ein Stück Erde auf sie.

Nach vier Wochen war Sandermarsch so langweilig wie der kanadische Busch. Vielleicht ist es immer so. Vielleicht bleibt auch unter den Palmen Hawaiis nach vier Wochen nur ein dumpfes Gefühl der Langeweile. Vielleicht muß alles, was dem Leben Farbe geben soll, von innen kommen. Draußen sind nur die ewigen Berge und die ewigen Sonnenuntergänge.

Ja, die Sonne ging über der Geest auf und berührte abends über dem Wattenmeer den Horizont. Das Getreide kam unter das Messer. Zum erstenmal fuhr ein Mähdrescher über die Sandermarscher Felder. Die Störche auf den reetgedeckten Ställen fütterten tagein, tagaus ihre Jungen, die am Nestrand standen und Flügelschlagen übten. In vier Wochen fliegen sie nach Afrika. Und du, Herbert Broschat, wohin fliegst du? Wie soll es weitergehen? Du mußt doch etwas Vernünftiges anfangen, Junge! In deinem Alter darf man nicht in einem Behelfsheim herumsitzen und sich von seiner Mutter bedienen lassen.

»Fahr doch mal nach Burg!« sagte die Mutter. »Rechtsanwalt Struve freut sich, wenn du ihn besuchst.«

Sie sorgte sich, weil er so untätig herumsaß. *Müßigkeit ist aller Laster Anfang,* war einer ihrer Sinnsprüche. So, wie du lebst, Herbert, dürfen in Sandermarsch nur die alten Leute leben. Sie dürfen vor ihren Katen sitzen und den Schulkindern und den Rinderherden nachschauen, den Herren- und den Damenfahrrädern, den mit Kies oder Bauholz beladenen Lastwagen, den wenigen Personenautos, die sich nach Sandermarsch verirrten, wenn einmal ein Doktor oder ein Rechtsanwalt gebraucht wurde.

Mutter Broschat hatte große Mühe, Herberts Verhalten vor den Leuten zu rechtfertigen.

»Der hat so viel gearbeitet, der muß sich erst eine Weile ausruhen«, sagte sie immer, wenn das Gespräch auf ihren Sohn kam.

Aber es war ihr unangenehm. Sie machte schon Umwege, um nicht gefragt zu werden. Als die Geschichte vom Ausruhen nach der schweren Arbeit nicht mehr glaubwürdig klang, erfand sie eine andere Ausrede. »Papas Tod ist ihm so nahegegangen. Er muß erst wieder zu sich selbst finden«, erklärte sie.

»Warst du schon in Burg, Herbert?« fragte sie, wenn ihr nichts mehr einfiel.

Nicht einmal der Bundestagswahlkampf interessierte ihn sonderlich. Dabei brachte der Wahlkampf einige Abwechslung nach Sandermarsch. Ein Lautsprecherwagen fuhr die Dorfstraße entlang, und auf einer Kuhweide stand ein mannshohes Schild, etwa so groß wie das Schild vor dem Campeingang. Aber statt des Spruchs *Dieses Camp ist ... Tage unfallfrei* stand da: *Das ganze Deutschland soll es sein.* Über Nacht erhielten Bäume und Hauswände Aufkleber in lebhaften Farben. Das Papier war bunt, die Farben heiter; nur die abgebildeten Männerköpfe blickten tiefernst auf die vorbeiziehenden Viehherden. Im Apfelgarten neben dem Dithmarscher Krug hing ein Wahlaufruf:

Wer CDU/CSU wählt, der riskiert dauernde Einparteienherrschaft, Teuerung und Inflation, endgültige Spaltung unseres Vaterlandes, Atombomben und Atomtod. Wer SPD wählt, der sichert: stabile Preise, stabile Währung, Wiedervereinigung in Freiheit, Atomkraft nur für den Frieden.

Außerdem versprach die Schrift im Apfelgarten die Abschaffung der allgemeinen Wehrpflicht.

Mit diesem Versprechen werden sie gewinnen, dachte Herbert. Aber er machte sein Bleiben in Deutschland nicht vom Wahlausgang abhängig. So wichtig war das auch wieder nicht. Aber er wunderte sich schon, als die Kreiszeitung mit großer Feierlichkeit die Meldung brachte, ab 1. August 1957 dürften die Kriegsauszeichnungen beider Weltkriege wieder in Ehren getragen werden. Eigentlich gab es da gar nichts zu wundern. Wenn neue Soldaten gebraucht werden, ist es unvermeidlich, den alten das Tragen der Orden zu erlauben, für die sie gekämpft haben. Nur die NS-Embleme waren zu entfernen. Im Eisernen Kreuz trat an die Stelle des Hakenkreuzes ein schlichtes deutsches Eichenblatt. Sorgen hatten diese Menschen!

»Warst du schon in Burg, Herbert?« fragte Mutter Broschat zum soundsovielten Mal.

»Ich weiß nicht, ob ich überhaupt jemals nach Burg fahre!« antwortete er heftig.

»Meinetwegen brauchst du nicht zu fahren, aber Rechtsanwalt Struve würde sich bestimmt freuen.«

Die Mutter hatte seine Kleidung gereinigt und in der Jacke das Ticket für den Rückflug gefunden. Da sie kein Englisch verstand, zeigte sie Gisela das Papier, dessen Bedeutung sie nicht kannte, das ihr aber unheimlich vorkam.

»Wenn du wieder nach Kanada fährst, gehe ich mit!« sagte Gisela zu ihm. »Wenn du hierbleibst, bleib' ich auch hier.«

Das sprach sie mit einer Selbstverständlichkeit, als sei daran nicht zu rütteln.

»Ich mag die bunten Hemden«, sagte sie, wenn die Mutter sich beschwerte, daß er noch immer wie ein sonderbarer Mensch in Sandermarsch umherliefe.

»Ich verdiene ja auch Geld«, sagte Gisela, wenn es

darum ging, daß Herbert nun schon sechs Wochen von seinen kanadischen Ersparnissen lebte, ohne hinzuzuverdienen.

Es gab Augenblicke, in denen er Gisela wegen dieser selbstverständlichen Sätze bewunderte. Sie schien keine Zweifel zu kennen. Sie stand auf seiner Seite, was immer geschah. Er spazierte lieber mit Gisela über die Felder, als im Behelfsheim zu sitzen und Mutters Sinnsprüche zu hören. Meistens liefen sie zum Eisenbahndamm in Richtung Hochdonn. Unterwegs fragte sie ihn nach Kanada aus; vor allem die Reise von Osten nach Westen begeisterte sie. Sie berührten sich kaum. Es gab die wunderbarsten Plätze im weichen Gras am Bahndamm oder in den Haferhocken, aber sie sprachen über die Nadelhölzer Kanadas und die drei Ungarn, die von Budapest bis in die kanadische Wildnis geflohen waren.

Langsam fängst du an zu fragen, ob das noch normal ist. Rundherum ist alles auf Vereinigung und Fortpflanzung ausgerichtet. Hunde, Rinder, Katzen, Fliegen, Frösche, ja sogar Schmetterlinge – nur Herbert Broschat und Gisela Paschen gehen nebeneinanderher und sprechen über die Eigenarten der kanadischen Zeder. Du bist schuld daran, dachte Gisela manchmal. Am Tag der Beerdigung hast du dich regelrecht aufgedrängt. Das hat ihn schockiert. So etwas darfst du nicht tun. Als Frau mußt du warten können.

Fast nie sprach Herbert über Erich Domski. Auch nicht, als der Brief ankam. Jawohl, zwei Jahre hatte Erich keine einzige Zeile nach Wattenscheid zustande gebracht, aber jetzt kam ein Brief von ihm nach Sandermarsch. Holperig natürlich, Orthographie und Grammatik fünf minus, ein Brief, der jeden Deutschlehrer an den Rand der Ohnmacht getrieben hätte. Aber Herbert fand ihn gut.

Mensch, mein Pferdchen ist wieder kaputt, las er. *Muß mal in die Werkstatt. Der Streik im Busch ist abgeblasen. Dafür brennt es überall. Wenn du wiederkommst, kannst du mir ein paar ordentliche deutsche Schallplatten mitbringen. Warst du schon in Wattenscheid? Kauf einen Stadtplan von Wattenscheid und bring ihn mit.*

Herbert war klar, was Erich mit dem Stadtplan vorhatte. Der wollte die Route festlegen, auf der er in Wattenscheid triumphalen Einzug halten würde. Ruhrschnellweg links ab, dann wieder links nach Wattenscheid-Leithe, einmal im Kreis um die Zeche Holland, immer den Fahnen und Begrüßungstransparenten nach.

Erichs Brief bewirkte, daß Herbert nun doch nach Burg fuhr. Er vertrödelte einen Vormittag mit Schaufensterbesichtigungen; vor allem interessierten ihn die Schaufenster mit Fahrrädern, Motorrollern, Motorrädern und kleinen Autos. Er kroch in einen Messerschmitt-Kabinenroller, in den man von oben einsteigen mußte wie in ein Jagdflugzeug. Er kauerte in der BMW-Isetta, die von vorn aussah wie ein ausgewachsener Boxerhund mit breiter Schnauze. Lachen mußte er, als er an den Buick dachte, mit dem sie von Toronto nach Vancouver gefahren waren. Das waren hier alles nur Behelfsautos und Übergangsautos, deren größter Vorteil darin bestand, daß bei Regenwetter Fahrer und Beifahrer trocken blieben. Dreitausend Mark kostete das kleinste Gefährt auf vier Rädern, ein hellblaues Goggomobil. Das war ein Häufchen Blech, das in den Kofferraum des großen Buick gepaßt hätte. Aber in einer Welt der Fahrräder und Motorroller galt das kleine Auto als Staatskarosse, in der sogar Brautpaare zur Trauung fuhren.

»Da sieht man, wo das gute Geld steckt«, sagten die Sandermarscher, als Herbert mit dem neugekauften Auto ankam. Erst ein Wildwestkostüm und jetzt dieses Vehikel, das eigentlich kein Auto war. Solche Verrücktheiten bringen nur Menschen fertig, die gerade aus Amerika gekommen sind! Die Mutter klagte um das schöne Geld, das auf vier Rädern vor dem Behelfsheim stand. Damit hätten sie den Keller des neuen Hauses schütten oder das Holz für den Dachstuhl kaufen können.

»Warum um alles in der Welt brauchst du ein Auto, Herbert?« jammerte sie.

Sie gab ihm deutlich zu verstehen, daß sie mit dieser Art von Fuhrwerk wenig im Sinn hatte. Vor dem Krieg war sie einmal mit dem Auto unterwegs gewesen, mit dem Krankenwagen ins Krankenhaus, weil sie Blutvergiftung hatte. Auch auf der Flucht fuhren sie ein kleines Stück mit dem Auto; ein deutscher Militärlastwagen hatte die Broschats mitgenommen. Nach dem Krieg überhaupt keine Autofahrten mehr, von den seltenen Busfahrten nach Itzehoe abgesehen. Ein Auto kam ihr vor wie die unvernünftigste Verschwendung.

»Ich will mir Deutschland ansehen«, erklärte Herbert.

Es dauerte einen halben Tag, bis die Mutter auf diesen Satz eine Antwort gefunden hatte. Sie freute sich plötzlich, hielt es für eine gute Idee, Deutschland anzusehen.

»Papa hat immer gesagt, der Mensch muß erst die eigene Heimat kennenlernen, bevor er sich in der Welt herumtreibt. Erinnerst du dich noch, Herbert? Wir hatten zu Hause auf dem Vertiko ein paar Bücher stehen. Das waren Bilderbücher von allen deutschen Provinzen mit schönen Landschaften, Schlössern und

Burgen. Bei schlechtem Wetter hast du immer auf dem Fußboden gesessen und dir Deutschland angesehen. Die Wartburg mochtest du am liebsten, weil Luther dort mit dem Tintenfaß nach dem Teufel geworfen hat. Ja, fahr nur durch Deutschland, mein Junge. Und vergiß nicht, dir die Wartburg anzusehen. Du wirst sehen, wie schön unser Deutschland ist.«

Mit dem kleinen Auto das Wattenmeer besuchen. Das war Giselas Idee. Möglichst an einem heißen Tag. Da läßt es sich bei Flut baden und bei Ebbe wandern.

Mittags um halb eins wartete Herbert vor dem Salamanderladen. Es war Sonnabend. Gisela mußte noch nach Hause, um sich umzuziehen und Badesachen einzupacken. Sie bat ihn, mit ins Haus zu kommen, aber er wartete lieber im Auto.

Sie kam mit einem geflochtenen Korb wieder, in dem ein Stück Butterkuchen und eine Thermosflasche mit Kaffee lagen. Sie trug wieder das weiße Kleid mit den blauen Kullern. Eigentlich war es zu schade für das Wattenmeer; aber Gisela fand sich darin am hübschesten. Sie war aufgeregt wegen der ungewohnten Autofahrt. Und weil es so weit von Sandermarsch wegging. Und weil sie einen ganzen Sonnabendnachmittag mit ihm allein sein würde in dem menschenleeren, unberührten Wattenmeer. In ihrem weißen Gesicht entdeckte er rote Flecken. Wie immer, wenn Gisela aufgeregt war, redete sie ohne Unterbrechung. Von Schuhen, von sonderbaren Kunden, von ihrer Mutter, die den mitgenommenen Kuchen gebacken hatte.

Sie durchquerten die Stadt Burg, ließen Marne links liegen, entdeckten rechts den Meldorfer Dom in der

Bucht und noch weiter draußen, schon jenseits des Wattenmeers auf der Halbinsel, die weißen Häuser Büsums. Keine halbe Stunde Fahrzeit, da waren sie schon in der Nähe des Meers, tuckerten durch die Köge mit den königlichen Namen und den weiten Kohlfeldern auf fruchtbarem Schlick.

Hoffentlich haben wir Flut. Wie wird das Meer sein? Ist es warm genug, um zu baden? Ist es überhaupt da, oder hat es sich zurückgezogen? Du bist ihm nahe, siehst aber nichts, weil der grüne Deich die Sicht versperrt. Riechen kannst du es. Du schmeckst das Meer, es liegt dir auf der Zunge, aber du weißt nicht, ob es da ist. Bei starkem Wind wäre die Brandung zu hören.

Sie parkten das Auto im hohen Gras, so daß nur das hellblaue Dach sichtbar blieb. Schafe grasten am Deichhang, ohne Notiz von ihnen zu nehmen. Sie beeilten sich, die Krone des Deichs zu erreichen. Da sahen sie es. Ein Meer ohne Wasser. Sandbänke, ein paar trübe Pfützen im Schlick, weißleuchtende Muschelhaufen, ein mit Wasser gefüllter Priel, der sich als glitzerndes Band auf dem grauen Meeresboden dahinschlängelte. Über sechs Stunden ist das Meer trocken und begehbar. Danach kommt die Flut und füllt das Becken wieder bis zu den Schafweiden und den Steinen, die am Fuß des Deichs aufgeschüttet liegen und weiß leuchten.

Das ist ja noch flacher als Manitoba! Drüben waren es die Rauchzeichen der Eisenbahn, hier ist es der schwarze Qualm der an Brunsbüttelkoog vorbei ins offene Meer ziehenden Dampfer. Mit einem Fernglas hätten sie die heimkehrenden Krabbenkutter von Friedrichskoog erkennen können.

Wenn du vom Deich hinabsteigst zum Meer, ist es dir, als durchschrittest du eine Wand. Vor dir öffnet sich eine Welt, die weiter nichts kennt als Stille und Weite.

Gisela fragte, ob sie den Kuchen auspacken solle.

Nein, zuerst ins Meer gehen. Wer weiß, wie lange noch Ebbe ist. Auf den Wiesen im Vorland, die nur bei Ebbe Wiesen waren, weideten die Möwen. Zu Hunderten erhoben sie sich und segelten im Tiefflug über die Schafherden am Deich. Vorn im Schlick trippelten Strandläufer und pickten Würmer aus dem Meeresboden.

»Mein Gott, wir sind ja ganz allein«, sagte Gisela.

In der Nähe erhob sich nur der rote Ziegelturm des Meldorfer Doms. Aber was heißt hier Nähe! Mehr als zehn Kilometer lag der Turm entfernt. Die weißen Häuser von Büsum waren noch weiter weg. Im Watt vereinsamte Stangen mit Reisiggeflecht, für Küstenschiffer und Wattwanderer bestimmte Markierungen, die aussahen wie überlange Besen.

Um zu baden, mußten sie dem Wasser entgegengehen. Vorher zogen sie sich aus bis auf das Badezeug. Gisela behielt eine Bluse an, weil das Licht des Wattenmeers die Haut verbrennt. Wie weiß du bist, Gisela!

Sie beneidete ihn wegen seiner Kanadabräune. Ja, das waren noch Farbreste von den Mittagspausen im Busch und von den langen Nachmittagen auf den Holzflößen am Stillwatersee.

»Ich werde nie so braun«, beschwerte sich Gisela, die ihre blasse Haut immer schützen mußte, weil sie leicht rote Brandblasen aufwarf.

Sie liefen wie in Kindertagen barfuß durch den glucksenden Modder, Dreck zwischen den Zehen, Dreck bis zu den Knöcheln. Hier empfindest du Schmutz als Wohltat. Die Füße passen sich dem weichen Untergrund an, es mahlt und blubbert und saugt. Blasen bilden sich im feuchten Sand. In den Fußabdrücken läuft das Wasser zusammen. Auf Muschelfelder mußt du achten, Gisela! Wenn du hineintrittst, schmerzen die Füße. Manchmal kommt sogar Blut.

Tote Krebse lagen herum, trockneten in der Sonne. Einige lebten noch verirrt in den Wasserresten, liefen quer durch die Pfützen, verschwanden in den aufgewühlten Schmutzwolken der kleinen Kuhlen. Wie verblühte Bauernrosen lagen lila leuchtende Quallen auf dem Meeresboden, langsam verdunstend. Die verbliebenen Wasserreste waren lauwarm; die Sonne heizte die flachen Pfützen schnell auf. Hab keine Angst vor den geringelten Würmern, Gisela! Es ist nur durchmahlener Sand. Du brauchst nicht vor jedem Schritt ängstlich auf den Boden zu starren, ob da Krebse, Muscheln oder Quallen herumliegen. Das Wattenmeer ist geräumig, du gehst einfach hinein.

»Wenn wir geradeaus gehen, kommen wir nach Kanada.«

Gisela sagte das, und Herbert rechnete aus, daß sie wahrscheinlich an der Küste von Labrador ankämen, an der es nur Felsen und Eis gab. Dieses Europa war ein einmaliger Glücksfall. Nirgends war es auf dem 54. Breitengrad, auf dem Sandermarsch lag, so mild und fruchtbar wie hier.

»Das liegt am Golfstrom«, erklärte er Gisela. »Der bringt die überschüssige Wärme Amerikas nach Europa.«

Gisela faßte ins Wasser. Ja, es war tatsächlich lauwarm.

»Amerika ist zu beneiden«, sagte sie. »Das hat von allem Überfluß. Sogar einen Meeresstrom voller Wärme kann es abgeben.«

Eine Lerche sang über dem Wattenmeer. Warum singen Lerchen über dieser trostlosen Weite, in der es weder Wiesen noch Saatfelder gibt? Hier summt nicht einmal der Wind, denn er findet keinen Widerstand, keine Zweige, keine Telefondrähte, die ihm eine Stimme verleihen. Aber eine Lerche hat sich ins Wattenmeer verirrt.

Gisela erzählte, was sie als Kind über das Wattenmeer erfahren hatte. Das waren Geschichten von untergegangenen Städten, deren Kirchtürme gelegentlich aus dem Schlick ragten. Es gab Glocken, die in Vollmondnächten auf dem Grund des Meeres läuteten. Sogar das sagenhafte Atlantis soll im Wattenmeer gelegen haben. Früher war das hier alles gute, fruchtbare Erde. Bis die Sturmfluten Stück für Stück herausrissen, Inseln bildeten, Halligen anschwemmten. Aber das liegt schon viele Jahrhunderte zurück. Damals gab es noch kein Amerika und kein Kanada.

Du bist wirklich gut in Heimatkunde, Gisela Paschen. Du hast die Ohren aufgesperrt, als Lehrer Burmester von den Urwäldern erzählte, die vor Millionen Jahren um den Felsen von Helgoland gewachsen sein sollen. Du kennst dich aus an den Stränden der Nordsee. Dir genügt diese kleine Scheibe Erde zwischen Elbe und Eider. Die Wolkenkratzer New Yorks erschrecken dich mehr, als daß sie dich anziehen. Kanada ist dir so unheimlich wie das Meer, das in ein paar Stunden wiederkommen wird.

Nach einer halben Stunde Fußmarsch erreichten sie offenes Wasser. Das war noch immer nicht das Meer, sondern ein breiter Priel ohne Brandung. Sandbänke waren vorgelagert. Ein Möwenschwarm erhob sich und flog dem Meer entgegen.

»Frierst du?« fragte er.

»Nein, überhaupt nicht.«

Dabei zitterte Gisela am ganzen Körper.

Sie setzten sich in den blaugrauen Matsch, der so

weich war wie ein Sofakissen. Die Wellen überspülten Giselas Zehen. Ihre Finger buddelten in der nassen Erde. Sie grub Muscheln aus und warf sie ins Wasser.

»Ich denke, wir wollten baden«, sagte sie leise.

Statt dessen backten sie Kuchen aus Klackermatsch. Sie begruben die Füße im Dreck, zogen sie heraus, sahen zu, wie das Wasser die Kuhlen vollschwemmte. Wenn du dich flach auf den Bauch legst, siehst du nicht einmal den Dom von Meldorf. Nur die flimmernde Hitze über dem Watt und ein paar Möwen, die ohne Flügelschlag landeinwärts segeln.

Er betrachtete ihre weiße Haut. Es kam ihm vor, als würde sie heute zum erstenmal grausam der Sonne ausgesetzt.

Sieh mal, wie sauber die Hände werden! Wie alt so eine Muschel wohl sein mag? Ob das Bernstein ist? Oder gibt es Bernstein nur im Osten? Hör mal, wie der Schlick arbeitet!

Plötzlich ist das so, als spielten zwei Kinder im Paradies. Der grüne Deich in der Ferne ist die Grenze zur Welt der Menschen. Dahinter rattern die Preßlufthämmer, dröhnen die Lautsprecher, und ein Plattenspieler plärrt *Jim, Johnny und Jonas*. Aber das Wattenmeer ist anders. Hier bist du jenseits der Grenze. Es ist rein und klar; sogar der Schmutz ist sauber, weil er alle sechs Stunden gefiltert wird von dem immer wiederkehrenden Meer.

Kein Erich Domski spaziert durch die flimmernde Hitze den Deich entlang und sagt: »Na, dann wollen wir mal ›Blue Tango‹ auflegen.« Niemand läßt einen Bademantel mit goldenen Drachen fallen, steht plötzlich vor dir mit einer Zigarette in der rechten und einem Rumglas in der linken Hand und sieht alt und krank und verbraucht aus. Eine Lerche trillert über dem Wattenmeer. Mehr nicht.

Giselas Haut war so unaussprechlich weiß, stach wohltuend ab von dem Grau des Meeresbodens.

»Du frierst ja doch«, sagte er, als er ihre Schulter berührte und sie zusammenzuckte.

Unter den Trägern ihres roten Badeanzugs war die Haut noch weißer. »Doch nicht hier«, flüsterte sie.

Gisela fürchtete sich vor der Lerche, die dreißig Meter über ihnen trillernd in der Luft schwebte. So ein Watt ist doch ungeschützt und einsehbar. Vielleicht steht einer mit dem Fernglas auf dem Deich.

»Auf dem Deich sind nur Schafe«, erwiderte er.

»Wir können uns überhaupt nicht zudecken«, sprach sie leise.

Nein, es gab nichts zum Zudecken und nichts zum Hinlegen, kein hohes Gras, keinen schützenden Knick, es gab nur den gluckernden Schlamm, aus dem das Wasser Blasen trieb. Und diese Helligkeit im Wattenmeer. Nicht einmal die Prärie hat einen so strahlenden Himmel. Du kannst jede Pore in der Haut erkennen. Die Haare der Augenbrauen sind zählbar, die Flecken in der Regenbogenhaut des Auges sichtbar. Wer weiß, vielleicht hat Gott die ersten Menschen im Watt geschaffen. Er hat sie nackt in den Schlick gelegt und ihnen von dem verheißenen Land hinter dem Deich erzählt. Und so kam das Leben aus dem Meer gekrochen und machte sich die Erde untertan.

Plötzlich war Gisela ganz weiß, von der Stirn bis zu den Fußspitzen. Mädchen, Mädchen, du wirst dir einen Sonnenbrand holen! An dir gibt es Stellen, die noch nie von der Sonne beschienen worden sind. Möwen warfen Schatten auf ihre Körper. Die Lerche verstummte. Hör mal, sind das nicht die Glocken der untergegangenen Stadt? ...

Nachher liefen sie nackt in den Priel, um endlich zu

baden. Sie spritzten sich naß, bewarfen sich mit Schlick, tauchten unter, spielten Kriegen und Berühren. Bis ein Düsenjäger im Tiefflug über das Wattenmeer raste. Das war sie wieder, die abstoßende Welt jenseits des Deichs. Sie schickte Düsenjäger zu Kontrollflügen über das Meer, richtete ihre grausamen Kameras auf Priele, tote Krebse und nackte Menschen.

Gisela tauchte unter.

»Die sehen uns nicht«, sagte er beruhigend. »Für die da oben sind wir nur ein heller Fleck wie die weißen Muschelbänke.«

Sie blieb unter Wasser aus Angst, der Pilot könne umkehren, um ein nacktes Mädchen im Wattenmeer zu fotografieren. Erst als die Maschine in Richtung Helgoland verschwunden war, kam sie zum Vorschein, buddelte sich aber sofort wieder ein. Das ging ganz einfach. Man braucht nur ausdauernd mit den Füßen auf der Stelle zu trampeln, dann verwandelt sich der feste Boden in wabernden, quirligen Schlammpudding. Bald steckte Gisela bis zu den Knien im Dreck, strich mit den Händen den Schlick über ihre weiße Haut, beschmierte Bauch und Brüste und war auf einmal schwarz bis zum Kinn.

»Du siehst aus wie eine nackte Negerin!« rief er lachend.

»Hast du schon mal eine nackte Negerin gesehen?«

»Nur auf Bildern.«

»Was, du hast dich zwei Jahre lang in Kanada herumgetrieben und nicht mal eine nackte Negerin gesehen?«

Sie schöpfte Schlamm mit beiden Händen und kam auf ihn zugerannt, um ihn einzuschmieren. Er flüchtete ins Wasser. Sie stürzte hinterher, wurde wieder weiß, buddelte sich noch einmal ein, schwärmte vom Moorbaden und behauptete, andere Leute müßten dafür viel, viel Geld ausgeben.

Plötzlich wurde Gisela still. Sie kam so dreckig, wie sie war, auf ihn zu und fragte: »Nimmst du mich mit, wenn du durch Deutschland fährst?«

Zwölf Tage Urlaub hatte sie zu bekommen. Einen Tag mußte sie aufsparen, weil ihre Eltern im November Silberhochzeit hatten. Aber elf Tage könnte sie mit ihm verreisen. Reicht das nicht für Deutschland? Wenn er länger unterwegs bleiben wollte, müßte sie unbezahlten Urlaub nehmen.

»Wenn du mich mitnimmst, bist du unterwegs nicht so allein«, sagte sie. »Es macht doch viel mehr Spaß, zu zweit Deutschland anzusehen.«

Er hatte sich darüber noch keine Gedanken gemacht; außerdem glaubte er nicht, daß ihre Eltern es erlauben würden.

Gisela wusch sich gründlich. Danach zog sie den roten Badeanzug an, konnte sich wieder zeigen vor trillernden Lerchen, grasenden Schafen und neugierigen Düsenjägerpiloten. Sie mußte laufen, um ihre auf einem Muschelhaufen zurückgelassene Bluse vor dem aufkommenden Wasser zu retten. Denn vom Meer her näherte sich die Flut. Aber nicht mit mächtigen Brandungswellen. Sie sickerte friedlich herein, schob eine dünne Schaumschicht vor sich her, einen weißen Streifen, der langsam auf das Ufer zukroch. Wenn das Meer zurückkehrt, gibt es nichts zu fürchten. Du kannst mit der Flut zum Land spazieren, unterwegs stehenbleiben, dich vom nachrückenden Wasser einholen lassen.

Als der Deich zum Greifen nahe lag, die grasenden Schafe zu zählen, die Steine der Uferböschung zu erkennen waren, hängte sich Gisela an seinen Arm und fragte: »Sag mal – willst du nun zurück nach Kanada, oder bleibst du für immer in Deutschland?«

Sie fragte, als wäre ihr das eine genauso lieb wie das andere. Wichtig schien ihr nur zu sein, daß sie in jedem Fall dabei wäre. Ob nun Deutschland oder Kanada, Gisela betrachtete sich als dazugehörig.

Wie sollte er solche Fragen beantworten? Manchmal verspürte er Sehnsucht nach Erich Domski und seinen einfachen Späßen. Auch fühlte er sich für Erich verantwortlich. Der wird in Vancouver vor die Hunde gehen, wenn ihn niemand aus dem »Martin« herausholt. Andererseits war da Mutter Broschat, die mit einer keinen Widerspruch duldenden Selbstverständlichkeit davon ausging, daß er bliebe und in Sandermarsch die Stelle seines Vaters einnähme. Aber ihn schreckte das Einerlei des Sandermarscher Alltags. Die endlosen Tage in der Kanzlei des Advokaten kamen ihm verloren vor. Diese lästige Pflicht, jeden Menschen auf der Straße freundlich zu grüßen, in Vereine einzutreten, ordentliche Kleidung zu tragen.

»Ist Kanada wirklich so schön?« fragte Gisela, als sie festen Boden unter den Füßen verspürten.

Ach, wenn es nur um die Schönheit ginge!

»Deutschland ist doch auch ganz schön«, meinte Gisela.

Herbert ließ sich auf dem Deich nieder, während Gisela zum Auto ging, um den Kuchenkorb zu holen. Sie zog das weiße Kleid mit den blauen Kullern über, weil es hübsch aussah und weil sie nun wirklich fröstelte. Ja, so ist das. Wenn du einen Sonnenbrand hast, fängst du an zu frieren. Sie fror so sehr, daß sie Herberts Fransenjacke um die Beine wickelte und die Hände in den Jackentaschen vergrub. Da fand sie plötzlich den Zettel. Eine Visitenkarte, von einer Seite schwarz bedruckt, auf der anderen das Rot eines Lippenstifts.

»Also doch eine nackte Negerin«, sagte Gisela und versuchte zu lachen. Sie buchstabierte umständlich Cecilys Namen und behauptete mit gespielter Unbekümmertheit, großen Hunger auf den mitgebrachten Kuchen zu haben. »Willst du ihretwegen nach Kanada zurück?« fragte sie nach einer Weile.

Er nahm ihr die Karte aus der Hand und ging damit zum Steinwall, der das Meer von den grasenden Schafen trennte. Dort zerriß er die Karte und warf sie in das Wasser, das ungemein schmutzig aussah; ja, das erste Wasser, das die Flut an Land spülte, war immer schmutzig. Kaum war er die Karte los, tat es ihm leid. Er hätte sie mit einer Flaschenpost ins Meer werfen sollen. Herbert stellte sich vor, wie die Flaschenpost eines Tages, wenn Cecily schon Großmutter wäre, in den Hafen von Vancouver eingelaufen käme. Unter der Lions Gate Bridge hindurch. Oder nein. Vorher würde die Karte an den Strand der English Bay gespült. Badende Kinder fänden sie und trügen sie in die Manitoba Street, wenn es dann noch eine Manitoba Street gäbe. Aber Cecily, die Vielbeschäftigte, wird sich nicht mehr erinnern können, wem sie vor einem Menschenalter ihre Visitenkarte mit Lippenabdruck zur Belohnung für geschenkte Zigaretten gegeben hat.

Schweigend gingen sie zum Auto, das die Sonne wie einen Backofen aufgeheizt hatte. Im Auto hörte Gisela endlich auf zu frieren.

Sie fuhren mit der Sonne im Rücken und dem Wind im Rücken und dem Meer im Rücken nach Sandermarsch.

»Wie ist das nun – nimmst du mich mit, wenn du durch Deutschland fährst?« fragte Gisela, als er sie am Abend vor dem Haus ihrer Eltern absetzte.

»Na klar«, sagte er. »Ohne dich fahre ich nicht.«

Gisela bekam erst im September Urlaub. Aber im September sind die Nächte in Deutschland schon merklich kühler. Da bedurfte es viel innerer Wärme, um noch draußen schlafen zu können. Giselas großer Bruder gab ihnen sein Zelt und den Spirituskocher, aber plötzlich wollten ihre Eltern nicht. Du bist zwar volljährig, Gisela, aber ohne Trauschein mit einem Mann in Deutschland spazierenfahren, das tut man nicht. Bestimmt kommst du schwanger von der Reise zurück und bist nicht mal verlobt. Vielleicht denkt er nicht ans Heiraten, sondern fährt zurück nach Kanada. Dann sitzt du da mit deinem dicken Bauch! Wenigstens verlobt sollten sie sein, denn Verlobung galt als stillschweigendes Einverständnis zu dem, was eigentlich erst ab der Hochzeit erlaubt war. Aber nach der Verlobung, so war es eingerissen, durften die jungen Leute schon mal probieren. Mit Maßen, versteht sich.

Mutter Broschat hatte es leichter. Sie hielt die beiden schon für verlobt. Wer gemeinsam durch Deutschland fährt, ist so gut wie verlobt. Da bedurfte es keines Festes. Groß zu feiern ging sowieso nicht, weil Vater Broschat gerade acht Wochen unter der Erde war.

»Ich glaube, Papa hat nichts dagegen«, sagte sie, um sich zu beruhigen, und gab stellvertretend für den verstorbenen Vater die Erlaubnis zur Reise, zur Verlobung, wenn es sein mußte, sogar zur Hochzeit innerhalb des Trauerjahrs.

Nur eines lag ihr am Herzen.

»Willst du nicht vor der Reise zu Rechtsanwalt Struve gehen?«

»Was soll ich bei Struve? Ich weiß noch nicht, ob ich in Deutschland bleibe oder wieder nach Kanada gehe.«

»Warum willst du wieder nach Kanada? Du warst

doch gerade erst da. Was soll ich machen, wenn du nach Kanada gehst? Soll ich allein im Behelfsheim hocken mit meinen Hühnern und Kaninchen?«

»Das ist kein Grund zum Jammern, Mutter! Laß uns erst einmal durch Deutschland fahren, dann sehen wir weiter.«

Mutter Broschats ganze Hoffnung war plötzlich Deutschland. Hoffentlich gefällt es ihm. Hoffentlich ist es gut und aufgeräumt und so schön wie Kanada.

»Ich finde es eigentlich ganz gut, Deutscher zu sein«, sagte sie leise. Herbert blickte sie kopfschüttelnd an. Das sagte eine Frau, die ihren Bauernhof im Osten verloren hatte, weil sie deutsch war, die einen Bruder für einen deutschen Krieg hergegeben hatte, aus dem ihr Mann mit einem verkürzten Bein und einem kranken Magen heimgekehrt war, eine Frau, die in einem typisch deutschen Nachkriegsbehelfsheim wohnte und von ärmlicher deutscher Rente lebte. So ein Mensch findet es schön, Deutscher zu sein!

Schon Tage vor der Reise packte die Mutter Einmachgläser ein und stellte eine Tüte mit Kartoffeln für die Reise bereit.

Hoffentlich erkältet ihr euch nicht, Kinder!

Womit wollt ihr euch überhaupt zudecken? Sie holte, und das mußte man ihr hoch anrechnen, eine Wolldecke aus Vaters Bett. Die wird nun doch nicht mehr gebraucht, und bevor ihr zu Tode friert ...

Habt ihr euch schon Gedanken gemacht, wann die Trauung sein soll? Nein, der November ist kein guter Monat, da gibt es zu viele traurige Tage. Dezember wäre besser. Im Dezember ist Advent, und Advent heißt Ankunft, das paßt für die Hochzeit.

»Wir sind nicht mal verlobt, Mutter, aber du redest vom Heiraten.«

»Natürlich seid ihr verlobt. Im Dorf weiß jeder, daß ihr zusammengehört. Ihr macht eben die Hochzeitsreise vor der Hochzeit.«

Die Mutter lachte. Ja, Mutter Broschat lachte, weil das so ungewöhnlich war, eine Hochzeitsreise vor der Hochzeit. Und damit Herbert nicht widersprechen konnte, fing sie an, von ihrer eigenen Hochzeit zu erzählen. An Hochzeitsreise war damals natürlich nicht zu denken. Zum Miststreuen aufs Feld sind sie gefahren. Herumreisen konnten sie ohnehin nicht, weil jeden Tag das Vieh gefüttert und gemolken werden mußte.

»Aber schön war es doch«, sagte die Mutter.

Am Tag vor der Abreise gab es im Dithmarscher Krug Deernsmusik. Gisela wollte unbedingt zum Tanzen, denn zwei Jahre lang hatte sie die Feste im Dithmarscher Krug nicht mitgemacht. Es störte sie auch nicht, daß Herbert in Buschhemd und Fransenjacke zur Sandermarscher Deernsmusik ging. Die Mutter mochte gar nicht hinschauen. Auch Giselas Eltern war es peinlich, denn wenigstens zu einem Tanzvergnügen muß der Mensch in ordentlichem Aufzug erscheinen. Aber Herbert wollte es so, und Gisela hängte sich bereitwillig an seine Fransenjacke. Sie wäre in jeder Verkleidung mit ihm durchs Dorf gezogen. Laß die Sandermarscher denken, was sie wollen!

Deernsmusik in Sandermarsch, das war ein Fest für alle Deerns zwischen sechzehn und sechzig Jahren, ein Tag, an dem die Frauen in Sandermarsch das Sagen hatten und es nur Damenwahl gab auf der zum Tanzsaal hergerichteten Tenne des Dithmarscher Krugs.

Auch die Landwirtschaft machte mit bei der Deernsmusik. Kühe steckten ihre Köpfe durch die Luken, glotzten auf die Tenne und verdichteten mit ihrem feuchten Atem die brütende Wärme. Kränze aus Eichenlaub hingen an den Türen. Die Kapelle spielte *Übers Jahr, wenn die Kornblumen blühen,* und wenn es Tango gab, mußten die Luken dichtgemacht werden, damit es richtig dunkel wurde und das Vieh nicht zusehen konnte. Über den Tanzenden baumelte der Erntedankkranz des Vorjahrs und ließ unablässig Hafer- und Gerstenkörner auf die Paare niederregnen. Schleifen und Fahnen aus Kaisers Zeiten wehten zwischen alten Wagenrädern, die nach Schmiere rochen. Ach, es gab noch viel Altmodisches und Lustiges auf der Deernsmusik im Dithmarscher Krug. Auf dem Abort waren zwei Brillen nebeneinander ins Holz geschnitten, damit der Mensch nicht so allein ist an diesem einsamen Ort. Und wer nicht gehorchte und bei Damenwahl nicht mit auf die Tenne kam, durfte mit Brikett schwarz angeschmiert werden.

Sie saßen in der Schankstube, Gisela mit einem Glas Sprudel, Herbert trank Bier. Ab und zu gingen sie auf die Tenne, um zu tanzen. Herbert war es lästig, daß er pausenlos angesprochen wurde, denn wenn die Sandermarscher etwas getrunken haben, sprechen sie mit jedem. Besonders schlimm war es in der Ecke, in der die Alten saßen und dem Treiben auf der Tenne zuschauten.

»Wirst mal sehen, Herbert! Wenn du erst ein Vierteljahr in Sandermarsch bist, gehörst du wieder ganz zu uns.«

»Auch in Kanada fliegen einem die gebratenen Tauben nicht in den Mund, weißt Bescheid!«

»Wie heißt es doch in unserem Lied so schön? *Wir*

fahr'n nach Osten, wir fahr'n nach Westen, doch in der Heimat, da ist's am besten ...«

Bei der Polonäse sangen sie:

In der Heimat angekommen,
fängt ein neues Leben an,
eine Frau wird sich genommen,
Kinder bringt der Weihnachtsmann.

Na, ja, das mit dem Weihnachtsmann stimmt ja auch nicht mehr. So etwas klappt nur, wenn du neun Monate vorher beim Weihnachtsmann bestellst.

»Nun sei mal ehrlich, Herbert – so etwas wie Deernsmusik gibt es doch nirgends auf der Welt!«

Falle ich einst zum Raube dem wilden Meere, sangen sie mit Inbrunst. »To Hus is to Hus, weißt Bescheid!«

»Bleib man bei uns, Herbert, hier läßt es sich auch schön leben.«

Herbert fand sie rührend, diese einfachen Menschen, die aus Angst vor dem Unbekannten, Fremden sich aneinanderkuschelten, sich wärmten und sich Mut zusprachen.

Zu Hause ist eben zu Hause!

Mutter Broschat saß an diesem Abend unter der Küchenlampe im Behelfsheim. Je länger sie aufblieb, desto sicherer war sie, daß der Tag der Deernsmusik auch der offizielle Verlobungstag sein sollte. Und weil sie sich das einredete, blieb sie sitzen, bis die beiden heimkehrten. Sie kamen schon vor Mitternacht, weil sie früh am nächsten Morgen aufbrechen wollten. Sie wollten nur im Behelfsheim etwas essen und wunderten sich, daß die Mutter noch auf war. Im schwarzen Sonntagskleid saß sie auf der Küchenbank und machte ein feierliches Gesicht. Sie fragte nicht wie sonst, ob es schön gewesen sei, ob sie Hunger oder Durst hätten; sie blickte sie nur prüfend an. Und plötzlich öffnete sie ein Kästchen, in dem zwei goldene Ringe lagen. Auf Samt. Die hatte sie heimlich gekauft und die Namen Gisela und Herbert eingravieren lassen. Es war ein Vorgriff auf die Hochzeitsringe, die eines Tages doch erstanden werden mußten. Achtzig Mark aus ihren dürftigen Ersparnissen waren der Mutter nicht zu schade gewesen, denn Ringe mußten sein. Ohne Ringe hält das nicht.

»Was soll das, Mutter?« fragte Herbert vorwurfsvoll.

»Na ja, zu einer Verlobung braucht man doch Ringe«, entgegnete sie und versuchte zu lachen.

»Wie oft soll ich dir noch sagen, Mutter, daß wir nicht verlobt und nicht verheiratet sind! Wir fahren einfach so durch Deutschland als einfache Menschen, die sich kennen und weiter nichts.«

»Aber Gold ist immer gut«, rechtfertigte die Mutter die Ringe. »In der schlechten Zeit haben viele Menschen nur überlebt, weil sie Goldringe besaßen und dafür Brot eintauschen konnten.«

Herbert Broschat klappte das Kästchen zu und drückte es der Mutter in die Hand.

»Also gut«, meinte sie, sich ins Unvermeidliche fügend, »dann bekommt ihr die Ringe eben nach der Reise.«

Nein, Deutschland war kein Wintermärchen. Eher wie eine Landschaft im März, wenn das Eis bricht, die Schollen stromabwärts treiben und die Ackerfurchen dampfen. Aber als sie fuhren, lagen die satten Farben des September über Deutschlands Wiesen und Wäldern. Nicht so grell wie der Indianersommer; verwaschener, milder, gemütlicher. In den Buchenwäldern fing das Laub erst an, bräunliche Färbung anzunehmen. Mein Gott, was gab es für herrliche Buchenwälder! Deutschland hatte eine gute Ernte gehabt. Das war wichtig für die Wahl, denn gewählt wird immer nach der Ernte. Am Tag vor der Wahl fuhren sie los. Es war regnerisch und windig.

»Ihr werdet euch doch erkälten«, war das letzte, was Mutter Broschat an der Gartenpforte sagte. Davor hatte sie eine andere Sorge.

»Morgen ist ja Wahl, mein Junge«, hatte sie gesagt. »Was meinst du – wen soll ich wählen? Früher hat Papa immer gesagt, was richtig ist. Aber jetzt mußt du mir helfen, weil ich mich in solchen Dingen nicht auskenne.«

»Wir müssen immer gegen die Herrschenden wählen«, hatte Herbert geantwortet.

Die Mutter verstand ihn nicht, fragte nach.

Aber so genau kannte er sich auch nicht aus. Wähle du nur, was du für richtig hältst, Mutter. Es wird schon stimmen.

»Also wenn du nichts dagegen hast, Herbert, werde ich den alten Adenauer wählen. Weißt du, der ist alt und hat bestimmt Verständnis für uns alte Menschen. Außerdem ist er wenigstens Christ.«

Seitdem sie Witwe geworden war, rechnete die Mutter sich zu den alten Leuten, obwohl sie erst dreiundfünfzig war.

Ist gut, ist gut, Mutter. Anfang Oktober kommen wir wieder. Bis dahin ist alles entschieden.

Eigentlich wollten sie sich ein schönes Land ansehen, aber die vom Regen aufgeweichten Wahlplakate hatten Senussi und Persil von den Litfaßsäulen verdrängt und die Gegend verschandelt. Adenauer sah noch jung aus und Ollenhauer wie immer rund. Ein dicker Mann mit Zigarre, dem alten Churchill ähnlich, dampfte als Lokomotive durch den Wahlkampf. Er wollte etwas ganz Einfaches: Den Deutschen sollte es noch bessergehen als bisher. Noch mehr Kleinautos, noch mehr Flüchtlingssiedlungen, noch mehr Straßen, noch mehr Möbelwagen. Es lag am Wind, daß alles so trostlos aussah. Der Wind hatte die Wahlplakate zerfetzt, spielte mit Köpfen und Parolen. Er zerriß auch endgültig eine dreigeteilte Deutschlandkarte, die auf einem Plakat am Dorfausgang zu besichtigen war, eine Deutschlandkarte, die die Westzone, die Ostzone und die abgetrennten Gebiete hinter Oder und Neiße zeigte und die Bruchstücke mit dem Wort *Niemals* zusammenklammerte.

Am Tag ihrer Abreise stand folgende Anzeige in der Kreiszeitung:

Hier noch einmal klipp und klar, was die SPD wirklich will:

1. *Atomenergie nur für friedliche Zwecke und Einstellung aller Atombombenversuche,*
2. *durch Abkommen die Lagerung von Atomwaffen in beiden Teilen Deutschlands verhindern und in Europa einen atomwaffenfreien Raum schaffen,*
3. *durch ein europäisches Sicherheitssystem die Spaltung Deutschlands und Europas überwinden und damit endlich die Wiedervereinigung in gesicherter Freiheit verwirklichen,*
4. *die allgemeine Wehrpflicht abschaffen.*

Es gab noch eine andere Notiz, die Gisela in der Zeitung entdeckte. *Die Sowjets besitzen die interkontinentale Rakete,* stand da, *jeder Punkt der Erde ist erreichbar.*

»Jetzt bist du im kanadischen Busch auch nicht mehr sicher«, meinte Gisela. Das sollte soviel heißen wie: Du kannst ruhig in Sandermarsch bleiben, es gibt keine Mauselöcher mehr auf der Welt. Ob dich die Rakete in Kanada trifft oder in Sandermarsch – es ist doch alles egal. Gisela hätte wählen dürfen. Zum erstenmal. Aber sie verpaßte die Wahl, weil sie mit Herbert durch Deutschland reisen mußte. Das war ihr wichtiger. Zu jener Zeit beklagten die Parteien noch bitter, daß die Jugendlichen nur Motorräder und Schlager im Kopf und keinen Sinn fürs Politische hätten.

Gisela sah der Reise mit gespannter Erwartung entgegen. Zum erstenmal würde sie für längere Zeit mit Herbert zusammensein. Wie verheiratet. Sie würde Essen kaufen und Brote schmieren und auf dem Spirituskocher vor dem Zelt Kaffee zubereiten. Sie würde die Betten machen. Aber was heißt hier Betten? In geliehenen grauen Schlafsäcken werden sie unter dem flachen Zeltdach liegen und hören, wie der Regen auf die Plane tropft. Bis zuletzt hatte Gisela Angst gehabt, denn mit dieser Reise tat sie zum erstenmal in ihrem Leben etwas gegen den Willen ihrer Eltern. Aber jetzt, als sie Sandermarsch hinter sich ließen, war sie erleichtert. Es konnte nicht sein, daß die Eltern immer recht hatten. Die kamen mit alten Erfahrungen und alten Ansichten aus einer alten Zeit. Wenn du nur auf sie hörst, wirst du sehr früh alt. Für die Alten gab es Wichtigeres zu tun, als in Deutschland herumzuvagabundieren. In den Sandermarscher Gärten waren Kartoffeln zu ernten. Die Gurken mußten eingelegt werden. In den Knicks der Geest reiften die Brombeeren. Die ersten Holunderbeeren bekamen eine lila Färbung und mußten heimgeholt werden, bevor die Vögel sie fraßen. Aber die jungen Leute kutschieren in Deutschland herum, während alles nach Ernte schreit. Wenn es nach den Alten ginge, gäbe es überhaupt keine Zeit zum Verreisen. Im Frühjahr war der Garten umzugraben und ordentlich zu bestellen. Im Sommer kommst du nicht weg, weil dir das Unkraut über die Haustür wuchert. Im Herbst mußt du ernten, und im Winter ist zu schlechtes Wetter, um Deutschland zu besichtigen.

»Halt mal bitte an!« rief Gisela plötzlich. Es war in der Gegend von Uetersen. Obwohl es regnete, stieg sie aus. Sie konnte es kaum fassen. Es waren die Rosen. Gisela stand vor einem Feld gelber Rosen, zweihundert Meter lang, hundert Meter breit.

»So viel Rosen hab' ich noch nie gesehen«, rief sie.

Als der Wegweiser nur noch fünf Kilometer bis Hamburg zeigte, wurde Gisela aufs neue unruhig. Als kleines Mädchen war sie mit der Schulklasse in Hagenbecks Tierpark gewesen. Danach war sie nie wieder so weit südlich gekommen. Und nun fuhren sie mitten hinein in die Weltstadt, in den vielbesungenen frischen Wind, der die Elbe heraufwehte. Sie hielten vor den Landungsbrücken, den Michel im Rücken, den schmutzigen, aufgewühlten Strom vor sich, und manchmal mußte sich Gisela am Geländer festhalten, weil ihr schwindlig zu werden drohte. Für ein Mädchen wie Gisela war der Hamburger Hafen eher beängstigend als anziehend. Gegenüber auf der Stülkenwerft flogen die Stahlplatten krachend aufeinander, Funken sprühten, Preßlufthämmer dröhnten. So eine Werft machte in einer Stunde mehr Lärm als alle Sandermarscher zusammen in einem Jahr.

Gisela wollte unbedingt auf den Turm der Michaeliskirche, weil sie sich einbildete, von dort oben könne sie Sandermarsch sehen. Um Geld zu sparen, schlugen sie den Fahrstuhl aus und stiegen zu Fuß die über dreihundert Stufen hinauf, vorbei an den Glocken, die zum Fürchten groß aussahen. Fröstelnd standen sie auf der Aussichtsplattform. So hoch war Gisela Paschen noch nie gewesen. Sie fühlte sich wie auf Wolken schwebend, versucht, irgend etwas Großartiges zu tun. Ewige Treue schwören, über dem Abgrund hängend sich umarmen und küssen. Was sollen wir tun, wenn unten in der Kirche ein Feuer ausbricht oder wenn ein Sturm kommt oder ein Erdbeben?

»In Deutschland sind Erdbeben verboten«, meinte Herbert und lachte. »Versuch doch mal, Deutschland so zu sehen, wie du Kanada gesehen hast«, sagte Gisela, die Angst hatte, er könne voreingenommen und zu kritisch an diese Reise herangehen. »Du mußt einfach das Schöne so nehmen, wie es ist, und nicht viel fragen.«

»Ich habe schon viel von Deutschland gesehen«, antwortete er. »Neunzehnhundertneunundvierzig sind wir durch halb Deutschland gefahren, bis wir in Sandermarsch ein Behelfsheim bekamen.«

»Aber damals war Deutschland kaputt«, gab Gisela zu bedenken. »Heute kannst du das schöne, heile Deutschland sehen.«

Am Nachmittag war die Lüneburger Heide dran. Gisela jubelte, als sie die ersten Wacholderbüsche zu Gesicht bekam. Sie kannte die Bäume bisher nur von Kalenderblättern und aus dem Film *Grün ist die Heide.* »Gab es in Kanada auch Wacholder?«

Gisela blieb vor einer Heidschnuckenherde stehen. Sie stand so lange da, bis der Schäfer ihr ein Lamm in den Arm legte.

»Knips mich mal!« rief sie.

Ein Bild fürs Kirchenfenster. Gisela mit Lamm. Aber mindestens fürs Fotoalbum.

Herbert mußte lachen, als er sich Kinder bei der Betrachtung eines vergilbten Fotoalbums vorstellte. 1980 vielleicht. Damals sind Papa und Mama durch Deutschland gefahren. In der Lüneburger Heide hat Mama ein Lamm auf dem Arm gehabt. Das Lamm ist schon längst tot, und der Schäfer ist tot, und sein Hund ist tot, aber Papa und Mama leben noch, und die Lüneburger Heide lebt auch noch, und durch Deutschland kann man auch noch fahren. Herbert staunte, daß Gisela von der Heidschnuckenherde mindestens so begeistert war wie er damals von den Niagarafällen. Vielleicht kommt alle Begeisterung nicht von den Dingen selbst, sondern nur von der Art, wie wir sie sehen.

Er hatte Mühe, sie von den Heidschnucken wegzubekommen. Sie fuhren in der Lüneburger Heide herum und suchten einen Zeltplatz für die Nacht. Ganz für sich allein im dichten Blaubeergestrüpp. Plötzlich kamen sie vor eine Straßensperre. Herbert stieg aus, um das Schild zu lesen, das vor der Schranke hing.

»Dahinter liegt der Truppenübungsplatz Bergen-Hohne«, sagte er, als er wieder zu Gisela ins Auto kam.

Er wendete und fuhr weiter. Nach einer ganzen Weile sagte er: »An so einem Truppenübungsplatz kannst du studieren, wie seltsam Weltgeschichte verläuft. Hier gab es einmal ein Dutzend Dörfer. Aber weil das Dritte Reich viele Truppenübungsplätze brauchte, mußten die Dörfer geräumt werden und verfielen. Nach dem Krieg dachten die Menschen, nun ist der Spuk ja zu Ende, wir können endlich zurück in die kaputten Dörfer. Sie bauten und bestellten wieder ihre Felder. Bis neunzehnhundertsechsundfünfzig. Da wurde der Truppenübungsplatz Bergen-Hohne wieder gebraucht. Die Dörfer mußten geräumt werden. Jetzt verfallen sie endgültig.«

»Woher weißt du das?« fragte Gisela.

»Das stand in der Zeitung, die du mir nach Kanada geschickt hast.«

»Ist das wirklich so schlimm?« fragte Gisela. »Wenn es Soldaten gibt, brauchen die ja auch Übungsplätze. Da ist es doch besser, hier zu üben, als in der Nähe der Städte.«

»Du verstehst mich nicht«, unterbrach er sie. »Ich wundere mich, daß niemand losschreit, wenn er dieses Auf und Ab sieht. Räumen, zerstören, aufbauen, räumen, zerstören ... und so weiter und so weiter. Da muß man sich doch etwas dabei denken!«

Als nächstes erreichten sie Celle mit seinen akkurat aneinandergereihten Fachwerkhäusern.

»Hier ist es auch schön«, bemerkte Gisela.

Die Betonung lag auf *auch*. Das sollte soviel heißen wie: Ich weiß, ich weiß, Kanada ist schön. Aber schau dich bitte um. Vielleicht findest du hier auch etwas Erträgliches.

Schließlich Goslar. Die Harzberge im Hintergrund. Giselas erste Berge in freier Natur, nicht nur Berge von der Leinwand wie im *Weißen Rößl* und in *Schwarzwaldmädel*. Diese verwinkelten Gassen unter uralten Schieferdächern und überhängenden Fachwerkgiebeln. Mein Gott, diese Stadt war ja älter als der älteste deutsche Kaiser!

»Als Goslar gebaut wurde, gab es in deinem Kanada nur Büffel«, sagte Gisela mit einer Miene, als habe sie selbst in Goslar Steine getragen. Weil Goslar so ergreifend ansehenswert war, bauten sie hier schon am frühen Nachmittag ihr Zelt auf. Am Stadtrand. Gisela wollte unbedingt bei Tageslicht einen Berg besteigen, um die grauen Schieferdächer von oben zu sehen. Da stand sie nun im Wind und fror, aber sie fand es »furchtbar schön«.

Abends suchten sie ein Gasthaus auf, um etwas Warmes zu essen. An der Wand hing ein Fernsehgerät. Während sie auf deutsches Bauernfrühstück warteten, konnten sie auf dem Bildschirm verfolgen, wie die Landkarte mit den eingezeichneten Wahlkreisen langsam schwarz wurde. Es war der Sonntag, an dem Deutschland gewählt hatte. Was sie im Fernsehen zu sehen bekamen, war Konrad Adenauers größter Wahlsieg, bei dem sogar in Deutschlands Großstädten rote Burgen einstürzten.

»Wen hättest du gewählt?« fragte Gisela, als das Essen kam.

Er zuckte mit den Schultern, wußte es nicht genau. Nur soviel war gewiß: Niemals würde er die wählen, die gerade an der Macht waren. So etwas darf es einfach nicht geben, daß einer an der Krippe fett wird. Sichere Wahlkreise müßten verboten sein, für demokratische Menschen sind sie unter aller Würde. Churchill hat den Zweiten Weltkrieg gewonnen, aber zwei Monate später wählten ihn die Engländer ab. Das ist Demokratie. Da denkt sich der Wähler noch etwas dabei, wenn er ein Kreuz auf dem Stimmzettel macht.

Während sie aßen, wurde Deutschland immer schwärzer. Die Flüchtlingspartei, der Block der Heimatvertriebenen und Entrechteten, fiel unter die Fünfprozentklausel.

»Siehst du, die Flüchtlinge fühlen sich heimisch«, meinte Gisela dazu. Herbert stocherte in den Kartoffeln herum und konnte es nicht begreifen. Die Deutschen wählten nicht diejenigen, die die Wehrpflicht abschaffen wollten, sondern die anderen. Sah er allein es nur so schwarz? Hatten die anderen kein Empfinden für die Ungeheuerlichkeit, zehn Jahre nach dem Zweiten Weltkrieg eine neue deutsche Armee aufzustellen? Dachten die meisten so, wie Vater Broschat gedacht hatte? Waren sie sogar stolz darauf, daß Deutschland wieder Soldaten haben durfte? Oder waren sie nur mit anderen Dingen beschäftigt, mit Polstermöbeln, kleinen Autos und dem langsam wachsenden Wohlstand? Vielleicht verlangst du zuviel von deinen Mitmenschen, Herbert Broschat. Nach dem Elend des Kriegs und der Nachkriegszeit wollen sie vor allem in Ruhe gelassen werden. Gut essen, gut trinken und Möbel kaufen, das reichte. Nicht schon wieder die großen Gedanken – davon haben sie genug gehabt. Die Wahl von 1957 bestätigte diese Stimmung. Deutschland wurde so, wie es sich die große Mehrheit seiner Menschen wünschte.

»Bist du sehr enttäuscht?« fragte Gisela.

Er winkte ab, behauptete, ihn gehe es ja eigentlich nichts an, weil er nicht dazugehöre. Nicht einmal wählen habe er dürfen. Aber betroffen war Herbert Broschat doch. Es gab anscheinend sehr viele Menschen, die so wie sein Vater dachten. Nicht Vater Broschat, sondern Herbert Broschat war der Sonderling.

»Findest du nicht auch, daß es wichtigere Dinge gibt als so eine Wahl?«

Gisela versuchte, ihn aufzuheitern, ihn auf andere Gedanken zu bringen. Sie knuffte ihn in die Seite, trat ihm unter dem Tisch auf die Füße und sagte schließlich: »Komm, wir gehen ins Zelt, das ist auch wichtig.« Als sie durch das menschenleere Goslar wanderten, hatten sich die traurigen Figuren der Wahlplakate bereits abgewandt. Verloren hingen sie im Geäst der Bäume, die Augen ausgestochen, halbseitig zerrissen, wirklich nur Abfall wie die Metro-Goldwyn-Mayer-Mädchen, nachdem Steve Norton ein Blutbad unter ihnen angerichtet hatte.

»Eigentlich ist es egal, wer Deutschland regiert«, meinte Herbert. »Er muß nur dafür sorgen, daß die Deutschen wieder normal werden, ein normales Volk, das von niemandem verachtet und bewundert wird.«

Ihm kam es vor, als gebe es da eine Spirale, die von der Selbstverachtung zur Selbstüberschätzung und wieder zurück zur Selbstverachtung führte. Die muß endlich aufhören, sich zu drehen. Normal werden, weiter nichts als normal werden.

Bad Gandersheim war auch schön. Hinter Fritzlar lag, zwei Steinwürfe von der Straße entfernt, ein gewaltiger Felsen auf dem Acker. Den mußte Gisela besteigen, weil sie einen solchen Brocken noch nie gesehen hatte. Als die ersten Burgen auftauchten, wurde es ganz schlimm. Gisela mußte durch uralte Schießscharten blicken oder in einen Burgbrunnen schreien, auf dessen Grund viele hundert Jahre deutscher Geschichte ruhten.

Und dann Marburg. Sie standen oben an der Schloßmauer und blickten über die Stadt. Stundenlang. Gisela kaufte zum erstenmal Ansichtskarten, um sie nach Sandermarsch zu schicken.

»Warum schreibst du deiner Mutter nicht auch eine Karte?« fragte sie. »Sie wartet auf Post. Die Freude kannst du ihr doch machen, es kostet fast nichts.«

»Für meinen Freund, den ich in Kanada hatte, mußte

ich immer die Karten nach Deutschland schreiben«, sagte Herbert.

»Warum? Ist der nie zur Schule gegangen?«

»Doch, doch, aber er machte so viele Fehler, daß es ihm peinlich war.«

In Lohr saßen sie neben der roten Brücke auf der Mainwiese und hängten die Füße in die vorbeiziehende Strömung.

»Deutschland hat schöne Flüsse«, stellte Gisela fest.

In Rothenburg trafen sie ganze Busladungen voller Amerikaner. Herbert hängte sich an sie, weil er ihre Gespräche aufschnappen wollte, die ihn an den kleinen Johnson, an Cecily und Polen-Joe erinnerten.

»Mit meinem Freund war ich in Kanada in einem Film, der in Heidelberg spielte. Mario Lanza hat darin gesungen.«

Von Heidelberg wußte Gisela nur so viel, daß es oft in den Wunschkonzerten des Nordwestdeutschen Rundfunks vorgekommen war als Stadt, in der Herzen verlorengingen.

»Gefällt dir Deutschland immer noch nicht?« fragte Gisela, als sie Heidelberg verließen.

Doch, doch, es war schon beachtlich. Er staunte, wieviel die Bomben übriggelassen hatten. In seiner Erinnerung war Deutschland ein so großer Trümmerhaufen gewesen, daß an ein Aufräumen in dieser Generation nicht mehr zu denken gewesen wäre. Aber jetzt traf er überall auf Kirchen, Schlösser und malerische Städte, an denen der Krieg spurlos vorübergegangen war. Am meisten wunderte er sich über die vielen Theater. Jede kleine Stadt besaß ihr Schauspielhaus, jede größere sogar eine Oper. Kein Vergleich mit Kanada, wo allenfalls die Waschbären unter den Holzhütten Theater spielten.

Ob die Mosel wirklich so aussieht, wie er sie im Schaufenster von Hagen's Travel Service gesehen hatte? Da trübes Wetter herrschte, kam die wirkliche Mosel mit der Mosel im Schaufenster nicht mit. Trotzdem saßen sie stundenlang oben in den Weinbergen und verfolgten die Windungen des Flusses. Herbert stahl Weintrauben, und Gisela sagte in aller Unschuld, die nur ein Mensch besitzt, der in Sandermarsch aufgewachsen ist, wo vornehmlich Rum und Fliederbeergrog getrunken wird: »Kannst du verstehen, warum die Leute die herrlichen, süßen Trauben zu einem so abscheulich sauren Wein verarbeiten?«

Als die Porta Nigra gebaut wurde, heulten in Kanada nur die Wölfe. Ja, das stimmt. Aber vielleicht kommt bald ein reicher Amerikaner, um die zweitausend Jahre alten Mauern abzutragen. Der wird die Porta Nigra nach Amerika verschiffen und in einer Gegend originalgetreu aufbauen, in der vor zweitausend Jahren die Wölfe geheult haben. Aber die Stadt Trier bekommt eine Nachahmung aus Pappmaché.

Von Trier aus folgten sie der Uferstraße flußabwärts dem Rhein zu. Am Nachmittag erreichten sie das Städtchen Andernach. Hier gerieten sie in einen Verkehrsstau. Sie warteten eine Viertelstunde, bis die Ursache des Staus sichtbar wurde. Eine Kolonne deutscher Soldaten marschierte durch Andernach. Die letzten deutschen Soldaten hatte Herbert im März 1945 gesehen. Damals übrigens tot. Aber diese waren lebendig. Zwei Polizisten begleiteten die Kolonne und regelten den Verkehr. Es gab keinen Menschenauflauf, wie er früher üblich war, wenn Soldaten durch die Stadt marschierten. Weder Kinder noch Hunde oder Katzen liefen hinterher, niemand winkte, keine Mädchen kicherten verlegen in die Taschentücher. Außer dem Verkehrsstau war wirklich nichts Besonderes in Andernach los.

Herbert stieg aus, um die Soldaten aus der Nähe zu betrachten. Die Uniformen waren anders, gewiß. Aber die Gesichter, sahen sie nicht so ähnlich aus wie die, die er in Erinnerung hatte? Junge, arglose Gesichter, zu allem bereit, wenn es befohlen wird? Herbert kam es vor, als sähe er Gespenster. Die paßten nicht hierher, waren Fremdkörper aus einer anderen Welt. Die marschierten durch viel zu winklige, enge, verstaubte Gassen, schritten unter jahrhundertealten Torbogen hindurch, brachten Fachwerkgiebel zum Zittern und behinderten den Verkehr.

Als sie dicht bei Herbert waren, begannen sie zu singen. Was singt man in der neuen deutschen Armee? Noch immer von der Erika, die auf der Heide blüht? Die Soldaten aus Andernach besangen den schönen Westerwald, weiter nichts.

»Die sehen lustig aus«, meinte Gisela.

Ach, wenn es nur lustig wäre! Den letzten lebenden deutschen Soldaten hatte Herbert auf einem Güterbahnhof in Pommern gesehen. Und das war gar nicht lustig. Der hatte da mit aufgepflanztem Bajonett vor einem verschlossenen Lagerhaus gestanden, bis es plötzlich knallte. Eine Granate traf das Lagerhaus, und der Posten war spurlos verschwunden. Singend bogen die Soldaten in eine Nebenstraße.

Hinter Herbert hupten die Autos.

Ja, ist gut, ist gut, es geht schon weiter. Herbert sah einen Wegweiser, der ihn auf andere Gedanken brachte, ein Wegweiser nach Köln. Mensch, Köln, da hatte er doch etwas zu erledigen! Noch immer war nicht entschieden, ob der Kölner Dom zwei oder drei Türme besaß. Heute ist es soweit, Erich Domski!

Gegen Abend fuhren sie in die Domstadt. Über die Rheinbrücke.

Na, Erich Domski, was meinst du, wieviel Türme hat der Kölner Dom? Also gut, wir wollen uns deswegen nicht streiten. Wenn du es dir genau ansiehst, hat der Kölner Dom zweieinhalb Türme, zwei große und einen kleinen, die vielen Türmchen nicht mitgerechnet.

Wir einigen uns also auf die Hälfte, Erich Domski. Einverstanden? Wir lassen den Kölner Dom zweieinhalb Türme haben.

Wir haben beide recht, ehrlich, und wir bleiben Freunde.

Der Ruhrschnellweg, diese schmutzige Hauptschlagader, lag in dem grauen Land und sah aus wie eine Heerstraße der fleißigen Ameisen. Das war die Straße Nummer 1, nicht nur, weil alle paar Kilometer ein Schild mit der Zahl 1 stand, sondern überhaupt. Die blaue Soße des Kohlenwassers floß in den Gräben neben der Nummer 1; manchmal dampfte es noch. Eine Wand, die nach Nebel aussah. Keine Wolken; trotzdem war es düster. Himmel und Schlote vereinigten sich; es war nicht genau auszumachen, wo die Erde aufhörte und der Himmel anfing. Vor ihnen lag eine riesengroße graue Stadt auf hundert Kilometer Länge und hundert Kilometer Breite.

Blut und Wasser kannst du schwitzen, wenn du mit dem Goggomobil auf dem Ruhrschnellweg, von Essen kommend, in Richtung Dortmund unterwegs bist. Hinter dir Lastwagen wie Panzer, vor dir Lastwagen wie Panzer. Dreck klatscht gegen dein Fenster. Sie keilen dich ein, überholen und drücken dich an den Straßenrand.

Auf einer Anhöhe scherten sie aus, um diese merkwürdige Landschaft zu überblicken. Ja, das Ruhrgebiet schien ihnen des Anhaltens und Ansehens wert. Seine Schlote, Hochöfen und Fördertürme, die sich kreuzenden Hochspannungsleitungen, die als grobmaschige Netze über dem Land hingen, die Berge aus Kohle und Abraum, das alles war von Menschenhand geschaffen und nicht weniger bewundernswert als der Kölner Dom oder die Porta Nigra. Da gab es nichts Abstoßendes, niemandem wurde übel angesichts des Schmutzes, keiner eilte voller Abscheu mit geschlossenen Augen weiter; vielmehr überkam den, der hindurchfuhr, ein Gefühl der Geborgenheit und Sicherheit, weil vor seinen Augen aus Kohle und Eisen Brot gemacht wurde. Ohne dieses mit Rauch, Dreck, Lärm und Hitze erfüllte Ruhrgebiet konnte Deutschland nicht leben. Solange es hier räucherte, sind auch die Sandermarscher Stuben warm.

Hinter Essen tauchte das Ortsschild von Wattenscheid auf. Herbert bog ab und ließ Höntrop mit den Kruppschen Hüttenwerken im Süden liegen. Gisela dachte, er wolle nur tanken. Als er anhielt und einen Passanten nach dem Bahnhof fragte, merkte sie, daß er mehr vorhatte. »Was willst du hier?« frage sie.

»Mein Freund kam aus Wattenscheid. Ich habe ihm versprochen, seine Mutter zu besuchen.«

Herbert fuhr mit großen Erwartungen stadteinwärts, hielt Ausschau nach den sonderbaren Menschen, die Erich beschrieben hatte, nach dem Schlachter mit sieben Sorten Wurst, für jeden Wochentag eine, nach dem Bäcker, der im kalten Winter 1947 im eigenen Ofen geschlafen hatte, und nach dem Kumpel Zacher, der *Auf in den Kampf* pfiff, wenn er durch Wattenscheid marschierte. Aber sosehr er auch Ausschau hielt, er fuhr in eine ganz normale, graue, düstere Industriestadt. Nicht einmal Mädchen standen am Bahnhof herum, womit Erich Domski fest gerechnet hatte.

Gisela schlug vor, einen Blumenstrauß zu kaufen. Einen Besuch darf man niemals mit leeren Händen machen.

Aber Herbert schüttelte nur den Kopf. So etwas paßte nicht zu Erich Domski, Blumen kaufen und so. Aus einem Papierwarengeschäft holte Herbert einen Stadtplan von Wattenscheid, zur eigenen Orientierung und dann für Erich Domski in Kanada, der sich einen Stadtplan wünschte. Während das Auto im Schrittempo stadteinwärts tuckerte, dachte er an Erichs Sprüche.

In Wattenscheid gab es einen Bunker, der stand direkt vor dem Eingang zur Zeche Holland. Ein Monstrum aus Beton, so dick und gewaltig, daß sie das erst im dritten Weltkrieg wegräumen werden.

Ehrlich, in Wattenscheid gab es auch Berge. Der höchste lag hinter der Eisenbahnlinie. Manchmal dampfte er wie ein feuerspeiender Berg. Aber wenn die ausgebrannte Schlacke ein paar Jahre so herumlag, wuchsen schon Brombeeren auf dem Berg, und im Sommer blühten sogar Blumen.

In Wattenscheid gab es auch eine evangelische Kirche, die nannten sie Friedenskirche. Ich hab' ja nichts gegen die Evangelischen, aber ihre Kirche war die dreckigste in ganz Wattenscheid, so eine richtige schwarze Kohlenkirche.

In Wattenscheid gab es sogar eine Windmühle. Die lag Richtung Höntrop raus. Im Krieg hatte sie etwas abbekommen, aber du konntest immer noch erkennen, daß es eine Windmühle war.

In Wattenscheid gab es auch einen Galgenberg. Der lag auf der anderen Seite des Ruhrschnellwegs. Wenn ich auf unserem Boden die Tauben fütterte, konnte ich ihn sehen. Da wurden früher die Kanaker aufgehängt, wenn sie in Wattenscheid geklaut hatten ...

Da war der freie Platz neben der Zeche, auf dem Erich Domski als kleiner Junge Fußball gespielt und zum erstenmal den Mädchen nachgepfiffen hat. Das Kino mit *Zorro der Rächer.* Nach der Kinovorstellung hat er auf dem dunklen Parkplatz hinter dem Bunker die erste selbstgedrehte Zigarette geraucht. Wo steckten denn die kleinen Miezen, die vor dem Zechentor auf Erich Domski warten wollten?

»Wie kann man hier zu Hause sein!« sagte Gisela, als sie in den Stadtteil Leithe abbogen. Sie sagte nicht: »Wie kann man hier wohnen!« oder: »Wie kann man hier arbeiten!« sondern: »Wie kann man hier zu Hause sein!« Für Gisela war das nämlich ein großer Unterschied.

Ob hier wirklich die Tauben morgens weiß ausfliegen und abends grau hereinkommen, wie Erich Domski das immer gesagt hat? Vielleicht sind sie immer grau; vielleicht gibt es in dieser Gegend überhaupt keine weißen Tauben.

Im Zentrum Leithes stand nicht wie sonst in Städten und Dörfern eine Kirche, sondern die Zeche Holland, die auch an dem Tag rumorte, Rauch und Kohle ausspie, als Herbert und Gisela zu Besuch kamen. Um die Zeche die geraden Häuserreihen einer Bergarbeitersiedlung. Im Mittelalter haben sie die Bürgerhäuser in den Schatten einer Burg gebaut. In Wattenscheid standen die Bergarbeiterwohnblocks im Schatten der Zeche. Eine mächtige Ziegelmauer trennte die Zeche von den Häusern, hoch genug, um jeden Blick auf das Zechengelände zu versperren. Die Mauer trennte Arbeit und Zuhause. Neben der Mauer ist Erich Domski groß geworden. Gegen diese Mauer ist er mit seiner NSU-Max gefahren, ohne Sturzhelm und Lederkleidung. Aber er hat es überstanden.

Herbert hatte plötzlich die Vision, Erich wäre längst zu Hause. Der hat sich losgerissen von seinem kranken Mädchen und dem »Martin« und sitzt schon wochenlang in Wattenscheid-Leithe, auf den Besuch aus Sandermarsch wartend.

Was der Ruhrschnellweg für das Industriegebiet, das war die Weststraße für Wattenscheid-Leithe. Gewissermaßen das Rückgrat. Zu beiden Seiten Häuser, die sich nur durch Inhalt und Farbe der Blumentöpfe auf den Fensterbänken voneinander unterschieden. Jedes bot Platz für mehrere Bergarbeiterfamilien. Unten roter Ziegel, darüber grauschwarzer Putz. Vorn zwei Eingänge. Eine kleine Treppe mit zwei Stufen, an einer Seite ein Eisengeländer. Vorgebaute Erker mit kleinen Fenstern ließen die Häuser freundlicher erscheinen, als sie in Wirklichkeit waren. Aus den Erkerfenstern kannst du mühelos in die Zeche Holland hineinblicken, kannst sehen, wie die Eisenbahnwaggons beladen werden und schwarze Klumpen von einem Förderband fallen.

Am Ende der Straße trafen sie auf die Kirche Sankt Johannes. Ein spitzer Turm, bedeckt mit Grünspan. Na, mein Lieber, deine Kirche muß mal ordentlich gesäubert werden, Erich Domski. Den Ruhrsandstein einmal tüchtig abblasen, um die Kirche freundlicher zu machen.

In Wattenscheid gab es auch einen Kaufmann Liepert. Dieser Liepert hatte eine wunderschöne Tochter namens Erika. Die wird so lange in Lieperts Laden Mehl, Nudeln und Kandis verkaufen, bis einer kommt, der sie mitkauft ... Es muß ein Eckladen sein, erinnerte sich Herbert. Erich Domski hatte immer große Bedenken, ob er mit einem Cadillac bei Liepert um die Ecke käme. Ein Goggomobil hatte da natürlich keine Probleme, das paßte um alle Ecken.

Während er Lieperts Eckladen suchte, stellte Herbert sich Erichs Heimkehr nach Wattenscheid vor. Erich am Steuer eines Cadillac, neben ihm das Halbblut am offenen Fenster. Auf der Zeche Holland wäre sofort Feierabend, weil Erich das so wollte. Die Kumpel kommen aus der Erde, um sich auf dem Platz neben dem Bunker zu versammeln. Das Ganze wird so eine Art Betriebsversammlung. »Seht mal her«, wird der Oberste von der Gewerkschaft sagen. »Kennt ihr den da? Das ist unser Erich Domski aus Wattenscheid. Der hat früher Kohle aus der Erde geholt, aber jetzt ist er in Amerika reich geworden. Der fährt in einem grünen Amerikaner spazieren, und neben sich hat er eine Frau, die nicht von hier ist. Man sieht also, daß auch Menschen wie wir zu Reichtum kommen können. Ihr braucht nur Erich Domski anzuschauen, das ist so ein Beispiel.«

So ungefähr wird es sein, dachte Herbert, wenn es überhaupt sein wird. Es begann zu regnen in Wattenscheid-Leithe.

Ehrlich, in Wattenscheid ist es manchmal vorgekommen, daß die Leute vom Regen dreckig wurden und unter die Dusche mußten. Das lag daran, daß die Regentropfen durch die Rußwolken flogen. Unterwegs nahmen sie den Dreck auf.

Lieperts Kolonialwarengeschäft war tatsächlich ein spitzer Eckladen, der schmal anfing und immer breiter wurde, sich hinten in der Breite der Konservendosenreihen und Mehltüten verlor. Gisela bestand darauf, mit in den Laden zu kommen. Wenn schon keine Blumen, dann wenigstens ein paar Tafeln Schokolade. Eine Tafel für Mutter Domski, eine für Erichs Schwester und eine für den kleinen Bruder Peter.

Als sie in der Schokoladenecke standen, tauchte Erika Liepert auf. Sie sah so aus wie der Eckladen, fing oben schmal an und wurde immer breiter. Na, du hast ganz schön geflunkert, Erich Domski. Wenn Erika Liepert das schönste Mädchen von Wattenscheid-Leithe sein soll, dann mußt du vor dem Rest Höllenangst bekommen. Aber das lag vielleicht an den zwei Jahren, die inzwischen vergangen waren. In zwei Jahren können sich Mädchen gewaltig verändern.

Herbert wollte ihr einen Gruß von Erich Domski ausrichten, aber als er den Ring an ihrer rechten Hand sah, ließ er es lieber bleiben. Ihm tat Erich Domski ein wenig leid. Siehst du, du kommst schon wieder zu spät. Deine Erika ist schon verkauft, die heißt nicht mehr Liepert!

»Wissen Sie, wo die Familie Domski wohnt?« fragte er.

Die Frau erkannte sofort am Tonfall, daß Herbert nicht aus Wattenscheid war. Neugierig musterte sie ihn, wunderte sich ein bißchen, daß die Domskis überhaupt Besuch bekamen. Sie trat mit Herbert ans Fenster und zeigte zu einem der grauschwarz verputzten Häuser. Dann wickelte sie Giselas Schokolade ein und wünschte eine gute Reise.

Herbert hatte noch einmal die phantastische Vorstellung, Erich wäre längst zu Hause. Der käme jetzt schräg über die Straße auf das blaue Goggomobil zu und sagte: »Was, zu mehr hast du es nicht gebracht? Sieh dir mal meinen amerikanischen Schlitten an!«

Sie spazierten durch den Nieselregen, bis sie vor der braunen Tür standen. Ein einfaches Namensschild. Nur *Domski*, kein Vorname.

»Wir hätten doch Blumen mitbringen sollen«, flüsterte Gisela. Herbert klopfte an die Tür, aber es öffnete niemand. Als er zum zweitenmal klopfte, ging über ihnen ein Fenster auf. Eine Frauenstimme rief: »Zu wem wollen Sie?«

Über ihnen tauchte das Gesicht einer Frau auf. Entweder war sie krank oder alt, jedenfalls wirkte sie ein wenig hilflos. Das Haar war flüchtig zusammengesteckt, am Hals war die gekräuselte Borte eines Nachthemds sichtbar. Krumme, knöcherige Finger umklammerten das Fensterbrett.

»Ich komme aus Kanada!« schrie Herbert zurück.

Oben klappte das Fenster zu. Eine Weile tat sich gar nichts, dann ging das Fenster wieder auf, und die Frauenstimme sagte: »Ich bin ein bißchen schlecht zu Fuß. Greifen Sie mal unter den lockeren Ziegelstein rechts neben der Tür. Da liegt unser Haustürschlüssel.«

In der Wohnung der Domskis war schon der Kachelofen in Betrieb. Wärme schlug ihnen entgegen. Im Flur lehnte ein Damenfahrrad an der Wand. Die Tür zur Küche stand offen; rechts ging es in den Waschraum, geradeaus auf den Hinterhof.

Die Frau stand oben am Treppenaufgang.

»Kommen Sie rauf! Kommen Sie rauf!« rief sie.

Als erstes fiel Herbert ein altes Plüschsofa auf. Darüber ein Bild, auf dem braune Hirsche den Wald anbrüllten. Unter den Hirschen eine Fotografie, die Erich Domski mit seiner NSU-Max zeigte, beide schön gewienert zum Pfingstausflug.

Die Frau lehnte am Türrahmen und hielt die Hände vor der Brust gefaltet.

»Sie kommen von meinem Erich, nicht wahr? Ja, ich sehe es Ihnen an, Sie kommen von meinem Erich!«

Sie sagte es immer wieder, während sie sich mühsam vom Türrahmen zu ihrem Lehnstuhl am Fenster tastete. Mutter Domski sah so aus, wie Erich sie beschrieben hatte. Nur hatte er nie gesagt, wie schwer krank sie war. Vermutlich lag es an der Hüfte, denn sie stützte beim Gehen mit der linken Hand die Hüfte ab, während die rechte nach Stuhl- und Sofalehne griff.

»Immer wenn es zum Winter geht, wird es schlechter mit mir«, klagte sie. »Ich glaube, es liegt an unserer Luft. In Kanada kann einem so etwas nicht passieren, da ist die Luft sauber und gesund, nicht wahr?«

Sie zeigte auf die herumstehenden Stühle und bat, Platz zu nehmen.

»Waren Sie die ganze Zeit mit ihm zusammen, auch im Urwald?«

»Ja, auch im Wald.«

»Dann müssen Sie meinen Erich ja gut kennen. Hat er sich sehr verändert in den Jahren?«

»Nein, überhaupt nicht. Ein bißchen dicker ist er geworden, weil das Essen in Kanada so gut ist.«

Sie lachte. »Ja, das Essen hat ihm immer gut geschmeckt. Aber die Hauptsache ist, es geht ihm gut. Er hat immer so wunderbare Briefe an seine Mutter geschrieben. Wenn ich den Nachbarn die Briefe zeigte, sagten sie nur: ›Liebe Frau Domski, Sie haben einen guten Sohn. Wie kann der nur wundervoll schreiben!‹ Aber im letzten halben Jahr hat er überhaupt nicht mehr geschrieben.«

Sie überlegte. Nach einer Weile hellte sich ihr Gesicht auf.

»Dafür hat er Sie geschickt«, meinte sie. »Ich hab' es immer gesagt, der Erich vergißt seine Mutter nicht, nein, der nicht.«

Sie bat Gisela, eine Schublade zu öffnen. Da lagen sie, die Briefe und Postkarten von Erich Domski; sogar die kanadischen Briefmarken waren noch darauf.

»Das hat dem Jungen keiner zugetraut, daß er solche Briefe schreiben kann.«

Sie sprach und sprach von ihrem Erich. Der wird eines Tages wiederkommen. Ganz gewiß. Der ist nur nach Kanada gegangen, um Geld zu verdienen. Aber der Junge hängt an Wattenscheid. Ich kenn' doch meinen Erich. Der kommt wieder. Irgendwann kommt er wieder.

Mutter Domski entschuldigte sich, weil sie nichts anzubieten hatte. Sie konnte nicht einmal in die Küche hinunter, um Kaffee zu kochen. Aber bald wird die Tochter Elvira heimkehren; dann gibt es Kaffee. Plötzlich fiel ihr Blick auf Gisela. Sie betrachtete sie prüfend. Dann nickte sie wohlgefällig und lachte.

»Ihr Mann ist wohl auch nach Deutschland zurückgekommen, um sich eine Frau zu holen«, sagte sie. »Mit einer deutschen Frau weiß man, was man hat.«

»Wir sind nicht verheiratet«, sagte Gisela.

»Ach, das kommt noch«, sagte Mutter Domski fröhlich. »Wenn ich Sie beide so ansehe, bin ich ziemlich sicher, daß Sie ein glückliches Paar sind. Glauben Sie mir, junge Frau, ich verstehe etwas davon. Sie werden bald heiraten, und es wird Ihnen gutgehen, und Sie werden Kinder haben. Ja, ich sehe es Ihnen an, Sie sind beide gute Menschen.«

Sie griff nach Giselas Hand, tat so, als wolle sie aus den Handlinien lesen, ob Gisela zwei, drei oder noch mehr Kinder bekäme.

Gisela entzog sie ihr und schlug vor, selbst in die Küche zu gehen, um an Mutter Domskis Stelle den Kaffee zu kochen.

Aber das erlaubte Mutter Domski nicht. Besuch darf nicht arbeiten, der muß still dasitzen und sich bedienen lassen. Sie sortierte Erichs Briefe, verschnürte sie mit Bindfaden und reichte Gisela das Paket, damit sie es in der Schublade verwahrte.

»Ist er denn gesund, mein Erich?« fragte sie plötzlich.

Herbert nickte.

»Er arbeitet wohl wieder im Wald. Oder hat er etwas anderes gefunden?«

»Ja, ich glaube, er ist wieder im Wald. Da gibt es doch das meiste Geld.«

»Vielleicht baut er sich auch ein Haus in Kanada«, meinte sie nachdenklich. »Wenn er baut, kommt er natürlich nicht nach Wattenscheid zurück. Wenn einer so viel Geld verdient, kann er leicht ein Haus bauen. Deshalb schreibt er auch nicht mehr. Er hat so viel zu tun, da bleibt zum Schreiben keine Zeit. Aber wenn er fertig ist mit seinem Haus, kommt er auf Besuch nach Deutschland. Ja, er wird seine kranke Mutter besuchen und sich eine ordentliche Frau holen.«

Herbert blickte aus dem Fenster. Er konnte es nicht verhindern, daß er in diesem Augenblick die Granville vor sich sah und Erich Domski vor einem der vielen Kinos. Er trat ihm ans Schienbein und sagte: »Hör mal, du mußt dich zusammenreißen. Du mußt in diese verdammte Püttsiedlung nach Wattenscheid-Leithe fahren, solange deine Mutter noch lebt. Und wenn es kein Cadillac ist, nimmst du die Eisenbahn oder ein Fahrrad oder ein Schiff mit acht Segeln oder eine Nußschale oder sonst etwas Fahrbares.«

»Denkt er manchmal auch an Wattenscheid?« unterbrach sie ihn.

Na, und wie er denkt! Der erfindet jeden Tag einen neuen Spruch über Wattenscheid. In Wattenscheid gab es auch eine richtige Stadtmauer aus früherer Zeit und eine Papenburg. Aber als sie Kohle fanden, brauchten sie keine Burg mehr und keine Stadtmauer. In Wattenscheid gab es einen, den nannten sie Nick Knatterton, weil der immer nachts um zwölf ohne Auspuff durch die Weststraße von Leithe raste. In Wattenscheid gab es einen Müller. In Wattenscheid gab es eine Hebamme. Und in Wattenscheid gab es eine Mutter, die war sehr krank …

»So, so, Sie heißen Broschat«, sagte die Frau unvermittelt. »Das klingt auch so östlich wie Domski.«

»Ich bin in Ostpreußen geboren«, erklärte Herbert.

»Ach!« rief sie. »Dann sind wir ja fast verwandt. Wir kommen aus Masuren. Aber das ist schon lange, lange her. Damals regierte noch der Kaiser.«

Mutter Domski freute sich, eine weitere Gemeinsamkeit gefunden zu haben. Sie zeigte auf ein winziges Bild über der Tür, das einen rundgesichtigen Mann mit Kaiser-Wilhelm-Bart darstellte.

»Mein Vater ist noch im Osten geboren und hat bis zu seinem Tod masurisch mit uns gesprochen. Und der Vater meines Mannes stammte auch aus Masuren. Unsere beiden Väter sind damals gemeinsam als Freunde von Masuren nach Wattenscheid ausgewandert. Damals kam die erste Menschenwelle aus dem Osten in das Reich. Wissen Sie, das waren alles arme Leute, die im Osten keine Arbeit fanden, weil es da nur die Landwirtschaft gab. Die zogen ins Reich und krochen hier an der Ruhr unter die Erde. Fünfzig Jahre später kamen die anderen nach, die vielen Flüchtlinge aus dem Osten. Ja, ja, die Menschen haben schon immer viel auf sich genommen, bloß um ein bißchen zu leben. Aber jetzt sind wir hier zu Hause.

Mutter Domski sprach den letzten Satz mit Zufriedenheit aus. Sie blickte aus dem Fenster zu der schmutzigen Mauer, die die Welt der Arbeit von der Welt des Ausruhens trennte, blickte auch über die Mauer hinweg zu den Kohlenhalden und noch weiter zu den Abraumhalden mit ihren Brombeersträuchern. In Mutter Domskis Augen war das alles vertraut und gemütlich, sah sogar im Nieselregen erträglich aus, war ein richtiges Stück Heimat.

Was gab es denn in Kanada immer so zu essen? Waren die Kanadier auch freundlich zu den Deutschen? Wo habt ihr geschlafen? Meine Mutter hat immer gesagt: ›Ein gutes Bett ist das halbe Leben.‹ Und die wußte, wovon sie sprach. Die kam auch aus Masuren.«

Auf der Straße lärmten halbwüchsige Jungen, spielten trotz des Nieselregens Schalker Kreisel.

»Können Sie mal für mich das Fenster aufmachen? Ich komm' da oben so schlecht ran.«

Herbert öffnete ihr das Fenster.

Sie lehnte sich hinaus.

»Peter!« rief sie. »Lauf mal schnell zu Kaufmann Liepert und hol zwei Fläschken Bier. Wir haben Besuch bekommen.«

Der Lärm verstummte. Unten auf den Steinen klimperten zwei Markstücke, die Mutter Domski aus dem Fenster geworfen hatte. Es dauerte nicht lange, da kam der Junge mit zwei Flaschen Bier und dem Wechselgeld zurück. Donnerwetter, das war eine originalgetreue Miniaturausgabe von Erich Domski, nur zwanzig Zentimeter kleiner und nicht ganz so kräftig. Zuerst wollte der Junge wieder verschwinden, aber als er hörte, woher der Besuch kam, blieb er in der Stube, rollte sich auf dem Plüschsofa zusammen und hörte zu, was die Erwachsenen erzählten.

»Willst du auch nach Kanada, wenn du groß bist?«

fragte ihn Herbert. Der Junge nickte, aber Mutter Domski winkte ab.

»Dann gibt es in Kanada gar keinen Wald mehr. Außerdem muß doch einer bei mir bleiben. Nicht wahr, Peter, du bleibst bei deiner kranken Mutter in Wattenscheid?«

Nach einer Weile schickte sie den Jungen aus dem Haus. Er sollte seine Schwester suchen.

»Die muß schnell kommen und Kaffee kochen. Aber vorher soll sie zu Bäcker Wieczorek gehen und ein bißchen Kuchen holen, weil wir Besuch aus Kanada haben.«

Als der Junge draußen war, zog sie Gisela zu sich heran.

»Ach, Sie glauben ja nicht, wieviel Scherereien ich mit dem Jungen habe. Letzte Woche ist er aus der Schule ausgerissen. Die Polizei mußte ihn suchen. Erst am nächsten Tag hat sie ihn gefunden. Wissen Sie, wo er geschlafen hat? Das raten Sie nie. Er hat sich in den Geräteschuppen auf dem Fußballplatz einschließen lassen. Zwischen den Stangen hat er gelegen. Sie wissen doch, die weißen Stangen, die immer um das Spielfeld gestellt werden. Was soll man dazu sagen?«

Es verging eine Viertelstunde, bis Elvira Domski auftauchte. Sie sah so aus, als spräche sie nicht mit jedem. Sie hatte große, leidende Augen, war ein bißchen hohl in den Wangen. Schweigend stand sie in der Tür; sie machte keine Anstalten, den Besuch zu begrüßen, weil sie den Verdacht hatte, der käme vom Jugendamt. Die Mutter wurde verlegen, wußte nicht genau, ob das Malheur schon zu sehen war oder ob sie es noch verschweigen konnte. Schließlich entschied sie sich wie immer bei zweifelhaften Fragen für die Wahrheit.

»Das ist meine Tochter Elvira«, sagte sie. »Sie ist erst

siebzehn, aber das dumme Ding hat schon ein Kind im Bauch und keinen Vater dafür. Aber schreiben Sie das bloß nicht meinem Erich! Der soll nichts Schlechtes von seiner Schwester denken.«

Sie schickte Elvira in die Küche zum Kaffeekochen. Dann wandte sie sich an Gisela.

»Ich weiß gar nicht, was heute mit den jungen Dingern los ist«, sprach sie traurig. »Die können alle nicht warten. Es gibt kaum noch Mädchen, die nicht heiraten müssen. Passen Sie bloß auf, daß Ihnen das nicht auch passiert.«

Gisela schoß die Röte ins Gesicht.

»Wirklich, das Unglück schläft nicht«, fuhr Mutter Domski fort. »Aber nachher, wenn sie da sind, die kleinen Blagen, mag man sie nicht mehr missen. Wenn ich ehrlich sein soll, ich freu' mich richtig darauf, Großmutter zu werden, egal, von wem die Elvira das Kind bekommt.«

Während die Frauen über das Kinderkriegen in Wattenscheid sprachen, winkte Herbert den kleinen Domski zu sich und gab ihm die fünf Dollar, die Erich für ihn bestimmt hatte. Er erklärte ihm den blauen Schein mit der majestätisch dreinblickenden Königin von England, der größten aller Königinnen, die sogar in den Zuckerrüben von Chatham und im kanadischen Busch geholfen hatte. Wenn du auch nach Kanada auswandern willst, Peter Domski, mußt du wissen, wie die Zehn Gebote auf kanadisch gehen.

Du mußt bis zur achten Klasse in die Schule gehen, denn dumme Leute haben sie drüben selbst genug.

Du mußt einen Beruf erlernen, damit du drüben leichter Arbeit findest. Du mußt arbeiten, was da ist, und darfst nicht wählerisch sein.

Du mußt auf englisch wenigstens bis hundert zählen

können, um die vielen Dollars zusammenzurechnen, die du verdienen willst.

Du darfst nicht klauen, denn Vorbestrafte wollen sie in Kanada nicht haben.

Du mußt gesund sein, denn kaputte Typen lassen sie nicht einreisen. Du darfst nicht trinken, denn Schnaps ist teuer, und wer damit anfängt, kommt nie zu etwas.

Du mußt Kraft haben. Deshalb kann es nicht schaden, wenn du deiner Mutter die Kohlen aus dem Keller holst und das Einkaufsnetz trägst. Davon bekommst du Muskeln für Kanada.

Du mußt fleißig sein. Wer faul ist in Kanada, läuft nachher über die Hinterhöfe und sammelt Brotreste aus Mülleimern.

Du darfst keine Wurzeln schlagen, mußt immer unterwegs sein und der guten Arbeit nachreisen. »Bereit sein ist alles«, hat dein Bruder immer gesagt.

»So ist es recht, junger Mann«, mischte sich Mutter Domski ein. »Sagen Sie ihm ordentlich Bescheid, damit er nicht wieder aus der Schule ausreißt und im Geräteschuppen schläft. Er soll lernen in der Schule, damit es ihm einmal auch so gutgeht wie unserem Erich in Kanada.« Elvira brachte den Kaffee.

»Hast du gehört, Elvira? Der junge Mann sagt, unser Erich wird sich in Kanada ein Haus bauen. Wenn er damit fertig ist, kommt er nach Deutschland, um sich eine anständige Frau zu holen.«

Elvira goß Kaffee ein, tat so, als verstünde sie kein Wort, und ging mit der leeren Kanne hinaus. Unten in der Küche schaltete sie das Radio ein und ließ die Musik laut spielen, um nicht zu hören, was oben gesprochen wurde.

»Ich hab' ein bißchen Pech gehabt mit meinen Kindern«, seufzte Mutter Domski. »Der Große ist mir zu früh gestorben; den haben die Bomben auf dem Gewissen. Elvira ist ein bißchen verstockt. Und der Kleine, na, ich hab' Ihnen ja gesagt, was er alles anstellt. Nur mein Erich, der wird es zu etwas bringen. Der ist aus anderem Holz geschnitzt. An dem kannst du dir ein Beispiel nehmen, Peter.«

Sie trank Kaffee, obwohl es der Arzt verboten hatte. Aber es war Besuch von ihrem Erich gekommen; da wird der Mensch doch einen kleinen Schluck Kaffee trinken dürfen.

Wenigstens bis zum Abendbrot sollten sie bleiben, weil dann Vater Domski erschiene. Der sollte auch hören, was der Besuch über seinen Sohn Erich zu sagen hatte. Sonst glaubte er es nachher nicht. Am liebsten hätte sie Herbert und Gisela über Nacht dabehalten, um noch lange mit ihnen zu sprechen. Na ja, ein bißchen beengt wäre es schon. Auch wußte sie nicht recht, ob sie die beiden zusammen in einem Bett schlafen lassen durfte. Mein Gott, man könnte sich strafbar machen!

Gisela nahm ihr die Entscheidung ab.

»Wir müssen noch heute weiter«, sagte sie. »Zu Hause warten sie auf uns.«

Mutter Domski blickte von einem zum anderen.

»Na ja, wenn zu Hause die Mutter wartet, müssen Sie wirklich reisen«, meinte sie.

Elvira, bring noch etwas Kaffee!

Peter, lauf schnell zu Kaufmann Liepert und hol saure Heringe für das Abendbrot! Wenigstens zum Abendessen müssen Sie noch bleiben, anders geht das nicht.

Es war noch Tageslicht, als Vater Domski heimkehrte. Unten im Flur fiel das Damenfahrrad um. Elviras Küchenradio verstummte augenblicklich. Peter Domski glitt vom Plüschsofa und verschwand in der Waschküche. Vater Domski kam die Treppe herauf wie ein schwerbeladener Kohlenträger.

»Vater, Vater, wir haben Besuch aus Kanada!« rief Mutter Domski ihm entgegen. »Unser Erich läßt schön grüßen. Er baut gerade ein großes Haus. Wenn er damit fertig ist, kauft er sich ein großes Auto und kommt nach Deutschland, um sich eine deutsche Frau zu holen.«

Der Mann stierte die Anwesenden an, ging schwerfällig auf das Plüschsofa zu und ließ sich fallen.

»Nun werd endlich nüchtern, Vater! Wir haben Besuch aus Kanada!« Sie beugte sich zu Gisela hinüber und flüsterte: »So geht das jede Woche ein paarmal. Ich weiß gar nicht, was mit ihm los ist. Früher war er ganz anders.«

Vater Domski stieß einen Schemel um.

»Siehst du gar nicht, daß wir Besuch haben, Vater? Der junge Mann sagt, unserem Erich geht es gut. Hörst du überhaupt zu, Vater? Aus deinem Erich wird mal etwas Besseres werden als aus dir. Der wird kein Trinker und Taubenzüchter.«

Mutter Domski blickte Herbert flehentlich an, erwartete von ihm eine Äußerung.

Aber Herbert brachte kein Wort heraus. Unbeweglich saß er da und sah zu, wie Vater Domski auf dem Plüschsofa einschlief.

Mutter Domski sprach jetzt leise, um den Schläfer nicht zu stören. Wenn der aus dem ersten Schlaf gerissen wird, fängt er an zu toben und ist gar nicht mehr zu beruhigen.

Der kleine Domski kam aus der Waschküche, an einem sauren Hering kauend. Elvira schaltete das Radio wieder ein, aber so, daß es nur leise spielte. Abendessen gab es nicht mehr.

»Na, nehmen Sie wenigstens die beiden Flaschen Bier mit für den Durst auf der Reise«, sagte Mutter Domski.

Sie schleppte sich zum Fenster und winkte ihnen nach, als sie das Haus verlassen hatten.

So, das war also Wattenscheid. Da gab es eine Mutter, die hatte vier Kinder geboren. Das Mädchen war schwanger und hatte noch keinen Vater für das Kind. Der kleine Peter ging noch zur Schule und schlief manchmal im Geräteschuppen des Fußballplatzes. Der Älteste war im Krieg gefallen, das heißt, eigentlich hatte ihn nur eine umstürzende Mauer begraben, als er der deutschen Flak zur Nachtzeit helfen mußte. Aber der Zweitälteste, der Erich, der hat es geschafft. Der lebt in Kanada und hat viel, viel Geld. Irgendwann wird er zu seiner kranken Mutter nach Wattenscheid kommen. Oder er wird seine Mutter zu einem Besuch in Kanada einladen. Dann wird sie alle Kraft zusammennehmen und hinüberfahren auf einem großen Schiff, dem größten Schiff, das überhaupt über die Meere fährt. Und allen Menschen, die sie auf dem Schiff trifft, wird sie sagen, daß sie zu ihrem Jungen fährt, der es zu etwas gebracht hat in Kanada.

Der Regen hörte auf, und es gab ein richtiges Abendrot. In Wattenscheid ging die Sonne früher unter als anderswo, weil ihr die Abraumhalde hinter dem Bahndamm im Weg stand. Malerisch war es schon, wie die Sonne hinter den abziehenden Regenwolken hervorschaute, bevor sie endgültig in der Schlacke versank. Im Vordergrund die Häuser der Bergarbeitersiedlung mit den Taubenschlägen und den Kaninchenställen auf der Gartenseite. Dahinter die Schlote, die farbigen Qualm in den Himmel pusteten und von der untergehenden Sonne mild angestrahlt wurden. Malen müßte man das.

Sie sprachen kein Wort, bis sie den Ruhrschnellweg erreicht hatten. »Vielleicht ist es gar nicht so gut, wenn Erich Domski nach Hause kommt«, sagte Gisela, während sie eine Tafel Schokolade auswickelte. Ja, sie hatte in dem Durcheinander ganz vergessen, die Schokolade bei den Domskis abzugeben.

»Ich kann ihn doch nicht in Vancouver kaputtgehen lassen«, meinte Herbert. »Erich Domski hat das nicht verdient. Es muß doch wenigstens einen in der Familie Domski geben, der durchkommt, der seiner Mutter Freude macht.«

»Du hast ihm nicht helfen können, als du in Kanada warst. Du wirst ihm auch nicht helfen können, wenn du wieder hinfährst.«

»Irgendwann hol' ich dich raus, Erich Domski!« sprach er mehr zu sich als zu Gisela. Und wenn wir das »Martin« abbrennen müssen. Das kann in zehn Jahren sein oder in zwanzig, aber ich hole dich. Das wäre doch gelacht, Erich Domski. Wir verstehen uns, wir haben uns über alle Dinge geeinigt, sogar über den Kölner Dom. Wenn du unbedingt willst, mache ich mit dir auch einen Zug über die Reeperbahn. Bis morgens um halb fünf, wenn du willst. Und anschließend durch die Ulricusstraße. Meinetwegen.

»Schreib ihm doch einen Brief über unseren Besuch in Wattenscheid«, sagte Gisela.

»Was soll ich denn schreiben? Daß seine Mutter gesund ist und seine Schwester Elvira eine Schönheit ist und daß der kleine Peter in der Schule tüchtig lernt und Vater Domski ein fröhlicher Mann geworden ist, der nur noch arbeitet und Tauben züchtet?«

»Darf man denn etwas anderes schreiben?«

Herbert wurde plötzlich klar, was er zu tun hatte. Er mußte den Stadtplan von Wattenscheid sofort in einen Umschlag stecken und nach Vancouver schicken. Ohne Begleittext, einfach den nackten Stadtplan. Das wird Erich Domski verstehen. »Aha«, wird er sagen, »nun hat dich die Schuhverkäuferin doch erwischt. Ich verstehe das gut. Bei uns in Wattenscheid gab es einen Pfarrer, der hat aus dem großen Buch gern die Stelle vorgelesen, wo es heißt: *Darum wird ein Mann Vater und Mutter verlassen und seinem Weibe anhangen!* So ist das mit dir auch gegangen, mein Lieber. Aber nicht nur Vater und Mutter, du hast auch mich verlassen und Kanada verlassen und die wunderbaren Ecken der Erde, die du noch sehen wolltest. Na ja, nichts für ungut. Ich hab' dir immer gesagt, daß die Gisela ein gutes Mädchen ist. Wenn ich so eine hätte, wäre es mir auch so gegangen. Aber zur Hochzeit kannst du mich wenigstens einladen. Ob ich komme, ist eine andere Frage, aber eine Einladung hätte ich schon gern.«

Herbert überkam das sichere Gefühl, daß es mit Erich Domski gut ausgehen würde. Der hat noch niemals den Kopf hängenlassen. Als sie die Zuckerrüben in Chatham suchten, war er der Lustigere, und die ersten Tage im Busch hätte Herbert nicht überlebt ohne Erichs Späße. So ein Kerl ist nicht kleinzukriegen. Keine Frage, Erich Domski kommt durch. Er wird ihm einen Stadtplan schicken, damit Erich sich seine Heimreise ausmalen konnte. Vom Ruhrschnellweg ab und erst einmal das Verdeck herunter. Egal, ob es regnet oder schneit, Erich Domski kommt im offenen Wagen. Sehr langsam, damit die Kinder vorauslaufen und Bescheid sagen können. Mutter Domski wird gut zu Fuß sein und ihm entgegenlaufen. Vater Domski wird endlich nüchtern sein, Elvira hat längst einen Vater für ihr Kind gefunden, und der kleine Peter kann ordentliche Briefe schreiben und spricht sogar etwas Englisch. So wird es einmal enden.

Gisela stieß ihn an.

»Meinst du nicht, daß wir das Zelt aufbauen müssen?« sagte sie.

Sie hielten an einer Stelle, an der ein Rübenacker mit einem Wald zusammentraf, weitab von der Hauptstraße. Während Herbert in der Dunkelheit das Zelt aufbaute, arbeitete Gisela mit dem Spirituskocher. »Damit wir etwas Warmes haben«, meinte sie.

Herbert Broschat erinnerte sich nicht, daß er jemals so betroffen gewesen war wie nach diesem Besuch in Wattenscheid. Nicht einmal Vaters Beerdigung war ihm so nahegegangen.

»Ist das der neue Stern?« fragte Gisela plötzlich.

»Nein, das ist die Venus, die steht schon über tausend Jahre dort.«

Es war gerade der Tag, an dem der erste künstliche Stern um die Erde zu kreisen begann. Vierundachtzig Kilogramm Menschenwerk rasten durch den Himmel, tauchten über dem Rübenfeld zwischen Dortmund und Unna auf und eine halbe Stunde später über dem Stillwatersee in British Columbia.

War es überhaupt erlaubt, einen neuen Stern an den Himmel zu schießen? Brachte der nicht alle Bahnen durcheinander? Konnte sich die Erde überhaupt noch weiterdrehen wie bisher? Der neue Stern war wieder so ein Stück Großartigkeit, um den Atem anzuhalten und Wattenscheid zu vergessen. Da sage noch einer, die Welt habe nichts mehr zu bieten, sei nur noch ein Misthaufen voller Würmer. In Wahrheit nimmt doch das Große kein Ende. Immer wieder brechen Menschen auf. Die Welt ist schön, überall scheint die Sonne, nur in Wattenscheid etwas weniger als anderswo. Überall ist Hagen's Travel Service. Wir werden uns erheben aus unseren Radieschenfeldern zu den Rocky Mountains ferner Planeten. Hoffentlich stoßen sie uns nicht ab, die fremden Welten. Abstoßen wie einen Fremdkörper, zurückwerfen in die Schrebergärten unserer Herkunft, damit wir uns in den Maulwurfshügeln vergraben können, aus denen wir hervorgekrochen sind.

»Laß doch den ollen Sputnik kreisen«, flüsterte Gisela und zog ihn ins Zelt.

Es ist der Vorteil kleiner Zelte, daß sie leicht zu erwärmen sind. Du brauchst nur die Eingangsklappe zu schließen und dicht an den Menschen neben dir heranzukriechen. Vielleicht ist das wichtiger als neue Sterne. In kühlen Nächten eng nebeneinanderliegen, sich fühlen und wärmen. Den Atem des anderen spüren, seinen Herzschlag hören.

»Laß uns bloß aufpassen, daß es uns nie so geht wie den Domskis«, flüsterte Gisela.

Herbert Broschat wußte ganz sicher, daß er in Giselas Nähe niemals das empfinden würde, was er in der Souterrainbude empfunden hatte, wenn Cecilys Stiefelchen über ihm auf der Veranda aufgetaucht waren. Aber eines war gewiß: In Giselas Nähe fühlst du dich wunderbar warm und geborgen.

Am Abend des 6. Oktober kamen sie an. Sandermarsch feierte das Erntedankfest, das nach alter Überlieferung Erntetrinkfest hieß und auch so war. Der neue Stern hatte Sandermarsch schon zwei dutzendmal überflogen, im Radio hatten sie sein Piep-piep-Piep übertragen. Bei gutem Wetter standen die Alten abends vor den Häusern, um nach dem neuen Stern zu schauen.

Herbert setzte Gisela vor dem Haus ihrer Eltern ab, lud Zelt und Spirituskocher aus.

Giselas Mutter kam und sagte nur: »Na, Kinder, seid ihr endlich wieder da?« Sie bat Herbert, zum Abendessen ins Haus zu kommen, aber er schlug es aus, weil er noch nicht im Behelfsheim gewesen war.

Mutter Broschat war in aufgeräumter Stimmung.

»Na, siehst du, nun kennst du auch Deutschland!« rief sie voller Freude.

Er sollte sich setzen und erzählen, aber ihm war nicht nach Erzählen zumute. Deshalb erzählte sie ihm, was in der Zwischenzeit vorgefallen war, was sie von den Leuten im Dorf, aus dem Radio oder der Kreiszeitung erfahren hatte. Im Nachbardorf ist die Rinderpest ausgebrochen. In der neuen Flüchtlingssiedlung ist ein Zimmermann von der Leiter gefallen. Ein Flugzeug ist auf dem Weg von Kanada nach Europa abgestürzt. Im Atlantik ist ein deutsches Segelschiff mit vielen jungen Menschen untergegangen.

»Nichts ist mehr sicher auf der Welt, weder das Meer noch die Luft. Am besten wird sein, du bleibst zu Hause, Herbert.«

Während sie unterwegs gewesen waren, hatte die Mutter mit Giselas Eltern den Termin der Hochzeit festgelegt. Der 6. Dezember sollte es sein, natürlich nur, wenn die beiden jungen Leute keinen besseren Tag wüßten.

»Das ist der Nikolaustag, Herbert. Wer hätte das gedacht, daß du einmal am Nikolaustag heiraten wirst!«

Die Mutter hatte ihn bei Schneider Pinner zum Maßnehmen angemeldet, denn zur Hochzeit brauchte er einen schwarzen Anzug. Nichts Billiges von der Stange, sondern etwas Maßgerechtes. Das mußte so sein. Zu Hause hatte es den ersten schwarzen Anzug immer zur Konfirmation gegeben und den zweiten zur Hochzeit. Der reichte dann für den Rest des Lebens, vor allem für die vielen Beerdigungen, die folgten.

»Der Bürgermeister hat schon wieder gefragt, ob wir die Parzelle haben wollen. ›Mein Junge fährt gerade durch Deutschland‹, hab' ich ihm gesagt. ›Warten Sie bitte, bis er wiederkommt, dann werde ich Ihnen Bescheid sagen.‹ Und mit Rechtsanwalt Struve hab' ich auch gesprochen. Er freut sich auf deinen Besuch, hat er gesagt.«

Mutter, Mutter, was ist das für eine wundervolle, geschlossene Welt, in der du lebst! An der prallt alles ab, und die letzten Unebenheiten werden vom lieben Gott ausgebügelt. Man wagt nicht anzuklopfen an deine Welt, aus Angst, das Kartenhaus könne zusammenfallen, und alle armen Menschen, die mit dir darin leben, müßten nackt im Wind stehen. Die kranke Frau in Wattenscheid, Giselas Mutter, Mutter Broschat, es war immer das gleiche. Vielleicht sind alle Mütter miteinander verwandt. Vielleicht müssen sie so sein, wie sie sind, weil nur so dieser Verein, der sich menschliche Gesellschaft nennt, einigermaßen zusammengehalten werden kann.

»Deutschland ist doch auch schön, nicht wahr, mein Junge?«

Ja, ja, Deutschland ist schön, aber noch etwas eng und stickig. Das sollte man ändern. Vielleicht muß man bleiben, um es zu ändern, um es weiter und offener zu machen. Wenn alle auswandern, denen es zu eng und stickig ist, bleiben nur die Maulwürfe übrig.

»Damit wir keine Zeit verlieren ...«, sagte die Mutter und holte aus Vaters Nachttischschublade die Papiere, vor allem den Antrag auf Errichtung eines Siedlungshauses auf neunhundertsechsunddreißig Quadratmeter Sandermarscher Erde. Herbert setzte seinen Namen über die Zeile Unterschrift des Antragstellers, schrieb mit einer Leichtigkeit, als wäre es schon immer sein Herzenswunsch gewesen, in Sandermarsch ein Haus zu bauen.

Bist du nun endlich zufrieden, Mutter? Ein Haus bauen, Kinder zeugen, den Garten bestellen, am warmen Ofen sitzen und alte Bücher lesen – mehr bleibt nicht übrig von diesem wunderbaren Leben.

»Bis unser Haus fertig ist, kannst du mit Gisela im Behelfsheim leben«, sagte die Mutter.

Sie war bereit, die Schlafstube mit den Ehebetten an Herbert und Gisela abzutreten, denn das erschien ihr das Wichtigste. Wenn zwei junge Menschen heiraten, müssen sie dicht beieinander sein. Mutter Broschat wird in Herberts Kammer ziehen.

»Da ist es auch schön«, sagte sie.

Es war der Abend, an dem Mutter Broschat weinte, vor Freude weinte. Weil sie nach Hause gekommen waren, weil Herbert den Bauantrag unterschrieben hatte und weil der Nikolaustag ein so schöner Tag war.

Advokat Struve hielt gerade Mittagsschlaf. Herbert wartete in seinem Büro, in dem zwei weibliche Lehrlinge eifrig Verträge abtippten. Sie hatten ihm einen Stapel Hefte und Zeitschriften zum Zeitvertreib gegeben, die *Neue Juristische Wochenschrift,* das *Anwaltsblatt* und das *Bundesgesetzblatt.* Andere Zerstreuungen gab es in einem Advokatenbüro nicht. Herbert entdeckte beim

Durchblättern ein *Gesetz zur allgemeinen Regelung der durch den Krieg und den Zusammenbruch des Dritten Reiches entstandenen Schäden.* Ein schöner, langer Titel, über den man nur lachen konnte. Wer kann denn so etwas regeln? Da ist jedes Gesetzblatt überfordert. Nur die Zeit kann heilen, und der Tod muß nachhelfen. Noch seltsamer kam ihm das *Erste Gesetz über Maßnahmen zum Schutze der Zivilbevölkerung* vor. Ging das schon wieder los mit dem Luftschutz, mit Alarm und Entwarnung, mit Gasmasken und Feuerklatschen? Und schon wieder Entrümpelung auf den deutschen Dachböden und Verdunkelung vor deutschen Fenstern?

Die Mädchen kicherten, als sie erfuhren, daß er vor Jahren an derselben Stelle gesessen und Verträge abgetippt hatte.

Um halb drei hatte Advokat Struve ausgeschlafen. Das war noch immer so wie in Herberts Lehrzeit. Herbert kam es vor, als sei Struve noch dicker geworden.

»Da ist ja unser Auswanderer!« rief Struve und nahm Herbert mit in die Eichenstube, in der eigentlich nur die Klienten saßen, wenn sie ihre Unterschrift beglaubigen ließen oder wichtige Verträge unterschrieben.

»Du hast also deinen Willen gehabt und dir die Welt angesehen«, sagte Struve.

Er holte eine Kiste Zigarren aus der Schreibtischschublade, biß eine Zigarre ab und steckte sie an.

»In jungen Jahren muß man etwas Verrücktes anstellen. Früher stießen sich die jungen Leute im Krieg die Hörner ab. Du weißt doch: Sedan und Langemarck und so. Aber jetzt haben wir den Krieg endgültig abgeschafft, und die Jugend muß sich etwas anderes einfallen lassen für ihren Übermut. Reisen ist da gerade das Richtige.«

Advokat Struve hatte nur Angst, das Herumreisen könne bald langweilig werden. Es kam ja schon vor, daß kleine Kinder nach Dänemark oder Italien fuhren. Was werden diese Kinder tun, wenn sie zwanzig Jahre alt sind? Die gähnen doch nur, wenn ihnen der Schiefe Turm von Pisa vorgeführt wird. Aus purer Langeweile könnten diese Menschen sich etwas Neues ausdenken, entweder doch wieder Langemarck oder etwas Verrücktes, von dem noch keiner eine Ahnung hat.

»Sag mal – hat dein Vater eigentlich eine Nachricht für dich hinterlassen?« fragte er plötzlich.

»Warum sollte er?« erwiderte Herbert erstaunt. »Wir hatten uns nichts mehr zu sagen.«

»Dann weißt du auch nicht, daß dein Vater und ich uns schon länger kannten. Wir waren im Krieg zusammen. Er war MG-Schütze im ersten Zug und ich Kompanieführer.«

Herbert war sprachlos. Für einen kurzen Augenblick mußte er lachen, als er sich den dicken Struve als Kompanieführer vorstellte. Aber vielleicht ist der damals dünner gewesen. Kriege machen schlank. »Glaubst du, ich hätte dich als Lehrling eingestellt, wenn du nicht der Sohn des MG-Schützen Broschat gewesen wärst? Zehn Bewerbungen hatte ich auf dem Tisch. Ich hab' dich genommen, weil ich es deinem Vater schuldig war. Nein, nein, er hat nie darum gebeten. Er ist niemals in meiner Kanzlei gewesen. Nach dem Krieg haben wir kein Wort miteinander gewechselt.«

»Warum nicht?« fragte Herbert.

»Hat er nie erzählt, wie er verwundet wurde?«

»Nein, über diese Dinge hat Vater nie gesprochen.«

»Dann werde ich es dir erzählen.«

Advokat Struve zündete die Zigarre an, die ihm

ausgegangen war. Obwohl sein Körpergewicht ihm zu schaffen machte, fing er an, in der Stube umherzuwandern. Er, der Taschendiebe verteidigen und stundenlang über Paragraphen reden konnte, fand nicht die rechten Worte für den Anfang.

»Wir hatten einen verrückten Zugführer im ersten Zug«, sagte er schließlich und steckte die Zigarre noch einmal an, obwohl sie schon brannte. »Der entdeckte eines Morgens in der Dämmerung einen russischen Spähtrupp und ging zu deinem Vater in die MG-Stellung. ›Laß sie näher rankommen‹, hat er zu deinem Vater gesagt. Als sie fünfzig Meter vor ihm waren, gab er den Befehl zum Feuern. Da fiel der ganze Haufen in eine Bodensenke. Einige lebten noch und fingen jämmerlich an zu schreien. ›Die brauchen noch mehr‹, sagte der Zugführer. Einige hoben die Hände, aber der Zugführer befahl deinem Vater zu schießen, mitten hinein in die erhobenen Hände. ›Wir machen keine Gefangenen!‹ brüllte er. Das verstanden die natürlich nicht, hoben immer wieder die Hände und fingen an zu schreien, weil sie dachten, man habe ihre erhobenen Hände nicht gesehen. ›Laßt die Pfoten unten!‹ schrie der Zugführer und befahl weiterzuschießen. Es war schon ein Wunder, daß danach immer noch einer am Leben war. Der hob die Hand, winkte richtig mit beiden Händen, damit sie ja sehen sollten, daß er noch da war. Da ging der Zugführer selbst ans MG und gab ihm den Rest. Als alles still war, befahl er deinem Vater, die Stellung zu verlassen und nachzusehen, ob noch einer lebte. Wenn ja, sollte er ihm eine Handgranate geben. Dein Vater kroch also aus dem Graben, denn du weißt ja: Befehl ist Befehl. Als er nahe an den Haufen herangekommen war, hob doch wirklich noch einer, bevor er starb, die

Maschinenpistole und drückte ab. So kam dein Vater zu seiner Kriegsverletzung.«

Herbert verbarg das Gesicht in den Händen. Mein Gott, Vater!

»Noch vom Verbandsplatz aus meldete er sich bei mir«, erzählte Struve weiter. »Er verlangte, daß ich den Zugführer vor ein Kriegsgericht stellen sollte. ›Schweine gibt es überall auf der Welt‹, hat er gesagt, ›aber man muß verhindern, daß unsere ganze Armee ein Schweinestall wird.‹ Er hielt es für eine Ausnahme. Er war eine durch und durch ehrliche Haut und hat nie begriffen, daß die Früchte deshalb faul sind, weil der ganze Baum faul ist. Er hat dir nichts davon erzählt, damit du keinen falschen Eindruck von den deutschen Soldaten bekommen solltest. Er hat sich einfach geschämt.«

»Haben Sie den Zugführer vor ein Kriegsgericht gebracht?«

»Nein, es hatte keinen Sinn mehr. Der Kerl ist im Sommer vierundvierzig im Mittelabschnitt gefallen. Aber weil ich nichts gegen ihn getan habe, ist dein Vater böse mit mir gewesen. Burg liegt nur zehn Kilometer von Sandermarsch entfernt – aber er ist nie zu mir gekommen.«

Herbert war erschüttert. Noch niemals hatte ihm ein Mensch so leid getan wie sein toter Vater. Er hätte heulen können. Oder auf den Sandermarscher Friedhof laufen. Grabsteine umwerfen. Sand ausheben. Warum hast du das nie gesagt, Vater? Hast du dich so geschämt, weil du diesen furchtbaren Befehl ausgeführt hast und nicht davongelaufen bist?

»Nun weißt du es«, sagte Advokat Struve, während er die Zigarre endgültig ausdrückte. »Und du weißt hoffentlich auch, wo du hingehörst. Menschen wie dich brauchen wir in Deutschland. Damit so etwas nicht wieder vorkommt. Menschen, die nicht alles als gegeben hinnehmen, die weiter denken als vom Frühstück bis zum Abendbrot.«

Struve holte eine Flasche klaren Schnaps und schenkte zwei Gläser voll.

»Außerdem mußt du an deine Mutter denken«, sagte er, noch immer mit dem Schnaps beschäftigt. »Die Sache ist ganz einfach. Irgendwann muß jeder begreifen, daß wir nicht auf der Welt sind, um das zu tun, was uns Spaß macht. Wir müssen immer die anderen neben uns im Auge behalten, damit sie nicht umfallen. Ich meine die, die jahrelang auf uns gewartet haben, die ohne uns allein wären. In der Jugend denkst du noch, es kommt nur auf die Freiheit an. Aber im Alter ist man hinter der Geborgenheit her. Da möchtest du gern ein Stück Freiheit für Geborgenheit verkaufen, aber es ist keiner da, der es dir abnimmt. Findest du nicht auch, daß es egal ist, ob ein Mensch in Ostpreußen, in Kanada oder in Sandermarsch zu Hause ist? Wenn er nur zu Hause ist. Und dazu braucht er Menschen. Nirgends auf der Welt ist es schöner als da, wo man Menschen hat, die zu einem gehören.«

Struve hob das Glas. Es war eine richtig feierliche Handlung. Wie wenn Verträge besiegelt werden.

»Neujahr achtundfünfzig fängst du bei mir an. Ich gebe dir vierhundert Mark im Monat, und wenn du verheiratet bist und Familie hast, lege ich einen Hundertmarkschein drauf.«

Er reichte Herbert die Hand, hielt sie sehr lange, als ginge es nicht allein um den Abschluß eines Anstellungsvertrags, sondern um Vater Broschat und den Krieg und die ganze traurige Geschichte.

Als Herbert draußen war, fror er. Er hatte plötzlich nur einen Wunsch: Gisela sollte am Sandermarscher

Bahnhof auf ihn warten. Er brauchte sie, brauchte ihre Wärme, ihr einfaches, praktisches Leben. Menschen wie sie sind wie die roten Blutkörperchen, von denen alles abhängt. Nur keine Anämie! Wir müssen verhindern, daß die kalten weißen Blutkörperchen des Denkens das rote Blut der einfachen Menschen fressen.

Er trabte durch die dämmerigen Straßen zum Bahnhof, um den Nachmittagszug von Heide zu erreichen, der über Sandermarsch nach Hamburg-Altona fuhr. Vor fünf Uhr kam der Nachmittagszug nie. Meistens ein paar Minuten später, oft sehr viel später, wenn Nebel über der Marsch lag wie an diesem Novembertag. Wenn der Zug Verspätung hätte, müßte Gisela lange auf ihn warten. Ob sie überhaupt dasein wird?

Mit fast einer Viertelstunde Verspätung lief der Zug ein. Selbst im Abteil fror Herbert. Der Zug kroch über die Hochbrücke, unter der die Schiffe im Nebel festlagen. Nebelhörner von allen Seiten. Ach, es gab viel zuviel weiße Blutkörperchen. Dieser weiße, kalte Nebel über dem flachen Land. Kaum ein Lichtpunkt.

Gisela wartete tatsächlich. Er sah zuerst ihren Schal, einen knallroten Fleck inmitten des weißen Nebels. Ihr Haar hing voller Wassertropfen. Aber warme Hände hatte Gisela, richtige Backofenhände!

Sie hängte sich an seinen Arm.

»Was hat Rechtsanwalt Struve gesagt?« fragte sie.

»Am zweiten Januar fange ich an zu arbeiten.«

Sie blieb stehen, blickte ihn mit halbgeöffnetem Mund an. Sie staunte, konnte es nicht fassen.

»Du glaubst gar nicht, wie ich mich freue«, sagte Gisela.

Bitte beachten Sie
die folgenden Seiten

Arno Surminski

Jokehnen

oder Wie lange fährt man von Ostpreußen nach Deutschland?

Roman

ISBN 978-3-548-25522-4
www.ullstein-buchverlage.de

Dieser authentische Roman aus der Sicht eines Jungen beschwört ebenso objektiv wie aufwühlend eine Idylle, die 1945 in Schutt und Asche versank. Es ist die Geschichte einer Landschaft und einer Zeit; vor allem aber ist es die Geschichte von Hermann Steputat, der geboren wurde, als Paul Hindenburg starb, und der elf Jahre später zu den wenigen Dorfbewohnern gehörte, die den Krieg überlebten.

»Dies alles schildert Arno Surminski unterkühlt und unsentimental, dennoch farbig und mitreißend.«
Hamburger Abendblatt

UB003

Siegfried Lenz

Arnes Nachlaß

Roman

Siegfried Lenz, „der gelassene Beobachter des Lebens“ (Marcel Reich-Ranicki), entwirft in ruhigen, atmosphärisch dichten Bildern die unergründliche Geschichte des außergewöhnlichen Jungen Arne Hellmer, der das Unglück früh kennenlernte, sich nicht von den Beschäftigungen seiner Artgenossen vereinnahmen läßt und gleichwohl nach Nähe und Geborgenheit sucht. „Wie ein Eindringling in seine Welt, seine Tränen, seine verborgenen Hoffnungen“ sieht sich Hans, mit dem er zwei Jahre lang ein Zimmer teilte und der nun Arnes Nachlaß entgegennehmen soll. Vor dem Hintergrund des Hamburger Hafens und seiner Werften entfaltet Hans, angeregt durch die Fundstücke des Nachlasses, Arnes Geschichte – ein psychologisches Mosaik, dessen Steine sich nach und nach zusammenfügen...

Der langerwartete neue Roman des Goethe-Preisträgers Siegfried Lenz.

208 Seiten, Leinen